EL PUENTE DE LOS ALEMANES

© José Francisco Guerrero López
© Ediciones Aljibe, S.L., 2009
  Tlf.: 952 71 43 95
  Fax: 952 71 43 42
  Pavia, 8 - 29300-Archidona (Málaga)
  e-mail: aljibe@edicionesaljibe.com
  www.edicionesaljibe.com

I.S.B.N.: 978-84-9700-618-7
Depósito legal: MA-147-2010

Cubierta: Miryam Arjona
Maquetación: Equipo de Ediciones Aljibe
Fotografía de portada: José Carlos Martín

Imprime: Imagraf. Málaga.

José Francisco Guerrero López

EL PUENTE DE LOS ALEMANES

EDICIONES
A L J I B E

A mi madre, in memorian.

A todas las personas que fueron asesinadas o murieron en combate en los dos bandos durante la Guerra Civil Española. A Antonio Machado Ruiz, uno de los cientos de miles de hombres y de mujeres que cruzaron las fronteras después de la Guerra Civil camino del exilio. A todos los hombres y mujeres que no pudieron o no quisieron exiliarse y también cruzaron otras fronteras -las de la cárcel, las de la tortura o las de la muerte- al quedarse en su propia patria después de la Guerra Civil.

A Cristina Conde Pérez, en agradecimiento por ser la primera persona que leyó y corrigió esta novela.

PRÓLOGO

"El Puente de los Alemanes" es la historia de una búsqueda. En ese sentido, esta novela conecta con una de las ramas principales de la gran literatura de todos los tiempos. Un hombre en busca de un misterio, de una persona, de un objeto, y el viaje, la búsqueda, como exploración del propio hombre, que a la par que investiga se analiza a sí mismo e intenta llegar a los abismos de su propio corazón. Un viaje interior, la nostalgia de los tiempos perdidos. La palabra como elemento para recuperar para los demás aquello que ya sólo existe en la memoria del que recuerda. No en vano la novela se inicia con una remota evocación proustiana. Un niño asustado al que su madre visita antes de dormir. No en vano hay senderos con nombres de personas que el protagonista transita.

Francisco Guerrero utiliza la excusa de una investigación sobre el poeta Antonio Machado para desvelar los entresijos de un personaje reflexivo y dado a la melancolía que súbitamente se ve impelido a pasar a la acción. La vida, con todo su ruido y su caos, irrumpe de lleno en el mundo cerrado y obsesivo del protagonista. Un viaje literario a *Collioure* que insospechadamente lo conduce a un laberinto de crímenes e intrigas policíacas. Cruce de géneros. Doble o triple cruce de géneros. Porque "El Puente de los Alemanes" también es una novela de iniciación. El protagonista intenta reconducir la conducta de un niño asilvestrado e hiperactivo al que pacientemente le explica algunas de las coordenadas del mundo. Es en esos pasajes donde de modo más claro afloran los conocimientos psicológicos de Guerrero y algunos de sus referentes culturales.

Y como trasfondo de la acción, la ciudad de Málaga. El espacio geográfico se convierte en esta novela en un personaje más de la historia. En ese sentido, el autor se adscribe a la tendencia de escritores como Justo Navarro, Garriga Vela o Pablo Aranda, que han hecho de Málaga un espacio literario de primera magnitud y que, al igual que Luis Mateo Díez ha llevado a cabo con León o Rafael Chirbes con algunas localidades del Levante español, se han liberado de ese absurdo complejo provinciano según el cual toda novela con valores universales ha de tener como telón de fondo ciudades eminentemente cosmopolitas como París, Londres o Nueva York, o en el caso español Madrid o Barcelona. Guerrero, como los autores citados, reivindica el interés literario en aquello que se escribe y no en el lugar en el que la acción se desarrolla. Algo que Faulkner, Camus o Pavese, con sus condados miserables, sus ciudades desgarbadas o sus pueblos perdidos desmienten.

Málaga por tanto es objeto de un homenaje rotundo y continuo en esta novela arriesgada, un paisaje evocador, con páginas cargadas de sensualidad, aliento poético y claras referencias históricas. La Guerra Civil, el mundo de Machado, sus últimos días en el exilio, son tratados de modo recurrente, en una espiral que persigue al protagonista y al lector gracias a los desdoblamientos y reflexiones del héroe de este relato, que revive con una extraña inmediatez escenas de la Batalla del Ebro y hechos ocurridos aquel tiempo de hierro y fuego. Memoria personal y memoria histórica. Erotismo, amagos ensayísticos, culturalismo, reiteraciones que quieren marcar el ritmo narrativo a modo de un metrónomo implacable y exigente, amores perdidos, desolación y soledad son algunos de los elementos que componen la historia que detrás de estas palabras comienza. Un viaje al interior de un hombre perdido.

Antonio Soler

I

Siempre me ha deprimido escuchar los perros ladrar en la noche porque me recuerdan las interminables horas nocturnas de mi infancia cuando mi madre apagaba la luz de la habitación, se despedía de mí con un beso en la frente y yo escudriñaba ansioso la densa oscuridad pensando que me había quedado ciego. Entonces empezaban a escucharse, durante toda la eternidad de mi insomnio, una jauría de perros ladrando y yo lloraba la ausencia de mi madre deslizándome hacia la pesadilla de mis terrores infantiles, envuelto ya por esos enloquecedores ladridos de perros que se hacían más insistentes, hasta que parecían convertirse en los escalofriantes aullidos de una manada de lobos.

Ahora, aunque no es todavía por completo de noche aquí, ante el sepulcro de Antonio Machado, en un rincón del cementerio de *Collioure* y, ya hace muchos años que no siento la suavidad y la dulzura de los labios de mi madre en la frente, unos perros han comenzado a ladrar y yo he tenido, casi en ese mismo instante, un repentino espasmo de frío y de tristeza y he mirado hacia el cielo –cuando he sido consciente de que llevaba ya algún tiempo lloviendo– aspirando la humedad profunda del agua que cae sobre mi rostro y se desliza hacia la lápida del poeta, depositándose, como gotas de mercurio plateado, sobre el solitario ramillete de pequeñas rosas secas y sobre los plásticos y los lazos dorados anudados a los ramos de flores esparcidos sobre la pesada plancha de hormigón de la losa y sobre las páginas del cuaderno para las firmas.

Los ladridos prolongados de algunos perros se están convirtiendo en aullidos de lobos como ocurría en las noches de insomnio de mi infancia. Entonces yo aún no había descubierto la postura para dormir –para intentar

11

dormir– en la que duermo ahora; con los brazos cruzados sobre el pecho como se encuentran los faraones para la posteridad en sus tumbas: *Ramsés II, Tutankhamón, Mentuhotep, Tutmosis I, Akhenatón* y otros faraones. Aunque en mi memoria, y en mis noches de duermevela, cuando observo y analizo mi propio sueño, siempre aparece *Ramsés II*, el faraón que tuvo innumerables esposas y que vivió más tiempo que muchos de sus cien hijos. Aunque a *Ramsés II* –cuando intento dormir con los brazos cruzados– siempre le pongo la inexpresiva cara de un vecino de mi abuela al que contemplé en su cama muerto –la primera vez que vi a un muerto– y alguien le cruzó las manos sobre su estómago y me dijo que me fuera de la habitación. En la supersticiosa imitación del faraón que yo hago cada noche, con la cara muy seria del cadáver del vecino de mi abuela, yo no me coloco las manos sobre mi estómago sino que me pongo los brazos cruzados sobre mi pecho, con un cetro y un látigo imaginario y, en mi cabeza, fantaseo con que tengo una pequeña cobra y un halcón con un disco solar y tarareo, cada noche tarareo casi imperceptiblemente, la canción *Strangers in the Night* y muevo y presiono los dedos sobre mi pecho a intervalos cortos y largos, como si ese movimiento fuera un sistema de comunicación, constituyese un alfabeto o se transformase en una suerte de código sagrado que enviase jeroglíficos electrónicos hacia el más allá, sedándome, protegiéndome y alejándome del insomnio. Ahuyentando de mí la enfermedad y la muerte y transportándome al sueño y del sueño a cierta forma de inmortalidad.

Oigo cómo los perros ladran pero ya no aúllan y entre estornudos me recito a mí mismo algunos versos de Machado; una poesía que habla del arco iris y del sueño y la memoria y la lluvia y el agua en los cabellos de alguien. Puede que de Guiomar –el único amor del poeta después de que falleciera su esposa Leonor–, cuya visita etérea presiento a mi lado, delante de la tumba. Quizás Machado, quizás los ojos extenuados y moribundos de Antonio Machado verían también, muy cerca de aquí, en las sombras de su habitación del hotel *Bougnol–Quintana*, el fantasma de su amada Guiomar, caminando, incorpórea, entre las cañaveras de la playa de *Collioure*; esos delgados juncos melancólicos y elegantes que realizan un baile nocturno como si fuesen bailarinas que danzan concentradas en sus ombligos y en sus cimbreantes y sinuosas cinturas. Puede que Machado aspirase entrecortadamente la brisa de un anochecer lluvioso similar a éste y sus manos y los dedos de sus manos trepasen ardientes por los forjados de su cama, de su lecho de muerte, en una irreprimible locura sensorial, recordando o imaginando las primeras escaramuzas eróticas con Guiomar cuando acaso sus dedos acariciaban la textura erizada de su piel, la delicadeza de su cuello fino y largo, sus lechosos y redondeados muslos. Y puede que en su agonía mojara sus dedos, imaginara que mojaba sus dedos en el interior de Guiomar como en un tintero de fluidos transparentes. Y quizás escribía bellas palabras invisibles, tibias y húmedas, sobre su rostro delgado cubierto por los bucles rizados de sus cabellos. Sobre la tez clara y serena de Guiomar, escuchando el timbre de su voz sedante y adormecedora. Y puede que recordara los colores inaprensibles del arco iris y la lluvia en sus cabellos.

Quizás se estén mojando. Quizás los perros de este cementerio se estén mojando y puede que se encuentren nerviosos pensando que se han quedado ciegos, mientras escuchan el viento silbar entre los cipreses y las cruces de los panteones. O es posible que estén inquietos porque vean, porque se imaginen que ven –como yo– avanzando en la oscuridad muy despacio y solemnemente, los espectros vaporosos de los doce oficiales andaluces que habían conseguido escaparse del campamento de refugiados de Argèles, al enterarse de la muerte de Antonio Machado y que, en dos turnos de seis hombres, lograron llevar a hombros el féretro con los restos del poeta –también un día lluvioso como este anochecer– y lo depositaron con delicadeza en el nicho, a las cinco de la tarde, rezando una oración por su alma y recitando algunos de sus poemas, como yo los he musitado en el tren que me ha traído desde Málaga, cuando atravesaba los campos de Cataluña, las tierras cercanas al pueblo de Gandesa y el tren parecía navegar entre los valles y las fértiles huertas donde se produjo la lucha fraticida más encarnizada de la Guerra Civil, la mayor batalla de la historia de España, y yo abandonaba el tren, creía que abandonaba el tren y me parecía quedarme fuera del vagón, en medio de un auténtico aquelarre nocturno, raptado por una somnolencia alucinatoria producida por tantos meses leyendo sobre la Guerra Civil y sobre el exilio de Antonio Machado. Por eso anoche no tenía el menor deseo de mirar por la ventanilla cuando percibí que el tren entraba y surcaba o navegaba por esa zona de oscuros valles: en cuanto giré la cabeza hacia la ventana y dejé de verme reflejado en ella, después de desaparecer también el único pasajero que me acompañaba en el compartimiento del vagón –un anciano con los ojos nebulosos, la piel apergaminada, el mentón prominente y la mirada bondadosa, con un periódico deportivo que leía con una sola mano– me pareció que el cristal se derretía y que la ventana era un agujero hacia el pasado y que yo salía catapultado por ella, viendo etéreas columnas de soldados republicanos, tan irreales y fantasmagóricos como los que ahora he creído ver en el cementerio de *Collioure* bajo la lluvia, y me sobrecogía consternado, fuera de mi asiento, por el perfume al aire de otra época. Por el olor a sangre casi real –que había empezado ya a rezumar y a propagarse dentro del vagón– y me veía deambulando junto a un grupo de soldados de la XV brigada que trataban de reunirse con la 35 División y estaba enloquecido por el ruido ensordecedoramente real de los obuses de la aviación alemana e italiana que caían sobre nuestras trincheras.

Veía, en el tren que me ha traído desde Málaga, veía los angostos pasillos deshabitados y escuchaba y sentía el engranaje de sus ruedas, el sonido vertiginoso e intermitente –como el tañido fúnebre de una campana– de su quejumbrosa cabalgadura mecánica. Pero no podía regresar a él porque me encontraba en pleno campo de batalla sin atreverme o sin querer disparar un solo tiro y las nubes ardientes de polvo me traían, desde las montañas incendiadas, desde las arenas de los campos humeantes, desde las escarpadas laderas, un pesado olor a herrumbre. Como si respirara sangre. Seguro que Machado, durante la guerra, olfateó muchas veces ese olor a mineral oxidado, dulzón, penetrante y pegajoso como cuando mi madre o una vecina de mi madre echaba unas gotas de vinagre en un algodón y me lo colocaba en las fosas nasales cuando sangraba por la nariz por haberme dado un golpe jugando, a esa edad en la que leía comics pavorosos, como aquél en el que el Sol se convertía en una supernova que crecía y crecía hasta que su brillo y energía llegaban a secar el agua de los lagos, ríos y mares, desintegrando las calles, los edificios y las ciudades mientras yo experimentaba por primera vez lo que era un ataque de pánico. Como el día que me perdí –a la misma edad en la que leía esos comics catastrofistas– en Almacenes Félix Sáenz. Ese bello edificio de reminiscencias neoclásicas de mi ciudad al que solía ir acompañando a mi madre, hasta la tarde en la que me desorienté subiendo por unas escaleras laberínticas –paralelas a las que mi madre subía– que me llevaban a otras escaleras y secciones desconcertantes para mí y allí me quedé, en el departamento de lencería "fina", con mi corazón palpitando por el desamparo y por cierto deleite culpabilizador al contemplar tantos sujetadores y bragas de todas las formas y tamaños; prendas de colores insinuantes que aturdían al despistado explorador en el que me había convertido, descubriendo para mi casto mundo infantil aquella geografía excitante y prometedora que la mano de mi madre disipó y yo no supe si iba a acariciarme o a golpearme al encontrarme hasta que la mano se convirtió en un abrazo que me apretujó y me envolvió. Esa cara desencajada, ese pánico de sentirme perdido, ese miedo a tener miedo que atenaza la garganta, ese sudor frío, solamente fue superado durante mi infancia, cuando me fueron a operar de amígdalas diciéndome que me iban a regalar un juguete y me subieron en los brazos de una enfermera. Recuerdo su sonrisa psicópata, el bamboleo y la blandura de sus pechos, el ballet flamenco de sus caderas y el taconeo, casi de "bailaora", de sus zuecos, al caminar tan decidida por aquellas baldosas grises rumbo al cumplimiento de mi "condena". Todavía soy capaz de reproducir perfectamente el olor que emanaba de aquella habitación al sentarme en una camilla esperando, inocentemente, el "regalo"; ese olor era una mezcla de productos de limpieza para fregar el suelo, amoniaco o algún ingrediente resinoso, o los dos y alguno más y de algún fluido corporal, no sé si sudor o saliva, o los dos. O ninguno de ellos. Quizás fuera mi propio olor –los efluvios del miedo– o el de la exuberante enfermera de sonrisa psicópata. Sea cual sea, lo he olido otras veces en las cercanías de la zona de los quirófanos de los hospitales y en otros lugares; en la cola para renovar el carnet de conducir, al pasar por algún portal antiguo, en una notaría, al dejar las llaves y el móvil en un control en el edificio de Hacienda y siempre me he sentido, cuando ha llegado a mi pituitaria ese olor, acosado por preocupaciones irracionales súbitas que me han hecho volverme para ver si estaba la odiosa enfermera de mi niñez.

Pero sobre todo no puedo olvidar el olor a alcohol de esas manos grandes y velludas, y esos antebrazos del médico, que en los primeros instantes me dieron confianza porque se asemejaban a *Popeye el Marino*, uno de mis ídolos de la infancia, hasta que metieron, esas manos metieron un instrumento quirúrgico en mi boca, algo puntiagudo y redondeado, o puede que primero introdujera un objeto afilado y luego uno achatado, algo similar a una cuchara de servir helados, herramienta que había visto muchas veces en funcionamiento en las heladerías. Pero el diabólico utensilio no estaba diseñado para ese fin, sino que rasgó mi faringe mientras sentía que eran esas manos, las uñas de esas manos verdes de coger espinacas –aunque no era Popeye– y no los artilugios de cirugía, las que raspaban las guaridas más íntimas de mi carne, que crujía desgajándose, del mismo modo en que anoche, en mi ensoñación durante el viaje en el tren desde Málaga, bajo mis botas desgastadas de combatiente llegado de otro tiempo, creí escuchar el crujido que hacían al pisar los cuerpos, todavía calientes, de los soldados muertos. Unos despojos amorfos que acababan teniendo la forma de unas piernas que se entrelazaban con las mías y la figura de un soldado sin brazos que me imploraba que lo salvase. Tragué saliva y palidecí. Intenté zafarme. Me suplicaba que le ayudara y yo le gritaba que no era más que un sueño, maldita sea. Que viajaba en un tren camino de Francia, que había leído demasiado sobre Machado y la Guerra Civil y que no entendía nada, que yo no estaba allí, que bajo ningún concepto iba a ayudar a alguien que no existía. Pero me agaché a ayudarlo.

La luz del tren corría muy deprisa delante de mí, y aunque no avanzaba, me cegaba. Debo estar soñando –me decía en esos momentos– maldita sea, debo estar soñando. No puedo hacer nada por ti porque estoy soñando. Viajando y soñando y porque tú no eres real, pero allí tenía al soldado mutilado y agonizando con unos estertores y unas sacudidas terribles, hasta que expiró. Yo me incorporé de un salto y seguí caminando consciente de que aquello, después de todo, quizá no era un sueño exactamente, sino una especie de desdoblamiento entre la persona que viajaba en el tren y la que había salido de él en plena Batalla del Ebro, y caminaba sordo por el estallido de las granadas entre charcos de sangre y permanecía sigiloso, encorvado, asustado y triste por las hemorragias imparables de mis compañeros y de mis enemigos. Soy un soldado pacifista, soy un soldado pacifista –me decía a mí mismo.

–Perdone, amigo… ¿va hacia Barcelona? –recuerdo que me preguntó el anciano que viajaba a mi lado en el tren, trasladándome de nuevo al compartimiento.

–Sí, sí…

–Yo también. Me parece que mañana va a hacer buen tiempo para pescar el calamar, ¿le gusta a usted pescar? –me preguntó soltando el periódico deportivo.

–No, no tengo ni idea –le contesté secamente viendo cómo a unas cabras que cruzaban la vía la locomotora estaba a punto de atropellarlas.

–Bueno, eso es que porque no lo conoce. Aquí tengo un carrete que yo mismo he fabricado. Vea usted que tiene el cubo de forma ovalada, así cuando el carrete da vueltas... ¿me escucha?

Lo escuchaba e incluso vi cómo me ofrecía el carrete con una de sus manos, pero muy lejanamente, porque mis fantasmas de la guerra me trasladaban de nuevo a esa duermevela. Me rescataban otra vez para luego desvanecerse borrosos y después reaparecían más reales que el hombre que viajaba conmigo. Fuera del tren yo era solamente un conglomerado de células sólo unidas por una apariencia, por una ilusión de fuerzas electromagnéticas –igual más o menos que dentro del tren– que se podrían dispersar por todo el campo de batalla –o por el vagón– y no lo hacían por ese pegamento imantado que las unía a mi vacío y que me daban la impresión de realidad entre los soldados. O quizás fuera al revés; el barullo de las voces de los soldados y de sus disparos, su transparencia sobrenatural no era más que una construcción mental licuada y cohesionada, no sé por qué extrañas fuerzas que tenían apariencia de realidad ante mí. Tan real, que yo, el soldado republicano pacifista, el objetor de conciencia fiel a los ideales democráticos y al gobierno legal, el soldado incapaz de disparar ni siquiera en defensa propia, comencé a oír el tableteo por encima de mi cabeza y los obuses, el silbido de los obuses que reventaban a mi lado. Llegué a percibir las maniobras tácticas, el movimiento agitado de las líneas de los frentes, las oleadas de fragmentos metálicos incandescentes que atravesaban la noche y el fuego de mortero y ametralladoras perforando los cuerpos, los huesos de mis compañeros y de mis enemigos, convirtiendo en muñones los brazos y las piernas entre estandartes y banderas. Y veía todo eso, una parte de mí veía todo ese horror fuera del tren, como una totalidad fantástica en la que coexistía todo lo que estaba sucediendo en esa batalla.

Anoche, en el tren, yo era un soldado no-violento que vivía esa simul-taneidad, destinado, por la locura de mis lecturas y reflexiones, a encontrar-me en un limbo de horror fuera del vagón, mientras éste siguiera viajando por esos campos oscuros. Y me veía cruzando el río Ebro haciendo como si disparara al aire, a las rocas, a los árboles, nunca a mis enemigos y algo que formaba parte de mí cruzaba un puente –que en mi mente era el Puente de los Alemanes de mi ciudad– hacia donde estaba el ejército de los golpistas. No debía tener miedo porque jugaba con la ventaja de que venía de otro tiempo y mis compañeros de armas y, sobre todo, mis enemigos, no lo sabían. Ni siquiera yo mismo lo sabía. No debía tener tanto miedo, pero lo tenía. A pesar de que venía de otro tiempo y de que parecía cruzar, en lugar del Ebro, el río Guadalmedina de mi ciudad, a través del romántico Puente de los Alemanes, mi particular puente colgante de Brooklyn, donde en tantas noches solitarias me he asomado entre sus hierros –con esa melancólica percepción de despe-dida que siempre me produce ese aire marino que lo atraviesa– tarareando *Strangers in the Night*, la misma canción que canturreo al intentar dormirme cada noche en mi postura de *Ramsés II*. Sí, tenía miedo, el mismo miedo que tenía cuando me perdí en los Almacenes Félix Sáenz o cuando me operaron de las amígdalas.

Tenía miedo y sentía un silencio de muerte antes del nuevo intercambio de disparos y luego oía el tintineo de las municiones y las poleas que arrastra-ban de las barcas que cruzaban el Ebro. Aguantaba la respiración y casi tuve ganas de ir al cuarto de baño del tren, o acaso fui, por el miedo. Avanzaban los soldados, los espectros –como aquí los del cementerio– acechantes de los soldados, escrutando la oscuridad y yo a su lado caminando a tientas, antes cegado y ahora apenas iluminado por las luces de los vagones que circulaban por las vías, delante de mí, veloces y estáticos, estableciendo una frontera móvil entre la conciencia que me abandonaba sin estar dormido y el hilo de pensamiento que me tenía sujeto a la realidad.

Algunos soldados se santiguaban, otros rezaban, yo musitaba alguna oración incompleta, agazapado, escuchando las cigarras y las ranas. Mi desdoblada personalidad era consciente de que tenía ante sí a las mejores divisiones de las tropas de los sublevados, formadas por más del doble de unidades de élite que las tropas del ejército republicano. Soldados fogueados en todas las batallas de la Guerra Civil, con unas fuerzas superiores en número, en artillería, en tanques y con una diferencia abismal en fuerzas áreas, se iban a enfrentar a otros soldados que también procedían de todas las batallas de la Guerra Civil. En cualquier caso, sabía que eran héroes frente a héroes luchando a muerte en un coliseo absurdo. Sabía que, durante ciento trece días, ambos bandos iban a luchar con fiereza y heroísmo, porque de esa batalla dependía el resultado de la guerra. Y sabía que en unos días el avance sería imparable y que Franco tendría miedo por primera vez en la guerra y que algunos lo verían llorar en sus visitas al frente, ante el arrojo y la muerte de algunos de sus soldados. Y mi "yo clónico" sabía que los generales golpistas se sumirían en el pesimismo ante el avance de los ejércitos del Ebro y criticarían abiertamente a Franco, queriendo relevarlo porque no comprendían la guerra de exterminio que estaba llevando a cabo, sacrificando todos los soldados que hicieran falta para lograr la total desaparición de los soldados republicanos. Y sabía que la odisea del ejército del Ebro había llegado a oídos de Hitler y Mussolini, que se unieron a las críticas contra Franco, admirando el esfuerzo sobrehumano de los "rojos".

Los himnos patrióticos y las arengas parece que se escuchan por todo el cementerio más nítidamente que las gotas de agua que caen, pero no con tanta intensidad como me llegaban anoche a la ventanilla del tren, durante la alteración del estado de mi conciencia. Especialmente, algunas de las canciones de la Batalla del Ebro, como aquella que cantábamos algunos, de forma clandestina, en los recreos escolares de los colegios religiosos de mi adolescencia: "*Si me quieres escribir, ya sabes mi paradero, en el frente de Gandesa, primera línea de fuego...*" Canciones que escucho ahora bajo la lluvia, aquí en el cementerio, y que anoche sentía retumbando en mis oídos como si tuviera colocados unos auriculares. Estaba hipnotizado; terriblemente fascinado por la velocidad del tren que corría cada vez más deprisa, pero sin llegar a salir de esa zona donde yo era incapaz de no sentirme en la Batalla del Ebro, viéndome entre algunos soldados de la Brigada XV, avanzando en la noche de otro tiempo.

–Pues yo el señuelo que utilizo... ¿sabrá usted lo que es el señuelo no?

–¿Cómo dice?

–El señuelo, ¡Que si sabe lo que es el señuelo! – me gritaba el anciano del tren como si yo estuviera sordo o me encontrara muy lejos.

–Sí… sí… más o menos –le contesté.

–Pues a mí me gusta que el señuelo quede suspendido a una braza, como mucho a dos brazas del fondo, y cada varios minutos lo muevo. Cuando el calamar piensa que es un pez vivo, mi destreza –podríamos llamarlo así, ¿verdad?– se pone en funcionamiento. Un arte que aprendí de mi padre y... ¿qué mira usted tanto por la ventana? ¿Pasa algo ahí fuera? Deje de mirar, no se ve nada con tanta oscuridad.

Pero yo sí "veía" en la oscuridad. Me veía a mí mismo más allá de la ventanilla del tren detrás de unos matorrales –creo que era la cota 481; en aquél momento no supe por qué me vino a la cabeza esa cota– viendo como las divisiones republicanas se preparaban para tomar Gandesa. Mientras corría con mi fusil disparando al aire, a los árboles, a las rocas, tratando de tener cuidado para no pisar a las hormigas gigantes, escuchaba la sucesión de los partes de guerra como si alguien los retransmitiese por radio en directo. Hablaba el locutor de la República, de los combates encarnizados, salvajes, de los muertos que habían recogido, del armamento requisado, del número de prisioneros hechos, de las bajas sufridas, de por qué no se abrían otras maniobras de distracción en otros frentes de la guerra que ayudara a la del Ebro y por qué la aviación disponible no acababa de llegar, dándole tiempo a las tropas franquistas a reorganizarse y traer de toda la península a lo mejor de su ejército. Esta última era una incompetencia que los oficiales de las tropas franquistas no se explicaban, ya que si se tomara Gandesa podría cambiar para siempre el destino de la guerra.

Escuchaba, –disparando a unos pájaros con cuidado para no darles–, al comentarista que, con aflicción, comunicaba que los mejores generales de Franco habían llegado ya al frente y la certeza de que había venido García Valiño, el mayor de sus estrategas, pero no me podía concentrar más en los comentarios porque reventaban, porque me imaginaba que reventaban, en mis oídos los estampidos del fuego artillero y el ruido de los proyectiles de los centenares de aviones de la legión Cóndor, que arrojaban diez mil bombas al día mientras se escuchaba el rugido del agua porque las tropas enemigas habían abierto las compuertas de los embalses. Yo, huía impulsado por mis quimeras, de los márgenes del río y seguía disparando al aire para que los comisarios comunistas me vieran disparar y no me disparasen a mí o me hicieran fusilar por el Tribunal Permanente.

El río Ebro parecía un maremoto, un monstruo líquido cuyas fauces se tragaban, por el efecto de las bombas sobre el repentino crecimiento del agua, a miles de soldados entre alaridos desesperados y movimientos frenéticos mientras, en medio de los bombardeos y de los *tsunamis* artificiales, nos gritaban los mandos, insistiéndonos en reunirnos con la 35 División, y yo escuchaba a algunos oficiales que comentaban en voz baja que, a pesar del desastre del río, todavía podíamos tomar Gandesa, con lo cual los rebeldes tendrían que traer todo el ejército para poder recuperarla.

Era de noche, pero parecía de día. Y no por las luces del tren que seguía detenido y avanzando al mismo tiempo, sino por los resplandores de las bombas de quinientos kilos de los bombarderos alemanes y de las piezas de artillería pesada. La tierra temblaba como por el efecto de varios seísmos y bajo mis pies parecía que se desataba una marejada, con olas de tierra en cuyas crestas brillaba la espuma viscosa de la sangre de los soldados. Yo batallaba sin disparar y veía y respiraba con dificultad por el miedo y por las nubes de polvo que inundaban los campos y mis pulmones y mis ojos. Nos disparaban desde todas las colinas y los hombres caían muertos sin rechistar porque toda nuestra comunicación se reducía a susurros; nos habían ordenado que nadie hablase ni hiciese ruido y había que hacer caso de las advertencias: nos avisaban de que los tiradores de Ifni Sáhara estaban emboscados. Algunos compañeros decían que había que estar muy alerta porque también teníamos en frente a la 18 Bandera de la Legión, la 13 División y cerca de ella el 5 Tábor de Melilla. Los cuatro batallones desperdigados de mi brigada parecían haber oído hablar de su ferocidad, de sus ululantes gritos de guerra, de cómo cortaban los testículos, de sus atroces violaciones a las mujeres y de sus degüellos inmisericordes.

Nos disparaban desde todas las colinas y estábamos ansiosos de que la 16 División avanzara, pero las órdenes no acababan de llegar. Alguien cerca de mí decía indignado que el general Vicente Rojo, Jefe del Estado Mayor de la República y profesor de la Academia Militar de Toledo, que había diseñado la compleja y audaz operación para cruzar el Ebro con barcazas, había ordenado que no pasara la 16 División. Escuché también que alguien gritaba que para qué servía que ese general hubiese mantenido su lealtad constitucional al gobierno legítimo, si a la hora decisiva no daba la orden de avanzar. Al momento, otra voz le respondió gritando que Vicente Rojo era el más brillante general que existía en los dos bandos, pero que los mandos comunistas que no eran militares de profesión no obedecían todas sus órdenes. Puede que fuera en ese instante cuando, en mi perturbada percepción, vi un Junker alemán envuelto en llamas que cayó en picado y se estrelló a unos cien metros de donde me encontraba. Podría ser algo que solamente ocurría en mi duermevela, pero el calor de las llamas me abrasó al hacer un movimiento para ayudar al piloto, que se había tirado en paracaídas y, al que algunos soldados, con sus miradas, me impidieron rescatar. Escuchaba la artillería enemiga y a los Heinkel de la Legión Cóndor pero, ¿dónde estaba nuestra artillería y nuestras baterías antiaéreas? ¿Dónde estaban nuestros aviones? Un soldado con aspecto de intelectual que, como yo, tampoco disparaba a nadie, me comentó que aquello no era más que un ensayo que hacía el enemigo con nosotros, que toda esa ingente masa artillera era una escaramuza para comprobar nuestra escasa potencia de fuego. Pero yo corrí de inmediato al sentir cómo se desencadenaba en el cielo una auténtica tempestad de fuego, que dejaba a mi alrededor cientos de soldados muertos y heridos muy graves que iban muriendo. Entre ellos, sin ojos y mutilado, el soldado intelectual que se arrastró gimiendo hasta que lo que le quedaba de su cuerpo tembló y se detuvo.

Ante el imponente número de bajas, nos ordenaron que nos retiráramos de la cota 481. Sí, creo que era esa cota la que veía en mi punzante arrebato onírico. Y parecía que hacía una eternidad que había salido la última vez del tren, aunque éste seguía su avance rapidísimo delante de mí, pero sin moverse, delante del escenario de la contienda, pero sin moverse. Tenía sed. No me importaba el hambre, pero sí la sed y, en mi fantasía tan real, tan lúcida, tan nítida, tenía mareos y la boca reseca. Pero tuve que dejar de pensar en mi sed al ordenarnos subir de nuevo a la cota porque se acercaba la 50 División franquista, y veía como miles de soldados que llevaban el mismo uniforme que yo, se enfrentaban a esta división. Nos dijeron que teníamos la moral muy alta y que los nidos de las ametralladoras estaban muy bien dispuestos. Llegué a ver, creí llegar a ver, los ojos desorbitados de los enemigos, sus rostros tan asustados como los nuestros y sus cuerpos tratando de esquivar también un diluvio de balas. Me pareció observar que también había combatientes pacifistas al otro lado de las trincheras, ya que algunos soldados de esa División tampoco disparaba realmente contra nosotros. No disparaban contra mí.

Escuché el sonido de una cisterna dentro del vagón y poco después oí pasos, muchos pasos y, la parte de mí que viajaba fuera del tren vio cómo la 6 Bandera de la Legión intentaba tomar la colina y vio también que no quedaba ninguno de sus componentes con vida por el envite de los soldados que estaban apostados. Ahora eran mis compañeros los que disparaban desde todas las colinas. En poco tiempo, la 50 División franquista había quedado fuera de combate y yo sentía tristeza por esos soldados tan jóvenes muertos inútilmente, recordando la *Colina de la Hamburguesa* en la guerra de Vietnam; un montículo sin importancia estratégica por el que se enfrentaron el Vietcom y la infantería norteamericana, muriendo muchos soldados por ambas partes en una auténtica carnicería humana. En las cotas de la Batalla del Ebro había mucha más "carne picada" y muchos más cadáveres en descomposición que en cualquier colina del Vietnam, pero esta era una batalla prácticamente desconocida, como todas las que provocó la mayor rebelión militar española y apenas hay películas que recuerden el sufrimiento estéril de los hombres que en ellas lucharon y murieron en ambos bandos.

No sé si influido por la interpretación que le daba a las lecturas de uno de los filósofos preferidos de Machado, Inmanuel Kant, pero el caso es que no sabía si los objetos que desde fuera del tren contemplaba, eran en sí mismos o la forma subjetiva que mis sentidos le daban. Por eso, cuando se me acercó aquel soldado de la 16 División le toqué para ver si era real y él sorprendido por mi acto, me dijo que su División iba a tomar Gandesa por el sur sin ningún trabajo en cuanto diesen la orden, antes de que la artillería enemiga estuviera completamente montada, porque de hecho ya estaban todas las divisiones franquistas rodeando ese pueblo vital, sólo faltaba la mejor, la IV de Navarra, pero se acercaba a gran velocidad en convoyes interminables, me decía aceleradamente, puede que nervioso de que yo le tocase o es posible que yo fuera una aparición para él más que él para mí. Fue entonces cuando le dispararon y cayó de bruces aferrándose el cuello. Empezó a sangrar por la garganta, me suplicaba que no lo dejara, yo iba a decirle o le dije que él sabía que aquello no era real, que era la materialización de mi locura quijotesca producida por tantas lecturas, que si no veía el tren delante nosotros. Iba a decirle o le dije que Kant decía que toda presencia, espacio y tiempo no eran más que formas de nuestro conocimiento, de nuestra subjetividad, independientes del hecho de la experiencia. Entonces me tocó él a mí o yo sentí como si me tocara, porque en ese instante noté que me zarandeaba el hombre que viajaba conmigo en el tren para despertarme y yo no sabía distinguir cuál de las dos presencias era en sí misma el concepto más puro, la categoría del entendimiento menos intuitiva, la que tenía más relación con la abolición de la realidad. Lo que sí recuerdo es que creí arrastrar al hombre herido taponándole la garganta; lo había visto en una película, en *Pearl Harbour*, creo, así que le metí un dedo en el agujero palpitante, intensamente bermellón, de la herida y mi dedo temblaba por los gorgoteos de la sangre que parecían gusanos moviéndose histéricamente a cada palpitación del corazón, y fui arrastrándolo, entre vides llenas de uvas carnosas, sin sacarle el dedo de la garganta, intentando alejarme de aquél infierno. Llegué a una zona calcinada donde había unos enormes cráteres por los impactos de las bombas de quinientos kilos que habían arrojado los bombarderos alemanes. De repente, salieron de uno de los cráteres dos legionarios que me encañonaron. Les grité que llevaba un herido, pensé en hablarles de Kant, no sé, creo que lo hice. Sí, creo que sí, creo que les dije que si no padecían un vacío por su insensibilidad, que inhibieran esa conducta violenta de su ser, que si me dejaban, ese hecho no iba a alterar, no aumentaba ni disminuía, la realidad objetiva de la batalla. No sé que más les dije o creí decirles pero, al final, sé que opté por desembarazarme de mi fusil, de mi cartuchera y de mi cantimplora vacía, nada más escuchar sus gritos de que me dejara de "gilipolleces", que era su prisionero y que me iban a disparar –y yo me decía que no me podían matar porque aquello era casi un sueño– y que dejara al herido inmediatamente. Éste se agarraba a mi dedo con las dos manos sabiendo que era la única forma de seguir con vida, y me imploraba que no le dejara. Un soldado moro me hizo saber gestualmente que me cortaría el cuello mientras uno de los legionarios me dio un empujón y mi dedo salió del agujero de la garganta por la que manó sangre a borbotones. Al caer al suelo, los legionarios me ordenaron que me levantase inmediatamente y me acercase a ellos. No los entendí bien. No me hablaban en castellano. No sé qué idioma era. Una combinación de palabras portuguesas y alemanas o algo así. Y no es que en mi paranoia fueran miembros de la legión extranjera. Me ocurre a veces: voy por la calle o me hablan mis amigos y creo que todo el mundo se comunica conmigo en una lengua desconocida para mí.

Fuera el idioma que fuera, estaba claro lo que querían decirme y obedecí. Pero al llegar a su altura, tambaleante, como si me hubiera fracturado una pierna, pasé entre los dos, y corrí hacia las viñas. Ni se inmutaron. Estaban muy seguros de la velocidad del soldado moro al que habían ordenado –esta vez con acento andaluz– que me atrapase. Tenían razón, enseguida el soldado (que tenía la fisonomía de uno que había visto en una fotografía sobre la guerra: pequeños ojos negros que hielan la sangre, cabeza rapada y barba de unos días) se abalanzó sobre mí y me inmovilizó. Sentí como cogía un cuchillo de su cintura. Me tenía boca abajo y me sentía poseído por sus músculos tensos y duros como el acero que se esforzaban en que no me moviera. Me levantó la cabeza para seccionarme la garganta. En un primer momento creo que le dije que esperase, que deberíamos hablar y luego le dije, o pensé, que si eso sería doloroso y que, por la experiencia que él tenía, cuánto creía que yo tardaría en morir y qué cosa sería la muerte y qué me pasaría después de dejar de respirar y si me encontraría con mis seres queridos ya fallecidos.

Pero después me tranquilicé, intenté tranquilizarme, y me di valor recordando a Marta –a la que yo llamaba Friné– la mujer que más he amado y, a su manera, la mujer que más me ha amado. Sí, creo que me envalentoné pensando en Friné o Marta e invocando con el pensamiento la figura de Antonio Machado y canturreando *"Si me quieres escribir ya sabes mi paradero, en el frente de Gandesa, primera línea de fuego"* y pensando que no podía morir porque viajaba en un tren en dirección a Francia y aquello no era más que una alucinación, fruto de mis lecturas y de mi estado de ánimo. Pero sentí la hoja fría acariciarme las venas del cuello y, estaba estimando la inútil conveniencia de hablarle de Kant (tenía pensado decirle algo sobre la afición del filósofo a beber cervezas de noche en las tabernas de Königsberg) al presionar con el cuchillo en mis carótidas, cuando el soldado moro se deshizo de mí y saltó con la agilidad de una pantera para atrapar en el aire una granada que venía directa hacia los dos. Le quitó la espoleta para que no estallase mientras yo huía y un segundo más tarde escuché un estampido detrás de mí. Era todo tan real que ya no estaba tan seguro de que alguien con mi envoltorio, alguien de mi corporeidad, viajara en un tren que había salido de Málaga con una mochila, el ordenador portátil y una guitarra e iba para Barcelona, camino de Francia. Me arrojé, una parte insustancial de mí se arrojó a uno de los cráteres y, al asomar la cabeza, vi al soldado moro iluminado por las luces del tren, entre una nube de polvo rojizo en suspensión. Había perdido las dos manos y tenía la pierna derecha sólo unida por un hilillo de carne al tronco. Me hizo un gesto para que se la arrancase. Mientras esperaba a que saliera del cráter y me acercase, el soldado bebía agua de un charco donde había una mula despanzurrada. No tuve que hacer mucho esfuerzo para que la pierna se rompiera estirándose como un elástico. Me agarró con sus muñones ensangrentados y me gritó en su idioma y después en castellano –buscando con la mirada el fusil y la cartuchera que yo había arrojado a la tierra– que le disparase. Yo sabía por mis lecturas sobre esta batalla, que muchos soldados agonizantes, desmembrados o con enormes agujeros por los que les salían las vísceras, suplicaban un tiro de gracia y que muchas veces no se hacía por el ruido, para no despertar sospechas en el enemigo. Sí, yo sabía que estaba sufriendo, pero le dije que no, que no podía disparar, que no quería disparar a nadie ni en un sueño ni en la realidad. Me dijo que era mi enemigo, que él me hubiera cortado el cuello y que me mataría si pudiera. Le dije que vendrían los sanitarios y replicó que no había piedad para las tropas moras que son hechas prisioneras. Me ofreció unas cáscaras de patatas y pan negro a cambio de que lo hiciera; le repetí que no sería capaz de matar a nadie. Se puso a gritarme, ahora en su idioma, no sé si ordenándome que lo ejecutase o llamando a los suyos. Yo iba a huir, pero no podía seguir viendo cómo se desangraba. Entonces, con lo que quedaba de su pantalón intenté hacerle un torniquete en las muñecas, trató de evitarlo al principio, pero luego, comprobando que estaba demasiado debilitado para resistirse, se dejó. Le apreté el pantalón con todas mis fuerzas hasta que conseguí que le saliera mucha menos sangre. Le cubrí como pude el amasijo de carne destrozada, de huesos astillados y cuajarones de sangre, que tenía donde antes había una pierna y le puse una mano debajo de la cabeza mientras escuchaba cómo pasaban por encima de mi cabeza decenas de aviones mientras arrastraba al soldado hacia el lugar donde estaba el hombre del agujero en la garganta. Imaginaba que no iba a estar con vida, pero no que le hubieran abierto el cuello de un tajo, decapitándolo. Me dije a mí mismo que era un cobarde. Que cómo era posible que ni siquiera estando en una ensoñación no me convirtiera en alguien valiente. En un héroe como los soldados que combatían en los dos bandos.

Perdida la noción del tiempo, seguí arrastrando exhausto al soldado herido. Sin saber dónde dirigirme, llegué al borde de un pequeño barranco. Iba desarmado, me sentía más desprotegido que antes pero ahora estaba más tranquilo, ¿quién iba a dispararle a un hombre desarmado? Y, ¿qué daño podría hacer yo sin llevar armas? No sé por qué pensé esa estupidez estando en una guerra o en un sueño sobre una guerra anclada en un extremo del tiempo porque enseguida empezaron a dispararme desde todas partes. Arrastré al soldado y rodé con él hacia el fondo del barranco. Me incorporé y seguí arrastrando al hombre que seguía perdiendo mucha sangre. Salí del barranco y deambulé sin rumbo hasta que se acercaron unos camiones. Alguien, desde uno de ellos, me dio el alto. Levanté un brazo porque necesitaba el otro para seguir tirando del herido, pero me ordenaron que inmediatamente soltase al herido y que subiera a un camión. No lo hice. Y el moro comenzó a sonreír, después a reír y luego su cuerpo entero se estremeció por las carcajadas antes de que le disparasen un tiro certero en la frente que lo enmudeció en el acto. Yo seguía sin deshacerme del soldado, del cadáver del soldado, hasta que un comisario comunista dijo algo sobre fusilarme allí mismo. Entonces lo solté y levanté el otro brazo, gritándole que era un defensor –no recuerdo haberle llamado pacifista, pero sí defensor– de los ideales democráticos de la República y que cometía un error. Escuché cómo lo disuadían de fusilarme, haciendo alusión a la sangre reseca de mis manos y de mi ropa y a que hacían falta hombres, aunque fuesen de dudosa valentía y lealtad. Creo que se me inundaron los ojos de lágrimas al subirme a uno de los camiones que se desplazaban a otra parte del frente.

Por encima de nuestro camión se desarrollaban las siniestras piruetas acrobáticas de los aviones experimentales de los nazis. Alguien del camión los identificó como unos *Messerschmidt 109*, un prodigio de la ingeniería germana al servicio de los sublevados. Contra estos dispensadores de muerte nada podía hacer nuestra escasa artillería ni los pocos aviones que habían venido, demasiado tarde, del Levante y del Centro, a la batalla. Me dieron agua para beber y unas ciruelas para comer. Pusieron a mi lado un fusil y munición y se aseguraron de que los cogía. Después me echaron de un empujón del camión. Creo que me seguía el comisario político. Yo miraba de vez en cuando hacia atrás consciente de que me dispararía de un momento a otro. A mi espalda sonó una ráfaga de ametralladora y supuse que era él disparando. Me volví. La ráfaga, que procedía de un avión, había partido por la mitad al comisario político. Cada parte del cuerpo seguía moviéndose como dotada de vida propia tratando de unirse otra vez.

–No sé si usted sabrá que hay calamares gigantes... –recuerdo que me dijo en ese momento el hombre que viajaba conmigo.

–¿Gigantes? –le pregunté con curiosidad. ¿Cómo de grandes?

–Uf... ni se sabe... se han descubierto trozos de patas de diez y doce metros, de lo que se deduce que debían medir más de veinte metros. También se han descubierto cachalotes sin vida con heridas producidas por estos calamares. Si un cachalote mide entre dieciocho y veinte metros, imagínese cuánto mediría el calamar.

–Y esos calamares, ¿donde están? –le volví a preguntar intrigado.

–¿Dónde están? Nadie lo sabe. Se han encontrado muertos. Los puede usted ver en los museos porque vivos todavía no se ha encontrado ninguno, ya que son animales que habitan en las profundidades de los océanos. Imagínese si un día pescando pica el anzuelo uno de esos gigantes. Haría esquí por toda la costa –me dijo entre risas gesticulando con un brazo.

Yo me reí también. Y me relajé volviendo al mundo real, al mundo de los vivos. Y a partir de ese momento, en el que el tren ya salía de aquella zona, pensé y me imaginé escenas de la batalla pero desde dentro del tren, mirando por la ventanilla mientras el anciano me daba una amena conferencia sobre los calamares gigantes y después se callaba, respetuoso con mi silencio y mi actitud, a medida que volvía a sumirme en mis fantasías.

Y es que, desde donde estaba situado mi asiento –agarrando mi portátil y sujetando la guitarra– veía cómo los choques eran terribles entre las dos mejores unidades de los dos ejércitos que luchaban: la 11 División del V cuerpo de ejército republicano y la IV División de Navarra del ejército franquista.

Los soldados, bajo el mando de los militares sublevados, tomaban las cotas y, más tarde, lo hacían de nuevo los soldados obedeciendo las órdenes de los militares que habían respetado la legalidad, a pesar de que el fuego devastador de los cazas alemanes sobre las líneas republicanas apenas dejaba posibilidad para el movimiento de sus combatientes. Me retorcía de pena en el asiento contemplando cómo caían los soldados de ambas unidades y cómo se estaban aniquilando entre ellos. Estaban tan agotados que hubo una especie de descanso espontáneo por la imposibilidad de seguir combatiendo. Veía desde el tren cómo se retiraban las dos divisiones que se habían enfrentado, extenuadas y diezmadas, sin conseguir tomar sus objetivos pero, en el relevo, vi claramente desde la ventanilla lo que había leído tantas veces: cómo corrían y se adelantaban los soldados del 5º Tabor de Regulares de Ceuta en una inesperada anticipación que hizo que lograran tomar la cota. Entonces me pareció ver clavado en el tren un parte de guerra que alguien con una voz idéntica a la mía leyó. A partir de ahí los soldados republicanos vivieron una batalla defensiva con grandes matanzas por los aluviones de fuego de los bombarderos alemanes que destruían cualquier defensa republicana. La mayor potencia militar del mundo, Alemania, no había cesado de enviar ayuda a las tropas de Franco, que había mandado súplicas desesperadas para ello sabiendo, como todos sus generales, que la Batalla del Ebro estaría perdida, a pesar del daño infligido, sin la colaboración alemana. Mientras, al bando republicano no le llegaba la ayuda necesaria de una Europa temerosa de Hitler, como tampoco lo hacía, a esas alturas de la guerra, la colaboración eficiente de una Unión Soviética que no quería problemas con el III Reich. Por eso las divisiones republicanas no podían hacer mucho contra la potencia demoledora de un fuego artillero que solamente se podía igualar a las batallas de la I Guerra Mundial y contra unos bombardeos que la historia sólo los volvería a sufrir en la II Guerra Mundial.

Cuando desapareció esa especie de voz en *off* traté de ver desde la ventanilla, cómo en mi alucinación los aviones alemanes se abrían paso y cubrían el cielo con una densidad tal que algunos parecían rozarse por las alas, no dejando margen para la maniobra de los defensores republicanos que ya se retiraban y que eran degollados por las tropas de los regulares, compuestas por un ejército que parecía una plaga interminable gracias a la cantera de Marruecos, donde había listas de espera para apuntarse al bando nacional por trescientas pesetas al mes, una garrafa de aceite y un pan diario. Desde la ventanilla del tren veía a esas auténticas tropas de choque, guerreros tribales, mercenarios acostumbrados a la lucha y a los trofeos rituales de guerra que efectuaban macabramente, entre altísimos gorjeos sostenidos y que en mi imaginación calenturienta parecían soldados con rasgos chinos, quizás por lo que había leído de cantera inagotable. Hasta veía al hombre que viajaba conmigo con cara de chino y percibía que me observaba mientras yo reflexionaba y veía, desplegado ante mí, un mapa en el suelo del tren con todas las contraofensivas –mi mente me devolvía la memorización de los planos que había estudiado sobre la batalla– que tuvo que hacer el ejército franquista para conseguir, por fin, sus objetivos, en la séptima contraofensiva que lanzaron con una planificación minuciosa.

El suelo del tren parecía estar lleno de fotografías de la sierra, con soldados apostados en un lugar donde refugiarse: detrás de un montículo concreto –que bien podía ser un pack pequeño de zumos de manzana vacíos– de una roca previamente establecida, hondonada ya localizada desde el aire. Estaba absorto viendo cómo en el suelo del vagón todos estaban esperando a que el infierno artillero y los bombarderos acabasen con toda la resistencia republicana para lanzarse al asalto, cómo, al terminar el diluvio de fuego y el ruido, vino el asalto. Avanzaban, por el campo de batalla en el que se había convertido el suelo, sin explicarse la resistencia que iban encontrando en cada peñasco –que en el "mapa" mental abierto sobre la superficie del vagón eran restos de comida– en los que resistían los soldados republicanos con trapos de alcanfor en sus bocas para aguantar el olor de los compañeros en estado de putrefacción. Sí, la perplejidad de los soldados que gateaban por el suelo era enorme, no encontraban explicación para entender cómo podía haber sobrevivientes después de tantas semanas de bombardeos y del fuego artillero, y que existiera tan enconada resistencia por cada palmo de terreno. Incluso en algunas cotas (en los salientes de los asientos del tren) el avance se tenía que detener ante la defensa fiera y numantina de los sitiados. Y yo veía cómo había divisiones franquistas que tenían que retroceder, pero la aviación alemana seguía incesantemente con su lluvia de explosiones que provocaron -lo sabía por mis lecturas- algunas de las mayores matanzas de la batalla en la retirada de las tropas republicanas. También creí ver, anoche en el mapa desplegado en el suelo del tren, las últimas jornadas de la batalla, cuando la infantería de la 84 División franquista ocupó las cotas que quedaban en manos de los republicanos dispuestos a morir en ellas. Me llegó, anoche en el tren me llegó el olor a carne quemada y podrida que subía desde el oscuro valle hasta la ventanilla de mi compartimiento.

Detuve mis pensamientos –quizás el hedor a carne podrida se convirtió en un olor a bocadillo de atún y a zumo de manzana– y el mapa se volatizó al sentirme más detenidamente observado por los ojos nebulosos del hombre con el que viajaba. Carraspeé, esquivé su mirada y continué con mis reflexiones sobre el final de la batalla, mirando ahora, desde la ventanilla del tren hacia fuera, cómo las tropas franquistas necesitaron varios asaltos más, por el recrudecimiento de los combates –los regulares eran una y otra vez rechazados con muchas bajas– hasta conseguir todas las cotas. Por fin lo consiguieron rematando, hendiendo y atravesando con sus bayonetas a los heridos y a los que huían. Anoche en el tren contemplé cómo la sangre salpicaba en las literas y en las ventanillas y vi los rostros de los soldados que expresaban su hundimiento anímico y su quebrantamiento moral y observé, a través de la sangre que resbalaba por el cristal, el desmoronamiento físico de todo el frente republicano mientras el tren salía definitivamente de esa zona y en mi mente la Batalla del Ebro había terminado.

–Bueno, ya veo que no le interesa la pesca del calamar. Perdone que haya sido tan pesado. En estos viajes tan largos me aburro mucho y necesito hablar. Esa zona que hemos pasado le cautivaba ¿eh?

–Sí –le dije, pensando en los ciento trece días de combates que había durado la Batalla del Ebro y en los cien mil muertos de los dos bandos que yacían en los campos oscuros, en los sangrientos escenarios que veía alejarse desde el tren donde los soldados republicanos habían desafiado durante cuatro meses a un ejército que les superaba en todo. Aguerridos combatientes, entre los que había serios y disciplinados soldados malagueños que nunca había pertenecido a un partido político y que engrosaron esas filas legendarias después de la matanza de Málaga. Entre ellos mi padre, según me confesó, recostado en la cama como en un triclinium romano, masticando sin apetito cangrejos cocidos el día anterior a su muerte que, como un robot agotado, me enumeró de memoria el número que tenía su chapa en la guerra, la compañía a la que pertenecía y el batallón. No lo recuerdo muy bien, porque mi tristeza me impedía procesar la información, pero su voz metálicamente apagada por el esfuerzo y las dificultades respiratorias me habló con detalle de la brigada, el regimiento, la división y el cuerpo de ejército en el que luchó en la Batalla del Ebro. Hasta esa noche había pensado que él había luchado en el bando nacional, igual que el resto de mi familia, que había luchado frente a él desde las filas falangistas (hasta ese momento había pensado que los pantalones, los correajes y las camisas que desde pequeño se conservaban en casa de mis tíos y mis abuelos, eran de mi padre).

Procuré tranquilizarme. Estaba alarmado e intentaba recuperar el dominio sobre mis fantasías. Ya solamente me faltaba gritar en el vagón que era un combatiente vencido y triste, cansado del derramamiento de sangre. Que un soldado pacifista había salido hechizadamente de mí en el tren y había combatido en los mismos encuadramientos y en las mismas cotas que mi padre. Ya solamente me quedaba llorar, agacharme cuando un avión sobrevolase el tren, tocarle el hombro al viejo, canturrear, agarrarme a su cuello agobiado, rezar, ponerle un dedo en la garganta y levantarme de mi asiento citando a Kant. No descartaba que hubiera hecho alguna de esas actividades, a juzgar por la mirada del anciano que tenía la vista clavada en el suelo y me seguía hablando de la pesca del calamar pero ahora con un brillo inquietante en sus ojos que parecía diluir la turbidez de sus pupilas como si se hubiese resignado a hablar sin que yo le prestase atención. De hecho, sólo me llegaban frases de lo que parecía un monólogo ininteligible. Recuerdo que en ese instante comprendí que tenía un brazo paralizado y una mano –posiblemente ortopédica– con un guante.

Creo que en aquel momento del viaje maldije la hora en la que decidí leer sobre Machado y el final de la Guerra Civil, como terapia, para olvidar a Marta y demostrarme a mí mismo que era capaz de escribir algo y de presentarlo como una tesina y no solamente atender, metido en mi conserjería de la Facultad de Educación, al profesorado y al alumnado. Sí, creo que fue en aquel momento cuando maldije todo lo que había leído sobre la Guerra Civil y sobre Machado y cuando me arrepentí de viajar a *Collioure* para visitar la tumba del poeta, mientras veía desde el tren, al amanecer, inmensos campos de lechugas, carcasas vegetales que parecían flores en un camposanto y troncos podados pintados con cal, casi todos con dos pequeñas ramas que se elevaban del tronco principal y parecían cruces, pequeñas cruces, sobre los soldados que aún estaban allí, bajo la tierra. Y eso era algo que el anciano mutilado de los calamares parecía también vislumbrar sin pronunciar una sola palabra, con sus labios casi inexistentes, que permanecieron inmóviles porque la pausa inicial se transformó en un silencio prolongado que le hizo entrar, ahora a él, en un estado parecido al que yo había experimentado antes, hasta que llegamos a la estación y se despidió de mí con un fláccido abrazo. No me atreví, o hice un esfuerzo para no hacerlo, a preguntarle sobre su pasado, sobre las heridas de su pasado, al sentir la naturaleza postiza de la mitad de su torso y la mirada opaca y triste de sus ojos.

II

Unos pasos que resuenan por la grava mojada –o puede que el aleteo del vuelo de una gaviota– me liberan del recuerdo de mis misteriosos estados de doble conciencia del tren, devolviéndome plenamente al cementerio. Ya no escucho los perros ladrar ni aullar, pero sigue lloviendo sobre el monumento funerario y todavía escucho el viento silbando entre las cruces de los panteones. Camino lentamente bajo la lluvia, mientras mis zapatos crujen y chapotean encima de la gravilla que se amontona al lado de una placa de cerámica que recuerda el año de nacimiento y muerte del poeta. Mis pasos se detienen delante del buzón que el Ayuntamiento de *Collioure* ha habilitado para recibir toda la correspondencia que llega desde todos los lugares del mundo a la dirección postal del poeta: *Antonio Machado Ruiz. P.O. Box 66190. Collioure.* He dejado unas anotaciones en el buzón –puede que haya sido por la emoción o porque me estaba mojando, pero han sido rematadamente cursis– y he regresado sobre mis pasos a la tumba pensando que podía haber escrito algo más poético, incluso tengo la tentación de volver y escribir una nueva nota. Repaso mentalmente las palabras que podría reescribir, hasta que el sonido de las suelas de los zapatos me ha ubicado en el mismo crujido acuático donde me hallaba antes y, sólo cuando he cerrado los ojos, turbado por la amargura y entumecido por el frío, he esparcido la arena que llevo en un cofrecito, granos de arena de la costa de Málaga, de las playas de Torre del Mar, que recogí cerca de su paseo marítimo, frente a la estatua que reproduce a un pescador inclinado casi perpendicularmente al suelo; un marinero de piedra sostenido hacia delante en un despliegue imposible de gravedad, en una inmovilidad pétrea que arrastra sobre sus hombros cuerdas y redes suspendidas en el aire por un esfuerzo tan hercúleo que parece tirar de todo el Mediterráneo.

Yo sabía que éste iba a ser un acto muy triste para mí, pero no que se me fueran a saltar las lágrimas desde el mismo momento en el que he abierto los ojos y he vislumbrado los últimos granos de arena sobrevolando el rectángulo de cemento a través de un velo de niebla. Partículas de tierra que espero logren penetrar lentamente la lápida hasta llegar a la tumba de Antonio Machado –donde yace también su madre– y fundirse con la tierra española que el poeta también llevó en una cajita de madera durante su exilio hacia estas tierras francesas para que la depositasen en su ataúd cuando muriese.

Me parece escuchar de nuevo unos pasos sobre la grava y decido salir del cementerio y caminar por la playa. Ha dejado de llover, pero sigue haciendo un intenso viento. Las ráfagas de aire ondulan la bandera del *Château Royal*, la antigua fortaleza Templaria que, con su iluminación fantasmagórica reflejándose en el mar, parece como si estuviera sumergida en el agua y que de unas imaginarias ballestas apostadas en sus almenas invertidas, arrojasen –ayudadas por el movimiento de la marejada– flechas huidizas y alargadas como anguilas que serpentean delante de una enorme roca sombría, que me recuerda la figura siniestra del *Nautilus*, el submarino del capitán *Nemo*, que creo ver avanzar, burbujeante, detrás de los torreones del castillo, bajo el vaivén del agua que bambolea las barquitas atracadas en el embarcadero, donde las cascadas espumeantes de las olas irrumpen desplazando una niebla grisácea.

Camino por la playa con el viento refrescándome el rostro y golpeando mis ropas mojadas, con el ímpetu de una antigua y enérgica lavandera. Unas gaviotas atraviesan el horizonte ennegrecido de *Collioure* y detienen su vuelo en unas palmeras cuyas raíces el mar ha inundado, aunque parecen querer salir del agua como gigantescos nenúfares, emergiendo unos instantes y convirtiéndose en fugaces círculos de ondas translúcidas, en pasajeros y bruñidos espejos de agua, donde la expresión de mis facciones se duplica grotescamente, desdibujada por la oscuridad hasta que desaparecen borradas por la furia del mar que vuelve a ocultar las raíces. Mis pasos atraviesan una zona de pequeños montículos que me llevan a la altura de una vieja barca varada, de maderas carcomidas, casi engullidas por la espuma y por la demoledora e infatigable respiración del mar, cuyos vapores llegan hasta su quilla destrozada. Quizá sea la misma barca donde Machado se sentó con su hermano José unos días antes de morir, a contemplar el mar –en un profundo recogimiento– a través de sus gafas redondas, quizás agarrando su sombrero para que no se lo llevara el viento, quizás moviendo su bastón entre las piernas pensando en su futuro, en ese ofrecimiento de la Universidad de Oxford para dar clases de Lengua Española.

Y puede que escuchara esta palpitante extensión de agua mediterránea rodeando la barca varada y lejanos ladridos de perros a lo largo de la última noche de su vida, en aquella cama con el cabecero de hierro, en un estado de semiinconsciencia y aletargamiento que lo llevó a la muerte al día siguiente, ya sin el biombo que le separaba de la cama de su madre. Quizás mirara borrosamente sus dedos amarillentos por la nicotina o puede que viera diluyéndose las vigas del techo y en ellas a Leonor y a Guiomar. Es posible que, desorientado, ni él mismo supiera a dónde dirigía su última mirada en el preciso instante en el que iba a morir o puede que hiciera un esfuerzo, desde su postración, para liarse un cigarrillo, para ponerse sus gafas o su sombrero o para intentar coger su bastón mientras estaba atento, estoy casi seguro de que estaba muy atento, al último latido de su corazón, esa postrera y esquiva palpitación que le abrió un abismo insondable entre la vida y la muerte.

O puede que Antonio Machado no mirase nada porque perdiera la visión, el olfato y el tacto antes de morir, pero acaso sus oídos escucharan este mar y puede que sonriera con los labios temblorosos, oyendo concentrado, con una angustia asfixiante en el pecho y con fiebre, el sonido del mar cambiando toda la noche, como esta noche; sus olas, al principio meciéndose más fuerte, después más suave, al rato de nuevo más fuerte, tanto que sentiría la marejada rodeando la barca mientras entraba agua por sus grietas y cavara surcos alrededor de ella. Incluso percibiría que la barca, esta barca, ha empezado a moverse y que el mar intentaba llevársela, arrastrándola y estrellándola, con un fragor sostenido, contra las rocas, y escucharía y llegaría hasta su cama el rugido de las olas atravesando el espigón del puerto. Es probable que en ese instante perdiera la conciencia por completo y que los ladridos de los perros se acabaran convirtiendo en aullidos licántropos, como los de las noches eternas de mi infancia. Ya por la mañana, sus oídos recobrarían tímidamente alguna función y apenas captarían el sonido casi inaudible del viento modulando sus movimientos en la cama. Es posible que sonriera de nuevo e intentase salmodiar algunos versos pensando que la barca se ha salvado y, ya al principio de la tarde, *Madame Quintana*, su bondadosa casera, le colocaría su brazo debajo de la almohada, bajo su cabeza y le pasaría, para humedecerle los labios, un trapo mojado en champán y él paladearía el sabor refrescante y festivo: *Merci, Madame, Merci, Madame, Merci, Madame...* que estallaría en su boca y le haría soñar, entre quejidos que precederían a un estado de calma total, que estaba apoyado en la barca inclinada, añorando quedarse en la casita de algún pescador para escribir y desaparecer, confundido en un olor a refrito de almendras y ajos –como huelen las cocinas de los viejos pescadores de Málaga– y cerraría los labios sintiendo las pequeñas burbujitas mientras anhelaba, con melancolía, ver el mar desde la ventana un minuto más. Solamente un minuto más. Para entonces Antonio Machado ya sabría que nunca podría dar clases en Oxford –ya le ha llegado un anticipo de dinero de esa universidad para que se incorpore– porque sabe que se va a morir y seguro que se habría imaginado –mientras abría los labios y sacaba la lengua para atrapar las burbujas del champán– varias veces cómo iban a ser sus exequias y puede que supiese también que en el instante mismo de morir recordaría emocionado el aura evanescente de Leonor y los días más felices de su vida y recordaría también a Guiomar difuminándose en el esplendor de una época irrepetible, mientras el mundo de los sonidos iba desapareciendo de su cerebro. Y puede que lo último que escuchase fuera la voz ronca de un hombre jugando a la petanca, o el llanto de un niño, o el viento, el sonido del viento agitando las hojas de un árbol cercano a su ventana o el mar llevándose la barca. O quizás ya no fueran sonidos perceptibles sino acúfenos, zumbidos que procedían del interior de su cabeza y que le forzarían a que permaneciera agarrado sin fuerzas con sus dedos, amarillentos y fríos, a los dedos de su hermano y se imaginaría, quizás se imaginaría que estaría palpando, que sus dedos como impregnados en azafrán, estarían acariciando la orografía rugosa de esta misma barca abandonada –que el mar quizás se llevó y devolvió durante años– y es probable que sucumbiese varias veces más, antes de expirar, a la aparición delirante, al resplandor irreal de su amada Leonor superponiéndose a Guiomar, o puede que al revés. Y rememoraría los últimos versos que les ha escrito en su mente, los fragmentos inconexos de palabras, de las hermosas palabras que sabía que ya nunca llegarían a escribirse con su mano, que ya jamás pronunciarían sus labios.

Y en la última fracción del tiempo –escuchando sonidos reales o zumbidos o pitidos– Antonio Machado es posible que siguiera intentando recordar aquella pensión de Soria donde conoció a Leonor o aquél paseo bajo la luna con Guiomar la noche que la conoció, aunque puede que en ese momento no pudiera recordar nada y que sólo viese manos que se despedían de él; la mano de su abuela, las manos de sus padres, las manos de sus hermanos, las manos de Leonor, las manos de Guiomar, las manos de todos los españoles y españolas que han leído su poesía. *Merci, Madame, Merci, Madame, Merci, Madame...* Y luego –acaso después de una última mirada a la habitación de donde han trasladado a su madre para que no le viera morir– la opresión definitiva en el pecho, la asfixia, el dolor, la oscuridad y el silencio. "¿Dónde está mi Antonio?" puede que el poeta escuchara, justo antes de expirar, esas palabras de la madre que agonizaba en la habitación de al lado y que moriría tres días después. "¿Cuándo llegamos a Sevilla? Pobre Antonio".

**

Comienza a llover de nuevo pero esta vez con mucha más fuerza, y yo corro, interrumpiendo bruscamente mis pensamientos y dejo atrás la barca varada y la playa y camino, aterido por el frío, muy deprisa por la Rue Antonio Machado hacia la Quai de L´Amirauté y luego corro y no detengo mi carrera hasta que veo el rótulo luminoso de *Hotel Les Templiers* con sus figuras publicitarias de hojalata: dos soldados templarios oscilando, azotados por el viento, como un afilado péndulo que debajo de mi cabeza intenta guillotinarme.

Cansado del viaje, ya en la habitación del hotel, saco perezosamente de la mochila las pocas pertenencias que he traído y, del maletín de mi ordenador, un libro con las poesías completas de Machado que dejo en la mesita de noche. Pongo las manos encima del libro y me quedo quieto, imaginándome a Machado amortajado con una sábana al lado de mi cama. Permanezco inmóvil, escuchando cómo la lluvia golpea las ventanas, con marcos pintados de añil, de la habitación de mi hotel, y cómo amortigua el sonido de las olas y los graznidos de las gaviotas, que aún perduran en mi mente como el incesante ruido de los automóviles circulando por una lejana carretera y el eco de las voces que se alejan por la calle, los pies que corren saltando sobre el agua de la calle mojada como sobre el suelo resbaladizo e impúdico del aseo de un bar, pasos que aplastan alguna lata y juegan con ella, estornudos y risas que se despliegan al mismo tiempo que el sonido metálico de los paraguas, y después se reagrupan, y casi enmudecen y todo el mundo sonoro de la calle parece provenir, como un eco apagado, de un aljibe que se cierra lentamente.

Bostezo somnoliento y me tumbo en la cama, en la postura de *Ramsés II* con la cara del vecino de mi abuela muerto, tarareando *Strangers in the Night* y leyendo algunos poemas para olvidar a Marta. Intento que mi cerebro tenga un relativo silencio mental, una desconexión amnésica de mis lecturas sobre la hecatombe que vivió este país y sobre Antonio Machado, pero palpo el colchón y participo de la tristeza por la guerra y del pánico a la muerte que tendría el poeta. Aunque quiero suponer que experimentaría también decenas de sueños, de microsueños deliciosos, mil felices y sensuales inconsciencias pensando en las riberas del Duero y el patio de su infancia en Sevilla bajo la Luna de *Collioure* y el relampagueante destello de Guiomar al lado de su cama, mientras los graznidos de las gaviotas fosforescentes que he visto bajo el cielo oscuro pasaban por encima de las palmeras, de la barca y de la habitación de Machado en la que el poeta intentaría mirar el reloj de su mesita de noche, que parecería derretirse como la cera hirviendo. Quizás, en esos trances oníricos, imaginaba a los esqueletos de Guiomar y de Leonor –como yo los imagino aquí, en mi cama– durmiendo a su lado. Incluso así serían bellas para él y seguiría amando sus huesos, la mueca de sus mandíbulas, las hermosas e inquietantes oquedades óseas de sus ojos, las huellas cartilaginosas de sus pechos y sus hendiduras pélvicas tras el camino interminable de los delgados fémures hasta que desaparecería de su mente la última imagen de Leonor y de Guiomar, sus últimos perfumes captados en su último aliento, en el último sonido de la Tierra que presagiaba el sopor y la congoja, el cese irreversible de todas sus funciones.

***

Los goterones de agua que se estrellan contra la ventana me transportan –agotados ya mis intentos de detener mi pensamiento y de dormir, aunque siga en la postura de *Ramsés II*– al final de la guerra y me veo volando entre las gotas de agua cayendo sobre los cristales del vagón del ferrocarril muy cerca de este pueblo donde el poeta pasó su última noche tras cruzar definitivamente la frontera. Y aterrizo en aquella vía muerta al lado de su madre moribunda que constantemente preguntaba si estaba ya cerca de Sevilla: "¿cuándo llegamos a Sevilla?" Mientras el viento golpeaba las ventanas –como esta noche– en la oscuridad del vagón mientras la lluvia arreciaba entre los estornudos del poeta, que tendría las ropas completamente mojadas y que se entregaría en intentos piadosos por arropar a su anciana madre, que tiritaría de frío bajo una manta húmeda. Seguramente tendría fiebre y le martilleaba en las sienes el bombeo de la sangre como si su corazón se hubiese trasladado a la cabeza y, seguramente, por pudor, no se quitó la camisa mojada, aquella noche en la vía muerta del tren no se desprendió de la camisa mojada, la única de la que disponía el poeta y que conservaría hasta su muerte, intercambiándosela con la de su hermano.

Estoy casi seguro de que desde allí escuchaba el silbido de las locomotoras de otros trenes que viajaban, convoyes en movimiento, máquinas con vida que llegaban y salían entre el murmullo de miles de refugiados en los andenes, en las cantinas, miles de enfermos y heridos cubiertos con ropas rotas, con mantas agujereadas y con los zapatos descosidos. En la oscuridad y bajo la lluvia de enero, tan fría como la nieve derretida, cayendo sobre el techo del vagón detenido en el tiempo, Machado olfatearía ese olor a serrín mojado, a enfermedad y a vejez y vería, entre las sombras de la estación, mujeres amamantando a sus hijas y a sus hijos, madres acurrucadas, entre bolsas de ropa, en la puerta de los lavabos, frente a las vías.

Puede que su mente se desdoblara como la mía en el tren y su memoria le devolviese recuerdos inesperados de los millares de madres que también amamantaban a sus criaturas indefensas en la carretera de Almería huyendo de la ocupación de Málaga por las tropas franquistas. Madres que daban el pecho en medio de un charco de sangre momentos antes de morir. Seguro que había llegado hasta los oídos de Machado, en aquel vagón abandonado, en aquella estación perdida, la desesperación de esas madres agonizantes, madres con los pies hinchados y sangrantes de tanto andar que habían cubierto con sus cuerpos a sus hijos para que las balas les diesen a ellas, y los asfixiaban sin querer al caer muertas encima de sus pequeños cuerpos. Madres que veían cómo sus hijas e hijos caían bajo las ametralladoras, y cogían, petrificadas por el miedo, a otros huérfanos y los amamantaban con la mirada perdida por la locura. Quizás atravesasen el vagón y la lluvia los gritos enloquecedores de esas niñas y niños tratando de despertar a sus madres reventadas por los obuses. Es posible que Machado se viese asaltado, en el apogeo de su estrés postraumático, por episodios de aquella desbandada y que llegasen hasta el vagón los destellos de aquellas noches de Málaga provenientes de los barcos de guerra abriendo fuego o de los aviones y que traspasasen los cristales del tren esos silbidos terroríficos, los gritos y después de los gritos y los fogonazos, las explosiones, los alaridos y después de los alaridos el apocalíptico coro de temblorosos lamentos de las moribundas y moribundos que olían su propia sangre, mientras sentían cómo les acariciaba la frente un suave rumor de oleaje que llegaba hasta esa carretera de la muerte que iba de Málaga a Almería, donde casi trescientas mil personas –abandonadas a su suerte por los que tenían que defenderla– huían en un éxodo bíblico. Puede que Antonio Machado, en el letargo del tren, rememorase, no influido como yo por las lecturas sino por su experiencia real de la guerra, a la hambrienta hilera humana de treinta kilómetros de longitud arrastrándose por el barrizal, entre los que circulaba, sin dar crédito a la carnicería que veía, el Servicio de Transfusión de Sangre Canadiense que avanzaba, con sus camionetas grises, entre caballos despanzurrados relinchando como los del Guernica y seres humanos mutilados, poniendo torniquetes a las personas aplastadas por las tanquetas, cañoneadas desde el mar o bombardeadas desde los aviones. Médicos y sanitarios llegados de otros países que enfriaban las bolsas de sangre en los arroyos de Torrox y Nerja para las transfusiones y que conducían entre restos humanos y de alpargatas de esparto, esquivando a seres desnutridos y sedientos que bebían agua de los charcos de barro, mujeres aterrorizadas y exhaustas que se acercaban suplicantes a las camionetas poco antes de parir niños estrangulados por el cordón umbilical, mujeres acunando los restos de sus bebés, que tenían grabadas en sus retinas las espeluznantes atrocidades de algunos soldados franquistas que cortaban el pecho a las jóvenes, hundían los cuchillos en sus vientres y las degollaban mientras las violaban.

Conductores voluntarios tenían que esquivar a los aviadores alemanes que, en lugar de disparar a objetivos militares, lo hacían implacablemente sobre la población indefensa; pilotos expertos en bombardear y ametrallar objetivos civiles de la España republicana que volaban tan bajo que les veían las caras, transfiguradas en un paroxismo de crueldad; pilotos que sabían que hacían más daño disparando contra las rocas porque habían aprendido que estallaban y que las esquirlas atravesaban a mucha más gente.

✳✳✳

La lluvia sigue golpeando en mi ventana y, en mi insomnio me imagino cómo debió ser aquella noche, cómo debió golpear la lluvia en los fríos cristales mojados del vagón abandonado, aquella noche, en las vías muertas, y veo reflejado en ellos el triste semblante de Antonio Machado y me imagino cómo tuvo que observar, conmovido, con rabia e impotencia, quizás con lágrimas en los ojos, me imagino cómo miraría al otro lado del vidrio, donde el agua se derramaba, donde repiqueteaba la lluvia, a las ancianas moribundas tumbándose, con las ropas hechas jirones, esperando pacientemente la muerte en los andenes, frente a ese vagón detenido –casi puedo tocarlo y olerlo en esta habitación del hotel– como hicieron las ancianas para morir, puestas en cuclillas, en la huida hacia Almería, derrumbadas frente al mar por el estruendo cada vez más próximo y punzante de las detonaciones de los barcos de guerra alemanes y de la aviación italiana.

Unos gritos me sacan de mis reflexiones y de mis visualizaciones y, en una especie de sala de proyecciones de mi mente, parece que se quema el celuloide y se reajusta la calidad de la imagen y los colores nítidos de la realidad interrumpen el colorido intangible de las terribles imágenes y el sonido deformado de los gritos. Pero todavía, durante unos segundos más, en la pantalla de mi cerebro se sigue proyectando una distorsionada película con escenas de Machado y su madre en el vagón y de la carretera Málaga–Almería y, se escucha o creo escuchar cómo retumban las explosiones de los obuses que hacen estremecer con sus ondas expansivas las gotas suspendidas de mi ventana y me parece ver y oír, en un plano superpuesto, a la anciana madre enloquecida de Machado preguntando con voz enajenada una y otra vez en aquella estación perdida de Francia: "¿cuándo llegamos a Sevilla?", "¿cuándo llegamos a Sevilla?", "¿cuándo llegamos a Sevilla?" Pero la realidad, fuera de mi mente, acaba por devolverme a un contundente plano, como amplificado por un audífono, donde escucho claramente en la habitación contigua unos golpes en la pared, sillas que se caen, una percepción acústica de cristales rotos, insultos y gritos aterradores de una mujer. Dejo mi postura de *Ramsés II*, me incorporo de un salto y salgo al balcón asustado. La lluvia me cae encima como si me hubiera metido en una ducha. En ese momento veo a un adolescente con la cabeza rapada en el balcón situado a mi derecha. Le sangra una mano y se acaricia los nudillos lamiéndose con la lengua la sangre y haciendo unos extraños gestos de odio con la boca. Como por los gritos y los insultos me he dado cuenta de que son españoles, he tenido el impulso de preguntarle por su estado y creo que balbuceo algo ininteligible, cuando escucho de nuevo los gritos de una mujer. Súbitamente sale al balcón un hombre corpulento, con una obesidad concentrada en la barriga. Tiene los cabellos blancos –aunque no parece tener la edad suficiente para tenerlos tan blancos– y barba de unos días. Va vestido con un sucio chándal negro que tiene caspa en la parte superior. El individuo –que identifico como el padre– hace un amago al niño, una especie de giro para atraparlo por la cintura. Luego intenta cogerlo por las piernas, pero ambos resbalan y ruedan por el agua acumulada en el suelo. El joven aprovecha la confusión y comienza a insultarle y a darle puñetazos –entre agudos chillidos– que le pasan rozando la cabeza y patadas que no llegan a darle, creo que porque no quiere golpearlo. En ese instante, el hombre se da cuenta de mi presencia –me ha mirado ausente, con ojos terrosos y enrojecidos y el aspecto desaliñado de estar ebrio– y le da a su hijo un violento tirón hacia el interior de la habitación, no sin antes recibir una patada hacia atrás en el pecho, que le ha propinado el chico dando un tremendo salto. El corazón se me desboca y las palpitaciones se me aceleran al contemplar cómo la patada lo ha desplazado hacia dentro como si fuese un muñeco de trapo. Al principio estaba preocupado por el niño –creí que el padre quería arrojarlo al vacío desde el balcón– pero al ver la patada que le ha dado, siento lástima por el padre.

Entro confundido en mi estancia y busco el móvil para llamar a la gendarmería y denunciar que un niño está maltratando a su padre, pero escucho el portazo de la puerta de la habitación de al lado y unos pasos alejándose por el parquet. Durante unos minutos retumba el tamborileo de la lluvia en los toldos del hotel, en la calle –el chaparrón suena como el trote de un caballo cojo– el viento en las ramas casi desnudas de los árboles y el tintineo de las dos figuras de los soldados templarios de metal que cuelgan de la entrada de acceso. Al lado, más allá del tabique que nos separa, hay un silencio sepulcral sólo roto por los gemidos contenidos de una mujer y por algún comentario del niño que no entiendo muy bien, aunque al final he escuchado cómo gritaba que la próxima vez le va a dar "de verdad". Después, el silencio es casi absoluto. Eso me disuade de llamar a los gendarmes y decido quitarme el pijama mojado. Saco la guitarra de su funda y rasgueo sus cuerdas en la cama muy suavemente y cantando, en voz muy baja, *Cantares*, la canción que compuso Serrat con letra de algunos poemas de Machado.

***

Me gusta el rincón que he elegido para cenar en el restaurante del hotel. De espaldas a la calle, me sumerge en una geometría de penumbras acogedoras que me resguardan de la angustia y del azote del viento que brama, como si la trompa de un elefante soplara con furia tras de mí, se acercase, se irguiese amenazadora y se detuviera justo detrás de las paredes de este ángulo acorazado, de esta cámara débilmente alumbrada. Me siento protegido por la luz invernal, por este cerco de luz placentario y sombrío como en un cuadro de Rembrandt; esos lienzos de luces tenues que entran por las ventanas y donde se ven llamaradas como si alguien atizase unas brasas. La luz que cae sobre mí haciéndome visible no viene de ningún fuego pero parece como si sostuviese una linterna por encima de mi cabeza, encendiendo un diminuto refulgir de oro sobre negro que ilumina mi carta de comida y vinos, con minúsculos estallidos ocres y dorados, igual que los brochazos de Rembrandt, que me recuerdan las tardes grises y lluviosas y la luz invernal en las que se puede meditar y soñar frente a alguna pequeña chimenea, como a Machado le gustaba.

De improviso, surge desde la oscuridad del fondo del comedor el chico de la pelea del balcón con una mano vendada, moviéndose impaciente entre las mesas, hasta que se sienta en la que hay más cerca de la mía. Me ha mirado de forma hostil y desafiante y se ha sentado. Sus piernas no paran de moverse bajo la mesa y hace gestos torpes con las copas vacías del agua y del vino, hasta que una de ellas se cae al suelo y se rompe con estrépito. Me empiezo a poner nervioso dada la naturaleza violenta del menor y la contundencia con la que pega patadas y puñetazos y estoy a punto de levantarme cuando aparece una mujer joven con una hemorragia en el ojo, algunos arañazos y un moratón alrededor del párpado. Camina de forma pausada y tiene un peinado que me recuerda a las cabelleras del medievo; una raya en medio de la cabeza, de la que salen largos cabellos rizados que se agrupan en sofisticados tirabuzones cayendo sobre su rostro en espirales onduladas que, si se desenrollaran, casi rozarían la mesa al sentarse. Trato de imaginarme el efecto que tendría el viento de la calle en esos rizos, en ese rostro tallado de miradas pensativas, herméticas e impenetrables.

Oigo involuntariamente cómo habla en un tosco francés con el camarero, disculpándose, y disimulo cuando regaña al niño por la rotura de la copa. Como pienso que me está observando, le he hecho un gesto absurdo de saludo, pero no se da cuenta y parece que yo me estuviera viendo en la luna de un escaparate, saludando y levantando la mano ante mí mismo. Un hombre me saluda cortésmente pensando que mi gesto estaba destinado a él. Yo le devuelvo el saludo y entonces su mujer piensa que es a ella y me hace una reverencia con la cabeza, con mucha alegría. Carraspeo haciendo un gesto afirmativo y creo que muevo la cabeza y los hombros sin ninguna finalidad, hablando para mí mismo. Estoy algo nervioso y no sé que voy a pedir de comer, así que me concentro en la parte de la carta relativa a los vinos. Acostumbrado a los nombres de los vinos españoles, la carta me desconcierta. La dejo en una esquina de la mesa y hago algunas rápidas anotaciones en unas servilletas sobre ideas que se me ocurren de la vida de Machado en Francia, cuando era joven y bohemio, imaginándomelo bebiendo y bailando, noctámbulo, por las calles de París, en los bares y cafés del Barrio Latino y alojándose en el mismo hotel donde se hospedó el poeta Paul Verlaine.

–Te recomiendo el *Cuveé Matisse*, un vino típico de aquí, "rojo rubí, potente y caluroso, con aromas de frutas rojas" –me dice repentinamente la mujer del peinado medieval.

Me fijo en su rostro con más atención que antes; tiene un arañazo y algunos moratones en el cuello. Sus ojos albergan unas pupilas negras que arrancan reflejos glaciales y difuminadores de las perspectivas del comedor que se ve en ellos. Su sonrisa parece congelada por cierta tristeza que se acentúa por unos pómulos prominentes y un rostro alargado y lleno de arañazos.

—¿Sabes mucho de vinos? —le pregunto, guardándome las notas en el bolsillo del pantalón.

—No. Es que lo pone aquí, por detrás —me contesta entre risas señalándome la etiqueta posterior de la botella—. He probado los tres más típicos de esta zona; un rosado que llaman *Pordavall*, un tinto al que denominan *Fut de Chêne*, que es el más caro, y el *Cuveé Matisse*. A mi me gusta mucho el vino blanco, pero aquí no lo hay —dice estudiándome con la mirada y posando la mano sobre una pierna del chico que no cesa de moverse y que incluso se levanta y se sienta varias veces.

Cuando termina de devorar la pizza que le han traído, se incorpora y da vueltas por el comedor alejándose de donde se encuentra su mesa.

—¡Ven para acá ahora mismo! —le grita la mujer pegando un manotazo en la mesa.

—¿Quieres una copa de *Cuveé Matisse*? —me dice, vuelta hacia el camarero, intentando tranquilizarse.

—Bueno —le respondo sumisamente.

Alargo el brazo desde la mesa para brindar con ella cuando nos sirven el vino y bebo un par de sorbos. Le digo que está muy bueno, pero no pronuncia palabra alguna. Se limita a observarme y a evaluarme con la mirada mientras permanezco expectante ante una inminente pregunta o el inicio de una conversación que no tengo demasiadas ganas de establecer, degustando unas increíbles anchoas con tiras de pimientos rojos y una sopa gelatinosa y suave llamada *Bouillabaisse Templiers*, que tiene una consistencia deliciosamente mantecosa a cada cucharada que me meto en la boca.

—Te vi en el cementerio hace un rato —me espeta de repente la mujer mirando el arco de piedra situado en el centro del comedor.

—¿A mí? —pregunto sorprendido saboreando otro trago de vino.

—Claro. Tú eras el que echaba una carta en un buzón, ¿no? No sabía que en la tumba de Machado hubiera un buzón —me dice observándome atentamente.

—Sí… he estado en el cementerio al anochecer, pero no recuerdo haberte visto —le contesto recordando los pasos sobre la gravilla, paladeando el vino en mi boca y visualizando mi garganta oscura, oculta y el sorbo de vino resbalándose, derramándose hacia abajo, empujando la comida hacia el estómago y creando una estela de vacío tras de sí.

—¿No estarás buscando la maleta de Machado? —me pregunta intrigada.

–¿La maleta? ¿Qué maleta? –le respondo, mostrando una mayor atención a la conversación.

–Sí, la maleta. Bueno, quizás no sea exactamente una maleta. El caso es que Machado la perdió antes de cruzar la frontera, o puede que no… puede que se desprendiese de ella. ¿No has leído nada? ¿No has leído nada aquí en *Collioure* sobre la maleta?

–No, no he leído nada sobre eso. Ni aquí ni en ningún lado.

–Debía estar repleta de sus últimas poesías, anotaciones y colaboraciones para diversas revistas. Un material abundante escrito en Valencia y Barcelona. La debió perder en su huida, quizás la perdió en el fango aquel día de lluvia y… –interrumpe de pronto lo que estaba diciendo al percibir que ahora estoy realmente atento a la conversación. Acomoda la lengua en su boca y me mira fijamente mientras me dice bajando la voz:

–¿Estás siguiendo el rastro de alguien por aquí?

Me quedo mirando sus labios y el rastro del carmín sobre el borde de la copa. Escucho el viento tras las ventanas y el silencioso deslizamiento del río de murmullos que recorre el comedor.

–Más o menos, yo… –contesto, ensimismado en la luz que desciende sobre mi plato– en realidad estoy escribiendo una pequeña biografía sobre Antonio Machado para presentarla como una tesina, y…

–Yo también estoy siguiendo el rastro de alguien por aquí –asegura, interrumpiéndome–. He hecho un largo viaje en coche con mi marido y mi hijo buscando a una persona –me dice, dedicándome una turbadora mirada y secándose la comisura de los labios con la servilleta.

–¿Ah, sí? ¿A quién? –le pregunto con voz de borracho, aunque no lo estoy.

–A un familiar mío… bueno, no exactamente. Estoy aquí siguiendo el rastro de los Templarios. Creo que un antepasado mío fue de la Orden del Temple. Por eso es un trabajo que me he tomado muy en serio después de años dándole vueltas y… ¡Siéntate y no te levantes más! –le increpa al chico, que acaba de llegar.

El niño se pone aún más nervioso y replica que está aburrido y que se va a la habitación. Yo no puedo disimular mi alegría sabiendo que me van a dejar solo, porque prefiero mantenerme alejado de una mujer tan rara que tiene además un hijo que me puede golpear y noquear a la más mínima provocación. Entonces ella me pregunta si no me importa acompañarlos. Yo le respondo que aún no he terminado, pero ante su mirada insistente termino la sopa, apuro la copa de *Cuvée Matisse* y me levanto.

Me vuelvo para ver el rincón donde he estado sentado. Una especie de inmovilidad tónica me paraliza y me quedo absorto mirando la atmósfera donde se queda la serena luz encapsulada que acabo de traspasar, escuchando cómo el vendaval de la calle sigue empujando la ventana del comedor que vibra y sigue conteniendo la furia del viento.

–Bueno… ¿nos acompañas o no? –me pregunta de pronto, enarcando una ceja.

El adolescente se mete adormecido en la habitación y la mujer y yo nos quedamos en la puerta de la mía hablando. En un momento en el que ninguno de los dos dice nada aprovecho para despedirme y entro en la habitación pero ella me sigue.

–¿Puedo entrar? –me pregunta–. A ver, a ver cómo es la habitación de alguien que escribe una biografía sobre el gran poeta que murió en este pueblo.

Tengo el portátil en la mesita de noche y hay agua encima de él. Con las prisas por cenar me dejé la ventana abierta y el viento empujó la lluvia hacia mi habitación. Ella va hacia la ventana con intención de cerrarla, pero se queda mirando el cielo y camina hacia el balcón.

–La noche es fría pero ya no llueve –comenta mientras froto preocupado con papel higiénico el ordenador, para secarlo.

–Sí. Es verdad –le digo, soltando el rollo de papel y contemplando el castillo de los Templarios a lo lejos.

El adolescente ha debido poner el equipo a todo volumen porque se escucha una música tan estridente que hasta retumba la pared. Es una música repetitiva aunque tiene algo que me atrae. Una especial, pendular estructura, que hace que los sonidos se puedan alargar hasta el infinito. Suena un acorde y el otro puede hacerlo al momento o dentro de un mes o dentro de cien años. Parece que mi mente y mi oído pueden esperar todo ese tiempo. Como el comienzo de la Canción para Elisa de Beethoven, el *Imagine* de Lennon o la armónica, el sonido de la armónica de Bob Dylan en muchas de sus canciones; cada golpe de piano, cada tecla donde se hunde un dedo provocando un sonido maravilloso, cada soplido y aspiración de aire de la armónica, parece que puedan interrumpirse y continuar mucho más tarde. En esos pequeños compases de espera mi imaginación construye sonidos que se adelantan o complementan a los que se escucharán después en la realidad, unos segundos más tarde o en los últimos segundos de la historia del tiempo.

Siento cómo ella tiene su mirada clavada en mí. Le voy a preguntar por los moratones del párpado, del cuello y por los arañazos, pero la mujer agacha la cabeza, se da la vuelta y, dándome la espalda, me pregunta cómo me llamo.

–Javier –le digo–. ¿Y tú?

–Puedes llamarme *Pordavall* –me contesta entre risas– . ¿Te ha gustado el vino, Javier?

–Sí… me ha recordado a los tintos de la *Ribera del Duero*.

–Pues el vino que nos hemos bebido se basa en una técnica de los Templarios. Por cierto, *Los caballeros del Temple* hicieron ese castillo ¿lo sabías? –me dice, señalando la mole inmensa del *Château Royal* que desde el balcón parece una fortaleza que estuviera dentro de otra fortaleza y ésta a su vez dentro de otra y las dos reflejándose en el agua de la bahía.

–Sí, alguien me lo comentó en el hotel cuando llegué y también me han dicho algo de un tesoro oculto que está enterrado por aquí –le digo, sin mirarla siquiera.

–¡Ah, el tesoro! No se sabe dónde se encuentra, pero está claro que Felipe IV–comienza a decirme garabateando un extraño dibujo –hizo apresar y matar a todos los dirigentes templarios, no logró confiscarle todos sus bienes y se supone que una parte de ellos, unos tesoros fabulosos, están todavía ocultos en algún lugar. Hay una ciudad a unos ochenta kilómetros de París donde un jardinero municipal descubrió hace mucho tiempo algo raro. Trabajaba en un castillo cuidando los jardines y un día, de forma accidental, se topó con un pozo sellado. Aquello le intrigó tanto que cada noche, fuera de su horario laboral, regresaba al castillo para ver a dónde conducía el pozo, así que excavó durante meses una galería hasta que llegó a un muro y tras él a una enorme cripta. También encontró una serie de sarcófagos con los cadáveres de caballeros templarios con sus armaduras puestas. Si me pongo pesada me lo dices, es que el *Cuveé Matisse* me hace hablar mucho.

–No, no, es muy interesante –le digo mirando alternativamente su rostro y lo que está dibujando en el papel.

–Bueno, ¿por donde iba?, ah…, sí…, pues a pesar de que había sido todo clandestino… –prosigue, deteniéndose pensativa como si no recordara qué quería seguir contándome– pues… se lo comunicó a las autoridades y algunos de ellos llegaron a la galería, pero nadie se atrevió a bajar por donde el jardinero había excavado, sólo un bombero lo hizo, pero se detuvo cuando faltaban unos metros para llegar a la cripta. Durante años nadie se acordó de la cripta. Hasta que en los años sesenta… perdona un momento, voy a decirle a mi hijo que baje la música.

La mujer se guarda el dibujo que estaba haciendo y sale de la habitación. En unos instantes escucho sus gritos y la pared deja de temblar por la música, pero ella no regresa. Me asomo al balcón por si pasa algo. Las calles están desiertas y poco iluminadas. Me pregunto cómo verá un satélite desde el espacio la calle y el hotel a esta hora de la noche. Seguramente se verá oscuro. Como en Groenlandia; en los mapas lumínicos de la Tierra no se ve ninguna luz allí y muy pocas luces en grandes zonas de Canadá. En el Amazonas apenas se distinguen los resplandores de los incendios forestales y en Siberia nada hace pensar que habite algún ser humano, a no ser por los focos de los pozos de petróleo. Apenas hay luces en enormes zonas de China y ninguna luz humana en toda la desolada inmensidad del Himalaya. Y en los océanos sólo son apreciables desde los satélites unos puntitos amarillentos de la flota pesquera japonesa. Llego a la conclusión de que la mayoría del planeta se encuentra maravillosamente a oscuras de noche, como esta calle empedrada de *Collioure*, que transcurre debajo de mi hotel como los cauces de los ríos secos de mi ciudad.

–Perdona, es que he estado hablando con mi hijo; con los gritos que le he pegado ya sabrás que se llama Nacho… –me dice, asomando la cabeza por la puerta de la habitación cuando ya me disponía a cerrarla.

–Sí. Algo he oído –contesto quedándome en silencio y viendo cómo ella permanece pensativa.

Intercambiamos algunas miradas sin que ninguno de los dos despegue los labios, hasta que ella empieza a hablar de nuevo.

–Bueno, te estaba diciendo que en los años sesenta las autoridades se mostraron interesadas por el antiguo proyecto y llamaron al jardinero para que personalmente supervisase la reapertura de las galerías. Cuando solamente faltaban unos metros, se encontraron que la entrada estaba taponada. Hasta que pasaron otros dos años no se reanudaron las obras pero entonces el lugar fue declarado zona militar y se detuvieron los trabajos. Hay documentos muy antiguos de la ciudad donde está escrito la existencia de esa cripta. Quizás esté ahí el tesoro de los Templarios que tú has escuchado ¿no?

–Sí, es posible –le contesto, desviando mi mirada cuando ella me observa. La oscilación de su rostro me hace ver en ella un rictus ligeramente oriental, sobre todo cuando reanuda el garabateo del dibujo que empezó al comienzo de la conversación sobre los Templarios.

–Hay otra historia tan rara como ésta –me dice mientras continua dibujando distraídamente en el papel–. Un cura de ese pueblo que se llamaba Berenguer Saunière hizo unas reformas en la iglesia. Un día, al levantar la piedra del altar vio que una de las columnas que le servían de base estaba completamente hueca. Metió la mano dentro y descubrió unos pergaminos, algunos de ellos del año 1244; otros pertenecían a un religioso que unos cien años antes había sido destinado a la misma parroquia que Saunière. El religioso se llamaba Antoine Bigou y había sido el confesor de una marquesa llamada Marie de Blanchefort emparentada con el maestre de los Templarios Bertrand de Blanchefort. Cuenta la leyenda que esta señora estaba en posesión de cierta información secreta. Como no tuvo descendientes le contó este secreto a su confesor y le dio unos documentos cuyos contenidos habían sido heredados durante siglos de las generaciones que la habían precedido y... ¿seguro que estás haciendo una tesina sobre Machado o has venido aquí a otra cosa? –me pregunta de repente de forma inquisitiva interrumpiendo su discurso y quedándose pensativa escudriñándome.

–¿Cómo? No, no –le aseguro negando con la cabeza– He venido a inspirarme para terminar una pequeña biografía sobre la filosofía en Machado, sobre la Guerra Civil y el exilio y... bueno... ya te lo he dicho antes ¿Por qué me preguntas eso? –añado avergonzado por su reacción desconfiada encogiéndome de hombros.

–Mmmmm... ya..., ya..., bueno..., no, por nada. ¿Eres escritor, periodista o profesor? –me pregunta como si estuviera haciéndome un interrogatorio.

–Soy Técnico Auxiliar de Servicio de la UMA.

–¿Técnico auxiliar de la UMA? ¿Qué es eso? ¿Un servicio secreto o algo así?

–Conserje. Trabajo de conserje en la Universidad de Málaga.

–¿Eso es lo que significan las siglas "UMA"?

–Sí.

–Y... ¿desde cuando los conserjes escriben sobre la filosofía de los poetas?

–Te sorprendería el nivel cultural y académico que tienen los hombres y las mujeres que trabajan en las conserjerías.

–¿Y cómo te ha dado por estudiar a Machado?

–Comencé a interesarme por Machado desde que tenía quince años y contemplé en una revista la última foto del poeta vivo. Me impresionó mucho esa fotografía... no sé si la has visto alguna vez...

–No. He visto otras de él, pero esa no –me contesta, escéptica, como dudando de la autenticidad de lo que le cuento.

–En esa fotografía, Machado aparece muy enfermo, cadavérico, con la mirada perdida y la boca entreabierta. Sin afeitar y con unas gafas que le resbalan por la nariz y alejan sus ojos hundidos y sus ojeras –le digo sumergiéndome en los ojos de esa fotografía de Machado, que tengo colgada en la conserjería.

–Pero, ¿por eso estás estudiando a Machado? ¿Por una fotografía? –me pregunta incrédula dejando de dibujar y posando sus pupilas tristes y agrandadas en mí.

–No, no es por eso. Es por una mujer –le digo agachando la cabeza.

–¡Por una mujer! –exclama desconfiada abriendo los brazos.

–Sí, una mujer a la que amaba mucho y me abandonó –le digo con cierta acritud.

–Y... ¿qué tiene que ver Machado con esa mujer? –me pregunta muy seria.

–No lo sé, supongo que nada. Pero yo estaba completamente abatido y una noche comencé a leer las poesías de Machado y me sentí algo mejor –le digo, saliendo de los ojos de la fotografía que tengo en la conserjería y contemplando los ojos de la mujer que me habla–. Fue un trance casi místico, como quien lee las enseñanzas de Buda o de Jesucristo. Machado también sufrió mucho cuando murió Leonor, su esposa, incluso estuvo a punto de suicidarse... y..., no sé..., entendía de ese estado y quizás por eso trabajar sobre él y visitar su tumba tiene un efecto curativo para mi alma. Muchas personas hacen el *Camino de Santiago*, yo he venido este fin de semana en peregrinación para hacer la última fase del *Camino de Antonio Machado*, como quien sigue a un santo, como si fuera una terapia, unos ejercicios espirituales de penitencia y consuelo; una especie de autoayuda. Por eso me viste en el cementerio ante su tumba –le confieso, mirando hacia el balcón.

La mujer arruga el papel sobre el que dibujaba y lo arroja a una papelera junto a mi pequeña mesita donde tengo el ordenador portátil, pero lo intercepto en un gesto que le hace sonreír –estoy a punto de caerme, pero basculo sobre un pie para recuperar el equilibrio– lo aprieto en mi mano y me lo guardo en el bolsillo.

–Así que nada de antidepresivos: terapia a través de la poesía de Antonio Machado... Bueno, hasta mañana – me dice bruscamente.

Creo que intenta contener su ansia de comunicarse conmigo o decirme algo más y me quedo esperando que me diga cualquier cosa, hasta que sale de la habitación sin decirme nada, tan sólo hace un ademán con la cabeza para que cierre la puerta.

Inmediatamente me desplomo en la cama y abro el papel donde ella había estado dibujando. En él veo una especie de estrella y en su centro una figura parecida a una cabra con barbas y dos grandes cuernos. Por encima de dos de los ángulos de la estrella salen otros dos cuernos más pequeños, que ascienden de la parte central de la cabeza hacia la cúspide de la figura.

***

Casi al lado de la humilde barca varada de mástiles despintados y destrozados que vi anoche y a la que he vuelto a acercarme esta mañana, unos surfistas madrugadores e intrépidos se acercan como orcas, como crías de orcas oscuras hacia la orilla, entre la blanca marejada espumosa. Cierto olor lácteo procedente del mar lo envuelve todo. Cerca de mí, *Pordavall* o como quiera que se llame, mi extraña vecina del peinado medieval, está ensimismada contemplando la orilla mientras su hijo arroja piedras cada vez más grandes y certeras sobre la superficie del mar, intentando que salten por las olas. Le hago un vago saludo –durante la madrugada no escuché al marido, pero ella no dejó de discutir con su hijo– y empiezo a caminar precipitadamente y algo nervioso porque tengo una especial capacidad para que me ocurran pequeños accidentes y, de hecho, me ha pasado un "proyectil" cerca de la oreja. Procuro alejarme más deprisa, pero no puedo evitar que una piedra no muy grande impacte en mi nuca. Suena un tremendo golpe seco y me he asustado. Percibo que los pasos de la mujer y su hijo se acercan a los míos. Entonces camino más deprisa alejándome de la barca, pero noto que los pasos también se aceleran persiguiéndome. Como creo que el niño ya no arroja más piedras y que es ridículo que huya, decido no avanzar más rápido y empiezo a caminar lentamente hasta que me vuelvo y cruzo una mirada poco amistosa con él.

–Perdona… perdona… la pedrada de mi hijo –me dice preocupada.

–No tiene importancia –respondo, tocándome la nuca.

–¿Seguro que no?

–De verdad que no –le aseguro, fulminando con los ojos al niño.

–A ver, a ver… –me dice, tocándome el pequeño bulto que me ha hecho la pedrada, sacudiéndome una inexistente pelusa de mi hombro con una actitud maternal.

El adolescente vuelve a arrojar piedras a la orilla y creo que debe haberle dado a un surfista que comenta algo a uno de sus compañeros mirándome de forma agresiva. La mujer me pregunta que por qué no desayunamos juntos, que le interesan mucho mis indagaciones sobre Antonio Machado, la Guerra Civil y el exilio. Le contesto que no tengo todavía apetito y que mi estudio es muy modesto, que se centra en la filosofía, en el concepto de filosofía que tenía Machado, y especialmente en la influencia que tuvo Kant sobre él, pero me insiste tanto que poco después estoy dándole mordiscos a un cruasán, sentado con ella y su hijo en el comedor del hotel.

–¿Has estado en el mercado de la plaza *Maréchal Leclerc*? –me pregunta, mientras le echa azúcar al café.

–No, pero me han dicho que ponen un mercadillo en el barrio de *Mouré*, en pleno centro del casco antiguo, donde venden todo tipo de quesos –le respondo masticando sin ganas el cruasán.

–No sabía lo de los quesos. Yo conozco ese barrio por las galerías de arte que tiene en esas calles tan empinadas. Si te apetece podemos visitar alguna galería y después tomar algo en la terraza del *Petit Café*, desde allí se ven unas vistas preciosas a la iglesia de *Nôtre Dame des Anges*.

Permanecemos sin que ninguno de los tres pronuncie una sola palabra hasta que en el relativo silencio del comedor del hotel suena un móvil y el niño y yo sacamos nuestros teléfonos creyendo reconocer la melodía familiar que lo identifica; pero es el de ella el que suena.

–¿Te puedes quedar con Nacho? Un momentito, solamente un momentito. Gracias, no tardo nada –me dice casi al oído, tapando el altavoz del móvil con la mano al ver el número que le ha cambiado el color del rostro y ha hecho que se levante con brusquedad de la silla antes de probar su café y que salga corriendo para las habitaciones del hotel.

Después de un rato sin saber qué hablar con el adolescente le hago algún comentario sobre lo mucho que tarda su madre y le advierto que tengo prisa y que me tengo que ir. Él me mira con pesadumbre y me dice tajantemente que no volverá. Entonces le ordeno que la llame al móvil. El niño ni me responde, me levanto de la mesa y le digo que me acompañe, que se quede sentado, que llame a su padre o a su madre o que haga lo que le venga en gana, pero que yo me voy. Se lo digo gritando, como si estuviera alejándose de mí y no escuchase. Como si no le tuviera miedo a la patada que me puede dar.

***

Subo a la habitación de la madre pero ésta se encuentra cerrada. Me asomo a mi balcón y desde allí miro hacia el interior de su habitación pero tampoco parece haber nadie. Le exijo al joven que me dé el número de móvil de la madre o del padre y yo saco el mío con tanta furia, que parece como si estuviera desenfundando un revólver en un duelo del oeste americano. Me dice el número de móvil de su madre y marco con rapidez los dígitos. Lo hago varias veces, pero es inútil; el móvil no está operativo. Le pregunto a Nacho –hasta ese momento no he recordado su nombre– que me diga dónde está aparcado el coche en el que ha venido con sus padres.

–¿Qué coche?… –me pregunta–. Hemos venido en avión hasta París y desde allí hemos venido en autobús.

–¿Por qué será que eso no me sorprende? –le digo.

Seguido por Nacho, bajo a recepción y pregunto en una mezcla de indignado francés y español por ella. El encargado, un tipo larguirucho y con la nariz aguileña que tiene en su mostrador una bola fluorescente decorativa que emite pequeños rayos de electricidad en su interior, me dice, en una combinación de palabras españolas y francesas –aunque durante unos segundos le escucho en el idioma en el que a veces creo que me hablan las personas: una mezcla indescifrable de palabras sueltas portuguesas y alemanas– que ha venido su esposo, ha pagado la cuenta y se han ido los dos juntos y que espere un momento que va a hacer una consulta.

Me entretengo fijándome en unos folletos que hay sobre el mostrador. Mi francés no es ni siquiera aceptable pero aunque no hablo más que algunas frases sí logro leerlo –estuve años leyendo una revista francesa de literatura a la que estaba suscrito– y me doy cuenta de que lo que la mujer me contó sobre los Templarios es una reproducción casi exacta de lo que voy leyendo en la propaganda turística que aparece en los folletos de la zona del *Languedoc–Roussillon*. En ese momento se me acerca un hombre con un traje elegante que hace que su abdomen prominente pase casi desapercibido y se interesa amablemente por lo que ocurre. Creo que es el director del hotel. Casi en ese mismo instante siento cómo mi móvil vibra en el bolsillo, así que lo saco para comprobarlo, pero está inmóvil. Hace algún tiempo que desarrollé ese extraño síndrome; aunque no lleve el móvil a veces me parece que está vibrando como si alguien me estuviera llamando. El hombre espera educadamente a que termine la comprobación hasta que le digo, en mi pésimo francés, que creía que tenía una llamada pero que no es así y luego le describo lo que me ha pasado en el desayuno y que necesitaría llamar a la gendarmería para que busquen a esos padres que se alojaban en el hotel y que han abandonado a su hijo. Él me habla en un español perfecto pero no proceso bien lo que me dice porque estoy pendiente de los tirones que el adolescente me da intentando decirme algo:

–No insistas por favor, esos no son mis padres –me susurra prorrumpiendo en sollozos cuando he acercado mi oreja a su boca.

No sé que le he dicho exactamente en mi francés ininteligible al director del hotel, pero el hombre, que ha escuchado lo que me ha dicho Nacho, se ha marchado con sigilo y me ha dejado, desconcertado, mirando la bola parpadeante del mostrador.

Hojeo de nuevo la propaganda sobre los Templarios y toco con la yema de mi dedo la bola, pensando que el individuo larguirucho de la recepción tiene ante sí el secreto de la vida, el origen del mundo y las bases químicas de la existencia; bastaría que cayese agua sobre la inocente esfera ornamental para que se produjeran reacciones eléctricas. Un chispazo capaz de provocar moléculas orgánicas: la génesis de los seres vivos. Entonces comprendo que soy víctima de algún complot y que la recepción del hotel es una ambigua masa de materia inerte a punto de pasar al nacimiento de una nueva forma de problemas concretos para mí.

III

Detrás de mi espalda suenan, desplegándose por el inmenso vestíbulo de la Facultad de Educación, voces flanqueadas por un tropel de pisadas lejanas, silbidos, melodías de móviles, gritos de júbilo y carcajadas, arremolinándose nerviosas por los huecos de las escaleras. Un ritmo frenético de ondas sonoras que vibran en el aire, de cuerpos que gesticulan y se saludan mientras voy terminando de repartir la correspondencia introduciéndola en las estanterías de los casilleros de mi conserjería. De repente advierto un silencio, el preludio de una pausa larga con leves susurros aislados desvaneciéndose, apagándose y, de nuevo, irrumpiendo con la fuerza de una cascada, más palabras, otros móviles sonando, más labios exclamando frases sueltas, más voces, otros silbidos viajando por la entrada del edificio, ese espacio frío como el interior de una nave industrial y tan grande como un hangar donde se estacionan autobuses.

La algarabía se va serenando al acercarse las horas de las clases y, en ese momento, escucho unos pasos cercanos, el ruido de unos zapatos, de unas suelas repiqueteando en el suelo encerado del *hall*, ágiles pasos al principio y aletargados después, al ir deteniéndose delante de la conserjería y, de todas las palabras transportadas por las corrientes de aire, una jadeante y áspera voz nasal de hombre –que reconozco enseguida como la de Aurelio, un profesor que está punto de jubilarse– penetra apresuradamente en mis oídos:

–¿Hay algo para mí? –me pregunta.

–Un momento, por favor –contesto a la poco amistosa voz, volviendo la cabeza un instante, tratando de mostrarme solícito y cortés. No, no tiene nada –le respondo, después de comprobar su casillero.

–Pues tengo prisa, así que, por lo menos dame el micrófono, que llego tarde a clase –me ordena impasible la voz, que ha sido más cavernosa, más enronquecida y gutural a medida que iba terminando la petición que obedezco asintiendo silencioso colocando las últimas cartas.

Me giro totalmente hacia él, me acerco y me topo con sus cejas arqueadas, con su rostro afilado, con su barba completamente blanca, con su mirada parpadeante y observo cómo va alzando ostensiblemente su cabeza hacia mí, reclinado su cuerpo sobre el mostrador y acodado sobre papeles con propaganda de cursos, talleres de poesía, anuncios de venta de material informático, solicitudes para obtener plaza en rutas de senderismo, carteles de un festival de cine y varios suplementos universitarios de periódicos. Me está inspeccionando con los ojos –y veo otros ojos, hileras de ojos y sonrisas, cadenas de sonrisas que aguardan su turno y a los que tendré que decirle que el alumnado tiene que ir a otra sección– tras las ventanas entornadas de la conserjería, que parecen los postigos de una cabaña de madera perdida bajo las dos gigantescas claraboyas laterales que cubren todo el vestíbulo como una inmensa cúpula de metal, fibra y plástico que parece un observatorio astronómico que de repente se fuera a abrir al cielo.

Busco el micrófono en el almacén –un desván de techumbres muy bajas en las que hay que entrar encorvado– porque casi ningún profesor lo utiliza. Aurelio debe tener alguna enfermedad congénita en las cuerdas vocales y eso, en cierto modo, guarda relación con la interacción tan peculiar que tiene conmigo, tan arrogante y clasista y sin ninguna amabilidad. Porque, aunque es un hombre muy serio y, al menos aparentemente, con muy mal carácter, su relación hacia mí empeoró considerablemente hace unos años –antes de vivir en el apartamento en el que vivo ahora–, cuando me trasladé y alquilé un piso en una de esas viejas casas de varias plantas sin ascensor, situado en la plaza de los *Mártires*, al inicio de una de las calles más estrechas de mi ciudad. En tanto que me traían unas persianas e instalaban las cortinas –que nunca llegaron a poner– el comedor era un escaparate, un escenario lúbrico y excitante especialmente para un inquilino del bloque vecino. Cuando hacía el amor sobre la incómoda alfombrilla de las sesiones de Yoga de Friné, la mujer a la que yo más he amado y, a su manera, la mujer que más me ha amado, en un rincón al que yo llamaba *Rincón Picasso*, el padre de Aurelio, un individuo decrépito que debía tener cerca de un siglo de edad y que parecía haber sufrido una operación en la garganta, se asomaba al balcón, al otro lado de la calle, alertado como por un conjuro o un toque de corneta y en un rápido acto de voyeurismo sacaba las manos de los bolsillos de una bata morada y las dejaba caer inertes a lo largo del cuerpo al mismo tiempo que se iba abriendo poco a poco la bata e iba dejando al descubierto el pantalón del pijama –del mismo color que la bata–, que también se lo iba entreabriendo hasta que exhibía la patética flaccidez de su carne inútil y tétrica, empeñándose en realizar movimientos masturbatorios con sus manos, que intentaban acercarse temblorosas hacia sus genitales, que se movían lánguidamente en aquél balcón situado encima de esa calle de trazado musulmán de mi ciudad, desde donde me contemplaba obscenamente, con sus ojeras cadavéricas, en mis posturas más íntimas, muy atento a los movimientos y la desnudez de Marta-Friné, que le encantaba que la vieran haciendo el amor, aunque yo, pudoroso, intentase taparla con mi cuerpo.

–¿Vas a tener celos de un anciano? –me decía la mujer a la que amaba tanto y que, a su manera, me amaba tanto, apartándome e impregnándome de los efluvios volátiles a vainilla y cacao que emanaban de su cuerpo. Entonces era yo el que se ocultaba bajo la alfombrilla de yoga, pues no soy del tipo de personas a la que les guste exhibirse, pero ella me lo impedía, a pesar de que al pobre hombre, a menudo, le daban crisis respiratorias en el balcón en los momentos álgidos de nuestra relación. Cuando le atenazaba el asma, se levantaba un pañuelito de seda –del mismo color que el pijama– que tenía anudado al cuello, justo por donde había sido laringectomizado, y comenzaba a realizar expectoraciones y a esputar, con un silbido seco de serpiente, a través de la incisión que tenía debajo del pañuelito, entre los anillos de la tráquea. Con los síntomas de la asfixia agudizándose, cada vez escupía más compulsivamente por el agujerito del cuello hasta que yo, asqueado, me incorporaba en la esterilla disculpándome ante Marta por la interrupción, pero ella me ordenaba que siguiera porque se excitaba más al asomarse Aurelio, rascándose la barba blanca, a ver qué ocurría con su padre. Yo intentaba taparla con la alfombrilla de yoga, pero ella me decía: ¿No irás a tener celos de ese tipo? Y yo le respondía con un larguísimo "nooooooooooo" en tono irónico y musical, negando con la cabeza y viendo cómo el profesor se llevaba a rastras a su padre hacia el interior de la casa –que reptaba por el suelo sin dejar de mirar a Marta– discutiendo con él y gritando frases insultantes hacía mí, aunque con la mirada clavada en ella, siempre atareada –incluso cuando hacíamos el amor– en los constantes mensajes y llamadas que recibía su móvil.

–¿También te vas a poner celoso porque me envíen mensajes o porque me llamen? –me preguntaba.

Pero yo no contestaba, no podía hacerlo viéndola caminar desnuda por el comedor con el móvil pegado a la oreja.

–Aquí tiene el micrófono –le digo "¿Qué habrá sido del voyeur de tu padre?" Le pregunto mentalmente, sin verbalizarlo y casi al mismo tiempo suena el teléfono del mostrador de la conserjería.

Me dicen que tengo que recoger un fax de la secretaría del Decanato, pero antes tengo que ir a otra de las ventanas de la conserjería para aclararles a un grupo de alumnas y alumnos en qué aula se va a realizar un examen.

–Vale –me responde Aurelio, despegando los codos, esperando que le mire y deje de atender al alumnado para poder irse.

–Hasta luego –le digo, viendo cómo se lleva pegado al antebrazo una solicitud de las rutas de senderismo.

***

Trato de descifrar el fax que siempre llega con las frases incompletas, camino del limonero que me regaló Marta y que sembré una mañana de viento, lluvia y granizo –que no presagiaba que tuviera opción de crecer– en los jardines que se encuentran delante del edificio, tras unos setos.

Me guardo el fax –ya inteligible– en el bolsillo y, escrutando la vegetación, me agacho ante mi árbol pensando con tristeza en las cenizas de mi inolvidable perro "Otelo" que esparcí y enterré, junto al limonero, un atardecer de Mayo mientras leía, ahogando los sollozos, la elegía que escribió Unamuno cuando murió su perro. A veces echo abono y agua, no porque le haga falta a mi pequeño árbol –que crece vigoroso–, sino por una suerte de rito funerario supersticioso a través del cual albergo la absurda idea de que, desde sus cenizas, Otelo será capaz de corporeizarse y renacer.

Detengo la mirada absorto en algunas criaturas que se encuentran, como otros días, exactamente en el mismo sitio del tronco del limonero. Me impresiona esta obstinada inmovilidad de los insectos en algunas hojas. Desde que ya no estoy con Marta o Friné, la mujer a la que más he amado y que más me amó, y desde que dejé una vida caótica y disipada hace varios años, vivo en un permanente tránsito hacia una especie de metafísica de la inmovilidad cotidiana, hacia una tendencia a hacer siempre las mismas cosas, a tener idénticas costumbres y, aunque a mí eso no me lleva, como le ocurría a Kant, el filósofo preferido de mi poeta preferido, a los confines de la razón, sí voy alcanzando un provisional, mediocre e inestable preludio de equilibrio. En la secuencia temporal de mis actos diarios y en la división del tiempo que establezco en mis jornadas laborales, a esta hora, normalmente, me agacho delante del limonero para ver cómo van creciendo las flores blancas y cómo van convirtiéndose lentamente en limones. Y es la hora en la que quito algunas hierbas y contemplo la inmovilidad de los insectos ovillados mientras hago más inteligibles los faxes o los correos que llegan a Secretaría y me planteo que los únicos viajes que me gustaría hacer serían los que me podrían llevar a través del tiempo, especialmente hacia atrás: casi siempre estoy trasladándome a mi propio pasado y mi obsesión por el paso del tiempo, de mi propio transcurso temporal y del de la Tierra, me lleva a viajar constantemente por otras etapas de mi vida, por algunos períodos históricos y por algunas de las eras geológicas terrestres. Y no me canso de regresar una y otra vez a la "época" de Marta. De mi querida Friné.

***

–¿Tú sabes qué puede significar este dibujo? –le pregunto al profesor Pablo Hermoso enseñándole la hoja arrugada que guardaba en mi bolsillo y que cogí al vuelo cuando la madre de Nacho la arrojó a la papelera en *Collioure*.

Este profesor, que es el director de mi tesina, tiene un conocimiento asombroso de todos los libros que existen en la biblioteca de la facultad y más de una vez he escuchado que sabe bastante de historia y temas esotéricos en los que, por otro lado, no cree en absoluto.

–A ver… ver… a ver qué es esto –me dice, alisando el papel y sonriendo, brillando en sus ojos una expresión no fingida de genuina afabilidad y alisando con la mano el papel doblado para volverlo a su configuración inicial–. Yo he consultado algunos manuscritos muy raros, que por cierto están en la biblioteca de la facultad. Por ejemplo, un ejemplar de la primera edición de la *Steganographia* de 1606, un libro misterioso escrito por un tal Trithemius. No sé si te suena… –comenta, observando el dibujo del papel.

–No, ni idea…

–Pues en él se aclara cómo enviar mensajes a través del espíritu, una tontería, ya lo sé, ya lo sé… pero tardaron quinientos años en descubrir que el libro está escrito en un lenguaje críptico que sirvió de modelo para la máquina *Enigma* de los nazis, la que utilizaban para cifrar mensajes en la II Guerra Mundial. En la biblioteca, en la parte de arriba, hay también otra copia tan valiosa como la anterior. *El Manuscrito Voynich* ¿lo conoces?

–No, no… tampoco… no sabía que en la biblioteca hubiera libros tan antiguos.

–Uf… Hay libros antiquísimos, hasta incunables. Pero no tengo ni idea de quién los trajo aquí… pues el *Manuscrito Voynich* dicen que es el más misterioso libro de la historia. Nadie sabe en qué lenguaje está escrito o qué pueden significar las claves que hay en su interior, ya que ningún lingüista, matemático o criptógrafo lo ha podido descifrar en cuatrocientos años. Yo pienso que simplemente no significan nada.

–Y… el papelito que te he dado, ¿es también algo misterioso, indescifrable o algo así?

–¿Este papelito? No, hombre, no… El dibujo de este papelito es más fácil de descifrar. Esto es… lo que hay dibujado en este papel yo creo que es un *Baphomet*… una especie de macho cabrío hermafrodita. Es, bueno, quizás era para los Templarios la personificación del diablo. Este símbolo fue uno de los argumentos para que en 1307 Felipe IV ordenase la detención de todos los dirigentes templarios de Francia, incluido el Gran Maestre, que fue quemado vivo. Se les acusaba de escupir sobre la Cruz, adorar a ídolos, de prácticas homosexuales... además, en las actas de imputación contra el Temple se les acusaba de postrarse ante *Baphomet*, decían que incluso llevaban encima esa imagen y no se la quitaban ni siquiera para dormir. También se les acusaba de adorar a Satanás –me dice sosteniendo el papel entre sus manos viéndolo al contraluz– tonterías del rey para quedarse con sus bienes y posesiones y además no pagar el dinero que les debía a los Templarios.

–¿Y hay en Málaga algo parecido a ese símbolo? –le pregunto, pensando en el tipo de pista intrigante que quizás me intentara dejar la madre de Nacho y que Pablo Hermoso, que es un referente en la facultad por su capacidad de trabajo y su cultura enciclopédica, me puede descifrar.

–Mmmmm… No lo sé. Me suena algo, incluso por aquí, en el campus, pero ahora mismo no me acuerdo. Lo más que se le puede acercar fue una película que hicieron sobre los Templarios en Málaga, ¿no te acuerdas? Mira que era mala la película –responde mientras me quedo pensativo, tamborileando con las yemas de los dedos sobre las celdillas de los casilleros.

La llegada de la prensa con los suplementos universitarios nos interrumpe. Me intranquiliza una noticia que leo, al detener mi mirada en la portada de uno de ellos, donde aparece escrito en primera plana y con grandes caracteres que en nuestra ciudad ha aparecido un bebé abandonado en un contenedor de basura. Casi inmediatamente guardo el papel con el símbolo y saco una "tira" de fotografías tamaño carnet que tengo en la cartera doblada por la mitad. En todas ellas, Nacho tiene su brazo alrededor de mi cuello con algunas variantes y una expresión dulce y de tristeza, de desventurada tristeza, en su rostro, como la de esos adolescentes desolados que los nazis llevaban con sus maletitas a las cámaras de gas. Incluso entonces, a pesar de que yo me sonreía esperando cada flash del "fotomatón", cuando me hacía las fotos al llegar a

Málaga con él sabía que me embargaría la pena al volver a mirarlas porque reflejan el momento exacto de nuestra despedida. Y es que la última noche que pasé en *Collioure* fue muy confusa para mí. Nacho saltó desde mi balcón a la habitación donde se alojaba con la madre a coger su equipo de música y una mochila y se vino a la mía. Estuvo despierto casi toda la noche. Creo que nos espiábamos mutuamente y que él intentaba dormir –después de tomarse una pastilla– en la misma posición que duermo yo, o que intento dormir yo, en la postura de *Ramsés II* tarareando *Strangers in the Night*.

"Ser o no Ser", me dije aquella última noche en *Collioure*, como si esa frase de *Hamlet* con la que Machado debió estar obsesionado hasta el día de su muerte –cuando la encontraron escrita con un lápiz en un pequeño papel guardado en su gabardina– me uniese al poeta, a su sufrimiento y a su muerte, acaecida muy cerca de donde yo dormía en aquel hotel. Nacho me miraba de reojo y musitó también "Ser o no Ser" y permaneció aletargado en el sofá, se desperezaba cada cierto tiempo y de nuevo se aletargaba con los brazos cruzados sobre su pecho, imitando la imitación que yo hacía de *Ramsés II* con la cara del vecino de mi abuela muerto.

–¿Sabes?..., no duermo bien por lo de la hiperactividad; es un trastorno que tengo, por eso tomo mi medicación todas las noches, anfetaminas y cosas de esas.

–Sí, sí, he escuchado hablar de la hiperactividad – le contesté simulando estar casi dormido.

–Soy más o menos un loco –añadió con la voz quebrada, sacudiendo la cabeza para un lado y puede que sollozando, antes de darse la vuelta en el sofá.

Me quedé un rato pensando en lo que me había dicho, quizá fuera realmente un desequilibrado, y tomando anfetaminas seguramente se pondría más nervioso y me atacase si me viera dormido. Incluso me parecía haber escuchado esa enfermedad –la hiperactividad– en la película de *El Exorcista* o en otra parecida. Fue entonces cuando recordé que la niña que echaba los espumarajos verdosos por la boca y que doblaba el cuello como si no tuviera cervicales o fuera de goma, estaba diagnosticada así y que le daban un fármaco llamado *Ritalín*. Por culpa de esos pensamientos aquella noche ni siquiera logré conciliar el sueño más de unos minutos seguidos.

–Yo tengo familia en Málaga– me dijo, al rato, sobresaltándome. Él sabía que yo tampoco estaba durmiendo y seguramente había estado valorando y midiendo hasta el ritmo de mi respiración, pero desconocía que yo me lo estaba imaginando vomitando y gritando amarrado a la cama.

–¿Ah, si? –le dije, sin mirarlo.

–Por eso mi madre se acercó a ti. Intuía que le podía pasar algo y que tú me llevarías contigo a Málaga –me dijo.

–No te vas a venir conmigo –recalqué, lo más seriamente que pude, desde mi postura "faraónica", aquella que yo sentía que me protegía de un niño poseído por el diablo o por el propio Lucifer, intentando dormitar junto a mí.

Me escuché a mí mismo decirle esa frase y me sentí un tipo muy cruel. Como si no tuviera sentimientos. Recordé que había una enfermedad que se llamaba alexetimia que definía en lo que yo trataba de convertirme para no sufrir. Alguien que es incapaz de sentir algo por sus hijos, por su mujer, por nadie. Alguien que carece de sentimientos. Quizás yo me estaba convirtiendo en un alexetímico, o eso fue lo que pensé un poco antes del amanecer, cuando el muchacho me preguntó nuevamente, con los brazos cruzados sobre su pecho, si se podía venir conmigo, añadiendo que la mujer del hotel –cuyo nombre era Teresa según me confesó– lo adoptó cuando tenía tres años y que habían llegado a *Collioure* buscando a un familiar que desapareció después de la guerra y que huían del padre adoptivo que los maltrataba.

–Teresa no es mi madre –reconoció– pero es como si lo fuera. Ha sufrido mucho conmigo, con mi hiperactividad, y los dos hemos sufrido mucho con su marido el maltratador, un tío muy peligroso, un extremista.

Estuvo un tiempo inmerso en un silencio deliberado hasta que me preguntó de nuevo si iba a llevarlo a Málaga. Le dije que no, inconmovible, alexetímico. Él calculó otro tiempo de silencio y me dijo:

–Ya te he dicho que tengo familia en Málaga, mi madre vive allí, hasta tengo un tío mío, bueno, tío de mi padre adoptivo, que trabaja en el Museo Picasso, te acompaño hasta allí y nunca más volveremos a vernos, anda, por favor –me suplicó victimizándose.

Aunque en la oscuridad yo no le veía, creo que me sostenía la mirada con los ojos asustados y llorosos. Supuse que había algo de teatralidad en su comportamiento pero no pude evitar que despertara mi compasión. Le insistí en el hecho de que teníamos que hablar con la gendarmería o con la policía española. Me dijo que de acuerdo, que al llegar a Málaga hablaríamos con la policía; a lo que le respondí que no, que no me había expresado bien, que me refería a la gendarmería francesa, la de *Collioure*.

–Pero ¡qué tiene que ver la policía de aquí con mi madre adoptiva y mi padrastro! ¿Es que no lo entiendes? ¡Ya se la habrá llevado a Málaga! –me dijo gritando de repente.

—¿A Málaga? –le grité yo también quitando los brazos cruzados de mi pecho.

—Sí. Tú no te enteras, si es que vivimos allí.

—Entonces no es que tengas un tío en Málaga, es que vives en mi ciudad... Bueno, pues te quedas en Málaga con tu familia o con quien quieras. Pero yo no te voy a llevar. No quiero problemas –le dije, negando con la cabeza y oliendo la fragancia de rosas o de alguna flor que emanaba de su cabeza.

—Por favor, no me dejes aquí solo, en cuanto llegue a Málaga me quedo allí con mi familia, aunque sea la del museo… pero antes tengo que llegar.

—Vaya, qué casualidad –le dije agobiado, después de un rato de silencio, cuando procesé mejor lo que me acababa de decir– Qué coincidencia que tengas familia en mi ciudad. Si te llego a decir que voy a Madrid, me hubieras dicho que tu familia es de allí y que por eso tu madre trató de acercarse a mí porque "intuía" que podía tener problemas y también me hubieras dicho que tienes un tío que trabaja en el museo de El Prado.

—Te he mentido en algunas cosas –me contestó entre risas– pero en esto no te miento. Y te repito que mi madre adoptiva hizo amistad contigo al enterarse que eras de Málaga. Al principio no se fiaba de ti porque creía que mi padrastro te había contratado como detective para espiarla. Por eso te siguió al cementerio, para ver qué hacías.

Después de decirme eso, Nacho entró en una fase de cansancio adormecido en el que murmuraba frases sin sentido, se movía constantemente, se levantaba a beber agua, me preguntaba si tenía algo de comer y me observaba en la oscuridad con la respiración agitada –yo esquivaba su mirada como si realmente pudiese verme–. En un momento determinado, como yo sentía que hacía esfuerzos por dormirse, le dije que se relajara. Y él me contestó de forma inaudible algo que no entendí. Pasaron unos minutos durante los cuales esperaba que dijera algo más. Y así fue, al cabo de varios minutos, me dijo al fin:

—Estoy así por lo de la hiperactividad.

—Sí, ya lo sé, me lo has dicho antes –le recordé, pero no me escuchó porque justo en ese instante se durmió y empezó a respirar muy fuerte.

Volví a cruzar los brazos sobre el pecho intentando dormirme como suelo hacerlo, durante una o dos horas, para luego despertarme un rato y dormirme otra vez hasta que me despierto de nuevo y continúo así, cíclicamente, mientras estoy en la cama. Pero esa noche no fui capaz de conciliar un sueño profundo ni invocando a *Ra*, ni a *Osiris*, ni a todos los dioses egipcios juntos,

ni imitando a *Ramses II*, ni a todos los faraones de Egipto con la cara del vecino de mi abuela muerto, ni de los cadáveres de todos los vecinos y familiares
que he visto muertos en toda mi vida. Ni siquiera podía tocar la guitarra para
no despertar al adolescente, que sí le había ido bien cruzar los brazos imitán-
dome a mí y creo que le relajaba que yo le observara, pero no sabía que me
encontraba esquivo y presa de un receloso delirio de interpretaciones y dudas,
pensando en la mujer que le había abandonado, si era o no la madre biológica,
si se trataba de una broma, si quizás la había secuestrado realmente el marido
y los problemas que eso me acarrearía, si yo podría ser víctima de alguna
mafia o terminar en la cárcel o asesinado. En cualquier caso, no sabía qué
hacer con Nacho porque decididamente mi plan de convertirme en un alexetímico o algo así no había prosperado y en esas primeras horas de la mañana
en *Collioure*, en ese tiempo destinado a un amanecer que nunca terminaba,
en esa espera donde la tenue claridad se oscurecía para tornarse más diáfana
y al instante más oscura y parecía como si el amanecer nunca terminara de
hacerlo o como si amaneciera y atardeciera al mismo tiempo. En esos momentos en los que no sabía ni qué hacer, ni que debía hacer y una especie de
ansiedad cognitiva se me disparaba con las dudas, tuve unos deseos inaplaza-
bles de regresar a Málaga y fui entrando en una "nostalgización"; un gradual
proceso de recuerdos envolventes y paralizantes –con tendencia a aumentar
al mismo tiempo que la discreta claridad emergente– que me trasladaron al
piso donde había vivido años atrás en la época más feliz de mi vida. Cuando
ya el amanecer se había convertido en mañana y mi ansiosa duermevela, en
una sobresaltada lucidez, hacía rato que había dejado mi postura de *Ramsés
II* insomne, recordé la Batalla del Ebro, la que había vivido desde el tren y se
me saltaron las lágrimas pensando en mi tío Paco, condecorado en esa batalla
–en la que luchó desde las filas falangistas– y una de las personas que más
he querido en mi vida, tanto que apenas pude superar su muerte, tanto que
sueño a menudo con él desde hace veinte años. Insomne, volví a "vivir" en
el lugar donde lo había hecho hacía muchos años, en aquél viejo piso junto a
la Plaza de los *Mártires* –desde el que se podía tocar el piso de en frente con
las manos– frente a la vivienda del hombre que esputaba por el cuello, donde
pasé una época turbulenta pero muy feliz de mi existencia, cuando aprobé la
oposiciones para conserje. Pero de todo el tiempo que estuve allí, únicamente
recordaba con intensidad una tarde, la misma que de forma recurrente he recordado otras veces. En esa imagen concreta que aquella mañana en *Collioure*
me atrapaba, me encontraba en un rincón del piso donde vivía. Nunca he podido explicarme a mí mismo por qué rememoro de vez en cuando –desde hace

mucho tiempo– esa tarde precisa de otoño, apoyado junto a Marta sobre una puerta de aquél piso con más de doscientos años de antigüedad, escuchando el sonido de la lluvia. Porque una de las formas en las que yo recuerdo cada casa donde he vivido es por el sonido que hace la lluvia al caer sobre ella y en la laberíntica arquitectura, en la imperfecta pero inalterable introspección de mi memoria, el sonido de la lluvia era más que un sonido: un olor a cañerías que predecía que el peor de los tiempos posibles estaba a punto de descender sobre mi ciudad, sobre mi piso, sobre mi habitación. Y el anuncio del agua en esa casa se materializaba inicialmente en un sonido que era como el chisporroteo del aceite en una sartén y, cuando arreciaba la lluvia, parecía salir de las paredes un lóbrego rugido de desagües rebosantes.

Aquella tarde de otoño era la que recordaba una vez más, aquella mañana en *Collioure*, retrocediendo en el tiempo y acercándome y fundiéndome con el quicio de la puerta blanca en uno de los lugares de la ciudad que más he amado, donde más he amado y puede que donde más me hayan amado y compartido. Aquella imagen que me empezó a relajar inundándome de nostalgia, me transportaba a aquella mañana de dudas en *Collioure*, a aquellos días en los que me instalaba en el viejo piso y ojeaba una revista donde había visto una fotografía de Picasso en París: en ella, el artista se encuentra apoyado en uno de sus cuadros, muy joven, con un flequillo echado hacia el lado derecho que le cubre la frente y con una camisa blanca desde la que asoma una camiseta interior. El joven Picasso tiene una mano en el bolsillo del pantalón negro y la otra apoyada en un cuadro enorme, con una corbata muy ancha y un fajín que le sujeta el pantalón. Con la mirada perdida hacia algún lugar del comedor, o quizás hacia un lugar dentro de sí mismo, y detrás de él, en una enorme puerta blanca, hay colgada una paleta, un pequeño espejo y varios cuadros muy pequeños. Casi no se podría entrar por la puerta por la cantidad de cuadros y objetos que lo impiden. A su derecha, unas sábanas cubren un cuadro aún más grande que el lienzo donde apoya la mano. Y fijándose bien en la foto, en su margen inferior izquierdo hay un baúl.

En mi viejo piso había otro; se encontraba en la despensa de la cocina pero lo puse en el comedor, aproximadamente en el mismo lugar donde está en la foto de Picasso, cuando relacioné la fotografía con aquella zona del piso. Porque esa foto reproducía casi exactamente un rincón de mi vivienda, con las mismas puertas blancas y los mismos cerrojos, con idénticas sombras, los mismos volúmenes y con un equilibrio similar sostenido en un paso del tiempo que allí, en aquella estancia, sencillamente, no avanzaba. Recuerdo que cuando contemplé la fotografía en un primer momento no le presté mucha atención al insólito parecido con mi comedor, pero una semana más tarde estaba apoyado sobre la puerta blanca, junto a Marta y tuve una feliz sensación de *déjà vu*, de haber vivido antes aquello. Inmediatamente reparé en la fotografía de Picasso y ese es precisamente el fragmento de tiempo exacto que me viene a la memoria o que yo busco a veces, hechizado, en momentos de angustia: la imagen de ese rincón que me llega acompañado de una radiante reverberación sonora, porque no solamente veo esa imagen, sino que escucho lo que yo decía en ese instante y lo que me decía la mujer que más me amó y me compartió. Palabras amorosas pronunciadas en una tarde lluviosa de un día de otoño que quedaría marcado indeleblemente en mi cerebro, palabras que deben permanecer flotando aún en aquel comedor, como un hilo musical sintonizado en la misma frecuencia hasta el infinito. El Rincón de Picasso, solía decir yo en aquella época, cuando me amaban tanto, cuando yo amaba tanto en ese mismo rincón y me lo decía también, retrocediendo hacia el pasado en mis últimas horas en *Collioure*, volviendo atrás en el tiempo, hacia aquél viejo piso en plena Málaga musulmana, con una nostalgia insoportable apropiándose de mi corazón.

* * *

—Así que tu madre no es especialista en el Temple —le pregunté aquella mañana al incorporarme de un salto de la cama, antes de preparar el equipaje para salir de *Collioure*.

—¿En qué? —me preguntó Nacho con una expresión de burla en su rostro, mientras se incorporaba también.

—En los Templarios, ya sabes, esos monjes guerreros de las cruzadas, los de la cruz roja en las túnicas blancas.

—Lo que sabe sobre ellos lo leyó en el hotel en unos folletos que tú también leíste en la recepción. No le hagas mucho caso, no se fía de nadie. Está en su derecho —me reveló.

—Sí, supongo que sí. Vístete, que nos vamos —le dije preparando la mochila, metiendo la guitarra en su funda y el ordenador portátil en su maletín con la prodigiosa rapidez que me daba la necesidad imperiosa de regresar a mi ciudad.

Poco después estaba intercambiando algunas opiniones en la recepción del hotel —donde había ido otra vez para preguntar por la madre del niño y a pagar la factura— acerca de una biografía publicada sobre Machado con un periodista de Almería que estaba escribiendo un artículo para su periódico sobre el exilio del poeta.

—¿Nos puede llevar a Almería? —preguntó Nacho al periodista inesperadamente, antes de que yo, sonrojado, pudiese reaccionar. Aunque sí pude decirle al impetuoso adolescente en voz muy baja que tenía varios billetes para los diversos trenes que iba a coger.

Pero ni siquiera me escuchó, se limitó a hacerme un gesto con el dedo para que me agachase y decirme al oído que así podía recuperar el dinero del tren y que mi viaje me iba a salir gratis. Le insistí en que no iba a ceder, mirando los inquietantes contactos y destellos eléctricos de la bola parpadeante de la entrada del hotel, pero el periodista, que parecía que solamente había escuchado la petición inicial de Nacho y no la aparentemente inaudible conversación posterior, dijo:

—Su hijo tiene razón, os puedo llevar, así podremos seguir hablando de la biografía definitiva sobre Machado que ha escrito Ian Gibson y no hago el viaje solo. Pero yo voy hasta Granada.

—No se preocupe —le dijo Nacho— en Granada hacemos auto-stop hacia Málaga.

—No, eso no es lo acordado; tú haces auto-stop, yo cogeré el autobús —le susurré con firmeza al oído simulando mi enfado y mostrándome sonriente ante el periodista.

Pero llegamos a Granada y mientras Nacho hacía auto-stop nada más despedirnos del periodista, le grité que me iba a la parada del autobús y que él hiciera lo que quisiera, que se fuera a su casa, que me dejara tranquilo y que desapareciera de mi vida. No había terminado de gritar la última frase, cuando detuvo su vehículo un joven con un automóvil "tuneado" y la música a todo volumen. Yo dudé, avanzaba un paso y retrocedía otro y así hasta que le grité que yo no me subía, que me había traicionado pero él me gritó también:

—¡Papá, vamos, corre papá que nos están esperando…!

—¡Hijo de…! —le grité acalorado.

Estaba convencido de que no me iba a subir al coche y en un arrebato de frialdad tenía la seguridad de que no iba acercarme a él. Si accedí a acompañarlo fue por la mirada de tristeza y de fingido desinterés que Nacho clavó en mí poco antes de subir al interior del coche —después de arrojar a su interior su mochila y su equipo de música— y aún después, cuando entré en el automóvil y también durante todo el trayecto, hasta que el joven, que hacía lo posible por establecer una conversación que yo intentaba evitar hablándole con desgana, nos dejó por la mañana, en el Paseo del Parque de Málaga, donde yo ya había decidido despedirme del adolescente. Pero no tuve el valor suficiente y estuve titubeando en mis palabras y en mis pasos, una vez más, mientras él me observaba con detenimiento. Caminamos, con las mochilas en la espalda, en silencio, un buen rato y al llegar a la Alameda sí estuve más resolutivo y fui capaz de decirle, o recomendarle, o primero recomendarle y luego decirle que nuestros caminos se separaban, que no podíamos seguir juntos, que me alegraba haberle conocido, que tuviera mucha suerte y que por favor lo comprendiera. Entonces me dijo que anduviésemos un poco más hasta El Corte Inglés.

–Anda por favor. Acompáñame un poco más. Solamente un poco más, por favor.

Yo asentí con la cabeza. Nacho se equivocó varias veces por calles circundantes que no iban hasta El Corte Inglés pero cuando por fin llegamos a las inmediaciones del aparcamiento de la Avenida de Andalucía, donde se encuentran esos almacenes, gritó:

–¡Ahí está!

–¿El qué? – Le pregunté.

–¡El "fotomatón"!

–¿Cómo?

Entonces me dijo que nos hiciéramos una foto juntos en una cabina "fotomatón".

–¡Fotos en menos de un minuto! –exclamó Nacho leyendo una inscripción que rodeaba el quiosco donde se encontraba la máquina de las fotos. Anda, un recuerdo, solamente un minuto.

–¿Quieres que te lleve donde viva tu madre o tu padre o al museo Picasso o donde viva tu tío o donde quieras de una puñetera vez? –le dije exaltado mientras nos hacíamos la fotos.

–No te molestes más. Yo no creo que vaya a casa de mis padres. No, no voy a ir.

–Si no lo haces, voy ahora mismo a la comisaría –le dije saliendo de mi pasiva apatía esperando que saliera la cartulina con las fotos.

–Vale, si te pones así y si quieres que te diga lo que quieres escuchar para quedarte tranquilo, entonces iré. Toma las fotos de recuerdo –me dijo entregándome la "tira" todavía húmeda. De todas formas, mis padres seguro que no están por aquí –añadió, encogiéndose de hombros.

–Bueno, pero ¿me prometes que vas a intentar ir a verlos? –le pregunté siendo consciente de que me iba a mentir.

–Te lo prometo. Que sí, sí, te lo prometo. Voy a ir a casa de mi madre y del marido de mi madre aunque sé que no están, porque ese tío es un cabrón que la tiene secuestrada aunque tú no te lo creas. Es lo primero que voy a hacer. Pero tú no conoces a mi padrastro, es capaz de cualquier cosa. ¡Estoy harto de ese tío! –me gritó ya fuera de la cabina mientras un autobús urbano salía de una parada cercana. Comprendo que no quieras saber nada de mí. Es por lo que te he dicho, que soy hiperactivo y que estoy medio loco –me dijo antes de darme dos besos en las mejillas y empezar a caminar.

–Oye, ¿tú sabes quién era Séneca?

–No tengo ni idea –me contestó volviéndose hacia mí.

–Un filósofo cordobés de la época de los romanos –le dije.

–Y… ese tal Séneca, ¿era también hiperactivo? –me preguntó.

–Eh… no, que yo sepa no, pero era un tipo precavido. Todas las mañanas al levantarse se preguntaba qué cosas le podían ocurrir, qué hechos desagradables y nefastos. Y trataba de acomodarse a lo que podía sucederle de malo. A eso lo llamó, *Praemeditatio Matutinas*.

–¿Praequé? –me preguntó burlonamente.

–*Praemeditatio…* él decía que era un ejercicio para aliarse con la imperfección, con lo que nos puede salir mal. Bueno, cuídate Nacho y piensa cada mañana las cosas desagradables que te pueden ocurrir antes de tomar cualquier decisión –le dije en un súbito ataque de paternalismo.

–Te echaré de menos, Javier –me dijo mirándome con tristeza.

–¿Cómo sabes mi nombre? –le pregunté evasivamente a pesar de sentirme consternado por su muestra de cariño y sin saber una vez más qué hacer.

–Oí cómo se lo decías a mi madre –me contestó.

–Si no encuentras a tu madre o a tu tío éste es el número de mi móvil, llámame –le dije acercándome a él dándole mis datos en un trozo de papel.

–Oye –me dijo– perdona la pedrada que te pegué en la playa, te juro que fue un accidente.

–No te preocupes, le dije soltando la guitarra y el portátil, para darle un abrazo.

Me alejé de allí volviéndome de vez en cuando para ver como me alejaba de él y pensando que tendría que ir a la policía. Pero ¿qué credibilidad iba a tener cuando le contara a los agentes que una mujer había sido secuestrada por su marido? Además, con un poco de mala suerte seguro que me hubiera tocado el turno de Isabel Perales, la inspectora de policía que siempre está partiendo nueces en la comisaría más cercana a mi casa, la misma que me dijo "Vaya por Dios" cuando fui a denunciar que me habían robado el tendedero donde se secaba la ropa de mis "coladas". Así que, en lugar de ir a la comisaría, me acerqué, como tantas veces en mi vida en las que he estado triste, confuso o nostálgico, me acerqué al Puente de los Alemanes, mi centro de gravedad, mi punto geodésico de la ciudad. Un puente peatonal –que parece la pasarela de embarque de un navío– humilde, pero tan bello como el puente colgante de *Brooklyn*. Una romántica estructura metálica –por la que casi nadie transita de noche– que Alemania donó a la ciudad para sustituir a un viejo puente que una riada se llevó y en agradecimiento a los malagueños que habían muerto unos años antes de la riada, al salvar del temporal a los marineros de una fragata alemana que se hundió contra las escolleras que servían de dique contra el tremendo oleaje que sacudía la bahía en invierno.

Paseé por los tramos del puente, cargado con mi mochila en la espalda, mi guitarra y el maletín con mi portátil. Caminé, aquella mañana, como tantas veces, bajo las farolas de sus arcos –a esa hora del día sin sus luces amarillentas encendidas– dándome en el rostro el aire que lo atraviesa, un viento que siempre me ha producido una tristeza de viaje, de ausencia, como si me despidiera de alguien, como si me estuviera yendo muy lejos de la costa, a pleno mar abierto. Caminé y me asomé desde el puente, apoyado en los hierros engarzados con remaches ahora pintados de verde y antes de negro del puente, cuando el Guadalmedina era un río salvaje y la sombra del puente se proyectaba sobre sus aguas embravecidas y no ahora que se dibuja y no aquella mañana que se dibujaba su silueta sobre el cemento de lo que antes era el lecho del río y donde aún deben encontrarse, desde la conquista de Málaga por las tropas cristianas, los estribos de ladrillo y los restos del Puente de los Cuatro Arcos, que se encontraba en ese mismo lugar y que fue destruido cuando las piezas de la artillería pesada, del que era entonces el ejército más poderoso del mundo, derribaron sus torres defensivas.

Me asomé por el puente viendo los surtidores situados en uno de sus márgenes, pequeños géiseres artificiales que brotan en un estanque alargado, aquella mañana en la que regresaba de *Collioure* me asomé y me apoyé en las barandillas del puente, que ya hace muchos años que es pacífico y peatonal, aunque suelo hacerlo cuando anochece sobre mi ciudad, tarareando *Strangers in the Night*, la canción de Frank Sinatra que siempre canto al meterme en la cama en mi postura de *Ramsés II*; pero aquella mañana, en la que Nacho se despidió de mí, me asomé, me apoyé en los hierros del Puente de los Alemanes, con el viento de alta mar sacudiendo mi cara y mi cuerpo y no tarareé la canción de Frank Sinatra; simplemente miré el cauce del río Guadalmedina. A pesar de que ahora es un río domesticado que casi nunca lleva agua, excepto la que entra del mar y la que fluye por las pequeñas fuentes, para mí siempre será un gran río indómito y, en mi imaginación, lo veía fluir aquella mañana, como tantas veces, como tantas noches, veía fluir su inexistente caudal de hermosas y fieras aguas. Y recordando a Nacho me pareció escuchar, como otras veces, como algunas noches asomado a ese puente solitario, recordando a Marta o a mis seres queridos fallecidos, me pareció escuchar desde la Mezquita, desde la desaparecida Torre del Clamor de la Mezquita, al almuédano invitando a la oración.

***

Vuelvo a doblar la cartulina de fotos, la guardo en la cartera y acompaño a María José –una profesora de la facultad– a la Sala de Grados, donde se va a celebrar la lectura de su tesis dentro de poco y quiere ensayar, delante de mí, lo que va a decir en su exposición. Me he reído mucho con ella –tiene una risa contagiosa y una belleza deslumbrante– y con los posibles malentendidos que se pueden producir en la defensa de su tesis. He hecho de presidente de su tribunal y después de la exposición le he aplaudido, le gritado ¡bravo! varias veces, le he dicho que tiene Cum Laude y he hecho como si escribiese su calificación en un folio imaginario.

–Muchas gracias, señor presidente – me ha dicho ella entre risas y me ha dado dos besos.

–¿Qué tienes en el ojo? –le he preguntado señalándole una pequeña mancha de sangre en la pupila.

–¿Ya me ha dado otro? Esto es un derrame subconjuntival. Nada importante, es por el estrés.

Y cuando se ha ido y me he quedado solo recogiendo el portátil y la pantalla y he aspirado la mezcla peculiar de olores que emana de la Sala de Grados a barnices, a tapicería recién encolada, a solitaria habitación de hotel y a humedad, he imaginado que veía el rostro desamparado y los ojos vidriosos de Nacho delante de mí. "Comprendo que no quieras saber nada de mí. Es por lo que te he dicho de que soy hiperactivo y que estoy medio loco" – se me han venido a la cabeza sus palabras y he tenido la necesidad perentoria, cuando he salido de la Sala de Grados, de ir a la biblioteca y consultar e indagar en libros y revistas todo lo que haya sobre hiperactividad, como una forma de recordar a Nacho y de desembarazarme de mi culpabilidad por dejarlo a su suerte y de dejar de atormentarme por remordimientos de ciudadano con poca ética y sin sentimientos. Creo que lo hago también como un sacrificio, una ofrenda no sé a qué dioses para que me ayuden a albergar la esperanza inconfesable de volver a encontrármelo.

Salgo de la biblioteca cargado de libros que dejo en conserjería y camino hacia uno de los dos grandes patios –uno con columnas de diversos colores y el otro con las columnas azules– donde se encuentran las aulas, acariciando un llavero, pensativo. Mi deformación de compulsivo buscador de datos para lo que estoy escribiendo sobre Machado, su forma de entender la filosofía y sobre la Guerra Civil, ha hecho que en poco tiempo haya obtenido una ingente cantidad de información y haya realizado algunas reflexiones simultáneas sobre la hiperactividad. Desde que aprobé las oposiciones a conserjería no aprendía tan rápidamente y creo que es gracias a esa especie de programa intensivo de entrenamiento mental que me están suponiendo mis lecturas, que no sólo me trasladan a esa época sino que, a veces, por la intensidad, la inercia y el estrés del trabajo, hacen que me vuelva algo obsesivo y maníaco y lea todo lo que veo escrito y lo memorice, reteniendo datos absurdos no relacionados con el estudio que estoy escribiendo; las noticias que van apareciendo por los paneles informativos de las pantallas TFT de 42 pulgadas que hay en el *hall* de la facultad, los anuncios en las vallas y la publicidad de los autobuses, el tipo de carga de los camiones, las matrículas de los coches, el precio de las tapas de los bares, el número de chaquetas que tienen en alguna tienda, el color de los techos de las gasolineras o, ahora mismo, en este patio de la facultad –el que casi siempre me toca en mi turno– contemplando el gran árbol que hay en el centro, me detengo y fijo la mirada unos segundos, inmóvil como los insectos del limonero, sobre su tronco abombado y cuento el número de espinas que tiene –tan afiladas que parecen las garras de un oso– y sus exóticos frutos; unas vainas leñosas con el aspecto de aguacates gigantes que se van cayendo a medida que avanza el invierno.

"El Palo Borracho", que es como se conoce a ese árbol, debe crecer aproximadamente medio metro por año y ya tiene tantos años como para sobresalir por encima de varias plantas y para cubrir durante el día con su sombra, con su floración rosada y lila, a una estatua que se encuentra en un lateral del patio y que, junto con su basamento, pesa varias toneladas. La obra fue un homenaje que se tributó a la primera promoción que se licenció en Pedagogía en esta facultad y que realizó un escultor que también perteneció a esa promoción. A esta hora se recorta su perfil cincelado en el duro cemento: un niño, apenas un bebé, que trepa por el regazo de una mujer abrazándola. Un amasijo de hormigón con volúmenes delicados de hembra fértil, que parece tener un poder especial sobre las hojas que van cayendo al patio porque éstas juguetean arremolinándose alrededor de la estatua como si fueran crías de algún extraño roedor que quizás esperen trepar por el vientre de la mujer para que los amamante. Unos cachorros de clorofila que de repente detienen su juego y se esparcen hasta permanecer quietos y ya no parecen crías de roedores, sino insectos, grandes insectos inmóviles como los del limonero.

Voy apagando los interruptores de las aulas y recogiendo las pantallas de proyección que tienen un olor a cabra o cordero y a lana tan penetrante que sigue dentro de mi nariz después salir de las clases, igual que el zumbido de los fluorescentes sigue en mis oídos, como una venganza, porque apagar y encender estas lámparas hace que acorten progresivamente su vida. Quizás por eso después de que la luz blanquecina desaparece todavía persiste en mis retinas al ir cerrando las aulas que están abiertas y va remitiendo –ese zumbido, esa luz– hasta que se esfuma al ir recogiendo apuntes, bolsos, cazadoras y bolígrafos olvidados por las alumnas y los alumnos.

Este es un momento triste en el que el tintineo fúnebre de mi manojo de llaves es la señal que me activa, como por ensalmo, los recuerdos de algunas personas que algún día impartieron y recibieron clases en estas aulas y cuyas imágenes acompañan al sonido de las llaves, corporeizándose ante mí, especialmente las imágenes de las personas que murieron y a los que tenía un gran afecto, como a un profesor llamado Antonio. En mi unidad de medida vegetal, en mi cómputo anual de crecimiento arbóreo, el "Palo Borracho" nunca crecerá lo suficiente para que pueda olvidarlo. Casi siempre, cuando tengo este turno, a esta hora reproduzco en mi mente la voz y el aspecto físico de Antonio, sus charlas a la hora de los exámenes cuando se asomaba a este patio, algo aburrido y me veía y me llamaba entre miradas vigilantes hacia el interior del aula para que no se copiaran los estudiantes –aunque yo creo que lo hacía también para que se relajaran y no estuvieran tensos– me hablaba de sus viajes a París con su familia en románticos trenes nocturnos, mientras yo observaba preocupado cómo la enfermedad le iba venciendo inexorablemente y cómo su rostro desvaído parecía una mascarilla de cera. Pero, a pesar de estar mortalmente enfermo de cáncer y tener la implacable clarividencia diagnóstica del tiempo que le quedaba por vivir, seguía impartiendo clases, enfrentándose valientemente a la fatalidad de su condena, sin que apenas le saliese la voz del cuerpo, con los cabellos perdidos y las cejas desnudas por el tratamiento quimioterápico y radiológico al que le humillaba semanalmente su enfermedad, aunque ya sabía que su sentencia estaba dictada y que paulatinamente tenía menos fuerzas para subir a la tarima del encerado, para poner el ordenador con el power-point, enchufar el DVD, o incluso para hablar o moverse. Antonio esperaba la ejecución, la pena de muerte impuesta por la naturaleza, bebiendo una copita de Pacharán los lunes –después del tratamiento– y conservando su bondad, su sabiduría y su sonrisa, que simulaba su dolor, su tremendo dolor, por dejar tan prematuramente a su familia y a este patio con su árbol con garras de oso y su ciclópea estatua del niño trepando por el cuerpo de su madre y estas aulas ahora solitarias y entre sombras.

Todo el conocimiento científico de Antonio estaba destinado a las personas que sufrían, igual que el mundo, que la existencia misma de Constancio, otro profesor desaparecido que me regalaba todos los libros que iba publicando, casi siempre en el aparcamiento, a punto de introducirse en su coche y, casi siempre, cuando estaba en vísperas de hacer un largo viaje a Chile. Libros que me impresionaban mucho, como el último que me regaló poco tiempo antes de morir, el mismo día que yo escuchara su voz salir de una de las clases que dan al patio del "Palo Borracho" –el otro patio tiene otro árbol, un ficus "sediento" que apenas crece– mientras caminaba con su libro entre mis manos y fue como si su voz se trasladase al libro y las palabras que leía las oyese con la voz de Constancio. Había estado toda la noche leyéndolo con su voz, las palabras pronunciadas por la voz de Constancio, que contaba la vida de un joven oftalmólogo llamado Miguel Mérida que había vivido a principios del siglo XX y que Constancio había rescatado del olvido y gracias a él, en todas las librerías de este país se encontraba la trayectoria de un hombre que dedicó su vida a cuidar y salvar la visión de los demás, hasta que él mismo se quedó ciego debido a un disparo que un individuo le había dado en la cabeza. El día que escuché por última vez palabras pronunciadas por su garganta, estaba leyendo en este mismo patio las páginas de su libro, donde biografiaba al oftalmólogo y donde aparecía el autoinforme clínico que hizo éste desde la tragedia de su propia oscuridad. "Acordaos de los ciegos" fueron las últimas palabras del médico al morir –convertido ya en una autoridad mundial en la educación de los invidentes– y yo me las he dicho –con la voz de Constancio– cerrando los ojos unos instantes y parpadeando en las tinieblas para involucrarme solidariamente con su memoria, mientras aprieto el manojo de llaves dentro del bolsillo del pantalón, y éstas repiquetean como las pisadas en el *hall*; como pequeñas campanillas que me hacen recordar el funeral de Constancio, que había oficiado en vida –como sacerdote– emocionantes funerales para los miembros de la comunidad universitaria que habían ido falleciendo. Dejo de apretar las llaves cuando escucho unos ladridos de perros más allá del patio del "Palo Borracho". Ladridos como de animales heridos, enfermos o maltratados. Perros que lloriquean lastimeros y aúllan como los perros de mi infancia en mis noches de insomnio aunque mi madre hace ya muchos años que no apaga la luz y yo no piense que me he quedado ciego, porque no me encuentro en las depresivas habitaciones de los internados de mi niñez o de mi casa y porque estoy oteando desde la traslúcida abertura circular de la puerta de un aula que da al patio de la escultura y parece que voy en un camarote de un yate viajando por un mar gris de cemento. Desde la ventana de este camarote de hormigón veo el patio, su tenebroso mar de cemento, y me siento un náufrago en la tierra firme pero a la deriva mientras va anocheciendo sobre toda la extensión del Campus de Teatinos; sobre los colegios mayores, sobre todas las facultades, sobre la línea 1 del metro, sobre estas aulas y sobre el árbol cuyas raíces parecen la pata de un monstruo marino clavada en el arriate, desde donde el aire eleva una bolsa de basura vacía y la deja atrapada entre las ramas más altas del "Palo Borracho". Son las mismas ramas a las que un alumno inolvidable llamado Pablo –que murió una madrugada de forma violenta antes de terminar la carrera– intentaba llegar buscando nidos de pájaros. Recuerdo su risa, su indumentaria, sus cabellos despeinados y su bicicleta. Y cómo caminaba en zig-zag cuando me lo encontraba cerrando algunos seminarios de la segunda planta y yo caminaba con él también en zig-zag, escuchando la música que nos llegaba de una de las aulas y él hacía otras extravagancias que yo consideraba toques geniales de su personalidad. Tengo en la conserjería una fotografía suya junto a la última fotografía de Antonio Machado con vida, la misma ante la que cada veintidós de febrero a las tres y media de la tarde aproximadamente, coloco un ramo de flores y la misma ante la que musito, cada aniversario –casi postrado como si estuviera ante un altar– los postreros versos que escribió el poeta apenas el día previo a su muerte: *"...estos días azules y este sol de la infancia..."*

En la fotografía de Pablo, éste se encuentra incluido póstumamente, a través de un montaje, en la orla que su curso hizo, ya sin él, al finalizar la carrera; una promoción traumatizada que no pudo reanudar la asistencia a las clases hasta pasado un mes. Y recuerdo, ahora que veo el "Palo Borracho", el árbol de los nidos inalcanzables, la tarde en la que nos despedimos de Pablo en la entrada de la facultad con cientos de velas encendidas sobre el suelo y los casi cuatro mil alumnos y alumnas de la Facultad de Educación depositando flores delante de su bicicleta aparcada como una reliquia. Me puse las gafas de sol oscuras para que los alumnos y las alumnas no me vieran llorar o para yo mismo no verme llorar, cuando una alumna me dio una rosa para que la pusiese junto a su bicicleta y al pequeño árbol sembrado en su honor en los jardines de la entrada de la facultad, cerca de donde está el limonero y los insectos inmóviles. Creo que fue desde ese día cuando fui consciente de que me desplazaba por el edificio siguiendo el itinerario de rutas imaginarias relacionadas con los ausentes. De repente me vi caminando, observé que hacía unos desplazamientos que yo consideraba aleatorios, por los pasillos, los patios, las aulas, los aparcamientos o el *hall*. Yo me había dado cuenta de que, como muchas personas que trabajan en el edificio, seguía habitualmente los mismos recorridos, pero yo había percibido que mis rutas habituales por la facultad confluían en varios trayectos recurrentes y que estaba caminando por brumosas veredas invisibles, inaccesibles y desconocidas para los demás y para mí, hasta ese momento. Entonces supe que esos trazos difuminados en el suelo por los que transitaba, eran idénticos a los que algunas veces había seguido con mis queridos, entrañables, desaparecidos y que mis caminos eran como una permanente veneración a ellos, una forma de seguir paseando y hablando con ellos. De esta forma establecí el "Sendero de Antonio", un camino que me lleva desde la conserjería hasta el decanato, de ahí pasa por la sala de ordenadores y llega al patio del "Palo Borracho", a unos metros de la estatua. O el "Sendero de Constancio", que se inicia en el aparcamiento, pasa por el Salón de Actos, los lavabos y varios seminarios, llega a reprografía –que se encuentra en el patio del "Ficus Sediento"– y se vuelve más confusa y termina cerca de los ascensores (donde me solía despedir de él). Y el "Sendero de Pablo", por el que no siempre me gusta que me vean, porque a menudo voy caminando en zig-zag por los pasillos de la segunda planta, sigo andando justo delante del Aula de Música, donde el sonido del piano, las flautas y los cánticos celestiales me predisponen a llegar a una de las clases del Patio de la Escultura, la 0.12, el aula de Pablo, y de allí avanzo hacia donde me dirigía antes del "desvío". Porque, muchas veces, por respetar mis rutas casi sagradas, doy rodeos barrocos, sinuosos e incomprensibles para llegar a algún sitio. Como los que doy para llegar al "Sendero de Marta-Friné" en el patio del "Ficus Sediento". Aunque no es una persona que esté ausente en el mismo sentido en el que lo están los demás, sí lo está de mi vida y eso prácticamente la convierte en una difunta y a mí en un viudo. A Marta la conocí en el patio del "Ficus Sediento". O eso me dijo ella. Yo iba cerrando las aulas cuando, al parecer, tropecé con ella. Y ella me dijo –aunque no lo recuerdo– que yo olía a árbol y que si era el tipo del cactus. Yo le dije –o eso me dijo ella que yo le dije– que no, que yo no era ese hombre y que nunca me había dicho nadie que oliera a árbol. Y ella me respondió, que si no recordaba que estaba en un vivero, y me clavé una espina de cactus, y que ella me chupó el dedo para sacarme la espina y que ahí se dio cuenta de que olía a árbol. Entonces le dije, –ella me dijo que yo le dije– que seguro que no era yo porque si alguien como ella me hubiera chupado un dedo lo recordaría toda la vida.

Abandono el patio deshabitado y silencioso –ya no se escuchan los ladridos lastimeros de los perros– en esa hora triste, en ese instante exacto en el que se hace de noche. En ese momento inasible que a Machado le parecía mudo y sombrío. Decido seguir el "Sendero de Antonio" dejando atrás las columnas verdes, celestes, amarillas y rojas que circundan este espacio y que la oscuridad parece darle una ilusión de pesado movimiento entre los pórticos y porches. Un movimiento que se acelera como una ilusión óptica y parece convertir al patio de la escultura es un carrusel, en un Tiovivo. Incluso creo escuchar una música infantil de feria, unos acordes tristes, como si un niño se fuese a morir y nadie se diera cuenta de ello.

Me alejo de este escenario de columnas coloridas y creo hacerlo –por mi "Sendero de Antonio"– subido al caballo de un Tiovivo, como en la película *Mary Poppins* que tanto me impactó de pequeño, sobre todo cuando vi a Julie Andrews, a Dick Van Dyke y a los dos hijos de los Banks salir del carrusel montados en los caballos de madera, ascendiendo y descendiendo por los campos. Yo también voy en mi caballo, parece que voy en un caballo galopando hacia arriba y abajo, sobre las aulas vacías, por los pasillos, a través de los seminarios y por las rutas invisibles.

Cabalgo dejando atrás las columnas de colores, donde se vislumbra el brillo de las máquinas de bebidas y refrescos y escuchando, voy escuchando las voces de los tres ausentes, mezcladas en mi interior, como si lo hubiera hecho un artilugio de ingeniería de sonido. Cabalgo, en mi fantasía, cabalgo sobre una grupa de cartón o de madera y suenan las palabras, suenan sus palabras, las sílabas, las frases y expresiones que alguna vez me dijeron los tres ausentes, resonando, flotando, en este patio que abandono –en mi caballo de madera o cartón– y que tendría el mismo aspecto que una plaza de toros vacía en la noche si no fuera porque avanza, delante de los paneles de corcho con los calendarios de los exámenes, la última ronda de limpieza con sus carritos como de parapléjicos o de accidentados que van entrando por la puerta de urgencias.

***

–No, aquí no hay nadie que tenga un sobrino que se llame Nacho –me responde la chica que está en el acceso al hermoso palacio renacentista donde se encuentra el Museo Picasso, con un gesto afirmativo de la cabeza antes de decir que "no", como si el primer impulso hubiera sido decir que "sí", cuando le he preguntado por el adolescente, ante la multitud de turistas que hacen cola para entrar al museo.

–¿Está segura? –le digo sabiendo la inutilidad de mi pregunta, mirando hacia el interior del palacio, al patio de columnas de mármol que hace quinientos años enviaron desde las canteras de Génova.

Huelo el aire del jardín al que da el patio tratando de reproducir en mí el olor al *Garum*, el paté de pescados que constituía un auténtico manjar para los romanos, que lo hacían en este lugar mucho antes de la construcción del palacio. En ese momento veo fugazmente a un muchacho correr bajo unos naranjos. Cuando estoy a punto de acceder al recinto para comprobar si es Nacho, la muchacha me responde interponiéndose en mi camino:

–Segura. Nos conocemos todas y todos y nadie tiene hermanos o hermanas con hijos. Vaya usted a preguntar a la Casa Natal de Picasso, en la Plaza de la Merced. Puede que allí alguien tenga un sobrino –me dice despidiéndose y dejándome sin posibilidad de hacer nuevas preguntas, y eso que tenía preparado todo un repertorio después de una noche en la que la memoria de Nacho me ha impedido dormir, intentándolo con mis brazos sobre el pecho implorando al espíritu de *Ramsés II* y al cadáver del vecino de mi abuela y tocando la guitarra hasta que, desesperado, me he llevado el portátil a la cama y allí he estado leyendo, cansado y soñoliento, todo lo que he encontrado en el *Google* sobre el trastorno que padece Nacho, hasta que ha amanecido y he tomado la decisión de buscarlo, después de haberme levantado muy temprano, a pesar de tener el turno de tarde en la conserjería.

Camino sin rumbo por las calles cercanas al museo, un dédalo de callejuelas estrechas y hermosas diseñadas por los árabes, igual que buena parte del Centro Histórico; románticos ángulos de viejas edificaciones, esquinas recónditas en pequeñas plazas, líricos restos amurallados y ocultos vericuetos por el que podrían pasear todavía los reyes que las construyeron sin perderse, porque conservan el mismo trazado de hace siglos. Mis pasos –antes engullidos por los pasos lentos de la muchedumbre que esperaba su turno para entrar en el abarrotado museo– me llevan ahora por las angostas calles, cerca de una tetería y de unos baños árabes donde he tenido la sensación repentina de que alguien parecido a Nacho se encontraba entre una pandilla de adolescentes con la que me encuentro. El recuerdo de los pasos, del sonido maravilloso de los pasos de Marta-Friné a mi lado caminando por estas mismas calles encharcadas los días de lluvia, hace que recuerde la época en la que, esporádicamente, venía con ella a relajarnos a esos baños. Me olvido de Nacho y me traslado a esa época de las tardes en las teterías y de los masajes que nos daban después de tomar el "dulce invierno", hasta que dejé de venir a los baños porque no podía soportar ver a Marta desnuda, con las hábiles manos de dos masajistas recorriendo su cuerpo, porque se iba pareciendo mucho a otra experiencia que habíamos tenido en la primera fase de un curso de "Sensibilización Personal Profunda", al que ella hizo que nos apuntáramos y en el que prácticamente sólo había hombres reprimidos y deseosos de tener relaciones sexuales. Por eso el día que uno de estos hombres roció con aceite el cuerpo de Marta completamente desnudo y yo consideré que se estaba extralimitando cuando se situó encima de ella para aumentar su "sensibilidad" mientras otro hombre se ponía delante dándole masajes en los pechos, me acerqué a ellos empujándoles y encarándome, agarré de la mano a Marta, incorporándola y la llevé al vestuario del local donde se impartía el curso, gritándole desaforadamente con un ataque de celos como nunca lo había sentido.

–¿No irás a tener celos de esos dos pamplinas? –me dijo ella.

–Nooooooooooo –le contesté yo con la misma entonación musical de otras veces.

Nunca supe qué ocurrió en la segunda fase, ni mucho menos en la tercera de ese curso –yo no pasé de la primera, que fue cuando ocurrió el incidente– ya que por supuesto Marta o Friné continuó haciendo las dos fases siguientes. Así que creí enloquecer los dos días que, la mujer que más he amado, se fue a realizar la tercera fase de la "Sensibilización Personal Profunda" en algún pueblo de las Alpujarras.

Un reconfortante aroma a comida llega a mi olfato. Me dejo guiar por él y obligo a mis piernas a entrar en *Cañadú*, un legendario restaurante vegetariano al que solía ir con Marta, que era, si exceptuamos su afición a la "carne humana", una estricta vegetariana. Atravieso el umbral de la puerta y camino por el suelo rústico del bar, recorriéndolo de un extremo a otro. Me siento en una mesa concreta del fondo, al lado de las puertas de la cocina, desde donde escucho el borboteo de los guisos en los fogones, desde donde se hace más intenso el olor de los caldos y cremas, de las delicadas sopas y de los zumos naturales. Desde donde veo salir las cazuelas de barro y los platos humeantes que llevan hasta mi nariz la fragancia de las verduras y hortalizas sublimemente aderezadas con hierbas frescas y especias. Aspiro embriagado el perfume voluptuoso de la lenta cocción de las legumbres con verduras, del cus-cús y de las lasañas vegetales y percibo la untuosidad, la inverosímil cremosidad y el exotismo esponjoso y caldoso de los suculentos arroces integrales. Cuántas veces disfruté aquí con Marta de la música en vivo de pianistas, guitarristas y violinistas, de las exposiciones de pintura y de fotografía y del esplendor de un mundo vegetal compuesto de sutiles olores, de sabores elaborados y refinados, llevados, a través de un derroche de imaginación, a una misteriosa perfección, porque cada plato que se degusta en este lugar tiene algo de oculto principio filosófico que no puede ser analizado por la razón, ya que todas las posibles indagaciones se quedan en el paladar representando una sabrosa, primitiva, ceremonia vitamínica y antioxidante. Es la esencia misma de la armonía de los alimentos y de la salud, que yo voy introduciendo en mi cuerpo en pequeñas dosis, cada vez que me llevo a la boca una cucharada, un acompasado movimiento con la mano que me acerca a una repentina y breve cadena de éxtasis, transportándome al tiempo en el que en esta mesa en la que ahora estoy –escondido en la oquedad donde se encuentra el perchero– me sentaba con la mujer a la que más he amado y que más me ha amado, en el mismo lugar donde se encuentran las más tenues luces que tanto me relajan y que iluminan una pared completamente pintada como si fuera un cielo azul entreverado de nubes blancas, que entran por mis pulmones como un golpe de oxígeno, como un hálito vital reforzado por los pálidos colores anaranjados –aunque Marta decía que era "amarillo huevo"– de las paredes decoradas con finísimas ramificaciones rojizas parecidas a las sinapsis neuronales.

***

Camino por el paseo marítimo rumbo a mi apartamento –todavía inmerso en la atmósfera *Rembrandt* del *Cañadú*– observando el mar oscuro y el manto de niebla flotando sobre un velero que navega solitario con una pequeña luz rojiza en el mástil, más allá de la gente que corre por la playa, va en bicicleta o realiza flexiones junto a un antiguo tranvía de madera amarillo y verde –o puede que naranja y verde, Marta decía que era naranja y verde– que hace muchos años dejó de ser útil y ahora que ya no tiene ningún uso y permanece inmovilizado en la acera como el vagón de Machado en la vía muerta, es mucho más bello que cuando funcionaba, y contemplado en la noche, rodeado de pequeños surtidores y focos que lo iluminan, parece un objeto valioso con un aspecto tan museístico como si se contemplase tras una vitrina. Yo también corría por aquí con Marta en noches de niebla y lluvia –y después corría solo, para huir de ella– en las que nos parábamos junto al tranvía amarillo y verde –o naranja y verde– y nos besábamos y hasta hicimos el amor alguna vez ante el asombro de los transeúntes y mi nerviosismo.

–No te importará que nos vean ¿verdad? –me decía ella.

—Noooooooooooo —le contestaba yo, casi cantando.

La densa neblina que cubría el velero se acerca a la costa y va envolviendo a una pareja en la orilla y a un pescador que mira adormecidamente su caña, bajo el titilar de las estrellas y sus falsos destellos; imágenes "en diferido" con millones de años de retraso en su "emisión", provenientes de unos astros que quizás ya ni existan aunque su luz nos llegue ahora, como me llega, en estos momentos de la noche, el ruido de todas las batallas que se han librado durante siglos en este mar y, ahora, tantos años después, vienen a mi mente el chapoteo y los gritos de todos los naufragios, de todos los hombres que han naufragado y que yacen ahogados en el fondo de este mar. Como los hombres del C-3, el submarino español que un sumergible alemán al servicio del ejército sublevado –la llamaron "Operación Úrsula", la primera acción de guerra del ejército alemán bajo el mando de Hitler– torpedeó, frente a esta oscura bahía que tengo delante, mientras iba navegando por la superficie, fuera de la dársena protectora del puerto. El primer barco hundido en el mundo por los nazis llamados por los golpistas para que le prestasen su formidable maquinaria bélica. Durante setenta años nadie había sabido en qué parte de la bahía se encontraba el submarino, hasta que un hombre que estaba pescando descubrió que debajo de su embarcación ascendían manchas de aceite y pompas de fuel. Puede que las llevara soltando desde el 12 de diciembre de 1936, cuando recibió el impacto de un torpedo de mil quinientos kilos de peso del submarino alemán *Poseidón*. Quizás permanecieron algunas escotillas abiertas o nunca se cerraron o se abrió repentinamente un orificio mientras, Antonio Checa, el hombre que estaba pescando, tuvo la suficiente sensibilidad e inteligencia para comprender lo que estaba sucediendo, precisamente en ese momento oportuno en el que se encontraba casi encima del pecio. Entonces se produjo ese aviso, esa llamada de atención que él captó enseguida. Fue la primera persona que inició los trámites para que fueran rescatados los restos, quizás solamente algunos huesos y las botonaduras de sus uniformes, pero sagrados restos humanos que tendrían que ser devueltos a sus familiares. Ahora mismo yo también siento delante de mí, tantos años después, a esos militares, a esos treinta y siete marineros clamando, enviando un S.O.S. constante, unos lamentos en la niebla desde su tumba marina, para que los rescaten, como hicieron con su verdugo, el capitán Harold Grosse y los cuarenta miembros de la tripulación del sumergible alemán, que en la Segunda Guerra Mundial fue hundido por un destructor inglés y más tarde reflotado para que sus marineros fueran enterrados en su lugar de origen en Alemania.

Un ciclista avanza por el paseo marítimo a gran velocidad y yo me aparto, acercándome más al mar para esquivarlo y desciendo, desde la acera donde está el tranvía, a la arena de la playa. Camino hacia la orilla y me detengo casi al lado del hombre que está pescando y de la pareja. Miro hacia la figura –desdibujada por la niebla– del velero y me imagino que soy un buzo que hace una zambullida nocturna al C-3, a sus bodegas de hierro que habrán crujido muchas veces con las sacudidas de los torbellinos del mar en noches de tempestad. Nado por la oscuridad inhóspita de las profundidades y bajo aún más hasta la ciénaga donde permanece el submarino, al fango donde llegó e impactó con un ruido sísmico y me desenredo y me escabullo de las redes que lo cubren. Desde mi escafandra imaginaria contemplo esa aislada cápsula del tiempo, esa chatarra oxidada –convertida en cementerio marino– que, de repente, parece cobrar vida por sí misma. Escucho sus turbinas, la rotación de sus hélices y veo unas cabezas tratando de emerger y el agua entrando con tanta presión en el sumergible que parece un soplete de fuego que chisporrotea sofocante. Oigo a través del agua, escucho como si alguien golpease un yunque y el tintineo de platos en la cocina del submarino, como si un grupo de personas acabaran de comer, y veo a los dos marineros que salieron a arrojar los desperdicios de la comida por la borda en el mismo momento del naufragio. Entonces siento una tremenda explosión y se produce una gran bola de fuego que se va apagando al mismo tiempo que se va hundiendo el submarino. Durante unos instantes parece que no hay supervivientes, pero salen a flote los dos marineros que han arrojado las sobras de la comida, junto a un oficial que se encontraba en la torreta, y veo cómo los tres luchan desesperadamente para que la succión del ataúd metálico en el que se ha convertido su nave no los lleve al fondo con el resto de los compañeros que están atrapados en su interior. Las ondas sonoras que se desplazan desde la nave –que pronto va a ser un sarcófago– hasta mis oídos me traen un sonido como el tam-tam de las tribus africanas. Esos golpes secos de tambores, de palos huecos, no son otra cosa que las baterías explotando por la acción del torpedo y por la electrólisis del agua del mar que hace que estallen partiendo en dos al submarino, por cuyos pasillos veo cómo se arrastran los supervivientes, deslizándose por encima de los cadáveres y por el intrincado laberinto de hierros retorcidos. Me siento unido a ellos, a su extrema soledad en el fondo del mar, al miedo que sintieron en los últimos segundos de sus vidas y comparto el terror dibujado en sus semblantes hasta que la falta de oxígeno convirtió sus rostros en inexpresivos, cuando sus abrazos de despedida se transformaron en miembros sin vida, en desarticuladas marionetas que siguieron moviéndose hasta que toda la estructura del barco se asentó en el lecho del mar y fue desapareciendo el humo en el interior de la nave.

Veo la silueta del velero que navega en la noche por encima del sumergible y sincronizo mis movimientos con el vaivén de los brazos entrelazados de los marinos muertos, finos huesos que en otros tiempos fueron brazos y dedos fuertes y nudosos. Percibo su olor, auténtico testigo del paso del tiempo, ese olor que permanece en el buque, no importan los olores añadidos: el antiguo, ese siempre estará allí; el olor a brea, a sudor, al último almuerzo y al miedo de esos hombres al ahogarse. Y escucho sus gritos a pesar de que son amortiguados por el agua de mar, que absorbe todos los sonidos, los convierte en suyos, los disuelve. A pesar de que todo lo va silenciando y corroyendo, como a las planchas de hierro del C-3 y a sus torpedos aún llenos de miles de kilos de inestables explosivos. A pesar de todo, escucho sus gritos.

Emerjo del fondo del mar, me imagino que salgo de los abismos y de mi traje de buzo y camino hacia mi apartamento, pero después de dar unos pasos me vuelvo. Ya no veo a la pareja de la orilla ni al pescador de la caña, ni tampoco el velero de la lucecita roja en el mástil, ni al tranvía amarillo y verde –o naranja y verde–, pero creo visualizar una baliza iluminada que las olas mueven haciendo sonar unas campanillas que señalan el lugar del hundimiento de esos funcionarios del Estado, muertos en acto de servicio, que siguen enviando señales, mensajes encerrados en burbujas de manchas de fuel y aceite que llegan a la superficie, que siguen llegando esta noche de niebla a la superficie, suplicando que sean trasladados a su base de Cartagena, donde viven sus descendientes y donde todavía algunas de sus viudas los esperan –desde aquella navidad de 1936 a la que nunca llegaron– para darles un entierro digno muchos años después de haber zarpado.

***

A veces mi cerebro anticipa telepáticamente a una persona concreta y acabo viendo o sabiendo de esa persona en la que antes he pensado. No sé cómo lo hace, pero alguna parte de la maquinaria de mi cerebro sabe también cuándo alguien me está observando. A veces me ocurre, cuando voy conduciendo, que de repente vuelvo instintivamente la mirada hacia un hombre o una mujer que viaja en otro vehículo cerca del mío y descubro que, entre todo el enmarañamiento de posibles miradas de decenas de conductores y conductoras, estoy "mirando" precisamente al que me está "mirando". Yo no sé si es alguna cualidad desconocida de mi cerebro físico o es mi mente autoconsciente la que me adelanta una imagen del futuro, como si fuera una ilusión perceptiva que cambia el orden de las secuencias temporales a mi alrededor. El caso es que hace unos instantes acababa de llevar un mueble portátil con un DVD y una televisión a una clase que no lo tiene instalado y pensé en el decano de la facultad, Miguel Ángel Santos. Poco después apareció en conserjería su figura con aspecto de maduro galán de cine, con los ojos azules, la piel bronceada y sonrisa seductora y me preguntó sobre los espacios disponibles para establecer el calendario de exámenes. Yo he recordado el día que se interesó por lo que estaba trabajando en mi tesina y cuando le dije que estaba investigando sobre Machado y la Guerra Civil y que pronto iba a examinarme de ella ante un tribunal en la facultad, se echó sus cabellos hacia atrás con mucha lentitud, con pronunciación e impostación perfecta y de forma emocionada, me dijo que en su familia había un maestro al que fusilaron con veinticuatro años por sus ideas democráticas.

Y justo en el momento en el que el decano se ha despedido y yo he cerrado mi portátil después de buscar en Internet datos actualizados sobre la hiperactividad, he creído "ver" a Nacho por el vestíbulo. Pero ha sido una ilusión, un espejismo, como cuando creo ver agua por una carretera en los días más calurosos del verano. Sin embargo, hace apenas unos segundos me he quedado boquiabierto al ver a Nacho irrumpiendo, como una aparición, en mi campo visual. Acababa de regresar de acompañar al personal de limpieza a un despacho porque a un profesor –que ha llamado muy alterado al encargado del mantenimiento– se le ha hecho añicos una estatuilla de cristal sobre su mesa.

Recojo dos invitaciones, de las que nos han dejado a todo el personal de conserjería por si queremos ir a una conferencia sobre la Guerra Civil en la residencia universitaria Sigmund Freud, y observo el *hall* y los anclajes que sujetan las claraboyas y el armazón por donde se filtra la luz tamizada y me digo a mí mismo que esta vez es real. Que estoy viendo a Nacho de una forma tan real como su delgadez o su crecimiento. Tan innegable como el pelo que se ha teñido de azul o tan evidente y palpable como el aro que se ha puesto en la oreja.

–¿Has tenido que aliarte mucho con la imperfección? –le pregunto.

Nacho se queda desconcertado y titubea antes de abrazarme; pero no sólo se acerca y me estrecha cariñosamente con sus brazos, sino que me da dos conmovedores besos, pero no me contesta y hace un gesto como si me estuviera burlando de él con la pregunta que le he hecho, así que le comento algunas cuestiones anodinas de mi trabajo mientras experimento una insoportable compasión por su aspecto: tiene una especie de marca en el cuello y lleva la misma ropa que tenía cuando le dejé. Está sucio y seguramente se encuentra desnutrido y con su salud en un estado deplorable.

–¿Cómo van las cosas por tu casa? –le pregunto de nuevo interesándome por su vida, sin mostrar demasiada alegría por el hecho de verlo aunque estoy muy feliz de que haya venido a buscarme.

–¿Por mi casa? No había nadie, ya te lo dije. Yo lo sabía. Cuando me despedí de ti fui a mi casa, como te prometí, y nadie me abrió la puerta. Después he estado más veces y nada –me contesta, encogiéndose de hombros.

–¿No sabes nada de tu madre? –le pregunto con una expresión de preocupación.

–Nada. Y los vecinos tampoco saben nada –me dice observando a un alumno tocando la guitarra en el alféizar de la ventana.

–Ahora mismo vamos a la policía –le digo, viendo cómo alrededor del estudiante que toca la guitarra empiezan a tocar palmas y a cantar varias alumnas.

–No, no, esto ya ha pasado otras veces. Mi padrastro la secuestra, le pega, después ella le perdona y todo arreglado –me dice moviéndose mucho y mirando distraídamente hacia el techo del *hall*.

–Pero ¿ha ocurrido que esté tanto tiempo…? –le comienzo a preguntar deteniéndome unos instantes para intentar buscar una palabra que no sea "desaparecida"– ¿Ha ocurrido que esté tanto tiempo desaparecida? –le digo utilizando al final esa palabra, que no sé por qué extraño pudor no quería utilizar.

–No, tantos días nunca. Le hubiera dejado la llave a los vecinos o me hubiera llamado. Te recuerdo que no es mi madre, es mi madrastra, pero tiene que estar muy preocupada por mí y encerrada en algún sitio, de eso estoy seguro. Pero no llames a la policía, mi padrastro puede hacerle mucho daño si se entera y a ti y a mí también. Además, mi tío ya ha puesto una denuncia –me dice nervioso mirando a todos los rincones de la entrada de la facultad.

–¿Tu tío? ¿El del Museo Picasso?

–Sí… bueno… no… el del museo no, el de la Casa Natal –me contesta, sospechando que he estado ya en el museo.

Pero no intuye que esta mañana fui también a preguntar por su supuesto tío a la Casa Natal de Picasso y que el guardia de seguridad se sorprendió cuando le pregunté por el tío de Nacho y se subió el labio para atraparse y lamerse algunos pelillos del extremo de un bigote muy cuidado y me contestó que nadie allí tenía un sobrino llamado así y luego miró a la azafata y le trasladó mi pregunta a ella –vestida de forma similar a un boy-scout, que es como nos obligan a vestirnos algunas veces en la conserjería– le dijo que no, que no conocía a nadie con ese nombre. Entonces el guardia se lamió de nuevo los pelillos del bigote y me dijo, más amablemente, que preguntase en el Museo Picasso y yo musité, sin llegar a responderle, que ya había estado allí y me quedé mirando una enorme fotografía donde se veía a Picasso de niño junto a su hermana en uniforme escolar, con una mano sobre la pierna del pintor.

–Eres un embustero –le acuso enojado, desculpabilizado y casi sin compasión por él.

Nacho se limita a observarme pensativo, temeroso de alguna reacción mía.

–¿Por qué? –me pregunta irritado.

–Estuve allí –le respondo asintiendo con la cabeza. Ningún tío tuyo trabaja ni en el museo ni en la Casa Picasso.

–Mi madre, bueno, mi madrastra, me contó que creía que tenía familiares en el Cementerio de San Rafael, que está en Málaga. No sé qué decía de una exhumación y…

–Y ¿qué tiene que ver eso con tu tío?

–Pues que es verdad que tengo familiares en Málaga.

–¿Me estás diciendo que los familiares que tienes en Málaga están muertos?

–No. Bueno, no sé. Mi madrastra solía pelearse con mi padrastro por ese tema. Ella me contó algo de alguien que llevaba flores al Cementerio de San Rafael. Y no te estoy engañando del todo. Mi padrastro sí es verdad que tiene un piso en Málaga, pero mi madrastra tiene a su familia en Granada, menos los parientes que tenga en el cementerio.

–Pero Nacho, me dijiste que tenías a un tío y… es increíble, tus familiares están… están en el cementerio, no me lo puedo creer. Y ahora resulta que tu madrastra es de Granada, qué embustero eres. ¿La has llamado al móvil? –añado para bajar la tensión viendo la tristeza que hay en su cara.

–¿Cómo? –me pregunta sin apenas mirarme.

–Qué si has llamado a tu madre al móvil –le repito.

–¿A mi madrastra? Claro, muchas veces. Está desconectado siempre –me dice evasivo y sin prestarme mucha atención, como si su mente vagase por otro lugar, por otro mundo, después de haber hecho un esfuerzo enorme por escucharme.

–Ahora mismo vamos a la comisaría a denunciar el secuestro de tu madre o de tu madrastra. ¿Tienes una fotografía de ella? –le pregunto de forma persuasiva. Incluso extiendo mi mano por si tiene una fotografía para que me la dé inmediatamente.

–¿Cómo? –me pregunta ausente.

–Pero, ¿por qué no me atiendes cuando te hablo? Te he dicho que si tienes una fotografía reciente de tu madre –le digo impaciente.

–Sí. Perdona, Javier, no te había escuchado. Tengo dos –me responde impetuoso y extrañado pero obediente porque me las entrega con suma rapidez-.

–Pues vamos a ampliar una de ellas en reprografía y se la entregamos a la policía –le digo guardándome las fotografías junto a la tira del fotomatón que conservo en la cartera.

***

La inspectora Isabel Perales se encuentra partiendo nueces con una pequeña pirámide de alabastro –haciendo tanto ruido en su mesa que resuena en toda esa parte de la comisaría– cuando me sitúo temeroso ante ella. Después de algunas vacilaciones, carraspeo, digo buenas noches y, acto seguido, le explico brevemente mi problema con el adolescente –que no ha querido entrar y se ha quedado en la sala de espera–, el viaje a *Collioure*, el secuestro de su madre en Francia, el regreso a Málaga, mi inquietud sobre lo que debo hacer y, para finalizar, le pongo encima de las cáscaras de nueces que han quedado esparcidas por su mesa una de las fotografías que me ha dado Nacho de Teresa que he ampliado. La mujer policía, que ha estado sonriendo desde que me vio atravesar el umbral de su salita-despacho y me hizo un rápido examen visual, me hace un gesto con la mano –al terminar mi exposición– para que me siente en una de las sillas –que se encuentra en una esquina de la mesa, en diagonal a ella– y agacha la cabeza para ver el rumbo que toman las partículas más pequeñas de las nueces que, una vez localizadas, va reorganizando haciendo un montoncito que deshace con la mano hasta que las deposita en el cuenco de la otra mano para tirarlas a la papelera. Mis ojos saltan alternativamente desde un armario repleto de carpetas apiladas y con objetos robados o perdidos en uno de sus estantes, hasta ella, hasta sus labios gruesos, hacia sus grandes ojos oscuros y sus negros cabellos ensortijados.

–Hum… su cara me suena, amigo… ¿Dónde está el menor? –me pregunta la inspectora después de haber guardado silencio unos segundos y haberme mirado fijamente.

–Pues… eh… ahora mismo… temporalmente, está en mi casa… –le respondo, mintiéndole, entrelazando mis manos con una tos estúpida y mirando, diagonalmente a ella, cómo mastican sus labios las nueces.

–Ya. Vamos a ver, usted tiene que ir inmediatamente a los Servicios Sociales o al Servicio de Menores, o sea, a la Dirección General del Menor y de la Familia –empieza a decirme.

Yo sigo mirando sus labios, que se mueven con una especie de patrón mecánico al hablar como si se supiera de memoria lo que me va a decir, aunque puede que sea la sensación que da al masticar y al hablar al mismo tiempo.

–Si esto no es un *secuestro* –me dice, enfatizando mucho la palabra *"secuestro"*, e inclinándose hacia delante para mirar la foto de la madre de Nacho, mientras mastica nueces con avidez– y sólo se trata de un delito de abandono de familia, de una familia que no cumple con los deberes legales, ya sabe, los de guarda y de asistencia, bueno... tendríamos que investigarlo.

Pienso que me va a decir algo sobre las pesquisas que va a realizar y yo también acerco mi cabeza hacia ella para escuchar con mayor atención lo que me va a decir, aunque mi tronco sigue en posición diagonal por lo que todavía me siento más incómodo que antes, más ridículo que antes sentado en la esquina de la mesa mirando a la inspectora hacia un lado, con el cuello doblado, pero no me atrevo a mover la silla del lugar donde se halla. Cuando ya no aguanto más mi contorsión, relajo mi cuello y miro la foto del rey y un viejo ordenador en un lateral de su mesa que completa el austero mobiliario. Durante todo ese tiempo la inspectora no dice nada porque está masticando un trozo de nuez. Se lo traga sonriendo y coge la pirámide para partir otra nuez con su base.

–¡Vaya por Dios! –exclama, rompiendo la nuez con la pirámide y metiéndose en la boca pequeños trozos de nuez.

Yo tengo un conato de tos nerviosa mientras ella va rebuscando por la mesa otros pedacitos infinitesimales de nueces porque apenas los retiene entre el dedo pulgar y el índice –como si éstos fueran unas pinzas– hasta que se los introduce también en la boca.

–Entonces, si yo le he entendido bien, me ha dicho que tiene a su cargo el cuidado o la educación de un menor de edad sin el consentimiento de la persona autorizada, ¿no es cierto? –me dice, buscando con la lengua trozos de nueces incrustados en sus muelas.

–Bueno, yo… no he dicho eso –acierto a decirle algo nervioso por la incomodidad de la silla y la postura de mi cuello doblado hacia ella, sin estar muy seguro de lo que le he dicho e imaginándome que dentro de poco estaré en alguna celda de las que sospecho deben encontrarse al fondo del pasillo por donde veía –mientras estaba con Nacho en la sala de espera– pasar a algunos agentes acompañando a unos presuntos delincuentes esposados.

–Yo le repito a usted lo que me ha dicho: que tiene a un menor en su casa *temporalmente* y eso, amigo, se paga con la cárcel, especialmente si está poniendo en peligro su libertad sexual o lo está utilizando para pedir limosna o lo está drogando, que nunca se sabe y peores cosas he visto por aquí –me advierte sacándose un trocito de nuez de una muela y pegando un crujido con la pirámide de alabastro tan fuerte que doy un respingo.

Algunos trozos de cáscara han salido disparados y noto que mi corazón se está acelerando por el miedo que tengo de sentirme encerrado en una celda claustrofóbica, porque casi me creo mi mentira y pienso que Nacho se encuentra en mi casa y que tengo el aspecto de un pederasta.

–Porque el artículo 224 de la Ley Orgánica –continua diciéndome con el mismo patrón mecánico en su voz de antes, mirándome atentamente mientras mastica una nuez– barra, barra… bueno ahora mismo no recuerdo la barra, pero es del código penal, capítulo III que dice literalmente que: *"el que indujere a un menor de edad o a un incapaz a que abandone el domicilio familiar o lugar de residencia tiene prisión de seis meses a dos años"* –me dice con otro tipo de voz como si estuviera leyéndolo en un documento oficial, reproduciendo su contenido parcialmente. Ahora bien –me aclara con la misma voz mecánica de antes, moviendo su cuello porque debe estar también fastidiada con su tronco girado hacia mi silla– y como dice el artículo 225, si usted lo restituye en su domicilio sin que el niño haya sido objeto de vejaciones y sevicias, su castigo será muy inferior o pagará una multa. Además recuerde que por la edad que tiene este chico debe estar escolarizado obligatoriamente –dice sin dejar de mirarme, quedándose con un trozo de nuez en su mano sin llegar a metérselo en sus gruesos labios– y nosotros tenemos la obligación de llevar a un menor, a la fuerza si fuera necesario, para que asista a un centro educativo.

Yo he asistido impávido a la reprimenda sin atreverme a pronunciar una sola palabra. La inspectora deja la pirámide "cascanueces" y se me acerca, arrastrando su silla hacia la esquina donde se encuentra la mía para poder mirarme frontalmente y quizás también para tranquilizarme porque ha visto lo demacrado que he debido quedarme.

—El caso es que a mí no me gusta este asunto —me murmura en un tono íntimo, moviendo su cuello de un lado a otro con un crujido de vértebras, introduciéndose el trozo de nuez en la boca— y usted conocerá el dicho de que la policía no es tonta y menos si es una mujer, añadiría yo.

—De todas formas quiero aclararle que yo no recuerdo haberle dicho que el niño se fuera a quedar conmigo, yo lo que le…

—¡Cómo que no! —protesta la inspectora alejándose de mí. Bueno —añade suavemente bajando la voz y acercándose de nuevo— yo lo que quería decirle es que parece ser que usted se va a hacer cargo del niño en las próximas horas solamente, *temporalmente*. Bien —me dice de mala gana como si estuviera ya harta de la conversación— ahora mismo le toma nota un compañero mío sobre los datos de su denuncia.

—¿Denuncia? Pero si yo no quiero denunciar a nadie —le digo mirando hacia donde supongo que se encuentran las celdas.

—Pero entonces, ¿para qué viene a la comisaría? ¿Para traerme una fotografía de una mujer que, según usted, han secuestrado en Francia y que cree que se encuentra en España? Vamos a ver si nos aclaramos —me dice intentando partir una nuez que sale disparada hacia el suelo— lo que usted me ha contado de Francia, de la mujer que allí conoció, del posible marido maltratador y del hipotético secuestro y todo eso, se tramita a través de una denuncia porque usted es casi un testigo ocular directo de todo lo ocurrido y ha hecho bien, y *ha hecho bien* —me repite— como ciudadano responsable en venir aquí. En fin, vamos a ver si localizamos a algún familiar y a ver si es cierto que esta mujer ha sido secuestrada. Así que no perdamos más tiempo, vaya usted al compañero que está aquí en el despacho de al lado, pero antes déme un móvil o un teléfono donde pueda contactar con usted y el domicilio donde va a estar con el niño.

—No, pero si yo no voy a estar, o sea Nacho no va a estar conmigo, yo…

—Sí, ya sé, ya sé… *temporalmente*. Va a estar *temporalmente*. ¡Vaya por Dios! Bueno, déme solamente unas pocas horas y me pondré en contacto con usted, entre tanto ¿no le importará seguir con esa criatura después del viaje tan largo que hicieron juntos, verdad?

—Bueno, yo… —acierto a balbucear.

Me quedo enternecido recordando el aspecto que tiene Nacho. Es posible que haya estado repasando, en este tiempo que ha estado solo en la sala de espera, todas las adversidades con las que se ha topado desde que vinimos de Francia. Pienso que la policía tiene razón y que además tendré que darle algo de comer y comprarle ropa. Convertirme durante unas horas en una especie de padre o hermano mayor. Solamente durante unas horas.

–Vale. Deduzco que acepta –me dice la inspectora agachándose para recoger la nuez que se ha caído al suelo. Venga, vaya a que mi compañero le tome nota de todos sus datos y de los del niño. Y tenga mucho cuidado, amigo –me dice sonriente y atenta a cómo recorro con la mirada su cuerpo al incorporarse.

***

Camino por calles del Centro Histórico junto a Nacho y, aparentemente sin un rumbo fijo, recorremos la calle Larios, atravesamos calle Granada y San Agustín y llegamos a la Plaza de la Merced, para luego retroceder a calle Granada otra vez. Percibo que en el nocturno recorrido urbano que hace el adolescente está guiándome, con la misma pericia que un guía turístico ebrio, hacia algún sitio concreto, que puede ser alguno de los restaurantes y bares de tapas, porque veo cómo Nacho se queda mirando hacia el interior de ellos con cara de hambriento. Creo que debe hacer tiempo que no come y voy a proponerle invitarle a algún sitio para que coma todo lo que quiera, pero él parece que me adivina el pensamiento y se anticipa:

–¿Me vas a invitar a una patata rellena? –me pregunta al pasar delante de uno de esos carromatos de hierro negro donde se asan las patatas.

–¿Una patata? Sí, claro –le digo, pensando que se confirma mi sospecha de que el recorrido que hemos realizado era una argucia prefijada para llegar hasta el lugar donde asan las patatas.

–¿Te has acordado mucho de mí? –me pregunta comiéndose compulsivamente la patata rellena que le he comprado, en tanto que iniciamos un nuevo recorrido por las calles del centro, esta vez más deprisa.

–¿Yo? Bueno, me he acordado tanto que incluso he estado leyendo mucho sobre la hiperactividad. Ya te contaré lo que descubrió un investigador americano sobre la dieta y la hiperactividad –le respondo señalándole con mi mentón para que se limpie la nariz de mayonesa y atún.

–Ah, vaya, ahora me debes conocer mejor –me dice limpiándose la boca.

Durante nuestra caminata por las calles pienso que me quiere llevar de nuevo a algún lado. No sé cuáles son sus planes, cuál es su intención, pero caminamos perdidos igual que antes de llegar al remolque donde asan las patatas. Estoy seguro de que sabe dónde quiere ir, pero no sabe cómo llegar porque nuestros pasos vuelven sobre sí mismo varias veces.

–Pero, ¿a dónde quieres ir? –le pregunto ralentizando mis pasos.

–Pues a ningún sitio, simplemente quiero pasear –me dice volviéndose hacia mí.

–Sé que quieres ir a algún lugar y que no lo encuentras, lo tuyo no parece que sea la orientación, Nacho. Puede ser por lo de la hiperactividad, el despiste y la falta de orientación es una de sus características negativas –le digo con mucha seguridad.

–¿La falta de orientación? –me pregunta extrañado mirando hacia el rótulo donde aparece el nombre de una calle.

–Sí, ya te dije que he estado leyendo sobre la hiperactividad y he reflexionado mucho y he sacado mis propias conclusiones. Hay un psiquiatra americano que dice que la mitad de las personas hiperactivas que llaman para ir a su consulta nunca llegan porque se pierden por las calles antes de llegar a ella –le respondo sonriendo.

–¿Que se pierden antes de llegar? –me pregunta riéndose, atento a los rótulos de las calles del centro por las que seguimos avanzando, retrocediendo y avanzando otra vez, para al final acabar caminando por la embocadura de otra calle diferente y en otra dirección en la que inicialmente estábamos.

–Sí. Nunca encuentran la calle de la consulta, pero eso a veces es positivo –le digo deseoso de que me pregunte por qué es positivo.

–¿Qué es positivo? –me pregunta intrigado.

–Perderse. Fíjate en Cristóbal Colón –le digo.

–¿Qué le pasó a Cristóbal Colón? –me pregunta aún más intrigado todavía.

–Pues que después de insistirle mucho a los Reyes Católicos con su fantasía de que podía encontrar una ruta más corta para llegar a la India, consiguió que le financiasen un disparatado viaje a través de un océano desconocido donde se perdió constantemente. Pero después de varios meses y, aunque estuvo a punto de regresar a España poco antes de avistar tierra, por fortuna se equivocó en todo su trayecto y llegó a América, cambiando el curso de la historia gracias a su impulsividad, a su falta de atención y a sus despistes. Fíjate que no solamente iba para la India y llegó a América, sino que además él creyó que había llegado a Japón.

–¿Entramos aquí? –me interrumpe de pronto, agachando la cabeza y deteniéndose delante de la puerta de un pub.

–¿En el *Indiana*? No, no. Hace años que no entro en este lugar y ya soy demasiado mayor para…

–¿No lo harías por mí? –me interrumpe apartando la mirada y terminando de devorar la patata.

–¿Por ti? Tú eres menor de edad. Imagínate lo que podría pensar de mí la inspectora si descubriera que estoy ahí dentro contigo, si se…

–Pero si aquí ya me conocen, Javier –me dice dejándome con la frase a medio terminar–, ya he venido otras veces. Esta gente piensa que tengo dieciocho años –me confiesa al oído mirando recelosamente al portero que, atento a nosotros desde que estamos parados delante del pub, nos abre la puerta esperando paciente a que entremos.

–Límpiate la boca –le digo con sequedad, molesto por tanta insistencia y convencido de que era a este lugar a donde quería ir desde que le compré la patata.

IV

En el *Indiana* aún no hay mucha gente cuando pido una cerveza para mí y un zumo de melocotón para Nacho. En otra época, cuando vivía en el viejo piso cerca de la Plaza de los Mártires, venía por aquí todos los jueves con Marta. En realidad yo la había conocido un jueves en este bar. Una noche que estaba apoyado sobre la barra bebiéndome una cerveza se me acercó y me dijo que si yo era el chico del cactus, el conserje de la facultad, y fue cuando me contó la historia –que yo nunca he recordado– de nuestro encuentro en el patio del "Ficus Sediento".

Yo había leído que la escritora Virginia Wolf tenía como una de sus más arraigadas costumbres salir todos los jueves por la noche a tomarse unas copas con su pareja y sus amigos y amigas. Así que aquella noche en la que yo ni siquiera sabía el nombre de la mujer con la que hablaba, le conté esa anécdota de la novelista –que ella nunca recordaría después– y solamente tardó un segundo en preguntarme si nos podríamos ver los jueves allí. Creo que la palabra exacta que utilizó fue si podríamos "institucionalizar" los jueves para salir como Virginia Wolf. Pero no tuve que esperar una semana, porque desde ese jueves empezamos a vernos todos los días durante el tiempo que estuvimos juntos. Veníamos aquí y nos besábamos y hablábamos atropelladamente entre estudiantes, poetas, músicos, docentes y gente extravagante que se apretujaba y se embriagaba en esta cálida y protectora madriguera donde Marta –cuando ya sabía que se llamaba Marta y empecé a llamarla Friné– solía oficiar de maestra de ceremonias siempre con un grupo de admiradores merodeando alrededor de ella como buitres esperando que yo fuera al cuarto de baño o fuese a pedir una cerveza. Y cuando dejé de estar junto a la mujer que más he amado continué viniendo los jueves y pasé muchas noches viendo la lluvia tras los ventanales que dan a la calle del *Indiana*, cuando necesitaba venir los jueves por si la veía, por salir de mi mundo de soledad hacia otra realidad más allá de mi mente y por refugiarme aquí en noches desesperadas de celos, de dispersión y de locura cuando me sentía tan solo y circulaba con el coche por las calles solitarias de Málaga, sin saber a dónde ir. Aunque casi siempre llegaba al *Indiana* los jueves, más adelante también venía los viernes y los sábados y todos los días que me lo encontraba abierto, porque en el *Indiana* creía ver a Marta por todos los rincones y siempre tenía una desproporcionada expectativa de felicidad y de evasión y olvido, cuando mi ánimo comenzaba a modificarse químicamente y se disgregaba y el bar producía en mi alma el mismo efecto que a un enfermo mental una clínica de rehabilitación psiquiátrica. Porque este bar se convirtió para mí en un lugar mítico, en un paraíso donde no existía mi sufrimiento o podía soportarlo mejor. Un lugar donde arrinconaba mi dolor y me olvidaba de mi mortalidad bajo estas vigas de madera y estos estantes que hay encima de la barra, iluminada, como esta noche, como todas las noches que he venido aquí, con lámparas de luces indirectas. Con esa especie de iluminación Rembrandt que tanto me relaja y que se extiende sobre un tapiz de fieltro verde en el que la gente, los grupos de personas que conversan y bailan impregnados en un olor a tabaco rancio, parecen jugadores de póker o de billar desdibujados por las volutas de humo y por la claridad eléctrica.

Sí, el *Indiana* fue un lugar para mí cálido y acogedor, donde me sentía protegido como una planta en un invernadero; un mágico cobertizo con la temperatura idónea. Un local de recuperación psicológica con una combinación perfecta de música y decoración y con las medidas idóneas para soportar mi abatimiento por la ausencia de Marta y para el terapéutico "cultivo" de mi desolación.

—Cuando tenía más o menos tu edad mis padres me llevaron a un oftalmólogo de Granada –le digo a Nacho rememorando a Constancio, la voz de Constancio y el libro que me regaló sobre el hombre ciego– Aún recuerdo su nombre: Buenaventura. Era un hombre ya muy mayor y se decía de él que era uno de los mejores oculistas del mundo. Cuando llegamos a la consulta, observé que toda la gente que estaba allí tenía graves problemas de visión. Sentado en la consulta recordé cómo había comenzado a ver borroso repentinamente una mañana en clase de Física y Química: el profesor había puesto en la pizarra la Tabla Periódica de los Elementos, ¿sabes lo que es? –le pregunto echando un trago de la cerveza.

—Sí, yo también he estudiado –me responde sin mirarme.

–Pues, escribió la tabla y yo intentaba memorizar la segunda fila: *berilio, magnesio, calcio, estroncio, bario y radio*. Volví a repasar los elementos muy nervioso porque estaba interno en un colegio religioso muy severo y no aprenderlo me hubiera supuesto algunos castigos físicos.

–¿Castigos físicos? ¿Como cuáles?

–Tenían todo un repertorio con el que nos solían torturar: a diario nos daban con una vara en las manos y, más o menos semanalmente, casi nos atravesaban las orejas con las uñas, nos daban cogotazos y nos pegaban con un anillo en la cabeza. Cada dos o tres meses nos daban bofetadas y dos veces al año permanecíamos en los lavabos de pie, en pijama, ateridos por el frío hasta las cuatro o las cinco de la mañana. Una vez al año algún cura perdía el control y nos pegaba puñetazos y hasta patadas. Muchos colegios religiosos de esos años tenían ese sistema tan "avanzado" de educación.

–¿Y qué pasó con la tabla periódica?

–Repasé varias veces la tabla y al releer la palabra "*estroncio*" fue cuando noté que no la veía con nitidez. Por supuesto que me asusté muchísimo porque quedarme ciego era una de las fobias de mi infancia.

–¿Fobias? ¿Qué es eso? –me pregunta "mirándome".

–Un miedo irracional a algo que apenas se puede controlar. Temores absurdos, como a los espacios abiertos, a los cerrados, a perder a alguien, a las alturas, a conducir, al dentista, a los insectos, a los perros, a la muerte, a ver la sangre, no sé ¿tú no tienes ninguna?

–Pchs… sí, supongo que sí. Sí, creo que sí… Y… ¿Qué pasó?

–El profesor de química no era un hombre agresivo y toleró mi falta de atención cuando me preguntó por los elementos de la tabla y yo no supe qué responderle, pero en la clase siguiente, que era de Francés, el sacerdote que la impartía, al que llamábamos "el aceituna" por el color verdoso de su piel, puso en la pizarra la palabra *Je t´aime* y me preguntó directamente a mí por su significado. Yo le contesté inmediatamente y sin titubear: "*Jaime*".

–¿Jaime? –me dice Nacho entre carcajadas– Pero si hasta yo sé lo que significa y eso que no he estudiado francés sino inglés… el cura se reiría ¿no?

–Oh, sí, muchísimo. Tanto que me hizo ir hasta su mesa. Yo ya sabía que tenía que poner la mano para que me diera unos reglazos –una técnica de tortura que fue perfeccionando hasta que consiguió una vara de no sé que madera que nos dejaba las manos mucho más doloridas– pero aquél día después de dejarme la mano morada, me pegó dos tortazos en la cara y uno en la nariz que me hicieron perder el equilibrio y sangrar. No quise decirle que la palabra no la veía bien escrita en la pizarra porque, aunque eso era cierto, yo estaba convencido que esa palabra significaba "*Jaime*" y no "*Te amo*".

–Bueno, ¿y qué me estabas contando del oculista ese? –me pregunta echando un trago de su zumo.

–Ah, sí, el oculista, es verdad –le digo, bebiéndome lo que me queda de cerveza de un tirón y pidiendo otra–. Recuerdo que a mí me tocaba entrar antes que un hombre que se había quedado ciego mirando cómo una avioneta desinfectaba su finca y le cayó en los ojos productos químicos y después de una mujer que había perdido un ojo con un elástico de esos que se ponían en los coches para sujetar las maletas. Imagínate lo nervioso que estaba cuando llegó mi turno y cómo me asusté cuando el médico les rogó a mis padres que no entrasen hasta que finalizara mi diagnóstico. Pensé que me tenía que decir algo terrible y en privado, como el hombre que aguardaba en la sala de espera con los ojos cegados por la fumigación. Entré en su despacho. Tenía una luz indirecta, tenue, como a mí me gusta la iluminación, puede que desde aquella visita y de la relajación que me produjeron aquellas débiles luces, porque a partir de ese momento utilicé un pequeño flexo cuando venía a mi casa del internado y comprobé que esa penumbra me relajaba profundamente –le digo bebiendo unos sorbos de la botella de cerveza y mirando a mi alrededor "viendo" a Marta por todas partes.

–Y, ¿qué pasó? –me pregunta impaciente.

Pero yo no le respondo. Me he quedado ensimismado recordando cuando venía por aquí cuando ya no estaba con Marta-Friné y el *Indiana* era un bálsamo consolador para el poderoso maleficio de su recuerdo y este bar se convertía para mí en Elsinore, el castillo de Hamlet. En un santuario donde yo venía a deambular y a mortificarme con mis dudas sobre Marta y a protegerme tras sus murallas y su música, después de mi rendición final. Después de que ella asediase y asaltase mi última frontera. El último dique de mi contención. Todas mis vulnerables barreras. Y yo me imaginaba que era Virginia Wolf bebiendo sola y desequilibrada en Londres, en los pubs del barrio de Bloomsbury, antes de arrojarse al agua.

–¿Qué pasó con el oculista? –me repite.

–¿El oculista? Pues me observó los ojos con algunos instrumentos –le digo después de beber de la cerveza–. Repasó sus anotaciones y me comunicó el "fatal" diagnóstico: O,50 de miopía en cada ojo. "¿Para esto te traen tus padres aquí?" –me preguntó. "Sí" –respondí algo asustado. "No entiendo por qué te traen aquí por una pequeña miopía" –me dijo encogiéndose de hombros. "Yo tampoco lo entiendo" –respondí más distendido. "Acompáñame, por favor" –me sugirió, incorporándose y guardando en un sobre los resultados de su exploración. Pasamos a una salita que había junto a la consulta separada de ésta por unas cortinas, se sentó en un taburete y se puso a tocar el piano. Yo entonces era un pésimo estudiante, llevaba varios años interno en un colegio religioso muy represivo y estaba sumido en una profunda crisis existencial. Era un momento difícil de mi vida. No es que no supiera qué hacer con mi vida. Es que ni siquiera podía entender qué era la vida. No tenía capacidad para comprender qué era el mundo y eso me creaba mucha angustia. Era triste pero me había distanciado tanto de mi casa y mi familia que, en aquellos años, prefería estar interno a estar con mis padres y eso a pesar de los castigos continuos y lo asfixiante que era que todo estuviera condicionado por la religión, que me obligaran a ir a misa todos los días y que tuviera que realizar unos cursillos espirituales continuamente, donde se me inculcaba la imagen de un dios terrible, vengativo y sádico que todo lo consideraba pecado y que me hacía sentir un ser miserable y...

–Y, ¿por qué te metieron en ese colegio? –me interrumpe.

–Mis padres pensaban que era lo mejor para mi educación –le digo recordando cómo bailaba Marta sobre la barra del *Indiana*.

–Y de ese médico, del oculista, lo que te impresionó, ¿era todo lo que sabía sobre los ojos? –me pregunta terminándose el zumo de melocotón.

–Pero ¡déjame que te hable! No, eso no fue lo que me impresionó. Sabía mucho sobre la visión, pero fue otra cosa lo que me deslumbró.

–Entonces ¿qué fue? –me dice interrumpiéndome de nuevo.

–Pues... lo que te intentaba decirte es que... el piano –le digo echando varios sorbos de la cerveza y sintiendo en el aire el olor de Marta– Fue el piano –le vuelvo a decir.

–¿El piano? ¿Qué pasa, tío? ¿Era un piano muy bonito? Perdona, Javier, ¿Por qué no me pides una Coca-cola?

–No. No recuerdo cómo era el piano. Veo que eres insensible, no te gusta la música y...

–¿Que no me gusta...? No sabes hasta qué punto me gusta el piano... sígueme contando lo que te supuso ese tío.

–Lo que siempre recordaré es cómo tocaba el piano aquél oftálmologo de Granada. Tocando el piano, el tiempo parecía que se había detenido inasible en aquella estancia paralela a su consulta separada por una cortina.

–Vale, ahora tradúceme qué significa eso.

–Significa que mi pensamiento, que la trayectoria de mis creencias, que mi alma se quedó fascinada ante aquel hombre sabio concentrado en un éxtasis que lo desconectaba de todo. Parecía que yo no existía aunque estaba a su lado. Pero él tampoco parecía existir ante sí mismo. Era pura inconsciencia. Emanaba de él un estado mental de relajación, de dominio, de fluidez, de control. Puede que te parezca raro pero… ¿me escuchas? ¿Por qué me haces tantas preguntas de pronto y ahora ni siquiera me miras?

–Vale, es que me había despistado. ¿Qué decías?

–Que te podría parecer raro, pero tenía ante mí las respuestas a muchas interrogantes de esa época de mi vida. Para empezar retomé mis estudios con seriedad. No sé por qué me ocurrió en ese momento y no en otro. Pero creo que fuese lo que fuese, yo tenía claro que para mí aquél hombre, que el hecho de que aquel hombre tocara esa música tan maravillosa tenía que estar relacionado con el estudio y yo pensé que eso le había servido al oculista para huir de los abismos del decaimiento, para darle un sentido a su vida. Así que salí de la consulta con la firme decisión de estudiar y en el camino de vuelta a Málaga, en una noche de un viento tremendo en la que pasaban de un lado a otro de la carretera bolas de hierbas, decidí prepararme todas las asignaturas que tenía pendientes y leer todo lo que pudiera para comprender las cosas, para poder tener esa actitud ante la vida…

–¿Además de la guitarra tú sabes tocar el piano? –me pregunta sin dejarme terminar.

–No, no tengo ni idea –le digo sonriendo–. Estuve en el Conservatorio, pero allí no me fue muy bien. Pero verle tocar el piano me sirvió de impulso, de referente. Aunque no para tocarlo yo, sino para ordenar mi vida. Me enseñó un camino. Por supuesto que tuve después muchas noches oscuras y que cometí muchos errores y seguía sin entender bien qué era la vida, pero para empezar, pasé el verano recibiendo clases particulares y logré aprobar las asignaturas que tenía pendientes de varios cursos. Una proeza para alguien como yo, tan poco atento y motivado y tan desastroso para los estudios. Y seguí leyendo por placer y estudiando hasta el día de hoy. Aquél oftalmólogo nunca hubiera imaginado el impacto que había tenido sobre mí que se pusiese a tocar el piano después de diagnosticarme una simple miopía. Aunque a veces he pensado que lo hizo conscientemente. Que intuyó mi confusión y quiso enseñarme una salida. Mostrarme algo que tuvo para mí el carácter de una revelación, de…

–No entiendo muchas cosas de lo que me has contado pero una sí he entendido –me dice apresuradamente.

–¿El qué? –le pregunto cansado de su impulsividad echando un trago de la cerveza.

–Pues que tú eres ese amigo que me va ayudar en estos momentos difíciles de mi vida, que me ofreces una salida y que me voy a vivir contigo. Recuerda lo que te ha dicho la inspectora.

–¿Cómo? Tú eres un manipulador –le digo entre risas.

–Oye, Javier, quiero decirte algo…

–El qué –esta vez soy yo quien lo interrumpe.

–Te quiero mucho y me gusta lo que me estás contando pero... ¿por qué no me pides una Coca-cola mientras voy al cuarto de baño? –me dice con una sonrisa pícara.

Mientras Nacho desaparece entre la multitud que a esta hora ya empieza a desbordar el pub yo evoco cómo era el sonido de la lluvia golpeando en las ventanas de este bar en las noches de los jueves invernales, cuando, hace años, venía al *Indiana*. Cuando Friné o Marta me amaba tanto y yo la amaba tanto y escuchaba la lluvia tras esos cristales. Y cuando no alcanzaba a escuchar la lluvia por el ruido de la música miraba embobado cómo caía el agua en la calle y ella me tapaba la boca y me pasaba la lengua por la oreja y me inmovilizaba y domesticaba mi jadeo de animal impaciente con su depurada técnica; un sistema de castigos y refuerzos "conductistas". Un minucioso, electrizante y sádico catálogo de caricias, pellizcos y sutiles arañazos capaz de amansar por un momento mi furia de testosterona excesiva, desbordada, y de hipnotizarme. A ella no le importaba que yo alzase los ojos suplicante necesitando algo más porque solamente conseguía que la mano de Marta apretase más fuerte mi boca y que yo apenas pudiese respirar y que me echara su aliento en mi nuca y que su lengua ensalivara mi oreja y que sus labios la succionaran repetidamente y que la mano que tenía libre se moviese por mi vientre y que pronunciara mi nombre como si formase parte de un texto sagrado.

En este mismo lugar, en esta parte exacta de la madera donde ahora estoy apoyado le intentaba decir muchas veces que la amaba, pero Marta no me dejaba porque solía aferrar con su mano mis labios y, a menudo, yo me echaba hacia atrás y sucumbía y me rebullía dócil ante su desconcertante sabiduría sobre el deseo y el placer. Sí, aquí, en este sitio, Marta me mortificaba con los finos ejercicios motrices de sus manos y de su boca, que provocaban en mí ardores casi evangélicos de sometimiento y penalización, mientras ella me susurraba que no hiciera nada. Y yo sentía su tacto tibio y escuchaba la música maravillosa que un mago parecía poner en el *Indiana* y veía los discos de vinilo pegados en el techo y a Brigitte Bardot, en su esplendor, fumándose un cigarrillo y fotos de los Rolling Stones y de los Beatles, entre una sucesión de botellas de *Four Roses* intercalándose con otras de *Jack Daniels*.

–No hagas nada, tú no hagas nada –me decía ella y yo me dejaba llevar y escuchaba la música del disc-jockey-"mago" del *Indiana* y veía en una gran fotografía en blanco y negro a James Brown que parecía acercarse tímidamente a un micrófono. O puede que se estuviera alejando de él. O que estuviera inmóvil ante él, ante el objetivo de la cámara que le fotografió en los años en los que cantaba *"It's a man's, man's, man's world"*.

Pido otra cerveza y me bebo de un trago casi la mitad del botellín. Siento cómo la espuma fresca forma bolsas de gas en mi boca desinflándose y escabulléndose a través de la garganta como resbalaban las gotas de lluvia que parecían burbujitas pequeñas en los cristales los jueves invernales de aquellos años en el *Indiana*, cuando yo con la boca tapada intentaba decirle a Marta que la amaba, que la amaba y le decía entre bromas que era una mujer pitagórica en noches heraclitianas de lluvia. Pero no me escuchaba, no me dejaba hablar y mis palabras se escurrían entre sus dedos aferrados a mis labios. Entonces pensaba que Marta tenía la precisión matemática de un teorema de Pitágoras y que, igual que él, todo lo podía traducir a número. Todo lo podía tener medido, calculado, ordenado, pesado y analizado. Y establecía unas reglas que había que adivinar porque, aunque eran muy ordenadas cuando se desencadenaban nunca eran igual, como el río de Heráclito. Porque ella era y no era y nunca se bañaba dos veces en el mismo río y ni siquiera eran siempre del mismo color, de igual forma, las carnosidades de sus labios que iban cambiando de tamaño y se volvían más brillantes, más rosados y, a medida que avanzaba la noche, se tornaban más rojos, de un intenso, apetitoso, irresistible bermellón y, mientras yo miraba la foto de Jim Brown y otras de Radio Futura, Alaska y los Pegamoides y Blondi, de sus labios parecía salir sangre.

Entonces me quitaba la mano de la boca y yo jadeaba buscando el oxígeno lleno de humo del *Indiana*, apurábamos las copas y nos íbamos a la calle y ella empezaba a correr y se quitaba los zapatos, aquellos jueves se quitaba los zapatos bajo la lluvia para correr más deprisa hacia mi casa y en el *Rincón Picasso* me hacía leerle fragmentos del *Delta de Venus*, un libro erótico de la escritora Anaïs Nïn. Cuando se acababan los relatos, tenía que inventarme pequeños cuentos pornográficos hasta que ella no aguantaba más –ni yo tampoco, hacía mucho rato que yo tampoco– y me sometía a una aberración didáctica-sexual perfectamente estudiada. Un proceso tántrico, infinitamente retardado de promesas verbales, sofisticados tocamientos con las yemas de los dedos, amagos con la punta de la lengua, conjeturas e hipótesis vaticinadas, ante la mirada atenta y alucinada del anciano laringectomizado –que escupía sin cesar por el cuello– y de otros vecinos. Casi se podía decir que hacíamos el amor en una especie de "club social" de la comunidad de vecinos, pero todavía en esa época a mí no me importaba pagar ese precio por amarla tanto, para que me amase de esa forma, y no me importaba demasiado ser su prisionero, dejarme llevar pasivamente, convertirme a su lado en un ser subyugado y dependiente de sus calculadas perversiones porque gozaba con sus experimentos.

Todavía en esos tiempos sus deseos eran necesidades orgánicas para mí y yo estaba transubstanciado en ella, en sus intimidades, consagrado a su alma, a sus fluidos, a su sádica exaltación. Me castigaba tanto que era capaz de detener todo el proceso, todo el ya de por sí lento acto sexual para decirme que me quedara quieto, que me iba a quitar una pestaña. Y yo acercaba el ojo impaciente y le decía:

–¿Ya?

Pero ella me decía muy tranquila, desesperantemente tranquila:

–No, todavía la tienes ahí.

Le excitaba y disfrutaba con mi sufrimiento y que mi cuerpo se dispersara desconcertado y se estremeciera dentro de una obediencia exigida por ella que inventaba una disciplina científica nueva, una mezcla de ciencia y de arte producto de una alquimista demente a la que yo imploraba para superar las expectativas terriblemente retardadas y llegar a los acontecimientos físicos auténticamente placenteros. A la unción con las emanaciones de sus carnes resbaladizas, con sus oscuridades líquidas, sedosas, suaves. Por la nueva gama íntima de los olores y de los colores de sus intimidades que Marta describía como si fuera un vino: "rojo picota concentrado, rubí, con olor marino, a hojas secas y a salazón de pescado con agradable post-gusto" y a mí me definía como: "aromático, con olor a madera, amplio en el paladar, con fondos minerales y toques espumosos, proteínico, con cierto olor a hongos cociéndose, a yeso y a abanico frutal que estalla".

Entonces nos embadurnábamos con nuestros líquidos mientras la catapulta poderosa de las embestidas de sus caderas y de sus ingles y de sus muslos me sumían en una sensación gelatinosa de somnolencia aérea, en una emoción animal, sobre todo cuando me obligaba a mirarla a los ojos y, con una vela encendida, me hacía echarle la cera, con la llamita soltando gotitas de cera hirviendo sobre sus pechos. Sobre las aureolas que se enrojecían aún más aunque yo con la fuerza de sus sacudidas onduladas no acertaba en los "blancos" prefijados y le salpicaban las hirvientes gotitas por todo el cuerpo.

"Fallos" que ella corregía con dulzura de orfebre, con un exquisito y delicado prodigio de manifestación artística y de infalible perversión técnica. "No, así no, anda dame" y ella misma se echaba la cera con disciplina militar y con la misma meticulosidad y exactitud que un cirujano, cubriéndose los pezones y estableciendo un camino de candentes lágrimas de cera por su vientre y por el triángulo de desgreñado vello que aparecía entre sus muslos. Esa visión, sus gemidos y sus movimientos exagerados que casi la descoyuntaban, hacían las delicias de los vecinos. Especialmente del hombre laringectomizado que, con su bata morada y su mano tocando su miembro inútil y con su hijo arrastrándolo entre crisis de asfixia, me ponía muy nervioso.

***

Ahora, al mirar hacia atrás y al repasar mi vida en aquella época en la que venía al *Indiana*, me doy cuenta como de perversa fue mi relación cuando me amaban tanto y cuando yo amaba tanto y veo esas interacciones como fueron realmente y no como yo las viví en esos años y creo que fue un enamoramiento con una personalidad de un arrollador e inescrutable encanto y con un toque sadomasoquista. Un ser pletórico de dimensiones desconocidas e impenetrables que me utilizaba como a uno más en sus labores, en sus indescifrables experimentos artesanos y científicos con la afectividad y con el sexo.

Seguramente en este pub al que hacía años que no entraba hay algún damnificado de Marta como yo: hombres inseguros, acaso bondadosos y, con toda seguridad, ansiosos, insensatos, vulnerables e ingenuos. Hombres incapaces de una insurrección contra ella. Hombres con los que ella se sentía con un violento e irresistible ímpetu, sensata, poderosa, segura, invulnerable y continuamente excitada. Y nada bondadosa. Ahora que empiezo a estar rehabilitado de mi vínculo con ella, ahora que empiezo a recuperarme de ese mundo perdido de felicidad, ahora que puedo hacer un análisis retrospectivo y comprendo hasta qué punto llegó mi conexión adictiva con ella, mi crónica dependencia de Marta o de Friné, ahora he llegado a la conclusión de que enamorarse de ella estuvo desde el principio condenado al fracaso porque, para ella, el fin mismo de su vida era enamorar, seducir, sentirse deseada, sin que ningún hombre (o mujer) fuera el elegido o elegida, el único o la única, sin que nadie fuera exclusivo. Y no es que ella no me amase, porque nadie me ha amado más que ella y a nadie he amado más que a ella, lo que ocurría es que, simplemente, Friné, mi adorada Friné, amaba igual que a mí a otros hombres y mujeres, muy especialmente a las personas que aún no habían sido totalmente seducidas por ella.

Pero a pesar de todo lo que sufrí junto a Marta, a pesar de que me aterraba la posibilidad de que me abandonase o me compartiese y de que mi nivel de desorden en mi convivencia con ella y mi ansiedad y mi falta de control sobre mí mismo bordease la depresión y el caos más absoluto, como los hechos posteriores demostraron, cambiando el curso de mi relación con ella y de mi existencia, a pesar de todo eso no dejo de percibir esa época como una de las más felices de mi vida: como la más feliz de mi vida.

–Entonces, ¿me vas a ayudar dejándome que me vaya contigo a tu casa? –me pregunta Nacho al regresar del cuarto de baño sacándome de mis recuerdos, devolviéndome al presente.

Parpadeo y veo los destellos de las bombillas de las lámparas en su pelo teñido.

–¿Que si te voy a ayudar? Pues... ¿te ha pasado algo? –le pregunto viendo una rara inexpresividad en su mirada y un raro enrojecimiento en el cuello.

–¿A mí? No, qué va…

–Pues tienes unos ojos, no sé… ¿No te habrás tomado algo en el lavabo? –le digo aspirando cierto olor a rosas y elevando el tono de voz más que para que me escuche, para que sepa que estoy ofendido.

Me asaltan viejos temores bien conocidos por mí al haber tenido y tener entre mis seres queridos algunos casos muy cercanos de drogodependencias y de personalidades adictivas. Pienso en mi hermano y en su estado casi permanente de embriaguez, o en los problemas de mi sobrino y de algunos amigos íntimos. Sacudo la cabeza y hago un chasquido con la boca por la impotencia que siento al haberme dejado la piel intentando ayudar a estos seres queridos y no haberlo conseguido.

Miro hacia el fondo del *Indiana*, al movimiento de marea sonora de la gente que baila bajo las aspas vibrantes de los ventiladores del techo y recuerdo a mi hermana, algo que no he podido evitar ni un solo día de mi vida desde que murió muy joven por su adicción a la heroína y a la que tampoco logré ayudar lo suficiente en su trágica caída al precipicio, después de todo lo que sufrí por intentarlo. Inspiro profundamente para intentar apartarla de mi mente y superar la fría punzada que recorre mi corazón cuando visualizo la quinta planta del hospital de Carlos Haya y la habitación donde murió después de tantos meses de lúcida y terrible agonía.

Echo el aire lentamente por la boca, bebo un trago de cerveza y consigo evitar las imágenes que me persiguen, el pensamiento "rumiativo" sobre mi hermana.

Miro hacia los aseos del bar y me veo a mí mismo con la mujer que más he amado regresando del cuarto de baño. He cambiado las imágenes recurrentes de mi hermana por la de Marta y la veo, junto a mí, regresando una y otra vez de los aseos. Ese era el lugar donde me solía coger de la mano –justo delante de la puerta del W.C. de los hombres– y se la ponía entre las piernas. Después me obligaba a quitarle el sujetador y con sus manos en las mias me hacía sacarle los pechos en tanto yo me sentía observado por la cara de sorpresa de los hombres que esperaban su turno para vaciar su vejiga y me sentía paralizado por el espectáculo delirante y por el olor a orina y a alcohol que exhalaba aquella parte del pub, a esas horas de la madrugada, aquellos días lejanos en los que yo venía a este sitio y ella me hacía entrar al W.C. de las mujeres, dejaba la puerta abierta y me besaba en la frente. Yo me sentía tenso e incómodo y me besaba en la frente, en las orejas, en los cabellos y en la boca. Tan lentamente como ella sólo sabía hacerlo. Y su mano, una de sus manos me cogía suavemente la nuca, la acariciaba y con la otra me bajaba los pantalones mientras ella se sentaba en la taza del inodoro, me miraba directamente a los ojos, abría su boca y me empujaba desde mis glúteos hacia sus labios ante la perplejidad de las mujeres que nos veían desde fuera. Veo esa imagen hasta que de nuevo se superpone la imagen de mi hermana autodestruyéndose en los bares, en los rincones de los bares más prohibidos, decadentes y alternativos del centro junto a la gente más transgresora, desquiciada y maldita que habitaba la ciudad aquellos convulsos años.

–Oye, Javier, te juro que yo no he tomado nada. Bueno, ¿me puedo ir a vivir contigo hoy o no? –me pregunta apoyando una mano en mi hombro y sacándome de mis oscuros recuerdos que se esfuman entre las lentas órbitas de las aspas de los ventiladores.

–¿Esa es la ayuda que quieres? –le digo interrogándolo con la mirada.

–Bueno... no tengo donde quedarme, ni dinero –me dice esquivando mi mirada. Yo pensaba que era lo que había acordado la inspectora contigo.

–Yo no he acordado nada con la inspectora, ella me entendió mal y, si te quieres venir conmigo, será con unas condiciones. Yo pongo las reglas, las normas, porque es mi casa. Además, solamente durante un día. Dos como mucho. Tú tienes que estar con tu madre.

–Y... ¿cuáles son las reglas?

–Te voy a matricular en el instituto, vas a volver a ir a un gimnasio. Tendrás que cumplir unos horarios para levantarte, para comer y para acostarte.

–¿Tú tienes hijos? –me pregunta con una sonrisa cínica.

–No –le contesto muy serio, viendo cómo Nacho se queda en silencio esperando que apure la cerveza.

–¿Y todo eso es lo que harías si tuvieras un hijo? –me pregunta agachando la cabeza.

–Probablemente –le digo viendo su rostro macilento por las luces indirectas.

–Lo que harías con un hijo hiperactivo, claro –dice mientras le da un fuerte empujón a un joven que se vuelve inmediatamente hacia él. Nacho le increpa y yo veo sus piernas moverse como para comenzar a dar patadas, pero como observa que no tiene espacio suficiente, intenta saltar sobre él para pegarle con los puños, algo que yo impido agarrándolo.

–Eres muy impulsivo, Nacho, tienes que controlarte más –le digo sujetándolo y percibiendo la dureza de sus fibras musculares.

–Él me ha empujado antes. Además, tú dices que eso puede ser positivo. ¿No era Cristóbal Colón hiperactivo? –me dice en tono jactancioso.

–¿Cómo?..., eh…, sí, yo creo que sí, pero supo canalizar esa hiperactividad, igual que otra gente famosa –le digo llevándomelo hacia la salida del pub.

–¿Hay mucha gente famosa hiperactiva como yo? –me pregunta buscando con la mirada al joven con el que se iba a pelear.

–Sí, yo pienso que sí –le digo observando el pequeño tatuaje que tiene en su cuello–. ¿Qué tienes en el cuello? –le pregunto.

–Nada, me he rozado con algo… entonces, ¿qué gente famosa ha sido hiperactiva?

–Ya te lo comentaré otro día. Escucha Nacho, si quieres no cumplas ninguna regla. Simplemente no te vienes a vivir conmigo. Las normas en mi casa las pondría si tuviera un hijo, pero me da igual que fuera hiperactivo o no. ¡Ah! Y tienes que hacer también algunos ejercicios.

–¿Ejercicios? –me dice en tono burlón bajando la mirada– ¿me vas a imponer unas reglas como si yo fuera un alumno hiperactivo de un colegio y tú mi maestro?

–Sí, ejercicios de relajación, de autocontrol, de atención. No puedes dejarte llevar por tu impulsividad, ya te explicaré todo eso y ya te daré por escrito tu horario. ¿Aceptas?

–¿Qué pasa si no acepto? –me pregunta frunciendo las cejas y riéndose de pronto como si alguien le hubiera contando un chiste.

–Que no te vienes conmigo, así de fácil –le contesto viendo cómo se esclarece de personas el horizonte del *Indiana* en la salida.

–Acepto –me dice asintiendo aprobadoramente, sonriente, pensativo y cansado, terminándose la Coca-cola.

–Recuerda: solamente una temporada. En cuanto aparezca tu madre o tu padre o tu tío, te vas. Y si no cumples las reglas, te echo de mi casa.

–¿Y me vas a traer aquí, al *Indiana*? Quiero decir a cambio de todo eso –me pregunta sin saber donde fijar sus ojos y con la misma risa de antes.

–Si cumples todo, te traigo al *Indiana* a que tomes refrescos –le digo indulgente.

–¿Cuántos días? ¿Viernes y sábados por ejemplo?

–Los jueves, solamente los jueves.

–¿Los jueves? –me pregunta desconcertado.

–Sí, los jueves como hoy. Los jueves en el *Indiana* –le digo como quien concluye algo definitivo.

En ese momento siento en la entrepierna el movimiento vibratorio del móvil. Me meto la mano en el bolsillo del pantalón y esta vez no es imaginación mía: el móvil está vibrando y sonando. Lo saco del bolsillo y veo que alguien me llama desde un número privado. Le doy a la pantalla táctil del móvil y salgo del pub corriendo al escuchar una voz de mujer.

V

—Buenas noches, ¿no será tarde para llamar, verdad? —me dice la voz de la mujer.

—No, no, qué va —le contesto reconociendo en ese instante a la inspectora de policía.

Miro mi reloj, que marca la dos y cuarto de la mañana y le hago un gesto a Nacho —tras la cristalera del *Indiana* que da a la calle— indicándole que salga rápidamente.

Mientras hablo por el móvil empiezo a caminar por la calle Nosquera en dirección a la calle Comedias, esquivando a la gente que viene en la dirección contraria.

—¿Por qué me ha mentido? —me increpa la inspectora.

—¿Cómo? ¿Yo? ¿En qué le he mentido? —le contesto tartamudeando sin que yo mismo esperara mi reacción de nerviosismo al enfrentarme a la voz de la inspectora, que es más intimidatoria que la que utiliza cuando se habla con ella en persona.

—Me dijo que el adolescente estaba en su casa esta noche y no era cierto. Se encontraba en la comisaría esperándole. Le vieron entrar y salir con él. Amigo, ya le he dicho que la policía no es tonta y menos si es una mujer —me dice al mismo tiempo que escucho un porrazo al otro lado del móvil y luego las mandíbulas de la inspectora masticando nueces sin disimulo.

—Bueno, yo... — le respondo caminando hasta llegar al cruce de las calles Nosquera y Comedias, donde giro y vuelvo a andar de nuevo hacia el *Indiana*.

—Tenemos en usted a un confidente ocasional, pero no me haga pensar que es un encubridor o mucho peor: un cómplice —me dice sin que apenas la entienda por los trozos de nueces que debe tener en la boca.

–¿Cómplice yo? –le digo demasiado alto porque la gente que va a entrar al *Indiana* se vuelve para mirarme.

–Tal vez. No sé. Hombre... ¿Por qué iba a mentirme si no tiene nada que ocultar? –me dice carraspeando.

–¿Insinúa que tengo algo que ver con el secuestro? –le digo algo molesto.

–¿Qué secuestro? –me dice la inspectora con rudeza.

– Pues el de la madre de Nacho –le contesto amedrentado.

–¡Vaya por Dios! Eso es una especulación; ahora mismo esa mujer es una desaparecida y sólo presumiblemente –me dice suavizando su voz, que debe estar acostumbrada a dar órdenes sin demasiada simpatía.

–¿Desaparecida? –le digo sorprendido.

–Se encuentra desaparecida porque no se tiene noticia de ella desde hace algún tiempo. Y dentro de un año si no se sabe nada de esta mujer será considerada ausente. Y diremos que se encuentra fallecida cuando hayan transcurridos diez años desde su desaparición –me dice al mismo tiempo que escucho un fuerte ruido, que yo imagino habrá sido con la pirámide de alabastro que utiliza para partir las nueces.

–Pero si esa mujer ha sido secuestrada, si yo…

–Eso hay que demostrarlo –me dice interrumpiéndome–. Nadie ha pedido rescate por ella y nadie se ha responsabilizado. A no ser que...

–¿A no ser qué?

–Que usted viera cómo la secuestraran, claro –me dice ahuecando la voz porque debe tener la boca llena de restos de nueces.

–No lo vi. Ya escribí en la declaración que estábamos desayunando, y...

–Ya –me dice cortándome en seco–. Bueno, puede que esté retenida en contra de su voluntad, pero también puede que se haya ido con un amante, o quizá esté con una secta de las muchas que proliferan actualmente, o en la casa de su madre, o puede que siga en Francia y, entonces tendría que buscarla la Interpol. O, simplemente esté en una excursión con una amiga que ha conocido en una cata de vinos. Eso lo estamos investigando, igual que estamos buscando su patrón de comportamiento y lo que hacía habitualmente, entrevistando a personas que la conocen. A ver a dónde nos conduce todo eso, suponiendo que se encuentre en España. No crea usted que yo he descuidado mis funciones de servidora pública. Pero imagínese que usted se va de viaje y viene alguien y nos dice que lo han secuestrado. Sería un poco molesto para usted, supongo, que la policía lo estuviera buscando. Si tuviéramos que indagar a todas las personas que, alguien que no tiene ninguna relación con ella, nos dice que ha desaparecido, estaríamos investigando ahora mismo a millones de personas y perdiendo el tiempo con el dinero de los contribuyentes. Y, sin embargo, estamos haciendo pesquisas para localizar a esta mujer. Bueno, no le entretengo más ni a usted ni al niño. Por que el niño… está con usted, ¿verdad? –me dice con una voz inquisidora que me intimida.

–Pues…, eh..., sí...

–Vale, pues nada, adiós. Y cuídelo… A propósito… se escucha mucho ruido por ahí. Yo diría que no es muy temprano para estar por ahí con un menor de edad, ¿o es que está en su casa viendo alguna programación nocturna para niños a las dos de la mañana? ¿No estará viendo una serie policíaca? –me dice en tono sarcástico mientras la escucho masticar y reírse.

–Sí..., es tarde…, hemos cenado y...

–Claro, lo entiendo perfectamente –me dice interrumpiéndome–. Lo ha llevado a un parque infantil nocturno... Por cierto... ¿Conocía usted a la mujer que han encontrado hoy asesinada en la Laguna de la Barrera?

–¿Una mujer asesinada en la Laguna de la Barrera? No tengo ni idea. No sé ni dónde está esa laguna –le digo mirando, a través de las cristaleras, hacia el interior del *Indiana* para tratar de localizar a Nacho que aún no ha salido.

–Pues muy cerca de su trabajo. Al lado del Campus de Teatinos, en la Colonia de Santa Inés. Está claro que lo suyo no es ver la tele ni leer la prensa, porque la noticia no deja de aparecer en todos los medios de comunicación.

–Tiene razón. No me he enterado de nada. Y, ¿qué ha pasado con esa mujer? ¿La han ahogado? –le pregunto atónito.

–Le pusieron piedras para sumergirla y la metieron en unos plásticos que amarraron con cuerdas. Por lo visto, el fondo de la laguna está plagado de unas tortugas muy especiales, de una especie carnívora, que han roto los plásticos y han mordido algunas cuerdas y por eso ha salido a flote. Su cadáver estaba mutilado, no sabemos si por las tortugas o si ya estaba antes así. Estamos en contacto con la Facultad de Biología para que nos expliquen cómo pueden hacer eso las tortugas. Bueno, a lo que iba, el caso es que el cadáver, o lo que ha quedado de él, pertenecía a una mujer que había desaparecido... –me dice en un tono intrigante.

–Pues no sabía nada...., y…, es la…, vamos..., podría ser la misma persona que..., o sea, ¿es la madre de Nacho? –le pregunto ansioso.

–¿Cómo? –me pregunta dándome la sensación de que se está haciendo la despistada.

–Que si es la madre de Nacho –le repito mirando hacia la puerta del *Indiana*.

–No, no... Es una mujer que ya ha sido identificada y, que sepamos, no tiene hijos –me dice al mismo tiempo que escucho un nuevo golpe y un crujido.

–Entonces, ¿por qué me pregunta si yo la conocía? –le pregunto inquieto.

–Bueno, usted trabaja de conserje en la facultad. Y sé que la conocía. Y creo que muy bien. Y claro, conocer a una mujer que se ha encontrado descuartizada, bueno… comprenderá que es un tema serio. No sé si me entiende –me dice con una voz acusadora.

–Sí, pero, ¿porque trabaje de conserje iba yo a conocerla? –le pregunto con la firme convicción de que se está equivocando.

–No solo por eso pero, en fin..., los restos de la mujer encontrada en la Laguna de la Barrera se corresponden con una persona que trabajaba en una conserjería de la Universidad. Por supuesto que usted tampoco habrá leído en los periódicos que estos meses atrás teníamos hasta investigadores psíquicos trabajando en el caso.

–¿Investigadores psíquicos? No… no he leído nada sobre eso. Además la UMA es muy grande y somos muchos y… pero, ¿en qué facultad estaba? ¿y cómo se llamaba? ¿No se llamará Marta? –le pregunto ansioso descubriendo a Nacho que está mirando hacia fuera buscándome, hasta que ve cómo le hago un gesto brusco con la mano para que salga del pub.

–No, no se llama Marta. Bueno, ha sido un placer hablar con usted. Ya volveremos a hablar en otro momento. Adiós, buenas noches. Salude al niño de mi parte –me dice con la voz burlona mientras Nacho se pone a mi lado preguntándome con quién hablo haciendo inclinaciones de su cabeza y gestos con las manos.

***

Para no despertar a Nacho, que está dormido –después de tomarse su medicación– en la postura de *Ramsés II*, he encendido una linterna y me voy a la cocina tambaleante, casi sonámbulo y precedido por los círculos movedizos de claridad. Por las extensiones geométricas tubulares que emergen de las penumbras como los anillos de Saturno y, deslizándose por ellos, veo mi figura alargándose entre las ilusiones ópticas y los imprecisos contornos de los muebles. Reflexiono sobre la edad que ahora tiene Nacho y he recordado que, con esa edad, yo estaba interno, era insomne y tenía toda la noche por delante para no controlar mis miedos. En realidad, debió ser por esa época cuando empecé a tener miedo a los ladridos de los perros de madrugada y padecer la angustia de quedarme ciego cuando se iba o se apagaba la luz. Esos terrores nocturnos en el colegio tenían como preludio el olor que ascendía desde la cocina: ese agua caliente con pastillas de caldo que nos ponían para cenar, después de las oraciones. Y cuando habíamos terminado la sopa nos ponían algún pescado, un híbrido entre un puerco espín y un animal con escamas parecido a los peces de colores que había en las grandes albercas con las que se regaban los campos circundantes al colegio. Después del pescado mientras nos quitábamos las espinas del gaznate, algunos sacerdotes nos daban una pequeña charla, una descabellada disertación, cuyo tema central era la obsesión por el pecado que podíamos cometer si nos masturbábamos en las habitaciones de noche. Algo que –nos advertían– no solamente nos condenaba al infierno, sino que además podría dejarnos postrados en una silla de ruedas para toda la vida, porque por el semen se iba también la masa ósea según las teorías contrastadas de los más "eminentes" científicos, que normalmente eran miembros fundadores de la orden religiosa a la que pertenecía el colegio, cuyos retratos aterradores presidían los despachos y las aulas.

Sí, debió ser cuando yo tenía la edad que tiene ahora Nacho cuando estaba interno y construí, con la ayuda de un compañero también insomne y mucho más habilidoso que yo, una especie de sistema arcaico y luminoso para que nos indujera al sueño: la "máquina del sueño", la llamaba yo. Había observado que el sonido del agua cayendo en los depósitos de la azotea del colegio me relajaba y me adormecía. Lo que intentamos fue reproducir ese sonido, a través de un mecanismo consistente en una goma conectada a un grifo de los cuartos de baño que llegaba a un botijo –al que habíamos amarrado una linterna– que habíamos colocado encima de lo que llamábamos taquillas, donde teníamos nuestras bolsas de aseo y algunas prendas deportivas. El grifo solamente estaba abierto de forma que soltaba unas gotitas de agua que acababan cayendo en el botijo. Pero el invento apenas funcionó unas horas porque alguien, en los lavabos, abrió el grifo por completo inundando el botijo. Además, la presión del agua hizo que el botijo se desestabilizara y cayera encima de la cama, rompiéndose. Yo asumí toda la responsabilidad y el castigo no se hizo esperar; además de tener durante dos semanas el cogote lleno de bultos por el anillo de oro del sádico jefe de estudios –un cura muy pequeño llamado Fulgencio, al que llamábamos "el semáforo" porque siempre estaba parpadeando y guiñando los ojos debido a una especie de tic convulsivo– tuve los lóbulos de las orejas con heridas porque me las atravesó con las uñas, que se las dejaba crecer expresamente para infligir esa tortura. Y me tuvieron en la gran explanada del colegio durante los días más crudos del invierno en pijama, lo que me provocó una gripe que me tuvo varios días en la enfermería del colegio aguantando el acoso sexual de uno de los enfermeros que aún no había sido ordenado sacerdote.

Desde la cocina veo cómo la ciudad se va despertando y comienza el ruido del tráfico. Suelto la linterna y pienso en el mendigo de mi calle. A esta hora y, después de haber pasado la noche delante de mi portal, se estará desperezando antes que empiece a salir gente para ir al trabajo, hacia la embocadura de mi calle. El mendigo, que es magrebí, suele dormir, entumecido por el frío, junto a su famélico perro en la caja de cartón. Yo le llamo Boudú, porque me recuerda al vagabundo alto, barbudo y atractivo de una vieja película de Renoir: *Boudú, salvado de las aguas*. Algunas veces le llevo comida que yo hago y otras le doy en un recipiente de aluminio cuscús del *Cañadú* y al perro latas de comida. En los días más fríos del invierno le llevo un termo con té y le bajo cubos con agua caliente y una manta. Entonces le quito los cartones con los que se envuelve y se los pongo alrededor y lo tapo con la manta. Durante un rato, al menos durante un rato, se reconforta con cálidos vapores. En unas rebajas le compré un edredón nórdico, pero creo que se lo robaron porque nunca más lo volví a ver. Por eso hace unos días le compré otro que debe tener escondido en algún sitio porque no lo veo de día y de noche observo que está tapado con él. Lo que aún conserva desde que le conocí es mi esterilla del yoga para sus oraciones. Él sabe que ese trozo de material sintético tiene un valor especial para mí y Boudú, en agradecimiento, me canta algo parecido al flamenco. Un cante muy hondo, muy sentido. Un quejido *a capella* que le surge del lado más lúcido de su mente deteriorada y al que yo le he puesto música, siempre la misma. Unos acordes que escuché, que el aire me metió en los oídos en Segovia la mañana que visité la casa donde vivió Antonio Machado. Puede que fuera un "punteo" basado en alguna melodía compuesta por el guitarrista que vivía con él en esa pensión de Segovia, donde enmudecí, donde todo el mundo permanece en un silencio litúrgico al llegar a la habitación del poeta. Yo acaricié la mesita donde escribía, me asomé a la ventana, sentí la piel erizada del poeta al tener que dejar la ventana abierta en pleno invierno para que "saliera el frío" y sin que la pequeña estufa que se conserva cerca de la cama, junto al orinal, apenas le reconfortase. Y me uní a la tristeza de la gente que llora al asomarse a esa habitación y a las parejas que hacen el amor, clandestinamente, en su cama. Quité las arrugas de la vieja colcha amarilla, contemplé el manto gris de las costras del liquen cubriendo las viejas tejas, leí la última carta que escribió y me miré en lo que quedaba del espejo donde me imagino que él se contemplaba en sus noches de insomnio. Incluso en un descuido de la guía y de las visitas, me tumbé en la incómoda, ruidosa y fría cama donde tantas veces intentó dormir el poeta, hasta que ésta empezó a moverse y se desplazó hacia la ventana. Yo desconocía que la cama tuviera ruedecillas y no estaba atento a su movimiento ya que mi imaginación me había llevado a recordar un sueño recurrente que tengo desde que leí que los padres de Machado se conocieron el día en el que unos delfines remontaron el Guadalquivir desde el mar. Aunque en mi sueño, los delfines saltan y juegan por las calles y plazas de Málaga, que en mi desorden onírico están inundadas por el mar, como Venecia. Fue en ese momento, tumbado en la cama donde Machado pasaba sus noches de insomnio, cuando escuché una guitarra sonando en la pensión; los acordes que yo he trasladado a la canción de Boudú.

Preparo el desayuno para Nacho con algunos ingredientes que tengo en el frigorífico, excepto el zumo de naranja natural mezclado con otras frutas. Desde hace muchos años los desayunos son para mí la comida más importante del día y la más ritualista, ya que tiene algo de ofrenda a los dioses por seguir vivo un día más y por seguir gozando de buena salud. Y he pensado que, para Nacho, debe ser igual de importante y que debe conocer las alternativas a otros desayunos más tradicionales. Algo que le deslumbre, que le atraiga y que sea nutritivo. Cuando termino de cortar las frutas y exprimir las naranjas –que es lo último que hago en la ceremonia de elaboración de mis desayunos para que conserven las vitaminas– ya comienza a despertarse la ciudad y el ajetreo en la calle aumenta cada minuto que pasa. Pronto aparecerá el vendedor de cupones, con esas gafas de vidrio tan gruesas y con las cinchas y correajes sobre su camisa, como los de mis tíos y abuelos. Seguramente Boudú ya llevará algún tiempo levantado encima de sus cartones, estará mirando hacia el mar y contemplará asombrado el cielo rojizo de esta mañana, como si fuera el resplandor, el fulgor primigenio de una gran hoguera que avanza lentamente desde el Mediterráneo sobre la bahía de Málaga, sin llegar a abrasarla porque el reflejo del fuego se va consumiendo y apagando y lo que podrían ser sus ascuas gaseosas se diluyen y se precipitan lentamente a las ondas del agua que la engullen, como si fueran las fauces de un pez gigantesco. No sé por qué estos pensamientos me han llevado a una imagen de mi infancia junto a mi hermana, un día de lluvia, asomados los dos a uno de los balcones de la antigua casa familiar, mirando, empapados, el horizonte gris y el mar. En un momento determinado, mi hermana, que era unos años más joven que yo, me dijo: "dentro de muchos años, un día de lluvia como éste, nos acordaremos los dos de este día, aquí, en el balcón, mojándonos". Esta mañana no es un día de lluvia ni mi hermana puede recordar, desde el mundo de los vivos, aquella escena infantil, pero yo sí he recordado súbitamente esa frase premonitoria desde mi soledad fraternal y ha aparecido una sombría expresión en mi rostro.

Puede que Boudú, emocionado con la belleza de este amanecer, intente cantar algo con su quejumbrosa voz y que gesticule con las manos, que le temblarán, porque su deterioro es progresivo debido al abuso del alcohol. Y puede que después llore y tenga un primer ataque de ansiedad porque hace horas que no bebe. Alguna vez le he preguntado si quiere que le lleve a algún médico –no puedo evitar sentir una tremenda congoja cuando se lamenta y suspira y delira entre los cartones y se hace sus necesidades encima– y últimamente le insisto y trato de convencerle para que deje que le lleve a una clínica de desintoxicación, aunque él se niega, siempre alegando que no quiere ser un problema para nadie, que él controla y que, en cualquier caso, no le importa morirse. Pero yo sigo insistiéndole y le he dicho varias veces que suba a mi apartamento o que me busque en mi trabajo –incluso he llegado a darle un croquis con un tosco plano con la situación de la Facultad de Educación– el día que tome la decisión de rehabilitarse.

***

–Pero, ¿cómo voy a tomarme esto si yo nunca desayuno? –me pregunta Nacho después de darme dos besos y observar la bandeja con los alimentos, que en pequeñas cantidades y distribuidos en diversos recipientes, le he preparado: Anchoas "depiladas", un huevo cocido, frutas, un zumo de naranja en mi jarrita preferida de porcelana que tiene un dibujo y la firma de Picasso, una mini-tapa de lentejas con almejas y otra mini-tapa de ventresca de atún –a menudo incluyo el atún en los desayunos que hago en casa– que adobé con orégano, vinagre de Módena, vino oloroso, ajo, pimentón y cebolla.

–Pues esta mañana vas a comenzar a desayunar en serio. Es una de las normas si quieres estar en mi casa. Ya te daré por escrito algunas más, pero una de ellas es tomarte un desayuno "pantagruélico".

–¿Pantaqué...? –me dice contemplando la bandeja y mirando una fotografía de Machado que tengo en la habitación.

–Pantagruélico. Pantagruel era un personaje de una novela que comía mucho –le respondo, sintiendo que estoy ayudando a Nacho, como embuído de un destino heroico y siguiendo una de las máximas de Kant que Antonio

113

Machado cumplió hasta el final de su vida: obra siempre de modo que tu conducta pueda servir de principio a una ley universal.

–¿Ése quién es? ¿Tu abuelo? –me pregunta, señalándome la foto de Machado.

– No. Venga, empieza a desayunar ya… ¿No te quitas el aro de la oreja para dormir?

–Tenía mala cara el hombre –me dice cuando al fin se decide por las anchoas sin escuchar lo que le he preguntado.

–Ese es Antonio Machado, uno de los mejores poetas que ha tenido España –le digo.

–¿Y él, en persona, te dio una fotografía?

–¿Cómo? No, hombre, no. Murió hace muchos años. La foto la recorté de una revista y la enmarqué. Es la última fotografía que le hicieron con vida. Tengo otra igual en la conserjería.

–Están muy buenas estas anchoas. Y no tienen raspa.

–Claro. Están "depiladas". Yo mismo las he hecho y, después, con una pinza de depilar, les quité las raspas.

–¿Cómo? ¿Con unas pinzas de… ? No puedo creérmelo –me dice entre risas. Anchoas "depiladas" –murmura riéndose–. Oye, ¿y esos cuadros tan raros que tienes colgados en la pared? –me pregunta con la boca llena.

–Son de un pintor que se llamaba Lawrence Alma-Tadema –le respondo con cierta nostalgia. –Oye… ¿y el aro no te molesta para dormir?

–¿Qué aro?

–Es igual, déjalo.

Durante un momento me quedo ensimismado porque los cuadros los compré con Marta cuando vivía en el piso de la plaza de los Mártires. Debió ser la misma tarde en la que los adquirimos cuando comencé a llamarla Friné, una mujer que había sido la modelo y la amante imposible del escultor griego Praxíteles. Friné, el canon eterno de la belleza femenina, el prototipo de la hermosura, fue, además, la primera mujer que se desnudó para un escultor, y por supuesto que las sinuosas caderas, los glúteos y los pechos de Marta eran similares a las curvas sensuales de las afroditas que Praxíteles esculpió, teniendo delante a Friné, que quizás también olía a cacao y a vainilla. Pero el escultor casi enloquece con ella porque la mujer más hermosa que se pueda concebir también posaba desnuda para otros artistas y también lo hacía en las fiestas delante de la asombrada multitud. Y aunque no tenía móvil ni recibía mensajes ni llamadas a lo largo de todo el día y de la noche, compartía al escultor con innumerables amantes. La moral griega no estaba preparada para una mujer que todo el mundo comparaba con los dioses y que tenía que haber nacido dos mil años después (más o menos en la misma época que Marta). Así que un tribunal compuesto por senadores ultraconservadores la condenó a muerte. Pero Friné contrató los servicios del mejor abogado de Atenas –Hipérides– que, en el juicio, sobrecogió a todos con el mejor discurso que había hecho en toda su vida. Sin embargo, el tribunal no cambió el veredicto. Entonces Hipérides, en un acto impulsivo que le pudo costar la vida, desnudó a Friné ante las decenas de senadores y les exhortó a que olvidaran sus argumentos anteriores y que contemplasen la grandiosidad del cuerpo de la mujer que tenían ante sí. Y les avisó que iban a lamentar condenar a muerte a la misma diosa Afrodita. Después les gritó que tuviesen piedad para la belleza, señalando las ondulaciones y las formas del cuerpo desnudo de aquella mujer increíble. Ante tal visión de perfección y de divinidad, los senadores decidieron perdonarla y Friné fue absuelta.

Miro con tristeza los cuadros que a los dos nos sedujeron aquella tarde, aquella lejana tarde de un mundo feliz que perdí para siempre. Observo esas imágenes cotidianas de la vida en Roma y en Atenas que Alma-Tadema pintó y con las que Marta se identificaba. Inicialmente, decía que se había visto reflejada en uno de los cuadros que tengo delante: una bella romana componiendo la propia escena donde ella está sentada. El cuadro está casi terminado y solamente le queda por añadir un par de trozos de mosaico. Quizás ella se identificó con el personaje porque, igual que la mujer del cuadro, Marta iba configurando, con piezas de un rompecabezas inacabable, la tesela misma de su propia existencia. Aunque a mí siempre me pareció más adecuada a ella, incluso físicamente, una de las mujeres que aparecen en otro cuadro de Alma-Tadema que tengo en el comedor: tres mujeres hermosas se asoman al mar desde la esquina de una azotea, que a su vez debe estar en lo alto de un montículo. Un enorme león de bronce se encuentra en la parte más alta de la esquina. La lluvia lo ha ido despintando, desconchando y oxidando de manera que el mármol que le sirve de pedestal está impregnado de restos verdosos. Debajo de las mujeres, navega una embarcación. Casi puede sentirse el esfuerzo de los remeros por el surco espumoso que van dejando. Más allá, en la lejanía, otro barco parece seguir al primero. Una de las mujeres del grupo se encuentra apoyada, con los brazos cruzados, en el pretil de la azotea en actitud pensativa mirando uno de los barcos. Está arrodillada en un escalón. Otra mira hacia el suelo, pero una de ellas, la más bella y enigmática, la que parece la hermana gemela de Marta, tiene la mirada perdida hacia el cielo y una actitud sensual en sus brazos y en su cuerpo, un incipiente movimiento, un resorte de placer. Como si una fuerza invisible la estuviese seduciendo, acariciándola desde atrás. El pintor se esmeró en las arrugas y dobleces de su túnica y en el cuerpo hermoso que se intuye bajo ella. Y pintó con delicadeza los hoyuelos que le ahuecan sus pómulos al sonreír –como los de Marta– los lóbulos carnosos de sus orejas y de sus labios –idénticos a los de Marta– sus ojos pardos –del color de la tierra, como los ojos de Marta– y la guirnalda de flores que sujetan sus cabellos pelirrojos, del mismo color que los de Marta, aunque Friné podía ser rubia, morena y de otras muchas tonalidades porque cada cierto tiempo se echaba tintes de diferentes colores en su pelo. Pero siempre predominaba el pelirrojo en sus cabellos, que ella definía como "cobrizos".

No se ve a ningún hombre en el cuadro, pero la mujer pelirroja o cobriza parece que piensa en los músculos sudorosos de los hombres que deben llevar los remos. También puede ser que sienta tristeza por alguien que viaja, que se va de la ciudad, quizás a la guerra, o acaso suspira pensando en varios de los remeros a los que ha amado y que es posible que viajen en esos barcos.

Unas horas antes, tan sólo unas horas antes de que me abandonase, de que mi mundo de relativa felicidad se perdiese, en el aquelarre de la discusión final –aunque yo no sabía que era nuestro último enfrentamiento ni el final– Marta dejó de identificarse con la muchacha que hace el mosaico, repentinamente terminó de gritar y me dijo: "tienes razón Javier, esa de la esquina soy yo, la que tú decías que se parecía a mí: esa debe ser Friné". Un rato más tarde preparó su maleta y salió de la casa, del viejo piso desde donde casi se podía tocar la vivienda de en frente.

No sé que experimentó, al no verla más, el anciano que escupía por la laringe perforada ni su hijo pero yo sentí, aquella tarde apoyado en el enrejado verde del Puente de los Alemanes, yo sentí que todo se derrumbaba a mi alrededor, mientras oscurecía sobre mi particular y pequeño puente colgante de Brooklyn, sobre Málaga y sobre las farolas encendidas de su arcos que teñían de amarillo mi ropa. Y el aire que venía del mar me daba en el rostro y yo no tarareaba, ni cantaba a pleno pulmón *Strangers in the Night* sino que reproducía en mi mente la versión acústica y alucinada que de esa canción hizo Jimi Hendrix en el *Monterrey Festival Pop*, cuando en plena madrugada, en mitad de un enloquecido rasgueo de su guitarra Fender Electratocaster se detuvo un instante, perdido quizás en un viaje de L.S.D, y se puso a puntear *Strangers in the Night*, quizás para saber regresar de su viaje o quizás para llegar tan lejos en su viaje que nunca supiese cómo regresar.

—Vamos a comenzar el día yendo a algunos sitios que son necesarios para ti —me apresuro a decir a Nacho para no atormentarme más con el recuerdo de Marta-Friné.

—¿Y son auténticos? —me pregunta mirando sin masticar y con la boca abierta a los cuadros.

—No. Son reproducciones —le digo sobreponiéndome a mi tristeza e intentando regular mi ánimo—. Pero, ¿tú has escuchado lo que te he dicho antes?

—Sí. Y, ¿qué sitios son esos tan necesarios para mí? —pregunta con incredulidad volviendo a masticar.

—Ya te dije que te voy a matricular en un instituto, que te voy a apuntar en un gimnasio y…

—Yo no sirvo para estudiar, mejor me buscas un trabajo —me dice interrumpiéndome.

—¿Puedo seguir, Nacho?

—Sí.

—Gracias. Pues eres menor de edad y tienes que estar escolarizado.

—Yo no voy al instituto. Pídeme cualquier otra cosa pero esa no —me dice convencido.

—Si no vas, te tienes que ir de mi casa —le contesto yo con mucha seguridad.

—Voy a probar pero no te aseguro nada, ¿eh? Te recuerdo que soy hiperactivo y que no puedo atender en clase y, además, los maestros siempre me expulsan y siempre me han odiado. Me dijiste en el *Indiana* que había gente famosa que había sido hiperactiva pero no creo que les echaran de los colegios y que los maestros les odiaran como a mí.

—¡Cómo que no! Ya te he dicho que he estado leyendo sobre este tema y he reflexionado mucho, aquí está todo, en mi cabeza —le digo señalándome con el dedo índice en mi frente en plan cómico—. Y yo creo que hay varios personajes famosos a los que sus profesores no les tenían mucho aprecio.

—¿Y quiénes son? —me pregunta bostezando tomándose el huevo cocido y la ventresca de atún.

Cojo la linterna y me quedo mirando la bombilla.

—¿Sabes quién inventó esta bombilla? —le digo recordando la bola donde bullían pequeños rayos eléctricos en la entrada del hotel de *Collioure*.

—Ahora mismo no me acuerdo pero lo estudié. Sé que lo estudié.

—Thomas A. Edison. Sus maestros y sus padres fueron con él mucho más injustos de lo que han podido ser contigo jamás. Le decían que era tonto, despistado, inquieto, que nunca llegaría a ser nadie en la vida porque era incapaz de terminar nada y porque no podía atender, ni dejar de moverse, ni escuchar. Le insultaban y le gritaban que estaba loco y le echaban de las clases porque se movía en su pupitre. Pero el "alocado" de Edison, el "bobo" –como también le decían– que no dejaba de mirar por la ventana del aula, el joven que nunca terminaba nada de lo que empezaba, logró terminar más de mil inventos. Algunos de ellos tan importantes como el fonógrafo, el teléfono –junto a Bell, que me imagino lo habrás estudiado también–, la máquina de escribir o la lámpara incandescente.

–Pero eso lo dices para animarme a que vaya al instituto, aunque sabes que yo no sirvo para estudiar ni para inventar nada. Yo no soy Edison.

–¿Por qué lo sabes? Puede que todo lo que te han dicho y lo que tú piensas de ti mismo sea falso. Imagínate si Einstein hubiera hecho caso de lo que decían de él –como le veo muy interesado decido seguir contándole algunos aspectos de la vida de personajes famosos.

–¿Einstein? ¿El de la cabellera gris? ¿Qué decían de él?

–De él han dicho que era prácticamente de todo, que tenía todo tipo de trastornos. Pero yo pienso que simplemente era hiperactivo. Sus profesores decían que era un zángano y un perro holgazán. Seguro que a ti nunca te han dicho algo así. Y los padres decían que era como un niño pequeño. Además, odiaba las matemáticas.

–¿Que odiaba las matemáticas?

–Me imagino que pensabas que era un empollón, pero Einstein, era rebelde e independiente, suspendía las matemáticas y tenía que repasar mucho con algunos compañeros para poder aprobar. Pero era muy creativo y tenía mucha intuición y sabía de forma innata cómo hiperconcentrarse y demostrar cosas tumbado en la cama o paseando en una barca. Tenía además mucho sentido del humor y era muy sensible –le explico mirando la taza en la que se bebe el zumo de naranja.

–Mira tu taza y lee lo que pone en ella –le digo mientras se introduce un trozo de ventresca en la boca.

– Mmmmmmm… ¡Joder! ¡Qué bueno está esto!

–¿Te gusta? Es la parte más sabrosa del atún. ¿Qué pone en la taza? –le repito.

–¿En qué? Ah, en la taza. Picasso. Pone Picasso. ¿Picasso también era hiperactivo?

–En cierto modo, sí –le digo deletreando ese nombre en mi interior.

La palabra Picasso. P-i-c-a-s-s-o, una palabra que siempre me ha parecido de otro mundo. Un apellido lleno de connotaciones sobrenaturales, como si esos fonemas, ese apellido, que forma parte de la memoria colectiva de la especie humana, escondiese la representación de su ser, de su personalidad. Como si encerrado en la palabra "Picasso" se hallase toda la genialidad y la magia de su arte, el símbolo, la esencia misma de la creatividad. Me repito a mí mismo la palabra P-i-c-a-s-s-o y lo veo en el centro de un tornado que gira compulsivamente, de un torbellino febril, de una inagotable energía para amar, pintar, escribir o esculpir hasta el último aliento.

—Era un hombre impulsivo, desorganizado, inestable, caótico y, tan mal estudiante, que su padre tuvo que hablar con el director de un instituto para que le aprobase el examen de ingreso a Secundaria. Por cierto que él también tenía su particular *Indiana*.

—Ah, ¿sí? ¿Picasso iba al *Indiana* también?

—No hombre, no, ¿cómo iba a ir Picasso al *Indiana* si lo abrieron muchos años después de que muriera?

—Yo que sé… oye, el chupito de lentejas me gusta pero otro día no me lo pongas. ¿Vale?

—Vale. No te lo tomes. Pues Picasso adoraba Málaga pero vivió casi siempre en París y…

—¿Quién? —me interrumpe.

—Picasso. Te estoy hablando de Picasso. Intenta escucharme cuando te hablo.

—Ah, es verdad. Perdona, pensaba que seguías hablándome de Einstein.

—No. Ahora te estoy hablando de Picasso, el pintor.

—Si. Es verdad, me decías que iba al *Indiana*.

—Pero, ¿cómo te voy a decir eso? Te decía… bueno… quería decirte que él iba a un lugar parecido al *Indiana*. Cuando era joven vivía en un barrio que se llama Montmartre. Allí estaba el café *Le Lapin Agile* que era como un pub ahora. Y Picasso frecuentaba ese sitio. Pasaron los años, se hizo mundialmente famoso, envejeció, sus amigos fueron muriendo, pero recordó toda su vida las amistades, los amores, las noches de bohemia que pasó en *Le Lapin Agile*. Esa época fue para él siempre la de los "tiempos heroicos" —le digo, recordando las fotos que recuerdo haber visto del café lleno de artistas bebiendo y tocando la guitarra entre bajorrelieves, esculturas y pinturas. Un lugar polvoriento donde puede que Machado también estuviera y acaso coincidiera con Picasso y su banda.

—Vaya con Picasso —me dice.

—Y Picasso no ha sido el único pintor que quizás fuera hiperactivo. Existe otro, un hombre que es casi una mezcla de Edison y de Picasso.

–¿Quién?

–Leonardo Da Vinci. La gente que lo veía correr por las calles pensaban que estaba loco.

–Y, ¿es que hacía *footing*?

–¿Cómo? No hombre, no. Corría porque siempre tenía prisa por hacer cosas que dejaba a medio terminar, aunque siempre solía finalizarlas después de algún tiempo. Leonardo pintaba y también inventaba.

–Yo sabía que era pintor, pero no sabía que fuera inventor.

–Fue el primero que diseñó un avión o un tanque y muchas máquinas que hoy utilizamos en la industria como, por ejemplo, las laminadoras. En realidad no sabía a qué dedicarse pero fue una suerte para la humanidad, porque, al no ser capaz de decidirse por una sola profesión, se dedicó a todas: ingeniería, arquitectura, anatomía, pintura…

–¿Quién canta de esa forma tan rara? –me pregunta interrumpiéndome.

–Es un inmigrante que vive en el portal porque no tiene dinero para vivir en una casa. Ni siquiera tiene dinero para comer –le digo.

–¿Es hiperactivo?

–No. Ya quisiera él. Tiene unos problemas mucho peores.

Durante unos minutos nos quedamos los dos escuchando cómo Boudú emite sonidos fúnebres y palabras que repite insistentemente. Hace tiempo que observé que su obsesivo repertorio empieza, a veces, a las cinco y quince minutos de la madrugada. A la hora a la que suele pasar el camión de la basura por mi calle. Entonces, el indigente acompaña con su voz el quejido corto del camión y después, cuando el camión avanza por la calle con lo que parece un lamento más largo, la garganta de Boudú lanza al aire un grito agudo, al unísono con el camión.

–¿Tú sabes quién era Bucéfalo? –le pregunto.

–¿Bucéfalo? No… no lo sé… pero ahora voy al cuarto de baño, Javier –me dice cansado ya de que le siga hablando de estos temas.

***

Sentado junto a Nacho en el abarrotado salón de actos de la residencia universitaria Sigmund Freud, esperando que comience la conferencia sobre la Guerra Civil, pienso en el primer instituto donde he llevado a Nacho y en los problemas que he tenido para matricularlo porque el director, que no ha dejado de mirarnos con desconfianza, me ha dicho que están saturados por los inmigrantes y nos ha manifestado, con muchos detalles legalistas, su recelo de que

un alumno llegue a mitad del curso, exigiéndome el certificado de empadro-
namiento y el Libro de Familia. Yo le dije que volvería con esos documentos,
pero al salir de su despacho he tomado la decisión de ir a otro instituto situado
mucho más lejos de donde vivo. En ese nuevo centro educativo, he cambiado
la táctica y he ido a hablar con la Orientadora del centro, que me ha dicho que
un niño tiene que estar escolarizado de inmediato, que los inmigrantes vienen
sin ningún tipo de papeles y que se les acepta y que toda esa burocracia se puede
entregar más adelante. Incluso se ha ofrecido ella misma a ponerme en contacto con la Delegación de Educación para que el delegado tenga conocimiento
de mi caso concreto. Con esa información fui a hablar con la directora pero no
fue necesario que fuera muy convincente con ella porque compartió la opinión
de la psicóloga, aunque me insistió en que le tenía que llevar el Libro de Familia y que en la Secretaría me entregarían una documentación que tenía que
cumplimentar para la matrícula. Al despedirse de mí me ha preguntado por
la madre y se ha quedado asombrada por el hecho infrecuente de que ella no
venga también, porque ha supuesto que yo era el padre o porque puede que yo
le haya dicho, inconscientemente, que soy el padre.

Nacho me mira sonriente y desconcertado, ya que ir a una conferencia es
una experiencia nueva para él, como ha sido nuevo para el adolescente todo lo
que hemos hecho esta mañana cuando he resuelto el tema de su escolarización
y cuando me ha acompañado a la facultad, ayudándome a colocar la correspondencia en los casilleros. Se ha reído mucho al verme vestido de uniforme
–pantalón azul, camisa celeste, y rebeca azul– pero después se ha puesto muy
serio y ha venido conmigo a los jardines de la entrada a contemplar el limonero, donde ha guardado silencio cuando me ha escuchado decirle algunas
cavilaciones sobre la inmovilidad de los insectos. Luego me ha preguntado,
otra vez risueño, que por qué me ponía el uniforme, que los profesores no se
lo ponían. Le dije, justificándome, que casi nunca nos vestíamos así, pero que
nos ha llegado una circular en la que nos dicen que nos tenemos que poner el
uniforme y que durante unos días así lo haríamos. En esos momentos capté
cómo Nacho se sentía muy orgulloso de mí no solamente porque pensaría que
soy un tipo especial por la invitación a mi nombre para asistir a esta charla
–invitación que ha recibido todo el mundo en la facultad– sino por mi manejo
entre los libros y los ordenadores de la biblioteca. Incluso colaboró conmigo
sacando manuales de hiperactividad con técnicas de autocontrol, atención y
relajación para hacerlas con él y me ayudó a configurar carpetas nuevas en mi
portátil para mi tesina sobre Machado. Pero lo mejor de la mañana fue cuando
me acompañó por mis senderos invisibles de Antonio y de Pablo –se ha diver-

tido mucho caminando en zig-zag en el "Camino de Pablo" –hasta las aulas del patio de la estatua y de las columnas de colores donde he tenido que ir a arreglar un DVD que se veía mal, a cambiar una bombilla de un retroproyector y ayudar a un profesor que tenía problemas con un ordenador.

–¿A qué huele? –me preguntó Nacho de pronto, al regresar, por las mismas rutas hasta la conserjería.

–A carne quemada – le dije sin pensarlo y con poca habilidad.

–¿A carne quemada? ¿Hay un campo de concentración por aquí? –me preguntó con los ojos muy abiertos.

Yo intenté suavizar la situación y le dije que olía a las cenizas del parque-cementerio. Que el aire trae el olor de las cremaciones y que, otras veces, llegan los olores de la planta incineradora de la basura. Pero que, en ocasiones, el aire se impregna con olores agradables, como el de la torrefacción del café o el de la fabricación de mantecados y de "donuts" que tienen sus sedes en los polígonos cercanos de Santa Bárbara o de El Viso. Y le conté algunas anécdotas divertidas, para seguir desdramatizando, como cuando en una ocasión saltaron las alarmas contra incendios, desorientadas por esos olores, y fui a avisar a un profesor y casi pasan por encima de mí el profesor y los alumnos y alumnas que empezaron a huir como una estampida de búfalos antes de terminar de advertirles que no había ningún incendio.

***

–No tengo ni idea de quién fue ese hombre que me dijiste –me dice de repente Nacho, haciendo que vuelva de mi repaso mental a lo que hice esta mañana con él.

–¿Qué hombre? –le pregunto intrigado mirando a la tarima del fondo del salón de actos, porque en cualquier momento puede aparecer el conferenciante.

–Bucéfalo. ¿No se llamaba así?

–¿Bucéfalo? Ah, ya. Bucéfalo no fue ningún hombre –le digo contento de que haya retomado la conversación que habíamos tenido después de desayunar y que yo creía que ni siquiera había escuchado.

–Ah, ¿no? ¿Qué era entonces? ¿Algún monstruo? ¿Un dragón o algo así? –me dice incorporándose en su butaca.

–No. Era un caballo. Un caballo que tenía miedo de su propia sombra.

–¿Un caballo? ¿Un caballo hiperactivo?

–No. Era el caballo de Alejandro Magno, un rey griego que conquistó medio mundo subido en él, un hombre que no paró de moverse hasta que la enfermedad le postró en la cama. Pero su hiperactividad, su ansiedad, su inquietud, sus obsesiones, la agresividad que tenía a veces, su ingenio, su creatividad y su generosidad las supo utilizar fundando ciudades que todavía existen. Alejandro descubrió cómo convertir su nerviosismo en un talento que le permitió inventar estrategias y tácticas que han sido consideradas en los últimos dos mil años como obras maestras del arte militar. Ahora vamos a callarnos que va a empezar la conferencia –le digo, viendo cómo sube a la tarima el conferenciante y se escucha un aplauso generalizado.

–Oye Javier…

–Chisssssst… ¿Qué quieres? –le pregunto al oído.

–¿Hay algún músico que haya sido hiperactivo?

–Uf… yo creo que muchos. Y actores, actrices, poetas, escritores, hombres de negocios.

–Sí. Pero, ¿algún músico?

–Por supuesto –le respondo tarareándole una melodía al oído: tirori tirori tiroriro… tirori… ¿Te suena esta música?

–Claro que me suena. Es una sonata de Mozart. La KV 331, la parte del *allegretto Alla turca*. Me gusta mucho.

–¿Conoces a Mozart?

–Personalmente no.

–Ya me lo imagino.

–Era una broma, conozco su música. Estuve en el conservatorio.

–¿Que tú has estado en el conservatorio? Qué ridículo hice contigo cuando te conté lo del oftalmólogo de Granada... ¿De verdad que has estado en el conservatorio?

–Muchos años. Cuéntame lo de Mozart, ¿era hiperactivo?

–Eh… si… cada día me sorprendes más… ¿eh? Bueno, pues Mozart… ¿Sabes? Yo también estuve en el conservatorio.

–¿Ah, si? ¿Y hasta donde llegaste?

–Pues… esa es una larga historia. ¿Y tú? ¿A qué curso llegaste?

–*Esa es una larga historia*. Cuéntame lo de Mozart –me demanda con una atención como nunca antes había visto en él.

Me quedo en silencio porque me viene a la memoria el breve período de mi vida en el que asistía al conservatorio. Mi compañero de clase de Solfeo era un señor muy mayor, pulcramente vestido, con unas gafas oscuras que nunca se quitaba y del que se decía que era militar. Le sobresalía siempre, de cualquiera de las chaquetas de sus trajes impecables, una mano con un guante negro que se ponía aún en los días más calurosos del año. Con el tiempo descubrí que la mano era ortopédica –como la del hombre que viajaba conmigo en el tren cuando iba a *Collioure*–, concretamente de hierro, que por alguna razón le dolía a pesar de no tenerla y que manifestaba una incontrolada motricidad (se le subía para arriba sin previo aviso). Un trastorno inexplicable para mí que él corregía con la mano "sana", que "bajaba" a la mano de hierro. A pesar de la diferencia de edad y de vestimenta (yo tenía entonces los cabellos largos y una indumentaria más o menos hippy), no sé como pero nos hicimos amigos y tampoco comprendo muy bien cómo llegamos a reírnos tanto de las disparatadas ocurrencias de cada uno. Puede que en los comienzos influyera su hija –o más bien el Dálmata de su hija– que venía a recogerlo de vez en cuando y mientras ellos se abrazaban, el perrito de la chica se le escapaba e intentaba copular conmigo en la puerta principal del conservatorio, justo antes de las escaleras, delante de la mirada atónita del profesorado y el alumnado que entraba y salía.

Un día que estábamos desayunando un bocadillo de boquerones en vinagre –una extravagancia a la que él me aficionó– en el bar de *Bellas Artes*, me preguntó si había servido a la patria ya y en qué destino. Yo contemplé una inscripción latina que había en la pared del bar que decía: *In vino Veritas*. Dejé de masticar, bebí un trago de mi Cola-cao y le contesté lacónicamente que era objetor de conciencia y que no pensaba servir a la patria realizando el servicio militar. El hombre se quedó dubitativo y dejó también de masticar, luego echó un sorbo de su infusión de manzanilla con mucho anís. Se quitó con la lengua algún trozo de boquerón de una muela y contempló, por encima de sus gafas negras la inscripción que yo estaba mirando.

–¡*In vino Veritas*! –exclamó– haciendo algún comentario sobre cuánta verdad hay en esa frase.

Luego añadió que era coronel retirado y que había combatido –me dijo señalándome la prótesis– con la División Azul en Rusia. Al ver mi cara desencajada, se sonrió y me aclaró, apoyando la mano sana en mi hombro, que veía muy bien el asunto de los objetores de conciencia, que el ejército tenía que ser profesional y que debía su razón de ser sólo para ayudar a los ciudadanos en caso de catástrofes o de invasión. Yo asentía con la cabeza moviéndola como un idiota y seguí comiéndome el bocadillo de boquerones en vinagre. Nuestra amistad salió reforzada de aquella conversación. Pero duró poco tiempo más. Algunos días más tarde, sentados en nuestros pupitres en la clase de Solfeo, empezó a ayudarse con su mano sana para "subir" su mano de hierro hasta que llegó con ella, sin levantarse, a los cordeles que abrían las grandes cortinas del aula y tiró de ellos hacia abajo sin calcular todo el peso que ejercía la pesada mano. Todo el sistema de cortinas se cayó haciendo un ruido enorme y cubriendo con sus rizos ondulantes a varias alumnas y alumnos, lo que provocó que toda la clase estallara en carcajadas. La profesora, una señora con fama de cascarrabias que estaba de espaldas tocando el piano y que ya estaba harta de nuestras risas e interrupciones cómplices, de nuestra absoluta falta de oído musical y de nuestras pequeñas gamberradas, preguntó quién había sido de los dos. Se creó una tensa expectativa. Todos sabían que la extraña pareja estaba detrás de esa y de otras alteraciones de la disciplina en la clase de Solfeo. El hombre se sintió avergonzado, como un niño tímido al que el maestro recrimina en la escuela. Observé que iba a levantar la mano con una expresión desconsolada de frustrante arrepentimiento en su cara, pero yo se la detuve y levanté la mía, de esta manera fui expulsado, sin contemplaciones, del Conservatorio Superior de Música ese mismo día, ante el rostro cabizbajo, compungido y con una mirada llorosa oculta tras las gafas negras de mi amigo, el inválido excombatiente. Nunca más le volví a ver, ni a él, ni a su hija, ni al Dálmata de su hija.

—Pero bueno, ¿me vas a contar lo de Mozart? —me grita Nacho interrumpiendo mis recuerdos.

—Schiiiiiissss... no hables tan alto, que va a comenzar la conferencia. Mozart fue un incomprendido en su vida personal —le comienzo a decir todavía pensando en mi extraña amistad del conservatorio— muchos hiperactivos suelen hacer el payaso, son muy ingenuos y eso les quita seriedad a las relaciones que se establecen con ellos. Aunque, en realidad, son personas muy profundas. Mozart fue una de esas personas hiperactivas que provocaba situaciones infantiles y cómicas delante de la gente, fíjate que hasta su padre pensaba que su hijo era como un niño. Su inocencia, su peculiar sentido del humor, la forma de gastarse el dinero en los demás, sus despistes, la facilidad con la que se enamoraba de alguna mujer del público en sus conciertos y su impulsividad provocaba risa en muchas personas y daba una imagen de frivolidad errónea. Pero su inspiración era inagotable y su espíritu infantil escondía, en esa aparente superficialidad, a uno de los hombres más inteligentes que han existido nunca. Escuchar su música es de los actos más solemnes y serios que se pueden hacer en la vida, y si no, fíjate en el "Efecto Mozart".

—¿El "Efecto Mozart"?

—Sí. Unos científicos americanos hicieron un experimento en el año 1993 con la música de Mozart.

–Y ¿qué hicieron?

–Pusieron a un grupo de niños a escuchar varios tipos de música y después le pasaron unas pruebas de inteligencia.

–Y, ¿qué pasó? ¿Salieron corriendo cuando vieron las pruebas?

–No sé si alguno salió corriendo, pero el grupo que escuchó la música de Mozart aventajó a los otros grupos en las pruebas. Los científicos pensaron que, como Mozart era un genio, consiguió plasmar en su música esa genialidad de forma que podría llegar a zonas desconocidas del cerebro de los que lo escuchan. Yo no creo mucho en esos experimentos, pero si se consiguió algo con Mozart, también se podría conseguir aumentar la inteligencia con la música de Beethoven.

–¿Beethoven? ¿También era hiperactivo?

–Puede ser. En realidad, muy pocos son los hiperactivos que se mueven mucho a pesar de que los llamen hiperactivos. Pero Beethoven era del tipo de hiperactivo más espectacular. Nunca se estaba quieto y era impulsivo hasta el punto de romper objetos en un ataque de ira o de golpear a alguien si se le provocaba lo más mínimo.

–Un tipo agresivo, ¿no?

–No sé si agresivo o que su impulsividad le hacía parecerlo. Por eso fue un desastre en sus relaciones amorosas y también con sus amistades y era un hombre bastante solitario. La gente se daba codazos cuando le veía por la calle, debido a su carácter y a su forma extravagante de vestir. También se reían de él como de Mozart.

–No tenía control, pobre hombre.

–Sí. Era muy difícil para él autocontrolarse. Ni siquiera cuando supo que iba a morir. Esa noche…

–¿Qué noche?

–La noche que murió.

–Ah, vale, es que no te había entendido.

–Un rato antes de morir descargaba una fuerte tormenta de primavera sobre Viena. Y Beethoven, poco antes de expirar, se levantó en la cama y se puso a dar puñetazos al aire y a los truenos. No podía permitir, no aceptaba resignarse a entregarse a la propia muerte aunque viniera a buscarlo en medio de fuertes dolores, una lluvia inclemente y el cielo rompiéndose encima de su cabeza. Finalmente la muerte pudo con él y la ciudad entera se paralizó para ir a su entierro. Acababa de empezar la inmortalidad para su música –le digo.

En ese momento alguien grita mi nombre en el salón de actos. Debe haber varias personas que se llaman Javier porque veo cómo se giran, al mismo tiempo que la mía, otras cabezas. Miro de un lado a otro del salón de actos y no logro identificar al hombre que me ha llamado –si es que lo ha hecho– y le hago un gesto a Nacho encogiendo los hombros y acomodándome de nuevo en mi asiento.

–¿Ya no sales los jueves? –me pregunta gritando alguien situado unas filas detrás de la mía.

Esta vez no me cuesta trabajo reconocer la voz de Salvy García, un profesor de Psicología con unos profundos ojos negros, tez morena y con aspecto de atractivo novio lorquiano que conozco desde los tiempos en los que estaban unidas la Facultad de Psicología con la de Educación en el mismo edificio.

–No... quizás pronto vuelva a… pero… ¡si estáis aquí todos! –le contesto volviéndome hacia atrás y reconociendo al grupo de profesores-moteros de la Facultad de Psicología llamados "Los Perros de Pavlov". Unos individuos no solamente famosos y admirados en la universidad por la amenidad y profundidad de sus clases y por poder llenar entre los libros y artículos que han escrito de Psicología toda una biblioteca, sino también legendarios en toda la ciudad por sus dotes increíbles de seducción, por su indomable espíritu noctámbulo y bohemio y por sus desplazamientos en grandes motos choppers. Vestidos con sus indumentarias moteras, los sesudos y simpáticos profesores se transforman de noche y despliegan su encanto irresistible cantando, subidos a las *Harleys Davidson*, un irreal *Gaudemus Igitur*. Entonces parece que el tiempo no pasa por ellos, que sus relojes biológicos se detuvieron para siempre en la eterna juventud. Quizás en la misma edad que tenían cuando eran alumnos de la facultad y formaban parte de la tuna.

Me quedo pensativo recordando la época en la que coincidía algunas veces con ellos en el *Indiana* y sonrío recordando el anagrama que tenían en sus cazadoras de cuero: cuatro motos levantadas con los manillares en forma de cabeza de perro de la raza *Rottweiler*, con la lengua llena de saliva entre los colmillos y con la orejas atentas a una campanilla.

Me voy a levantar para acercarme a saludarles, pero en ese momento se apagan algunas luces y entran, por un lateral del salón de actos, algunas autoridades académicas y el orador. El vicerrector de cultura y el hombre que va a dar la charla se han sentado en una mesa en lo alto de la tarima. El vicerrector le da la bienvenida al público y pide disculpas porque los organizadores del acto no habían contado con el poder de convocatoria del ponente y hay gente que se ha quedado sin entrar ya que el aforo es limitado. Luego comenta que hay una exposición de fotografías en el edificio del rectorado sobre la recuperación de la memoria histórica a la que están invitadas todas las personas que lo deseen y, señalando al ponente, dice que ni siquiera las actividades organizadas de Gymkhana, el concurso gastronómico, el certamen de monólogos y la final de un partido de tenis que se va a celebrar, simultáneamente a la charla en la misma residencia Sigmund Freud, han logrado atraer a tanta gente como el hombre que se dispone a hablar, del que manifiesta que es un pedagogo de renombre internacional pero que, en realidad, es un espíritu renacentista que cultiva otras disciplinas, impartiendo conferencias por todo el mundo. Cerca de mí, una voz femenina del público ha murmurado que el conferenciante ha llenado hasta estadios de fútbol en algunos países.

Jugando con la invitación entre los dedos saludo con gestos a algunos compañeros de Salvy mientras el vicerrector, desde la mesa, dice el nombre del ponente que no acierto a escuchar. Pero al decir que es el decano de la Facultad de Educación, en seguida me doy cuenta de que es Miguel Ángel Santos, que en un momento determinado me reconoce entre el público y me hace un saludo con la cabeza guiñándome un ojo. El conferenciante se acerca al atril y toca con un dedo el micrófono para comprobar la acústica.

–¿Se escucha? –pregunta.

Se ajusta unas gafas y nos observa con sus ojos azules, desde la tarima, de pie. Cuando parece que ha captado y seducido el alma colectiva de la sala con su sonrisa y su piel bronceada, se dispone a hablar. El orador hace algunos hábiles comentarios sobre el azar y cuenta algunas anécdotas divertidas que le han sucedido antes de llegar a esta charla. Cuando percibe que estamos todos y todas en un absoluto silencio –sólo se escuchan la piernas de Nacho moverse– y totalmente motivados y motivadas para escucharle, comienza a introducirnos en el tema de la charla, se rasca la nariz, bebe un sorbo de agua y pronuncia unos versos que dice haber compuesto para la ocasión. A partir de ese momento escucho, a través de la megafonía del salón, una densa charla que casi puedo ver en imágenes sobre la represión, la orgía de sangre que se desató en España durante la Guerra Civil y que afectó a los dos bandos. Yo voy recordando –por la capacidad que tiene el conferenciante de convertir en imágenes sus palabras– los cientos de fotografías que he consultado en las que se ven las atrocidades cometidas por grupos que se decían partidarios de la República, contra el clero, contra algunos sectores de la burguesía y los miles de fusilados por ser de derechas y otras fotografías con asesinatos crueles contra los republicanos por haber votado a un partido liberal, por tener algún cargo público, por ser maestro o maestra, por no haber ayudado a la rebelión, incluso por estar a favor del voto femenino o no ir a misa. El orador dice que los fiscales de Franco, que estuvieron en las dos zonas, dejaron escrito que en la zona republicana mataban a los exaltados, los apasionados, ayudados, en muchas ocasiones, por delincuentes comunes que habían sido liberados o se habían escapado de las cárceles y que cuando el Jefe del Estado, Manuel Azaña, se enteró de las tropelías y asesinatos perpetrados por los que se decían afines a la República, se hundió en una depresión de la que no salió en toda la guerra. Por el contrario, en la zona nacional —aclara el decano bebiendo otro sorbo del vaso de agua— las autoridades fueron las que planificaron, fría y metódicamente, los crímenes, y siguieron haciéndolo muchos años después de terminar la guerra. Suena la voz reproducida por los altavoces con los razonamientos magistrales del hombre que habla. Sus palabras y expresiones han hecho que en mi mente empiece a arder una combustión de imágenes sobre la guerra que van tomando forma en mi imaginación y he comprendido que mientras no finalice mi tesina sobre Machado, mi pensamiento sobre la guerra me va a seguir a donde vaya y más si asisto a discursos como éste. Por eso ya empiezo a sentir cómo retumban atronadores tambores que hacen temblar el aire del salón de actos y, en cierto modo, parece que hubiera vuelto al vagón del tren. Como si la sala entera fuese un vagón y se traqueteasen y sus ruedas empezasen a moverse entre el humo de decenas de incendios que me trasladan al año 1936. Y ha aparecido, ante mí, de repente, el gobernador civil republicano de Málaga de ese año y dentro del salón de actos se reproducen las calles de la ciudad como en una maqueta y el gobernador civil camina por esas calles para evitar que se quemen las iglesias y que maten a los sacerdotes. Veo caminando por las calles de esas maquetas a algunos representantes de los partidos políticos de izquierdas que lloran al no poder evitar los incendios, las salvajadas y la pérdida del patrimonio. Siento los gritos y los rezos de todos los curas del seminario que finalmente fueron asesinados como también fueron masacradas muchas de las personas que vivían en las casas de las zonas adineradas de Málaga.

Más que escuchar, veo literalmente el poder visual de las palabras del decano y tiemblo al ver cómo la aviación de los golpistas bombardea Málaga, en una reproducción a escala dentro de este salón de actos, la convierte en un infierno de fuego y obuses, en una tormenta de fuego producida por los depósitos de gasolina que arden entre tremendas explosiones. Veo el salón de actos y dentro de él la maqueta, el dibujo a escala de mi ciudad, envuelta en una espesa y enorme columna de humo, como si se hubiera producido una erupción volcánica en plena charla, en mitad del pasillo. Me imagino que avanzan entre las butacas del salón de actos los heridos sin ojos, sin brazos, sin piernas.

Cuerpos lacerados gritando por las calles en miniatura de mi maqueta. Moribundos que agonizan por las aceras de mi pequeña ciudad duplicada. Y suenan, siento y escucho cómo suenan las descargas de fusilerías en los solares abandonados y tras las tapias de mi ciudad dentro del salón de actos, después de la guerra, durante los largos y terribles años de "depuración". Parece que la sala se desmorona por una bomba, pero en la nube de polvo surge reluciente el conferenciante que termina hablando sobre la extrañeza de algunos generales nacionales que les pareció inconcebible que Franco, que había sido el último general que se apuntó al Golpe de Estado, que posteriormente se había enfrentado a la mitad de su propio ejército en la guerra fratricida en la que degeneró el golpe militar al fracasar, precisamente porque esa mitad del ejército no le apoyó, ordenara y permitiera el fusilamiento de cuatro mil oficiales del ejército, de la parte del ejército profesional que había respetado la legalidad –incluido ocho generales y tres almirantes– intentando el exterminio físico de los que consideraba sus enemigos. Algo que sin duda –dice con seguridad el conferenciante– ni Sanjurjo –el general que estaba destinado a ser el jefe de todos los sublevados–, ni Mola –el director y artífice del golpe– hubieran permitido, si no se hubieran matado en sendos accidentes de aviación.

–Tampoco lo hubiera permitido alguien tan culto como Primo de Rivera –dice la misma mujer que antes comentó lo de los campos de fútbol–, *tan culto para la época* –matiza ante los murmullos crecientes de una parte del público cercana a donde yo me encuentro–, en el caso de no haber sido asesinado por los republicanos y de haberse proclamado presidente provisional del gobierno, claro.

Prácticamente ninguno de los generales sublevados hubiera consentido tantos fusilamientos –dice el conferenciante, mirando hacia el fondo de la sala– como confesaron algunos de ellos en sus libros de memorias que publicaron al morir Franco. Varios de esos generales estuvieron preguntándose y lamentándose hasta el día de su muerte cómo pudieron votar a Franco y cómo éste se hizo con el poder. Porque no hay que olvidar –dice el orador elevando el volumen de su discurso– que esos mismos generales fueron los que decidieron provisionalmente –con muchas discusiones, divisiones y votos en contra de los que querían un directorio con varios generales y no un "generalísimo"– que Franco fuera, *únicamente mientras durase la guerra* –enfatiza el conferenciante– el general en jefe. Por jerarquía, por los consejos de Alfonso XIII desde Roma, que creía que Franco iba a reestablecer la monarquía y porque algunos de esos generales de cuatro estrellas que apoyaron el golpe y que podían también aspirar al mismo puesto que Franco, tenían un pasado republicano que la Iglesia y los partidos derechistas que apoyaron la rebelión no iban a ver con buenos ojos.

De forma apresurada, mi mente, al hilo del discurso que oye, divaga, recrea lo que escucha y ve cómo, delante de mí, van cayendo una a una las cerca de cien mil personas que se fusilaron sólo unos meses después de la rendición –muchas de ellas todavía hoy desaparecidas bajo la tierra de las fosas comunes– y se reproducen en mi interior las cárceles y los campos de concentración en los que fueron encerrados dos millones de hombres y mujeres –tal y como Franco había prometido en sus declaraciones a los periodistas extranjeros.

El orador deja de hablar, respira, nos observa, sonríe y bebe agua. Se apagan todas las luces que quedaban encendidas y a partir de ese momento hace un alarde de tecnología y una combinación de efectos especiales que refuerzan sus palabras con imágenes que vemos en una pantalla y que salen del cañón de luz del vídeoproyector y del ordenador multimedia. Son unas flechas y dibujos sobre algunas batallas de la Guerra Civil. Entonces mi cerebro convierte, otra vez, el salón de actos en una miniatura de cartón y madera de mi ciudad, por donde veo los errores tácticos de los republicanos, convertidos en soldados de plomo o de plástico que se enfrentan en combates tradicionales a un ejército mucho más profesional y organizado, presentando batalla en campo abierto a pesar de la enorme ventaja aérea y artillera que tenían los sublevados. Mis soldaditos de plástico tienen unos jefes militares a los que las primeras derrotas no les han servido para reconducir la táctica que quizás tenían que haber seguido: una disciplinada y cohesionada estrategia defensiva con ataques simultáneos en cientos de lugares diferentes. Unas operaciones que hubieran confundido totalmente a alguien tan elemental en sus operaciones militares y en sus ideas como Franco, que habría tenido muchas dificultades para vencer a un número tan enorme de soldados en una organizada guerra de guerrillas.

Desde la sepultada ciudad en miniatura, caóticamente modelada –en mi fantasía– por los escombros, desde mi humeante maqueta imaginaria van surgiendo miles de soldaditos de plomo atacando en grupos pequeños con maniobras envolventes, a los flancos más débiles de los ejércitos de los sublevados hasta que desaparecen repentinamente cuando alguien le grita a Nacho que deje de mover las piernas. Entonces advierto que la charla ha terminado y que la gente ha comenzado a salir.

***

–¡Es él! –me grita Nacho, ya fuera del salón de actos, en el aparcamiento de la residencia.

–¿Quién? –le pregunto mientras camino a su lado todavía conmociona-do por la charla que ha dado el decano.

–El gordo de la moto. Vámonos –me dice tirándome del brazo.

–¿Qué gordo? ¿De qué me estás hablando, Nacho? –le pregunto confu-so.

–Es un amigo de mi padrastro. Y creo que nos ha descubierto –me dice empujándome.

–¿Que nos ha descubierto? ¿Es que nosotros nos estamos escondiendo de alguien? ¿Hemos hecho algo malo? –le digo alterado, mirando hacia atrás.

–No. No lo sé. Pero el gordo seguro que sabe dónde está mi madre. Y seguro que piensa que nosotros también lo sabemos. Y ahí es donde está el problema.

–¿El problema? Si lo que dices es verdad ahora mismo llamo a la poli-cía.

–En una ocasión intentó pegarme y yo le pegué un *tuit-dolliochagui* en la cara –me dice interrumpiéndome orgulloso–. Le reventé el labio. Por cierto, trabaja en la Universidad.

–¿Un tuit…?

–Sí, verás, es una patada en salto que…

–Es igual, déjalo… ¿no te vas a poner aquí a pegar patadas, verdad? –le digo viendo cómo iba a levantar la pierna y cómo aprieta los puños delante de su cara haciendo unos movimientos de boxeador con su sombra–. Y… ¿dices que trabaja en la universidad? –le pregunto recordando y procesando lo que me dijo hace unos instantes.

–Sí. Con una moto –me dice preocupado, mirando hacia atrás.

–Ya. No sabes mentir.

–Te lo juro. Sé que tiene una moto y trabaja con ella. Me está mirando de una forma que no me gusta –dice con desprecio, haciendo un movimiento de acercamiento hacia él que yo impido agarrándolo de los brazos.

–Tranquilízate. Venga, nos vamos. Mucha gente tiene una moto en la universidad –le digo tirando de él hacia la salida de la residencia.

–Sí. Pero este trabaja con su moto en la universidad.

–Vamos, hombre, que trabajo en la universidad... ¿Y qué reparte? ¿El pan por las mañanas? Un momento, ¿su trabajo consiste en ir en moto?

–Sí. Por lo que sé, sí. Que después me llamas embustero.

–Puede ser alguno de los compañeros que llevan la correspondencia. ¿Quieres que le preguntemos por tu madre? –le pregunto volviéndome y bus-cando al individuo obeso con la mirada.

–¿Estás loco? Este tío ha venido aquí a por nosotros. Y ahora nos va a seguir. Y no va a pararlo nadie.

–Tú has visto muchas películas. Ni siquiera se ha dado cuenta de nuestra presencia.

–Está disimulando. Mira, se está fumando un Winston para despistar. Llama a la inspectora. A partir de ahora, ese gordo no nos va a dejar tranquilo, es el que tiene a mi madre secuestrada. Ya lo verás. Mi padre es un psicópata pero recurre al gordo y otro amigo, que parece un orangután, para los trabajos sucios. Y ahora nosotros somos su "trabajo sucio" porque cree que sabemos dónde tiene a mi madre. A mí no me importa enfrentarme a él otra vez, pero tiene una pistola.

–Venga, Nacho. Esto es lo que pasa por ver tanta televisión –le digo volviéndome hacia el hombre con sobrepeso que afablemente habla con uno de los guardias de seguridad. Vámonos –le ordeno sintiendo en mi entrepierna el móvil vibrando. ¿Diga? –pregunto acercándome el móvil al oído.

–Me parece que es mi móvil, Javier –me dice Nacho entre risas, señalándomelo con el dedo.

Mientras caminamos hacia la salida en busca de mi coche, me vuelvo por si Nacho tiene razón y logro atrapar al "gordo" observándonos o espiándonos, pero éste –un tipo con grandes patillas de bandolero y ojos claros que debe rozar los dos metros– sigue hablando sin levantar la mirada, ajeno a toda la gente que está saliendo de la conferencia. Ajeno por completo a nosotros. Me fijo con más detenimiento en él y me doy cuenta que no es exactamente un hombre obeso sino una persona muy corpulenta con el vientre abultado. Una chica arrastrando una maleta y otra que camina con una mochila hacia las habitaciones de la residencia, me tapan la visión del supuesto perseguidor. Cuando desaparecen las estudiantes ya no veo a esa especie de luchador de sumo.

–Alguien me ha llamado, pero ha cortado –me dice Nacho.

–¿Es un número privado?

–No.

–Pues marca, a ver quién es.

–Inmediatamente Nacho marca el número y yo le hago un gesto para que me pase el móvil. Él titubea pero me lo acaba dando.

–¿Oiga? ¿Oiga? ¿Hay alguien al otro lado? –pregunto.

Pero nadie contesta. Solamente se escucha un ruido de unos coches viajando a gran velocidad y de otros que circulan más lentos. Es como si unos fueran por la autovía y otros por otra carretera paralela. Se oye también un sonido acuático, una especie de lejano surtidor. O una manguera que sale con mucha fuerza, como si fuera un géiser. Se distingue la sirena de una ambulancia. Puede que, la persona que ha llamado a Nacho, haya tenido un accidente o se encuentre cerca de un centro de salud o de un hospital. Pienso en la madre del adolescente. Quizás sea un S.O.S. de ella. De repente me doy cuenta que la ambulancia que oigo en el móvil la estoy escuchando y viendo al mismo tiempo que la oigo, como también escucho en el móvil un coche dando marcha atrás y simultáneamente lo oigo y lo veo aquí en el aparcamiento. Miro hacia todas partes sin quitarme el móvil de la oreja. De pronto se interrumpe la coincidencia de los sonidos y, una fracción de segundo más tarde, creo que escucho el sonido de un ascensor llegando a alguna planta. El elevador sube tres o cuatro pisos; los mismos que tiene el edificio de la residencia de estudiantes.

–¿Sí? ¿Quién es? –me pregunta una mujer joven al otro lado.

–Eh… ¿yo? Javier. O sea Nacho… – le respondo nervioso–. Durante uno o dos segundos, la muchacha que está al otro lado se queda en silencio hasta que me corta la comunicación. Entonces le paso el móvil a Nacho.

–¿Quién era? –me pregunta con hostilidad.

–No sé. Era… una muchacha… –le digo con tranquilidad.

–Pero, ¿te ha dicho algo? –me increpa.

–No. Me ha cortado –le contesto moviendo la cabeza.

–No me extraña, primero le dices que eres Javier y después que eres Nacho. A quien quiera que sea le has asustado. Querría hablar conmigo porque ese era mi móvil, ¿lo recuerdas? –me dice subiendo el tono de su voz.

–Está bien, Nacho, está bien. Como tienes el número grabado, llama tú y pregúntale a tu amiga qué quiere. Me habías puesto ansioso con lo del gordo y pensé que era tu madre o que estaría relacionado con tu madre.

–Si llego a ver el número de mi madre te lo hubiera dicho, hombre. No te preocupes. No debe ser amiga mía la que llamó porque sino hubiera aparecido su nombre en el móvil. No tengo en la agenda ese número –me dice Nacho en un tono conciliador, echándome el brazo encima mientras nos alejamos de la residencia de estudiantes en mi pequeño todoterreno.

Circulo en dirección a la clínica El Ángel, tratando de evitar mirar a la ventana de la habitación donde estuvo mi padre antes de morir. Es una costumbre, un ritual, una fobia –no sé si una monomanía, que diría Antonio Machado– que también se me desata cuando estoy en las inmediaciones del hospital Carlos Haya: intento no mirar hacia una ventana concreta de la quinta planta de ese hospital, porque soy capaz de reconocer, desde muy lejos, la ventana de la habitación donde agonizó durante meses mi hermana. En ambos casos, el intento de no mirar siempre se queda en una fallida prueba de mi débil voluntad porque acabo mirando, al menos de reojo, como si sintiese una misteriosa e irresistible llamada, como si una mano, en la distancia, golpease con los nudillos los cristales de esas habitaciones. Como si hubiera alguien tras esas ventanas, observándome.

Sumido en esos pensamientos depresivos he divisado, una vez más, las dos ventanas. Decido dar la vuelta en el hipermercado para dirigirme hacia la "Fuente de Colores". Luego llego a la rotonda donde se encuentra una escultura de metal pintada de negro. Mirándola, me parece que la totémica geometría del toro de Osborne se hubiera redistribuido en una especie de Venus mutilada con forma de guitarra. Ahora que ya es de noche, esa esbelta figura de la escultura iluminada me recuerda a los templarios de hojalata del hotel de *Collioure*. Por asociación de ideas, en mi mente escucho llover de la misma forma que lo hacía en *Collioure*. Veo gotas de agua, cruces y panteones y me pregunto si estará lloviendo sobre la tumba de Machado y si estarán ladrando los perros a estas horas en el cementerio. Y veo, delante de mi parabrisas, saliendo de algún lugar del túnel del tiempo, a los doce soldados que llevaron a hombros el ataúd del poeta.

Un frenazo, el sonido de un frenazo hace que se desvanezcan mis visiones. Miro hacia un lado y hacia otro y percibo que soy yo el que ha frenado. Nacho me dice que por poco le damos al coche que teníamos delante. Yo le digo que quiero darme prisa antes de que haya más coches pero aún no he terminado la frase cuando me doy cuenta de que los accesos a la autovía están colapsados y que, huyendo del tráfico para llegar al centro, me he metido en una de las típicas caravanas que se forman para entrar o salir del Campus de Teatinos, a través de la autovía.

Contemplo a Nacho, que está muy serio –ha visto muy cerca al otro coche– y concentrado jugando con su móvil. Por encima de él, a mi derecha, veo el edificio de la Facultad de Educación emergiendo en la penumbra del inmenso Campus de Teatinos como la torre de un faro abandonado que, a mí, navegante solitario que ha naufragado y se ha perdido muchas noches, siempre me ha ayudado. Ha sido capaz de guiarme fuera de mi jornada laboral, como lo ha hecho, a veces, cuando he ido a velar a los cadáveres de mis seres queridos al cercano parque-cementerio y he visto este faro de ladrillos rojizos desde la lejanía. Me ha parecido ver esta torre hercúlea en el velatorio y he imaginado que un fanal de luz, procedente de la zona acristalada de la parte superior del edificio, barría con sus destellos intermitentes mi cuerpo y la sala del duelo precisamente cuando más desorientado y hundido estaba.

Miro hacia los jardines de la entrada de mi facultad y visualizo el lento crecimiento del limonero y la fascinante inmovilidad de los insectos. A lo lejos, entre la Facultad de Medicina y la Biblioteca General, veo el metro saliendo a la superficie como un cetáceo saliendo del mar. Oigo las ruedas de mi *Ssangyong* circulando lentamente y los estridentes claxons. El rugido que produce el enjambre de los miles de automovilistas apretujados en sus vehículos como si fueran moscas que, como yo, han caído en una trampa, en una tela de araña gigantesca que nos paraliza.

Me conmueve pensar en la soledad de mis rutas a estas horas y en la oscuridad de mi conserjería, de los seminarios y despachos, de la cafetería, secretaría, laboratorios, de las aulas y de los pasillos donde únicamente el guardia de seguridad habrá iniciado una ronda nocturna. Solamente veo una luz en un despacho de la tercera planta. Llevo tantos años en el edificio que soy capaz de saber quién hay en cada uno de los cientos de despachos de las ocho plantas. Incluso soy capaz de recordar qué despachos ocupaba el profesorado de Psicología cuando compartía el edificio con la Facultad de Educación. Aunque en el despacho que veo encendido en la tercera planta puede que no haya nadie. A veces ocurren hechos inexplicables en esa planta. El vigilante tendrá cierta inquietud al recorrer ese piso de la facultad, porque es un lugar en el que ocurren fenómenos paranormales durante la noche, según los testimonios de algunas personas: una profesora que estaba terminando su tesis doctoral y tuvo que estar varias noches sola, en su despacho, me dijo un día en conserjería que los ascensores se detenían en esa planta sin que nadie los llamara y que sus puertas se abrían iluminando, con la luz mortecina de sus fluorescentes, la pared y las escaleras. Y me aseguró que también escuchó gemidos y gritos en los lavabos y pisadas que retumbaban en el silencio. Y que llegó a ver sillas y mesas que se movían solas y ordenadores que se encendían y se apagaban solos. Algo que ya había advertido antes un guardia de seguridad que había llegado a redactar un informe a Miguel Ángel Santos para que, en su condición de decano de la Facultad, hiciera algo, porque, según decía, le estaba afectando a su equilibrio psíquico ver cómo se caían los cuadros de las paredes y los paneles de corcho y cómo en el interior de los armarios de la tercera planta se escuchaban las hojas de los archivadores como si alguien, dentro de ellos, estuviera pasándolas con delicadeza. El decano, para tranquilizarlo, le comentó que sería algún ratón, pero que de todas formas iba a ordenar una investigación. Algún tiempo después, un profesor que durmió varias noches en su despacho tras una ruptura matrimonial se presentó una mañana muy alterado ante el decano y le juró que había contemplado con sus propios ojos, no sólo lo que decía en el escrito el vigilante, sino que además, había visto a un fraile con un hábito negro caminando con la cabeza agachada, rezando, al mismo tiempo que se formaban manchas de humedad en la pared, unas sombras con formas humanas que le recordaron a los rostros de los profesores que habían fallecido.

En realidad son varias las personas que creen haber visto a un fraile caminar orando, de noche, por la tercera planta. Incluso yo creo haber visto alguna vez una fugaz negrura mientras he ido cerrando las aulas. Aunque yo no he creído ver esa figura negra en la tercera planta sino en el patio de la escultura, en esos instantes tristes en el que mis llaves hacen ese sonido característico de cascabeles o de campanillas fúnebres que me recuerdan a las personas que ya no están en esas aulas. En esos momentos en los que el patio parece el tramo final, sin salida, de una calle muy antigua, de una ciudad de otro tiempo.

Alguien me increpa desde atrás y me grita que si estoy dormido. Avanzo, las ruedas de mi vehículo avanzan unos cientos de metros, de forma que estoy más cerca de los aparcamientos y de la zona arcillosa que existe detrás de ellos y que atraviesa un arroyo. Varias veces lo he visto desbordarse pero en 1620, en la época en la que el campus era la huerta de los Jesuitas, una gran inundación de ese arroyo causó muchas víctimas. Pienso por un momento que puede que los cuerpos de algunas personas lleven desde ese año enterrados en la zona arcillosa que hay debajo de los módulos del edificio, de la entrada principal o de la torre de la facultad. Y puede que algunos de esos cuerpos sean de los Jesuitas y que sus almas todavía deambulen, extraviadas, por el campus –antigua propiedad de esta orden religiosa hasta su expulsión en 1767– en noches como ésta.

***

De nuevo me increpa el individuo que tengo detrás hasta que me adelanta pitando y se pone delante de mi coche en una maniobra peligrosa porque en ese instante avanzamos más deprisa y estoy a punto de impactar con su parte trasera, justo cuando hemos dejado atrás el aparcamiento de la facultad. Miro hacia el frente muy atento aunque yo sigo viendo en mi cerebro la luz encendida en algún despacho de la tercera planta y la invisible "Ruta de Antonio". Agarrado con fuerza al volante, pienso en la tarde en la que entendí que Antonio se despedía de mí en una parte del pasillo que daba a la cocina de la cafetería. Esa tarde primaveral, aquel profesor entrañable me contaba que había hecho venir a un ingeniero de Sevilla, que con ciertos instrumentos midió el electromagnetismo que existía en su despacho. El ingeniero se quedó horrorizado por las líneas de los campos eléctricos que atravesaban su despacho debido a la gigantesca torreta de alta tensión que existe a menos de cien metros del edificio. El ingeniero le comentó que ratas expuestas a esa contaminación eléctrica enfermaban de cáncer y le puso la mesa y la silla de su despacho fuera de esas corrientes impalpables sin sus aparatos.

Quizás sean las mismas fuerzas, la misma energía oculta que atraviesa algunas zonas del edificio, como la tercera planta, donde parece que hay más enfermedades entre las personas que tienen sus despachos en ella. O puede que se deba a que quizás se emplearon materiales de construcción cancerígenos en esa planta, como me dijo, una vez en conserjería, un experto en prevención de riesgos laborales, que había estado inspeccionando las plantas y que debió ver en mi rostro la estupefacción al percibir que todos esos materiales y que todas esas radiaciones podían comprometer mi salud –recuerdo que pensé que era como un pájaro en una especie de jaula electromagnética– y modificar el elevado concepto que tenía –y tengo– de la belleza arquitectónica del edificio donde trabajo. De la torre con el faro sin luz que, a veces, me guía en mis travesías más oscuras.

–Perdona que te haya cogido el móvil –le digo a Nacho, saliendo de mis recuerdos.

Pero éste se encuentra absorto jugando y no se da cuenta ni de mi disculpa ni del ruido externo. Ni que en la cabina de mi coche parece que estamos en una atmósfera presurizada, a punto de descompensarse con tanto estruendo y tensión intentando meterse dentro.

VI

–Otra vez tu móvil. Cógelo, puede que sea la chica de antes. Seguro que es una admiradora que tú no conoces –le digo a Nacho que está terminando de degustar, en el *Cañadú*, una ensalada con una delicadísima emulsión de vinagreta de fresas.

Le miro con satisfacción, con cierto orgullo de padre o de hermano mayor, porque esta mañana me ayudó a hacer, para una profesora, un paquete con unos libros que luego enviamos por correo urgente y pusimos una cinta con el "prohibido el paso" para que nadie se cayera en unos socavones que se han formado en los sótanos por las lluvias. Más tarde me acompañó a llevarle al decano los planos que había dejado un arquitecto en conserjería, con el proyecto de algunas reformas que Miguel Ángel Santos llevaba tiempo pidiendo al rectorado. Mientras le esperábamos, me entretuve en contrastar los planos antiguos del edificio con los nuevos donde aparecía dibujada la obra que se pretende hacer –una ampliación del aparcamiento, la climatización de las aulas y una remodelación de algunos espacios para nuevas aulas y seminarios– y he descubierto que hay zonas muy poco conocidas en la facultad en las que, seguramente, nunca ha entrado nadie y otras en las que apenas entra el personal de limpieza de cuando en cuando. Una vez penetré por casualidad en una de esas zonas; al final del pasillo de la segunda planta hay una puerta de hierro que da acceso a una prolongación del pasillo, entre dos azoteas, donde se encuentran las grandes máquinas del aire acondicionado del edificio que parecen las chimeneas de los viejos barcos de vapor. Estas azoteas están cubiertas de piedras como los jardines zen japoneses, pero sin plantas ornamentales, excepto las hojas que se quedan pegadas en la puerta de hierro. Siempre sopla el viento en esa zona y, el día que entré allí por casualidad, el aire era tan fuerte en esa parte del edificio, que las hojas ascendían como si fueran por el interior de un tornado.

—Oye, ¿no me escuchas? –le digo a Nacho.

—¿Cómo?

—Que tu móvil está sonando.

—No es el mío, Javier. Esta vez es el tuyo –me contesta, saboreando una cucharadita del Tiramisú que le acaban de poner.

—Es el tuyo, Nacho. El mío parece que suena y que vibra en el bolsillo pero en realidad es el tuyo. Eres un despistado. ¿Te he hablado alguna vez de Kant? –le digo mientras se llevan los cubiertos y los platos con los restos de la exuberante lasaña vegetal y del pastel de puerros que me he tomado y me traen un yogur natural con miel de caña.

—¿Ese quién es? ¿Otro hiperactivo? –me pregunta con la boca llena tocándose el arito de la oreja.

—No. No era hiperactivo. Fue un filósofo que a veces tenía despistes. En una ocasión quería cocer un huevo y puso por error su reloj a hervir y se quedó con el huevo en la mano para ver cuánto tiempo tardaba el reloj en "cocerse" y eso que era tan puntual en sus paseos y en su vida, que la gente ponía sus relojes en hora cuando le veía pasar por la calle –le digo, señalándome el reloj y metiendo la cuchara en el tazón con el yogur.

—Sí que era despistado el tipo ése… –me dice riéndose–. De todas formas, es tu móvil el que está sonando –me aclara cuando ya resulta evidente que, efectivamente, es mi móvil el que suena y que no tengo la falsa sensación vibratoria en mi entrepierna.

—¿Por qué no me coges el móvil? Hace un rato que te estoy llamando –me increpa la voz del profesor Pablo Hermoso.

—Hombre, señor director de mi tesina, ¿a qué debo el honor?

—Déjate de coña, tío. ¿En qué lío te has metido, Javier? –me pregunta con voz seria.

—¿Yo? ¿Por qué lo dices? –le respondo dejando la cuchara con el yogur en el aire, sin atreverme a introducírmela en la boca.

—La policía ha estado preguntando sobre ti hace un rato, en el decanato –me dice preocupado.

—¡No sabía que hubiera un piano aquí! –me grita Nacho de repente dejando de comerse el Tiramisú.

—Espera Pablo, un segundo –le digo bajando el móvil– ¡Nacho! ¡no me interrumpas! Sí. Hay un piano… ¿Y qué? ¿Por qué lo dices? Venga, sigue comiéndote el postre. ¿Oye? ¿Sigues ahí? ¿Dices que la policía ha estado preguntando por mí? –le digo de nuevo a Pablo, alarmado.

Veo, a través de la ventana del restaurante, el obelisco situado en el centro de la Plaza de la Merced que recuerda el fusilamiento del general Torrijos por orden de Fernando VII y siento que yo mismo estoy delante de un pelotón de fusilamiento.

– No. No "por ti". "Sobre ti", que no es lo mismo. Yo estaba por el decanato con Miguel Ángel Santos y le dijimos que no sabíamos dónde te encontrabas.

– ¿Sobre mí? Y… ¿qué han preguntado? –le digo asustado.

–Oye, Javier, ¿qué música de Mozart le pusieron a los niños esos del experimento? –me pregunta Nacho levantándose de la mesa de improviso.

–Eh… Sonata para dos pianos en Do Mayor K.448. ¿Qué haces? No… espera… no… –le grito a Nacho haciéndole gestos con las manos cuando lo veo dirigirse al piano.

–¿Javier? ¿Me escuchas?...

–Sí, claro que te escucho, Pablo.

–Pues me han preguntado si conocías a la mujer que era conserje y que han encontrado en la Laguna de la Barrera.

–¿La laguna de…? Ah… sí. Esa mujer que las tortugas han devorado. Pero yo no sé quién es esa mujer.

–Fíjate, tan cerca del Campus de Teatinos. Casi al lado de nuestro trabajo. La noticia está en todos lo periódicos. Hasta en el telediario de la primera han hablado de ella. Por cierto, Javier, tú la conocías.

–¿Yo la conocía? ¿De qué estás hablando? –le digo, sintiendo cómo palpita mi corazón.

Intento racionalizar mi angustia diciéndome a mí mismo que Marta nunca trabajó en la universidad y que la inspectora me dijo por teléfono que la mujer que habían hallado no se llamaba Marta. Aunque tanto tiempo sin saber de ella hace que de pronto mi mente se inunde con imágenes de Marta-Friné muerta, mutilada por las tortugas.

–Sí, sí que la conocías y muy bien. Tuviste un desliz con ella hace años, cuando ya no estabas con Marta. ¿No te acuerdas de Carmen? Creo que salisteis juntos un mes.

–¿Carmen? Sí… ah, Carmen… –respondo admitiendo que la conocía y sintiéndome culpable por respirar aliviado al saber que no se trata de Marta–. Diez días. Estuvimos juntos diez días. ¿Y le habéis dicho a la policía que yo la conocía? –le pregunto recordando aquellos días de desesperación que siguieron al abandono de Marta y que compartí con Carmen. Una mujer que me salvó la vida, obligándome a comer y a hacer el amor con ella como terapia para olvidarme de Marta.

–Pues, verás, Javier, no le hemos dicho a la policía que tú la conocías porque ya sabían que la conocías.

–¿Me puedo llevar el plato? –me pregunta el camarero.

–Sí, sí. Puede llevárselo. No tengo apetito –le respondo sin soltar la cucharilla del yogur.

–¿Cómo?

–Perdona. Era al camarero. ¿Has dicho que la policía lo sabía? ¿Cómo que lo sabía?

–No lo sé. La que parecía su jefa –que por cierto no está nada mal– dijo algo así como que la policía no es tonta y menos si es una mujer. Lo que quería saber esa inspectora es si tú habías seguido viendo a Carmen o si la habías visto recientemente.

–¡Nacho! Te he dicho que no te acerques al piano… –le grito al adolescente que ya está junto al piano, ha levantado la tapa y contempla extasiado las teclas. Perdona, Pablo, ¿Qué me decías?

–Pero ¿Qué te ocurre? ¿Donde estás?

–Cenando en el vegetariano de la plaza de la Merced.

–Ah, si interrumpo…

–No, qué va, no me interrumpes. Oye, Pablo, te voy a pedir un favor: si viene otra vez la inspectora, dile la verdad; que hace años que no sé nada de Carmen…. eh… ¡Nacho!.. Tienes que pedir permiso para…

–¿Cómo?

–No, no es a ti… es que estoy aquí con un amigo. Oye, que te decía que le digas a la policía que yo solamente quedé con ella diez días y que hace años que no la veo –le digo, escuchando con la boca abierta, cómo Nacho comienza a tocar la sonata para dos pianos de Mozart.

–Sí, eso le he dicho a la inspectora. Oye, no te escucho bien… bueno… mañana nos vemos y hablamos. Cuídate y ya me contarás los problemas que tienes. A propósito, dale duro a la tesina, que ya queda poco para que la presentes.

Me levanto de la mesa con la cucharita en la mano y me voy a acercar indignado a Nacho, pero una chica muy joven con un violín, que se ha levantado al mismo tiempo que yo, llega antes hasta el piano. Creo que esta noche estaba programado, en un cartel que hay en la puerta del restaurante, la actuación de esta artista. La joven le dice algo a Nacho en el oído y éste deja de tocar la pieza de Mozart, moviéndose hacia ella en el taburete y haciendo un gesto afirmativo con la cabeza. Entonces la joven le pone una partitura sobre el piano, se coloca el violín en el hombro y comienza a tocar los primeros compases del Canon de Pachelbel. Inmediatamente, Nacho, inclinado ante el piano y concentrado como nunca he visto a nadie, la acompaña.

Me he quedado inmóvil en mitad del restaurante, mirando la mesa donde me solía sentar con Marta-Friné y, después, vuelvo lentamente a mi sitio, sobrecogido con la hiperconcentración de la que Nacho es capaz y con la perfección de la música que brota del movimiento de sus dedos en sincronía con el violín de la chica. Paulatinamente los clientes han ido dejando de hablar en el *Cañadú* y mantienen los cubiertos detenidos cerca de sus bocas o en sus manos, sin atreverse a comer, como si fuera un sacrilegio o una falta de educación hacerlo antes de que deje de sonar la música. O para no interrumpir la belleza que fluye por el restaurante.

A pesar de que la melodía la he escuchado muchas veces, a pesar de que es una música que aparece en la banda sonora de varias películas, a pesar de que se toca en comuniones, bodas y otras celebraciones, esta versión en directo hace que el restaurante adquiera un momento perfecto de eternidad absoluta y que a mí se me salten las lágrimas y que me vuelva hacia mi sitio como si mi conciencia estuviera flotando. Quizás sea por ese violín que parece perseguir a otro violín y éste a su vez a otro, o por el piano que toca Nacho; esos compases surgidos de las maderas del piano que parecen atrapar o dejarse atrapar por las cuerdas del violín. O quizás sea por el violín y el piano fusionados en un solo instrumento cuya música asciende, no desde el suelo del restaurante, sino desde el aire, en un *in crescendo* de sonoridades melancólicamente sublimes.

Hago movimientos con la cuchara del yogur, a cámara lenta, como si fuera una batuta que se desplaza dibujando erráticas geometrías, hasta que Nacho y la chica dejan de tocar y se produce un aplauso espontáneo en el restaurante.

Con los ojos empapados de lágrimas salgo del *Cañadú*. Tengo mi mano sobre el hombro de Nacho que camina desgarbado sin decir nada. Sigo con la mirada el batir perezoso de las alas de una paloma hasta que se coloca en lo alto de un semáforo.

–¿Estás enfadado conmigo? –me pregunta Nacho, antes de entrar en el aparcamiento de la Alcazaba, donde aparqué el *Ssangyong* al llegar al centro.

–No –le respondo– estoy impresionado, me ha encantado cómo tocas el piano.

–Gracias, tú también tocas muy bien la guitarra –me dice orgulloso al borde de las escaleras del aparcamiento.

–No, yo no toco bien la guitarra, canto algunas canciones y soy un guitarrista muy mediocre, lo tuyo es diferente. Tienes talento, puedes llegar muy lejos tocando el piano y tú lo sabes. Dentro de poco se va a hacer en el Ayuntamiento la selección de las Futuras Promesas del Piano, se presentarán jóvenes pianistas de toda Andalucía y hay tres becas para ampliar estudios. Deberías presentarte, yo te voy a hacer la inscripción.

–No, no me apetece –me dice con desgana.

–Que sí, yo te voy a inscribir y...

–Me gustó lo del ensayo –me dice interrumpiéndome.

–¿Qué ensayo?

–El ensayo de la tesis de tu amiga la profesora.

–Ah, sí –le respondo sacando la tarjeta del aparcamiento y recordando cómo, al final de la mañana, poco antes de salir hacia el restaurante, Nacho me ayudó en un nuevo ensayo de la tesis de María José, como formando parte de un tribunal en el que yo he hecho de un hipotético presidente y Nacho de secretario.

Nos disponemos a bajar al aparcamiento cuando un individuo con aspecto de simio, de corta estatura pero con una musculación típica de los culturistas, me pregunta con una expresión burlona por la casa donde nació Picasso.

–La tiene usted justo ahí al lado, cruce usted la carretera y… –le empiezo a decir pero no logro finalizar la frase porque de repente el hombre me agarra e intenta arrastrarme a una camioneta pick-up azul que acaba de detenerse delante de nosotros subiéndose a la acera. Inmediatamente, Nacho baja un par de escalones del aparcamiento, se sitúa detrás del individuo y se pone a pegarle patadas en la cintura y en las piernas. El hombre se vuelve con cara de chimpancé incrédulo y está a punto de caerse por las escaleras cuando se agarra a la barandilla y se queda en cuclillas, tocándose los riñones, sin soltarse de ella.

–¡Vámonos de aquí! –le grito a Nacho, viendo cómo el gordo gigantesco de las patillas de bandolero que vimos en la residencia de estudiantes, sale de la camioneta con un cigarro en la boca y se dirige hacia donde nos encontramos.

Nacho sube los dos peldaños que había bajado, pero el culturista, que sigue agachado, se percata de ello y le agarra de una pierna incorporándose. Entonces Nacho suelta un grito, que parece surgir no de la garganta sino de lo más profundo de su estómago y le pega una patada con la otra pierna en pleno rostro. A pesar de eso, el individuo no le suelta la pierna. La respuesta de Nacho no se hace esperar y le golpea alternativamente el rostro y el cuello hasta que el hombre sale rodando por las escaleras, llega al rellano que desciende a la segunda planta del aparcamiento, se desvía a la izquierda y se estrella contra las máquinas donde se introducen las tarjetas. Escucho un ruido como si se acercase una apisonadora y veo al gigante obeso, que ya ha llegado hasta donde nos encontramos y ha tirado el cigarrillo y, con una velocidad increíble para su envergadura, se coloca delante de Nacho, se agacha como hacen los jugadores de rugby y se lanza contra él atrapándolo con unos brazos que parecen los de un oso. Me digo palabras que me serenen, frases tranquilizadoras para controlar las palpitaciones del corazón que se me sale por la boca, para detener el fluir de la sangre que noto en sus cavidades y miro a ver si alguien me ayuda. Pero, o bien la escena que se desarrolla delante de sus ojos es invisible, o bien el miedo que les atenaza les impide ayudarnos, porque la poca gente que veo ni siquiera me mira. Así que decido afrontar la situación yo solo agarrando a la mole humana por su cintura inabarcable. Es una hazaña que consigo exactamente durante dos segundos, porque ese es el tiempo que tarda el coloso en darme un empujón con uno de los brazos de gorila que tiene –ahora me parecen los de un gorila y no los de un oso– y tirarme al suelo. Me levanto todo lo rápido que puedo, doy un salto y le agarro del cuello –tan inconmensurable como su cintura– tirando hacia atrás de él. Durante unos momentos estoy subido literalmente a su cuello. El gordo intenta zafarse de mí y forcejea con una mano en tanto que con la otra sigue agarrando a Nacho contra su corpachón. Trato de pensar fríamente sobre qué debo hacer pero eso no trae el orden que yo esperaba a mi mente ni un plan especial de actuación porque no se me ocurre nada, a no ser algunos planteamientos, absolutamente intrascendentes en estos momentos, sobre la falta de solidaridad de las personas que nos están viendo: ¿cómo es posible que nadie nos ayude? ¿cómo es posible que nos vayan a matar y nadie se acerque? –me pregunto desde lo alto de esa montaña humana–. Entonces sí decido qué hacer: apretar con todas mis fuerzas el pescuezo, la masa de carne y músculos a la que estoy sujeto, en un intento de inocente estrangulamiento porque el hombre apenas se ha enterado debido al cuello que posee que debe ser del mismo tamaño que el de un hipopótamo. La estratagema, aunque simple, ha surtido algún efecto, porque cuando la "masa" se ha vuelto hacia atrás, ha aflojado su apretón a Nacho y a éste le ha dado tiempo a desembarazarse de él y a mí a saltar desde su corpachón. Sin pensárselo y como un autómata que tiene de antemano preconfigurado un programa, Nacho ha comenzado a darle patadas con saltos, codazos y golpes con los puños (no me puedo creer que esas manos sean las mismas que tocaban el piano tan prodigiosamente en el restaurante) mientras lanza unos gritos tremendos que ahora sí llaman la atención de los transeúntes aunque se limitan a observarnos, pensando, posiblemente que es una pelea callejera y que es un ajuste de cuentas entre bandas rivales. Fustigado y dolido por las patadas y temeroso de que la gente que nos mira llame a la policía, el gordo desiste de seguir la lucha. Pero entonces se interpone entre nosotros el hombre que se había caído por las escaleras del aparcamiento y nos obstaculiza el paso con su cuerpo pequeño, pero como tallado en una roca, mirando a ver qué hace su compinche. Como éste no sabe muy bien qué hacer y la gente ya se arremolina alrededor de nosotros, se lleva la mano a la cazadora y creo que hace el amago de sacar una pistola o una navaja. Las personas, que también han visto el gesto, se han puesto a gritar y a correr en todas direcciones y nosotros corremos mezclados con ellas y cruzamos entre los coches sorteándolos imprudentemente.

—Te dije que tendríamos problemas con la bola de sebo esa y tú sin hacerme caso.

—No sé en qué problemas estás metido —le contesto respirando aceleradamente mirando las magulladuras que tiene Nacho y las que tengo yo.

—¿En qué problemas estoy metido? Querrás decir en qué problemas estamos metidos, los dos. Estos tipos piensan que nosotros sabemos que han secuestrado a mi madre. Y no lo sabíamos, pero ahora sí sabemos que son ellos los que la han secuestrado. Y piensan que sabemos dónde la tienen. Son unos mafiosos. Trafican con todo. Y eso no lo he visto en ninguna película. He escuchado sus conversaciones con mi padrastro —me dice entre resoplidos—. Por eso te dije que llamaras a la policía.

—¿Nosotros sabemos todo eso? Yo no sé nada.

—Eso explícaselo al gordo y al orangután que hace pesas.

—Bueno. Han desaparecido —le digo, llamando al 091.

—¿Qué haces?

—Estoy llamando a la policía.

—¡Llámala sin parar de correr! Tenemos que seguir corriendo pero no así, sino mucho más rápido —me dice mientras escucho la voz del agente que me contesta, al comunicarle la emergencia en la que estamos, que hay una patrulla cerca y que no me mueva. ¿Que no me mueva? —le digo sin detenerme.

—¡Corre más deprisa, Javier! —me grita Nacho viendo cómo se acercan los dos hombres corriendo con tanta determinación que durante un instante he sentido una mano trasteando en mi espalda.

Nacho corre como un velocista en dirección a la calle Alcazabilla y yo trato de seguirlo, pero me quedo rezagado. Se vuelve y me espera y de nuevo parece volar unos centímetros por encima del suelo. Yo, más que correr, parece que voy correteando porque voy esquivando e indefectiblemente tropezando con las sillas de las terrazas de los bares. Dubitativo avanzo y retrocedo y vuelvo a reanudar la marcha hasta que el veloz adolescente se vuelve otra vez y me dice resignado que va a ir al mismo ritmo que yo. Así que trotamos –más que correr– los dos ante el estupor de las personas que toman copas a ambos lados de la calle y que ven cómo nos gritan y nos insultan desde atrás los dos individuos. Yo pienso que se van a levantar y que nos van a ayudar o que alguien que me conoce va a gritar: "¡Javier! ¡Eh, Javier!" y se va a poner a seguir a nuestros perseguidores. Pero no hay nadie que grite mi nombre y la gente se aparta aterrada. Y no sólo eso: algunas personas se levantan y nos miran recelosos como si nosotros hubiésemos robado a los que nos siguen y se apartan corriendo antes de que nosotros las esquivemos.

–Te vi pegando a tu padrastro en *Collioure* y ahora aquí, ¿dónde has aprendido a pelear de esa forma? –le digo jadeando.

–Lo normal –me dice encogiéndose de hombros.

–¿Lo normal? Esos saltos y esas patadas circulares y esos gritos tan espectaculares…

–¿Te refieres a los *ap-chaguis, tuioyop-chaguis, dollio-chaguis, mondoliofuriochaguis* o al *yopchagi* y al *yop-jirugui*? Aunque yo creo que, sobre todo, he dado *bandal-chaguis* y *tuio yop chaguis* –me dice pegándole un rodillazo sin querer a una mesa de la que se ha caído una cerveza al suelo.

–¿Qué es eso? ¿En qué idioma me estás hablando? ¿Chino? ¿Japonés?

–*Taekwondo*. Con siete años le dije a mi madrastra que me apuntara a una academia de artes marciales que había al lado de mi casa. El taekwondo es un tipo de karate coreano. Soy cinturón marrón.

–Y, ¿eso es mucho?

–El cinturón que viene después es el negro.

–Vaya, vaya, cualquiera se mete contigo, estás hecho un…

–¿Nos metemos ahí? –me pregunta señalándome el teatro romano.

Antes de que pueda responderle ya hemos dejado el empedrado de la calle Alcazabilla y estamos recuperando el aliento escondidos en una oquedad abovedada del teatro romano desde donde veo parte de los muros de la Alcazaba, la hermosa fortaleza que construyeron los árabes. Bajo la mirada hacia las gradas vacías del teatro pensando que en su escenario se representaron todas las tragedias griegas con todas sus muertes falsas. Ningún sitio es bueno para morir –me digo– pero desde luego que este pasadizo, esa prolongación del escenario del teatro, es un decorado donde mi muerte puede parecer una interpretación de mi propia muerte, de la misma manera que tampoco morían de verdad las personas que actuaban a unos metros de donde yo me encuentro. Durante cerca de cuatrocientos años los actores y las actrices interpretaban que morían, pero ahora nos va a tocar a mí y a Nacho morir de verdad. Seremos la primera representación de una tragedia en casi dos mil años de historia, pero esta vez será real y nuestros gritos retumbarán en la noche contra las piedras del graderío vacío y sólo el resplandor grandioso de la iluminación de las murallas y las torres de la Alcazaba será el que nos acompañará en nuestra agonía final.

Contemplo las gradas y pienso en algún ciudadano de mi ciudad de hace dos mil años, sentado, con las piernas cruzadas sobre su toga, viendo una obra de los grandes trágicos griegos como Sófocles o Eurípides o de algún autor romano como Andrónico o Ennio y mirando de forma intermitente hacia donde yo estoy escondido. ¿Pensaría en alguien que pudiera estar aquí oculto dos mil años más tarde? ¿Escucharía los zapatos de tacón de los actores y vería sus máscaras de madera mirando de vez en cuando hacia el lugar donde yo estoy pensando que alguien dentro de dos mil años pensaría en un ciudadano del pasado como él?

Unas pisadas cautelosas me sacan de mis reflexiones. Asomo solamente un ojo y la mitad de la cara desde uno de los ángulos del túnel y descubro inmediatamente que nuestros perseguidores han saltado también al teatro y han entrado a buscarnos. El pequeño hombre rocoso se asoma al túnel y su aliento se cuela en nuestro escondrijo. Adelanta un pie para entrar, pero algo le llama la atención fuera y cambia de opinión. Me muerdo el labio y me limpio el sudor de la nuca cuando veo que se aleja.

En las tragedias griegas todos los males se atribuían al destino. Yo no sé a qué se debe que me encuentre en esta adversidad, pero caigo en un infausto proceso de terribilización sobre mi destino en el que mis ideas más catastrofistas me llevan a las peores conclusiones sobre mi futuro más inmediato. Miro hacia la negrura del cielo y creo que veo a Marte, el planeta rojo, entrando, como un dios de la guerra furioso, en este teatro convertido de nuevo en un escenario donde se va a representar el final de una tragedia.

–Oye, Javier… vámonos de aquí –me dice Nacho, enjugándose con la palma de la mano algunas gotitas de sudor que le perlan la frente.

–No. Aquí estamos seguros. No te muevas –le digo con firmeza.

Aguijoneado por su impulsividad hace varios intentos por salir precipitadamente del pequeño cañón de sillares en el que estamos metidos, pero yo le agarro y le hago gestos para que vea cómo se siguen alejando nuestros perseguidores.

Algo más tranquilo, pienso en Marta. ¿Se enterará algún día que me mataron en el teatro romano? ¿Saldré en los periódicos y allí verá mi nombre y se conmoverá? Ya me imagino la noticia en el diario *Sur*: "Muerte en el teatro romano. Aparece un hombre apuñalado. El desgraciado individuo se encontraba oculto con un menor, que también ha sido asesinado, en uno de los recovecos del teatro". Y también me imagino saliendo mi nombre en los paneles informativos de las pantallas de TFT de 42 pulgadas del *hall* de la facultad: "Miembro de la comunidad universitaria de la UMA asesinado junto a un menor". Mis pensamientos se desvían hacia los malentendidos que la noticia provocaría hasta que, meses o años después de muerto, se aclare que no era un perverso pedofílico, ni era un ajuste de cuentas entre bandas rivales. Puede que no se aclare nunca. Pero yo no podré defenderme porque estaré en una tumba. Esa posibilidad hace que me plantee un encuentro, una negociación con los tipos que están ahí fuera, no sé, quizás deba decirles que están en un error, aclararles que yo no soy el amante de la madre de Nacho o algo así (porque acaso lo piensen y por eso nos persiguen) y puede que de esa forma sean capaces de renegar de su decisión de matarnos. Sí. Creo que es una buena idea que salga e intente una conciliación con ellos y decirles que soy la víctima de un malentendido. O del destino. De mi oscuro destino.

–¿Aquí es donde se encontraban los leones devorando a las personas? –me pregunta Nacho cuando ya no vemos al gordo ni a su ayudante y mi mente va saliendo de la deriva de sus digresiones.

–Era en esa época, pero esto era un teatro, no un circo.

–Entonces, ¿por aquí no salían las fieras?

–No. Creo que estamos en una parte que llamaban *vomitorium*, que era por donde la gente entraba y salía al teatro.

–¿*Vomitorium*? –me pregunta entre carcajadas–. Bueno, pues tienes que saber que el *vomitorium* será el primer sitio donde nos busquen cuando lo hagan en serio.

–¿Tú crees? Pues se han asomado y se han ido. Así que aquí ya no buscarán más. Voy a llamar otra vez al 091 –le digo pensando que mi destino fatal parece que no se encontraba esta noche en el teatro romano.

–¿Qué no buscarán más? A mí me parece que tú has visto muchas películas. Claro que volverán por aquí, cuando vean que no hay otro sitio donde esconderse. El orangután no nos ha visto porque estaba muy oscuro.

–¿Qué propones? Fue idea tuya que nos metiéramos aquí.

–Sí, ya lo sé, pero ahora es mejor que salgamos de aquí.

–Y ¿a dónde vamos? ¿A mi casa? ¿Quieres que le enseñemos a esos tipos dónde vivimos para que vengan a buscarnos allí? –le digo nervioso.

–¿Que yo...? Estás loco, tío. No te he dicho que vayamos a tu casa. Te quería decir que nos larguemos cuanto antes de aquí –me dice intentando salir otra vez.

–Demasiado tarde, ahí llegan, no te muevas. Nos han escuchado –le digo al oído, agarrándole.

Viendo el aspecto rudo y brutal de esos hombres me doy cuenta de que no es una buena idea acercarme a ellos porque lo más probable es que no me diera tiempo a decirles nada y puede que acabara con un tiro en la cabeza o con una puñalada en el costado o en el corazón, desangrándome antes de poder articular palabra alguna.

–Vale, suéltame. Tú deja que se acerquen. El foco hará que no nos vean bien y cuando se asomen, les doy un *ap-chagui* en la cara y salimos corriendo –me dice mientras yo marco otra vez el 091, soltando al adolescente.

Pero me equivoco con el nerviosismo y le doy a un número que tengo en "nuevos contactos" de mi móvil, que pertenece a la directora de una sucursal bancaria a la que le pedí un crédito y no sé por qué razón acabé teniendo su móvil en lugar del teléfono del banco.

–Perdone, creo que se ha equivocado, soy Tamara la directora de *Unicaja* – me dice con voz de sueño la banquera.

Antes de que pueda pedirle disculpas, uno de los individuos, el culturista, se asoma, pero no la cabeza como pensaba Nacho, sino que entra con todo el cuerpo, directamente, y Nacho se abalanza sobre él, pegando unos gritos que retumban en las paredes de la especie de túnel donde estamos escondidos y le da dos patadas en los costados y una en el estómago. Cuando el individuo agacha la cabeza por el dolor, Nacho da un salto y le pega un rodillazo en el mentón y, mientras lo derriba, le da un codazo en las cervicales. El gordo debe estar cerca porque el hombre con cara de simio –que no esperaba la contundente reacción de Nacho– grita para que venga, apretándose la espalda y el mentón para luego caerse de bruces contra el suelo. Me quedo mirando hacia donde grita el hombre esperando que venga su camarada, pero el gordo entra inesperadamente por el otro lado. Pretendían entrar cada uno por un lado y atraparnos. Con una compenetración inaudita incorporamos al hombre que yace en el suelo aturdido y le empujamos contra el gordo. El pequeño "hombre-armario" se agarra con todas sus fuerzas a su compañero y le impide, involuntariamente, que corra hacia nosotros por lo que, antes de que el gigante pueda acercarse, ya estamos cruzando la carretera peatonal de la calle

Alcazabilla y me veo corriendo por los jardines de Salomón Ibn Gabirol, escuchando mis pasos apresurados y mirando hacia atrás constantemente.

Delante de esta estatua quedé por primera vez con Marta, con la necesidad antropofágica de devorarla aspirando su olor a cacao y a vainilla, si bien me conformé con besarla y que fuera ella la que me devorara los labios. Y recuerdo que algunas veces llegué a escribir algunos poemas de este poeta y filósofo malagueño del siglo IX en el cristal de atrás de su coche –siempre sucio– cuando ya no estaba con ella y me encontraba algún *Suzuki* negro aparcado en el centro, que siempre confundía con el suyo, porque nunca me encontré realmente con su vehículo –al que yo creía inconfundible– y también seguí su sombra –como hizo Gabirol cuando perdió a su amada–. Yo también seguí la sombra de Friné por todos los atardeceres y los amaneceres de mi ciudad durante varios meses de desesperación.

Escucho mis pasos, vuelvo la cabeza hacia atrás y escucho mis pasos, el movimiento de mis piernas que me aleja de la estatua y siento mi respiración y, al mismo tiempo que su ritmo, me voy fijando en cosas absurdas: en una pluma que hace una trayectoria elíptica al ir cayendo, en los insectos inmóviles que puedan ocultarse en la hojas de las plantas de los jardines de la Alcazabilla (aquí tiene que haberlos también) o imaginándome otros asuntos igualmente absurdos. Por ejemplo, qué harán ahora mismo, bajo las aguas, los salmones en sus migraciones o qué temperatura hará en este justo instante en el Polo Sur o si estarán en la cima de la montaña de la Maroma los huesos de los dátiles y la brújula que perdí en una ocasión con Salvy García y varios de los "Perros de Pavlov". Mi pensamiento pasa de ahí a lo que me contó la madre de Nacho de la maleta que perdió Machado. El caso es que no me ayuda nada pensar en estas cosas mientras huyo, porque tengo un problema muy grave que, como otras veces en mi vida, no sé cómo resolver y mi discurso interior se ramifica en dudas incomprensibles. Y convierto este problema, tan práctico y urgente, en algo teórico, como si yo no estuviera corriendo, sino más bien pensando que estoy corriendo o en el hecho mismo de correr aunque sé que así podría asistir a mi muerte y, con toda seguridad, no será una muerte teórica; así que tengo que pensar, mientras corro, en soluciones prácticas que me permitan sobrevivir y evitar caer en disquisiciones teóricas que no me sirven precisamente para elaborar un plan de huida. Pero me resulta muy difícil controlarlo, verme a mí mismo y los hechos que me ocurren en una superposición de estados como si yo no estuviera en estos jardines corriendo, muerto de miedo, sino paseando tranquilamente.

Corriendo, corriendo, teórica y prácticamente sigo corriendo y me vuelvo para mirar con ternura la estatua de Ibn Gabirol, con su barba, su turbante y con su túnica de la que apenas asoman los pies y con la mirada cabizbaja, como si hubiera leído algo en el libro que tiene sobre el pecho que le hubiera dejado meditabundo y en silencio. Debo estar en silencio, me digo, que era el primer paso para alcanzar la sabiduría, que decía Gabirol, y después escuchar, que era el segundo paso, y por último, el tercer paso, que era recordar. Ese tercer nivel para obtener el conocimiento se me da muy bien porque estoy siempre recordando. Siempre estoy patológicamente nostálgico recordando. Incluso lo que me está pasando ahora mismo ya pienso en la forma en que lo recordaré en el futuro. Siempre recordando ordenamientos temporales diferentes al presente, no sé qué enfermedad puede ser esa, qué obsesión, qué fobia. Sí, ese tercer paso se me da bien, pero no los dos primeros porque ni permanezco en silencio ni escucho, excepto las psicofonías, las grabaciones que mi cerebro capta, los mensajes, las voces de los seres amados que murieron, la forma de hablar que tenía Marta. Mi propia voz en distintas etapas de mi vida. Las voces de los autores que estoy leyendo sobre Machado, sobre la guerra y sobre la hiperactividad y que escucho, como si me dictaran. Como cuando leía los libros de Constancio.

De pronto, pierdo el hilo de mis pensamientos y me alejo de mis cavilaciones cuando veo al culturista que se encuentra a nuestra derecha y el otro, el gordo de las patillas, a la izquierda, cerrándonos el paso a Nacho y a mí. Y una vez más, sin ningún tipo de coordinación previa, parece que estamos perfectamente compenetrados cuando decidimos correr audazmente hacia donde se encuentran ellos y la suerte hace que pasemos entre los dos sin rozarlos si quiera. El destino sigue sin poder hilar nuestra mortaja esta noche.

–¡Vamos a saltar la verja! –me grita Nacho con la respiración entrecortada.

–¿Qué verja? –le pregunto alterado.

Trato de recobrar el aliento. En un balcón cercano una mujer echa agua en una jaula a un pájaro y durante una fracción de segundo he visto también a una pareja besarse en una habitación. En otros balcones, en otras habitaciones, las personas se desenvuelven haciendo sus actividades cotidianas y todas permanecen ajenas a mi tragedia, al drama que se desarrolla inesperadamente aquí abajo y que me tiene como a uno de los principales actores, precisamente el que hace el papel de víctima.

–Ésa de ahí. Es la parte de atrás del Museo Picasso –me dice Nacho, señalándome con la cabeza una altísima verja que nos corta el camino.

Antes de que yo pueda reaccionar, el poderío atlético de Nacho ha hecho que salga disparado y salte como un acróbata encontrándose ya al otro lado de la verja avanzando por un estrecho callejón. A mí se me encoge el escroto o algo parecido porque mi aparato urinario y digestivo se está colapsando, sobre todo cuando intento hacer lo mismo que él y me quedo enganchado entre los barrotes de la cancela. Nacho se vuelve y desde el otro lado tira de mí. Yo ya me veo desgarrado por las puñaladas de los perseguidores que se han dado cuenta de nuestra maniobra y corren hacia la verja y llegan a ella justo cuando me desengancho y salto, con la ayuda de Nacho, hacia el interior de un patio empedrado que hay previo al museo. Corremos por el callejón hasta llegar a una plaza con zonas ajardinadas y con una higuera.

Nunca pensé que mi primera visita al museo fuera de esta forma –me digo, agachado junto al adolescente detrás de la higuera que, con sus cuatro frondosos troncos, parece un refugio perfecto en la oscuridad–. Nacho se levanta varias veces y yo le empujo para que se quede quieto y me pongo el dedo en los labios haciéndole un gesto para que se calle. Escucho cómo desde el fondo del callejón hay un sonido metálico y deduzco que nuestros perseguidores están saltando la verja. Estaba convencido de que el gigante no podría hacerlo pero escucho las pisadas de dos personas dirigirse hacia la plaza donde nos encontramos. Nacho y yo nos miramos y nos levantamos de un salto.

–Sígueme –me dice– mientras empezamos a correr.

De pronto surge de la oscuridad un guardia de seguridad que parece un ninja japonés y se coloca, al vernos, delante de la puerta de lo que parece que es la librería del museo. El vigilante, un tipo de ojos negros, con gafas y aspecto de estudiante educado, se toca el arma y después la porra sin saber qué hacer hasta que nos grita al fin que qué hacemos allí. Nos acercamos y yo le hago gestos de amistad, como creo que haría un explorador descubierto por un indígena y luego le digo, en tono de agradecimiento, que nos están siguiendo dos delincuentes muy violentos y peligrosos pero que ahora sí que me siento seguro a su lado, un hombre armado, un representante de la ley y cosas como ésas que mi nerviosismo hacen que parezca que estoy de broma. En ese momento llegan los dos individuos abalanzándose sobre el guardia. El grandullón le agarra por el cuello y el más pequeño comienza a golpearle en la mandíbula y en el estómago. Los puñetazos hacen que al vigilante se le caigan las llaves. Yo voy a intentar ayudarle, pero Nacho coge las llaves y me grita que le siga. Al llegar a la puerta va metiendo cada llave, de una a una, en la cerradura, hasta que abre la puerta de la librería. Después cierra la puerta con la llave y me dice que no me preocupe porque conoce el museo a la perfección;

–Sígueme, no te pares y sígueme –me ordena.

Yo asiento con la cabeza, aventurándome a entrar, mirando hacia la explanada y viendo cómo siguen enzarzados en la pelea los dos hombres que siguen golpeando al vigilante.

Corremos por el suelo de una cafetería, por una sala de proyección y por un auditorio hasta que llegamos a una sala donde veo fugazmente un cuadro –una mujer con un niño en brazos– que me inspira un sentimiento casi religioso. Me parece un mensaje de los dioses que en estos momentos previos a mi posible muerte me envían un recordatorio para que prepare mi alma. Nacho se queda indeciso delante de mí, ocultándome parte del cuadro, hasta que se vuelve y echa de nuevo a andar por el mismo sitio que hemos venido.

–Por aquí no es –me dice Nacho al girar.

–Pero, ¡si por aquí vamos otra vez a los jardines donde se encuentra la higuera! –le grito preocupado.

–Ya te he dicho que conozco el museo, confía en mí –me dice con mucha seguridad.

Pienso en el lienzo de Picasso, una obra que he visto muchas veces en los periódicos y en la televisión y que es una imagen sobre la dulzura de la maternidad, aunque en mi opinión es un mal presagio, ahora que retrocedemos y que sé que en cualquier momento nos vamos a encontrar a los delincuentes que nos van a matar sin remisión, posiblemente después de torturarnos. Nacho empieza a correr y yo le sigo, mirando hacia arriba el artesonado del techo, las formas octogonales de sus maderas y creo que lo último que verán mis ojos serán esos dibujos fractales que se repiten, autoimitándose, hasta configurar el dibujo completo compuesto por el mismo dibujo pero a escalas más pequeñas, como las simetrías del sexo de Marta, que fue durante años la figura geométrica, el objeto del universo más deseado por mí. Y lo sigue siendo.

–¡Nacho!, ¡ahí está otra vez el patio, te lo estaba diciendo! –le grito, dejando a un lado mis reflexiones artísticas, al ver otra vez el patio de la higuera.

Volvemos desorientados y regresamos, corriendo de nuevo sobre nuestros pasos por la librería, por el café, pasamos por la sala de proyección y el auditorio; pero al llegar a éste, Nacho se detiene en seco y empieza a correr dejando a un lado la sala del techo de madera y la sala de la pintura de la maternidad y avanzamos, inseguros, por unos espacios del museo por el que antes no habíamos corrido.

–Yo es que me pierdo mucho, como Cristóbal Colón –me dice entre risas cuando parece descubrir el camino.

–Este sería el primer lugar donde yo buscaría –le digo acobardado encendiendo el móvil para que, con su luz casi imperceptible, me ayude a caminar por los accesos al sótano, por las escaleras y pasarelas de madera que conducen directamente a la profunda oscuridad que envuelve la encrucijada de rocas por la que nos hemos metido y que forman una fortificación, un amalgama de grandes piedras. Restos que en otro tiempo serían casas y murallas construidas por los fenicios, por los romanos y los árabes.

–Estos tipos no conocen el museo tan "guay" como yo y esta parte es un laberinto –me dice acurrucándose contra los sillares.

–Esperemos que no lo conozcan tan "guay" como tú, se pierdan y nunca nos encuentren –le digo con sorna ovillándome contra la muralla.– ¿Por qué se supone que conoces el museo tan bien? –añado comprobando que se le acaba de ir la cobertura a mi móvil.

–Lo que sentimos ahora debe ser lo de la *Praemeditatio,* ¿no? –me susurra Nacho al oído cambiándome de tema.

–¿Cómo? –le pregunto perplejo.

–Eso que me contaste de un filósofo cordobés o romano –me dice subiendo el volumen de su voz.

–Habla más bajo, Nacho... ¿Te acuerdas de lo que te dije? Así que de vez en cuando me escuchas –le pregunto sorprendido.

–Claro. Siempre te escucho. Lo que pasa es que no me doy cuenta hasta más tarde –me dice.

–Ese filósofo se llamaba Séneca. Y al levantarse todas las mañanas hacía una especie de ejercicio mental pensando en todos los infortunios que podían sucederle durante todo el día: un derrame cerebral, caerse en una zanja, se le podía morir algún ser querido, o bien…

–… ser asesinado por alguien –me dice impulsivamente.

–Sí. Alguien podría matarle en el acto –le digo tocando las teclas del móvil para que su titilante luz azulada ilumine su rostro adolescente unos segundos.

–Como a nosotros –me dice con su cara aún más aniñada.

–Sí. Pero nosotros no nos hemos preparado durante años para que nos maten –le digo pensando en las *Praemeditatios* matutinas de Séneca.

–Ya. Pero yo sí me he estado preparando durante años para saber defenderme –me dice en un tono soberbio, seguro de sí mismo y con el semblante de adulto.

Nos quedamos en silencio tratando de escuchar algún sonido en la oscuridad. Dada mi dinámica negativa de pensamiento, mi natural pesimismo y mi omnipresente sentimiento trágico de la vida, yo ya sé el posible desastre que nos espera o que me espera a mí, porque no creo que maten a un niño. Pero ese terrible adelanto, esa meditación anticipada de la catástrofe que va a sucederme en el museo Picasso esta noche –aunque me desensibilice un poco y me quite algo de mi fobia a morir– no me prepara verdaderamente para mi propia muerte. Me pregunto qué haría Antonio Machado en mis circunstancias. Seguramente no hubiera sido tan irresponsable como yo para llevarse a su casa, desde Francia, a un adolescente hiperactivo cuya madre ha sido secuestrada. Pero de verse en mi situación quizás le hablara a Nacho de la inmortalidad del alma, como hizo Sócrates antes de morir. O quizás le hablara de Kant, de los últimos días de su vida, en la cama, sin poder comer y angustiado porque no se entendía lo que quería decir. Pero a mí lo único que se me ocurre decirle a Nacho es que pronto voy a entrar a formar parte, que voy a pertenecer, al mundo de los muertos, junto a unos cuarenta mil millones más de personas que murieron antes que yo a lo largo de la historia y que, aunque no creo que vea por ese mundo a ninguna de esos millones de personas, trataré de buscar a mis abuelos, a mi padre, a mi hermana, a mis tíos, a algunos amigos y amigas y a Otelo, mi inolvidable perro.

–Creo que están perdidos, deberíamos subir y salir –me dice envalentonándose.

Repentinamente escucho unos pasos que se deslizan, se acercan y bajan lentamente las escaleras de madera. Contengo la respiración hasta que dejo de escucharlos. Por el leve crujido de las cervicales sé que Nacho ha hecho un movimiento con su cabeza y está mirándome y él sabe que también lo estoy mirando.

–Quédate quieto ahí y no hables –le digo al oído adelantándome a un posible arrebato de impulsividad–. Si subimos arriba nos van a coger enseguida. El guardia de seguridad habrá llamado a todos los vigilantes de Málaga –le digo tocando el móvil para que ilumine, con su pequeña luminiscencia azulada, nuestro escondite y para comprobar que no están agazapados en algún lugar nuestros perseguidores.

–Y ¿cómo sabes que está vivo?

–¿Qué quieres decir? –le pregunto conteniendo la respiración y luego expulsando aire por la boca lentamente.

–Pues que lo han podido matar. Estos tíos están muy nerviosos. Han podido sacar una navaja y…

–¿Tienen navajas? –le pregunto exaltado.

–Y pistolas. ¿No te acuerdas de que te lo dije? Mi padrastro nos querría vivos pero ahora que sabe que no nos pueden coger tan fácilmente y que podemos denunciarles si no nos atrapan, les habrá dicho que nos elimine. Así de fácil.

–Vaya. Qué alegría me da hablar contigo. Pero creo que me quitará de en medio a mí, tú no eres más que un niño. Y tu padrastro…

–Y… ¿tú no tienes mujer o novia?

–¿Yo? Ehhh… no. Ahora mismo no. Pero, ¿por qué me preguntas eso si te estaba contando otra cosa?

– No, por nada.

–¿Es porque quieres saber si voy a dejar a una viuda y a algún hijo cuando me maten?

–Chisssst... que se escuchan otra vez los pasos. Se han dado cuenta de que hay un sótano y van a bajar –me dice al oído.

Permanecemos en silencio acurrucados a ras del suelo, en la cimentación de las murallas. Hago un esfuerzo para no decirle a Nacho que, aunque no estoy casado, sí que hubo una mujer en mi vida que no he logrado olvidar. Y que me gustaría verla. Abrazarla por última vez y decirle que voy a morir mientras le cubro con mis brazos y siento sus manos detrás de mi espalda en aquél viejo piso de la Plaza de los Mártires. Y quisiera decirle que todavía, años después, sigo nostálgico recordando el tiempo que estuve junto a ella –la época más feliz de mi vida– y que he seguido imitando a *Ramsés II* por las noches (con el rostro de un vecino de mi abuela muerto y tarareando *Strangers in the Night* con mi guitarra) después de apagar la luz de la lamparita que apenas me da algo de claridad sobre el libro de poesías completas de Antonio Machado que leo.

Le diría que empecé a leer a Machado, con mayor profundidad que cuando estaba con ella, como terapia para soportar su ausencia y que he vivido, le diría que he vivido con un adolescente hiperactivo que he adoptado hasta la noche que me van a matar y que, a pesar de mi naturaleza solitaria y de que nunca he servido para vivir en pareja, me he encontrado sin ella muy solo estos años en el apartamento que tengo alquilado. Y le contaría que tengo mis dudas de que los argumentos socráticos para demostrar que el alma es inmortal existan de verdad pero de lo que no tengo dudas es de lo que se me avecina. Y no es una profecía, no es una premonición. Se trata de la certeza de mi ejecución que sólo ella, que conoce mi "tanatofobia", sabrá que siento en mi pecho el bombeo de la circulación de la sangre. Las contracciones impetuosas que obligan a latir desenfrenadamente a mis aurículas y ventrículos. Pero sobre todo le diría –y pongo mi mano, pensando que es su mano, sobre mi pecho y siento que su mano siente mi fibrilación y que tiene la sensación como si cientos de gusanos recorriesen y devorasen mi corazón– le diría, sobre todo le diría, que ella será lo último en lo que piense cuando muera. Y que tengo un terrible desasosiego y que la humedad de este sótano me trae a la boca una mezcla de sabores de las onduladas simetrías de su sexo y de las pelusas de su bata –aquella prenda tan suave al tacto con dibujitos de pisadas de gatos que se ponía para dormir– y de su jersey de cuello alto de angorina que se ponía en la estación de las lluvias, en el tiempo en el que me decía que yo olía a árbol.

–Oye Javier estos tíos van a intentar matarme primero a mí y después a ti. Tú no conoces al psicópata de mi padrastro. Pero no lo van a conseguir. Confía en mí.

–Sí, confío en ti. Como antes, cuando…

–Te preguntaba si tenías novia porque me parece raro… a tu edad la gente está casada y tiene hijos. Aunque claro, tú tienes un hijo –me dice, interrumpiéndome una vez más, en la oscuridad de forma casi inaudible.

–¿Que yo tengo un hijo? Pues es la primera noticia que tengo.

–¿Ah, sí? ¿Y yo qué soy? –me pregunta subiendo el tono de su voz.

–¿Quieres decirme que tú te consideras hijo mío? –le pregunto asombrado.

–Pues claro. Tú eres mi padre, adoptivo, o adoptivo a la fuerza, pero mi padre al fin y al cabo –me contesta indignado.

–¿Qué yo soy…? Tú estás loco, Nacho… pero, ¿cuántos padres adoptivos tienes? Yo no soy tu padre, ni adoptivo ni…

–Calla, Javier, ¿has escuchado algo?

–No me cambies de tema otra vez –le digo subiendo la voz.

–Se han equivocado otra vez. Están justo encima de nosotros –me dice al oído.

Empapado en sudor y tocando con las manos los cimientos de las civilizaciones que sucumbieron ante otras más poderosas, pienso en todas las manos que tocaron antes que yo estas murallas; pequeñas manitas de niños manchándolo todo, manos temblorosas de ancianos moribundos que rascaban la piedra buscando en sus recuerdos, bellas manos de mujeres que tocaban con delicadeza la piedra esperando a sus amantes, manazas crueles restregando en estos muros la sangre de las personas que acaban de asesinar, como quizás hagan nuestros verdugos esta noche. Y manos que apenas se posaron. Dedos. Huellas dactilares. Miles de ellas, de todas las civilizaciones que han habitado mi ciudad, depositadas en la pátina de estos muros.

Escucho sus pasos, los pasos de mis asesinos encima de nuestras cabezas y sé que pronto voy a morir y que formaré parte de alguna ruta invisible de manos, de algún camino en la piedra por donde pasarán mis manos resbalándose. Rutas de manos. Sendas de pasos. Como mis itinerarios imaginarios de la facultad. Tantas veces los he visualizado en mis noches de insomnio, tantas veces los he recorrido con mi mente que ahora los veo como si fuera subido en algún vehículo veloz que circulara esta noche por la facultad, deambulando por encima de mis pisadas por otras que aún no existen, por los pasos ágiles de alumnos y alumnas, de otro personal de conserjería que trabajará en ella cuando yo ya no esté. Por las pisadas de otros administrativos, de otros miembros de la biblioteca. Por las pisadas de otros hombres de mantenimiento y de otros que limpian los cristales y enceran. Por las pisadas de otras mujeres del servicio de limpieza, de otros vigilantes, de otras profesoras y profesores venideros cuyas huellas aún no se han acercado a la conserjería ni han inundado el *hall*. Pasos que quizás se ubiquen exactamente por donde otros ya pisaron antes, como un molde de yeso perfecto. Y quizás alguien establezca, casi sin saberlo, otras rutas invisibles como las de Antonio, Constancio, Pablo o el pequeño camino de Marta, en el patio del "Ficus Sediento" y de las columnas azules. Pasos que se harán sobre las diseminadas pisadas de otras personas que desaparecieron en el palimpsesto eterno de los senderos de la facultad.

De repente suena el móvil de Nacho e instantes después escucho unas pisadas caminando por las tablas entre los muros acercándose a nosotros.

—Pero, ¿tu móvil tiene cobertura? ¿No le tenías el sonido quitado? —acierto a balbucear enojado viendo cómo me deslumbra la luz de una potente linterna.

—¿Has visto las bolsas que traen? —me dice Nacho.

—¿Que si he visto…? —le contesto, sin terminar la frase, al ver aterrorizado cómo arrastran unas grandes bolsas negras.

El sonido del móvil quizás haya acelerado lo que iban a hacer pero sus movimientos no eran arbitrarios; no estaban perdidos. Sabían donde estábamos y cuando se han cerciorado de dónde nos encontrábamos han ido a buscar las linternas y las bolsas. Está claro para qué las quieren: nos meterán dentro después de asesinarnos y luego nos llevarán en la pick-up y nos arrojarán a la Laguna de la Barrera para que las tortugas carnívoras nos devoren vivos, como a Carmen.

Empiezan a bajar las escaleras con mucho sigilo pero yo escucho como se tambalean por el peso del gigante las piezas de cerámica en las vitrinas donde éstas se exponen. El siniestro tintineo hace que se apodere de mí una sensación de pánico que me hace respirar con dificultad y me lleva a acercarme más a las murallas fenicias y romanas de las que emana cierta tibieza que acrecienta el suplicio de mi espera y la hace sofocante, como si estuviera cerca de un horno a poca potencia equipado con algunos altavoces. Porque, aunque no hay música en este horno-museo a estas horas de la noche y mi aislamiento sensorial es casi total, mi mente la ha "instalado" y creo escuchar el *Réquiem* de Mozart. Siempre me ha parecido esa música una de las aportaciones más inmortales que ha producido el ser humano y uno de los fondos musicales –junto a la *Novena Sinfonía* de Beethoven– que me imagino al final de un holocausto nuclear, de alguna hecatombe medio-ambiental o la sintonía que me puede ayudar a comprender el último aliento de mis seres queridos. El *Réquiem* y la *Novena* era lo que yo escuchaba en los días en los que se iba la vida de mi hermana y de mi padre. La síntesis de esas dos obras en mi mente es la música que me ayudará a entender mi propia muerte si, como creo, moriré lentamente aquí y, si, como creo, sufriré muchas muertes antes de la muerte definitiva porque no solamente me van a matar sino que lo harán torturándome para obtener de mí alguna información que no tengo y para ello utilizarán algún tipo de castigo y no creo que sea golpearme en la cabeza con un anillo, tenerme en pie toda la noche o atravesarme la oreja con las uñas como hacían los curas. Puede que me arranquen la lengua o me corten los dedos o me introduzcan en una máquina crematoria generadora de un calor abrasador, o en una máquina diabólica como la que había en la alberca llena de peces del colegio religioso donde estaba interno. Un enorme estanque de siniestras aguas verdes que regaba los campos circundantes al colegio y que, en su fondo tenebroso e insondable, tenía un artilugio que succionaba a los peces por un extremo y salían destrozados por el otro, formándose un espectro de colores con el rojo y dorado de sus agallas, tripas y escamas trituradas y que yo siempre sospeché que formaba parte de nuestra dieta de pescados llenos de púas que nos ponían, a veces, para cenar.

Veo las linternas enfocando hacia todos los lados menos al nuestro; saben que estamos en el sótano pero no exactamente en qué lugar. Pero esa pausa de mi condena no hace que disminuya mi transpiración, que es la condensación pegajosa de mi ansiedad, porque sé que solamente es cuestión de segundos o minutos que nos localicen. En vez de encontrar alguna estrategia para afrontar el problema que se nos avecina, mi cerebro se dedica a pensar cosas absurdas de nuevo, como en cuántas deyecciones de todos los habitantes de mi ciudad en sus tres mil años de historia han sido arrastradas por debajo de las cloacas hasta la misma altura de donde yo me encuentro ahora. Reflexiono inútilmente sobre la infinidad de vestigios, de residuos orgánicos que han viajado por esta Málaga subterránea y entre tinieblas.

–¿A dónde vas? –le cuchicheo a Nacho agarrándolo de la camisa cuando he percibido que se iba a incorporar.

Intento tener dominio de mí mismo porque me he dado cuenta de que estaban en el otro lado del subsuelo, pero uno de ellos ha debido escucharme porque inmediatamente se ha vuelto hacia nosotros y ha iluminado nuestro escondite con la luz de la linterna.

–El rastreo ha terminado, socio, nuestras presas están en esta parte de la muralla –dice con firmeza el culturista al gordo.

Nacho se pone en pie y golpea al aire con algunas patadas. Le digo que se relaje. Me dice que no puede evitarlo y que además no se ha tomado las pastillas. Y yo le digo que mejor porque las anfetaminas lo van a poner más nervioso.

–¿Seguro que has leído algo sobre hiperactividad? –me pregunta alterado–. Pues te diré una cosa, –me dice antes que yo pueda contestarle–, esas pastillas me relajan. Y otra cosa: en situaciones como ésta no siento angustia, aunque parezca nervioso, estoy más feliz que cuando no me ocurre nada. El peligro hace que me sienta mejor.

–Sí, he leído algo sobre eso… –le digo, mintiéndole– aunque te recuerdo que no soy médico ni pedagogo ni psicólogo. Si salimos de esta te voy a hacer un plato especial. Un "solomillo a lo Nacho" que ya inventaré para ti –le digo en un repentino arrebato de amor paterno-filial.

–Trato hecho –me dice estrechándome la mano cuando ya siento la respiración de nuestros perseguidores.

–No vamos a esperar aquí a que nos maten, vamos a enfrentarnos a ellos– le digo, en un arrebato épico digno de alguien muy valiente y que no teme a la muerte. Alguien que no soy yo, evidentemente.

–Así se habla, Javier. Vamos allá –me dice Nacho levantándose con un salto acrobático digno de un gimnasta olímpico.

En tanto que ellos van entrando por una parte de la fortificación, nosotros salimos por la otra y corremos escaleras arriba antes de que nos atrapen.

Pero no es una huida en sentido estricto. Forma parte de una estrategia: se trata de que nos sigan hasta un sitio conveniente para nosotros. En mi mente está el rey Leónidas I en el Desfiladero de las Termópilas que, con solamente trescientos soldados, hizo frente a decenas de miles de persas o la fortaleza de Masada donde novecientos judíos se enfrentaron a varias legiones romanas. En mi ánimo de caballero andante está también Marta-Friné, mi Dulcinea, la dama que me acompañará al infierno en esta suerte de quimera absolutamente real. Pero toda nuestra elemental táctica se derrumba cuando, subiendo las escaleras y antes de que podamos llegar a nuestras posiciones, el gordinflón suelta la linterna que traía en el suelo –que ha rodado pero sigue encendida enfocándonos– y da un salto inexplicable para su peso, se cuelga del pretil y me agarra una pierna desde abajo con una de sus manos mientras sigue cogido a una de las tablas con la otra. Entonces pienso que tanto en las Termópilas como en Masada murieron todos los defensores ante sus atacantes y los acontecimientos se precipitan sin planificación; lanzo un alarido instintivo, una última esperanza de supervivencia y con la pierna que tengo libre empiezo a golpear histéricamente la mano con la que me tiene fuertemente sujeto. Nacho, que mantiene a raya con sus patadas al otro individuo, aprovecha que su oponente ha caído al suelo y le da varias patadas al gordo en la mano con la que está cogido a la escalera.

–¡La mejor defensa es un buen ataque! –me grita.

El gordo también grita, pero de dolor y nos maldice hasta que cae al suelo al soltarse y se queda en él sin poder levantar su corpachón dolorido. Cambiamos el diseño de nuestra táctica y en lugar de subir, como teníamos previsto, bajamos las escaleras y nos dirigimos audazmente hacia el culturista antes de que se levante, pero veo con horror que se ha incorporado ya y se acerca con una navaja hacia nosotros profiriendo unas amenazas que me paralizan temporalmente. Nacho vocifera otras amenazas parecidas y me dice que no me preocupe porque no es difícil defenderse de un aficionado con una navaja. Con una señal de la mano me indica que tenemos que correr hacia las vitrinas donde están los restos arqueológicos.

–Tengo un plan –me dice con tranquilidad.

Al situarse frente a una de las vitrinas le pega una patada a los cristales, se aleja momentáneamente para que no le caiga encima el mortal aguacero de fragmentos de cristales y luego se quita la camisa y me dice a mí que haga lo mismo.

–Este plan no puede fallar –me dice hinchando su torso atlético que tiene cicatrices por la espalda y por el tórax, quizás de otras peleas como ésta.

Entonces me acerca un trozo de vidrio roto afilado como una daga y él coge otro y se envuelve la mano con la camisa, algo que yo imito meticulosamente. Luego me dice que nos alejemos de los restos de los cristales que están esparcidos por el suelo y que avancemos hacia el hombre que ya tenemos encima. Ahora tenemos los dos un arma blanca y yo trato de imitar a Nacho y los movimientos circulares que hace con el cristal delante del perseguidor de menor estatura que me insulta y me dice que yo no soy capaz de utilizar el vidrio y que siga acercándome, que me va a "rebanar" el cuello. Es sorprendente que en mi mente no exista el más mínimo atisbo de maldad y que, sin embargo, en estas circunstancias, mi instinto de conservación genere en mí una personalidad agresiva que desea hacer daño o incluso intentar provocar la muerte o la desaparición del tipo que me quiere cortar el cuello. Parece que esa personalidad hiperagresiva que ha surgido dentro de mi cabeza solamente puede imaginar escenas violentísimas, algunas relacionadas con mi propia muerte y otras, la mayoría, relacionadas con el deseo homicida que me subyuga en estos momentos en los que siento la afilada navaja rasgando el aire a unos milímetros de las arterias de mi garganta.

Debe ser por ese instinto, por mi nueva personalidad salvaje o por suerte, pero noto cómo le estamos acorralando y él va retrocediendo sin dejar de hacer gestos provocadores y de proferir fanfarronas amenazas intentando asestarnos una puñalada. Es tal la ceguera que me provoca mi elevada autoestima al ver cómo estamos intimidando a nuestro adversario que ni siquiera me he dado cuenta cuando se ha levantado del suelo el gigante y de manera repentina está forcejeando con Nacho y le da un puñetazo con tal fuerza al adolescente que ha salido literalmente volando hasta que desaparece de mi campo de visión. El culturista, que ya teníamos contra la pared, ha aprovechado mi desorientación y se me ha acercado tanto que oigo los peligrosos silbidos de la afilada hoja que esgrime delante de mi cara. Estoy seguro de que moriré desangrado, pero por si tengo alguna posibilidad comienzo a hacer igual que él con mi improvisado puñal de cristal. Progresivamente el hecho de no ver a Nacho hace que me enfurezca por momentos y ahora no solamente trato de luchar por mi vida sino por la suya, así que, teniendo presente a mi dama quijotesca, hago más rápidas y cercanas las trayectorias de mi arma y me encuentro más envalentonado porque observo que el hombre que tengo delante deja de balancear su cuchillo con la misma violencia que antes. Miro hacia atrás al prever que el otro pueda estar cerca, pero es demasiado tarde. El gordo me atrapa, colocando su antebrazo, que es como el tentáculo de un pulpo colosal, detrás de mi cuello. Sus manos tienen restos de sangre que yo creo deben ser de Nacho, por lo que le ha pasado algo grave o lo ha matado. Ese pensamiento hace que enloquezca y en un frenesí de ira, si bien me falta el aire por la fuerza con la que me aprieta, comienzo a mover el cuello, a gritar y a pegarle codazos en el estómago hasta que me quedo extenuado, algo que milagrosamente coincide con el hecho de que el grandullón suelte su antebrazo, fuerte como unas tenazas, y se eche a un lado, más sorprendido de mi reacción que dolorido por la relativa eficacia de mis golpes a juzgar por sus risotadas. Me alejo de él y corro hacia atrás tratando de buscar a Nacho, gritando su nombre con desesperación y acercándome nervioso a la parte del subsuelo donde lo vi por última vez. Escucho las risas del gordo en el mismo instante en que siento cómo el hombre más delgado me raja limpiamente los pantalones de una cuchillada que me deja el glúteo de la pierna derecha al descubierto. Me parece escuchar la *Novena Sinfonía* mientras corro hacia atrás desplazándome con una sola pierna mirando la tela rasgada esperando que salga mi sangre por la hendidura. Pero compruebo con alegría que no estoy herido, aunque ahora sé que será por poco tiempo y que Nacho tenía razón: nos van a matar irremediablemente. Pero también sé que por primera vez en mi vida soy capaz de matar a alguien por defender a Nacho, que quizás esté malherido y requiera la presencia de una ambulancia rápidamente.

—Ya está bien de jugar, esto está durando mucho –me dice entre carcajadas.

—Eso te pasa por no traerte "las pipas" –le dice el más pequeño.

—Ah, ¿sí? Pues tenías que haberlas cogido tú, gilipollas –le replica agarrándome con tal fuerza que me inmoviliza por completo.

Intento escabullirme pero no lo logro y mi mano tiene que soltar el cristal. Entonces el individuo de complexión parecida a un orangután se acerca y lanza su navaja contra mí. Cierro los ojos cuando ya siento la punta penetrando en mi abdomen. Entonces escucho un grito terrorífico y abro los ojos exageradamente para ver cómo Nacho irrumpe de repente –tiene restos de sangre reseca en su nariz, en el aro de la oreja y en su cabeza rapada teñida de azul– pegando un salto y dando una patada a la mano que sostenía la navaja y luego ejecuta una pirueta y sube aún más alto –sin llegar a tocar el suelo– y le golpea la mandíbula que cruje antes de que el hombre caiga al suelo totalmente inconsciente. Yo intento hacer todo tipo de movimientos y arremetidas para zafarme del gordo pero éste ni se inmuta; me sigue sosteniendo en el aire y está claro que ha optado por asfixiarme.

—No te preocupes, esto va a durar poco –me dice riéndose y me aprieta cada vez más fuerte el cuello hasta que Nacho da un salto y le pega un codazo justo debajo de la nariz. Un segundo más tarde se coloca detrás del gigante y comienza a darle rodillazos en la cintura. El individuo se vuelve contra él sin soltarme aunque yo ya puedo respirar y me he dado cuenta de que tengo una mano libre con la que intento, cada vez que el gordo tiene que agacharse por los rodillazos, coger la camisa en la que debe estar todavía el cristal, ya que Nacho ha debido perder el suyo. Nacho se da cuenta de lo que quiero hacer y golpea más fuerte y con más gritos los riñones y el hígado del gigante (que yo siento cómo retumban en el enorme corpachón) y me hace gestos señalándome con la mirada hacia algún lugar cercano a donde yace el otro individuo, que está al otro lado de donde se encuentra la camisa con la punta del cristal asomando. Hago un esfuerzo por mover el cuello y comprendo que Nacho está tratando de decirme que coja la navaja que se le cayó al culturista al desmayarse. Intento morder al gordo en el brazo, pero me tapa la boca y parte de la nariz. Estoy a punto de perder el conocimiento cuando Nacho pega otro salto y logra meter su talón limpiamente en el cuello del gordo que me suelta totalmente cayendo al suelo. Empiezo a toser pero no titubeo un sólo instante, agarro el cuchillo y hago un movimiento con todas mis fuerzas y con la máxima precisión de la que soy capaz hacia el cuello del gordo. Éste lo esquiva pero no puede evitar que le haga un corte profundo en el rostro al querer acercarse para cogerme otra vez. Nacho sigue golpeándole como si estuviera en un combate de boxeo con el público delante, incluso se permite levantar los brazos haciendo el signo de la victoria. La sangre le mana a bor-botones al gigantesco luchador de sumo que ahora ofrece una imagen patética cubriéndose los ojos y tratando de impedir que le salga más sangre que no puede contener y le baja por las patillas de bandolero y por el cuello. Yo he intentado acercarme para ayudarle y pedirle perdón pero Nacho me ha gritado que tenga cuidado y ha sido cuando he visto que esa especie de hipopótamo ha cogido torpemente su navaja. Yo he seguido tosiendo y he esperado a tener su mano más cerca y cuando ha llegado a donde yo tenía calculado, le he he-cho un corte en la mano justo en el momento en el que iba a abalanzarse sobre Nacho que, sin perder un instante, le ha pegado una patada en los testículos y, con la misma pierna, otra en el hígado y varios golpes con los puños en el mentón. El mastodonte se ha quedado de pie unos segundos y ha iniciado una enfurecida persecución de unos metros sin tener muy claro a quién de los dos atrapar pero, de pronto, se ha caído al suelo, tapándose la cara para contener la hemorragia que parece imparable y sangra mucho más que la herida de la mano. Una vez en el suelo, su cuerpo descomunal ha realizado varios intentos para levantarse pero no ha podido y se ha quedado mirándonos, derrotado, sin poder articular una palabra (o puede que haya refunfuñado algo con tal espesamiento en la voz que no le he entendido) hasta que ha agachado la cabeza en un gesto de sumisión en su cara desfigurada que ha provocado que sienta lástima por él y me acerque.

–¿Ya no te ríes? –le he dicho con una voz ronca que no es la mía porque tengo todavía la nuez pegada a la garganta por el intento de estrangulamiento.

Sin que yo lo esperase el gigante se ha levantado de pronto y me ha agarrado un brazo entre carcajadas. Entonces he visto a Nacho subirse en lo alto del brazo que me sujeta, ha saltado hacia arriba utilizándolo como un trampolín y le ha pegado un fortísimo cabezazo en la nariz al descender.

–¡Vámonos de aquí! –me ha gritado limpiándose la sangre reseca de la nariz y empujándome al mismo tiempo que el gordo caía al suelo de rodillas.

***

Salimos del museo –saltando por encima del vigilante que yace inmóvil– y aunque estamos corriendo y nos encaramamos a la verja como dos posesos e iniciamos una frenética carrera hacia los jardines de Ibn Gabirol, no siento que estoy huyendo ni experimento demasiado miedo sino culpabilidad por haber hecho daño a un semejante. Un sentimiento de culpa matizado porque tengo el convencimiento de que las heridas que he provocado han sido en defensa de Nacho y de mi propia vida, lo cual me lleva a tener una cierta condescendencia conmigo mismo, una egoísta satisfacción y beatitud.

Dejo de correr y deambulo distraído, con las manos metidas en mi pantalón destrozado, por la calle Alcazabilla bajo una llovizna de imperceptibles gotas de agua y pienso que vengo de una expedición en la que he colaborado en una proeza no sé si homérica o quijotesca pero digna de la mujer que me abandonó, de la mujer a la que más he amado, de la mujer que más me amó a su manera, una gesta que ha logrado que emerja de mí el arcaico sentimiento de gloria de haber eludido una ley casi inmutable de la naturaleza: vencer a un adversario mucho más fuerte y sobreponerme a mis limitaciones, a mi miedo. Derrotando a un enemigo implacable, a estos hombres sin escrúpulos y sin la más mínima inclinación por el bien, personas en las que la naturaleza no ha depositado ninguna bondad ni compasión, sobre todo he vencido a mi cobardía –me digo recordando a Kant mientras veo cómo aparcan varios coches de policía y avanzan agazapados unos agentes hacia el museo.

–Creí que te había matado el gordo –le digo a Nacho.

–Cuando me dio el puñetazo ese yo me tiré para absorber mejor el golpe. Te dije que estoy preparado para la lucha, papá... digo, Javier –me dice burlonamente.

–Qué cabrón eres – le contesto.

Una bruma tenue invade la calle sombría. Exhausto, me embarga un sentimiento de tranquilo agotamiento, de regocijo. Observo cómo una ambulancia aparca y respiro tranquilo porque los sanitarios curarán las heridas de nuestros perseguidores y del guardia de seguridad. Camino, siento que camino, aliviado por el lugar más apacible del mundo bajo las palmeras Washingtonia. Por un momento pienso en la estúpida idea de subirme a una de ellas pero el recorrido de mis ojos se detiene en los balcones de los edificios que dan a la calle. Ya no están la mujer que le echaba agua al pájaro ni los amantes besándose. Posiblemente estén dormidos y abrazados, pero sé que tras esos balcones hay gente que no es tan feliz. Personas a las que se les ha muerto un ser querido y no pueden dormir de la angustia y la nostalgia. Hombres y mujeres que esperan un diagnóstico y permanecen asustados con la mirada perdida en la pared. Sé que hay gente que está enferma, gente que va a morir y lo sabe porque en el hospital los han enviado a sus casas, sin encontrarse bien y porque han escuchado de sus familiares y allegados la palabra "desahuciado" o "desahuciada" para referirse a su estado e intentan soportar con la morfina los terribles dolores de su enfermedad, de la que han escuchado también que es "terminal". Pero, a pesar de todo, me parece, ahora mismo que estoy en la auténtica *Ciudad del Paraíso* y más que caminar creo que revoloteo por la calle en dirección al aparcamiento de la Alcazaba, empujado por un viento solitario que agita las hojas de los árboles. No sé si puede existir un viento solitario, pero me parece que no varios vientos –si es que también pueden existir varios vientos– sino solamente uno es el que sopla o baja desde la calle de la Victoria, ensanchándose y estrechándose al mismo tiempo que llega a la zona peatonalizada donde me encuentro y se volatiliza –si es que el viento puede hacer eso–, pero antes se contorsiona quejumbroso alrededor de mi figura.

En una poesía que me obsesionó durante años, Machado describió magistralmente el momento justo en el que se difuminan los contornos y las formas, poco antes del anochecer. En el mismo instante en el que se va la luz. Pienso que si Machado paseara aquí a estas horas y en esta calle, comprobaría que cuando oscurece en esta ciudad puede haber varios anocheceres dentro del anochecer como en estos momentos está ocurriendo y seguro que se sentiría ingrávido bajo el cielo nocturno de Málaga y estoy convencido de que ni siquiera el trémulo resplandor de los focos de los automóviles que toman la curva delante del edificio de la aduana alteraría su armonía y esa sensación de triunfo, de felicidad por estar vivo y caminar por la extraña quietud de la calle que nada quiebra –ya no hay nadie sentado en las terrazas de los bares– se convertiría para él en una sensación como después de una catástrofe o acaso un poco antes pero, en cualquier caso, entraría en un compás temporal en el que todo fluye. Y uno se siente como creo que también Antonio Machado se sentiría: indiferente a sí mismo. Alejado de todo narcisismo, al igual que esta calle, que esta ciudad que parece que reinventa su topografía en cada anochecer dentro del anochecer, donde en cada lapsus de oscuridad, las apariencias fragmentadas de los edificios la sumergen en una sucesión de noches que son aún más indistinguibles por la niebla que parece congelar el tiempo en múltiples realidades que se expanden delante de mí en trayectorias diferentes.

Todos esos pensamientos me hacen dudar de si lo que nos ha ocurrido en el Museo Picasso es un suceso real o es una perturbación, una mera coordenada en un tiempo subjetivo ralentizado y perdido en una infinidad de fluctuaciones que nada tienen que ver con esa especie de guardián del tiempo que marcan los relojes. El mismo tiempo mecánico que percibo en la progresión del reloj de la catedral. Ese viejo metrónomo que divide, desgranando con su huidizo movimiento pendular, el tiempo que transcurre esta noche –estas noches dentro de las noches– sobre las cuatro mil calles de Málaga. Dudo también si yo mismo soy ahora yo, porque mi lacerante metafísica hace que no me sienta un ente real y me encuentre despersonalizado, como si no existiera fuera de mí mismo, observándome con mis propios ojos pero situados fuera de mí (aunque eso ya me pasaba cuando estaba interno, escuchaba los ladridos de perros y pensaba que me había quedado ciego). Sólo entonces me he dado cuenta de que mi transitoriedad está protegida por leyes físicas que, sin embargo, no pueden impedir que todo ocurra al mismo tiempo. Todo excepto el viento. Porque solamente hay un viento para todas las noches dentro de las noches. Un viento que la estatua de Salomón Ibn Gabirol parece dirigir con la mano, empujando hacia el mar; ese viento único y solitario, esas vibraciones imperceptibles del aire, de la soledad del aire que baja desde la calle de la Victoria.

Arranco el *Ssangyong* en el aparcamiento de la Alcazaba y escucho el silencio. Sí. El primer paso en el camino de la sabiduría es el silencio. Y el segundo escuchar. Y yo escucho el silencio hasta que circulo por el túnel de la Alcazaba y el sonido adquiere otra dimensión porque los sonidos en este túnel se amplifican y se tornan hiperrealistas y tan ensordecedores que Nacho se tapa los oídos en tanto atravesamos esta profanación decibélica del silencio. Este corredor que parece que tiene un *dolby-surround* a todo volumen, una resonancia primitiva que no obstante me muestra que, si bien yo pudiera albergar dudas sobre mi existencia, la realidad fuera de mí suena como un rugido, como una tormenta de sonido que se escucha en toda la ciudad. En todas las noches en las que se dividen las noches de mi ciudad.

VII

Durante años he escuchado en la facultad la leyenda de un conserje que se encontraba emparedado en algún lugar del edificio. Un predecesor mío que, según algunos rumores, había vivido en la época de Al–Sahili, una especie de rector de la antigua Madrasa, la universidad de los árabes que se encontraba en la Aljama, la mezquita que ocupaba el lugar donde hoy está la catedral. Otros rumores decían que el conserje vivió en los tiempos en que los jesuitas impartían clases de gramática, latinidad, retórica, teología, filosofía y náutica; aunque en los últimos años casi todas las pistas que he ido acumulando apuntaban a la idea de que el hombre trabajaba de conserje en lo que fue el embrión más cercano de esta facultad actual, que se creó alrededor de 1859 y que llamaban "La Normal". Pero, si bien es cierto que hay discrepancias cronológicas, en lo que todas las fuentes coinciden es en el hecho de que el conserje se enamoró perdidamente de una profesora de la facultad y que se convirtieron en amantes durante varios años. Hasta que el marido de la profesora se enteró –dicen que otra amante que el conserje había abandonado se lo contó al esposo– y una noche llegó con varios amigos a la facultad y los descubrió haciendo el amor en la parte de atrás de la conserjería antigua. Sin mediar palabra –cuenta la leyenda– golpearon al conserje hasta dejarlo inconsciente. Según parece, estaban entonces construyendo la parte que hoy es la más antigua de este edificio –las tres primeras plantas– y el marido y los hombres que le acompañaban emparedaron vivo al seductor conserje colocando una impecable pared de ladrillos que tapió herméticamente todo lo que había detrás de ella. El furioso marido pagó una fuerte suma de dinero a los albañiles que llegaron a la mañana siguiente para que siguieran con su labor y para que no hiciesen preguntas por la pared ya terminada. De la mujer nunca

170

más se supo, aunque corrió el rumor de que la habían metido en un convento de clausura y hubo quien afirmó que el marido la había obligado a prostituirse gratis durante el resto de su vida.

Esta mañana, al salir de la biblioteca donde he estado leyendo sobre la hiperactividad, me he enterado de que dos de los albañiles que trabajaban en la remodelación de los nuevos espacios, cerca de los socavones que provocaron las lluvias, habían subido a la tercera planta para agilizar la siguiente fase de las obras, que consistían en convertir uno de los seminarios en varios despachos. Han empezado a picar, por error, una de las paredes que no era necesaria para dividir el seminario y gracias a ese error y a que la pared se vino abajo de repente, hicieron un hallazgo casual y extraordinario que los dejó aterrorizados: un par de esqueletos, colocados uno encima de otro, con les pequeños huesos de las manos y de las bocas aferrados entre sí.

La noticia ha corrido tan rápido como un reguero de pólvora por todo el edificio y por todas las conserjerías de las facultades de la UMA y todo el mundo ha dado por hecho que la leyenda era cierta y que se trata de los cadáveres del conserje y de su amante. Hay quien también ha dicho que esos dos esqueletos abrazados encontrados en la tercera planta explican muchas cosas que ocurren allí. Según ha comentado un grupo de profesoras que trabaja en dicha planta, parece ser que los infelices amantes estaban vivos pero inconscientes cuando los emparedaron, así que, al despertarse y verse en esa terrible situación, decidieron hacer el amor hasta que ya no les quedó oxígeno y murieron asfixiados en cierta postura "indecorosa". Ese terrible final –a juicio del grupo de profesoras– ha sido como una maldición para la tercera planta todos estos años.

El decano ha aprovechado el descubrimiento de los esqueletos para ordenar cerrar con una reja de color rojo los accesos a la planta tercera, en la parte en la que se han encontrado los cadáveres, que es, en realidad, una zona que conduce al lugar donde se halla la maquinaria del ascensor.

Al no saberse nada de los familiares del conserje –el cadáver de la mujer parece que ha sido reclamado inmediatamente por unos descendientes a los que les ha llegado un correo electrónico con la información del hallazgo– el decano ha pedido permiso a la policía para ver si se puede meter en una vitrina el esqueleto del conserje. Cuando nos hemos enterado en la conserjería nos hemos alarmado ante la posibilidad de ver a uno de los nuestros muerto de esa forma y metido en una vitrina.

***

Ha comenzado a llover en el patio de las columnas azules y en el de las columnas de colores, que es por donde camino ahora. Las gotas hacen burbujas en el suelo y la estatua empieza a humedecerse por la cabeza, por los bucles y por las extrañas trenzas que le caen por la espalda. Llueve también sobre las ramas del "Palo Borracho" que están tan desnudas, al perder sus vainas exóticas y sus hojas, como la torre de alta tensión que se encuentra fuera del edificio. Mientras camino en dirección a la Sala de Grados para prepararla y asistir posteriormente a la lectura de la tesis de María José, pienso en una de las visiones espeluznantes del profeta Ezequiel: un cementerio de huesos que poco a poco van cubriéndose de piel hasta que se transforman en estructuras óseas que empiezan a respirar y moverse. Y me imagino que los esqueletos del conserje y de la profesora empiezan a caminar, cubiertos con apenas unos jirones de piel, por la tercera planta, saltando las cintas que rodean la pared para que nadie se acerque y llegan hasta el vestíbulo danzando macabramente –como veía yo danzar a los esqueletos en las láminas sobre la muerte que nos enseñaban los curas en mis años de internado– y se agarran al "Palo Borracho" y sus huesos animados se traban con las ramas desnudas del árbol que intentan crecer, reptar y enredarse por las pérgolas del *hall* y por las columnas verdes, celestes, amarillas y rojas reflejadas en el agua del patio como si fueran las prolongaciones óseas y vegetales de un bosque siniestro y encantado.

–¿Quién lee la tesis hoy? –me pregunta de repente Aurelio que camina con una maleta cerca de la Sala de Grados.

–María José –le digo, dejando de ver ramas y huesos por todos lados y recordando todos los ensayos que he hecho para la tesis de esta profesora.

–Entonces ya mismo tenemos otra doctora en la facultad. ¿Quieres acompañarme al despacho en el último día que me vas a ver por aquí?

Me quedo desconcertado sin saber qué responderle. Sé que éste es el último día que viene a la facultad porque se ha jubilado y esta mañana temprano, cuando he ido a hacer unas fotocopias y a poner unas notas en uno de los tablones, le he visto caminar despacio y ensimismado, arrastrando la maleta sobre las ruedecillas, entre los grandes macetones que han puesto en el patio de la estatua y del "Palo Borracho" y apoyándose junto a una de las columnas de colores. Una compañera de conserjería me ha dicho que la maleta es para cargarla con las pertenencias de su despacho, que se va definitivamente porque además este profesor no ha pedido ser "emérito", que es como se les llama en la facultad a los profesores que solicitan continuar con alguna tarea docente después de jubilarse.

–Bueno, si le apetece le acompaño a su despacho –le digo asintiendo con la cabeza.

–Vale, te lo agradezco, Javier –me dice en un tono inusualmente amable conmigo. Durante la noche anterior parece que han entrado en la facultad y que han robado en algunos despachos y seminarios, entre otros, en un despacho que se encuentra al lado del mío –añade con preocupación.

–Sí, el decano ha comentado en conserjería que la policía sospecha que el robo era una excusa porque los objetos que se han llevado apenas si tienen valor y, no obstante, se han dejado algunos aparatos muy costosos que estaban al lado de las menudencias que han robado. Pero a partir de ahora todo se va a grabar porque Miguel Ángel ha ordenado que pongan cámaras de vídeo en la entrada principal, en lo alto de la puerta que accede al vestíbulo –le digo pensando que a él esas medidas ya no le afectaran.

–Por cierto, ¿qué te ha parecido el descubrimiento de los esqueletos? –me pregunta al llegar a la puerta de su despacho.

–Todavía no me he recuperado de la impresión –le respondo, mirando su barba blanca y escuchando cómo se detiene el sonido de las ruedecillas de la maleta.

–¿Sabes que los alumnos les denominan "los anémicos"? –me dice entre risas.

–No lo sabía –contesto sonriente.

–Bueno, aquí me quedo yo. Gracias por acompañarme, Javier. Es el último día que pongo los pies en este edificio después de más de cuarenta años, me dice parándose en el umbral de la puerta de su despacho, metiendo la llave en la cerradura y empujando la maleta hacia el interior. –Conozco todos los vericuetos de la facultad –añade como si fuera una confesión, mirando para ambos lados del pasillo y acercando su boca a mi oreja–. Yo siempre he sabido el emplazamiento del conserje emparedado aunque no sabía que también estuviese ella con él. En mis primeros años de profesor conocí a una alumna que era descendiente de la amante del conserje asesinado.

Me lo ha dicho muy rápido, como si lo tuviera muy memorizado en su mente y se lo hubiese repetido muchas veces a sí mismo. Y me lo ha dicho con su áspera voz nasal y enronquecida aunque suavizada por la nostalgia. Le he escuchado muy atentamente pensando en el día lejano de mi propia jubilación, en el que la nostalgia se me hará insoportable, seguramente mucho más que la que he sentido siempre y en el que quizás le cuente a algún alumno o alumna que venga por la conserjería el descubrimiento de los esqueletos de hoy.

–Te voy a decir algo que casi nadie sabe en la facultad –me murmura con un aire de misterio que me ha intimidado–. Es el último día de mi vida que vengo aquí y puede que no te vea más y a mí me gustaría que supieras que, hace muchos años, hubo un profesor de Didáctica de la Física y Química en esta facultad, al que, un día, le explotaron unas probetas en los viejos laboratorios que existían en los sótanos. A una alumna que se encontraba muy cerca de él, el líquido inflamable de las probetas le quemó los cabellos y de ahí se extendió a toda la cara. Estuvo en el hospital un mes con el rostro horriblemente desfigurado y con unos terribles dolores –me dice subiendo la voz y acariciándose la barba.

–No sabía eso. Qué tragedia –le digo imaginándome a la muchacha gritando con una bola de fuego en la cabeza.

–Murió –me dice el profesor sin que yo le pregunte nada–. Sí, murió. Una auténtica pena –me dice escrutándome con la mirada y subiendo el mentón y su barba blanca.

–Y, ¿qué ocurrió con ese profesor? –le pregunto interesándome por el drama que debió experimentar ese docente.

–Se quemó el cuello y tuvieron que hacerle varias operaciones en él para que pudiera respirar y tragar. Estuvo internado en un manicomio durante años. Cuando salió del psiquiátrico no recobró la cordura del todo y al poco tiempo enviudó –me dice, agachando la cabeza y moviéndola de un lado a otro.

–¿Usted llegó a conocerle? –le pregunto mirando hacia el interior de su despacho.

–Sí. Muy bien. Y tú también –me contesta manteniendo sus ojos fijos en los míos.

–¿Que yo también le conocí? –le pregunto intrigado, mirando las viejas litografías y fotografías de principios del siglo XX que tiene colgadas en la entrada de su despacho.

–En cierto modo le alegraste la vejez, pero claro, su corazón tampoco estaba para soportar todas las emociones que tú le ofrecías. Especialmente las que le hiciste ver en su última semana de vida –me dice con una sonrisa lujuriosa en sus labios.

–¿Qué yo le ofrecía a ese profesor…? Pero, ¿está usted hablando en serio? –le pregunto indignado.

–Sí. Completamente en serio –me contesta en tono severo.– Ese profesor de Didáctica de la Física y Química era mi padre. Vivíamos en frente de ti y de tu novia, ¿no recuerdas a mi padre con el pañuelito en el cuello esputando por la garganta?

–Ah, claro, su padre era aquel hombre del pañuelito y la bata. Perdone si le molesté… –me excuso avergonzado.

–No, no, ya te he dicho que en cierto modo gozó mucho viendo a tu novia y, bueno, todo lo que hacíais. Aunque su corazón, ya lo sabes, no estaba preparado para lo que vio en el comedor una semana antes de morir. Por cierto, al poco de aquello, desaparecísteis y ya nunca os volví a ver. ¿Cuántos años hace? ¿Seis? ¿Siete? –me pregunta rascándose la barba.

–Algo más de cinco años –le digo, agachando la cabeza.

–Tu novia es muy hermosa, ¿te has casado con ella? –me pregunta con una sonrisa beatífica y clerical.

–No, no nos casamos –le respondo incómodo por el interrogatorio.

–Bueno, vivís juntos, que es lo mismo, en estos tiempos que corren –me dice sacudiendo la cabeza.

–No, no vivimos juntos. Ella me dejó. Por eso me fui de aquel piso –le digo encogiéndome de hombros.

–¿Te fuiste con la otra? –me inquiere, con una mirada de seminarista.

–¿Con cuál? –le pregunto en tono hostil.

–Ya sabes, con la amiga de tu novia. Con la que también hacías cosas –me dice con una expresión lasciva en su delgado rostro.

–No, no me fui con nadie –le respondo cansado ya de su indiscreción moralista.

–¿Sigues enamorado de ella, verdad? De tu novia, quiero decir. Bueno, no hace falta que me respondas. Disculpa si te he molestado. Gracias por acompañarme al despacho. Si algún día necesitas algo, ya sabes dónde encontrarme. En frente de donde tú vivías –me dice captando mi desagrado.

–Vale, se lo agradezco –le digo lacónicamente viendo cómo se queda parado delante de la puerta y cómo se le han inundado los ojos de lágrimas.

He pensado que quiere estar solo y despedirse de su despacho, de sus fantasmas y de los miles de alumnas y alumnos cuyo recuerdo debe guardar en su memoria. Entonces le he abrazado, me he despedido de él y he salido corriendo, huyendo de su nostalgia y de la mía, para asistir a la lectura de la tesis doctoral de María José.

Camino delante del expositor nuevo que han puesto al lado de la cabaña-conserjería para la publicidad y he girado sobre mis talones cuando he visto que ya me he despistado y he pasado de largo delante de la Sala de Grados.

He regresado sobre mis pasos y he saludado a los familiares de María José y a los componentes del tribunal que van a evaluar su tesis.

–¿Sabe usted por qué no ha llegado aún la doctoranda? –me pregunta uno de los miembros del tribunal, saliendo del corrillo donde se encontraba murmurando con un grupo de personas vestidas con elegantes trajes.

–¿No ha llegado todavía María José? –le pregunto a su vez muy sorprendido.

–No, debía estar aquí desde hace una hora y ni siquiera ha llamado para decirnos que se va a retrasar.

–Estará a punto de llegar –le digo, tranquilizándolo y mirando al resto de los miembros del tribunal y al decano, que se acerca apresuradamente hacia nosotros.

–María José ha tenido un accidente –nos dice con el rostro demacrado.

–Y, ¿ha sido grave? –acierta a preguntar el presidente del tribunal.

–Ha muerto –contesta el decano tocándose la frente, ante el desconcierto y la palidez de los rostros de los familiares que han venido al acto y de los miembros del tribunal. Entonces, al brotar las primeras lágrimas y al producirse los primeros abrazos, el olor de los barnices de la Sala de Grados se ha trasmutado en el olor, en el terrible olor, de la habitación donde me operaron de amígdalas y se ha materializado en mí una nueva ruta, pero esta vez no geográfica ni de desplazamientos por pasillos ni por los patios ni por los aparcamientos. Esta vez se ha convertido en un sendero olfativo y sonoro de madera barnizada, de risas, de vitalidad, de dulzura y de entusiasmo; los atributos esenciales de María José.

***

Acodado distraídamente en la conserjería, después de meter la correspondencia del profesorado en los casilleros esperando que el decano nos entregue la notificación de la suspensión de toda actividad académica debido la muerte de María José, veo a Nacho entrar por el vestíbulo. Al llegar a mi altura me hace gestos con la mano imitando el parabrisas de un coche.

–¿Y la bicicleta? –le pregunto al recordar que me llamó a la conserjería para decirme que vendría en bicicleta a la facultad.

–Pues en el aparcamiento de las bicis. Pero la voy a dejar allí. Me voy a casa contigo en el "Pulgui" porque está lloviendo.

–¿El "Pulgui"?

–Sí, tu coche, parece una pulga.

—Tu sí que eres una "pulga". ¿De dónde has sacado la bicicleta?

—Me la ha regalado un colega.

—¿Un colega? Venga, que nos vamos. Se ha suspendido toda la actividad laboral.

—Espera un poco. Voy al cuarto de baño, que me estoy orinando.

Salgo de la conserjería y me quedo solo, en el centro del gigantesco vestíbulo. La lluvia que cae sobre la enorme claraboya otorga cierta grandeza de imperio en decadencia al *hall* y a mí me va sepultando en una melancolía progresiva que solamente ha disminuido algo al coger uno de esos periódicos gratuitos que han depositado en los anaqueles del nuevo expositor. Me he entretenido hojeando de soslayo la portada del diario, donde leo que las tortugas carnívoras de la Laguna de la Barrera son conocidas como "Tortugas de Florida" y que las hay también en España, en el río Ter. Bajo los párpados al comenzar a oler a barniz otra vez y me pregunto si el decano aceptaría que se le hiciera un homenaje póstumo a María José y que alguien, simbólicamente, leyese la tesis por ella ante un tribunal compuesto por las doctoras y doctores de más edad de la facultad.

—¿Dónde te has metido? —le digo a Nacho, que acaba de irrumpir en el *hall*.

—En el cuarto de baño. Te lo he dicho antes.

—No, por ahí no se viene de los cuartos de baño. Además estás mojado y no me digas que hay goteras en los lavabos.

—He estado por ahí detrás.

—¿Detrás del edificio?

—Sí.

Miro hacia los naranjos que rodean la parte del edificio donde dice Nacho que ha estado. Ha dejado de llover, pero todavía caen algunas gotas de agua desde sus hojas y desde las de los chopos, de las hileras de chopos que llegan hasta la parte de atrás del aparcamiento, justo hasta donde se encuentran las marquesinas para las motos y las mesas y los bancos de piedra blanca donde, en los días soleados, las alumnas y los alumnos comen, escriben, descansan y se aman, bajo las sombras de las arboledas y de los arbustos, impregnados de la exudación pegajosa de las acacias.

—Bueno, nos vamos.

Al andar hacia el aparcamiento me viene de nuevo un fuerte olor a barniz que ha impregnado el enorme vestíbulo de la facultad. Esta vez, mi alucinación olfativa no se ha mezclado con el olor de los productos de limpieza del día de mi operación infantil, sino que se ha elevado escalonadamente por los módulos de la facultad, como un zigurat de fragancias procedentes de la Sala de Grados, que se ha convertido en un alambique que ha destilado y diluido las perdidas notas olfativas de sus barnices.

Caminamos hacia el aparcamiento atravesando un vestíbulo que, más que nunca, parece un hangar, una perfumada estación de autobuses donde la gente se mueve deprisa; viajeros y viajeras que salen vertiginosamente de la estación, tan cansados y cansadas como si hubieran realizado un largo viaje. Viajeros que llegan y se meten en las clases, en los despachos, en la secretaría, en el bar o en los seminarios con la misma rapidez como si fuera a salir su autobús.

Miro hacia la torre del edificio de la facultad y veo un tibio sol, entre las nubes grises, reflejado en las cristaleras. Al cubrir las masas nubosas el sol, el faro de la torre se va quedando sin luz, hasta que la luminosidad empieza a aumentar de repente y no puedo ya mirar porque sus destellos me ciegan con una claridad que va menguando paulatinamente cuando las nubes vuelven a ocultar el sol.

–¿No me vas a presentar a toda esta gente? –me dice Nacho señalando a un grupo de profesoras que me saludan en el aparcamiento, todavía con los paraguas abiertos aunque ya ha escampado.

–Es un mal día. Hoy es un mal día para presentarte a nadie –le digo viendo que, por la indumentaria elegante con la que van vestidas, vienen a la tesis de María José.

–Que eres mi padre, diles que eres mi padre.

–Nacho, que me conocen y saben que no tengo hijos ni estoy casado ni…

–No importa, diles que eres mi padre, por favor, anda por favor, ¿no harías eso por mí, papá?

–¿Qué? Te vas a acabar creyendo que yo soy tu padre de verdad. Que yo no soy tu padre, Nacho –le increpo, pero cuando he llegado a la altura de las profesoras, les he dicho que es mi hijo y todas se han mirado estupefactas mientras él me echaba el brazo por encima. Después he carraspeado, he respirado hondo y les he comunicado, con las lágrimas en los ojos, el fallecimiento de María José. Nacho ha agachado la cabeza y se ha quedado en silencio al escuchar la noticia, mientras las profesoras languidecían y dos de ellas se abrazaban llorando antes de dirigirse corriendo a la conserjería para ver si el decano ha entregado la nota informativa con la hora del entierro.

–¡Qué me gusta el "Pulgui"! –me dice finalmente, al abrir el vehículo, aparcado al lado de las pérgolas de madera.

Empiezo a albergar fuertes sentimientos de parentesco y de involucración afectiva con Nacho, que duerme a mi lado imitando mi postura para el sueño, que corrige volviendo la cabeza cada cierto tiempo hacia mí, hacia mis manos cruzadas como *Ramsés II*, con la cara del vecino de mi abuela muerto, hacia mis dedos que presionan mi pecho con esa especie de código sagrado, de clave aleatoria que resuelve el jeroglífico que me transporte al sueño.

El adolescente me imita en todos mis movimientos como si fuera el reflejo de mi imagen en un espejo. Incluso musito *Strangers in the Night* y Nacho lo tararea también.

–Nacho.

–¿Qué?

–¿Estás dormido?

–Si estuviera dormido, ¿cómo te iba a responder?

–Sí, es verdad, ejem…

–Yo te imito en esa postura pero tardo mucho en dormirme; ya deberías saber que lo hiperactivos tenemos muchos problemas para dormir –me dice.

Yo pienso en la arquitectura de su cerebro, en el cableado de neuronas de su mente. En ese bosque de sinapsis parecida a la decoración de las paredes del *Cañadú*. Antes no lo entendía, pero ahora sí comprendo, después de todo lo que llevo leído sobre hiperactividad, por qué los estimulantes le ayudan y ya entiendo por qué le daban *Ritalín* a la niña de *El Exorcista* o de otra película parecida.

–Te he hecho una fotocopia de la página de una revista de neurología, donde aparece la zona que se supone tienes algo alterada y te produce la hiperactividad.

–¿Una zona? ¿Qué zona?

–Una zona de tu cerebro. ¿Te interesa? –le pregunto, encendiendo mi pequeña lamparita de la mesita de noche.

–Pchs…

Me levanto y traigo un bolígrafo y la fotocopia. Nacho se incorpora desganado en la cama y yo me siento a su lado.

–Si trazas una línea desde la "a" hasta la "c" te saldrá la figura de un anzuelo, ese es el núcleo caudado –le digo acercándole el bolígrafo a la fotocopia donde se ve un cerebro en el que hay una "a", una "b" y una "c" distribuidos en la parte delantera, en el córtex frontal.

–¿El núcleo caudado?

–Y, ¿qué tiene que ver eso conmigo?

–Buena pregunta. Contigo solamente no, con todo el mundo. En esa zona, más o menos, es donde hay más dopaminas.

–Estupendo, Javier, ahora lo veo más claro, ¿qué son las dopaminas? ¿Una especie de caramelo, no sé, como las gominolas o los chupa-chups? –me pregunta trazando la línea con el bolígrafo sobre la fotocopia.

–Pues… en cierto modo, sí. La dopamina es una sustancia, es –le vuelvo la cabeza para que me atienda porque se distrae y se pone a mirar un cuadro– como el combustible que hace que estemos alertas, atentos y que no seamos impulsivos. ¿Te suena?

–Sí, algo me suena… y por supuesto a mí, bueno a todos los que tenemos hiperactividad, no tienes que decirme que no tenemos ese combustible, ¿verdad?

–No exactamente. Tienes dopaminas, pero en menor cantidad de lo que deberías tener –le digo volviendo a mi cama.

–Y eso, ¿cómo se sabe?

–A mí no me gustan los experimentos con animales, pero se han hecho experimentos con monos, con perros y…

–Pero, ¡qué asesinos! ¡Hacer eso con los animales…! –me interrumpe.

–Bueno, en realidad no está relacionado con los animales sino con los conductores de camiones.

–¿Conductores de camiones?

–Un psiquiatra descubrió por casualidad el efecto de la dopamina, al recetar estimulantes para el dolor de cabeza de unos niños hiperactivos pero, aunque te parezca raro, fueron los conductores de los grandes trailers los que de manera indirecta supieron de esos efectos antes que la ciencia.

–¿De qué efectos?

–Los conductores que no querían quedarse dormidos de noche tomaban estimulantes. Había uno muy famoso llamado Benzedrina, que se la tomaban para mantenerse despiertos, animados, aunque después se sentían algo depresivos, pero por lo menos no se quedaban dormidos mientras atravesaban durante la noche las interminables carreteras que se ven en las películas americanas.

–¿Eran hiperactivos los camioneros americanos?

–No, a ellos el efecto que les hacían esas pastillas es muy diferente al que te hacen a ti. A los camioneros los mantenían en tensión y muy despiertos.

–Y, ¿qué tiene que ver todo eso con la hiperactividad?

—Si me dejaras terminar… nunca me escuchas y menos mal que te tomas la medicación, si no…

—Vale, vale, sigue contándome…

—Pues esos camioneros se tomaban los estimulantes mientras conducían escuchando canciones de country o de blues durante toda la noche. Pero, entre tanto, en sus casas, algunos de sus hijos, que eran hiperactivos, ingerían alguna pastilla de algún frasco olvidado en la mesita de noche. Entonces ocurrió el milagro: parecían serenarse y concentrarse, no hacía falta gritarles por todo y no eran tan impulsivos.

—Sí, eso me suena también, lo de concentrarse y serenarse después de las pastillas.

—Ya me imagino. Algo así les ocurría a los hijos hiperactivos de los camioneros que, cuando regresaban de los viajes, no podían creerse que lo que a ellos les mantenía activos y despiertos, a sus hijos les relajaba y tranquilizaba. No tenían ni idea porque…

—Entonces los científicos descubrieron la causa, ¿no? El psiquiatra ese que recetaba los estimulantes para el dolor de cabeza, ¿no?

—No, déjame que te explique. El psiquiatra que te he comentado también observó, al cabo del tiempo, esa reacción en los niños hiperactivos, pero tampoco tenía ni idea de por qué los estimulantes, que a la mayoría de las personas ponía más bien nerviosas, a los hiperactivos los calmaba y…

—Entonces viene lo de los monos y de los perros, ¿no?

—Pero, ¿qué monos ni perros? Déjame hablar, ahora no viene eso, ahora viene el caso de una neuróloga que habitaba en un barrio de Nueva York muy conflictivo que se llama Bronx…

—Javier, que no soy tonto, sé qué barrio es el Bronx, estoy harto de verlo en las "pelis" americanas.

—Bueno, pues esa neuróloga, cuando ya hacía décadas que se recetaban los estimulantes a los niños y niñas sin saber por qué provocaba esos efectos, descubrió el enigma.

—¿Qué enigma?

—Pues que los estimulantes tenían un efecto diferente en los camioneros que las tomaban y en los niños hiperactivos.

—Y eso lo descubrió en el cerebro de los monos y en el de los perros, ¿verdad?

—No. Nacho, no. Déjame que termine, hombre. Ella no hizo eso. La neuróloga lo que hizo fue descubrir que la composición química de los estimulantes era idéntica a la composición química de la dopamina.

–Y…

–¿Cómo que "y"…?

– Que no sé qué quieres decirme.

–¿Qué no sabes qué te quiero decir? Pues escúchame con atención.

–Vale. Te escucho, Javier.

–Quiero decir que si a ti te falta una sustancia, que es la que hace que estés atento y controles tu impulsividad, en una zona del cerebro y te tomas algo que tiene esa sustancia, tu cerebro va a funcionar mejor, pero si alguien que tiene ya suficiente cantidad de esa sustancia se la toma conseguirá el efecto contrario: se pondrá más nervioso. ¿No te das cuenta? Las personas que no tienen hiperactividad tienen lleno de "combustible" los "depósitos" de los circuitos cerebrales y cuando a ellos les llega una "dosis extra" de "combustible" se activa más de la cuenta; pero a las personas que no tienen la suficiente cantidad de "combustible" en sus "depósitos", esa "dosis extra" les complementa lo que les hace falta y les despierta el cerebro, ¿lo entiendes?

– Sí, más o menos…

–Nacho, tu cerebro, sin las pastillas está un poco dormido, el motor no está "encendido", le falta el "combustible", "las gominolas". Últimamente han salido otros fármacos que no son estimulantes y…

–Pues a mí siempre me han dicho lo contrario, que tengo un motor en el cerebro, no que lo tenga dormido.

–Pero, ¡déjame que termine! ¿Qué estaba diciendo? Bueno, ya no me acuerdo, en fin, no importa. Tú has hablado de un motor, puede que sea cierto, pero ese motor está apagado o circulando con muy poca potencia. No sé por qué llaman a este trastorno hiperactividad, debería llamarse "hipoactividad". Solamente un grupo de hiperactivos se mueve mucho, precisamente para compensar el aburrimiento que tiene su cerebro. Se han hecho experimentos y…

–¿Otra vez? No me cuentes lo de los monos y los perros, no quiero saberlo.

–No, no se ha hecho con monos y con perros, se ha hecho con personas.

–¿Con personas? ¿Le han abierto el cráneo a los hiperactivos?

–Nacho, déjame hablar por favor. No le han abierto el cráneo a nadie. Le han hecho una tomografía, resonancias y esas cosas, sin abrir nada y sin dolor… Y han visto que en la zona donde tenemos más dopaminas hay mucha menos actividad cerebral en los hiperactivos, en esa zona que tienes ahí en la fotocopia, aquí más o menos –le digo poniéndole el dedo en un punto de la frente.

–¿Aquí? –me pregunta señalándose con su dedo y haciendo un giro como si se estuviera apretando un tornillo–. Aquí está todo –me dice sonriendo–. Aquí está todo ¿eh? –me repite entre carcajadas.

–Sí, ahí el cerebro tiene menor flujo sanguíneo en los hiperactivos y absorbe menos glucosa, que es el "alimento" del cerebro, o sea que el cerebro "trabaja menos" porque le falta el "combustible", las dopaminas. Y no es casualidad que en esa parte del cerebro sea donde se regule la atención y la impulsividad. Ahora ya sabes dónde van a parar las pastillas que tomas. Las "gominolas" ésas están compensando las que te faltan en ese segmento de tu cerebro. Y no hace falta hacer experimentos con los monos. Hay personas que han tenido accidentes y lesiones en esa zona y se han vuelto hiperactivas. Así que no pienses más que estás loco, sólo te faltan unas pequeñas "gominolas", posiblemente desde el nacimiento, ya que se puede deber al gen que produce ese "combustible", a algo biológico. Oye, ¿me estás escuchando? –le pregunto poniéndome en la postura de *Ramsés II* al no obtener respuesta.

–Y, ¿por eso tardo tanto en dormirme? –me pregunta de pronto rascándose la cabeza rapada teñida de azul.

–Puede ser. Casi la mitad de los hiperactivos tienen problemas para dormir, se despiertan muchas veces durante el sueño, parece que al tener menos dopaminas no controlan bien el sueño, no lo regulan –le digo pensando en mis problemas de sueño y en si yo mismo pudiera ser un hiperactivo adulto.

–Pero no debería tomar fármacos, las amigas de mi madrastra le decían que cómo era capaz de darme las pastillas que me daba –me dice soltando la fotocopia y colocando sus manos sobre su pecho en la postura "Ramsesniana".

–Seguramente algunas de esas amigas se atiborran de pastillas. Las personas se medican sin problemas cuando es para los dolores de espalda, para un resfriado, para los riñones o para el corazón; pero cuando se trata de la medicación para el cerebro se asustan. Hasta una aspirina tiene efectos secundarios, pero te quita el dolor de cabeza. Además, plantéate esto como otras personas que tienen que medicarse siempre por otros problemas, como el que tiene diabetes y… ¿Nacho? ¿Estás dormido? ¿Cuando no me interrumpes es que estás dormido? –le pregunto.

***

Intento dormirme en la postura de *Ramsés II* con la cara del vecino de mi abuela muerto tarareando *Stranger in the night*, que a Nacho le empieza a ir tan bien –sin la cara del vecino de mi abuela– porque parece que se ha quedado dormido plácidamente. Voy sumiéndome en una placentera sensación de adormecimiento, pero repentinamente me desvelo porque caigo en un proceso de dudas y de argumentaciones sobre la hiperactividad. ¿Es una forma de ser? ¿Un estilo de vida? Quizás yo también lo sea. Puede que todo el mundo lo sea en parte. Que todos y todas presentemos alguna característica de la hiperactividad. La única diferencia es que Nacho sería un extremo de esa característica común. De la misma manera que todos tenemos una talla pero algunos son demasiado altos o demasiado bajos. ¿Es posible que ese trastorno sea una construcción social?

Miro al adolescente en la penumbra y pienso en los miles de años en los que nuestros congéneres tenían que pasarse la vida corriendo. Quizás Nacho sea el portador de un gen ancestral, herencia de cuando éramos cazadores de mamuts y presas de depredadores enormes. En esos años, la impulsividad, el hecho de correr mucho, la energía excesiva, servía para salvar la vida o cazar con eficiencia. Puede que Nacho haya nacido en una época equivocada, en una civilización sedentaria donde no es deseable lo que antes era vital para sobrevivir y puede que en él enfocar la vida hiperactivamente sea tan normal, estadísticamente, como la persona que se enamora constantemente, la que es envidiosa o egoísta, la persona que es emprendedora, la que es introvertida, la que es religiosa o atea, deportista, bondadosa o cruel. Puede que la hiperactividad de Nacho, en su origen, sea una mutación genética que ayudó a nuestros antepasados a sobrevivir a los peligros del entorno, o quizás no, quizás Nacho padezca un déficit innecesario y accidental, como el que sufren las personas con algún síndrome o las que son ciegas, sordas o tienen discapacidades motóricas.

Contemplo con ternura a Nacho y pienso que se le ha gritado toda la vida y que no se ha sido comprensivo con él, con su posible déficit invisible. Con un posible trastorno que pasa desapercibido y que, sin embargo, le puede resultar incapacitante.

–Javier, ¿estás despierto? –me dice al oído de repente.

–Sí, yo siempre estoy despierto o a punto de hacerlo –le contesto observando cómo me imita con los brazos cruzados sobre el pecho dejando mis circunloquios y mis dudas sobre la hiperactividad.

–¿Tú has visto *El Planeta de los Simios*? –me dice adormecido.

–¿Cómo? ¿"El planeta de…"? Sí, varias veces. ¿Por qué? –le pregunto.

Le observo esperando que me conteste, pero no lo hace. Entonces pienso en sus hemisferios cerebrales. Puede que su hemisferio izquierdo no funcione como tendría que hacerlo, pero cuando Nacho descubra las enormes potencialidades de su hemisferio derecho llegará muy lejos con la emoción, la intuición y la creatividad que caracteriza a ese hemisferio frente a la lógica, la prudencia, la organización y el autocontrol que predominan en el izquierdo. Yo albergo la esperanza de que esta criatura que intenta dormir a mi lado, tan cariñosa y aparentemente tan activa –si bien puede poseer un cerebro más o menos dormido– es un regalo de la biología y de la evolución porque está conectado al mundo principalmente a través del hemisferio derecho y puede que esa realidad que él percibe desde la emoción, la desorganización, la intuición y la vitalidad le sean útiles algún día y sea una aportación maravillosa para los demás, como lo han sido las de otros hiperactivos.

–Porque Chalton Heston también se pone con los brazos cruzados como nosotros cuando la nave va a llegar a la Tierra –me dice de improviso, incorporándose y esbozando una sonrisa al comprobar que me ha asustado. Oye ¿por qué no me has dejado ver el DVD que tengo de *Los Simpson*?

–Pues porque eso no fue lo acordado en el contrato y... pero, ¿qué pasa con Chalton Helston?

–¿Otra vez? Si te lo acabo de decir, ¿no recuerdas?: *El Planeta de los Simios*?

–Ah, sí...

–Oye, Javier, tú no paras de meter cláusulas de esas; me has apuntado en el instituto, me has matriculado en el conservatorio, vamos a empezar a hacer terapias de ésas que tú has leído por ahí para los hiperactivos, me has inscrito en eso de las Futuras Promesas del Piano y ya sabes que a mí no me apetece tocar el piano ante tanta gente y después pasar la vergüenza de que no me den una de las tres becas. A mí me parece que me estoy comportando y que no necesito tantas cláusulas. Oye, Javier...

–¿Sí?

–¿Me dará tiempo a comer algo a lo largo del día, con tantos programas?

–Claro, haré una selección, un poco cada día, menos los fines de semana y...

–Oye Javier...

–Sí, dime, ya sé lo que vas a volver a preguntar y te he dicho que...

–¿Hay también hiperactivos que se hayan, vamos, que no hayan sabido eso que tú llamas "canalizar" su vida?

–¿Te refieres si algunos se han hundido en su lado más oscuro?

–Sí.

–Ha habido personas hiperactivas muy creativas que tuvieron muy poco autocontrol.

–¿Algún músico entre ellos?

–Sí. Janis Joplin ¿te suena? –le digo pensando en mi hermana, era su cantante favorita y tocaba con la guitarra sus canciones.

–Creo que es una cantante de los sesenta.

–Sí. Y Elvis Presley, Jim Morrison, Jimi Hendrix, Kurt Cobain... Y escritores y poetas como Rimbaud, Baudelaire, Paul Verlaine y muchos otros que... oye Nacho, en realidad yo no imito a Chalton Helston en *El Planeta de los Simios* cuando intento dormir con los brazos cruzados –le digo cambiando de tema.

–Ah, ¿no? Entonces, ¿a quién?

–A *Ramsés II* con la cara de... a *Ramsés II*.

–¿A *Ramsés II*? Desde luego Javier eres el tipo más raro que he conocido nunca. ¿Ese era un faraón, verdad?

–Sí, es mi faraón preferido, ya sabes, ése que tiene su rostro esculpido en una cámara del templo de Abu Simbel. Tengo entendido que el sol entra dos veces al año para iluminar su cara que está a más de sesenta metros de la entrada y...

–¿Y...? ¿Y? ¿Y qué, tío?

–Chissssssst... creo que ha entrado alguien al piso, no hagas ruido –le susurro poniéndome el dedo en la boca.

–Yo no escucho nada. Pero no me extrañaría que el gordo nos hubiera seguido –me dice incorporándose de un salto sigilosamente–. Preferirá matarnos aquí. Es más seguro.

–¿Matarnos? Pero si el gordo debe estar en el hospital, no creo que pueda ni caminar y... calla... He escuchado el lavabo...

–¿El lavabo?

–¿Qué pasa? ¿Está abierto el grifo del lavabo?

–No, no. Desde que alquilé este piso, cuando alguien pisa una parte del suelo, una baldosa que no está bien pegada repercute en el lavabo, como si se moviese y esa parte está justo a varios pasos de la entrada. Vamos los dos, ha entrado alguien seguro –le susurro al oído apretando los puños y levantándome de la cama.

–¿Siempre duerme con la puerta abierta, amigo? –me pregunta un policía alto y delgado que viene acompañado de otro también alto y delgado, pero mofletudo y con un bigote imponente que no deja de mirar a todos los lados sonriente, sin decir nada, como si le divirtiese la situación.

–¿Estaba abierta? –respondo mirando a Nacho, cuando logro salir del estado de petrificación en el que me he quedado al verlos.

–Sí. Completamente abierta. Acompáñenos, la inspectora os está esperando –me ordena el policía del bigote que parece el jefe, dejando de sonreír.

–¿A nosotros?

–Sí, a los dos. Os tiene que hacer unas preguntillas. Pura rutina. Pero si no queréis venir, no lo hagáis. Traeremos una orden judicial, aunque en ese caso, no vamos a ser tan amables ni vamos a estar en plan compadreo –me dice rascándose con el borde del dedo la parte del bigote que queda bajo la nariz.

–¿Estamos detenidos?

–¿Detenidos? ¿Es que habéis hecho algo? –me pregunta el policía que no tiene bigote, mirando al mofletudo con bigote como si le pidiese permiso para intervenir en la conversación.

–No. No, qué va –contesto denegando con la cabeza para expresar mi disconformidad mientras me visto rápidamente.

–Si estuviérais detenidos no hubiéramos entrado así y ya tendríais las esposas puestas –me dice el policía mofletudo mirando a su subalterno con sorna.

Al salir por el portal, Nacho y yo esquivamos los excrementos de las palomas que a veces caen de los tejados, pero al policía que no tiene bigote le ha caído un excremento que le ha dejado una enorme mancha blanquecina encima de su uniforme. El adolescente me da un codazo para que lo vea y yo le hago una señal con la cabeza para que se esté quieto.

–¿Tiene usted documentación? –le pregunta a Boudú el policía del bigote, al percibir su presencia durmiendo entre los cartones, bajo el edredón nórdico.

–No pasa nada, no te preocupes –le digo a Boudú que me mira desorientado y asustado.

–¿Es su amigo este vagabundo? –me inquiere sorprendido el policía mofletudo.

–Sí. Y es inofensivo. Este hombre vive por aquí. Últimamente bebe más de la cuenta, pero es una buena persona y…

–"Buena persona" –repite el policía rubicundo, ensanchándosele aún más los mofletes como si le hubieran insuflado aire en las mejillas–. "Buena persona" –repite de nuevo–. Luego venimos a ver si tiene los papeles en regla esta "buena persona". Ahora vamos a la comisaría –me ordena.

–Y, ¿tenemos que ir en el coche de policía? –le pregunto al agente que no tiene bigote.

–No, si quieren pueden ir en su coche, pero ya que tenemos el nuestro aquí en la puerta… Servicio de taxi gratuito, amigo –me responde riéndose señalando el vehículo, que ha despertado la curiosidad de las personas que pasan por la calle en esos momentos.

Mi tendencia natural hacia el pesimismo y el fatalismo hace que piense que me llevan a la cárcel, que cuando salga del coche policial me meterán en unas mazmorras lóbregas y que por eso me trasladan de madrugada como lo hacían con los presos argentinos y chilenos o con los de la posguerra española. Descorazonado, pienso que nunca volveré a pasear por estas calles y que terminarán por perder mi caso y nadie se acordará de mí. Me alegra pensar que Nacho es menor de edad y que a él no le encerrarán, podrá venir a verme y me podrá traer el portátil para terminar mi tesina sobre Machado y lo mismo me dejan conectarme a Internet para poder seguir leyendo sobre la hiperactividad para ayudar a Nacho.

No hago ningún comentario porque los agentes están muy serios, especialmente el que no tiene bigote que está con el rostro severo observándome desde el espejo retrovisor con el excremento de la paloma en su hombro.

**

Cuando entro en la comisaría, ésta tiene para mí un efecto parecido a entrar en un hospital, a unas urgencias de un hospital. La última vez que estuve aquí vine a hacer una denuncia, pero ahora me han traído casi en calidad de preso. Y no solamente estoy nervioso porque pienso que voy a ir a la cárcel, sino también porque antes de entrar he visto, con una agudeza visual milimétrica, la quinta planta, el marco y el alféizar de la ventana de la quinta planta del hospital Carlos Haya donde sufrió y murió mi hermana. Entonces me he angustiado y he recurrido al Rincón Picasso del piso de la plaza de los Mártires, a esa imagen que simboliza para mí la época más feliz de mi vida y la perfección casi absoluta de la nostalgia.

Camino por los pasillos de la comisaría y veo en mi mente aquella vieja puerta blanca y a Marta apoyada en ella, mirándome una tarde lluviosa de otoño, mucho antes de que me excomulgase de su móvil, de su vida, de la ceremonia cotidiana de su vida. Retomo también otras imágenes de mi iconografía personal para relajarme, como visualizar que estoy en el camarote de un barco en plena galerna o en una estación de investigación bajo los hielos de la Antártida, protegido de las tormentas de nieve por una estructura de metal, por un auténtico bunker a varios metros de la capa de hielo, en mi postura de *Ramsés II*.

—Pasad a ese despacho y sentaos —nos ordena el policía del bigote sacándome de mis pensamientos tranquilizadores.

Nos sentamos los dos en las incómodas sillas. Nacho se mueve en ella y desplaza insistentemente las piernas hacia delante y hacia atrás y yo creo que van a venir ahora los torturadores a obtener alguna información de mí y tengo las pulsaciones del corazón tan elevadas como si estuviera en el sprint final de una carrera.

—No empieces a mover las piernas, Nacho, me pones nervioso —le digo mirando el armario lleno de carpetas y objetos robados o perdidos.

Observo un cartel enmarcado (en el que se ve una fotografía de Picasso) con el anuncio de una de las ediciones del Festival de Cine de Málaga. Creo que no estaba el último día que vine a la comisaría.

—¿Le gusta el cine? —escucho a mi espalda

—Sí —contesto dando un respingo y teniendo cuidado de colocarme en una postura en la que mi silla no quede en diagonal como la otra vez.

—Bueno, bueno, bueno… ¿y cuál es la película policíaca que más le ha gustado? —me espeta la inspectora nada más sentarse.

—Pues… no sé… algunas de las que protagonizó Bogart —le digo viendo cómo la inspectora parte una nuez mirándome fijamente con sus grandes ojos oscuros y colocando un dedo en sus gruesos labios.

—¿Cuál de ellas?

—Me gusta *El Sueño Eterno* o *El Halcón Maltés*.

—Y, ¿cuál es el autor policíaco que más le gusta? —me pregunta sin alzar la vista.

—Me encanta leer a Conan Doyle. Borges decía que era una de las buenas costumbres que nos quedan, como dormir la siesta. O morirse.

—¿Morirse? ¿Borges decía eso? —exclama levantando rápidamente la cabeza.

—Sí, Borges decía que morirse también es una buena costumbre.

—Ah… ¡vaya por Dios! Para mí sí que esa no es una buena costumbre. ¿Y cuál de los relatos de Conan Doyle le gusta más?

—*El Sabueso de los Baskerville*, es una pequeña obra maestra en su género —le digo sin dudar mirando la foto del rey y el viejo ordenador.

–¿Más que *Estudio en Escarlata* o *Estrella de Plata*? –me pregunta colocando los codos sobre la mesa y juntando las puntas de los dedos haciéndose pequeños masajitos con las yemas mientras me mira fijamente a los ojos.

–Sí. Y más que…

–¿Y le gusta a usted el arte? –me pregunta, dejándome con la palabra en la boca, sin dejar de mirarme fijamente a los ojos.

–Sí.

–¿La pintura, por ejemplo?

–Sí. La pintura, por ejemplo.

–Y por ejemplo, por ejemplo, ¿cuál es su pintor preferido? Espere, espere, no me lo diga. ¿Picasso? –me dice, despegando los codos de la mesa y haciendo un gesto con las dos manos como si estuviera deteniendo el tráfico.

–Sí, Picasso, pero también Rembrandt y Alma-Tadema.

–Conozco a Rembrandt, por supuesto, pero no sé quién es esa Alma –me dice echándose para atrás en su asiento.

–Lawrence Alma-Tadema, era un hombre, un pintor del siglo XIX.

–Ah… Un hombre, claro, ¿y qué le gusta de ese pintor?

–Era del siglo XIX, pero siempre pintó temas del pasado, de Grecia y de Roma. Me gusta la nostalgia que emana de sus cuadros, la ensoñación por el paso del tiempo a la que parece transportarte y especialmente me gusta un cuadro suyo, no sé si lo ha visto alguna vez…

–No, no. Le he dicho que nunca he oído hablar de ese pintor. Continúe, ¿qué se ve en ese cuadro?

–Tres mujeres, en el cuadro se ven a tres mujeres jóvenes asomadas a una terraza romana o griega, viendo alejarse o llegar un barco de remos –le digo recordando a la mujer que se parecía a Marta en el cuadro que tengo en mi estudio, esa mujer pelirroja o cobriza, como diría ella, que mira hacia el cielo con los brazos en una postura sensual, con la diadema de flores en sus cabellos ensortijados como los de la estatua del patio de la facultad. La mujer con la que se identificó Friné antes de coger la maleta para irse definitivamente de mi vida, de la época más feliz de mi vida.

–Y de Rembrandt, ¿qué le gusta de Rembrandt? –me pregunta con curiosidad, echándose sus rizados cabellos negros hacia atrás y poniendo las manos en sus pómulos, mirando cómo mueve las piernas Nacho.

–La tristeza tan relajante de su luz siempre invernal. Y el hecho de que se estuviera pintando a sí mismo toda la vida mientras iba envejeciendo. Desde que era casi un niño hasta poco antes de morir.

–Muy interesante. Pero yo pensaba que su pintor preferido era Picasso.

–Sí, ya le he dicho que es uno de mis preferidos. Y es el pintor cuya personalidad y actitud ante la vida más admiro.

–¿Por eso tiene que entrar de madrugada al Museo Picasso? –sentencia la inspectora haciendo un chasquido con la lengua y asintiendo con la cabeza.

–¿Al Museo Picasso?

–¿No ha estado usted en el museo recientemente?

–No. No… no…–contesto sin mucha convicción al principio pero con énfasis a partir del segundo no.

–Mmmmmm. Debe ser un error porque el guardia de seguridad vio entrar a alguien parecido a usted y a un niño parecido a su hijo adoptivo. Aunque él sí conoce el museo, ¿verdad, Nacho? –le pregunta irónicamente entrelazando los dedos de sus manos y masticando trozos de nueces. –Por cierto ¿queréis una nuez? Creo que no os he ofrecido ninguna.

–No, no me apetece… ¿tú quieres, Nacho?

–No, yo tampoco.

–Pues a vuestra salud, tienen mucho Omega-3 y son muy buenas para el corazón… A propósito, joven, deje de mover las piernas tanto que me está poniendo de los nervios –le increpa a Nacho–. Entonces, ¿qué me dices del museo?

–Bueno, yo al museo Picasso…

–No se lo pregunto a usted –me corta–. Le pregunto a Nacho. ¿Tú conoces bien el museo, verdad?

–¿El museo...? no… no me interesa el arte.

–¿El arte? Sí… eso es cierto. Sé que no te interesa el arte. Me consta. Te interesan otras cosas del museo. Por ejemplo, las carteras de los turistas…y, dígame, ¿no le ha traído alguna bicicleta a su casa?

–¿Bicicleta?

–Sí…, creemos que ha robado varias…

–¿Está segura? ¿Es… es eso cierto? ¿La bicicleta es robada? –le pregunto a Nacho tartamudeando.

–¡Eso es mentira! ¡Eso es…! – exclama Nacho, quejándose, pero deja de hablar al ver el duro semblante de la inspectora escrutándolo.

–Has hecho bien en callarte. Aquí solamente se habla cuando yo lo ordeno. Ya volveremos a ese tema después –le increpa desenlazando los dedos.

Los ojos de la inspectora se desplazan en silencio de Nacho a mí y de mí a Nacho y de nuevo a mí como si tratara de leernos el pensamiento a los dos y finalmente hubiera decidido centrarse en los míos. Ha debido estar así solamente unos minutos, pero a mí me ha parecido mucho tiempo y no he sido capaz de sostenerle la mirada.

—Usted sabrá que estar en la escena de un crimen cuando éste se comete puede ser incriminatorio, aunque no sea una prueba directa. Le digo esto porque usted y la "perla" que tiene como hijo adoptivo aparecen en todas las cámaras de vídeo-vigilancia del museo. A no ser que tenga usted un hermano gemelo. Y el niño otro hermano gemelo, claro. Así que ya me explicará…

—¿Ha muerto alguien?

—No, no ha muerto nadie.

—Bueno, nosotros… —le empiezo a decir sin terminar la frase ya que creo que no me escucha, porque se ha levantado rápidamente y se ha ido hacia la puerta al ver entrar a los dos policías delgados y altos que nos han traído y que le entregan una carpeta en la que yo creo que está mi sentencia, mi encarcelamiento sin juicio. El policía sin bigote sigue teniendo la mancha del excremento de la paloma en su uniforme.

—A propósito, ¿conocía usted a la señora Carmen López? —me pregunta la inspectora dándose la vuelta hacia mí al irse los policías.

—¿Carmen?..., sí…., fuimos…, bueno…

—¿Fue su pareja? —me pregunta curioseando los documentos que tiene la carpeta que le han traído los agentes.

—Durante muy poco tiempo…

—Pero… ¿sabía que Carmen tenía novio y que le dejó por usted? —me pregunta si levantar la vista de la carpeta.

—No. Eso no lo sabía. Ella me dijo que no estaba con nadie y que…

—Parece que es muy peligroso para una mujer toparse con un individuo aparentemente ingenuo como usted. Es posible que esa peligrosidad se lo de el hecho de ser un conserje atractivo. Últimamente los conserjes están dando mucho que hablar…

—¿Por qué lo dice? —le pregunto viendo cómo Nacho se levanta de la silla y comienza a dar vueltas por el despacho.

—¿Qué porqué lo digo? Fíjese la mujer que se han encontrado en su facultad muerta por tener relaciones con un conserje.

—¿Cómo sabe eso?

—¿Qué cómo lo sé? Pero, ¿usted cree que la policía es tonta? ¿A quién cree usted que llamó su decano cuando se descubrieron los esqueletos?

–Me lo imagino.

–¿Hacía mucho que no la veía?

–¿Cómo?

–¿Qué cuánto tiempo hace que no ve a Carmen? ¡Quieres hacer el favor de sentarte o te siento yo! –le grita a Nacho.

–Me siento, me siento yo…–le contesta Nacho obediente.

–¿Cuánto tiempo ha dicho?

– Eh… Mucho…, cinco años, más o menos.

–¿Conocía usted la Laguna de la Barrera? –me pregunta soltando el informe en la mesa y colocando una nuez debajo de la pirámide de alabastro. Yo me quedo absorto mirando la pirámide que mantiene inmóvil en el aire, observándome atentamente esperando mi respuesta.

–No. Bueno, sí. O sea, en realidad, no. La primera vez que escuché hablar de esa laguna fue cuando usted me llamó y me comentó algo sobre una mujer que habían devorado las tortugas y que se habían puesto en contacto con la Facultad de Biología. Yo no sabía que esa mujer era Carmen, después he leído en la prensa algunas noticias sobre las tortugas y sobre el cadáver. He pasado delante de esa laguna algunas veces pero no me había fijado nunca y ni siquiera sabía que se llamara de la Barrera.

–¿Y qué ha leído? –me pregunta machacando la nuez con la pirámide.

–Pues que a Carmen la han devorado unas tortugas, que al parecer son Tortugas de Florida y de una especie que también las hay en el río Ter, en Girona.

–Sí, yo también lo he leído. Y sé que también las hay en ese río, pero no de ese tamaño. Éstas son gigantes, amigo. El biólogo que colabora con nosotros está intrigado: o es una especie desconocida o es una mutación debido a la subestación eléctrica que hay detrás de la laguna. No se sabe si serán los generadores y los transformadores que están degradando el agua o bien algún tipo de plaguicida. Los vecinos hace tiempo que quieren desmantelarla. Algo sucede ahí porque los cisnes y los patos desaparecieron. ¿No le parece el argumento de una película de ciencia-ficción? –me dice masticando trocitos de nuez y haciendo montoncitos con las cáscaras para tirarlas a la papelera.

–Sí…, en más de una película he visto que los campos electromagnéticos pueden aumentar el tamaño de algunas especies.

–Sí, yo también lo he visto y se vuelven más agresivas. Afortunadamente está prohibido bañarse en la laguna y hay unas vallas protectoras, por que si no…

—Menos mal, sí. En un restaurante vegetariano donde a veces como, me han contado que…

—¿Un restaurante vegetariano?

—Sí…

—Me encantan los restaurantes vegetarianos. Yo siempre almuerzo en alguno y…, pero siga, siga, ¿qué le han contado allí?

—Pues que un pescador denunció que estaba sacando un pez con una caña en esa laguna cuando vio las fauces de una tortuga que agarró el pez, mordió la caña y casi le tira al agua. Y este mismo hombre contó que sabía de perros y gatos que se han acercado al agua demasiado y las tortugas los han arrastrado hasta el fondo y nunca más se han visto.

La inspectora manosea la pirámide, la acaricia y luego le da un golpe seco a otra nuez que se parte en varios trozos que va agrupando, retirando las cáscaras con las uñas.

—¿Tiene idea de lo mal que lo pasó esa mujer cuando usted la abandonó? —me dice cambiando de tema y pasando del tono cordial de la conversación que había iniciado hace unos momentos a otro más serio, casi hostil y con un estudiado distanciamiento profesional.

—Oye, Javier, que lo que dice la inspectora es mentira; que yo no he robado nada —interviene Nacho de repente.

—¿Pero a ti quién te ha dado permiso para que hables? Te he dicho que te calles. Aquí sólo se habla cuando yo lo digo. Puede seguir, continúe…

—Eh… yo… No sabía que… Bueno, ella sabía que era temporal y que yo no la quería. Me esforcé pero no conseguí amarla.

—Pues el ex novio nos ha dicho que estaban todo el día haciendo el amor. Quiero decir que usted y ella estaban todo el día follando.

—Ehhh… Sí… era una especie de terapia.

—¿De terapia? ¿Sabe que es usted un tipo divertido? Esa terapia debe funcionar, porque después de Carmen estuvo usted con algunas más. ¿Sigue "tratándose" con esa terapia?

—No, hace tiempo que no tengo contacto sexual con nadie.

—Es usted un extremista, ¿eh? ¿Qué pasó? ¿Cambió de terapeuta y fue a ver a un cura o algo así? ¿Se metió en alguna secta?

—No. No encontré lo que estaba buscando. Y perdí el deseo.

—Vaya, vaya… ¿Y qué buscaba?

—Enamorarme de la misma manera que lo estaba de una mujer que me abandonó.

–Eso le pasa a cualquiera, amigo. A mí, por ejemplo. Qué interesante. No sabía que tuviéramos tantos puntos en común. Bueno, pero yo no he probado esa "terapia". En fin, quiero que sepa que sale usted muy atractivo en los vídeos.

–¿Sí? Bueno, tendré una cara de miedo en el museo que… – le empiezo a decir, pero Nacho me pega por debajo de la mesa un puntapié y me doy cuenta de que no tenía que haber dicho lo que acabo de decir.

–¿En el museo? Yo no he dicho nada del museo. Yo me refería a las cámaras de vídeo-vigilancia que tenemos en el centro.

–¿Cámaras en el centro?

–¿No lo sabía usted?

–No. No tenía ni idea.

–Pues durante veinticuatro horas al día están grabando todo y tienen un zoom que nos permite ampliar todo lo que vemos. Desde el centro de control que coordina las cámaras podemos girar completamente las lentes hacia donde queramos. Y todo lo que se graba puede servir como prueba de delito.

–Y, ¿yo he cometido algún delito?

–No sé, ¿ha cometido usted algún delito?

–No. Claro que no. Vamos, yo creo que no.

–No siga usted, que veo que se va a autoinculpar en algún crimen que no ha cometido. Sí, definitivamente es usted un tipo ingenuamente divertido.

–¿Nos podemos ir?

–Todavía no, ya mismo. ¿Llamó usted a la policía?

–Sí.

–¿Y por qué no esperó a que llegase en lugar de tomarse la justicia por su mano?

–No teníamos tiempo para esperar, esos tipos…

–Esos tipos están… Bueno estaban hospitalizados y fuertemente custodiados por nuestros agentes. ¿Sabe usted qué les pudo pasar?

–Dígamelo usted, ¿no se lo ha preguntado a ellos?

–No. No he podido; se han escapado del hospital antes de que los interrogáramos. Y precisamente las cámaras del sótano del museo no funcionaban cuando los dos hombres bajaron. Pero quizás usted sepa algo. ¿Estaban ustedes en el sótano cuando ellos bajaron? –me pregunta señalándome con el dedo.

–No recuerdo. Huíamos de ellos y nos escondimos en varios sitios. Pero ahora que lo dice, puede ser, puede ser que bajáramos al sótano.

–Ya. Sí, lo más probable es que os refugiarais en el sótano. Si hay alguna denuncia me temo que volveré a verte por aquí. ¿Te puedo tutear, verdad?

–Sí.

–Te va a salvar que esos hombres estén fichados, siempre por peleas, lesiones. Tienen todo tipo de antecedentes penales. Puede que sean responsables de algún asesinato, pero no hemos podido demostrarlo. Así que ten cuidado porque si te los encuentras otra vez no creo que tengan mucho mimo contigo. Aunque el niño es un maestro en las artes marciales. Entre otras artes. Pero esta vez os pegarán un tiro directamente. Ya os podéis ir. Si queréis, claro…

–¿Sabe algo de la mujer secuestrada?

–A mí también me puedes tutear.

–¿Sabes algo de la mujer secuestrada?

–Bueno, si supiera algo tampoco te lo podría decir… Pero parece que no está en Francia.

–Ya. Me lo imagino.

–Por lo que sé, es muy posible que realmente haya sido secuestrada. Estamos considerando que no sea una detención ilegal sino un secuestro en toda regla. El marido dice que su mujer se había ido de casa y que está con unos amigos. Evidentemente miente, le estamos investigando; este hombre tiene antecedentes por malos tratos. Su anterior pareja le denunció varias veces y desapareció. Nunca se supo más de ella. Él mantiene que también se fue de casa. Otra cosa –me dice levantándose de la silla y llevándome a un rincón del despacho con la mano sobre mi hombro para que Nacho no nos escuche–. Hemos descubierto que el niño no tiene ningún familiar directo: los padres biológicos murieron en un accidente de tráfico y con tres años fue adoptado. No sé los detalles del accidente pero lo que sí sé es que los padres no tenían hermanos, por lo que tampoco tiene tíos carnales y ninguno de sus abuelos vive. La madrastra es de Granada y allí vive casi toda su familia. Esos familiares –a los que ya hemos estado investigando– están muy preocupados por la desaparecida y me han dicho que, cuando aparezca, se van a ir ella y el adolescente a Granada, que tienen una vivienda para los dos y un trabajo para ella. En fin, el niño puede ir a Granada pero ahora mismo sólo te tiene a ti. Claro que es un menor conflictivo y no creo que te convenga. Por cierto, creo que el niño no sabe nada de lo del accidente. Bueno, ya os podéis ir –me dice, sacándome del rincón y elevando su voz.

–Gracias.

–A ver si un día comemos en un vegetariano. Yo te invito.

–Sí, vale…

–Esperad, que os va a llevar…

–No, no, gracias, ya ha amanecido. Cogemos el autobús hasta mi casa. Hay una parada en la puerta de la comisaría.

–Bueno, te debo una invitación y siento que hayas dormido tan poco por mi culpa y que vayas a estar cansado esta mañana en la conserjería.

–No, tengo turno de tarde, esta mañana voy al mercado a comprar.

–¿Al mercado? Un hombre de su casa, sí señor. Bueno, hasta otra –me dice cogiendo una nuez y quedándose de nuevo con la mano levantada con la pirámide a punto de partir la nuez. ¡Por cierto! –exclama cuando ya estamos saliendo por la puerta.

–¿Sí?

–A Carmen no la devoraron las tortugas.

–¿Cómo? Pero si ha salido por la prensa y…

–Sí. Las tortugas la devoraron, pero antes había sido asesinada.

–¿Asesinada? Creo recordar que ya me dijo, o sea que ya me dijiste eso cuando me llamaste al móvil.

–Sí. Pero entonces no tenía la certeza.

–Pues me contaste que le habían puesto piedras para que se hundiera y que le habían metido en unos plásticos amarrados con cuerdas.

–Tienes buena memoria, amigo. Sin embargo ahora sabemos cómo murió.

–¿Cómo murió?

–¿No lo sabes?

–No. ¿Cómo iba a saberlo?

–Alguien le aplastó el cráneo antes de que se sumergiera. ¿Y no has leído lo que se ha filtrado a la prensa de los resultados de la autopsia?

–No, de eso no he leído nada.

–Pues sale una foto mía. Dice que si hemos hecho espectografía por infrarrojos, que si hemos reconstruido una huella dactilar, que si el forense ha dicho que el cuerpo estuvo guardado en un congelador algún tiempo... Saben incluso que el cuerpo estaba casi dividido en dos mitades a la altura del abdomen, que tenía una pierna prácticamente desmembrada y las muñecas atadas con cinta aislante. Algunas cosas son ciertas, otras son falsas. Pero no saben algo realmente inquietante.

–¿El qué?

–Acércate –me dice, haciéndome un gesto con la mano–. Las tortugas devoraron parte de su cuerpo, pero antes alguien le había extirpado las córneas, el hígado y los riñones –me dice al oído–. Y conservaba neuronas rojas. Eso significa que horas antes de morir no le llegó oxígeno al cerebro. Vale. Puedes irte –susurra golpeando con fuerza la nuez–. Espero que nos veamos pronto –añade subiendo la voz y levantando la cabeza sonriente, viendo mi rostro desencajado, mientras camino perturbado hacia la puerta donde Nacho me espera impaciente, sin parar de moverse.

***

–Oye, Javier, ¿sabes qué día es hoy?

–Jueves.

–Y, ¿qué me prometiste los jueves?

–Sí, ya lo sé, llevarte al *Indiana*, pero es un sitio que… yo ya soy mayor para ese lugar y tú demasiado pequeño y además…

–¿Y además qué?

–Me trae recuerdos.

–¿Qué recuerdos?

–Recuerdos.

–Ya. ¿Alguna mujer? ¿La que te retiró del mundo? Oye, Javier, ¿me vas a llevar esta noche o no?

–Cuando me cuentes qué hacías robando en el Museo Picasso. Por eso lo conocías tan bien, ¿verdad?

–No, Javier. Estás equivocado. ¿Vas a creer a esa mujer?

–Sí. La creo. Es una inspectora de policía, ¿por qué no iba a creerla? ¿Ya estamos con las mentiras, Nacho?

–Javier, necesitaba dinero para comer. No tenía alternativa. ¿Me perdonas?

–Vale. Pero eso supongo que sería antes de que te vinieras conmigo ¿no?

–Sí, claro, claro que fue antes, después no me hacía falta, te tengo a ti. Confía en mí, anda Javier, confía en mí, necesito que confíe alguien en mí.

–Vale, confío en ti –le digo pensando conmovido en lo que me ha dicho la inspectora de la orfandad de Nacho. ¿Qué tal te va en el instituto y en el conservatorio?

–Bien, bueno, llevo poco tiempo y… creo que me va mejor en el conservatorio, pero no me va mal en el instituto. Oye, antes de que se me olvide, dicen que falta no sé qué documentación para formalizar la matrícula y que tú la ibas a llevar.

–Sí, ya la llevaré. Oye Nacho, ¿tú te dejaste la puerta abierta?

–¿Qué puerta?

–La del apartamento.

–¿Yo? Qué va, si tú entraste el último cuando llegamos de la facultad, ¿no te acuerdas?

–Entonces alguien la abrió y seguramente iba a entrar cuando llegó la policía y saldría corriendo. Oye…

–¿Sí?

–La bicicleta que te has dejado en la facultad, ¿no será robada, verdad?

–No, qué pesado, ya te dije que me la había prestado un colega.

–¿Un colega? ¿De dónde?

–Del instituto.

–Bueno, venga para dentro que aquí hace frío –le digo con la mano puesta en la puerta del balcón del apartamento para cerrarlo.

He salido a aclarar mis ideas después de haber comprado en el mercado central. A esta hora de la mañana las palomas revolotean por encima de donde suele dormir Boudú y mi mente ha revoloteado también desde la conversación con la inspectora esta madrugada, hasta mis recuerdos más remotos que surgieron, precisamente asomado a un balcón, a un pequeño balcón como éste, con cuatro años. A esa edad, por primera vez, reconocí que "yo era yo" y que tenía cuatro años y que me llamaba Javier. Desde ese instante asomado al balcón y hasta ahora, jamás me ha dejado de obsesionar el paso del tiempo, ni de tener una incomprensible, permanente, nostalgia, para la que no encuentro una explicación razonable. Como la nostalgia que siento cuando veo las reproducciones de los cuadros de Alma-Tadema que tengo en el comedor.

–Oye, Javier. ¡Javier! ¿Qué te pasa? ¿Nos metemos para dentro o vamos a estar todo el día en el balcón? ¿Qué me vas a hacer para desayunar?

–Vamos a ver qué desayuno le preparamos al niño esta mañana –le digo a Nacho cerrando la puerta del balcón y percibiendo su mano apoyada en mi hombro.

–Oye ¿y ese solomillo que me ibas a hacer?

–Espera que piense en el desayuno, no seas impulsivo, que el solomillo ya lo tengo pensado. Ya tengo la receta en mi mente.

–Sí, aquí está todo, ¿eh? –me dice señalándose con el dedo en la frente, riéndose mientras corre hacia el cuarto de baño.

Pongo dos pequeños pulpitos a la plancha y un filete de ventresca de atún entreverado con vetas de jugosas grasas, en tanto le hago un zumo de naranja al que le añado trozos de kiwi y piña. Y le coloco encima un enorme *Dátil del Jordán* o del *Rey Salomón* y le hago una pequeñísima guarnición de guisantes frescos guisados rodeando una alcachofa que guardaba en el frigorífico, ya confitada con ajos, perejil, cebollas y guindilla, trocitos de gambas y virutas de jamón ibérico flambeadas con coñac. Luego espolvoreo todo con azafrán de hebra molido.

–Oye Javier, ¿tú no eres funcionario? –me pregunta al regresar del cuarto de baño.

–Sí.

–Entonces, ¿por qué estudias tanto?

–Porque estoy documentándome sobre la hiperactividad para comprenderte mejor, capullo, y para saber cómo…

–No, no, no me refiero a eso. Escribes con el portátil siempre que tienes un hueco libre, ¿qué estás estudiando? Porque tú estás estudiando algo.

–Ah, ya sé a lo que te refieres –le digo, oliendo un perfume de rosas que parece que se ha echado Nacho en el cuarto de baño–. Estoy haciendo un trabajo sobre la filosofía de Antonio Machado y sobre la Guerra Civil Española que voy a presentar ante un tribunal. ¿Y, ahora de qué te ríes?

–De la frutera, de los brazos de Popeye, de los huevos aplastados, es buenísimo, tío.

–¿De la frutera? ¿Te ríes de la frutera? –Le pregunto recordando las compras que hice esta mañana en el mercado central y cómo le llevé al puesto de la fruta y los dos bromeamos sobre el tamaño de los pechos de la frutera y cómo los movía como dos flanes enormes cuando yo le pregunté si es buena la fruta y la frutera me contestó –me contesta siempre, invariablemente– que es la mejor fruta con una entonación de diva de ópera italiana. Nacho se quedó perplejo mirando muy atentamente el baile de sus senos debajo de su delantal blanco ajustado por el que sobresalían y yo creo que pensaba, que Nacho pensaba en lo que yo le había dicho sobre algo que decía Niezstche relacionado con el sabor a dátiles de los pezones de las mujeres.

***

Al dejar el puesto de la fruta, le conté a Nacho que antes coincidía mucho con la mujer de la frutería, cuando los dos íbamos con nuestros perros por el paseo marítimo. Cuando vivía mi perro Otelo (que compré al poco de que me dejara Marta), solía coincidir con ella en el paseo marítimo –más o menos en frente de donde hundieron al submarino C-3 aunque yo entonces no lo sabía– y nos quedábamos un par de horas hablando. A mí no me esperaba nadie y me sentía como esas personas muy mayores que alargan la conversación porque después se enfrentan a largas horas de soledad y de angustia, pero a ella le esperaba el marido y éste, ante la tardanza de la mujer que ya se estaba convirtiendo en una costumbre, se presentó una noche a buscarla y delante de mí le increpó que por qué tardaba tanto, que qué se había creído, tonteando todas las noches con el tipo ése –y me señalaba con el dedo y con la cabeza provocándome, esperando que yo dijera algo–. Ya no volví a encontrármela jamás, ni sola ni con el perro, por el paseo marítimo. Solamente la seguí viendo en la frutería y le seguí preguntando si tenía buena fruta y ella me siguió respondiendo con la misma entonación de soprano que su fruta era la mejor acompañado con el movimiento de sus pechos.

–Mmmmm… ¿Y este olor me recordará a ti igual que lo que me contaste de ese escritor que recordaba su infancia oliendo una magdalena? –me pregunta acercando su nariz al plato humeante.

–Seguramente sí – le digo observando cómo empieza a reírse primero con una sonrisa y luego de forma estentórea y descontrolada.

–¿De qué te ríes?

–No sé.

–¿No sabes?

–Ah… sí… del otorrino, del Popeye ése que me contaste.

–Ah, sí, del otorrino.

–O de la compresa, o de los huevos. No sé… es que eres muy raro, tío.

–Ya –le contesto frunciendo las cejas mirándole el cuello donde parece que tiene un moratón y mirándole los ojos enrojecidos, recordando que, cuando salimos del mercado, llevamos la comida al coche, y le llevé a comprarle ropa, Nacho se puso a darle patadas a una compresa que se encontró en la calle y de repente, al pasar por la entrada de un hotel en calle Larios, me llegó el olor de la operación de amígdalas y le conté a Nacho mi experiencia traumática infantil. Creo que fue en ese momento cuando le conté también lo de la magdalena de Proust. Y empezamos a reírnos haciendo chistes sobre los brazos de Popeye del otorrino y sobre la experiencia que ha quedado registrada, de la misma forma que un trauma, en mi memoria olfativa.

–Déjate de coña, tío, eso no puede ser verdad –me dijo.

–Sí, sí, te lo juro, te juro que es verdad –le dije.

Y seguimos riéndonos. Entonces me contó que a él le pasa lo mismo cuando huele un perfume concreto; no sabe por qué, pero cree que le trae recuerdos de la casa donde vivía con sus padres –"mis padres de verdad", algo

que debía echarse su madre,–"mi madre de verdad". Un olor que es una mezcla de colonia, alcohol y plátanos maduros.

–El alcohol de las inyecciones, no te creas que es el del vino y luces,
luces blancas –me dijo.

–¿Luces blancas? –le pregunté.

–Sí, luces blancas y un olor a plátanos maduros.

–¿Olor a plátanos maduros?

–No lo sé, en algún lugar de pequeño debía haber plátanos maduros o
pudriéndose, con alcohol o algo así y me da ansiedad cuando los huelo, igual
que a ti ese perfume de la habitación del otorrino, de Popeye –me dijo.

Cuando ya se nos pasó la risa subimos al "Pulgui" y nada más acelerar
tuve que frenar de pronto para no atropellar a una señora mayor con un bastón
que cruzó con el semáforo en rojo sin mirar. Las manzanas se cayeron del
asiento aplastando los huevos y llegamos hasta el apartamento riéndonos de
nuevo esquivando los excrementos de las palomas después de dejarle a Boudú
algunas frutas y una botella de agua mineral.

–¿De qué te ríes otra vez, Nacho?

–De la frutera. De las tetas de la frutera cuando se mueven al decir que
es la mejor fruta. La mejooooooooooor.

–Ah, sí, de la frutera. Sí, lo dice como tú, qué bien la imitas. Y también
te ríes del olor de las amígdalas. Claro. Y del sabor a dátiles de los pezones.
Es muy gracioso. Y… y… –balbuceo, apartando del fuego las sartenes y poniendo el desayuno en pequeños platos que deposito en una bandeja que llevo
a la mesa del comedor–. Nacho. ¿Te has tomado algo en el cuarto de baño? –le
pregunto con firmeza.

–No. Qué va. Qué voy a tomar. Siempre igual. Qué pesado –me dice
alejándose y manteniendo su rostro a una cautelosa distancia de mí.

–Pues tienes los ojos enrojecidos –le digo–. Nacho, te puse una condición para que te quedaras conmigo –añado, aproximándome.

–¿Una condición? Esto parece un cuartel.

–Eres injusto conmigo Nacho, eres injusto.

–¿Que yo soy qué? Anda tío por favor, déjame tranquilo.

–No sé qué te has tomado, pero estás mal. Me da la sensación de que no
estoy hablando contigo, sino con el tipo de droga que te has tomado.

–Vamos tío, que ese comentario está muy visto.

–Te voy a llevar al hospital para que te hagan una analítica y me digan
qué te has tomado y así empezar a tratarte esa adicción.

–Yo no tengo ninguna adicción. Tú y tu amiga la inspectora ¿Te crees todo lo que te dice la tía esa? ¿A dónde vas? –me pregunta, al verme caminar hacia el aseo.

–Al cuarto de baño.

–¿Para qué?

–Porque ésta es mi casa y voy a donde me de la gana. Seguro que descubro algo que no te gusta.

–No, espera un poco, tú no vas a ningún lado.

–Ah, ¿no? ¿Tú me lo vas a impedir?

– Sí.

–Pues venga, empieza a pegarme las patadas ésas que sabes dar tan bien porque yo pienso ir ahora mismo al cuarto de baño de mi casa. ¡Quítate de mi camino! –le grito, viendo con estupor cómo Nacho se pone delante de mí haciendo gestos raros con su rostro y apretando los puños.

–¡Vamos, quítate de aquí, niñato! –le grito apartándolo de un empujón.

–¡No me llames niñato! –me grita perdiendo el control y pegando puñetazos y patadas al aire hasta que vuelca la mesa del comedor con el desayuno y se va para la cocina y cierra la puerta de un portazo. Al instante sale bruscamente a coger su móvil.

–¿A dónde vas con el móvil? –le pregunto.

Nacho hace un gesto raro con la boca y tira el móvil contra el suelo destrozándolo. Mientras yo voy recogiendo los trozos, Nacho vuelve a meterse en la cocina pegando un portazo todavía más fuerte que el anterior.

–¡Ten cuidado con la puerta que vas a romper el cristal! –le increpo poniéndome delante de la cocina.

Veo su figura tras la puerta; un ectoplasma agitándose a través del cristal. Le escucho resoplar. Procuro relajarme, el corazón me palpita descontroladamente e intento tranquilizarme. He vivido situaciones parecidas y aún mucho peores con mi hermana y con mi hermano, con mi sobrino y con algunos amigos, pero ninguna de ellas me inmuniza. Es más, al observar mis propias reacciones y mi estado anímico, en estos momentos llego a la conclusión de que las repercusiones de estos enfrentamientos, de que la ansiedad que experimento derivada de estos enfrentamientos, es acumulativa y me lleva a un hastío creciente y a una tolerancia de mi sufrimiento menor, si bien logro mantener cierta calma de la que carecía años atrás.

–¿Y qué si he tomado algo? ¡Estoy en mi derecho de ser feliz, todos mis amigos lo hacen y yo lo necesito! –me grita desde el otro lado de la puerta.

–Me parece mal y no voy a permitir que lo hagas en mi casa, tío, si quieres hacerlo te vas con…

–¿Con quién? ¿Con quién me voy? ¡No tengo a nadie en esta puta vida! ¡Dime! ¿Con quién me voy? –me pregunta pegando con la mano en el cristal de la puerta.

–Perdona, Nacho, no quería decirte eso…

–No, ahora me voy a ir y no me vas a ver más, nunca más vendré a tu puta casa.

–Escucha, quédate ahí. No quería decirte eso, perdóname –le digo intentando ser terapéutico como con mi hermana y mi hermano y mis amigos mientras cojo el pomo y tiro hacia arriba para que no pueda abrir la puerta.

–¡Ábreme la puerta o la echo abajo!

– Espera a que te tranquilices y te abro.

–¡Ábreme la puerta ahora mismo! –me grita empujándola y trasteando el pomo con fuerza. ¡Ahora verás! –exclama.

De pronto desaparece su silueta opaca detrás de la puerta. Yo me asusto y suelto el pomo gritándole:

–¡Ya puedes salir Nacho! ¡Nacho! ¿Qué estás haciendo? ¡Ya puedes salir! ¿Qué estás haciendo Nacho? –le pregunto apartándome de la puerta.

Escucho un impacto y acto seguido un estallido de cristales del que sale Nacho gritando con las piernas por delante atravesando la nube de cristales rotos en un salto inconcebible hacia el comedor.

–¡Nacho! ¿Te has vuelto loco? Te has podido... te has podido… Estás lleno de sangre, ¡joder! ¡Te has cortado tío! Pero… –le digo calibrando las palabras que le voy a decir.– ¿Por qué has hecho eso? Ven aquí, por favor –le suplico quitándole cristales de las cejas, de la cabeza, de los hombros.

Nacho deja que le quite los cristales sumisamente, en un estado de indefensión absoluta, de conmoción lamentable. Descubro que tiene un corte muy profundo en el antebrazo del que sale la sangre a borbotones. Salgo corriendo hacia la habitación, cojo una camiseta interior, me miro en el espejo, no sé por qué pero me miro en el espejo y durante un segundo me veo haciendo inspiraciones y recordando que, en una ocasión, yo le di un puñetazo al cristal de la cocina de la casa de mis padres en un momento de máxima tensión por las adicciones de mi hermana y me corté el antebrazo al romper el cristal, pero estuve a punto de cortarme el cuello porque un fragmento de cristal se incrustó en él. Perdí tanta sangre que faltó muy poco para que me hicieran una transfusión. Ahora me veo en el espejo y me veo tumbado en la camilla del hospital Carlos Haya, aquel día en el que pude morir y un anónimo ciudadano me llevó en su coche a urgencias y yo le pedí perdón por empaparle de sangre el asiento. Aquél funesto día con aquella pequeña tijera estrangulándome la arteria para que se cortase la hemorragia.

Éste soy yo una vez más –me digo– sufriendo por estos problemas. Sufriendo por personas queridas con toxicomanías, por personas consumidoras de sustancias que les llevan a la destrucción y al dolor extremo de los que están a su lado. Éste soy yo, una vez más, éste soy yo –me digo observando que me ha dado un derrame en un ojo. Regreso al comedor y le hago un torniquete a Nacho pero apenas puedo contenerle la hemorragia.

–¿Por qué haces todo esto por mí? ¡Tú no eres mi padre! ¡Yo no tengo padre ni madre! ¡A mí no me quiere nadie!

–Yo te quiero, Nacho, ya sé que no soy tu padre, coño, pero yo te quiero como si lo fuera, ¡joder!

–Yo a ti también… yo a ti también, Javier, no quería decirte eso, ¡perdóname, no sé que me ha pasado, perdóname! – me grita de forma babeante y me abraza llorando. ¡Siento ser un puto hiperactivo! –exclama entre suspiros. ¡Un puto hiperactivo de los que no tienen control y caen en el lado oscuro!

–Escucha –le digo agarrándolo–. ¡Tranquilízate! –le grito–. Escucha –le digo otra vez, abrazándolo–. Vamos al hospital, por favor, por favor, estás perdiendo mucha sangre. Relájate, por favor, vamos al hospital –le digo bajando la voz hasta que se va convirtiendo en un susurro entrecortado por el miedo, por la tristeza, por las lágrimas.

Busco el aire en el comedor porque yo no sé a dónde ha ido a parar todo el oxígeno de la tierra y me estoy asfixiando por la hiperventilación.

***

Por un instante me parece ver la cara de Marta pegada al cristal exterior del *Indiana*. Pienso que la voy a ver en unos segundos, que voy a oler su perfume, no el de su colonia, sino el perfume de su piel a cacao y a vainilla y miro hacia todos los rincones hasta que detengo mis ojos en la entrada, pero al cabo de un rato no entra nadie que se parezca a ella. Esos pensamientos premonitorios que me anticipan a alguien que después, indefectiblemente, acabo viendo, tienen en Marta la única excepción. Pero, junto con mi hermana, ella es la única persona a la que, sin embargo, no he dejado de ver en mi mente desde que me abandonó, igual que la veo ahora, como me parece verla ahora con su nariz pegada al cristal y su boca como si fuera a dar un beso hacia el interior. Contemplo en el cristal del *Indiana* la imagen de ella cuando yo abría la puerta del piso y caminaba por el pasillo de aquella vieja vivienda de la Plaza de los Mártires, a través de una hilera de velas encendidas que llegaba hasta el comedor y allí me la encontraba con un liguero, unas medias y zapatos de tacón, con esa música a todo volumen de los años ochenta que tanto nos gustaba. Eso debió ser en la época en la que se aficionó a ver películas pornográficas.

–Es para perfeccionar nuestras relaciones sexuales, ¿no irás a tener celos también de los actores porno? –me recriminaba.

–¿Yo? No, ¿por qué iba a tener celos de los actores? –le contestaba.

Sí, debió ser por ese tiempo en el que me ponía películas pornográficas y me obligaba a verlas con ella. Creo que también debió ser por aquel entonces cuando descubrí su primera experiencia lésbica o la primera que yo le conocí; un jueves que estuvimos en el *Indiana*, Marta había estado bailando con una chica muy alta con unos grandes ojos verdes llamada Elena que tenía una pequeña mochila a su espalda y una sonrisa, tenia siempre una sonrisa en sus labios. Elena, parece que la estoy viendo ahora salir cogida de la mano de Marta por la puerta del bar como salieron aquella noche. Y así siguieron, caminando, cogidas de la mano aquella noche y yo, caminando detrás de ellas, hasta que llegamos, al portal del piso, las adelanté y accedí al rellano. Permanecí dentro esperando que ellas se despidieran pero ninguna de las dos parecía tener prisa y ni se percataron de mí cuando les dije que me iba arriba.

Me puse a leer en la cama a esperar que llegara Friné hasta que me cansé y apagué la pequeña luz para colocarme en la postura de *Ramsés II* con la cara del vecino de mi abuela muerto y justo en ese momento escuché unas carcajadas y luego un silencio y después de nuevo las carcajadas de Elena y Friné y luego otro silencio. Esperé otra vez las carcajadas pero no escuché ninguna risa más. Sólo el sonido de las cañerías, porque en ese momento creo recordar que comenzó a llover. Recuerdo que tuve un miedo repentino y que el corazón comenzó a desbocarse en mi pecho pensando que acaso las dos se fueran a acostar juntas y recuerdo que me pregunté por la naturaleza de los celos y si me deprimía más que Marta tuviese una relación con una mujer que con un hombre. Pensé también, recuerdo que pensé también, victimizándome, que eso *no me podía pasar a mí*. Después, en un arrebato de lucidez, pensé que eso *sólo podía pasarme a mí*.

En cualquier caso yo no sabía qué hacer porque mi mente machista ni siquiera estaba programada para poder soportar los celos de un hombre y aquello, aquel tipo de celos, eran algo nuevo para mí. También se me hacían insoportables como los otros celos, extrañamente insoportables, y me creaba una angustia terrible. Me puse a tocar y cantar con la guitarra una canción, creo que era de *Loquillo y los Trogloditas*, hasta que no aguanté más y salí de la habitación.

–Eh… oye, ¿estás durmiendo? –le pregunté al asomarme al comedor sin mirar.

–Pero, Javier… ¿Qué haces? ¿Dónde vas? Sal ahora mismo del comedor. Tú has visto muchas películas porno, ¿no? –me increpó Marta.

–Sí. Las que tú me obligas a ver –le contesté aún si mirar hacia dentro del comedor.

–¿Quién? ¿Yo?

–Sí, tú. No… no me hagas esto… por favor –acerté a balbucear cuando me aproximé más y las vi a las dos desnudas sobre la alfombrilla de yoga.

Me sentía un desventurado observador de mi destino con ella pero entonces se levantó Elena, con una sonrisa, la sonrisa de Elena, y se me acercó, inesperadamente se me acercó, me cogió de la mano y me llevó hasta la alfombrilla de yoga. Esa noche supongo que superé asqueado el argumento de muchas películas "porno" de las que Marta me obligaba a ver. Sin embargo, por la mañana me sentí deprimido y, si bien yo era un desventurado observador de mi propio destino, me había convertido en algo más que en un frustrado cronista porque de repente estaba inmerso en una observación participante, en un triángulo que no deseaba. Pero, aunque la situación era excitante y disfrutaba mucho físicamente, podían más los celos que sentía cuando Elena tocaba a Marta o Marta acariciaba a Elena que mi propio placer.

Progresivamente me fui adaptando a la nueva situación. Estuvimos conviviendo juntos durante una semana en la que yo hacía las comidas y todas las tareas domésticas –en función de los turnos de la conserjería– e incluso llegamos a reírnos mucho los tres. Pero en los escasos momentos que nos quedábamos solos Marta y yo, le decía y le exigía que cuando nos íbamos a despedir de Elena, que me caía muy bien, pero que no lo soportaba más. Entonces nos poníamos muy serios los dos y Friné me decía:

–Ven aquí, vamos ven aquí, tonto, dame la mano y ven conmigo, venga tonto.

Y hacíamos nuestros juegos eróticos en el comedor encima de la alfombrilla de yoga y ella comenzaba un interrogatorio implacable sobre lo que yo sentía:

–Cuéntame lo que sientes cuando Elena te toca.

–No, no me apetece.

–Venga, cuéntamelo ahora mismo.

–No, que no. Si yo no siento, si yo… a mí no me gusta Elena. Yo sólo te quiero a ti. Tú sabes que yo sólo te quiero a ti.

Creo que fue durante esa semana tan especial cuando le dio el infarto al hombre que escupía por la garganta. Al padre de Aurelio, aunque yo no sabía entonces que se había quemado en un accidente en un laboratorio de la facultad. Ya me había acostumbrado a su presencia en el balcón y a que Aurelio se lo llevara arrastrando hacia dentro, pero está claro que, a pesar de que según su hijo le alegrase el tramo final de su vida, el viejo físico atormentado por la muerte de aquella estudiante no estaba acostumbrado a ver lo que vio esa semana en el comedor, ni su corazón pudo soportarlo. Sí, fue evidente que no resistió el sufrimiento que debió padecer esa semana ni que tampoco estuvieran preparados para el espectáculo de juegos amorosos que manteníamos Elena, Friné y yo, las personas que iban llegando a la casa a darle el pésame a Aurelio, al morir su padre y antes de ir al tanatorio, ya que cada vez que se asomaba alguien al balcón lanzaba un pequeño grito y llamaba a alguien de dentro, se daban codazos, se quedaban con la boca abierta y al final tenía que acercarse el profesor a echar las cortinas violentamente. Pero los hombres del duelo la abrían otra vez, hasta que debió ser la esposa de alguno de ellos quien comenzó a gritar histéricamente y a amenazar tratando de poner cierto orden a su pareja para que no se asomara más al balcón.

Por supuesto que en la esterilla de yoga no cabíamos los tres, por eso Marta colocó debajo una colcha azul de flecos que no sé de dónde la había sacado. El caso es que, a medida que avanzaba nuestra extraña relación, yo iba teniendo cada vez más celos de Elena. Elena, que a pesar de todo nunca dejaba de sonreír, tenía cada vez más celos de Marta –su identidad sexual creo que se rompía cuando hacía el amor conmigo o eso creía yo ingenuamente– y Friné tenía celos de los dos. Así que, una mañana, Elena desapareció de nuestras vidas, llevándose la mochila que había traído y la sonrisa permanente de sus labios. La sonrisa de Elena.

–¿Me puedo pedir una Coca-cola? –me pregunta Nacho sacándome de mis recuerdos con una vacilación adormilada en su voz.

–Si claro, pídetela, pero si tienes que ir al cuarto de baño, avísame antes –le digo, viéndole el antebrazo vendado, visualizando los siete puntos que le han echado en urgencias.

–¿Qué pasa, Javier? ¿Tienes que entrar conmigo al cuarto de baño? ¿Qué crees que voy a…?

–Escucha Nacho, si vas a entrar al cuarto de baño, avísame antes, ¿vale?

–¿Es que no confías en mí?

–No, yo no confío en nadie –le digo tajantemente escuchando la canción de Joe Cocker "*You can leave your hat on*". La misma canción que Marta bailaba en lo alto de la barra, exultante, conocedora de la fascinación insondable, del deseo irresistible que provocaban sus movimientos: el de sus cabellos del color del cobre sobre su rostro y el blando y circular estremecimiento de sus pechos y las convulsiones giratorias de sus caderas. Ese ombligo diabólico danzando hipnóticamente en el centro de su vientre ante el público del *Indiana* y supongo que también ante mí o eso me dijo una de las veces que se cayó de la barra cantando "*You can leave your hat on*" y se dio en la cabeza, quedándose aturdida. Cuando quise darme cuenta, varios hombres que habían saltado la barra para ayudarla, la acariciaban y le metían la mano bajo su falda. Tuve que empeñarme a fondo dando empujones y codazos para apartar a aquellos buitres.

–Ay… qué tonto eres, ¿tú sabes que yo bailo siempre para ti, verdad? –me dijo cuando nos quedamos solos.

–Claro que sí, cariño –le contesté acariciándole la nuca. Claro que sí. Solamente para mí. "*You can leave your hat on*".

En aquellos días, creo que fue por aquellos días en los que Marta comenzó a dar masajes en el piso. Al principio venían compañeros y compañeras de sus cursos de sensibilización erótica de las Alpujarras, pero poco a poco empezaron a venir casi exclusivamente hombres que habían leído la página que había colgado en Internet. Mi viejo, querido piso de la Plaza de los Mártires ya nunca tuvo el grado de intimidad que había tenido antes, ni el mismo encanto. Y no es que vinieran todos los días, pero desfilaban por allí varias personas a la semana (hombres, básicamente). Y su número iba en aumento. Cada vez que sonaba el timbre, mi corazón se ponía a latir aceleradamente. Había días que venían varios hombres y esperaban para subirse a la mesa-camilla que Friné había comprado para los masajes. Y eso que yo hacía todo lo posible para que se fueran mirándolos con hostilidad.

–¿Va a tardar mucho? –me preguntaba alguno de aquellos hombres.

–Uf… muchísimo –le contestaba.

Yo no quería entrar, no solía entrar a la habitación donde daba los masajes y me iba a deambular por las calles del centro al ir llegando y acumulándose los clientes. Pero no había hecho más que empezar a caminar cuando de pronto volvía sobre mis pasos y regresaba al piso, temeroso de que a Friné le estuvieran haciendo daño. Entonces miraba con desdén a los que aguardaban fuera como si fuera un proxeneta, pegaba con los nudillos en la habitación de los masajes y preguntaba con la voz más agresiva que podía:

—¿Todo bien?

—Sí —me contestaba Marta sin abrir la puerta.

Yo no quería ver a mi sacerdotisa oficiando de masajista y con la posibilidad de verla profanada. Aquellas fueron mis últimas semanas con Marta, aunque yo no sabía que mis días de tensión, pero también de felicidad, se estaban terminando. Y fue precisamente con un individuo, ya bastante maduro, que venía más de la cuenta a los masajes y que me miraba cada vez con mayor beligerancia, con el que se largó a las Alpujarras. Alguien me dijo que era el que daba los cursos de la sensibilización erótica, una especie de gurú iluminado, de santurrón pervertido y obsesionado con el sexo al que nunca me enfrenté porque era consciente del respeto y de la veneración que Friné sentía por él.

Es posible que Marta hubiera seguido conmigo si le hubiese obedecido en todo y si le hubiera permitido todo. O es posible que no, que hiciese lo que hiciese, me hubiera dejado de todas formas. Pero en aquellos días, me estaba impacientando y cada vez daba más muestras de celos y de desequilibrio emocional, tanto que creo que alguna noche rocé la locura. Realmente mi situación llegó a ser insostenible para alguien tan frágil como yo. Después supe que nadie hubiera aguantado tanto, pero en ese momento no tenía referentes porque era ella mi primera relación seria y pensaba que esa era la forma más o menos "normal" de una relación amorosa.

Llegó un momento en el que me obligaba a conocer a algunas de sus amigas del curso, mujeres por lo general poco atractivas y por las que yo no hubiera sentido ningún deseo ni aún en el caso de que hubieran sido atractivas, porque mi alma entera pertenecía a Marta.

Pasé por situaciones en las que no sé cómo no me llevaron a cometer un crimen, como las veces que hizo el amor en la habitación de al lado con el hombre maduro, el gurú pervertido, o cuando me hacía pagarle de la misma manera que a las prostitutas o cuando me gritaba para que la amarrara. En una ocasión bebí y ella se fue por los bares del centro. Caminé por las calles poseído por una fuerza animal dentro de mí y decidí ir a buscarla, estuviese donde estuviese, hasta que la encontré en el interior de un pub hablando con un individuo que reconocí enseguida; era uno de los últimos "masajeados". Le pegué tal empujón al hombre que salió desplazado varios metros hasta que se golpeó contra una pared y a ella la arrastré por el suelo hasta la calle. Recuerdo que empujé un contenedor de basura, que lo volqué y que su cuerpo pasó por encima de botellas vacías y de orines. Yo estaba poseído por esa especie de animal demoníaco y alienado que me dominaba como a una marioneta. Marta, lejos de enfadarse, me dijo que le gustaba que fuera así. Fue la primera vez que me dio algo que luego supe que se llamaba hiperventilación. Al llegar al piso de la Plaza de los Mártires me dijo que me relajara y yo le dije que me iba a volver loco, que por favor tuviéramos una relación normal y ella me dijo que yo también le era infiel. Aquello me indignó y comencé a gritarle que lo era porque me traía a aquellas mujeres que a mí me repugnaban y que si seguía así le sería infiel de verdad con mujeres que me gustaran y no con quien ella decidiera. Y le grité, hasta quedarme afónico, que la iba a dejar, que ya estaba harto, que no podía más; ella también me gritó, me dijo que era un machista, un hombre del "Cuaternario", que yo no la comprendía y que sería ella la que me abandonaría a mí. Después salió corriendo del piso dando un portazo. Yo le grité desde la puerta que me daba igual, que se fuera a ejercer la prostitución por ahí, pero a los pocos minutos salí a las calles del centro como un poseso buscándola por todos los bares. Pero esa segunda búsqueda nocturna resultó ser infructuosa; no la encontré y tuve mi segunda crisis de hiperventilación –que me duró semanas– mientras la esperaba en la cama con una terrible ansiedad.

Llegó por la mañana y se metió en la cama conmigo. Sabía que había hecho el amor con alguien y luché para no sucumbir a sus caricias. Me llevó de la mano al cuarto de baño y nos dimos un baño. Descubrí que tenía los pechos llenos de moratones y quemaduras por el vientre y los muslos. Salí de la bañera y la insulté como nunca había insultado en mi vida a nadie. Le dije que estaba loca, que necesitaba medicación, que era una ninfómana, que era una masoquista y una sádica y que así no podíamos seguir. Ella también salió y se dispuso a vestirse para irse otra vez. Entonces le rogué, le pedí perdón, le dije que hiciera lo que quisiera pero que no me dejara. Encendió un barco, no sé de dónde lo sacó, pero encendió una vela en forma de barco que empezó a navegar por la bañera. En un momento determinado, me echó el barco hacia mis genitales y fue tal el grito que pegué y la "marejada" que provoqué, que me levanté y me di en la boca con la bañera. Comencé a sangrar por la boca y aquello nos produjo a los dos una risa histérica. Fue la última vez que nos reímos juntos. Qué poco conocía yo que mi singladura con Marta, igual que la de aquel barquito, estaba llegando a su fin.

Mis ruegos no me sirvieron, porque, de hecho, durante unos días, Friné desapareció. Durante esos días, por supuesto, no comí y apenas dormía. En la conserjería estaban preocupados por mí y yo recordaba constantemente el día que la conocí y paseé obsesivamente por su ruta, por primera vez. Recorrí enfermizamente su "sendero" con las crisis respiratorias constantemente aprisionándome el pecho.

Una de las noches llegó una de las mujeres del curso y me dijo que me iba a hacer compañía. Era una chica bastante obesa que debía tener un problema de metabolismo o que simplemente comía en exceso. Creí que era una broma macabra de Marta y por primera vez pensé en abandonarla y en irme del piso de la Plaza de los Mártires, al campo, a una cabaña remota. Lejos de Málaga. Me sentía muy solo y quería obtener información sobre Marta, así que la invité a cenar y bebimos mucho. Entonces le pregunté dónde estaba Marta. Ella me dijo que lo desconocía. Yo le rogué que, por favor, me lo dijera, que lo necesitaba, que sabía que había venido porque Marta se lo había ordenado, y le dí mi palabra de honor que no iba a ir a buscarla. Pero por toda respuesta, empezó a besarme y a desnudarse y me llevó a la alfombrilla de yoga. Le dije que haríamos el amor cuando me dijese dónde estaba Marta. Comencé a tocar sus glúteos enormes y sus pechos desmesurados; los pliegues de su abdomen se abrían como un acordeón y no podía ver su pubis, pero acaricié su vientre grande como un tambor y eso pareció excitarle mucho. Ella me tiraba mordisquitos por todo el cuerpo y hasta metió su cabeza entre mis piernas. Yo le aparté la cabeza y le pregunté otra vez dónde estaba Marta.

–¿Me quieres? –me preguntó.

–¿Cómo?... claro. Claro, que te quiero… ¿Dónde está Marta?

–Está haciendo la última fase del curso en las Alpujarras.

–¿La última fase?

– Sí…

–Y, ¿en qué consiste esa última fase? No me contestes, déjalo –le dije incorporándome. Vete de aquí.

–No puedes hacerme esto, Marta me ha dicho que….

–Esta es mi casa y quiero estar solo, ¡tengo derecho a estar sólo en mi casa, coño! –le dije empujando su enorme corpachón hacia la puerta.

–Espérate que me vista al menos, ¿no te gusto nada? ¿De verdad que no te gusto?

–No es cuestión de… Es que no me apetece. Vete, por favor –le dije cerrándole la puerta sin que apenas le diese tiempo a salir.

Luego me puse de espaldas a la puerta y fui bajando por ella con las lágrimas en los ojos. Deslizándome por la puerta hasta dar con el culo en el suelo donde lloré durante horas, asfixiándome, sin saber cómo controlar mi desesperación y con imágenes mentales obsesivas de Friné, hasta que me quedé dormido. Sí, creo recordar que después de varios días me quedé dormido unas horas.

–Bueno, vámonos, que tienes que descansar, vaya que te marees por la herida –le digo a Nacho viendo a Jim Brown acercarse, acercarse o alejarse del micrófono, o permanecer inmóvil ante él, en la fotografía en blanco y negro colgada en una de las paredes del bar. *"It's a man's, man's, man's world"*.

Le pongo a Nacho mi brazo sobre su hombro y pienso que, a pesar de todo, volvería con Marta si me la encontrase y ella me lo pidiera, porque nunca he dejado de amarla y porque viví junto a ella la época más feliz de mi vida.

Salimos del *Indiana* y miro a las cristaleras donde me pareció verla asomada desde la calle. Me veo el ojo, el derrame que tengo en el ojo y abandono completamente mis recuerdos consciente de que tengo un problema con un ser querido con adicciones. Una vez más.

VIII

–¿Sí? ¿Diga? ¿Quién es? –pregunto intrigado a alguien que me llama desde un número oculto.

Aunque al otro lado nadie contesta, yo pienso que puede ser Marta –tanto tiempo después y aún espero su llamada– por eso creo que mi voz se torna trémula y patética cuando repito la pregunta:

–¿Sí? ¿Diga?

–¿Por qué hablas tan bajito? No te escucho…

–Ah, ¡hola! No la escuchaba. Es que estoy en la biblioteca de la facultad –le digo a la inspectora, susurrando a través del móvil que ha sonado en pleno silencio de la biblioteca como una alarma estridente.

–Tutéame, es una orden.

–Vale –le respondo obediente.

–Y, ¿qué novela estás leyendo en la biblioteca? –me pregunta con el tono de la voz tan sensual como si estuviera atendiendo un teléfono erótico.

–No estoy leyendo ninguna novela. Estoy leyendo sobre el TDAH –le digo con el volumen de mi voz aún más bajo.

–¿El TDAH? ¿Qué es eso? ¿Un nuevo partido político? –me pregunta riéndose de la ocurrencia que ha tenido.

–No, no –le respondo riéndome yo también, hasta que empiezan a mirarme las personas que están tratando de estudiar sentadas en la biblioteca– Es... –le vuelvo a susurrar–, bueno, esas siglas significan: "Trastorno por Déficit de Atención con Hiperactividad".

–¡Ah! Ya. Oye, qué conversación más íntima estamos teniendo, ¿eh? Los dos así, hablando entre susurros, tan sensual... pero hablas tan bajo que no te entiendo.

–Un momento, espere, digo, espera un momento que voy a salir de la biblioteca. Llámame en cinco minutos.

–Vale...

Salgo de la biblioteca y camino, por el "Sendero de Antonio", deprisa porque, mientras espero la llamada de la inspectora quiero ir a un seminario de la segunda planta a dejar un envío de libros en la mesa de un profesor e ir al cuarto de baño a lavarme los dientes. Pero en este instante –antes de los cinco minutos–, cuando tengo la boca llena de pasta dentífrica, suena el móvil y, con la boca llena pregunto quién es pero se corta, aunque eso no evita que me trague parte de la pasta. Me enjuago, suelto el cepillo en conserjería y camino –simultaneando unos metros el "Sendero de Constancio" y el "Sendero de Antonio"– a poner las notas de unos exámenes en las vitrinas y luego, inquieto por la expectativa de la llamada, me dirijo rápidamente por el "Sendero de Pablo" (incluso he caminado unos metros en zig-zag) hacia el patio del "Ficus Sediento" y de las columnas azules y después vuelvo sobre mis pasos hacia el patio de la estatua y del "Palo Borracho" para dejar conectado el videoproyector y el DVD en la clase de un profesor.

Me quedo absorto mirando las ramas más delgadas que se elevan en la parte superior del tronco del árbol que hoy me parece la panza amarronada de un cocodrilo. Tengo memorizadas milimétricamente hasta dónde llegan esas ramas y calculo si han crecido algo, teniendo en cuenta el cómputo vegetal que mantengo con el árbol, en lo relativo a su tamaño y a sus ciclos, desde que lo sembraron. Según mis previsiones, en un mes y medio le saldrán unas hojas de un verde muy claro. Le empezarán a brotar por la parte central y después se irán extendiendo por todas las ramas. El mismo ciclo todos los años –cada año antes por el cambio climático– y, a medida que se vaya alejando el invierno, se irán oscureciendo paulatinamente las hojas e irán saliendo las vainas. Permanezco así, con la cabeza hacia arriba y, creo que con la boca un poco entreabierta, viendo cómo los hombres que limpian los cristales bajan hacia el patio con gruesas cuerdas amarradas a su cintura como si fueran escaladores. Bajo la cabeza al sentir que vibra el móvil en la entrepierna. Lo sostengo entre mis manos, pero no hay ninguna llamada, es una falsa alarma; esa sensación extraña que me pasa desde los tiempos en los que Marta me abandonó. Un segundo más tarde noto otra vez la vibración en la ingle, pero esta vez es real y en un instante suena el móvil.

–Hemos recibido una carta –me dice la inspectora nada más ponerme el móvil en la oreja–. No sabemos si es fiable, pero es una carta firmada con el puño y letra de la mujer que se supone está secuestrada.

–¿Y qué dice la carta? –le pregunto dándome la impresión de que estoy jugando a ser un detective aficionado.

–¿Por qué sigues hablando tan bajito? ¿Sigues en la biblioteca?

–No. Ya no. Es verdad, qué tonto… estoy fuera, en uno de los patios que hay en la facultad, ¿Qué dice la carta? –le pregunto mientras la escucho reírse al otro lado del móvil.

–¿Te has enterado de lo que han descubierto en el gimnasio? –me pregunta el decano, acercándose de repente detrás de mí.

Ha debido dar grandes zancadas para llegar hasta mí al verme desde algún extremo del patio. Yo le hago gestos de que estoy hablando por el móvil pero no se percata de ello y me sigue hablando.

–Un momento, un momento –le digo a la inspectora.

–¿Qué han encontrado? –le pregunto al decano sin apartarme el móvil de la cara y escuchando el ladrido de un perro.

–No ganamos para sustos, Javier, después de que toda Málaga se haya enterado del descubrimiento de los esqueletos, ahora los albañiles han hallado, mientras excavaban cerca del gimnasio de la planta baja, por la zona de los antiguos laboratorios de química, una ciénaga.

–¿Una ciénaga? –le pregunto visualizando esa zona, la más antigua del edificio, imaginándome el interior de las aulas de los laboratorios tapiadas desde hace más de sesenta años.

–Arenas movedizas. Algo muy peligroso, según me han dicho los técnicos. Ha sido al levantar la solería cuando ha empezado ha emerger un terreno arcilloso. Eso es normal, relativamente normal, porque toda esta zona está llena de sedimentos arcillosos, limos que ha ido acumulando el Arroyo de Teatinos. Acuérdate de todos los problemas con los que se toparon cuando hicieron la línea 1 del metro, hasta que la tuvieron que hacer en superficie por casi todo el campus. Pero esto es diferente, se trata de un afloramiento pantanoso. Dicen que causado por una saturación de agua acumulada, unido a las vibraciones de las máquinas que han estado taladrando varias semanas. El caso es que han puesto al descubierto este barro que veremos a ver cómo lo tapamos o lo drenamos. Por lo pronto van a poner unas tablas para pasar, porque dicen que el que se caiga ahí puede ser engullido por ese barro húmedo. ¿Por qué no pones un letrero avisando del peligro, Javier? No me gustaría que la facultad saliese otra vez en la prensa por este tipo de noticias.

–Ahora mismo lo pongo –le digo mirando desde el patio hacia la primera planta donde están pulimentando el suelo. Después miro a los pisos superiores del edificio y voy bajando con los ojos por toda la longitud de las cuerdas que han utilizado los hombres que han terminado de limpiar las cristaleras de la facultad y que se les ha debido olvidar llevarse.

–¿Oye? ¿Javier? Te decía que no es la primera vez que recibimos una carta así de gente que ha desaparecido... ¿Oye? ¿Has terminado ya de hablar?

–Vale, hasta luego. Oye, a ver si me cuentas qué te pareció la charla que di en la residencia Sigmund Freud –me dice sonriente el decano.

–Me gustó mucho, creo que todo el mundo en la residencia se quedó impresionado –le digo viendo el perenne bronceado de su rostro.

–Gracias. Eres muy agradecido. ¡Ah! Y perdona –exclama, volviéndose de pronto–, no sabía que estuvieras hablando por el móvil.

–No pasa nada…, oye, Miguel Ángel, he pensado, vamos no sé si eso será factible, pero como María José tenía la tesis ya terminada y a punto de leerla, había pensado si, bueno si..., el mismo tribunal que la iba a examinar o bien otro que proponga su departamento, podría valorar la tesis a título póstumo en una especie de acto académico *post mortem*.

–Pues a mí me parece muy emotiva y justa esa idea, estudiaré el tema y lo propondré en la próxima Junta de Facultad –me dice compungido, haciendo un esfuerzo por ocultar su tristeza.

–Gracias.

–Te dejo, que tienes que tener exasperada a la persona que está hablando contigo por el móvil. Hasta luego, Javier.

***

–¿Oye? ¿Sigues ahí? –le pregunto a la inspectora retomando mi conversación con ella.

–Sí.

–Perdone, digo... perdona, ¿Qué ha pasado con la carta? –le pregunto intranquilo porque tengo que poner el cartel y espero que, en tanto lo hago, no se caiga nadie en esas arenas.

–Te lo vuelvo a decir... te lo vuelvo a decir, pero sé que no me estás escuchando.

–Sí, sí, te estoy escuchando, Isabel, de verdad –le contesto pensando en los remolinos que se forman en la Playa de la Misericordia, el pequeño *tsunami* que se crea en el mar a la altura de la vieja estación térmica y cómo, al pasar el barco que diariamente va a Melilla, se agrandan los torbellinos y los que conocen su ubicación se salen del agua a esperar que descienda su fuerza porque saben que, a los veinte minutos de pasar el barco, los remolinos se tornan más violentos y tienen miedo de ser uno de los que, invariablemente, se ahoga en ellos cada verano.

—Me gusta escuchar mi nombre en tu boca. Bueno, te decía que no es la primera vez que recibimos una carta escrita de alguien que ha desaparecido. Muchas de estas cartas son ciertas, sin embargo de ésta no sé qué pensar...

—Y, ¿qué dice la carta? —le pregunto viendo cómo el viento mueve las puertas de las aulas como si alguien quisiese entrar en ellas abriéndolas con timidez para luego arrepentirse y cerrarlas con violencia.

—Nos dice que perdonemos las molestias que nos pueda estar causando su búsqueda, que la disculpemos por haber tardado tanto en enviar información sobre ella, sobre su paradero. Según parece, ha empezado una nueva vida con otro hombre. También pide perdón a Nacho y a ti, pero dice que sabe que el niño está bien cuidado y que va a ser feliz contigo.

—Y, ¿la ha escrito ella? —le pregunto escuchando el rasgar de los bolígrafos sobre los folios de las alumnas y alumnos en el silencio de un examen en una de las aulas.

—No sabemos si es auténtica. Es posible que sí. O puede que sea un recurso para hacer ver que alguien está vivo, cuando en realidad está muerto o a punto de morir. Nuestros expertos en grafología y la policía científica la están analizando; entre tanto, mucho me temo que existe un gran peligro...

—Sí, lo sé, yo creo que la van a matar y...

—No, no. No me refiero a ella, esa mujer puede incluso estar muerta... me refiero a ti. El marido es una persona muy violenta, tiene bastantes antecedentes y estamos comprobando si tenía alguna relación con Carmen y con otras mujeres. Hemos seguido su pista desde *Collioure*. En la frontera española fue vista en un coche —la camioneta pick-up azul que utilizan sus compinches— con él y con dos personas más que viajaban con ella detrás. Creemos, por las descripciones, que son los dos individuos del museo, ya sabes, los de la pelea. Estamos desenmascarando toda esta trama y fuentes cercanas a nuestra investigación... ¿No te suena esto de las películas? ¿Eh, Javier?

—No. Me suena más bien de los periódicos...

—Hablando de periódicos... algún periodista avispado ha debido contactar con alguien de la investigación y ha conseguido cierta información que ha exagerado después en la prensa. O sea que ha habido una filtración y, en varios medios de comunicación, ha salido la noticia de la mujer secuestrada relacionándola además con la mujer que apareció en la Laguna de la Barrera. La cuestión es seria, no nos interesan esas noticias en los medios de comunicación porque puede crear una excesiva alarma social. No debemos asustar a la comunidad universitaria, ni a las cerca de cincuenta mil personas que están vinculadas a la UMA; además, eso alertaría a los secuestradores. ¿Está Nacho cerca? —me pregunta, cambiándome de tema.

—¿Que si está Nacho cerca? —le digo repitiendo su pregunta— ¿Por qué lo dices? —añado esperando una respuesta que tarda en llegar unos segundos durante los cuales yo me la imagino escudriñando alrededor de mí con sus ojos negros y penetrantes.

—Por lo que te voy a decir —me contesta haciendo un ruido de algo que se rompe, que yo identifico como una nuez que acaba de partir con su pirámide de alabastro.

—Está conmigo en la facultad, pero se encuentra ahora en los jardines, fuera del edificio —le digo mirando a mi alrededor.

Han regado los grandes macetones y el agua ha formado pequeños charcos, semejantes a orines de perros, que se van deslizando hacia los sumideros del patio.

—Ten cuidado con él —me dice masticando la nuez—. Es posible, vamos es seguro, que será derivado hacia el Juez de Menores. Yo te aconsejaría que salieras de la facultad con alguna excusa y te vinieras para acá…

—¿Estás de broma? Esto sí que me suena de las películas…

—Sí, es una broma. Pero lo del Juez de Menores no es ninguna broma.

—¿El Juez de Menores?

—Sí, te lo he dicho antes: el niño tiene varias denuncias, algunas de ellas en el Museo Picasso. Allí ha robado alguna que otra cartera y bolsos. Eso sin contar con las peleas, es un profesional en ese sentido. Se pelea por todo y en cualquier lugar. Sabe hacerlo muy bien, tiene una potencia increíble para su peso corporal y domina un arte marcial.

—Sí, se llama *Taekwondo*, una modalidad de kárate de Corea.

—Sí, sabemos que hace *Taekwondo* y que ha ganado varios campeonatos. Que haga deporte está muy bien, el problema es que si sigue así terminará convertido en un delincuente y en un toxicómano. Quizás se convierta en un asesino, no por maldad, sino por su impulsividad y su agresividad; no piensa, no reflexiona antes de actuar. Conozco a muchos delincuentes juveniles que se piensan mucho lo que van a hacer; son fríos y metódicos. Cerebrales. Este no es el caso de Nacho. Es "carne de cañón", fácil de atrapar y de meterse en todo tipo de líos por la respuesta que tiene inmediata ante la más mínima provocación. Yo comprendo que ha tenido una infancia difícil, sé que es muy joven, un niño, y que es sensible. Pero es un muchacho conflictivo, en parte por haber recibido malos tratos, por la infancia que ha tenido. El caso es que tiene trastornos que se le acrecientan por las drogas. Ya sé que está contigo, que haces lo que puedes, que está matriculado en el conservatorio y en el instituto...

–¿Cómo lo sabe?

–No me hables de usted. Te he dado una orden antes.

–¿Cómo lo sabes? No, no me lo digas, ya sé, la policía no es tonta y menos si es una mujer... –le digo y escucho al otro lado una risa que no la deja hablar ni masticar nueces.

–No sé qué tienes que me hace tanta gracia... en fin... yo, en el instituto... –tu verás que me voy a ahogar– en el instituto –dice carraspeando–, ya ha tenido problemas y también en el conservatorio. Pero tú no eres su padre y... ¿quieres que cenemos juntos y te comento esto mejor, personalmente? ¿Dónde te recojo?

–¿Cenar...? Es que esta noche no voy a poder…

–Vale, vale. Otro día. Yo es que me siento responsable, porque fui yo quien te insistió para que te quedases con el niño mientras encontrábamos a su madre y tú, con la mejor voluntad, te lo llevaste a tu casa. Eso no lo hace cualquiera, Javier. Te prometo que una vez localizada la madre le devolveremos la custodia legal a esa mujer. Ya sabes que el juez puede nombrar a un Defensor Judicial. El cargo suele recaer en el padre, pero, dada las circunstancias, podría recaer en el familiar más próximo, pero como tampoco lo hay, el juez puede nombrar a un tercero, o sea a ti. Y yo no creo que te interese, te lo digo por la experiencia que tengo de otros casos, así que puedes dejar al niño en los Servicios Sociales cuando quieras.

–No, no. Todavía no..., yo…, aún es pronto –le contesto tartamudeando–. Nacho es muy creativo, es un artista tocando el piano y un artista haciendo artes marciales; además es noble y muy cariñoso –le digo con amargura.

–Sé todo eso. Lo sé. Y lamento que estés tan encariñado de él. Tú sabrás. Oye, Javier ¿te puedo hacer una pregunta?

–Sí, claro…

–¿Tienes, o sea, tuviste algo con ella?

–¿Algo con quién?

–Ya me entiendes, con María Teresa, la mujer secuestrada –me dice–, mientras escucho el sonido seco de la rotura de una cáscara de nuez y el sonido de su silla girándose.

– No. No tuve nada con ella. Lo más íntimo que hice junto a ella fue tomarme un cruasán. De ella lo único que tengo es a Nacho y te repito –le digo, insistiéndole con una reiteración de padre defendiendo a su hijo– que es un buen muchacho. Sé que toma pastillas, pero sobre todo las ingiere porque tiene que medicarse para...

—Sí, ya lo sé. Para la hiperactividad, lo que tú llamas TDAH. Y también sé por qué estabas leyendo en la biblioteca sobre ese tema. Pero seguro que en su sangre, en su saliva y en su orina, con los kits que tenemos aquí se detectarían otras sustancias...

—¿Otras sustancias? ¿Cómo cuáles?

— Popper, speed, algo de cocaína. Todavía no mucha, pero la toma, quizás de vez en cuando solamente.

—¿Speed?

—Sí. Seguro que tiene la tensión arterial por las nubes en estos momentos y se pone muy hablador, pasa de la euforia a la ansiedad, tiene insomnio y tiene un *crash*, ya sabes, se pone depresivo y... ¿no has notado alguna vez si Nacho huele a rosas?

—¿A rosas? No... —le contesto mintiéndole.

—Y el popper, ¿has visto alguna vez a Nacho con el cuello enrojecido? ¿No le has visto reírse mucho, sin saber ni por qué se está riendo, después de haberlo inhalado?

—No sé, no recuerdo —le digo mintiéndole otra vez, en un intento absurdo de padre que trata de proteger a su hijo.

—Bueno —me dice escéptica, masticando trocitos de nueces.— Tiene pendiente un juicio o quizás dos y tendrá que estar varios fines de semana internado o bien diez días seguidos de internamiento.

—¿Internamiento? ¿Dónde?

—En un centro de menores, por supuesto. ¿No lo recuerdas? Te lo he dicho antes, lo de la derivación a un centro de menores o a un centro de jóvenes Infractores.

—¿En un centro de?..., pero..., si él no ha hecho nada. Eso es una conjetura... —le digo envalentonado porque no la tengo delante.

—¿Una conjetura?

—Sí, una afirmación sin demostración.

—No me digas, pero si yo demuestro algo, reúno datos, pruebas, las coordino, tengo una visión de conjunto sobre ellas, ¿qué es eso? ¿Conjeturas? ¿Un teorema? ¿No decías que te gustaba mucho Sherlock Holmes? ¿No has leído sobre la reconstrucción de la cadena de sucesos? Bueno, Javier, considerando el asunto con mayor seriedad: tenemos varias agresiones, eso no es ninguna conjetura; tenemos destrozo de mobiliario urbano, varios robos; eso tampoco son conjeturas y lo peor...

–¿Lo peor? ¿Hay algo peor?

–Sí, intentó atropellar a un policía local con una moto robada. Y eso, desgraciadamente no es ninguna conjetura. Bueno, te dejo, si cambias de opinión respecto a lo de dejar en manos de los Servicios Sociales al niño o respecto a lo de la cena, llámame. ¡Ah! Y que no se te olvide poner el cartel para las arenas movedizas…

–¿El cartel? ¿Qué cartel? Ah, sí, el cartel, ¿cómo lo sabes? Déjalo, déjalo… Ya sé lo que me vas a decir –le contesto escuchando de nuevo a un perro ladrar, mientras me quito el móvil de la oreja.

***

Con los codos apoyados en el pequeño mostrador de la conserjería que da al *hall*, me quedo ensimismado, bajo la inmensa claraboya del vestíbulo, pensando en la ciénaga que se han encontrado. Confío en que el cartel que he puesto sirva para que nadie se caiga en las arenas movedizas, que deben ser parecidas a las que había cerca del colegio donde estaba interno; una zona pantanosa por donde los alumnos teníamos prohibido ir. Los curas nos decían que aquel lugar no tenía fondo, que conectaba directamente con el infierno y que allí iban a parar las almas pecadoras, sobre todo los niños que se masturbaban. Y para que no cayéramos en el onanismo, había "curas-soldados", con una expresión pedofílica en su cara, vigilando con linternas durante la noche cualquier movimiento de las camas que pudiera estar relacionado con el hecho de "tocarse". Y había otros "curas-soldados" que vigilaban para ver si nos salíamos de las filas cuando nos conducían a la misa diaria a la que nos obligaban a asistir. Aunque yo, a los que más temía, era a los que nos golpeaban en las clases o en un lugar de castigo físico que los curas llamaban "debajo de la campana" –una campana enorme situada en un rellano antes de subir a las habitaciones–. Por allí solía aparecer el Jefe de Estudios, el sociópata del "cura-enano", el Padre Fulgencio, alias "el semáforo", dando sádicos coscorrones a las víctimas con las que se encontraba debajo de la campana con su prominente anillo de oro que producía aquél dolor tan agudo en el cráneo y esos pequeños bultos que nos salían y, a veces, pequeñas heridas que Don Julián, el médico encantador que nos atendía en la enfermería, nos curaba. Y eso no era más que un anticipo, porque después, el Jefe de Estudios, nos masacraba las orejas con esa "especialidad" patentada por él en el colegio –que imitaron otros curas– de torturarnos, apretándonos, con sus largas uñas, los lóbulos de las orejas, hasta que la uña del pulgar y la del dedo índice coincidían y casi se tocaban a través de la piel del lóbulo. Toda esa técnica depurada la ejercía sobre mis lóbulos mientras parpadeaba y me interrogaba:

–¿Te tocaste anoche, Javier? ¿Te tocaste? ¿Te escondiste para no ir a misa? Dime, ¿te escondiste? ¿Y te tocabas escondido? Dime ¿Te tocabas? ¿Dónde te tocabas? ¿Por qué no fuiste a misa, si sabes que es obligatorio ir todos los días a misa?

En cierto momento de mi infancia y adolescencia, llegué a creer que quedaría toda mi vida en una silla de ruedas, sin columna, como nos decía el "especialista" en sexo de los curas; un individuo con una barriga enorme que aún no había sido ordenado sacerdote al que llamábamos el "Padre Lagarto" porque siempre estaba sacando y metiendo el borde de la lengua con mucha rapidez. En cierta ocasión, este hombre me persiguió hasta que me arrinconó en un rincón de la iglesia para decirme que uno de los "vigilantes" me había sorprendido tocándome la noche anterior.

–Hazlo delante de mí, si eres capaz de pecar de esa forma, hazlo delante de mí, no te importará, ¿verdad? A ver, ¿cómo te tocabas?

Y así siguió, sacando la punta de la lengua lascivamente, cada vez más cerca de mí, hasta que logré huir cuando ya me tenía contra la pared y había empezado a manosearme.

Aquella fue una época tan depresiva para mí como la vida de los niños de algunas novelas de Dickens. Unos años en los que me sentía Oliver Twist o David Copperfield y en los que fui perdiendo la inocencia y, si bien estuvo a punto de alterarse mi equilibrio infantil, acabé rebelándome progresivamente contra la tiranía. Y no estaba solo. Después de nueve años interno, un grupo de los más veteranos fuimos cada vez haciendo más transgresiones de las férreas normas; protestábamos por las comidas, por los castigos, por las misas diarias o por tener que salir a la ciudad para todo tipo de acontecimientos religiosos. El "Padre Lagarto" nos castigó un mes debajo de la campana por meterle debajo de la puerta una revista pornográfica en un sobre en el que pusimos un remite falso del Vaticano. De todas las palizas que dio el padre Fulgencio a los veteranos, por aquella gamberrada, dos de ellas fueron históricas y una me correspondió a mí; me partió la nariz y me golpeó en el estómago y en el hígado hasta tirarme al suelo. Por una especie de código de honor estúpido que existía en los internados, jamás conté nada a mis padres y el Jefe de Estudios siguió con sus castigos mortificadores –y nosotros con nuestra creciente indisciplina–. Una fría noche en la que el termómetro bajó a tres grados bajo cero, nos castigó, a todos los veteranos en el patio, hasta que casi tuvimos síntomas de congelación. Pero todo ello no hacía más que reforzar nuestra conducta rebelde hasta que llegó a un punto álgido cuando uno de los veteranos se ahorcó, colgándose del cuello con una sábana desde las habitaciones que daban al patio; era el que había recibido la otra paliza "histórica". Justo cuando la dirección del centro ya había decidido nuestra expulsión, mis padres, impresionados con la noticia del suicidio, me sacaron del colegio. Y otros padres hicieron lo mismo. Ni siquiera la beata concepción de la educación que tenía mi madre podía concebir el cruel sistema de castigos de los curas de ese colegio.

Durante muchos años, cada vez que leía o escuchaba algo de un ahorcamiento, estaba días pensando, obsesivamente, en la figura de mi compañero, de mi "hermano" de sufrimiento y palizas, balanceándose y colgado de la sábana.

***

Llamo desde el teléfono de conserjería al instituto donde matriculé a Nacho. Me cercioro de que dos de mis compañeras no están demasiado atentas a mi conversación, porque el personal de la conserjería está intrigado con mi vida afectiva y "paterno-filial", ya que el grupo de profesoras a las que presenté a Nacho como mi hijo les contaron esa estúpida ocurrencia mía. Además, hace algún tiempo que me volví no solamente un hombre más solitario, sino también mucho más cauto y reservado con mi vida personal.

Me presento como el padre de Nacho al escuchar al otro lado de la línea una voz aburrida que me pregunta quién soy.

—Ah, el padre de Nacho…, espere —me dice alguien que parece conocer bien a mi adolescente adoptivo.

—Por favor, ¿el despacho 2.44?— me pregunta una alumna que no había visto hasta que no ha metido la cabeza por la ventana de la conserjería.

—Tienes que subir a la torre —le respondo tapando el auricular con la mano—, llegar a la segunda planta; cuando llegues, sales del ascensor y, una vez allí, más o menos lo tienes en frente. Si vas por las escaleras, al llegar a la segunda planta, tuerces a la izquierda; es muy fácil distinguirlo, tiene unas cortinitas blancas.

—Gracias.

—¿Sí?

—¿Es usted el padre de Nacho?

—Eh…, si, soy yo —contesto a una voz enérgica de mujer que se presenta como la directora del instituto.

Inmediatamente me pregunta si no la recuerdo y me dice su nombre y sus dos apellidos y después de algunas preguntas de cortesía en las que se interesa por mi profesión, me dice:

—Bueno, vamos a ver; ¿qué clase de monstruo nos ha traído al instituto? ¿Cómo ha educado usted a su hijo? ¿Es boxeador o algo parecido? Y no lo digo por el aspecto que tiene, con la cabeza rapada, el pendiente y los cabellos teñidos.

—El aspecto físico no tiene importancia. Nacho es muy buena persona, es muy deportista y muy buen músico, toca el piano muy bien y…

—¿Cómo ha educado usted o su señora a su hijo? —me interrumpe, sin oírme— A mí me gustaría hablar con la madre. ¿Están ustedes separados, verdad?

—Bueno yo…

—Me lo suponía, tiene usted la custodia de su hijo y no la madre ¿no es cierto?

—Verá yo…

—Ah, entonces, ¿tiene una custodia compartida?

—Sí, más o menos… —le respondo tratando de evitar que no se acalore más porque mis compañeras están ya atentas a mi conversación.

—Pues quiero que sepa que he llamado a Asuntos Sociales.

—¿Por qué?

—Pues porque en una pelea, Nacho le ha roto el tabique nasal a un alumno de un cabezazo y un par de costillas a otro de una patada.

—Pero, ¿de quién ha sido la culpa? —le pregunto preocupado.

—Y, eso ¿qué más da? El caso es que…

—Nacho nunca se pelea con nadie a no ser que le provoquen —le digo con contundencia, haciéndole ver que le estoy pidiendo una explicación.

—La culpa inicialmente no fue de Nacho, se metieron con su pelo azul y su aro en la oreja y yo que sé, cosas de niños. Pero la respuesta de Nacho fue desmedida y…

—Pero, esos niños, ¿eran de su edad? —la interrumpo.

—Está bien, eran mayores y también hemos tenido problemas con ellos, pero le repito que la respuesta de Nacho era desproporcionada, absolutamente desmesurada. La orientadora me ha dicho que un niño como éste es muy difícil de tratar y que tiene un trastorno...

—Ya lo sé, Nacho tiene un TDAH.

—¿Un TDAH?

—Sí, un "Trastorno por Déficit de Atención con Hiperactividad".

–¿Ahora se les llama así a los sinvergüenzas?

–Nacho no es ningún sinvergüenza, señora –le digo con absoluta seriedad–. Tiene una incapacidad biológica para controlarse, me imagino que en su instituto habrá personas con alguna discapacidad; tendrá en sus aulas alumnos ciegos o con problemas motóricos. Y supongo que será más comprensiva con ellos y con ellas que con los demás. Y supongo que no le gritará a un chico sordo si no la "escucha", o que no le dirá a un niño ciego que se "fije" más en lo que hace o que no le dirá a una chica con muletas que "corra" más cuando la llama.

–¿Qué tiene que ver eso con su hijo?

–Nacho tiene un problema también, menos visible, pero un problema y, también tiene que ser con él comprensiva, es impulsivo, no porque quiera serlo, igual que el niño que padece una ceguera no es ciego porque quiera.

–Ah, ya entiendo, ¿quiere que también sea comprensiva con lo que su hijo toma? ¿Qué hacemos? ¿Le damos aquí en el instituto su dosis de droga para que se lo tome en las clases? Porque su hijo toma algo ¿verdad?

–¿Que toma algo? –le pregunto fingiendo, tratando de aparentar con la voz no conocer nada, mientras ideas, recuerdos y sensaciones desagradables, que permanentemente rondan dentro de mi cabeza, sobre mi hermana, mi hermano, mi sobrino y algunos amigos y sus hijos, se han agigantado de pronto por la saturación que me produce este nuevo caso que se añade a mi terrible lista.

–¿No me diga que usted, su propio padre, no sabe que su hijo se droga?

–Bueno yo…

–Otra cosa, ¿cuándo me va a traer los documentos que faltan?

–¿Qué documentos?

–Ya sabe, el Libro de Familia y todas esas cosas, le hice el favor de que su hijo asistiese a las clases, pero estaba todo supeditado a que me trajese el Libro de Familia y…, aunque no sé si le va a hacer falta, con las amonestaciones y sanciones que tiene y, ahora una expulsión provisional, además de la denuncia…

–¿Qué denuncia?

–No pensará usted que la paliza que su hijo le ha dado a esos dos alumnos va a quedar impune.

–Ah, sí, perdone... –le contesto desolado.

–Caballero, ha sido un placer –me dice irónicamente la directora, despidiéndose con frialdad.

–¿Algún problemilla, Javier? –me pregunta una de mis compañeras al colgar el teléfono.

–No, no… –le niego con la cabeza.

–Te hace falta asentarte y buscarte una buena mujer que cuide al hijo ese que te ha salido de pronto –me aconseja otra compañera esperando risueña una respuesta de mi parte.

Pero, aunque sé que se interesan sinceramente por mí, no me doy por aludido y salgo de la conserjería aprovechando que ha venido un periodista, preguntando por el decano para hacerle una entrevista para el suplemento del periódico, que dedica semanalmente unas páginas a la universidad. Le acompaño hasta la puerta del decanato y, al quedarme solo, caminando por el "Sendero de Antonio", toco en la pantalla táctil de mi móvil el número del conservatorio. Me presento también como el padre de Nacho e inmediatamente, la persona que ha cogido el teléfono me cuenta que Nacho ha insultado y ha amenazado de muerte a una profesora y que se ha peleado con un camarero del bar y le ha echado un diente abajo de una patada. Me comenta que me va a llegar, desde la secretaría del conservatorio, una carta de la Policía Local de Menores y Protección Ciudadana, de un grupo de escolta en la que me van a decir que uno de sus miembros ha encontrado a mi hijo en posesión de sustancias estupefacientes y que, en concordancia con la Ley Orgánica 1/92 sobre Protección de la Seguridad Ciudadana, ha sido denunciado ante la Subdelegación del Gobierno.

Ante tal saturación de datos y de organismos, me quedo en silencio, angustiado, y creo que la persona que tengo al otro lado del móvil se ha dado cuenta y me dice que lo siente mucho y que si deseo más información llame a un teléfono que me llegará en la carta. Y me aclara, tranquilizándome, que ya tienen experiencia de otros casos como el de mi hijo, que no me preocupe porque en la carta me van a decir que es un apercibimiento y que la legislación me considera responsable subsidiario como padre, que tendré que pagar una multa y que Nacho se tendrá que someter a un tratamiento especializado y que será internado en un centro para jóvenes infractores.

–Es una lástima –me dice antes de despedirse– porque su hijo es un virtuoso tocando el piano y cuando no se está peleando o tomando drogas, pasa horas enteras encerrado con el piano en una de las aulas.

Con los ojos empapados en lágrimas me miro en un espejo de uno de los cuartos de baño que me encuentro en mi ruta. Me ha dado otro derrame en el ojo. Me tranquilizo cuando pienso en lo que me dijo María José de que son derrames subconjuntivales debidos el estrés y que no es algo más grave.

Cuando estoy pensando qué más me puede pasar se me acerca a los lavabos uno de los guardias de seguridad para decirme al oído que por amistad conmigo no a va contar nada a nadie, pero que arranque la planta de marihuana "ya crecidita" que mi hijo ha plantado cerca del limonero que está entre los setos y los jardines y que lo ha visto hace un rato echándole huevos y fertilizantes para que creciese más deprisa. Le doy las gracias y durante un rato me quedo absorto delante del espejo sin saber qué hacer. Me vienen a mi mente lecturas que hice en la biblioteca sobre estadísticas del TDAH que afirman que un 25% de personas con ese trastorno parece que incurren en actos delictivos o que se encuentran en las cárceles y que, a veces, hay una relación entre hiperactividad y delincuencia.

Sumido en esas reflexiones pesimistas, observo el derrame en mi ojo derecho y me asusto con la cantidad de sangre que tengo en el interior del globo ocular. Llego a un estado en mi pensamiento en el que solamente se me ocurren ideas fatalistas sobre su comportamiento; puede que Nacho sea algo así como un *Mister Hyde* dentro de las personas con TDAH; esos que presentan únicamente un extremo de la conducta hiperactiva: aquellos que cruzaron el umbral de una puerta que les llevó a lo peor que había en ellos. Sí, puede que Nacho represente el lado más oscuro y desafortunado de los TDAH. Puede que alguien como él, que tenía una alteración bioquímica, que ya jugaba con desventaja, se vea envuelto en las más adversas circunstancias. Puede ser que Nacho, un ser desvalido e hipersensible, bondadoso e inteligente –que tiene un déficit desde el nacimiento que podía haber pasado casi desapercibido en su parte más negativa–, al toparse con un ambiente de orfandad y de familia desestructurada, con un padrastro problemático y violento, haya multiplicado su escaso autocontrol, su impulsividad y su ansiedad y haya recurrido a las drogas para evadirse y a la conducta delictiva al ser incapaz de tolerar la frustración. Al no poder postergar lo que desea.

***

–Esta vez te has pasado, Nacho. Arranca la planta que nos vamos en cuanto meta estas cartas en los casilleros.

–Oye Javier, ya dejaste de ponerte el uniforme de conserje, ¿no?

–Sí. Dejé de ponérmelo, pero no me cambies de tema y haz el favor de quitar la planta.

–¿Cómo? ¿Qué planta? ¿De qué me estás hablando, tío?

–¡Arranca la planta ahora mismo, coño!

–Vale, vale… No te pongas así. Ya la he arrancado. Y me ha costado trabajo con la herida del brazo, no te creas. Sé que tu amigo el "segurata" me estaba espiando. No te preocupes, cuando se largó, la arranqué. Puedes comprobarlo si quieres. Yo pensaba que eras más moderno, ¿tú no estás de acuerdo con la legalización de las drogas?

–Sí, estoy a favor de la legalización, aunque otra cosa es el consumo, pero, de todas formas, aquí no puedes sembrar marihuana –le ordeno mirándole compasivamente el antebrazo vendado.

–Todas las personas toman drogas y en todas las épocas, mira el beleño, la belladona y la mandrágora, la que tomaban los místicos españoles para llegar al éxtasis.

–¿Cómo sabes tanto de eso?

–¿Tanto? Sé mucho más. Es un tema del que he leído bastante. Me pasa como a ti. Cuando me interesa algo leo y yo he leído mucho sobre las drogas. La cultura egipcia, por ejemplo…

–¿Qué hacían los egipcios?

–Ya obtenían cerveza y los griegos eran grandes consumidores de opio. En Roma bebían hasta caer al suelo. Y los chinos ni te cuento. O los peruanos, bolivianos y argentinos con el mate. Y mira en el Mediterráneo: todas las celebraciones se hacen con vino. Tomar drogas, todo el mundo las toma, pero a la gente, pero a ti, sólo le preocupan las drogas ilegales. El tabaco y alcohol no los consideran drogas. Entonces mi padrastro no toma drogas pero mira las palizas que le da a mi madrastra cuando se emborracha, además…

–¡Claro que las considero drogas!

–Además –continúa Nacho como si no me hubiera escuchado–, cuando uno ha tenido muchos problemas intenta olvidarlos tomando algo. Y fíjate lo que pasa si se prohíben las drogas. ¿Sabes que pasó en Rusia?

–No, dímelo tú que parece que has leído mucho sobre esto.

–Pues que prohibieron el café, fíjate, algo tan tonto como el café y, cuando podían, se tomaban treinta o cuarenta tazas seguidas, hubo gente que murió. ¿Y en China?

–¿En China? Ah… sí, sé lo que pasó: la guerra del opio, sí, eso lo sé y la Ley Seca de Estados Unidos también la conozco y también lo que ocurre cuando se han intentado prohibir las drogas en otros países: sube el consumo, se adulteran y nacen las mafias. Pero una cosa es legalizar y otra es consumir y también es diferente tomar algo esporádicamente o tener problemas con las drogas... No me he enterado muy bien de lo que me querías decir. Debido a lo mal que lo has pasado cuando eras más pequeño, ¿has tenido que tomar drogas?

–¿Drogas? Solamente fumo porros de vez en cuando –me dice para que lo deje tranquilo–. Tú tomas vino y yo fumo porros de vez en cuando.

–¿Solamente porros? El otro día no habías fumado solamente porros, Nacho. Estabas completamente loco. ¿Y el popper y el speed y la coca? Los porros provocan ansiedad en muchas personas, pero las otras drogas son mucho peores. Yo no sé qué más te metes al margen de los porros, pero si sigues así acabarás en un psiquiátrico. Me parece que solamente has leído sobre la historia de las drogas, pero no sobre el efecto devastador que tienen algunas de ellas, y más, en las personas que ya tienen algún trastorno.

– ¿Cómo? ¿Eso te ha dicho tu amiguita la inspectora? ¡Vete a saber lo que toma ella y lo que tomas o has tomado tú!

–Yo solamente bebo vino, ni siquiera bebidas destiladas, solamente buen vino.

–¿Tú solamente tomas vino?

–Sí. Además, está demostrado que, en los adultos sanos, un par de copas al día de vino son buenas para la salud. La OMS dice que el vino es un alimento.

–Bueno, el caso es que mucha gente toma algo para poder evadirse. Y estoy seguro que tú has tomado algo más de dos copas cuando te ha ido muy mal la vida. El alcohol es legal, es una droga legal que provoca muchos de los accidentes de tráfico y muchas peleas. Sé los efectos que tiene y sé que mata a más del doble de personas que todas las demás drogas juntas. Y puede que mi padrastro no fuera tan cruel si no estuviese alcoholizado y que no le pegase a mi madrastra ni intentase matarnos. Y hay otras drogas que no nombras: las drogas que administran en los hospitales, son de las más potentes que existen…

–Gracias a esas drogas, hay gente que supera enfermedades y, los que no lo hacen, sufren mucho menos dolor y tienen una muerte digna. Mira, no voy a seguir discutiendo contigo de este asunto. Me parece muy bien, Nacho, tómate lo que te parezca. Pero no en mi casa, ni en mi trabajo. El otro día destrozaste la puerta de la cocina. Y yo estoy harto de las puertas de las cocinas rotas, de ver sangre en el comedor, estoy cansado de tener a mi alrededor a alguien que se destruye a sí mismo y que me causa un tremendo sufrimiento por culpa de sus adicciones. La próxima vez te echo de mi casa, de mi vida –le digo metiendo furioso la correspondencia en los estantes mientras me llegan imágenes mentales de todas la personas unidas afectivamente a mí que modificaron químicamente su ánimo y su personalidad. Y reflexiono sobre lo que Nacho me ha dicho sobre tomarme más de dos copas cuando la vida me ha ido mal.

En la época en la que Marta me dejó, yo, que nunca fui bebedor, efectivamente bebía algo más de dos copas de vino al día junto a Carmen, cuando ya no solamente iba todos los jueves al *Indiana* sino a todos los bares del centro que veía abiertos con la única obsesión de encontrármela. Una y otra vez los recorría confundiendo la cara de Marta con las de otras mujeres. Hacía que Carmen me acompañara tras una figura femenina que caminaba por las calles y, cuando la alcanzábamos, nunca era Marta. Fue en esos días cuando visité todos los pueblos de las Alpujarras buscándola —al cansarme de buscarla en los bares del centro— hasta que terminé en Órgiva y me quedé junto a Carmen unos días descansando de mi agotamiento en un caserón, donde la carcoma devoraba las maderas del techo cada noche haciendo un ruido que nos impedía dormir.

Al regresar a la ciudad decidí volver a ser yo a pesar de no estar con ella y ya no perseguí los *Suzukis* negros siempre sucios como el de ella, ni miraba las matrículas de todos los que veía y dejé de escribir los versos de Salomón Ibn Gabirol cuando me encontraba un *Suzuki* negro con los cristales empolvados esperando horas a que viniera a recogerlo alguien que nunca fue Marta. Tampoco fui más a casa de sus padres para que me dijeran que ellos tampoco sabían dónde estaba, ni para que me aseguraran que, de todas formas, su hija había terminado totalmente conmigo. Que cuando terminaba con alguien lo hacía de verdad. Tampoco escuché nunca más, de sus bocas, que lo sentían mucho. Incluso empecé a superar la angustia que experimentaba al no tener el número de su nuevo móvil ni al pensar, a veces, que quizás Marta habría muerto. Pero lo que no pude evitar es seguir creyendo que no podía vivir sin ella.

—Yo no quiero ir más al instituto —me dice de repente Nacho interrumpiendo mis recuerdos.

—¿Vas a ser un desgraciado toda tu vida? —le pregunto colocando la última carta en un casillero.

—¿Por qué? Yo estoy así bien, en el conservatorio. Lo mío es la música. Ya me viste tocando el piano en *El Cañadú*.

—Claro, el conservatorio es lo tuyo, es verdad. Por eso me va a llegar una carta de la policía y por eso puede que te internen en un centro de menores infractores y por eso has amenazado de muerte a una profesora y por eso le has roto de una patada los dientes a un camarero y por eso has intentado atropellar a un policía con una moto robada… Uf…

—Te han mentido, si te han dicho eso, te han mentido; tu amiga la inspectora es una embustera.

—No ha sido la inspectora solamente. He llamado al conservatorio, he hablado con su directora. Y, ¿qué ha pasado en el instituto?

—¿En el instituto? Nada, me tienen manía, eso sí…

—¿Manía? ¿Quién? ¿El tío al que le has partido el tabique nasal o al que le has roto una costilla?

—¿Esos dos? Son los matones del instituto, mucho mayores que yo. Tienen a todo el mundo acojonado. ¿Qué querías que hiciera? Me atacaron y me defendí. Eso es todo.

—Tenías que haberlos denunciado, pero no tomarte la justicia por tu mano. Hay normas de convivencia, leyes. Tienes que controlar tu conducta, ¿Y la moto?

—La moto me la encontré en la calle, te lo juro Javier, te juro que me la encontré abandonada. Sí, sé que no tenía que haberla cogido, fue mi impulsividad. Y te prometo que no vi al policía, no lo vi, tío, no lo vi, no soy un asesino. Lo vi cuando ya estaba delante diciéndome que me parara, pero yo no podía parar ya… y tenía miedo… Vamos, Javier, la directora del instituto te ha metido un rollo y tú te lo crees.

—Todo el mundo "me mete un rollo": la directora del instituto, la directora del conservatorio, la inspectora. Todos, menos tú, claro. Por cierto, el padre del niño al que le has roto la nariz te ha denunciado y el de la costilla y el policía y… todo el mundo me miente sobre ti. Solamente tú me dices la verdad sobre ti mismo. Vamos Nacho, no me tomes más por tonto.

—Podrías confiar algo más en mí. Los hiperactivos tenemos un problema de conducta, tú has leído mucho sobre eso y lo sabes.

—Sabes que te intento ayudar y que hasta hace poco confiaba en ti totalmente y, ya sé los problemas que tienes, pero tú lo complicas más tomando drogas que acentúan tus trastornos. Fíjate en los ojos tan rojos que tienes…

—Tú qué sabes, no entiendes nada…

—No es cierto, entiendo algo de eso.

—Ah… ¿un tipo que solamente toma buen vino entiende de eso?

—Tengo experiencia sobre drogas por otros motivos.

—¿Qué motivos?

—Digamos que familiares. Escucha Nacho, estás en mi casa, las reglas las pongo yo. Vas a seguir en el instituto y el conservatorio, si no te expulsan definitivamente antes, que creo que es lo que van a hacer. No vuelvas a pelearte con nadie. ¿Hay algo más que deba saber sobre ti?

–¿Sobre mí? No… ya te lo han contado todo… lo siento mucho, sé que soy tu responsabilidad y…

–¿Que eres mi responsabilidad?

–Sí, como padre y…

–Pero, ¿cómo? Tienes mucha cara…

–No te pongas así, Javier, lo escuché en una película… –me dice riéndose dándome dos besos.

–Eres un psicópata embaucador. Anda, vámonos –le digo echándole el brazo encima del hombro. No sabía que habías ganado algunos campeonatos de *Taekwondo*…

–Hay muchas cosas de mí que no sabes…

–Sí, eso es lo que me preocupa…

–Cosas buenas, me refiero.

–Por cierto ya mismo se celebra el concurso para seleccionar a las futuras promesas del piano. Espero que te presentes. Estoy seguro de que una de las tres becas será para ti y a partir de ahí...

–Oye, ¿ese tío que viene para acá no es el mendigo que duerme debajo de tu casa? –me pregunta Nacho sin dejarme terminar la frase.

De pronto veo a Boudú caminando tambaleante por el vestíbulo hacia donde yo me encuentro acompañado de su perro. Cuando llega a mi altura sufre un desvanecimiento, pero logro sostenerlo agarrándole con fuerza para que no se caiga mientras observo que desde algunos rincones del *hall* algunos alumnos y alumnas están empezando a alertarse por el incidente. Entonces le llevo arrastrando hasta dentro de la conserjería, apartando mi nariz de su cuerpo por el olor desagradable que exhala. Una vez en el interior, se desmaya otra vez. Su perro empieza a lamerle el rostro y Boudú va recuperando la conciencia. Yo miro la fotografía de Machado como quien mira a un santo rogándole que le ayude a soportar tanta presión.

–Es un inmigrante que duerme debajo de mi casa –les digo jadeando a mis compañeros y compañeras que asisten estupefactos a la escena. Suele dormir en unos cartones, aletargado, en el portal de mi apartamento –les aclaro, viendo que la primera explicación les ha dejado igual de perplejos–. Creo que le han debido golpear unos racistas, no sería la primera vez que lo hacen, y le han debido robar el edredón, que es el segundo que le compré, y también le han quitado de su escondrijo la sombrilla de playa, la gorra y las gafas de sol que le regalé para que se protegiese del sol en el verano –les explico innecesariamente, dándole golpecitos en el rostro–. Ese perro famélico negro que parece que tiene barba es suyo –añado nervioso y sonriente.

Boudú tiene metido en el bolsillo de su descosida gabardina el croquis con el plano que le hice un día por si quería venir a buscarme y un "*tetra brick*" de vino barato arrugado. Trae consigo, amarrada a su cintura, la esterilla de yoga que tantos recuerdos me trae y que es el único regalo que no le han sustraído aún. Boudú elude mis ojos con una triste ternura en los suyos. Esa mirada y las pequeñas convulsiones que tiene me hacen pensar que está más enfermo de lo habitual. Nacho lo mira impresionado sin decir nada.

–¿Llamamos a la policía, Javier? –me pregunta una de mis compañeras.

–No, no. Le voy a llevar a una clínica especializada en toxicomanías que hay cerca del campus. Lleva resistiendo desde que le conocí pero hoy va a ser el día, hoy le voy a llevar –le digo mientras ella se echa para atrás al ver cómo Boudú se recupera y me hace gestos de que está mejor.

Le iba a decir a ella –y a todas las personas que están expectantes en la conserjería por escuchar más aclaraciones sobre Boudú– que es mi sino o algo así. Que llevar a seres a los que quiero a esa clínica cerca del campus es un viejo e inevitable designio al que estoy condenado. Que ya lo hice años atrás con mi hermana y que he seguido llevando durante años a varios de mis amigos y a mi hermano de vez en cuando. Que lo peor no es el esfuerzo o el dinero que me cuesta llevarles a la clínica, que lo más doloroso y estresante es traerles a mi casa y hacer por ellos lo que la salud y mi equilibrio me permita hacer. Que lo más doloroso es ir a sus casas diariamente, sacarles de la cama, hablar con ellos, esperar sentado en un sofá a que lleguen desorientados, quizás cubiertos de sangre por las caídas o las peleas. Que lo más doloroso es ir a buscarles en mitad de la noche, cuando te llaman y no saben ni dónde se encuentran, asistir a peleas tercermundistas con sus parejas, siempre a punto de abandonarles o huyendo de ellos algunos días para luego volver. Que lo más doloroso es decirles, gritarles, que nunca perderé la esperanza de recuperarles; pero no digo nada de estos pensamientos y sin embargo verbalizo algo que no tenía pensado decir y que se me ha pasado por la cabeza en un instante:

–Kant, uno de los filósofos preferidos de Antonio Machado, intentaba siempre que sus acciones pudieran convertirse en Ley Universal. Así que… Quiero decir que me da mucha pena y por eso quiero llevarle a la clínica, por una cuestión ética, por bondad. No sé, me siento mal si no lo hago. Tampoco me siento bien si lo hago, porque me desequilibra mucho el sufrimiento de los demás, pero lo intento hasta donde puedo soportar..., como Kant.

Boudú se abraza a la esterilla del yoga –sabe que ese objeto es casi sagrado para mí– y me intenta cantar esas viejas melodías entre el flamenco y el árabe con las que a veces me obsequia; pero la voz no sale de su garganta y se calla. Me pide que si le pasa algo lo entierren de costado y con la cabeza mirando al sureste, a La Meca, que le gustaría que fuese en algún lugar del "*Attabanin*". Mis compañeros y compañeras se me quedan mirando:

—¿*Attabanin*? —me pregunta uno de ellos.

—Eh… sí. Era el antiguo barrio árabe de Málaga. En sus arrabales enterraron durante ochocientos años a los predecesores de Boudú, cuando estas tierras formaban parte de *Al-Ándalus*; hace quinientos años que no existe ese barrio.

—¿Boudú? —me pregunta una compañera.

—Nunca he sabido su nombre y yo le llamo así.

—Vamos a llevarle al cuarto de baño nuestro —me dice uno de mis compañeros que se ha dado cuenta de que Boudú tiene restos de vómitos encima de la ropa y que se ha hecho sus necesidades encima.

Le metemos en el cuarto de baño que tenemos cerca de la conserjería. Una de mis compañeras le seca con una toalla y otro compañero le trae su ropa de conserje.

—Creo que le estará bien, somos más o menos de la misma talla. Yo no me la pongo nunca —dice en un tono caritativo.

Emocionado por las pruebas de solidaridad de mis compañeros, les doy las gracias. Boudú se quita la alfombrilla de yoga y la deja en conserjería, debajo de la fotografía de Antonio Machado. Entonces le he visto el color verdoso y amarillento de su cara y me he dado cuenta de que está más enfermo de lo que yo creía.

—Por favor, tendría que tomarme una copa y después voy a la clínica —me dice con su acento árabe y con un temblor en sus manos ennegrecidas.

—Vale, ¿alguien se puede hacer cargo del perro? —pregunto a mis compañeras y compañeros.

***

Aparco el "Pulgui" cerca de la clínica y entramos a un bar al que suelo ir cuando vengo a la clínica con otras personas. Nos acercamos a la barra, Nacho, Boudú y yo. Le dejo que pida él y lo hace señalando con un dedo tembloroso una botella concreta y pide con timidez un vaso de los de tubo —especifica avergonzado— lleno de whisky. Se lo toma de un sorbo aunque derrama un poco por los movimientos de las manos. El camarero examina con curiosidad e inquietud alternativamente a Boudú y a Nacho y se detiene en este último mirándole la cabeza de color azul. Nacho me da la mano como si fuera un niño de cinco años asustado. Boudú pide otro tubo. El camarero me mira buscando mi aprobación. Le hago un gesto afirmativo con la cabeza. Se lo bebe también de un trago y sale a la calle.

–¿Quieres tomarte algo? –le pregunto a Nacho antes de pagar las consumiciones, viendo cómo Boudú sale del bar.

–No gracias, Javier, no me apetece nada, yo creo que me voy a ir ya, ¿vale?

Desde dentro del bar, mientras voy rumbo a la puerta, veo cómo Boudú, pide un cigarrillo a una joven que camina por la calle. Ésta, al verlo, acelera el paso diciéndole que no con las manos. Boudú se cruza de brazos y aguarda; espera dócilmente que vaya a por él. Yo me acerco y le miro las manos; el temblor le ha desaparecido pero está empapado de orín.

–Yo no quiero acabar como él, ahórrate la pregunta que sé que me ibas a hacer, ¿Te importa que me vaya para el apartamento, Javier? –me pregunta Nacho soltándose de mi mano.

–No. Si no te apetece entrar en la clínica, no lo hagas. Luego nos vemos –le digo agarrando a Boudú para que no se caiga.

–Vale –me responde Nacho dándome dos besos en las mejillas–. No tardes mucho, tengo hambre.

***

Entro con Boudú en la clínica, observo una mancha enorme de orín en los pantalones que le baja desde la entrepierna hasta los tobillos. Aunque le he echado bastante gel, el olor de sus fluidos corporales empieza a expandirse pero el que predomina es un fuerte olor a alcohol, como si esa sustancia formara parte de su cuerpo y se traspasase a la ropa que le ha dejado mi compañero. Le digo que yo pensaba que su religión le prohibía beber. Él me dice que es verdad, que es uno de los males que el Islam condena, pero me comenta que la palabra "alcohol" la inventaron ellos y me explica que *alkohl*, es una palabra que designa al espíritu que se apodera del que toma vino y que también es un polvo que se utiliza para el maquillaje.

"Otra vez aquí", me digo con tristeza reconociendo las salas, los cuadros, las ventanas, las máquinas expendedoras de bebidas. Aspirando el tufillo de la clínica a la que llevo demasiados años viniendo. Le digo a la enfermera de la ventanilla de información que es un caso urgente y que me de una cita.

–¿Para hoy?

–Sí, si puede ser esta misma tarde se lo agradecería.

–¿Para quién?

–Para Doña Mercedes Villar –le respondo, pensando en la psiquiatra y psicóloga a la que ya llevo años, muchos años, trayendo a seres queridos con problemas de drogodependencia y trastornos mentales asociados a ella.

Boudú se cae al suelo otra vez. Le recojo y le ayudo a levantarse. No es la primera vez que levanto a alguien del suelo justo a la entrada de la clínica o en la sala de espera. No es la primera vez que me lleno de orines, de vómitos o de sangre.

–*Wa lâ galibun îlâ Allah* –me dice Boudú–. "Solo Alá vence, ensalzado sea" –me traduce. –Esa inscripción se encuentra en vuestro mercado de las Atarazanas, en el arco de la entrada principal. También se utiliza cuando se va a entrar en combate, añade, con la voz entrecortada entre el árabe y el castellano.

Le acompaño por el pasillo hasta el despacho de la psiquiatra. Antes de llegar a la puerta le digo a Boudú que hace varios años que lo conozco y nunca he sabido su nombre.

–Hassán –me dice.

–Hassán –repito yo asintiendo con la cabeza.

Llegamos a la puerta. No me gustan los recuerdos a los que tengo asociados la imagen de esta puerta negra y respiro profundamente. La psiquiatra me mira sorprendida, reconociéndome, y esboza una sonrisa. Creo que debe pensar que pertenezco a alguna orden religiosa o a una ONG. Me despido cuando entra Boudú o Hassán (me cuesta trabajo llamarle por su nombre).

Nunca he traspasado el umbral de esa puerta, en parte para no entorpecer ni condicionar la visita, el reconocimiento, el diagnóstico y el tratamiento, y en parte porque creo que me da miedo. Creo que es otra de las fobias que he ido adquiriendo a medida que he ido viniendo con algunas de las personas que he traído aquí. Es muy difícil para mí asimilar las enfermedades y los pensamientos demenciales que suponen los trastornos psicóticos que sufren o que han sufrido mis seres queridos debido al consumo de las drogas. A algunos de esos pensamientos y manías –especialmente cuando "escuchan" voces o tienen alucinaciones– les doy vueltas durante semanas y fueron de las situaciones que más ansiedad me crearon cuando me he llevado a vivir conmigo a algunos de ellos, especialmente cuando salían corriendo de mi casa de noche comportándose como si lo que escuchaban o veían fuese real o cuando tenía que inmovilizarles en plena crisis de alaridos y de tentativas de suicidio, hasta que venía la ambulancia a mi domicilio. Sí, me han creado mucha angustia esas llamadas de urgencia de los desesperados hijos y de las deprimidas hijas y de las torturadas esposas de algunos de mis amigos, y me ha costado mucho sufrimiento tener que aconsejarles que les denuncien y abandonen cuando ya sus vidas corrían peligro.

Me siento en la sala de espera. La conozco bien. Demasiado bien. Y conozco bien el enorme frigorífico del que, a veces, alguien de la sala saca una botella de agua o un refresco. Y sé que alguien ha venido por primera vez porque no deja de pensar qué tipo de enfermedad mental tienen las personas que están sentadas –la mayoría toxicómanos– y porque se sobresaltan con el ruido que hace el frigorífico al desconectarse automáticamente, semejante al motor de un camión que se para. Conozco bien los cuadros. Demasiado bien. Conozco bien a los pacientes que allí esperan: nerviosos, algunos se duermen; otros roncan. Hay quien vomita; otros hacen gestos raros, estereotipias con los dedos, hablan solos, tienen alucinaciones auditivas o visuales –como las que han tenido mis seres queridos– y salen precipitadamente hacia la puerta de la calle seguidos por un familiar con el rostro descompuesto. Consulto algunos periódicos y revistas y los voy soltando cada vez más nervioso. Me parece ver a mi hermana por todas partes. Mirándome fijamente, sonriente, como me miró –puede que como me imaginé que me miró–, sentada en la cama, en mi habitación del piso de la Plaza de los Mártires, el día que esparcí sus cenizas, aquella tarde de finales de septiembre, desde un pequeño yate (pilotado por un amigo que había llevado petroleros por el Golfo Pérsico) que surcaba las aguas lentamente, seguido por gaviotas frente al faro de Torre del Mar, cerca de la estatua del pescador que tira, sobre sus hombros, de las redes imposibles de donde cogí la arena para llevarla a la tumba de Antonio Machado.

Aquella noche canté y toqué con la guitarra una y otra vez *"Princesa"*, la canción de Joaquín Sabina, y al final logré dormirme un rato en mi postura de *Ramsés II* –hacía días que no podía dormir–. Súbitamente algo me despertó. Una presencia en el solitario y viejo piso de la Plaza de los Mártires: había alguien en la habitación. La luz estaba apagada pero allí estaba mi hermana –hacía solamente unas horas que había esparcido sus cenizas poco después de pasar una medusa gigante junto al velero, atracado frente al faro– sentada en mi cama con una bata azul que reconocí como de los primeros tiempos de su estancia en el hospital cuando todavía el SIDA, que había contraído al compartir las jeringuillas, no había avanzado y conservaba todavía parte de su belleza. Me estaba sonriendo con la cabeza inclinada y yo me asusté; ella me había dicho –unas semanas antes de morir– entre bromas que intentaría volver del más allá para saludarme y demostrarme "a ti, que eres una mezcla de escéptico y de agnóstico o no sé si directamente ateo", que existía vida más allá de la muerte y yo le había dicho que no lo hiciera, que eso me daría miedo. Pero allí estaba mi hermana con una sonrisa maravillosa –y casi en la plenitud de su belleza– sentada en mi cama con su bata azul y yo buscando el interruptor de la luz, diciéndome a mí mismo que debía sufrir estrés postraumático y que era una alucinación provocada por ese estrés –los últimos meses habían sido terribles y yo llegué a rogar y a proferir gritos a los médicos para que la eutanasiaran– y abrí y cerré los ojos varias veces. Pero allí seguía mi hermana; hermosísima, con su sonrisa y un rostro que no reflejaba el sufrimiento extremo de los últimos meses sino una beatitud y una ingenuidad infantil que no recordaba en ella desde los tiempos en que tocaba con la guitarra canciones en el colegio de las monjas. Pensé, recuerdo que pensé, que si encendía la luz y ella seguía allí no iba a saber qué hacer. Golpeé el interruptor de luz y la imagen de mi hermana se esfumó. Entonces abracé llorando la parte de la cama donde ella estaba sentada y apagué la luz gritando que volviera, sumido en una insoportable angustia:

–¡Vuelve, hermanita, vuelve!

Y en esos momentos ya no tenía conmigo a Marta, que me había dejado unos días antes y a la que me abrazaba de noche en las horas, en los días, en las semanas, en los meses de la horrible agonía de mi hermana. Sí, me abrazaba de noche a Marta-Friné, me abrazaba en la cama del piso de la Plaza de los Mártires o me abrazaba a ella, en el puente, los dos alumbrados por la luz amarillenta de las farolas de El Puente de los Alemanes, mientras yo musitaba sollozando *Strangers in the night* y el viento de la bahía de Málaga lo barría como la cubierta de un barco atravesando el Mediterráneo y me despedía de mi hermana, allí en el puente –la tristeza de una despedida eterna en lo alto del puente–, y le decía a Marta que tenía miedo, mucho miedo y ella me apretujaba con todas sus fuerzas. Creo que una pequeña mariposa pasó delante de mí una de esas noches y desde entonces he mimado mucho a las pequeñas mariposas nocturnas que entran en mi apartamento algunas veces. Y sonrío cuando las veo.

A la noche siguiente esperé en vano que volviese la imagen de mi hermana pero, aunque olí a tostadas, mermelada y mantequilla como si alguien estuviese en la cocina de mi solitaria vivienda, ya nunca más vi a mi hermana trasmutada en una aparición. Fue entonces cuando entré en una de las peores fases de insomnio de mi vida –y en una de las más depresivas– porque se unió a la angustia de la muerte de mi hermana la brutal ausencia de Marta. Y no sólo no dormía, sino que estuve varios días sin comer y por algunas semanas se activó en mí un bebedor desconocido, un hombre vencido que vagabundeaba por El Puente de los Alemanes, por las calles cercanas y por el centro histórico hasta que me encontré una noche que iba yo con Carmen, abrazados, ebrios, de forma casual, nos encontramos una noche con Marta. La única vez que me la encontré y yo no me podía tener en pie y me sostenía en Carmen y Carmen en mí. Marta estaba con varios amigos y Carmen y yo nos caímos delante de ella al suelo y luego nos incorporamos sujetándonos al capó de un coche y nos volvimos a caer. Fue algo denigrante y yo pensaba, de una forma inocente, infantil e inmadura, que Marta iba a agarrarme y decirme: "te estás destruyendo, no te preocupes cariño, ¡ay qué tonto! ya ha pasado todo, vuelvo contigo porque así no puedes seguir y además te puedes matar con el coche". Pero no ocurrió nada de eso (afortunadamente tampoco me maté con el coche). Marta, pasó por mi lado entre dos hombres sin mirarme. Al día siguiente dejé de beber y dejé a Carmen o quizás primero dejé a Carmen y después dejé de beber. Así que, con un poco menos de autocontrol, con menos inteligencia emocional y con más mala suerte, yo mismo podría estar ahora dentro con la psiquiatra, detrás de la puerta negra.

Intento ocupar mi mente pensando en alguna poesía de Machado, en algunos detalles de su biografía y en aquél "rincón Picasso" de mi piso de la Plaza de los Mártires en la época más feliz de mi vida. Pero me llega de nuevo la imagen de mi hermana, aquí sentada, en esta misma silla incómoda, haciendo acopio de todos los virus de la sala de espera, porque el SIDA le había dejado sin defensas literalmente y su organismo se infectaba con todo tipo de virus que a cualquier persona no le afectaba. Pienso en los millones de virus que deben pulular por aquí esperando el momento para atacarme e invadirme y veo, aquí sentada, a mi hermana y me veo a mí mismo muy asustado cuando la vi vomitando sangre por primera vez, en la quinta planta de hospital Carlos Haya y, me veo a mí mismo muy asustado cuando el médico me dijo que no permaneciera mucho tiempo en la habitación porque habían detectado virus desconocidos en su organismo. Esa noche no fui capaz de abrazarla. No fui capaz de recibir su aliento como hacía Antonio Machado con su esposa Leonor, besándola una y otra vez, para ver si se contagiaba de la tuberculosis y él moría con ella. Es lo único que ahora me viene a la cabeza de la biografía de Machado: el poeta besando una y otra vez a Leonor para contagiarse; besándola, bebiendo de su agua, tragándose su saliva. Haciendo todo lo posible para contagiarse de la mortal enfermedad de Leonor sin conseguirlo, mientras ella, en su agonía, abrazaba contra su pecho, contra sus pulmones enfermos, fuelles sin aire, corazón desbocado que se va a detener, abrazaba el primer libro de poemas de Machado, el que le salvó la vida al poeta porque, cuando murió Leonor, estuvo a punto de suicidarse pegándose un tiro. Ya lo tenía decidido, cuando se encontró con la sorpresa de que el libro que había publicado de poemas lo compraban por toda España y daba sentido a muchas vidas y le escribían cartas que le hicieron cambiar de opinión.

Me levanto agobiado de la silla de la sala de espera: en esta sala hay millones de virus delante de mis narices intentando colonizarme en el más mínimo momento de debilidad de mi sistema inmunológico. Salgo al pasillo que conduce a la calle mirando de vez en cuando hacia la puerta negra donde está Boudú, la puerta negra donde tantas veces esperé a mi hermana y a otros seres queridos. Salgo al pasillo pero no logro olvidar a mi hermana y la veo en las últimas semanas cuando sucumbió a todas las enfermedades posibles y se quedó postrada en su cama de Carlos Haya, quinta planta, ciega y sin apenas oír, con el cerebro y el cuerpo lleno de tumores. Recuerdo que la audición fue casi lo primero que perdió, al contrario que le sucede a todo el mundo que se va a morir, aunque con el pequeño resto auditivo que le quedaba escuchaba selectivamente. Sí, escuchaba selectivamente y puede que escuchara a los médicos que decían de ella que sufría varias enfermedades infecciosas incurables de bacilos y virus que habían evolucionado hasta mutaciones increíbles. Y que se iba a morir muy pronto. Y lo peor de todo para el sufrimiento extremo que padecía: conservaba su inteligencia y su lucidez.

Años después, una mañana, en la conserjería de la facultad, un hombre con una barba cuidada y algo regordete me dijo:

–¿Me recuerdas?

Ese día era el patrón de la Facultad de Medicina y estaba todo el *hall* lleno de alumnos y alumnas con las batas blancas. Una de esas entradas masivas de estudiantes celebrando el día de su patrón. O puede que ya se hubieran ido después de que un profesor les echara de su clase enchufándoles el extintor hasta que a uno le dio un ataque de asma. Sí, puede que se hubieran ido después de aquel lamentable incidente, pero recuerdo que volví a ver batas blancas, esta vez las de los del Servicio de Extracción de Sangre. Y allí estaban varias personas tumbadas en las camillas donando su sangre y aquello parecía un hospital de campaña por los biombos que pusieron tan parecidos a los que instalan cuando ocurre una catástrofe o hay un atentado terrorista.

Yo me quedé mirando a esta persona, que llevaba una bata blanca y que me preguntaba si le recordaba. En ese momento me entró un escalofrío que me recorrió todo el cuerpo, al que contribuyó el efecto de ver tantas batas blancas por todos lados y cierto olor a alcohol; el hombre de la barba cuidada era uno de los sanitarios que estuvo junto a mi hermana en los últimos momentos de su vida, cuando un sonido ronco salía de su garganta y de lo más profundo de la pesadilla de la asfixia de sus pulmones.

—Ana, ¿me escuchas? –recuerdo que le pregunté a mi hermana en esos momentos de agonía.

Y ella, ante el asombro de todos y de todas, salió de su estado comatoso y me susurró con los ojos cerrados y casi sin poder respirar:

—Sí, hermanito… te escucho… Cuídate mucho.

No fueron sus últimas palabras, porque, éstas fueron, alguna referencia a un salmo o una adaptación suya de un salmo de la Biblia que no pudo terminar (murmuró entrecortadamente, mientras le caía una lágrima de su ojo derecho: *"Aunque camine por el valle de la muerte, nada temeré, porque el señor es mi Pastor… Él me conducirá…"*); pero sí fueron las últimas palabras que me dijo a mí.

—Sí, le recuerdo perfectamente –le dije al fin al hombre.

Yo estaba convencido de que me iba a decir algo sobre mi hermana, pero sonrió y empezó a caminar alejándose de la conserjería, hasta que, repentinamente, se detuvo y se volvió gradualmente sobre sus pasos. Yo sabía que esta vez sí me iba a decir algo de mi hermana y no quería ponerme triste, así que estuve a punto de inventarme una excusa para irme a hacer fotocopias o a ver el limonero y a echarle agua y abono, como si fuera un ritual de resurrección. Pero me quedé dispuesto a afrontar lo que me iba a decir:

—En todos los años que llevo en el hospital, nunca vi a nadie como su hermana. Con todos los tumores e infecciones que el SIDA le había provocado, su sufrimiento debió ser insoportable, pero jamás se quejó una sola vez. Le tengo que confesar que, algunos, en la planta quinta, llorábamos por su hermana.

—Gracias –acerté a balbucear, y aproveché para pedirle perdón, porque un día antes de que muriese mi hermana, él fue uno a los que grité que le pusieran fármacos para que dejara de sufrir de una maldita vez, porque yo no podía aguantar más verla agonizar de esa forma.

El hombre se alejó de nuevo en dirección a los biombos y yo salí de la conserjería apresuradamente recorriendo los más absurdos espacios sin finalidad alguna. Caminé con diligencia como si tuviera que hacer algo por el pasillo trasero que comunica el patio del "Ficus Sediento" y de las columnas azules con el patio del "Palo Borracho" y las columnas de colores. Me detuve en los rectángulos que quedan bajos las escaleras. Me asomé a la ventana y paseé a oscuras por el salón de actos, hasta que comprendí que, esa acción de caminar y estar en muchos lugares sin encontrarme bien en ninguno de ellos, no era la búsqueda de algo espacial ubicado en un lugar concreto, sino algo temporal; caminando sin rumbo quería volver atrás en el tiempo, a la época en la que vivía mi hermana. Como las noches que deambulaba por las cercanías de mi viejo piso de la Plaza de los Mártires y me detenía ante su portal, como si realmente fuera a entrar en una nueva dimensión del tiempo que me transportara al pasado. A la época más feliz de mi vida.

***

Regreso a mi silla, cojo de nuevo una revista y la suelto inmediatamente mirando hacia la puerta negra del despacho de la psiquiatra. Ya le habrá hecho todo tipo de pruebas, habrá calculado los gramos de alcohol que se toma al día y le estará recetando tranquilizantes, ansiolíticos y algo para que le haga reacción el alcohol, puede que *Antabus* o un fármaco similar que le provoque aversión al alcohol aunque yo sé que para quitarse del alcohol o de otra droga tiene que dejar de tener un pensamiento adictivo. Es posible que lo que no conseguí con mi hermana –siempre me reprocharé que no hice lo suficiente– los tímidos progresos que he conseguido con mi hermano y los relativos éxitos terapéuticos con algunos amigos íntimos puede que lo consiga con Boudú o Hassan; un vagabundo al que solamente conozco de la calle. Y esta vez sin hundirme o casi hundirme con él, como ha estado a punto de pasarme varias veces tratando de rescatar a los náufragos que tantas veces han aparecido en mi existencia y que debido a una especie de *Ley Moral Interior* –algo que también leí en algún libro de Kant– me hace inconmensurablemente responsable y me obliga a intentar ayudar a las personas que necesitan ayuda.

Hassan sale del despacho de la psiquiatra, que está en el quicio de la puerta mirándome hasta que me hace un gesto, meneando la cabeza de arriba abajo y, con una sonrisa, me dice que me acerque.

–Su amigo, ejem… porque es su amigo, supongo… –me pregunta algo desconcertada.

–Sí, es mi amigo.

–Pues su amigo tiene que quedarse ingresado unos días, hasta que sepa los resultados de unas analíticas que le he hecho. Déme un número de teléfono para llamarle cuando salga –me dice con preocupación dedicándome una bella, y piadosa mirada–.

Intuyo que ésa sería la mirada que podría dedicarme una persona que sabe que podría ser una gran amiga, puede que porque ha conocido, sin jamás hablar de ello, mi vida de sufrimiento con algunos seres queridos.

–"Sólo Alá vence" –le digo a Hassán cuando llega a mi altura. Capto, en sus ojos oscuros de indigente apaleado mil veces, su agradecimiento cuando le pido la factura a la enfermera de la entrada y saco la cartera y pago por la visita y le pregunto por la cama y la habitación donde tiene que quedarse Hassán. Pero no le pregunto cuánto me va a costar su estancia, porque Hassán está a mi lado y es capaz de huir avergonzado por el gasto que me va a causar y para el que es probable que tenga que pedir un pequeño préstamo al banco. Entonces noto en él un miedo ancestral porque no quiere quedarse en la clínica, pero se siente tan débil, vulnerable e indefenso, que acepta y le acompaño a la habitación que le han asignado.

Paso con el *Ssangyong* por delante de la inmensa entrada del mercado de Atarazanas –una construcción árabe donde se guardaban armas y se reparaban los barcos–y miro hacia los dos escudos nazaríes que tiene en lo alto. Contemplo el arco de herradura de su puerta y la inscripción en árabe que ahora sé que significa. "Sólo Alá es vencedor; ensalzado sea", me digo.

Circulo por la Plaza Arriola y enfilo hacia el Pasillo de Santa Isabel para ver a mi izquierda El Puente de los Alemanes y luego sigo avanzando por la calle Carretería en dirección a mi apartamento. Estoy deseando ver a Nacho y hacerle una gran cena y ponerle a Mozart, sentir el "Efecto Mozart"; creérmelo, sugestionarme que es cierto, que pueda ser real, que nos haga, a mi hijo adoptivo y a mí, más bondadosos, más inteligentes, más creativos y con más autocontrol. Convencerme, quiero convencerme que su música le puede alejar de la oscuridad, de las adicciones y de la impulsividad. Y que a mí me rescata, me va a rescatar del pozo de tristeza en el que me ha hundido mi visita a la clínica. Una vez más.

IX

Un reducido espacio, mis movimientos en la cocina se reducen a un diminuto espacio: una zona sumergida en la penumbra, en la que solamente son visibles dos figuras redondeadas irradiadas por dos halos circulares de luz amarillenta que se difunden, que se abren como una palmera de tamizadas partículas de luz debajo de mi vista. Una luminiscencia que destila un perfume concentrado de las especies y de las hierbas aromáticas que utilizo en mis guisos. Casi a oscuras, enciendo el horno. Mientras se calienta, pongo a cocer unas patatas en una olla y le doy al interruptor que activa los pequeños focos de mi cocina, esas dos lucecitas indirectas que iluminan con su tenue energía una parte del granito de la encimera. Eso fue lo que más me gustó cuando la inmobiliaria me ofreció el apartamento y ése fue el detalle, aparentemente trivial, que hizo que tomara la decisión de alquilar la vivienda donde vivo. Toda la quieta, silenciosa, geometría de los objetos, todos los olores de las comidas que elaboro, incluso la consistencia de todas las sensaciones y los agradables estados psíquicos que voy experimentando al cocinar, están envueltos en esta atmósfera rembrandtiana que tanto me fascina y me tranquiliza, como si estuviera protegido, resguardado en un solitario e invulnerable faro mientras las olas lo baten y la tormenta y la lluvia y los dramas humanos arrecian fuera.

Elijo una botella de vino de mi pequeña bodega climatizada. Antes tenía mucha experiencia en preparar comidas para algunas personas, para alimentar el alma y la sensibilidad de las personas por las que sentía un gran afecto y solía hacerlo bebiéndome una o dos copas de buen vino mientras preparaba la comida. Ahora que estoy saliendo –gracias a Nacho– de la vida solitaria que llevaba desde hace años, dudo si descorchar o no la botella –un Ribera del Duero de una añada catalogada como "excelente"– para no dar un mal ejemplo a Nacho. Decido abrirla porque el hecho de beber con moderación delante de él, estoy convencido que no va a influir en la evolución de sus adicciones. Saco el tapón –que me acerco a la nariz para aspirar su olor– me pongo un delantal y voy sacando de la nevera los ingredientes para el "Solomillo a lo Nacho": *Foie* fresco, paté, una latita con prodigiosas trufas negras, tierno pan de molde, dos gruesas, veteadas y jugosas rodajas de solomillo de ternera y unas lonchas de jamón ibérico rezumando una aceitosa condensación de las bellotas de las que se ha alimentado el cerdo.

Corto unas patatas y las meto en una bandeja en el horno –que ya está muy caliente– con mantequilla, huevos, ajos y nata. Fiel a mis costumbres de hombre solitario –que alguna vez hacía comidas para personas a las que quería mucho– decanto con delicadeza la parte de la botella que voy a consumir; la escancio sobre una gran copa y la dejo unos minutos más para que se oxigene, para que afloren los aromas que antes, apenas un segundo antes, estaban aprisionados entre paredes de cristal. Agito el líquido color cereza en la copa con movimientos circulares de mi mano y cierro los.ojos. Saboreo con el paladar los aromas primarios del vino con una parsimonia cercana a un acontecimiento espiritual que me trae imágenes mentales que se convierten en sensaciones, en *flashes* que me deslumbran al trasegar el líquido rojo; el aire, las primeras bocanadas de aire que me entraban por la nariz para recuperar el aliento cuando corría en el colegio; el olor del piso de la vecina de mis padres un día invierno. Muevo el vino y bebo otro sorbo captando los aromas secundarios y terciarios que suben desde el fondo de la copa; la profunda impresión del olor a madera, a vainilla y a cacao de la piel y el sabor más íntimo de Marta mezclado con las fragilidad de las alas de una mariposa inmóvil y del sabor de los pétalos de una rosa en el momento en el que éstos empiezan a caerse al suelo ya muy maduros. Sorbos, voy dando sorbos con los ojos cerrados. Miniaturas de placer, de disfrute de mis sentidos: vuelvo a los sabores más primarios cuando se unen, se diluyen, las moléculas del vino con las enzimas de mi saliva, cuando se adaptan miméticamente a la temperatura de mi boca; un sabor a moras y a las primeras lecturas de los poemas de Antonio Machado, con cierto toque de regaliz y a lo único que me gusta de la primavera: el azahar. El olor, la fragancia a azahar de las flores blancas de mi pequeño limonero. El perfume a azahar de las flores de los naranjos del aparcamiento de la facultad y la textura, el sabor de la boca de Marta, la tibia humedad de la saliva de los besos que Marta me dio bajo esos árboles y que yo, mentalmente, descompongo hasta las partículas más pequeñas de su materia.

−¿Qué haces con los ojos cerrados mirando para el techo? −me pregunta Nacho dándome dos besos en las mejillas, interrumpiendo mi trance y estudiando con una curiosa expectación la ceremonia de la organización de mi mesa para trabajar bajo los dos focos.

−Coloca el mantel de las ocasiones especiales en el comedor, enciende las velas, saca los cubiertos y las servilletas, las de tela. Llévate mi copa de vino y saca una Coca-cola de la nevera para ti. Y quiero que me insertes un CD de Mozart. A ver si nos hacemos más inteligentes los dos −le digo abriendo el solomillo de ternera por la mitad y poniéndole una rodaja de jamón ibérico en medio.

−Vale, vale. Javier. ¿Lo que estás preparando es lo que vamos a cenar hoy?

−Sí −le respondo mientras sofrío un *maigret* fresco de pato con coñac, moscatel, miel y jamón york.

−Nadie de mi edad se tomaría las comidas que tú me haces. Oye…

−Dime…

−¿Qué ha sido de ese tipo? −me pregunta rascándose la cabeza rapada.

−Se ha quedado internado en la clínica. Están esperando unos resultados −le digo pensativo.

Interrumpo durante unos instantes el proceso de elaboración de la salsa con nata, huevos, roquefort y nueces que estaba haciendo. Comparándome con la mayoría de los habitantes de la Tierra, soy un ser afortunado por tener salud, un buen trabajo y por poder disfrutar de estos manjares; pero comparándome con Hassán soy un ser tan privilegiado, que no puedo evitar sentirme culpable por el refinamiento de la cena que voy a degustar.

−¿Unos resultados?

−Sí… de las analíticas y otras pruebas… −le contesto con tristeza− venga, pon el CD de Mozart −le digo, saliendo de mi paralización. Termino de batir la salsa y echo en una sartén −que conservo de la época de Marta− aceite virgen extra ecológico y frío varios tipos de níscalos y de setas con un aro de guindilla, perejil picado y un poco de vino seco e introduzco las patatas ya cocidas por el pasapuré. Abro el horno y le echo a las patatas que se encuentran en él, la salsa de la nata con los huevos, las nueces y el roquefort. Pongo en otra sartén, esta vez sin aceite, una porción de *foie* fresco para atemperarlo y unto con mantequilla una cazuela en la que doro los solomillos y lo flambeo todo con cogñac. La primera vez que cociné champiñones me pareció ver a los gnomos y otras criaturas de los bosques danzando por la cocina (y estaba convencido de que me intoxicaría). Ahora veo a Marta, a la vegetariana radical de Marta –ejerciendo su influjo una vez más sobre mí– recriminándome con gesto severo por la comida tan "carnívora" que estoy haciendo, al contemplar cómo se terminan de freír estos hongos y al depositar sobre el fondo del puré de patatas y sobre el pan de molde redondeado los solomillos –con el jamón ibérico crujiente en su interior– unas láminas de trufas, el *foie* fresco, una finísima capa de paté y el *maigret* de pato. Creo que Marta sigue a mi lado, al sacar las patatas ya gratinadas con la nata y el roquefort del horno y cuando las pongo como guarnición, en cada uno de los dos grandes platos, junto con una pequeña ración de los distintos tipos de setas y champiñones. Y me imagino teniendo una conversación con ella en la que le diría que he avanzado en mis platos no-vegetarianos, que no tengo el talento para acercarme siquiera a ser un buen cocinero y mucho menos para coquetear con la gastronomía molecular, con la abstracción culinaria o con la reconstrucción, pero que seguro que si no fuera vegetariana se relamería con algunas comidas que elaboro y se hubiera sentido halagada con la decoración de tomatitos y de las reducciones de las salsas con las que he adornado los humeantes platos que llevo a la mesa del comedor.

–Bueno, te comunico oficialmente que acaba de nacer el "Solomillo a lo Nacho" pero te tengo que confesar que es, en realidad, una variante del "Solomillo a lo Rossini".

–Vaya nombre, espero que no nos pase nada, oler no huele nada mal y… ¿Solomillo a lo Rossini? ¿El músico? –me pregunta al procesar mejor lo que le he dicho.

–Sí, el músico. Rossini decía que su solomillo era su mejor composición. Venga, empieza a comer antes de que se enfríe.

–Mmmmmmmm, ¡joder! ¡Cómo esta esto, tío! El "solomillo a lo Nacho variante del de Rossini"… O como coño se llame.

–Otro día te haré otras variantes…

–¿Ah, sí? ¿Solomillo a lo Mozart? ¿O a lo Beethoven? ¿ O…?

–No, no. Me refiero al solomillo Wellington, el Chateubriand y el Strogonoff. Todos están exquisitos. Y todos tienen su historia.

–¿Cuál es su historia? –me pregunta.

No le respondo. Me quedo observando la forma compulsiva que tiene de comer tirando descuidadamente las láminas de las trufas al suelo y sonriendo después como si alguien le estuviera contando un chiste. Me llega un olor a rosas e inmediatamente le miro el cuello.

–Chateubriand era un escritor francés y fue su cocinero el que lo inventó en su honor. El duque de Wellington fue el hombre que derrotó a Napoleón en la batalla de Waterloo y dicen que lo crearon para él sus cocineros por vencer en esa batalla, aunque ya existía una versión francesa de ese solomillo y, ¿me escuchas? Oye, ¿me estás escuchando? ¿Para qué me dices que te cuente la historia de esos solomillos, si después no me escuchas?

–Te estoy escuchando, te lo juro. ¿Qué pasa con el Strogonoff ese? ¿Ves como te estoy escuchando?

–Se debe a un conde ruso que no se llamaba Strogonoff sino Straganoff, Gregory Straganoff. Pero fue su cocinero, o más bien una cocinera que ayudaba a su cocinero, la que lo creó y… "Hara hachi bu…"–le digo, aspirando el olor a rosas que emana de su aliento.

–¿Cómo dices? –me pregunta con un asombrado desdén.

–Que no comas hasta saciarte, o por lo menos que no comas tan deprisa. Es una máxima de un filósofo llamado Confucio. Y ten cuidado, no tires más trufas al suelo, es un manjar muy caro… ¿Tú sabes que Rossini sólo lloró tres veces en su vida y una fue porque se le cayó un pavo con trufas desde un barco?

–Ah, ¿sí? ¿Seguro?

–Pero, ¿qué dices?

– Quiero decir que… bueno y… ¿las otras dos? –me pregunta distraídamente pero atento a que yo me dé cuenta que esta vez me escucha.

–En una ocasión cuando estrenó su primera ópera y la gente le silbó y le criticó mucho. Y la otra cuando escuchó tocar el violín a Paganini.

–¿Paganini?

–Sí, ¿sabes quién es?

–Claro. Fue el mejor violinista del mundo. Un virtuoso…

–¿Por qué no has puesto el CD de Mozart?

–¿Qué CD?

–¿No me escuchaste cuando te dije que pusieras a Mozart? Oye Nacho… ¿Tú de qué te ríes? ¿Otra vez te has tomado algo en el cuarto de baño? –le pregunto apoderándose de mí tal desaliento que se me quita el hambre repentinamente.

–¿Yo? Te juro que no, que yo no tomo nada –me dice enderezándose en su silla.

–No me engañes, tío. ¡No me hagas esto! ¡Te he traído a mi casa! ¡Te he adoptado! –le grito–. Sé que eres un adolescente que ha tenido muchos problemas –le digo bajando el tono de mi voz para no ser el "disparador" de otro inminente "estallido" de ira como el que le ocurrió en la cocina– Y sé que estás experimentando hasta dónde llegan tus propios límites. Tú y yo hemos pasado algunas aventuras juntos, llevamos algún tiempo conviviendo y he aprendido a quererte. A quererte mucho. No sé cómo se quiere a un hijo porque ya sabes que no tengo hijos, pero te quiero como se debe querer a un hijo. No me hagas sufrir más: mi "cupo" de sufrimiento por los demás está agotado y estás atravesando tus límites, pero también los míos –añado con la acuosidad en los ojos que precede a las lágrimas mirándole con lástima el antebrazo vendado.

En el silencio embarazoso y violento que sigue intento serenarme, pendiente de las posibles señales en su cara que me avisen de que no va a poder controlar su enojo y logro masticar, seguir masticando. Concentrarme en el hecho de deglutir y beber, controlando yo también mi enfado y las arcadas y las náuseas que me están entrando. Me echo del escanciador otra copa de vino, pero no lo pruebo. Miro por encima de la copa a Nacho. Sé que aunque está con la cabeza agachada comiéndose el solomillo, aparentemente ajeno a todo, sabe que lo estoy mirando. Sabe que estoy estudiando sus reacciones con recelo, observando su aspecto físico y, no su cabeza rapada de color azul y el pendiente, sino calibrando en sus ademanes y en su rostro las posibles sustancias que ha podido ingerir. Respiro profundamente intentando guardar cierta distancia psicológica de este problema para no tener una reacción emocional que me desborde, como en tantas ocasiones con otras personas muy cercanas a mí o como el otro día con él mismo.

–Yo… no… no he tomado nada, te lo juro. Apenas he tomado nada… a mí me gusta el deporte y la música, tío –me dice desdeñosamente levantando la cabeza del plato, gesticulando y masticando con la boca abierta.

–Ya lo sé. Eres un gran deportista y un excelente pianista. Y sé que no estás muy enganchado aún y que puedes salir fácilmente. Pero también sé que eres tan temerario como inocente. Infantilmente inocente. A todo el mundo le sentaría mal lo que tú te estás "metiendo", pero a ti te sienta peor. Tú juegas con desventaja… Oye, lo que me contó la inspectora…

–Tú no sabes –me grita refunfuñando– lo que se siente siendo un hijo de no se sabe quién, porque hay gente que no conoce a su madre, pero sabe quién fue su padre o al contrario, pero yo no. Yo no conozco ni a mi padre ni a mi madre. No sé quiénes son, no sé dónde viven, a qué se dedican. Yo vivo con una madre que últimamente me quiere mucho pero que no es mi madre y con un padre adoptivo alcohólico que me pegaba de pequeño, que siempre le ha pegado a mi madre y que es un asesino y…

–Tu madre parecía quererte mucho –le digo interrumpiéndolo para que no siga creciendo su ira.

–¿Mi madre? Sí… ahora sí… pero ¿quién me compensa a mí de que me dejaran solo todo el día y toda la noche con seis años, con siete, o con ocho? ¿O quién me compensa a mí que me dejaran varios días solo mientras ellos viajaban? ¿O de las palizas que me daba mi padrastro o de las que veía que le daba a mi madre que durante años no quiso denunciarlo por miedo?

–¿Sin comer? ¿Te dejaban sin comer?

–No. Sin comer no. Me dejaban algunos embutidos en la nevera y yo me buscaba la vida. Pero apenas comía, sólo galletas y cosas de esas… pero ¿y la tristeza que yo sentía al quedarme solo? ¿Y el miedo que pasaba?

–¿Y el colegio? –le pregunto metiéndome en la boca un trozo de solomillo.

–¿El colegio? Iba hasta que me di cuenta de que a mis padres adoptivos no le importaba o no sabían si iba o no al colegio. Allí todos los niños se reían de mí y me pegaban. Y en la casa ya te he dicho que mi padrastro me ha pegado siempre ¿no te has dado cuenta de las cicatrices que tengo por todo el cuerpo?

–Sí, te las vi en el sótano del museo Picasso, pensaba que te la habías producido peleándote.

–¿Peleándome? No sé quién ha visto más películas de los dos. Me las hizo mi padrastro. Ese hijo de puta me golpeó y me cortó con casi todo: martillos, tijeras, destornilladores, correas con la hebilla de hierro, cadenas… hasta que todo fue a más y más. Aprendí a pelear, empecé a escaparme de casa, a salir por ahí solo. El resto ya lo conoces.

–Por eso le dijiste a tu madre que te apuntara a las clases de *Taekwondo*.

–Por eso. Estaba obsesionado con aprender a defenderme y con matar a mi padrastro.

–¿Y lo del piano? Quiero decir, ¿por qué dedicaste tantas horas a saber tocar el piano?

–No lo sé. Eso no lo sé –me dice con la boca llena de trufas y de patatas.

–¿No sabes por qué tocas el piano de esa manera?

–No. No me refiero a eso. No sé qué… no sé por qué le dije a mi madre que me apuntara al conservatorio para aprender a tocar el piano. Yo soy un niño de la calle. Mis padres adoptivos me dejaban solo y yo, mis amigos, a esas horas a las que yo salía, eran niños de esos que tú llamarías marginales, porque yo he estado siempre solo en la calle. ¿Cuántas horas lleva un niño normal durmiendo a las tres o las cuatro del madrugada en su casa con sus padres?

–¿Y lo del piano? ¿Cómo fue?

–¿Otra vez? Si te lo he dicho ya… ¡joder! ¡No me escuchas y tú me dices que yo no te escucho a ti!

–Perdona, no te he entendido –le digo calmándolo–. Me refiero a qué te impulsó a ello.

–No lo sé, ya te lo he dicho. Tenía necesidad de aprender a tocar el piano.

–Ya falta muy poco para que te presentes a la selección de las futuras promesas del piano.

–¡Te dije que no me iba a presentar y tú dale que dale! ¡Me inscribiste en el concurso sin mi consentimiento!

–¿Sin tu consentimiento? Hay tantas cosas que tú haces sin mi consentimiento y, oye, a mí no me grites. ¿Por qué estás tan nervioso, tío?

–¿Hace falta que te recuerde que soy hiperactivo?

–No, no hace falta. Pero te veo más nervioso que de costumbre.

–Sí, vale, me he puesto hasta el culo… ¿Eso es lo que quieres escuchar?

–No. Eso es lo que menos deseo escuchar –le digo en tono conciliador ya que temo una respuesta violenta y no quiero que piense que lo estoy provocando.

–¿Sabes una cosa? Mi madre adoptiva me llevó una vez a un médico y me puso una dieta –me dice cambiando de tema masticando más despacio para demostrarme que no está nervioso.

–Y, ¿en qué consistía la dieta? –le pregunto dejando de comer por la náusea que me ha entrado otra vez.

–Te vas a reír –me dice, entre carcajadas que dejan ver los restos de la comida que se traga sin apenas masticarlos–. Me quitó el azúcar, los tomates, las almendras, las fresas y… y... no recuerdo qué más.

–A veces hay reacciones alérgicas a los alimentos. Hay quien se toma un melocotón o algunos frutos secos y se envenena. Hay personas que no pueden probar la leche o el pan. Pero, por lo que he leído, no hay ningún alimento que provoque la hiperactividad. Aunque parece que el azafrán –el artificial– o demasiado azúcar, en algunos casos, puede empeorar los síntomas y…

–¿Cómo es que sabes cocinar tan bien? Esto está buenísimo, colega –me dice dejando de escucharme y mojando el pan en la salsa que le queda.

–Pues porque siempre he vivido solo. Al principio no tenía ni idea. La primera paella que hice fue sin aceite. Se me quemó todo el arroz. Y la primera tortilla de patatas que hice mezclé todo en la sartén: los huevos y las patatas, esperando que se hiciera sola la tortilla como por arte de magia. Pero después aprendí y eso que los años que estuve interno con los curas aborrecí la comida. ¿De qué te ríes?

—De lo que me contaste cuando estabas interno en el colegio religioso ese y te preguntaron por el verbo *Je t´aime* y tú dijiste que significaba "Jaime" —me dice sin convencimiento, como si él mismo no se creyese la coartada inverosímil que me ha dicho para justificar su risa absurda.

—Tienes buena memoria. Oye Nacho, ¿es verdad lo que comentó la inspectora en la comisaría? —le digo retomando la pregunta que había empezado cuando me desvió el tema y empezó a hablarme de sus padres adoptivos.

—¿El qué? ¿De qué me estás hablando ahora, tío?

—Lo sabes perfectamente…

—Eres pesado ¿eh? ¡Yo que sé! Te dijo muchas cosas la tía esa…

—Me refiero a lo que dijo de que robabas carteras en el museo Picasso y…

—¿Otra vez? Ya te lo he explicado otras veces… uf… ¿Sabes que he llamado a la chica que llamó a mi móvil? —me dice para desviar mi atención.

—No me cambies de tema. Te estoy hablando de esto porque si creo que estás tomando algo más te echo de mi casa, Nacho, ya está bien de tonterías. No quiero que sigas teniendo más problemas en el instituto ni en el conservatorio mientras vivas en mi casa y yo sea responsable de todos tus actos porque todavía eres menor de edad. No quiero, no voy a permitir que te metas en más problemas si estás en mi casa. Haz lo que te dé la gana pero sin vivir conmigo. Nacho, acuérdate del trato, coño...

—¿No te interesa saber qué me ha dicho la chica? —me dice volviendo otra vez al tema de la chica como si no me hubiera escuchado, en un esfuerzo por controlar y regular su conducta impulsiva a punto de estallar.

—¿Qué chica? ¿De qué me estás hablando?

—La que llamó a mi móvil —al que se rompió— cuando estábamos en la residencia.

—Te va bien el nuevo móvil que te he comprado, ¿verdad? Este no lo vayas a tirar contra el suelo.

—Eso no volverá a ocurrir. ¿Sabes de qué chica te hablo?

—Sí, la chica que me cortó al oírme hablar por tu móvil. ¿Te ha dicho algo importante?

—Sí.

—No me mires así que ya te pedí perdón cuando me cortó en la residencia. ¿Qué te ha dicho?

–Mi madrastra ha estado en la residencia. Le cogió el móvil a ella y marcó, pero alguien que estaba con ella se lo quitó antes de que pudiera decir nada.

–Estaría un tiempo sin darse cuenta con el móvil abierto, por eso escuché todo el ruido que había en la residencia hasta que la muchacha se dio cuenta y me cortó.

–La chica me ha dicho que le habían dicho que mi madre era la mujer de un conferenciante. A ella le extrañaba que no saliera en todo el día de la habitación y que llevara tanto tiempo allí. Cree que le llevaban comida a la habitación y que le tenían tapada la boca o algo así, porque en todo ese tiempo nunca la escuchó hablar ni hacer ningún ruido. Por eso, una de las veces que le llevaban la comida, mi madre asomó la cabeza por la puerta de su habitación y le dijo a la chica que se acercase y se interesó por el tema de la conferencia. A la chica le sorprendió que mi madre adoptiva no supiera de qué iba la charla. Me dijo que en todo momento un tipo muy grande estaba muy pegado detrás de ella y que permanecía muy atento a lo que ella decía. La chica de la residencia me ha dicho que después pensó que el tipo grande le debía estar apuntando con una pistola o que la estaría amenazando con una navaja. Desde el día de la charla sobre la Guerra Civil no la ha vuelto a ver. Ella cree que ese mismo día se la llevaron a algún sitio, según parece alguien de la policía la había estado grabando desde abajo en un momento en que se asomó por la ventana de la habitación y poco después, ella, que estaba estudiando en su habitación, escuchó ruido, pasos; salió a ver qué pasaba y descubrió que la habitación donde estaba mi madrastra estaba vacía.

–Y… ¿dónde se la han llevado?

–La chica no tiene ni idea, pero cuando entró en la habitación a curiosear encontró una propaganda muy rara.

–¿Qué propaganda?

–Algo sobre la donación de órganos.

–¿Donación de órganos?

–Sí. Unos folletos. Ella no sabe si tiene algo que ver con mi madrastra o es propaganda. A veces les ha llegado a la residencia alguna información sobre donación de órganos.

–Y esta chica ¿le ha contado a la dirección del centro algo?

–Claro, me ha dicho que llamó a la policía y que han estado allí analizando la habitación y haciendo preguntas. Y que el director le ha dicho a la chica que no se preocupe y que intente descansar, que está muy nerviosa con los exámenes y también le ha dicho lo que tú me dices a mí.

–Ah, sí... y, ¿qué te digo yo a ti?

–Pues que no vea tantas películas.

–Ya. ¿Quién se la ha llevado?

–Pero si te lo acabo de decir. ¡Joder! ¡No me escuchas!

–No lo recuerdo, pero en fin, me imagino que el gordo de las patillas y el culturista, el que tiene cara de chimpancé.

–Exacto. Y la muchacha me ha dicho que escuchó cómo la policía decía que seguramente la habían escondido otra vez muy cerca de la residencia.

–Me lo imagino. No han debido tener mucho tiempo para esconderla... al salir de allí nos persiguieron y la esconderían en cuestión de pocos minutos. Y si el gordo trabaja en la universidad la ha debido dejar en algún sitio que conoce bien dentro de ella –le digo levantándome para ir a por los postres.

–Javier...

–¿Qué?

–No me eches ahora de tu casa, no dejes que me pierda en mi lado oscuro. Yo te necesito y te quiero. Te prometo que voy a cambiar.

–Lo pensaré. Termínate la comida, anda –le digo echándole el brazo encima del hombro dándole unas palmaditas– que voy a traerte el postre: piña natural para que absorba la grasa de la comida especial que te he puesto.

–No, no me traigas nada, no puedo más. Oye, está sonando tu móvil.

–Sí, es verdad. Creo que es la inspectora –le digo mirando cómo sale en la pantalla un número oculto.

–No le irás a decir nada de mí...

–No, pero le voy a contar lo que tú me has dicho de la residencia. Puede que le salve la vida a tu madre adoptiva.

–No hace falta. La chica ya habló con la policía.

***

–Pero si te iba a llamar yo ahora –le digo a la inspectora haciéndole un gesto a Nacho para que se calle.

–Oye Javier, ¿te apetece cenar en el vegetariano? Es un poco tarde, pero...

–¿Cenar? Acabo de hacerlo...

–Y, ¿qué te has tomado? ¿Un bocadillo?

–No... Un solomillo de ternera, una comida que he hecho en homenaje a Nacho.

–¿Un solomillo?

–Sí. Me he basado en los *tournedós Rossini*, ya sabes, lleva *foie*, trufas y otros ingredientes que yo le he añadido.

–No sabía que supieses cocinar.

–La soledad –le digo–, la soledad…

–¿La soledad? Entonces yo sería la mejor cocinera del mundo. No, al margen de la soledad te tiene que gustar…

–Sí. Lo reconozco, me gusta.

–Bueno, si no vamos a cenar, nos tomamos una cerveza, ¿vale?

–Vale… ¿Dónde quedamos?

–¿Te recojo en tu casa?

–¿En mi casa? ¿Por qué no quedamos directamente en algún sitio?

–¿Te parece bien en el *Indiana*?

–¿El *Indiana*? No sabía que te gustara ese sitio…

–No sé si me gusta ese sitio, nunca he estado… pero a ti ese lugar te gusta mucho, ¿verdad?

–¿Cómo lo sabes?

–Vaya por Dios, qué pregunta… ¿tú te crees que la policía es tonta?

–Es verdad, es verdad, se me había olvidado. Nos vemos allí en treinta minutos. Hasta ahora –le digo despidiéndome.

***

–Vamos Nacho, te traigo la piña y nos vamos.

–Yo no voy con vosotros. Me quedo aquí.

–¿Por qué no vienes?

–¿Y yo que hago? ¿Mirar como os bebéis una cerveza?

–Y aquí, ¿qué vas a hacer en la casa?

–¿Que qué voy a hacer? Comerme la piña antigrasa esa, repasar unas partituras para el conservatorio, ver la tele, descansar. No te preocupes por mí.

–Muy bien, si no quieres venir… quédate aquí. Creo que pediré un crédito para comprarte un piano –le digo viendo cómo ni siquiera he probado una gota de la segunda copa de vino que me he servido.

–No hace falta, papi, ya ensayo bastante en el conservatorio –me dice dándome dos besos en las mejillas.

***

–Siéntate, siéntate aquí, que ahora vengo –me ha dicho la inspectora poniéndome un posavasos, una jarra y una botella de cerveza en una mesita.

Sentado en un sofá de cuero negro, veo, desde un amplio ventanal, el césped y, más allá, fuera del chalet adosado de la inspectora, las farolas de la urbanización iluminan unas enormes grúas y los mástiles con unas banderas que son el símbolo de una constructora que ha empezado una obra casi al borde de la playa.

La inspectora abre una puerta que da acceso al jardín y un perrazo enorme, una especie de burro de color caoba, entra al comedor moviendo el rabo. El enorme animal se pega a la inspectora y sale con ella al jardín cuando atraviesa el ventanal a quitar algunas hojas de unos helechos y a comprobar si el viento ha dañado sus macetas (ha tenido que recoger varias que estaban volcadas). De repente, el perro se vuelve levantando el hocico olfateando y entra de nuevo al comedor siguiendo el rastro de una presa. Entonces descubre mi presencia, deja de mover el rabo y se queda mirándome fijamente. Yo carraspeo al ver que era yo la pista que seguía y me bebo directamente media botella de cerveza sin echármela en la jarra.

–Isabel, Isabel –le digo a la inspectora sin atreverme a gritarle– mientras el perro se acerca desplazándose como un felino casi agazapado; avanzando lentamente con sus extremidades hacia el sofá olisqueándome hasta que se pone a mi lado vigilándome desconfiado, haciéndome ver que no he sido invitado a su territorio. Me siento aliviado cuando la inspectora vuelve de su bucólica actividad en el jardín.

–¿Tú me has llamado?

–Sí, sí, te he llamado, creo que tu perro me quería morder.

–¿Morder? –me dice riéndose. Pero si es como una persona, una buena persona, quiero decir.

–Ya, ya… ¿de qué raza es?

–Un dogo, un dogo de Burdeos –me responde orgullosa.

–Ah…y, ¿cómo se llama? –le vuelvo a preguntar.

–¿Cómo crees tú que se puede llamar el perro de una mujer policía?

–No sé. Mmmmmmmm ¿Holmes?

–¿Cómo? –me dice sin poder responderme por la risa.

Yo pienso en autoras de novelas policíacas y si en algunas de ellas tenía una mascota, pero interrumpo esa absurda búsqueda mental cuando el perro –que no me quita ojo de encima– me roza escurridizamente con sus músculos de felino.

–No, no, simplemente se llama, bueno, no es un perro, es una perra, la llamo "Marquesa" –me dice al fin.

–¿"Marquesa"? –le pregunto.

–Sí, por su elegancia y por… y, ¡por qué va a ser! Porque mi abuela tenía una perra a la que también llamaba "Marquesa".

La inspectora me dice que es una pena que el *Indiana* estuviera cerrado, pero que me va a poner la misma música que yo le he dicho que suelen poner allí y la misma marca de cerveza que iba a pedir. Me dice que me beba todas las que quiera, que no me preocupe, que ella no va a beber y que después me lleva a mi casa. Le digo que no hace falta, que ya que he ido en taxi al centro, regreso a mi casa en otro taxi. Me dice que eso es imposible. Que ya que me ha traído ella desde el centro, me vuelve a llevar.

–No me importa, de verdad que no me importa acercarte a tu casa. Aquí las órdenes las doy yo, que para eso soy inspectora de policía.

Se sienta a mi lado y con un mando a distancia conecta su equipo de música. La canción que empieza a escucharse no es de los ochenta sino de unos años antes y tampoco es música española, pero suena por los altavoces una voz operística maravillosa que reconozco enseguida: Freddie Mercury cantando *Bohemian Rhapsody*. Le digo que tiene una casa muy acogedora y que se ve que su perra la quiere mucho. Le comento la muerte de mi perro Otelo y si conoce la *Elegía en la muerte de un perro* que Miguel de Unamuno escribió cuando murió su perro. Me dice que no. Que en el instituto tuvo que leer una novela de Unamuno pero que no conoce esa elegía y que no sabría qué haría si se muriese "Marquesa". Que solamente pensarlo se le saltan las lágrimas. Yo le comento con los ojos irritados –especialmente el derecho porque aún me queda algo del último derrame– que cuando enterré las cenizas de mi perro debajo de un limonero que yo mismo planté en la facultad, le leí esa poesía entre sollozos.

–Otelo, bonito nombre. Otelo –repite.

La perra me roza otra vez. Está babeando mucho y moquea. Le pregunto si alguna vez le ha mordido a alguien. Me dice que hace unos días vino el fontanero a su casa, que su perra lo seguía a todos lados y que el fontanero se puso muy nervioso y que ella le decía que no se preocupase, que "Marquesa" había tenido "entrenamiento" en la policía. Pero en un descuido de ella que se fue a regar unas macetas, escuchó los gritos del fontanero: "Marquesa" le había mordido en la pierna y el fontanero no dejaba de gritar que él lo sabía, mientras sangraba por la pierna. Me aclara comprensiva que ella lo había sentido mucho y que la perra no quiso clavarle los colmillos "hasta el fondo", que sólo fue un aviso por algo que habría hecho el fontanero. Y que después de llevarlo al ambulatorio, éste le había puesto una denuncia.

No sé si por nerviosismo o por el miedo que me da la presencia imponente de la perra –que no deja de mirarme– me tomo lo que me queda de la cerveza de un tirón.

–No quiero más, no te molestes, no me apetece, de verdad –le digo cuando se aleja para traerme otra cerveza.

–Bueno, pero ¿me dejarás que me ponga cómoda, no?

–Claro, claro.

La perra, que inicialmente había seguido a la inspectora por el pasillo, se da la vuelta y se coloca a mi lado. Vigilante, seria, segura de sí misma; dispuesta al ataque. Yo no me atrevo ni a moverme. Me pregunto que qué hago yo allí y me digo que haber venido a la casa de Isabel ha sido un error que voy a lamentar. Escucho la ducha y la visualizo desnuda. La perra me mira como intuyendo que yo me estoy imaginando a su dueña desnuda. En ese momento suena el teléfono y doy un brinco en el sofá. "Marquesa" se abalanza sobre la puerta de la calle pensando que es el timbre de la entrada a la casa el que ha sonado y se pone a dar más que ladridos, rugidos. En ese momento sale la inspectora de la ducha con un albornoz rosa apenas anudado.

–Tranquila, "Marquesa", es el teléfono –le dice.

Permanezco recostado en el sofá con el cuello vuelto hacia ella que ha cogido el teléfono y hace gestos afirmativos con la cabeza y dice de vez en cuando "vaya por Dios" con un gesto de asentimiento.

Cuelga el teléfono y se acerca a mí. Me dice que el que ha llamado es un compañero de la comisaría. Y se pone delante secándose con una toalla el cuello y los cabellos que se le han mojado tras la nuca. Cuando la veo con sus zapatillas, los cabellos negros rizados delante de su rostro, el albornoz entreabierto y cómo fija sus ojos en los míos sin retirarlos, me digo que no ha sido un error, que no me he equivocado viniendo a casa de Isabel.

Se lleva el envase vacío –y yo veo la contundente forma de sus glúteos bajo el albornoz– y me pone en el posavasos otra cerveza que abre con la misma diligencia que una camarera. Se sienta a mi lado con las piernas cruzadas. Sus abultados senos –he intentado pudorosamente esquivarlos hasta que me he rendido a su maravillosa consistencia– me rozan y se pegan como dos imanes en mi codo cada vez que se inclina para colocar bien el posavasos, momento en el que se le abre el albornoz casi por completo hasta que vuelve a cruzar las piernas. Pienso en la frutera del mercado y en los dátiles de Nietzsche. Nos reímos sin saber exactamente de qué. O más bien me río yo. O se ríe ella. No lo sé. Quizás es ella únicamente la que sonríe observando mi respiración entrecortada, mi nerviosismo que hace que le comente –por decirle algo relacionado con su profesión y con el caso que nos ha unido– lo de la chica de la residencia con la que Nacho ha hablado y lo que le ha contado de la propaganda sobre donación de órganos. Me dice que han dado orden de búsqueda y captura para el marido de la mujer secuestrada y que fueron a registrar la residencia de estudiantes Sigmund Freud. Que desde que la chica de la residencia les llamó, la residencia de estudiantes y otros recintos universitarios tienen vigilancia las veinticuatro horas del día. Que nadie sale o entra de los edificios del campus sin que ella lo sepa. Y que los dibujantes de identificación ya han elaborado un retrato robot de los posibles secuestradores, pero que no les había hecho falta porque, al final, habían conseguido fotografías de ellos y las habían repartido entre los agentes. Me dice también que han encontrado en la papelera de la habitación de la residencia el móvil roto de la madre de Nacho y han averiguado las últimas llamadas que le hicieron, incluida la que recibió en *Collioure*, que han comprobado que era del marido.

–¿Y cómo lograron introducirla en la residencia sin despertar sospechas? –le pregunto bebiendo varios sorbos de cerveza.

–Al pertenecer al Servicio de Correos del Rectorado, ese tipo es una figura habitual en la universidad. La mayor parte del tiempo, la mujer estaba amordazada y esposada en una de las habitaciones más escondidas de la residencia, en plan zulo etarra. La habitación tiene un cuarto de baño y no tenían que sacarla. Y le llevaban comida casi a diario.

–Eso lo han debido ver muchos estudiantes.

–Pues no. Que sepamos solamente tres estudiantes. La chica de la residencia que nos llamó y dos chicos más. Uno de ellos es un joven que estudia Psicología. Al leer la prensa, vino a la comisaría con una grabación que hizo sin darse cuenta. Estaba grabando con el móvil la fachada de la residencia el mismo día de la charla. Cuando vio la grabación en su casa descubrió que una mujer se asomaba a la ventana de una de las habitaciones de la Sigmund Freud, gritando. Parecía que gritaba pero en realidad –y eso fue lo que más le llamó la atención– decía algo con los labios como si fuera en lenguaje para sordos. Está claro que no quería que la descubriesen sus captores que estaban cerca de ella. Nuestros especialistas mejoraron la imagen y consultaron con una profesional del lenguaje de signos para que lo interpretase... Qué voz tiene Freddie Mercury ¿eh? –me dice acercándose más a mí y mirándome a los ojos.

–Es una de las mejores canciones de la historia del rock –le digo pensando en el estudiante– la chica que habló con Nacho –añado– lo confundió con un policía y los secuestradores también. Por eso se movilizaron rápidamente para llevarse a María Teresa de la residencia.

Bebo más cerveza y al ponerla en el posavasos la inspectora me pone la mano encima de la pierna en el mismo instante en el que los coros, superpuestos de la canción, los diferentes tonos de los coros se imponen en el comedor y emerge, acompañada de un melancólico piano, la voz de Mercury que deja paso a la guitarra de Brian May, con ejecuciones cada vez más rápidas, hasta que de nuevo aparece la voz de Mercury que de nuevo deja paso a la guitarra de May y, por último, la voz de Mercury fundiéndose con el piano.

–Bueno, como te estaba diciendo –me dice la inspectora saliendo del ensimismamiento sensual que le ha producido *Bohemian Rhapsodhy*–. ¿Qué te estaba diciendo?

–Que habíais consultado con una experta en lenguaje de signos, ¿no?

–Ah, sí, esa mujer nos envió un informe en el que nos decía que la mujer secuestrada no utilizó ningún lenguaje de signos oficial pero que –y aunque la imagen no era nítida– había intentado leer sus labios. Y realizó un hallazgo: la mujer decía que la iban a llevar al instituto.

–¿Al instituto?

–Sí, al instituto. No sabemos a qué instituto se refiere. En una situación de tal nerviosismo no sabemos si quería utilizar esa palabra u otra. La experta en lenguaje de signos dijo que había tres palabras que con toda seguridad sí pudo leer en sus labios.

–¿Cuáles? –le pregunto acomodándome en el sofá de tal manera que accidentalmente la mano de la inspectora de desplaza hacia mi ingle.

–"Ayuda", "medicina" y "frigorífico". No sabemos si necesita alguna medicina que se encuentra en un frigorífico.

–Ejem… –carraspeo avergonzado por la ubicación en la que ha quedado la mano de la inspectora– ¿Y ya no movió los labios más?

–No –me dice, quitando su mano de mi ingle–. La mujer dejó de hacer los movimientos con la boca, se puso nerviosa y empezó a hacer gestos con las manos y fue entonces cuando se ve en la grabación que aparece la mole del gordo detrás, arrastrándola desde la ventana y empujándola hacia dentro. El director de la residencia nos ha dicho que ese individuo es un trabajador de la UMA y que todos los días pasaba por allí a soltar correspondencia o a llevársela. Oye, Javier, ¿no te sorprende algo?

–Sí, es raro que no dijese nada más y…

–No. No me refiero a la mujer secuestrada, tonto. Me refiero a mí.

–¿A ti?

–Sí, a mí. ¿No notas algo raro?

–Pues... no sé –le digo mirando cómo le sobresale uno de los pezones del albornoz.

–Sí, eso también. No llevo sujetador.

–Ejem… Ya. Eso es tan evidente que hasta yo me he dado cuenta.

–Sí. Tienes madera de policía. Pero ¿no te parece raro que aquí no tome nueces?

–Ah, era eso. Pues ahora que lo dices, sí.

–Es que solamente las tomo en la comisaría. Me dan energía. Oye, ¿te he contado lo de las pantallas?

–¿Está también relacionado contigo?

–No hombre, no. Con las pantallas de TFT.

–¿Las pantallas de TFT?

–Sí, las que tenéis repartidas por todos los edificios de la UMA.

–No. No recuerdo que me hayas dicho nada de eso.

–Esto no tienes que comentarlo con nadie, ¿vale?

–Vale.

–Hemos sugerido al Equipo Central de la universidad que coordina las pantallas informativas, que pasen por todos los paneles de todas las faculta-des, como una noticia de última hora, que la policía ha recibido una carta de la mujer que se suponía secuestrada, en la que ésta pide disculpas y aclara que, en realidad, había decidido por sí misma desaparecer para comenzar una nueva vida. Que se encuentra perfectamente y que ha sido todo un mal-entendido. Las pantallas son mudas pero hemos pedido que le pongan voz para que llame la atención de los secuestradores. O sea que una vez que lean la primicia, van a pensar que este es un caso cerrado. Además vamos a filtrar, esta vez conscientemente, esa noticia a los medios de comunicación.

–Pero, lo de la carta, ¿es cierto entonces?

–No hombre, no. Estoy segura de que pretenden desviarnos la aten-ción con esa carta, pero vamos a hacer como si nos hubiésemos tragado el anzuelo. Ya nos ha pasado otras veces, este es un tema recurrente con el que la policía de todo el mundo trata a veces.

–¿Habéis analizado la carta?

–Pero vamos a ver, ¿tú te crees que la policía…?

–Ya, ya –le digo riéndome.

–Mira, no quiero aburrirte con información técnica y pesada, pero bueno, te haré un resumen: los grafólogos y algunos de nuestros especialistas nos han dicho que la carta no tiene matasellos, pero sí un número de serie. El papel es del tipo que se suele utilizar en los organismos oficiales. Para ser más concreta, se trata de un papel reciclado que utiliza la UMA. Lo lleva a la Universidad, una distribuidora que antes lo llevaba a Hacienda y a la Diputación, aunque últimamente sólo provee algunos servicios del rectorado y... y...

–¿Y...? provee al rectorado, ¿y?

–A la secretaría de la Facultad de Educación. La composición del papel es idéntica. Por lo que yo creo que han cogido el papel de ahí. Pero, volviendo al tema de la autenticidad de la carta, hay más detalles que nos hacen sospechar que es falsa. Verás, hay algunos datos que nos hacen dudar de su veracidad, por ejemplo la firma –que es lo único que está escrito a mano– está hecha con trazos pegados, no únicos, lo que muestra una imitación de la firma. Y con paradas: la persona que la hizo está viendo cómo le está "quedando" la firma. Y lo más sorprendente de todo es que la carta no tiene ninguna huella dactilar.

–¿Eso es sorprendente?

–Por supuesto. Todas las cartas tienen huellas dactilares, salvo si alguien las ha escrito con guantes precisamente para no dejar huellas.

–Entonces no podéis saber quién la ha escrito.

–No me digas. ¿Eso lo has pensado tú solo? Cuando yo digo que tienes "madera" de policía...

–Bueno yo... aquí está todo –le digo, girando el dedo sobre mi frente.

–Bebe un poquito más, que te pones muy gracioso cuando bebes –me dice riéndose– No tenemos huellas dactilares de las manos pero sí de un pie –me comenta levantando una pierna y señalándose un pie.

–¿De un pie? ¿Sujetó alguien la carta con el pie? –le pregunto, apurando la cerveza, con la respiración alterada al ver sus glúteos y un lunar que tiene muy cerca de la ingle.

–¿Cómo? No hombre, no –me dice entre risas– el papel de la carta se debió caer y es posible que el que la estaba escribiendo la pisara sin querer. Luego la firmó, la guardó en el sobre y nos la envió, con huella de pie incluida. No pensó que nuestra policía científica nos puede decir hasta la marca del zapato.

–¿La marca del zapato?

–Sí. Pero él no pisó el folio con un zapato. Lo pisó con el pie descalzo.

–Sí, ya, ya...

–Debía estar en algún sitio con calefacción o cerca de una fuente de calor. El sudor que le salió por los poros del pie lo demuestra. Hacía calor en la estancia. La humedad del sudor fijó lo que los grafólogos llaman las "bifurcaciones" y "trifurcaciones".

–Entonces ya sabe de quién se trata, ya tienen la huella.

–No –me dice sonriente echándose para atrás en el sofá–. La policía ha avanzado mucho, pero aún no tenemos base de datos de huellas de pie, pese a que sabemos exactamente qué tipo de huella de pie es: las líneas exactas de la parte delantera de un pie sudoroso. Solamente podríamos incriminar a alguien que pusiese la huella en un papel y coincidiera con la huella de la carta. Pero aún hay más, tenemos algo más en este rompecabezas en el que todo acabará encajando.

–¿Algo más?

–Oye, todas estas cosas que estoy contando son confidenciales…

–Yo no voy a contárselas a nadie.

–Confío en ti. Bueno, te decía que había algo más: junto a la huella del pie hay partículas de feldespatos potásicos, silicatos de aluminio y fitolitos. Interesante, ¿no te parece?

–Ya entiendo… los componentes químicos del sudor, ¿verdad?

–¿Del sudor? ¿Dónde te metías tú en las clases de geología?

–Es que yo soy de letras…

–No te preocupes. Tu profesora particular de geología te lo va a explicar. Bueno, te voy a contar lo que me han explicado a mí: esas partículas halladas en la huella del pie significan que ese pie ha estado en contacto con una zona arcillosa, húmeda, con limo. Un lugar con sedimentos fluviales y con material del lecho de un arroyo. Geológicamente coincide con la zona del campus. Sé lo que estás pensando, escuché tu conversación con el decano.

–¿Tú escuchaste lo que me decía el decano?

–Sí. Lo siento, deformación profesional.

–Eso significa que uno de los secuestradores ha estado en la facultad, no ha respetado mi cartel avisando de las arenas movedizas y se ha caído dentro.

–Efectivamente. Bueno, quizás no tanto, ha metido solamente el pie, se ha mojado y se ha quitado el zapato para secárselo. Pero no se ha dado cuenta de que se ha dejado algunas partículas minerales en el pie.

–Y, ¿lo habéis buscado en la facultad?

–Por supuesto, tienes sentada a tu lado a una profesional: la facultad de Educación la hemos mirado palmo a palmo dos veces. Sobre un plano que nos han dado hemos hecho cuadrículas de la torre, los dos módulos, los patios, los sótanos y la entrada principal. Pero no hemos encontrado nada. Sabemos que ese individuo conoce a la perfección todos los edificios universitarios del campus y nos hemos empleado a fondo. A ver si recuerdo…, hemos registrado ya, por este orden: la Facultad de Medicina, la de Relaciones Laborales, la Biblioteca General, la Facultad de Ciencias de la Comunicación, la de Turismo, la de Ciencias y la de Filosofía y Letras. Hemos estado también en Bellas Artes, Arquitectura, Ingeniería, Telecomunicaciones y Psicología. Hemos indagado por el Pabellón Deportivo, por el Jardín Botánico y por el Servicio Central de Informática. Y hemos visitado todos los aularios que hay por el campus, el Centro de Bioinnovación, el Centro de Investigaciones Médico-Sanitarias y el Centro de Experimentación Animal. En las coordenadas que hemos realizado en un radio de varios kilómetros, hemos peinado todo el abanico. Si algo sospechoso se mueve en el campus vamos a descubrirlo inmediatamente.

–¿El abanico?

–Si, un abanico como los de la feria. Nuestras coordenadas tienen forma de abanico extendido –me dice extendiendo los brazos y dejando sus senos casi al descubierto–. Vamos a desentrañar toda esta madeja, Javier. Yo creo que tiene que estar en la Facultad de Educación. Seguro. Además, al margen del papel reciclado y de los restos de la ciénaga, tenemos todavía más pistas. Esto se pone interesante ¿eh? ¿Te lo cuento?

–¿Es que no me lo ibas contar? –le pregunto.

La inspectora se queda en silencio mirándome. Yo estoy admirado de la capacidad que tiene de describirme la investigación como si fuera un relato, con un ritmo dramático que me deja atónito y del que estoy esperando el desenlace.

–Es para darle más suspense…

–Vale, me rindo… cuéntamelo ya.

–Tenemos un testigo. Un estudiante.

–¿Un estudiante? Me parece que esa parte ya me la has contado…

–No te lo he contado ¿no te acuerdas? Te dije que teníamos tres estudiantes. Y hemos visto dos en la residencia. Me queda uno. No es tan difícil de retener… está aquí todo, ¿no? –me dice entre carcajadas.

–Es cierto. No me acordaba. ¿Y quién es ese testigo?

—Se trata de un alumno de Educación Social que estaba estudiando en la Biblioteca General. Están toda la noche allí, ¿no?

—Sí, ese edificio está toda la noche abierto.

—Pues a eso de las cuatro y media de la madrugada, salió a fumarse un cigarrillo a la explanada del aparcamiento del campus y vio una luz que se movía en frente.

—¿Una luz que se movía?

—Sí, eso fue lo que inicialmente atrajo su curiosidad.

—Y, ¿qué era?

—Era una linterna. Alguien enfocaba con ella el interior de una furgoneta pick-up azul aparcada en el carril de los autobuses delante de la Facultad de Educación. Intrigado, permaneció expectante hasta que vio cómo salía un tipo gordo y otro bajito –pero con el mismo tamaño de alto que de ancho– que descargaban con sigilo un enorme paquete. Incluso se fijó que el gordo tenía algo luminoso en la boca.

¿Algo luminoso?

—Sí, una colilla, hombre.

—Ah…

—El estudiante cayó en la cuenta de que ese no es el lugar habitual de descarga para el bar de la facultad, que suele ser en un lateral y unas dos horas más tarde, como ya había observado otras madrugadas que se había quedado a estudiar. Además, ocurrió algo que le asustó.

—¿Otra vez con la intriga?

—Je, je… Sí. Me gusta hacerte sufrir.

—Bueno, ¿qué ocurrió?

—Que el gordo percibió su presencia y le enfocó con la linterna. El estudiante nos ha comentado que tiró el cigarrillo y salió corriendo muerto de miedo a meterse en la Biblioteca General. Yo tengo la hipótesis de que los secuestradores no solamente confundieron al estudiante de la grabación accidental de la residencia con un policía, sino que seguramente vuestra presencia allí también le cambió los planes de dejarla más tiempo en la Sigmund Freud. Estoy segura que al veros pensaron que vosotros sabíais que ella estaba allí encerrada y se pusieron nerviosos, suponiendo que ibais a decírselo al que creían que era un policía y que éste iba a subir a las habitaciones. Así que, como pensaban que les pisábamos los talones, mientras que uno de ellos la llevaba en la pick-up a algún lugar muy cercano de la residencia relacionado con la universidad, quizás en el embalaje grande que vio el testigo sacar de la camioneta –que seguramente estaría simulado como si fuera un paquete de correos o de material de oficina relacionado con la UMA para no despertar sospechas– el otro os seguía con una moto para no perderos el rastro. Cuando uno de ellos ocultó a la mujer secuestrada llamaría al otro, entonces quedaron los dos en el centro y os atacaron. Nosotros lo llamamos "hacer un seguimiento". Y a ti y a Nacho os hicieron un "seguimiento" muy profesional.

–Oye, Isabel...

–¿Sí? Dime, Javier...

–¿Y la Facultad de Derecho? No me la has nombrado antes. Y no está muy lejos tampoco –le digo alejándome de sus senos magnéticos y seguramente dulces como los dátiles.

–Imposible –me aclara con un tono de decepción– ese día venía la Ministra de Educación y teníamos el edificio literalmente tomado desde el día anterior, con agentes apostados en la azotea y en todas las aulas; en el bar, en los despachos... no serían tan insensatos. Allí ni siquiera he puesto vigilancia.

–Lo que no entiendo es cómo van a estar en la Facultad de Educación si ya la habéis registrado y no habéis encontrado nada. El gordo no pasa desapercibido precisamente...

–Bueno, ten en cuenta que la escondieron de madrugada y posiblemente les habrá dado tiempo de perfeccionar el escondite. Ahí tengo un sólo hombre, tendré que redoblar la vigilancia y... por cierto, –¿conoces bien tu facultad? ¿Hay algún lugar que se nos haya pasado por alto?

–Llevo muchos años trabajando allí. Creo que la conozco bien.

–¿Y tú crees que allí hay algún lugar para esconder a alguien?

–Es posible que haya algunos sitios. Es un edificio muy grande y algunas partes son muy antiguas –le contesto recordando los viejos planos del edificio, el día que los vi casualmente al mostrárselos al decano, el arquitecto encargado de las reformas–. Hay zonas poco conocidas de la facultad, como la del final del pasillo...

–¿De qué pasillo?

–Del pasillo de la segunda planta de la torre. Tiene una puerta de hierro que da acceso a una especie de prolongación de ese pasillo que por allí es diáfano. Allí se encuentran las instalaciones del aire acondicionado y de la calefacción, unas torretas muy grandes que parecen las chimeneas de un barco de vapor. Por allí no pasa nunca nadie. A ese lugar yo lo llamo "la azotea zen".

–¿"La azotea zen"?

–Sí, a ambos lados de ese pasillo descubierto hay una azotea con un cierto toque budista, con líneas rectas y con piedras en lugar de tejas, como los jardines japoneses –le digo pensando en esa zona tan inhóspita batida permanentemente por un fuerte viento.

–¿Hay más zonas "raras" como ésa?

–No… bueno, quizás en la tercera planta, pero por otros motivos.

–Un momento, ¿la tercera planta de la facultad?

–Sí, pero…

–Salió en la prensa. ¿Allí es donde han descubierto dos esqueletos? Uno de un antecesor tuyo. Ten cuidado y no te líes con una profesora –me dice soltando una carcajada.

–Sí, los encontraron al picar una pared por accidente y…

–Sí, sí. Conozco los detalles. Pero, ¿qué me dices de lo que te he dicho?

–Bueno, hay otra zona, cerca de donde hace mucho tiempo había unos laboratorios de química y…

–Sí. Los socavones del sótano, donde están haciendo una remodelación de espacios nuevos. Ahí siempre se encuentran trabajando muchos albañiles, no creo que esté por allí. Pero, ¿qué me contestas a lo que te he dicho?

–¿Cómo? ¿A qué te refieres?

– Oh, vamos, lo de la profesora…

–¿Qué profesora?

–¡Que si te has enrollado con alguna profesora, hombre!

–¡Ah! No. Cuando me abandonaron estuve un par de meses saliendo con algunas mujeres, pero después no he vuelto a estar con ninguna.

–Ya me acuerdo, sí…, ¿sigues enamorado de la mujer que te dejó?

–Sí.

–Entonces hace años que no tienes relaciones con ninguna mujer.

–Unos cinco años.

–¿Te puedo hacer una pregunta, Javier?

–Claro.

–¿Te volviste homosexual?

–No. No he tenido relación con ninguna mujer pero tampoco con ningún hombre. Pensé que no tenía que aclararte eso…

–Perdona, perdona. Ha sido una tontería –me dice mirándome fijamente a los ojos.

No sé si por la voz de Freddie Mercury o por la guitarra de Brian May o por la acción de las cervezas, el caso es que siento como si algo me empujara hacia ella. Como un atisbo de deseo y un desafío a mi extravagante e imperturbable fidelidad a la ausencia de Marta. Me vuelvo hacia ella y le miro los labios. No sé si he sido yo o ella quien los ha acercado, pero en un instante siento cómo nuestras lenguas se entrelazan y siento sus labios deslizándose por los míos. En ese momento escucho gruñir a "Marquesa". Un gruñido que se corresponde con su tamaño y más bien parece un rugido. Me separo de la inspectora y le digo que la perra está celosa.

–¿Celosa? ¿No tendrás miedo de "Marquesa"? –me pregunta riéndose estruendosamente.

–¿Miedo? No –le contesto–. Estoy acojonado.

–Anda, no seas tonto. Acércate que yo no me como a nadie, ni "Marquesa" tampoco.

Me acerco obediente a ella, alejado ya por completo de todo deseo y nos besamos. Ahora sé que es ella la que inicia los movimientos de la lengua y de los labios. Me pone la mano en la pierna. Yo miro de reojo a "Marquesa" y la veo enderezarse y acercarse a mí por el lado derecho. Intento decírselo a la inspectora, pero me tiene sujeta la nuca por detrás y la mano en la pierna. Por el ángulo del ojo derecho veo cómo "Marquesa" se pone a mi lado y me roza gruñendo o rugiendo más fuerte que antes. Hago un movimiento brusco para liberarme de la inspectora y siento cómo Isabel me tira un mordisquito en el labio inferior por el que me parece que me sale una gota de sangre. Veo cómo se le ha salido por completo un seno y que el albornoz se le ha abierto a la altura de la entrepierna. No sé si sería una temeridad, pero es posible que si no fuera por el dogo me lanzaría encima de ella. O quizás no fuera capaz de hacerlo y el perro–felino sea la excusa.

–Entonces, ¿dónde crees que esconden a la madre de Nacho? –le pregunto limpiándome la boca.

–No tengo ni idea –me responde guardándose con pudor el seno como quien se esconde algún objeto con disimulo–. Puede que estén en las chimeneas esas que tú dices. Voy a llamar al agente que tengo allí para que eche un vistazo. Si mi hipótesis es cierta, alguno de los secuestradores verá muy pronto las pantallas informativas en tu facultad. Entonces es posible que seamos nosotros los que les engañemos. Bajarán la guardia y quizás podamos evitar un desenlace fatal. Es posible que la hayan estado violando todo este tiempo y sé que lo único que desean en estos momentos es hacerla desaparecer. Si piensan que nosotros nos hemos creído lo de la carta que nos enviaron y ven las pantallas, se quedarán más tranquilos. Tomarán menos precauciones y la sacarán de su escondrijo. Y estén donde estén, se harán visibles. Van a cometer algún error, estoy segura y los atraparemos. Se relajarán y saldrán de la ratonera. Espero que sea pronto. Querrán deshacerse de ella en cuanto bajemos la guardia y la vigilancia sea menos intensa.

—A mí me preocupa que no le den de comer ni de beber a la pobre mujer.

—No creo que les interese que se les muera en estos momentos.

—¿Por qué?

—El olor de un cadáver podría delatar el lugar donde está encerrada, así que tendrán que alimentarla y darle agua.

—¿Por qué dices que la habrán estado violando?

—Es algo que a mí como mujer me entristece bastante: porque hemos encontrado restos de semen de varios hombres diferentes en el colchón de la residencia. Es lo que me ha dicho el compañero que ha llamado de la comisaría cuando le han llegado los resultados de la policía científica. Y que han encontrado también restos de pintura y una uña con restos de piel y de sangre. Creo que la madre de Nacho quería hacer precisamente eso: clavarle las uñas al secuestrador o al agresor o agresores, para dejar una prueba en esa uña. Una cantidad ínfima, pero quizás suficiente para saber su ADN.

—¿Y lo de la propaganda de la donación de órganos? ¿No te parece raro?

—¿Propaganda de donación de órganos?

—Sí, ¿no lo sabías? Eso le ha dicho la chica de la residencia a Nacho.

—No hemos encontrado nada de eso. El director de la residencia nos ha dicho que reciben mucha propaganda para los estudiantes. Pero, por ahora, no hemos detectado nada raro en toda la que hemos analizado. Lo que sí nos ha sorprendido, en el registro de la habitación de la residencia, es un dibujo digitalizado de la Laguna de la Barrera hecho por profesionales. Muy minucioso. Vienen hasta los caminos de tierra y los surcos de erosión, las escaleras que bajan hasta la laguna, incluso un recuento de los árboles y de toda la vegetación de los jardines, por lo que no descartamos que haya más cadáveres en esa laguna. ¿Quieres otra cerveza?

—No, en serio, es que no me entra…

—Pero si te has bebido la que te puse...

—Sí… pero no me apetece beber más. Y la pintura que han encontrado, ¿de dónde procede?

—Las partículas de pintura las hemos sometido a una prueba que, atención al nombre, se llama "cromatógrafo de gas", y gracias a ese aparato hemos conseguido el perfil orgánico de la pintura y su color. Pero nos ocurre igual que con la huella del pie: tenemos la composición química y, sin embargo, ninguna muestra con la que contrastarla.

–¿Y de qué color son las partículas?

–Es un color que se llama "verde carruaje".

–¿"Verde carruaje"?

–Sí, es un color típico de rejas y cosas de esas. Yo creo que uno de los secuestradores está pintando en su casa. Estamos esperando la orden judicial para registrar las viviendas de todos los sospechosos. Ni el marido, ni el gordo ni el otro han aparecido por sus casas desde que se fugaron. También hemos recorrido la ruta de reparto del correo del gordo, pero como era previsible, desde que se escapó del hospital no ha aparecido en ninguna de las facultades a las que tenía que llevar el correo. Y como suele ocurrir en estos casos, no nos sirven las grabaciones de las cámaras que tenéis en la Facultad de Educación porque estaban averiadas. Oye, no tiene nada que ver con lo que te estoy contando, pero a ver si me enseñas a cocinar.

–Cuando quieras te enseño. Si quieres lo vas apuntando en una libreta: "las recetas de Javier"...

–¿Te puedo hacer otra pregunta, Javier?

–Sí, claro…

–¿Ya no hay vida para ti después de la mujer que te abandonó?

–Sí, sí hay… yo espero vivir varias vidas después de esa.

–Y, ¿yo no te parezco susceptible de encarnar una de esas vidas? ¿No te gusta el Cuerpo Nacional de la Policía? –me dice de repente poniéndose de pie riéndose.

–¿Cómo? Ah, sí… eres muy atractiva –le digo yo también riéndome.

–Ah, ¿sí? ¿Te parezco atractiva? –me interrumpe con un movimiento sensual pasándose las manos por la cintura. Tengo un lunar muy sensual cerca de la ingle...

–¿Un lunar? Ah... ya... oye, ¿y la carta que recibisteis? –le pregunto tocándome el labio con el dedo para ver si tengo todavía sangre sin perder de vista al dogo de Burdeos, porque los pechos de la inspectora, que se ha sentado a mi lado, se han acoplado bruscamente a mi costado y mi hombro y eso ha alertado a la gigantesca perra.

–Oye, Javier, ¡qué nervioso eres! ¡Que "Marquesa" no te va a hacer nada! A no ser que…

–¿A no ser que qué?

–Es broma tonto, era para asustarte. Anda, acércate…

Nos besamos y, a pesar de que estoy algo ebrio por el vino de la cena y por las cervezas y respiro con dificultad, cuando ha empezado a lamerme la oreja con la lengua y a pasar su mano por mis pectorales y por debajo de mi ombligo, no me apetece tener relaciones íntimas con ella. Sí, quizás la perra sea el argumento que necesito para no tener contacto físico más profundo con Isabel. O quizás sea por las explicaciones tan exhaustivas policiales que han actuado como un revulsivo para mí. O porque después de las mujeres con las que estuve inmediatamente después de que me dejara Marta, me juré a mí mismo serle fiel. Ser fiel a su recuerdo. Al pasado que compartí con ella. A la época más feliz de mi vida.

Me levanto del sofá con la excusa infantil de ver de cerca un cuadro ante la atenta mirada de "Marquesa".

–Deberíamos hablar antes de seguir besándonos –le digo cuando he visto que ha empezado a desabrocharme el botón del pantalón.

–¿Hablar? Si no hemos hecho otra cosa –me dice sin disimular su enfado.

La enorme perra mira de reojo a su dueña como si esperara impaciente la orden de atacarme. Veo los pelos brillantes de color caoba de su piel erizados. Me vuelvo al sofá intimidado. Tengo la sospecha de que si la inspectora se alejara de mí, yo correría la misma suerte que el fontanero.

–Bueno, sigamos hablando. Te veo poco interesado en el lunar que tengo en la ingle. Háblame del sistema Alfil –me dice de pronto cuando es consciente de que lo que más me apetece en estos momentos es que sigamos hablando de la madre de Nacho.

–¿El Alfil? Es un programa informático al que tienen acceso los profesores y las profesoras, donde se encuentran las materias que se imparten. En ese programa se incluyen las fichas de todos los alumnos y alumnas con sus fotografías, sus direcciones, sus teléfonos y también las actas para poder cumplimentar las notas con la firma electrónica.

–Vaya, ¿ya no existen las fichas?

–No, prácticamente ya casi nadie las utiliza. No tiene sentido. Pudiendo consultar el Alfil. ¿Por qué lo preguntas?

–Porque creemos que el secuestrador –el padrastro de Nacho– está matriculado en varias carreras y eso nos daría algunas pistas.

–Matriculado en varias carreras sería difícil. Habrá presentado varias pre-incripciones al mismo tiempo. Y se habrá matriculado en alguna solamente.

–¿No podría estar matriculado en dos carreras, por ejemplo?

–Podría pero tendría que superar un número de créditos mínimo en una de ellas, pedir permiso a los decanos. Además está el *Numerus Clausus* que…

—Entonces nos está dejando pistas falsas. Está matriculado en Derecho, Medicina, Psicología y Económicas.

—Pues no sé cómo lo ha hecho.

—Es fácil verlo; aparece en el sistema Alfil de varios profesores de distintas facultades como alumno que cursa las asignaturas de varias carreras.

—Como alumno tiene acceso a ciertos lugares y prestaciones; por ejemplo, realizar la solicitud de plaza de alojamiento para la residencia de estudiantes. Se habrá matriculado por eso. Oye… Isabel, es muy tarde ya y mañana tengo que madrugar...

—Yo también tengo que madrugar mañana, ¿te apetece quedarte aquí? Te aseguro que "Marquesa" duerme fuera…

—¿A dormir?

—Bueno, a dormir y a lo que surja…

—No, no. Nacho está esperándome y se preocuparía.

—Vaya por Dios… no hace falta que te recuerde que Nacho no es tu hijo, ni siquiera un familiar… Tienes problemas con él, ¿me equivoco?

—¿Por qué lo dices?

—Se te nota. Ya sabes que la policía…, bueno…, venga, te llevo.

***

Llego al apartamento de madrugada. Nos hemos quedado abajo, con el motor del coche encendido y nos hemos abrazado y besado otra vez. Ella con pasión y dulzura, tocándome las piernas y los pectorales y yo sin demasiado entusiasmo. No soporto las despedidas eternas en los portales o en los coches, así que abro la puerta del vehículo para salir y justo, en ese momento, me ha dicho que le hable de mí. Cierro la puerta y le digo que mi vida no tiene nada de especial. Ella me dice que todas las vidas tienen algo de especial. Luego me ha preguntado que si me gusta la lectura y le he dicho que sí. Hemos hablado de algunos escritores y escritoras que nos gustan a los dos y después de poesía. Yo le hablado de Machado y de Kant y ella se ha apartado de mí para observarme desde más lejos en el coche y me ha preguntado que cómo sé tanto de ese tema. Yo le he contestado que estoy terminando una tesina sobre la filosofía de Kant en Machado y sobre la Guerra Civil. Se ha sorprendido mucho que un conserje tuviera una licenciatura y que esté haciendo una tesina y de que ésta trate de la Guerra Civil y me ha dicho que su abuelo estuvo en la Batalla del Ebro. Ahora el sorprendido he sido yo. Le empiezo a contar lo que su abuelo debió sentir al ser un soldado vencido y le comento cómo fue la retirada de los frentes de los soldados del Ejército de la República y lo que sufrieron los dos bandos en esa batalla, pero especialmente el de los perdedores. Ella se queda en silencio y me hace un chasquido con la lengua negando con la cabeza y me dice que su abuelo luchó en el Bando Nacional. El de los vencedores. Nos quedamos los dos en silencio, con sus pechos sobre mi costado como dos ventosas hasta que yo le digo que mis tíos también estuvieron en esa batalla en el Bando Nacional, pero que mi padre, –me enteré en su lecho de muerte– había sido oficial en el bando de los fieles a la República. Le digo también que por su trayectoria, por los comentarios y por la orientación ideológica de mi madre, yo siempre había creído que mi padre había luchado en el bando de los que apoyaron el Golpe de Estado. Le pregunto si sabía qué sintió su abuelo cuando terminó la batalla del Ebro. Me dice que se sintió muy triste de ver a tantos españoles de los dos bandos muertos. Que no se alegró lo más mínimo, a pesar de estar entre los vencedores en esa batalla, en esa guerra (y eso me recordó a mi tío Paco que nunca sintió alegría al terminar cada batalla de la Guerra Civil siempre en el bando de los vencedores). Me dice que la guerra se decidió en esa batalla. Yo le digo que es cierto, pero que el Ejército del Sur de la República disponía aún de decenas de miles de hombres dispuestos a seguir luchando y que las fuerzas aéreas fieles al gobierno legal, aunque escasas y dirigidas en muchos casos por mandos ineptos, eran aún temibles, pero sobre todo le aclaro que el Ejército del Centro era todavía muy fuerte, que no había sido vencido en casi tres años y que el gobierno disponía de más de medio millón de hombres fuertemente armados cuando los responsables militares republicanos ordenaron la rendición. Le comento que todos entregaron sus armas ante las promesas de Franco y se proclamó la autodesmilitarización y el alto el fuego en todo el territorio republicano.

La inspectora permanece muy atenta y parece sinceramente interesada y después de unos momentos en los que me besa y me acaricia, separa sus pechos de mi costado y me dice que los responsables militares republicanos tendrían información que les aseguraba una honrosa rendición. Yo le comento que eso se pensaba cuando los soldados menos fanatizados de los dos bandos se abrazaban en todos los frentes después de la rendición: tocaban la guitarra, bebían, bailaban, cantaban y se daban las direcciones para escribirse. Sus mandos habían firmado el armisticio entre ellos y ese hecho parecía anunciar una generosa promesa para los rendidos. Pero las condiciones fueron muy duras desde el principio. Y le digo que lo fueron desde el mismo momento en el que el teniente coronel de infantería Adolfo Prada rindió oficialmente Madrid, a la una de la tarde del 28 de Marzo de 1939 en el Hospital Clínico.

Le pregunto si sabe quién fue el coronel Casado y me contesta que sí, que sabe que fue el militar republicano que ordenó a sus tropas que se enfrentaran a los comunistas del Ejército del Centro, y que hubo miles de muertos. Entonces yo le digo que sí, que fue un desastre, una guerra dentro de una guerra y le comento que Casado y otros jefes militares republicanos sabían que la rendición era incondicional. Aunque desconocían que Franco tenía una lista, confeccionada durante años, con cerca de tres millones de personas incluidas en ella. Toda la prensa extranjera tenía conocimiento de esos informes por las entrevistas que éste había ido dando durante la contienda. Y toda Europa sabía que al finalizar la guerra habría una durísima represión ya anunciada.

Hago una pausa para respirar y toser. Isabel me mira en silencio y luego me dice que los republicanos hubieran hecho lo mismo. Le contesto que no lo sé, pero que en la República existían sectores muy democráticos que ya se habían opuesto incluso bajo pena de muerte a que se asesinara o fusilara a los civiles y militares del Bando Nacional. Y le digo que los historiadores ingleses han calculado que, después de la guerra, entre las ejecuciones, las torturas y el abandono planificado en las cárceles, murieron cerca de 250.000 personas afines a la República, y que, de ellas, unas 120.000 se encuentran en fosas anónimas. Le comento que Franco solía decidir sobre las sentencias, tomando el café con su asesor espiritual, el capellán José María Bulart y que ponía una "E" de "enterado" (ejecución de la sentencia) o una "C" (conmutado) en las que algún capitán general había puesto un "ojo". Le digo que las cientos de miles de personas que estuvieron, después de la guerra, en los 500 centros penitenciarios y campos de concentración, sufrieron lo inimaginable bajo la agobiante presión de los capellanes y de las monjas.

Nos quedamos los dos en silencio y como la inspectora no dice nada, yo le resumo lo que escuché en la charla de la residencia de estudiantes sobre los fusilamientos sistemáticos y planificados de varios miles de oficiales del ejército que respetaron la legalidad de la República, incluidos numerosos coroneles, generales y almirantes. Le recuerdo también que fueron fusilados alrededor de quinientos religiosos y religiosas, con ideas democráticas, que nunca fueron beatificados por el Papa, como muchos de los que fueron asesinados por gente cercana a la izquierda más radical, cruel e intolerante.

Miro por la ventanilla del coche hacia el balcón de mi apartamento por si veo la luz encendida, pero, al corroborar que la oscuridad es total, me imagino que Nacho estará durmiendo desde hace horas, plácidamente, imitando mi postura faraónica. Bajo la mirada, desde el balcón y, me enfrento a los ojos negros de la inspectora que brillan en la penumbra del automóvil. Le comienzo a hablar del aprecio que siento por varios de los generales que combatieron en el Bando Nacional y le digo que el autoproclamado Caudillo no pudo fusilar al jefe del Estado Mayor Republicano, el general Vicente Rojo, porque se fue de España. Y que pasados unos años quiso volver a su patria y Franco le dijo que no tenía nada que temer. Pero al llegar a España ordenó su inmediato fusilamiento, aunque no pudo hacerlo porque sus propios generales se opusieron; sentían respeto por el estratega que había tomado la iniciativa en todas las batallas de la Guerra Civil y que había planificado las del Bando leal al gobierno desde el Estado Mayor Republicano y sentían lealtad por el antiguo compañero de armas y antiguo profesor de la Academia de Infantería. Incluso admiraban –le digo– que fuera un hombre que había proclamado varias veces, durante la guerra, su catolicismo.

La inspectora me dice que tantos fusilamientos fueron acontecimientos muy lamentables pero que también lo fueron los fusilamientos de Paracuellos del Jarama. Me pregunta que cuántos oficiales y personas de derechas del Bando Nacional murieron allí. Le contesto que dos mil cuatrocientos o puede que más y que aquello fue una salvajada. Me dice que la orden la daría algún miembro del gobierno. Le comento que ningún historiador nacional o extranjero –y le matizo de nuevo que yo he leído mucho a los historiadores ingleses– ha escrito nunca que esa nefasta y criminal orden la diera algún miembro del gobierno, sino que la ejecutaron milicianos comunistas y que, seguramente, fue alguno de sus dirigentes quien dio esa orden. Le matizo que Azaña y todas las autoridades republicanas abominaron de la carnicería de Paracuellos del Jarama y que, durante toda la guerra, intentaron siempre detener la locura homicida de su bando, cosa que lograron controlar a mediados de la contienda. Le comento también la intervención del anarquista Melchor Rodríguez, el "Ángel Rojo", para detener la matanza de Paracuellos, como delegado de prisiones y Alcalde de Madrid; salvó la vida, entre otros, a Muñoz Grandes, Serrano Suñer, Blas Pinar, Sánchez Mazas, Luca de Tena, etc... Le digo a la inspectora que Melchor Rodríguez solía decir que: "se puede morir por las ideas, pero nunca matar por ellas" y que él estuvo a punto de morir varias veces por salvar tantas vidas.

–Bueno, mañana tengo que madrugar, me tengo que ir...

–Vale, recuerda que tenemos algo pendiente, una especie de deuda –me susurra cuando voy a salir del automóvil.

–¿Algo pendiente? –le pregunto.

–Pareces tonto, ¿no te parezco atractiva? Eso es algo natural... tú ya sabes a lo que me refiero.

–¿Que yo lo sé? ¿Que yo sé a lo que tú te refieres?

–Sí… –me contesta–. Ya sabes: follar…

–¿Follar?

–Sí, ¿se te ha olvidado lo que era? –me dice.

–Pues… si… la verdad… es que sí –le respondo tartamudeando.

–No te preocupes –me dice subiendo el tono de su voz– que yo te voy a dar un cursillo.

–Ya nos vemos –le digo–. Cuídate –añado, después de miramos fijamente unos segundos sin decir nada.

–Ah, voy a llamar al agente –me dice cuando ya estoy fuera del coche.

–¿A qué agente? –le pregunto intrigado.

–Al que se encuentra en la Facultad de Educación, para que revise las chimeneas ésas que me has dicho.

***

Permanezco en la cama varias horas en la postura de *Ramsés II* en un insomnio absoluto, pensando con ansiedad en Nacho, que debió salir a algún sitio cuando yo me fui a la casa de la inspectora. Le he llamado obsesivamente al móvil y he comprobando constantemente si me ha enviado algún mensaje, pero no he logrado saber nada de él. Intento que mi insomnio no se pueble de contenidos "terribilizadores" y busco, para cada pensamiento "terribilizador" que no puedo evitar que llegue a mi mente, un pensamiento, una imagen "tranquilizadora" que lo neutralice. Pero de cada tres pensamientos "terribilizadores" que me llegan, solamente lo consigo con uno. Así que me levanto de un salto quejándome de mi suerte y arrepintiéndome de haber conocido a Nacho. Después de hacer un intento de vestirme y de dar varias vueltas por el comedor, sin tener claro qué quiero hacer, cojo mi guitarra y me siento de nuevo en la cama con la espalda sobre la almohada doblada. Reproduzco los acordes que escuché en la pensión que visité en Segovia y en la que Antonio Machado vivió. Por alguna razón esos acordes me llevan a pensar en Boudú y entonces comienzo a tocar una canción de Joaquín Sabina, *Princesa*. Pero esta canción me recuerda irremediablemente a mi hermana, así que ahora estoy angustiado por lo que le haya podido pasar a Nacho, por el destino de Boudú y por el recuerdo triste de mi hermana. Dejo los acordes de *Princesa* y empiezo a tocar una canción de Aute, *De alguna manera, tendré que olvidarte.* Pero entonces mi indefensión ante la angustia aumenta al evocar, desde lo más profundo de mis neuronas, a mi padre, la imagen de mi padre muerto en la cama, que se incorpora al aquelarre de la galería de mis preocupaciones incompatibles con el sueño, las adicciones de mi hermano, el deterioro de mi hermano. Mi mente está a punto de encadenarme también al recuerdo de Marta cuando toco de nuevo los acordes que escuché en la pensión donde vivió Antonio Machado en Segovia y parece que se bloquean y se desvanecen todas las fuentes de mi estrés, excepto la ansiedad localizada que me provoca lo que le haya ocurrido a Nacho.

Suelto la guitarra, me levanto y entro en la cocina. Sonrío porque mi desaparecido adolescente no solamente ha quitado y limpiado la mesa de la cena sino que ha ordenado la cocina y además puso el lavavajillas en un programa largo que hace ya horas que terminó a juzgar por la baja temperatura del interior del electrodoméstico. Me hago para desayunar un zumo de naranja y pongo en una sartén unas gambas que he descongelado rápidamente bajo el grifo, con unos ajos, guindilla y pimentón de la Vera. Encima de las gambas cuajo un par de huevos. Me meto en la boca, sin apetito, un trozo de gamba y me bebo el zumo. Le dejo a Nacho en una bandeja otro de zumo de naranja tapado con un plato y la sartén con su desayuno para que se lo tome cuando llegue.

Al salir por el portal para ir a la facultad, me topo con un policía local que está mirando los buzones y se detiene en el mío.

–Buenos días, ¿a quién busca? –le pregunto.

El funcionario me mira, se pone unas gafas para ver de cerca y me lee mis apellidos y mi nombre y mi pregunta si conozco a esa persona.

–Soy yo –le respondo notando cómo se me acelera el corazón y me entra una náusea incontenible. ¿Le ha pasado algo a Nacho?

–¿Se refiere a Ignacio López?

–Sí –le digo con la voz temblorosa.

–Nosotros no venimos a comunicar ningún accidente, si es que usted se refiere a eso. Mi compañero y yo –me dice señalando con la cabeza para la calle– traemos una citación judicial para que su hijo se presente en el Juzgado de Menores.

Mientras me está contando esto no ha levantado la cabeza pensativo del folio que trae con un membrete oficial y varias firmas.

–¿Es usted tan amable de dejarme su Documento Nacional de Identidad? –me pregunta alzando el cuello.

Se lo doy y agacha la cabeza de nuevo, mirando alternativamente al documento que trae y a mi DNI, estudiando mis apellidos y los de Nacho. Se encoge de hombros y me dice, acercándome el DNI:

–Yo pensaba que usted era su padre, no sabía que era el tutor.

Después de algún titubeo en el que se ha puesto a mirar hacia la puerta por si le preguntaba algo al compañero que lo espera en el vehículo de la Policía Local, me entrega un documento. Lo firmo enseguida y me da la citación, que leo compulsivamente: Nacho tiene que ir a uno de los juzgados de la Ciudad de la Justicia que se encuentra junto al campus para una vista oral por una pelea. Me quedo profundamente impresionado a pesar de que ya estaba avisado, porque creo que se trata de la denuncia que me comentó la directora del conservatorio, pero, al menos, no han venido a comunicarme que Nacho ha sufrido algún tipo de percance.

***

Salgo del edificio de la Facultad de Educación, por la "Ruta de Constancio", sintiendo el aire frío de la noche. Hace poco terminó la lectura simbólica de la tesis de María José a título póstumo y el acto de investidura por el que se ha convertido en doctora. Camino en dirección al aparcamiento y todavía me parece ver los ojos vivaces y claros, los gestos de las manos de Miguel Ángel Santos, el decano –que hace tiempo que hizo de su oficio de orador una obra de arte– y todavía me parece escuchar su voz deslumbrante y permanecen en mi mente las palabras que ha pronunciado sobre la desaparecida profesora con la vocalización perfecta que le caracteriza. Camino hacia el aparcamiento y aún escucho cómo las palabras y frases que ha pronunciado el decano, sus pensamientos y sus sentimientos, han tenido la habilidad de transportarme a las representaciones candentes y rotundas y a las ideas que María José quería demostrar en su tesis.

***

Me apresuro a buscar mi coche y todavía estoy nostálgico por la exaltación de la profesora fallecida y los mensajes poéticos de los que estaba impregnada la charla del decano y aún creo escuchar la última parte de su electrizante discurso, de los pasajes complejos, de los fragmentos que ha ido dejando sueltos como hilos de una madeja que el oyente creía perdidos y que luego ha ido engarzando con una asombrosa precisión, en una oleada de palabras tan purificadas y hermosas como un poema homérico. Un método, un estilo que ha logrado conectar al público que abarrotaba la Sala de Grados con la elocuencia de Demóstenes o Cicerón, los mejores oradores de la antigüedad. O como Hipérides, el abogado que defendió a Friné.

Y todavía me parece vibrar con los aplausos enfervorecidos que se han escuchado cuando una alumna de María José –a la que el decano ha invitado para que le acompañe al piano con algunas composiciones de Federico García Lorca– ha subido a la tarima del orador mientras él ha ido recitando algunos de sus poemas. De esta forma tan original, su discurso ha conseguido una apoteosis final e inesperada que ha llevado a las personas que llenaban la sala a una gran expectación que ha logrado que, espontáneamente, nos pongamos en pie y le hayamos tributado una gran ovación que ha hecho que me sienta como si asistiese al final de la puesta en escena de una obra clásica de teatro. Y todavía me parece oír el silencio que se ha producido en la Sala de Grados cuando el decano ha ordenado con las manos que dejásemos de aplaudir y nos ha dicho que nos iba a trasladar la nota que el tribunal –que ha evaluado la tesis *post mortem* de María José– ha otorgado a la profesora muerta tan prematuramente.

–El tribunal ha concedido a María José –comenzó a decir el decano, deteniendo enternecedoramente sus palabras embargado por la emoción– la calificación –continuó después, sobreponiéndose–, la calificación de... – y en este punto se detuvo otra vez para acercar la vista al certificado que le habían pasado– Sobresaliente por Unanimidad *Cum Laude*; la más alta calificación que se pueda otorgar a una tesis –dijo para terminar, con los ojos llorosos.

***

Llego a la altura de mi coche y miro a mi alrededor, a los espacios libres que quedan pensando en las personas que ya nunca volverán a aparcar sus vehículos en este aparcamiento. Que ya nunca verán los suaves montículos más allá de las pérgolas de madera y de los bancos de hierro negro. Que ya nunca verán más las mesas y los bancos de piedra en la oscuridad, ni a las alumnas ni a los alumnos que en ellos se besan, hablan, comen o estudian. Las personas que nunca volverán a oler la tierra removida de estos jardines ni el agua de riego ni la humedad que a estas horas exhala el campus.

Una llamada "real" al móvil me saca repentinamente de mi trance nostálgico.

–Eh, papi, ¿dónde estás? ¿Vas a tardar mucho? Me he comido las gambas pero tengo más hambre… –me dice con voz aletargada Nacho.

Yo he estado todo el día atento al móvil e incluso en un ataque de desesperación he llamado a las urgencias de todos los hospitales y me he relajado cuando me han dicho que ningún paciente con los apellidos y nombre que les he dicho ha entrado en las últimas veinticuatro horas. Por eso me quedo mudo al oír su voz y tengo ganas de insultarle, de gritarle, pero me he puesto tan contento al escuchar su voz que me limito a decirle:

–¿Dónde te has metido?

–¿Por qué? No me pasa nada…, salí por ahí…

–¿Cómo que por qué? ¿Dónde has dormido esta noche? ¿Dónde has estado durante todo el día? ¿Has estado durmiendo todo el día?

–No. Casi todo el día, perdona papi.

–¿Perdona, papi? ¿Eso es lo único que se te ocurre decirme? ¿Cómo me haces sufrir tanto, tío?

–Si me puedes perdonar, perdóname, por favor. No lo voy a volver a hacer, te lo prometo.

–Espérame ahí. Voy para allá, estaba a punto de coger el "Pulgui".

–Gracias por perdonarme…, ah…, oye, me ha llamado otra vez la chica de la residencia, dice que ha encontrado un carnet.

–¿Un carnet? ¿Un carnet de identidad?

–No, el carnet de donante de mi madrastra.

–¿Un carnet de donante de órganos?

–No, de órganos no, de cuerpo.

–¿De cuerpo? ¿Lo tienes delante?

–Sí.

–Léeme qué pone…

–Pues a ver qué pone… esto es muy largo...

–Léeme algo…

–No sé… "Acta de Donación del Cuerpo", "Sala de Donación Altruista de Cuerpos". Facultad de Medicina…, y se ve un dibujo raro aquí…

–Oiga, ¿puede abrirme desde el otro lado de la barrera? –me pregunta de repente un individuo que viene corriendo desde la entrada del aparcamiento.

–Sí, claro, pero es muy tarde ya. Van a cerrar las puertas del edificio –le digo metiendo la llavecita en la ranura que abre la barrera.

El hombre, un joven calvo, de corta estatura y con un cigarrillo en la boca, no me escucha porque ha salido corriendo hacia su vehículo, un viejo camión destartalado cuyo motor hace un ruido como si estuviera ronco. Me quedo observando a ver si tiene la paloma de Picasso, el símbolo de la Universidad, pero no encuentro ninguna señal identificativa en el camión, excepto un rótulo en el que se lee: "Envíos Rápidos".

–El tráfico está fatal y se me ha hecho un poco tarde…

–Le estaba diciendo que todos los accesos a la facultad se van a cerrar ya.

—Ya lo sé, pero cierran a las nueve y aún no son las nueve.

—Pues son casi las nueve y…, pero bueno, ¿qué trae en el camión tan importante?

—Comida para…

—¿Comida? Pues la comida para el bar tiene otro acceso. Tiene que salir de aquí y aparcar al lado de una pequeña verja negra –le digo señalándole una zona fuera del aparcamiento.

—¿Comida para el bar? ¿Quién le ha dicho que traigo comida para el bar?

—Usted, me lo acaba decir.

—Sí, he dicho comida pero…

El hombre escupe la colilla y se escucha su risa estentórea retumbando por la entrada del aparcamiento. Se limpia la boca, me mira con burla y me dice:

—Yo no creo que nadie se coma esta comida.

—¿Está caducada?

—Es comida para las ratas y echan un olor que se cae uno de espaldas.

—¿Comida para las ratas?

—Pues claro, ¿ustedes no tienen aquí ratas de ésas de los experimentos?

—Pero eso…, un momento, espere un momento, por favor.

—Nacho, ¿Nacho? ¿Nacho?

—¿Qué?

—Te tengo que dejar…, ya mismo estoy ahí.

—Vaaaale…., de la casa no me muevo. Aquí te espero.

***

—Perdone, pero aquí no hay ratas, se ha debido equivocar –le digo negando con la cabeza–, las tuvimos hasta que la Facultad de Psicología dejó de compartir el edificio con nosotros.

—Pero…, a mí me han dicho que aparcara el camión aquí dentro en la Facultad de Educación, que bajara a un sótano y que dejara allí los dos paquetes que traigo.

—Pero yo soy uno de los que se encargaba antes de estas cosas y le estoy diciendo que aquí ya no se recibe comida para las ratas. Si quiere usted que llame al decano y se lo confirme…

–No, no, no. Yo no quiero problemas. A mí me llaman para traer un porte y aquí estoy…

–¿Ha venido usted otras veces a traer esa comida?

–No. Aquí no. A la Facultad de Medicina y a otra que está cerca del cementerio.

–¿Cerca del cementerio?

–Sí.

–Esa es la Facultad de Psicología. Usted se ha equivocado.

–No. No me he equivocado. Tengo la orden de traer este porte a la Facultad de Educación. Y es para las ratas que hay aquí.

–Ya le he dicho que…, pero, ¿a usted quién le ha dado esa orden?

–¿A mí? A mí nadie. A mi jefe. Y él me ha dado unas instrucciones.

–¿Instrucciones? ¿Qué instrucciones?

–Ah, eso hable usted con él. Mire, yo lo que quiero es soltar la carga y "largarme".

–Venga, vamos a entrar y deje las cajas ahí, que yo también quiero largarme.

Avanzamos por los pasillos y atravesamos el patio del "Ficus Sediento". El joven me sigue con las dos cajas apiñadas una encima de la otra y mirando por encima de ellas por los laterales para no tropezar. Al ir a coger el ascensor me dice que ésas no son las instrucciones, que si no recuerdo lo que me ha dicho. Que tiene que bajar a un sótano y dejar los paquetes, que ya vendrán a recogerlo.

–¿Bajar? No hay ascensor para bajar al sótano. Tenemos que bajar por las escaleras. Pero los laboratorios de Psicología, cuando esa facultad se encontraba en este edificio, estaban en la primera planta. Hay otros laboratorios, pero son los de idiomas, los de informática y los de las enseñanzas virtuales. Y sería difícil que hubiera ratas en ellos. O sea, que no queda ni una rata en el edificio, si acaso puede haber alguna en los jardines. Además, ahí abajo están haciendo obras.

–Entonces aquí… ¿nada de ratas?

–Nada de ratas. Alguna mosca o algún mosquito despistado. Pero aquí ya no hay ratas.

–Pues yo tengo que dejar estas cajas abajo, usted no conoce a mi jefe. Siento causarle estas molestias.

Bajamos y llegamos al gimnasio, luego caminamos en dirección a los antiguos laboratorios de Física y Química, con el joven resoplando por el esfuerzo.

–Tenga cuidado al pasar por las tablas, eso gris que hay debajo son arenas movedizas.

–¿Arenas movedizas?

–Sí. Si se cae ahí se puede hundir.

Pasamos sigilosamente por las tablas ensuciándonos los zapatos de una sustancia grisácea y llegamos a la parte más antigua de la facultad, una zona inhabilitada y cerrada donde se encontraban los laboratorios de Física y Química y otras dependencias. Me parece escuchar el estallido de la probeta del padre de Aurelio, entonces un hombre joven muy diferente al anciano que se asomaba al balcón en frente de mi piso de la Plaza de los Mártires, escupiendo por el cuello.

–Detrás de ese tabique se supone que están todavía las aulas de los laboratorios. Un momento, ¿qué hace aquí este mueble? Tendría que estar en la tercera planta –le digo al joven porteador que deja las cajas con un gesto de alivio.

Me acerco a un extremo del armario cargado de viejas tesis doctorales –que llevan años en la tercera planta del edificio– puesto contra el muro que en su día construyeron para tapiar los laboratorios. Miro por detrás del armario. Toco la pared y escucho un sonido hueco. Voy hacia el otro extremo del armario y observo que hay un boquete en la pared por el que puede entrar una persona.

–Hace muchos años que nadie entra por aquí. Si usted quiere ver ratas no tiene más que esperar. Pero no son de laboratorios precisamente. ¿Quiere entrar conmigo? Al final de ese pasillo tiene que haber una mujer encerrada... tiene usted razón, en esas cajas hay comida pero no es para las ratas. Tiene que haber una mujer secuestrada ahí dentro y necesito su ayuda.

El joven se toma su tiempo antes de contestarme; enciende un cigarrillo, se restriega el sudor de la frente y echa grandes bocanadas de humo. Al fin me dice:

–Mire, yo no quiero problemas, yo dejo la carga aquí y me largo. ¿Por qué no llama a la policía?

–Sí, es lo que voy a hacer ahora mismo. ¿A qué huele su ropa?

–A cadáver. Todavía me huele la ropa a cadáver porque he tenido que ir al IML a recoger esto y...

–¿Al IML?

–Sí. El Instituto de Medicina Legal, está aquí al lado y debían estar haciendo una autopsia, pero se ha averiado el aire. No sé, el caso es que se ha impregnado todo del olor de un cadáver en descomposición. Toda la Ciudad de la Justicia olía. Yo me había quedado en la puerta pero entré a curiosear, aunque la sala se encuentra en los sótanos. Yo… bueno, yo me voy. Llevo todo el día repartiendo, ya está bien. Suerte amigo –me dice poniéndose el cigarrillo en la boca, estrechándome la mano y corriendo hacia los tablones.

***

–Menos mal que lo has cogido a la primera… –le digo a la inspectora cuando la llamo nervioso.

–¿Qué te ocurre Javier? –me pregunta.

–Creo que he encontrado a la madre de Nacho. Está en el sótano de la facultad, donde se encontraban los laboratorios de Física y Química. Hacía muchos años que estaban tapiados, pero alguien ha hecho una entrada –le digo con la voz entrecortada–. Y creo que quieren donar su cuerpo a la Facultad de Medicina.

Escucho ruido en las plantas superiores y me asusto. Pero me relajo al identificar su procedencia: están cerrando todos los accesos de la facultad y apagando todas las luces, excepto la pequeña iluminación de emergencia.

–No entres a ese sótano. Sal inmediatamente de ahí y vete al *hall* de la facultad. Por allí tiene que estar el agente de paisano, ya le están llamando para alertarlo y salen hacia el campus varias unidades. No juegues a ser policía y deja esto en manos de profesionales. Venga, ¡vete de ahí! –me grita Isabel.

–A sus órdenes, inspectora Perales –le digo.

Pero no cumplo la orden y asomo la cabeza en la oquedad que han abierto en la pared. Intento apartar el armario, pero es imposible; pesa demasiado. Tendría que ir quitando las voluminosas tesis y así podría apartarlo. Empiezo a quitar tesis, pesados tomos que voy dejando en el suelo y encima de las cajas. Me parece escuchar un crujido y me quedo con una en la mano, sin moverme, conteniendo la respiración. Creo que se acerca alguien. Veo una sombra por el gimnasio, quizás sea una de las apariciones de la tercera planta o puede que me haya seguido alguien. Pero descubro una rata. Debe ser una superviviente de los experimentos que se hacían con los roedores cuando la Facultad de Psicología compartía el edificio con la de Educación. Y puede que sea una mutación genética porque la rata es enorme y tiene un aspecto fiero con unos colmillos fuera de lo común.

De repente una fuerza descomunal mueve el armario desde el hueco practicado en la pared. Pulso a la rellamada del móvil para que la inspectora escuche que estoy en peligro y doy un grito que resuena en todo el sótano cuando veo al gordo emerger súbitamente de las sombras con un cigarrillo en la boca que escupe al verme. Con un movimiento vertiginoso le pega un manotazo al móvil y lo tira al suelo y a mí me pega un empujón que me desplaza varios metros. Su mirada –que he visto cuando avanza y se pone debajo de una de las luces verdosas de emergencia– es algo más que desafiante; esas patillas de bandolero y esos ojos claros desencajados muestran la mirada de un hombre que sabe que va a matar a otro. Alarga la mano y se toca algo que inmediatamente sé que es una pistola. Me levanto y salgo corriendo hacia las tablas. Me vuelvo para coger el móvil que tiene la tarjeta fuera por el impacto. El obeso gigante también empieza a correr, pero con la oscuridad no ha visto las cajas y tropieza con ellas cayéndose estrepitosamente. Escucho un grito, unos gruñidos y un chirrido agudo. Es posible que la rata haya mordido a ese luchador de sumo psicópata.

Atravieso las tablas y corro hacia la primera planta –que circunda todo el *hall*– hasta que llego al final del pasillo. Me asomo al vestíbulo por si veo o me ve el policía de paisano o el guardia de seguridad. Pero no hay nadie, solamente percibo la luces de emergencia que apenas iluminan, muy focalizadamente, pequeños espacios del *hall*; en otro contexto, me hubiera encantado esta atmósfera rembrandtiana. Levanto la vista hacia la inmensa claraboya, pero se me había olvidado que solamente se ve luz en ella en las noches de luna llena. No veo a nadie, quizás aún no se ha incorporado a su turno de noche el guardia de seguridad y puede que el agente que la inspectora ha puesto de vigilancia en la facultad haya bajado al sótano e incluso puede que haya detenido a la mole de grasa después de que la rata le haya mordido. Bajo por las escaleras y me quedo unos segundos sin saber qué hacer con la espalda junto a la pared de gruesos cristales que existe en ese tramo circular de las escaleras. Las luces de los últimos coches que han debido salir del aparcamiento, me iluminan por detrás dibujando un arco de luz. Decido seguir bajando hasta el vestíbulo y salir después hacia el aparcamiento. Pero no corro. Al contrario, me desplazo muy despacio y pegado a la pared. Llego a las puertas que dan acceso al aparcamiento y doy tirones para abrirlas todas por si alguna de ellas estuviera abierta. Pero todas están cerradas. No tengo el móvil operativo para llamar al teléfono de la empresa que vigila la facultad y no quiero pegar voces porque, si al gordo no lo han detenido, yo mismo me voy a delatar al gritar. Me paso las manos por la frente mientras pienso qué puedo hacer y tomo la decisión de seguir pegado a las paredes, deslizándome muy despacio hacia la puerta de entrada a la cocina del bar, pero al llegar compruebo desolado que también está cerrada. Vuelvo sobre mis pasos, con la espalda adherida junto a la pared como si fuera una salamanquesa. La última posibilidad que tengo de salir del edificio es que algún compañero o compañera se haya dejado alguna de las puertas principales abiertas para que entre, en su turno de noche, el guardia de seguridad.

Me dispongo a ir a las puertas principales a ver si tengo suerte, pero de pronto escucho el ascensor. Rápidamente regreso a la pared de cristales para esconderme. Desde allí, agazapado, veo cómo la puerta del ascensor se abre. Contengo el aliento para ver quién se asoma tras sus puertas, pero no sale nadie del elevador. Eso me da una idea que he visto en algunas películas de suspense: llamar al ascensor y hacer creer que estoy en él. Subo hasta la primera planta y llamo al ascensor para que mi hipotético perseguidor crea que yo viajo en él, cuando en realidad estaré bajando las escaleras rápidamente.

Llamo al ascensor, pero no desde la primera planta como había pensado sino desde la segunda para tener más margen de tiempo para bajar. Subo lentamente la primera planta únicamente iluminada por las luces de emergencia. Es tan débil la luz que casi me caigo. Llego a la segunda planta, miro a mi izquierda y a mi derecha y no veo a nadie: "Despejado", me digo a mí mismo como si perteneciera a un comando especial. Voy a darle al botón del ascensor pero éste se abre y pego un grito al descubrir que mi estrategia no funciona: era exactamente lo que él, esa especie de luchador de sumo, había pensado que yo haría y sale del ascensor sonriente.

—Es posible que hayamos visto los dos las mismas películas, ¿no cree? —le digo.

El gordo no me contesta. Simplemente me está esperando, sin prisas, sin movimientos bruscos; sabe que estoy a su merced, que no tengo escapatoria. En cualquier caso yo empiezo a correr —he visto cómo el gordo sacaba la pistola y le ponía un silenciador— como un poseso voy hacia arriba, hacia la azotea, subiendo los escalones de dos en dos, tropezando, volviendo a incorporarme y volviendo a tropezar y subiendo de nuevo. Me detengo al cerciorarme de que no me sigue el gordo. Bajo un piso con precaución. Me asomo y veo el cuerpo inmenso del gigante inmóvil. Se ha debido caer y darse en la cabeza. Creo que tengo una suerte increíble. De pronto escucho unos pasos y me escondo. Lentamente me voy asomando. Alguien se ha acercado al gordo y ha cogido su arma. Debe ser el policía de paisano porque le toma el pulso y le mira una herida que tiene en el cuello. Mi hipótesis de la mordedura era cierta: ahora estoy seguro de que la rata mutante gigante le ha clavado los incisivos en el cuello.

–¿Ha hablado con la inspectora? –le pregunto al policía que está agachado junto al gordo con el arma que le ha arrebato en la mano.

El policía se asusta, se incorpora con dificultad y me apunta con la pistola.

–¿Quién es usted? –me pregunta.

–No se preocupe, soy amigo de Isabel Perales –le respondo bajando unos escalones.

–Ah, sí… ya caigo. El conserje. Baje y ayúdeme a esposar a este hombre. Pesa mucho para mí solo. Ya he llamado a la inspectora –me dice.

Bajo un par de escalones más y observo al policía. Es un tipo grande, con una pronunciada barriga y descuidado; viste con un chándal negro lleno de manchas y con caspa en la parte superior. Tiene barba de varios días y los cabellos blancos, quizás prematuramente encanecidos y con el aspecto de no habérselos lavado en un par de semanas.

–Vamos, baje… no tengo todo el día –me ordena.

–Espere un poco, me he dejado arriba una llave –le digo amedrentado al reconocer al marido de Teresa.

No ha sido por la ropa ni por el aspecto; he sabido que es el mismo hombre que vi en *Collioure* al ver sus ojos terrosos, enrojecidos y ausentes.

–No se mueva –me dice apuntándome tambaleante con la pistola.

–No se preocupe. No me voy a mover –le digo levantando las manos. Pero en ese mismo momento he comenzado a subir los escalones, esta vez no de dos en dos, sino de tres en tres.

Pienso en la ingenua posibilidad de que sea un arma disuasoria con la que me apunta, de ésas que son de fogueo, pero un silbido seco que ha salido desde el hueco de las escaleras me pasa rozando por el hombro como si alguien me hubiese soplado y una bala se incrusta en la tubería del aire acondicionado reventándola. Los músculos de mi cuerpo parece que se han degenerado y que se han visto afectados por la enfermedad de Parkinson, porque me ha dado una sacudida que me ha provocado una especie de rigidez muscular y a mis manos le han entrado unos temblores tan grandes que mis dedos no aciertan a meter la tarjeta en el móvil. Al final lo logro pero el móvil no funciona. Le doy varios golpecitos contra un extintor pero sigue sin funcionar y además creo que lo he roto. Continuo subiendo peldaños y tropiezo, una vez más, pero al fin llego a la octava planta. En ese momento se me cae el móvil al suelo y le parpadea una luz. Meto el *pin* sin ninguna coordinación entre mis dedos y me equivoco dos veces, a pesar de que tengo una sencilla regla nemotécnica; introduzco dos veces la edad que tenía Marta cuando me abandonó. Soy consciente de que al tercer error se bloqueará el móvil, así que respiro hondo y lo meto de nuevo. Con mucho cuidado le doy a los dos dígitos, los años de Marta repetidos y en unos segundos la pantallita táctil del móvil me da la bienvenida y me advierte de que he recibido varias llamadas, una de ellas es de un número desconocido y deduzco que es de la inspectora y las otras de un número que me resulta vagamente familiar que me ha dejado un mensaje. Lo escucho y me quedo petrificado: Nacho ha tenido un accidente con una moto y está internado en el hospital Carlos Haya. La voz me dice que no me preocupe porque de momento no temen por su vida y que me pase por el hospital lo antes posible y que pregunte por él. Me asaltan terribles *praemeditatios*. Seguro que me están engañando y por eso me dicen que no me preocupe. ¿Y qué significa exactamente la expresión "de momento no tememos por su vida"?

Abro el cerrojo de la puerta que da acceso a la azotea y entro en ella. Camino por la parte que tiene guijarros. Parece que voy corriendo por una playa. Me vienen a la mente imágenes de Nacho en el hospital y trailers de películas: actores, héroes que saltan de tejado en tejado y de azotea en azotea o salvan distancias inconcebibles de un edificio a otro y se enfrentan a los malvados –siempre armados hasta los dientes– desarmados. Pero yo no tengo tejados ni azoteas ni edificios cercanos por donde poder saltar. Tampoco soy un actor ni un héroe. Es más, el "párkinson transitorio" que me ha dado me ha quitado elasticidad, aunque espero que tampoco ocurra como en otros trailers que me vienen a la mente en los que los personajes son anti-héroes, seres desgraciados que protagonizan películas que terminan "mal" y se caen al vacío desde los rascacielos.

Una bala me pasa silbando por la oreja derecha, como si alguien me hubiera pasado la mano por la oreja. Creo que mi perseguidor se ha debido caer unos cuantos peldaños porque tiene sangre en la nariz y se toca la espalda y las rodillas. Esto hace que sujete tembloroso el arma, pero no le impide avanzar hacia donde yo me encuentro, gritándome que tenía ganas de cogerme y que voy a pagar caro ser un entrometido y me sigue gritando, pero no entiendo muy bien qué trata de decirme. Creo que está algo bebido. Afortunadamente para mí tampoco aquí ocurre como en algunas películas, que "el malo" tiene una gran puntería y un número de balas incontables. Me asomo al precipicio y se me coge un pellizco en los genitales que parecen trasladarse al cuello y del cuello a mi corazón que se ha puesto a palpitar más rápido de lo que ya lo hacía. No obstante y, puede que debido a las dudas que me asaltan sobre el estado de Nacho en el hospital, me ha entrado un valor inusitado. El tipo del chándal dispara de nuevo y esta vez me ha rozado levemente la chaqueta que llevo y le ha hecho un jirón ahumado que huele a pólvora, a metal y a vainilla pero puede que este olor, que me recuerda a Marta, haya sido una alucinación olfativa mía debido al estrés. Sé que, por muy mala puntería que tenga, sólo tiene que acercarse unos metros más para dar en el blanco, como también sé que si se acerca todavía más no me disparará, me arrojará directamente por la azotea. El hombre sonríe con los ojos enrojecidos y con cara de niño malo como si adivinara mi pensamiento y se guarda la pistola.

–¿Te tiras tú o te tiro yo, gilipollas? –me pregunta.

Pero yo no le respondo y en un arrebato de emociones primarias y de instinto de supervivencia, me agacho para tirarle piedras a la cara. El hombre del chándal negro se ríe; debe pensar que aún soy más tonto y vulnerable de lo que él creía. Me levanto y de repente veo unas cuerdas sujetadas por unas argollas que bajan hasta el patio de la estatua. Son las mismas que ha dejado olvidadas el equipo de limpieza de los cristales, pero, para mi desgracia, no han olvidado llevarse los arneses de seguridad y los mosquetones. Como creo que, en esas circunstancias es un suicidio bajar por esas cuerdas desde la octava planta, debo intentar bajar hasta la segunda y, desde su azotea, donde se encuentran las salidas del aire, bajar por las cuerdas hasta el patio. Agarro un buen puñado de piedras y dejo que el individuo del chándal negro se confíe y siga riéndose mientras yo avanzo más asustado de lo que realmente estoy –si es que se puede aparentar más miedo del que tengo– y le digo que podemos arreglar esto de una manera civilizada, controlando nuestra ira, incluso le recito una poesía de Machado que hace referencia a que el que tenga ganas de pegar que golpee al viento. Me interesa estar lo más cerca posible de la puerta para salir corriendo y que sus disparos no me acierten. El marido de Teresa no puede creerse las argumentaciones que le acabo de decir y se ríe haciéndome un gesto con la mano para que me acerque a él. Si saliera corriendo probablemente apretaría el gatillo, así que me acerco a él pero por detrás y después voy lentamente girando hasta ponerme en paralelo a la puerta. De pronto se lanza sobre mí y cuando tengo tan cerca su cara que me trago su aliento a alcohol, le tiro con todas mis fuerzas las piedras a los ojos. Me maldice moviendo la cabeza, restregándose los ojos y dando puñetazos al aire –como dice la poesía de Machado, pero no le comento eso para no encolerizarlo más–. El padrastro de Nacho corre, sorprendentemente, –ya que sigue sin verme– en la misma dirección en la que yo huyo de él. Le tiro más piedras a los ojos que rebotan sobre sus manos que siguen dando mandobles al aire. Pienso que es el momento de pegarle una buena patada en el estómago al estilo de lo que Nacho haría si estuviera aquí. Además, está ebrio y me será más fácil. Así que me paro, me doy la vuelta y doy un salto en el aire, pero no solamente no le doy sino que me resbalo y caigo al suelo. Me levanto nada más tocar las piedras, pero uno de los manotazos que está dando el hombre del chándal, me da en la cara y me hace un corte doloroso con la uña en un pómulo. Me desequilibro y me caigo al suelo de nuevo. Antes de que pueda levantarme, siento un hálito de alcohol en mi cara y una mano que me coge de los cabellos y me estrella la cabeza contra las piedras. Sé que varios golpes más acabarían dejándome inconsciente y a merced del padrastro de Nacho, así que me revuelvo chillando y le meto los dedos en los ojos y los aprieto contra ellos, al mismo tiempo que le doy un mordisco en un hombro. Al ver al hombre acuclillado gritando de dolor, me levanto, pero esta vez con una pirueta que jamás volverá a salirme con la misma perfección y rapidez. Me toco y tengo sangre, pero estoy al lado de la puerta y entro al interior del edificio, cerrando la puerta violentamente tras de mí echando el cerrojo en el último momento, cuando ya el maltratador alcoholizado está encima de la puerta insultándome.

Bajo a la segunda planta corriendo y escucho cómo el hombre del chándal descerraja de un tiro el pomo y empuja la puerta; un ruido que ha hecho que me vuelva hacia atrás, resbale y me caiga. Durante una fracción de segundo creo que pierdo la noción del tiempo. A mi adversario no le ha ido mucho mejor, porque también he escuchado cómo se ha caído y ha debido rodar algunos escalones. Me levanto dolorido tocándome la espalda y con miedo por si me he fracturado alguna vértebra, pero no tengo dificultad para andar y hasta el párkinson se me ha quitado por la enorme cantidad de adrenalina que debe estar segregando mi organismo.

Al pasar por donde aún yace el gordo, permanezco atento por si se levanta, pero compruebo con alegría que el gigante sigue inconsciente con sus dos pequeños orificios en su cuello de hipopótamo. Creo que también el marido de Teresa ha debido quedar fuera de combate porque no lo oigo, por lo que salgo más confiado a la azotea de la segunda planta, corro hacia uno de sus extremos y me agarro a las cuerdas sin dudarlo. Estoy convencido de que me voy a matar por el vértigo pero intento suprimir todos los pensamientos negativos, todas las posibilidades de lo que me pueda ocurrir y pienso en Nacho y su imagen en el hospital me da valor y me hace temerario. Me sujeto a las cuerdas con fuerza antes de que el gordo o el tipo del chándal negro lleguen hasta donde estoy y me empujen, me disparen, muevan las cuerdas o las quiten de las argollas de sujeción de un tirón y bajo por ellas deslizándome como he visto hacer a los bomberos en los documentales. Pero en los documentales las cuerdas no se mueven ni los que bajan por ellas se quedan balaceándose como me ha pasado a mí. Después de unos segundos de terror consigo estabilizarme y, aunque tengo las manos despellejadas, logro bajar por las cuerdas y saltar desde ellas al patio del "Palo Borracho" y de la estatua cuando me encuentro a una altura de un metro y medio del suelo. Siento un dolor agudo en la cabeza, en las piernas y en la espalda. Me toco los tobillos y los meniscos para ver si he salido ileso y una vez comprobado y "chequeado" que mi estado es aceptable, corro, cojeando, hacia el *hall*, en dirección a la entrada principal.

Tengo en mi campo visual al guardia de seguridad y respiro aliviado, pero en ese instante escucho varias detonaciones apagadas por el silenciador y los silbidos de los disparos del marido de Teresa que han debido pasar cerca de mi cuerpo por la cara de pánico que ha puesto el guardia. No sé cuántos disparos han sido. Dos. Puede que tres. Uno de los proyectiles ha impactado, con un ruido infernal, sobre las cristaleras de la conserjería que a esta hora y en la penumbra parece más que nunca una cabaña oculta en un bosque tenebroso y el *hall* una estación solitaria, de la que hace mucho tiempo que se fue el último autobús y a la que aún le falta mucho tiempo para que venga el siguiente.

Escucho otro silbido y observo cómo un proyectil ha atravesado limpiamente la puerta de la biblioteca fragmentando sus cristales. El guardia de seguridad se pone nervioso, saca su arma reglamentaria y pulsa la alarma que suena en todo el edificio de la facultad y en la Central de Vigilancia de la Universidad.

—Sal corriendo hacia la calle, ya me contarás qué te ha pasado —me dice, colocándose delante de mí para protegerme.

Detrás de nosotros se escucha un chasquido metálico. Luego otro. Y después varios chasquidos intermitentes. Creo que el marido y secuestrador de Teresa se ha quedado temporalmente sin munición o se le ha encasquillado la pistola.

—Acaban de salir algunos profesores, ya sabes, los moteros esos. Han terminado una reunión y hace unos minutos les he abierto la puerta. Ve hacia ellos y que te lleven al hospital, estás sangrando.

—¿Has visto a un policía de paisano por aquí? —le pregunto.

—No. Pero he escuchado ruido en los sótanos —me contesta viendo cómo el individuo del chándal negro hace un amago para acercarse a nosotros, pero desiste y sale corriendo hacia el sótano. Mientras el guardia de seguridad me abre la puerta, le advierto que por ahí tumbado hay una especie de luchador de sumo que trabaja en la UMA, pero que es un compinche que está al servicio del tipo que nos ha disparado. El guardia de seguridad me abre la puerta y en ese momento veo cómo se mueve la papada herida del gordo, que carga contra nosotros con la furia de un rinoceronte. El vigilante, que es un individuo fuerte que practica algún tipo de arte marcial, se abalanza sobre él, interponiéndose entre la bola de sebo y yo.

—¡Sal ya de una puñetera vez! —me grita, quedándose a horcajadas sobre el colosal gigantón y pegándole con los codos en la cara sin soltar sus piernas que las mantiene alrededor de los pliegues adiposos del gordo como una pinza.

***

Bajo las escalinatas de la facultad, vuelvo la cara para ver cómo va la pelea y casi me doy de bruces con Salvy García, el profesor de Psicología de tez morena y profundos ojos negros y con aspecto de novio de algún drama de Lorca, que se encuentra junto a su *Harley Davidson* negra y plateada, al lado de una decena más de motos aparcadas sin sus ocupantes en el carril de los autobuses. Se quita el casco y me abraza con la acorazada chaqueta de cuero negro que lleva. Me dice que ha tenido una reunión con el grupo de investigación de Pablo Hermoso, en su seminario y que ahora se van a cenar por ahí, "como en los viejos tiempos", menos Pablo, que se ha ido ya, porque "tiene una cita amorosa".

—Eh... Javier no se lo digas a nadie pero "Los perros" están haciendo pis por ahí... —me dice señalando a la explanada donde aparcan los estudiantes.

Se fija más detenidamente en mí; me mira las manos y el arañazo con sangre de mi pómulo y me pregunta preocupado si me ha pasado algo. Yo miro el dibujo de las cuatro motos levantadas con los manillares con forma de *Rottweiler*s salivando y con las orejas atentas a una campanilla que tiene bordado en la cazadora y le digo que tengo que ir urgentemente al Hospital Carlos Haya comentándole brevemente el accidente de Nacho –al que recuerda de la conferencia en la residencia de estudiantes– y lo que me ha ocurrido. Estaba a punto de decirle que voy al aparcamiento a por mi coche, pero en lugar de eso le hago gestos señalando al gordo que viene hacia nosotros. Salvy se pone una mano en los labios y lanza un chiflido con la boca que se escucha en toda esta parte del campus y me grita que suba en la moto inmediatamente. Apenas me ha dado tiempo de ponerme el casco y de subirme, cuando arranca con ímpetu y me veo agarrado a su cintura saliendo a toda velocidad por el boulevard Louis Pasteur.

Desde el espejo retrovisor veo cómo nos sigue el gordo: ha cogido una de las motos que había aparcadas y, a pesar de la velocidad tan lenta con la que circula, pretende atraparnos. Pero su caza se complica porque nada más empezar se queda rezagado y maniobra con la misma gracia que lo haría una cría de elefante subida a una moto. "Los perros" , que han dejado a medias sus necesidades fisiológicas, han salido corriendo desde el aparcamiento de los estudiantes increpando al ladrón. Dos de ellos han logrado ponerse los cascos y arrancar sus motos antes que los demás y alinean y colocan sus *Harley*s entre nosotros y nuestro perseguidor. Sin embargo, la aparente escasa habilidad del gordo conduciendo se revela eficiente, porque ha acelerado y ha logrado embestir a los dos moteros de la avanzadilla que se caen y resbalan varios metros con su motos debido a la inercia. Entonces, veo por el espejo cómo rugen los motores del resto de "Los perros" –menos al que le ha robado el gigante su moto, que se ha subido detrás con uno de sus colegas lanzando gritos contra él– y ayudan a los dos compañeros que se han caído y empiezan a circular muy atentos a los gestos de Salvy –que capitanea con destreza, en esta suerte de batida, a "Los perros de Pavlov"– y siguen muy de cerca al voluminoso piloto, enfocandonos, cada *Harley*, con su ojo luminoso, de cíclope.

En ese instante, todos "Los perros" se ponen a cantar a pleno pulmón: *Gaudeamus Igitur Juvenes dum sumus...* y yo siento que voy escoltado y protegido por una auténtica guardia pretoriana y no sé por qué creo que es una premonición, que el himno universitario que resuena en todo el Campus de Teatinos es un presagio de que Nacho está muerto.

X

Avanzamos con la moto por el boulevard y empezamos a girar dando la vuelta a la figura de hojalata de la mujer con forma de guitarra –a estas horas iluminada por potentes luces– pero de repente, el gordo se pone a nuestra altura y durante unos metros circulamos en paralelo con el gigante acosándonos con repetidos intentos de embestidas, que Salvy va esquivando como si fuera un auriga en su carro. El luchador de sumo, enfurecido, enfila la moto hacia nuestros cuerpos y yo he captado y comprendido la mirada fulgurante que, desde el casco, me ha lanzando Salvy para que me agarre bien a él, a su cazadora de cuero negra, y me vaya adaptando a las posturas que él vaya poniendo en el sillín. Con una habilidad propia de un piloto de circuito de carreras, zigzaguea con pericia para evitar que el golpe sea contra nosotros y cuando éste se produce, solamente le da a la rueda trasera sin demasiada fuerza, pero sí con la suficiente como para desequilibrarnos y hacer que la *Harley* "culee" de tal forma que nuestras rodillas y mis tobillos –especialmente el izquierdo– rozan el asfalto. Nuestros cuerpos se han sacudido y levantado de los asientos como si la tierra se hundiese bajo el alquitrán de la carretera y la moto se dirige sin control directamente a la estatua de la rotonda. Siento el dolor en mis manos despellejadas y sudorosas por el miedo y miro las luces verdes de los abanicos de Unicaja encendidas en lo alto de los edificios. Por un instante de impotencia absoluta me veo aplastado contra la rotonda de la mujer-guitarra, contra la venus mutilada, y por un instante, por un instante eterno, he visualizado e imaginado mi propia mutilación: mis piernas cercenadas por las chapas de la escultura resbalándose entre la sangre, como los trozos de carne que un matarife acabara de cortar.

Todo ha sido tan rápido que "Los perros" no se han dado cuenta de que hemos dado la vuelta y han seguido hacia la Fuente de Colores, escrutando desconcertados para todos los lados al mismo tiempo que Salvy –que no ha podido ni silbarles– ha logrado, en el último momento, hacerse con el control de la moto, poniendo la máquina a una velocidad de vértigo para enderezarla y dejar atrás al gigante. Pero nuestro tenaz perseguidor sigue detrás de nosotros y el motero-profesor, con el rostro moreno, severo y dramático de novio lorquiano, ha tenido que meterse en el Jardín Botánico, donde hemos ido golpeando y saltando por entre los setos y las plantas. Le grito que lo mejor es que me baje y pare un taxi para ir al hospital, pero él me grita que vamos a llegar antes con la moto, que no me preocupe, que va a despistar al gordo y vamos a dar la vuelta en la Biblioteca General y que antes de que me dé cuenta estamos en Carlos Haya.

–Agárrate fuerte –me grita Salvy más alto, comenzado a acelerar y a derrapar, varias veces, hasta que da la vuelta a la isleta del estanque del Jardín Botánico y hemos llegado al umbráculo; un lugar que alberga cientos de especies vegetales en su interior, protegidas bajo una cúpula que tiene el mismo aire a hangar que la de la facultad, pero sin su enorme claraboya.

–No te agarres tan fuerte, "mariquita" –me ha dicho con humor. Con una risa franca de hombre sin miedo que, con una expresión de dureza en su rostro elegante de jinete andaluz, espolea su corcel mecánico atravesando las veredas de tierra del Jardín Botánico.

En unos segundos volvemos al boulevard y llegamos a la Biblioteca General. Salvy se dispone a dar la vuelta cuando, de repente, tras el metro de la línea 1 que acaba de pasar, aparece el simio de corta talla y músculos de culturista que, fiel a sus costumbres de matón, profiere amenazas terribles esgrimiendo un arma y haciendo un gesto (pasando el dedo de una parte a otra de su cuello) que ilustra cómo vamos a morir con el cuello cortado.

–¿De dónde ha salido ese orangután? –me pregunta Salvy sin perder la compostura.

–Es un compinche del gorila obeso –le digo–. En algún lugar del Jardín Botánico la bola de sebo le habrá dado la moto por alguna razón y se ha largado –le digo sospechando que ha debido ir a sacar a la madre de Nacho del sótano.

Ante la imposibilidad de llegar al hospital por culpa de este nuevo perseguidor que nos bloquea el paso y nos obliga a seguir avanzando en dirección al pabellón de deportes de la UMA, siento cómo nace, en mi proverbial espíritu pacifista incapaz de hacer el más mínimo daño, un potencial asesino, la misma personalidad asesina que emergió de mí en la pelea del Museo Picasso, merced a la cual solamente deseo infringir el máximo daño posible a este hombre con cara de primate, de especie humana extinguida. Mi imaginación se llena con posibilidades terribles de muertes que querría para él. Muertes que, en la extrema agresividad que me inunda, provoco con mis propias manos en mis neuróticas fantasías homicidas. Pero el brillo gélido de su pistola bajo la tétrica blancura lunar hace que abandone estas cuestiones de disección de la anatomía de mi propia capacidad de destrucción y que me concentre en cómo huir o en cómo enfrentarme a ese individuo, porque él sí que tiene escrito en su programación genética un instinto asesino mucho más desarrollado que el mío y no va a tardar en demostrármelo y vengarse de la afrenta del sótano del Museo Picasso.

–¡Agárrate fuerte a mí!... Pero con suavidad –exclama Salvy riéndose.

–Pero, ¿qué haces? –le pregunto asustado al ver que ha dispuesto su *Harley* frente a la del culturista–. Si esperamos un poco ya mismo van a venir policías por todo el campus; he avisado a una amiga mía inspectora que…

–¡Con dos cojones!–grita Salvy interrumpiéndome y lanzándose, sin el menor titubeo, a todo gas para arremeter directamente contra la moto del culturista cantando el *Gadeamus Igitur* como si fuera un himno de guerra.

Pego mi casco contra su espalda cerrando los ojos para no ver la colisión, tratando de imaginar el traumatismo abdominal que voy a sufrir y cómo van a encontrar mi hígado y mi bazo reventados. Cuando abro los ojos me veo repentinamente subiendo a la acera con la moto y serpenteando por las escaleras de la Facultad de Medicina en un desafío claro a las leyes de la gravedad.

–¡Estoy vivo! ¡Estoy vivo! –me repito aturdido y despegando la cabeza de la cazadora de Salvy.

Miro al cielo y comprendo aliviado que, un segundo antes del impacto, el pequeño hombre rocoso se ha retirado ante el arrojo, la valentía y la temeridad suicida de Salvy, que tiene en su semblante de atractivo novio lorquiano una expresión de seguridad en sí mismo y de tenerlo todo bajo control. Giro la cabeza y veo cómo el hombre-simio se ha quedado desconcertado empuñando su arma –que curiosamente todavía no ha usado– y ruge y retumba el motor de su moto haciendo el "caballito" por el aparcamiento en una exhibición infantil de fuerza que esconde la hombría de *cowboy* herido en su orgullo.

Llegamos al rellano de las escaleras de medicina y Salvy detiene la moto junto a unos arriates donde se encuentran unos arbustos y unos matorrales tan frondosos que, ocultos tras ellos, con el motor de la *Harley* apagado, nada delata nuestra presencia. Respiro aliviado y me quedo mirando el frontispicio principal del edificio donde se encuentra la Sala de Donación Altruista de Cuerpos de la Facultad de Medicina.

—Creo que Gerald Brenan estuvo ahí en una tina de agua, glicerina y formol catorce años, hasta que lo incineraron –le digo en voz baja.

—Sí, él mismo vino aquí, antes de morir, a donar su cuerpo –me confirma.

Me viene a la mente la imagen del escritor inglés en los diarios, ya fallecido. Y una mano; la mano de un funcionario abriendo la cremallera de una gran bolsa-sudario azul por la que asoma el torso y el rostro enjuto de Gerald Brenan con el mentón prominente y la cabeza echada hacia atrás.

—Un colega de Medicina –me dice Salvy sofocando la risa– me contó que un día un individuo fue dado por muerto y lo trajeron aquí. Le habían sacado del mar, de los remolinos de la Térmica y pensaban que se había ahogado porque estaba inconsciente y no tenía pulsaciones cuando le auscultaron los de Urgencias. No tenía familiares y nadie reclamó el cadáver, por lo que dispusieron que fuera trasladado aquí. Pero el hombre volvió a recuperar la conciencia en el Depósito de Cadáveres y agarró de un brazo a uno de los empleados que le estaba introduciendo en el frigorífico.

—¿Y que pasó con el hombre?

—¿Con cuál? ¿Con el que parecía muerto o con el otro?

—Con el que fue a meterlo en el frigorífico.

—Al parecer estuvo media hora corriendo por el campus de la impresión que se llevó. Y el otro resultó ser un turista griego que regresó a su tierra; no creo que se bañe más por aquí.

Nos reímos con la anécdota hasta el extremo de que la moto se mueve y se desestabiliza.

—Mis colegas de medicina –me indica señalándome con la cabeza el edificio– están buscando cadáveres para la ciencia. Reciben entre veinte y veinticinco cadáveres al año, pero no son suficientes –añade con seriedad.

—Qué siniestro es todo eso –le digo, atento a los bramidos de la moto del culturista.

—Gracias a eso aprenden los futuros médicos que después nos operan y nos curan –me dice encogiéndose de hombros.

Miro otra vez hacia la fachada principal del edificio. El comentario que me ha hecho Salvy me trae oscuras imágenes catastrofistas sobre Nacho. Pienso que debo aliarme con la imperfección porque todas mis *praemeditatios* sobre Nacho son terribles y me dan amagos de mareos. Tengo miedo, mucho miedo; casi una crisis de ansiedad en la que el pánico comienza a invadirme por lo que le haya podido pasar. Bajo la vista y veo cómo la luna pinta una fosforescencia blanquecina sobre el color plateado y negro de la *Harley* y pienso en mi solitario limonero y en las cenizas de mi perro. Pero eso no me quita el miedo, así que me concentro deliberadamente en el manillar de la moto esperando absurdamente ver escrita en él alguna señal, quizás algún poema de Machado que me quite el miedo. Mi memoria no es capaz de rescatar ninguno pero sí una breve reflexión de Abel Martín –el personaje filosófico que creó el poeta– sobre el tiempo lleno de inminencias que todavía no se han producido. Se ajusta tanto a lo que deseo en estos momentos que parece que Machado escribió esa idea pensando en la angustiosa espera que sufro sin saber nada de Nacho. Recupero cierta tranquilidad al pensar que este tiempo de espera puede tejer ideas "terribilizadoras" sobre el destino de Nacho, pero también puede tejer esperanzas, porque dispongo de la posibilidad –incluida en este intervalo temporal en el que aún no sé qué le ha pasado a mi hijo adoptivo– de que éste se encuentre bien. Y esa posibilidad y esa ignorancia me tendrían que dar ánimos. No debo sentirme como si ya supiese que lo que le ha pasado ha sido trágico, esa es solamente una posibilidad; la peor de las posibilidades que le pueda ocurrir, pero existen otras, que en este presente, las desconozco por completo.

Algo más tranquilo, alzo la vista otra vez hacia el frontispicio y en la penumbra descubro algo que no había visto hasta ahora. Llevo años pasando por aquí y jamás lo había observado. Se trata de un dibujo que me resulta conocido: el Baphomet. Me desmonto de la moto para verlo más detenidamente.

–¿Te ocurre algo, Javier?

–Estoy viendo ese símbolo que hay ahí arriba, ¿es un Baphomet?

–¿Un Baphomet? No sé lo que es un Baphomet…

–Era la personificación del diablo para los monjes templarios. Pablo Hermoso me habló de él en una ocasión –le digo recordando la figura (una estrella y en el centro una especie de cabra con barbas y cuernos) que dibujó en un papel la madrastra de Nacho y que cogí al vuelo cuando lo arrojaba a la papelera de mi habitación del hotel de *Collioure*.

–¿Pablo Hermoso? Él sabe mucho de esas cosas pero no cree en ellas; simplemente conoce sobre ese tema para poder rebatir y criticar al que cree en ellas.

–Ya lo sé, él me dijo que le sonaba que por el campus había un símbolo parecido. Estoy seguro de que se refería a éste –le digo, pensando en la posibilidad de que la madre adoptiva de Nacho me tratara de transmitir un mensaje inconsciente; quizás sospechaba que algo podía ocurrirle relacionado con la donación de cuerpos y por eso me lo dibujó casi sin darse cuenta.

–Nunca he visto un *Baphomet*, pero eso de ahí arriba no lo es. Eso te lo aseguro. Ese es el símbolo de la Sala de Donación Altruista de Cuerpos; una estrella con dos astas de las que sale el fluido de la vida y la cara de su fundador con barba. Oye, ¿ese helicóptero que viene por ahí no es el de la policía?

–Es verdad…, ya te dije que iban a venir por todo el campus. Voy a avisarles… –le digo.

–¡Quieto! No te muevas. Antes de que baje la policía del helicóptero, el orangután nos habrá dejado hechos un colador. ¿No querrás que tu amiga la inspectora te encuentre agujereado?

–¿Me escuchaste antes cuando te dije que he llamado a una amiga que tengo que es inspectora de la policía? Creí que no me habías escuchado.

–No. No te escuché. Pero sé que tienes una amiga inspectora. Y que está bastante bien. Me lo ha dicho Pablo Hermoso. También me ha dicho que estás ya terminando la tesina y que es bastante original y que está muy bien fundamentada. Bueno, prepárate que nos vamos de aquí. Hay que tener cuidado con ese tío. Puede que tenga un "TAP".

–¿Un TAP? Vaya, ahora me he quedado yo como tú con el Baphomet. ¿No será una marca de pistola, verdad? –le pregunto escuchando los rugidos de la moto del culturista en el aparcamiento y las aspas del helicóptero. A lo lejos escucho también varias sirenas de la policía aullando como los perros de mi infancia.

–¿Una marca de pistola? –me dice entre risas–. No, es un Trastorno Antisocial de la Personalidad. Es aún peor que el delincuente más agresivo y asocializado. Antiguamente se les llamaba "psicópatas" y luego "sociópatas". Mis alumnos y alumnas se quedan muy atentos cuando les explico este tema. Eso va a ser la parte positiva de todo esto; poder contárselo a una clase donde hay más de cien personas escuchando. Un público "entregado", como yo les llamo. Mis alumnas van a sentirse como si estuvieran delante de un "Indiana Jones" de la psicología. Quizás hasta pueda escribir algo sobre esta experiencia con alguno de "Los *perros*". Por cierto que ya deberían estar aquí, no creo que hayan pensado que he tomado un atajo para llegar al hospital.

–Ah, eso me deja más tranquilo.

–¿Que hayan pensado que estamos ya en el hospital?

–Sí. Eso también me anima mucho. Pero me refería al hecho de que nos esté persiguiendo un psicópata. Claro que si así adquieres experiencia y puedes explicarlo en clases…

–No, no es un psicópata –me contesta riéndose– No creo que ese orangután tenga problemas mentales. Pero puede tener ese trastorno.

–¿Un "TAP"?

–Sí, éste y el gordo. Son unos desalmados. Estoy seguro de que ya han asesinado a alguien con frialdad sin el más mínimo remordimiento. Con auténtica "afresión depredadora". Pero no están locos…

–¿Con "afresión depredadora"? Suena muy mal esa expresión. No hace falta que me la expliques, me puedo imaginar qué significa.

–Pues no viene en el diccionario…, A propósito, el que viene para acá es el eslabón perdido entre el mono y el hombre. Venga sube a la moto. Larguémonos de aquí. Si no fuera por la pistolita… –me dice al ver al culturista que "azuza" la moto y viene a todo "galope" en su "montura" subiendo las escaleras de la Facultad de Medicina.

Salvy espera a que lo tengamos prácticamente encima para reaccionar. Entonces me grita que ya sé lo que tengo que hacer y me agacho y miro hacia atrás como hace él, supongo que por si empieza a disparar, saber hacia dónde tiene que mover la *Harley* y esquivarlo. O, simplemente, para ver cómo morimos, pero el hombre de los músculos rocosos sigue sin utilizar el arma, a pesar de que nos apunta, quizás para disuadirnos de que nos paremos. Llegamos al final de las escaleras y, justo antes de bajar el último escalón, Salvy hace una pirueta con la moto y gira hacia la izquierda. Llegamos al cruce del Boulevard Louis Pasteur con la Avenida Jenofontes y luego recorremos a toda velocidad esta última avenida y en unos instantes pasamos por las Facultades de Telecomunicaciones, Ingeniería e Informática. Yo pienso que hemos perdido definitivamente al culturista, pero al volverme me doy cuenta de que lo tengo detrás insultándome y gritándome amenazas espeluznantes. Encima de nuestras cabezas sobrevuela el helicóptero de la policía que ordena por un megáfono al conductor de la moto que nos sigue, que se detenga inmediatamente. Detrás del motorista vienen varios coches de la policía con las sirenas ululando en el silencio nocturno del campus y detrás de ellos las motos de "Los perros" rodando hacia donde estamos nosotros cantando el *Gaudeamus Igitur* ante la perplejidad de los policías. Recorremos los campos de fútbol y de rugby del gigantesco Pabellón Universitario de la UMA y entramos en las instalaciones. El eco de los motores de tantos vehículos retumba en los aparcamientos subterráneos y me llega, junto al monóxido de los tubos de escape, un olor como el de la consulta del otorrino (el que me operó de las amígdalas), mezclado con el olor del jarabe de fresa que mi madre me daba para la tos cuando venía del colegio de curas resfriado. Esos olores fóbicos me ponen tenso y eso quizás influya en el brinco desproporcionado que doy en el sillín al emitir Salvy –que ha descubierto a sus compañeros en la lejanía, al doblar la cabeza para ver sobrevolar al helicóptero encima del pabellón– un silbido agudísimo que casi me revienta el tímpano. Observo cómo un grupo de policías aparca sus coches y entra corriendo por las pistas de squash y otros –que también han aparcado sus vehículos– han entrado por la Sala de Musculación y corren sujetándose el cinturón con sus armas reglamentarias.

–Agárrate fuerte, que vamos a despistar al orangután ese –me grita Salvy al entrar con la moto en el pabellón sorteando todo tipo de obstáculos y desniveles.

–Pero, ¿no irás a entrar ahí? –le pregunto asustado al ver los cierres de cristal de la piscina olímpica cubierta, a tan sólo unos metros delante de la moto.

Me aprieto a su cintura con el casco pegado a su espalda, sin querer mirar y con el corazón desbocado, porque sé que vamos a estrellarnos inexorablemente contra las cristaleras que protegen la piscina. Escucho un estruendo de cristales tras de mí, pero eso ha dejado de preocuparme. Ahora mi miedo es que ya no rodamos con la moto sino que las ruedas han adquirido vida propia y patinan independientemente del control del piloto. En una fracción de segundo nos encontramos dentro de la piscina entre balones y flotadores de colores, envueltos por la nube de humo y de vapor que ha soltado la *Harley* antes de hundirse. Nos quitamos los cascos rápidamente y empezamos a nadar para salir del agua. Yo siento un fuerte escozor en las heridas de las manos y el arañazo del pómulo debido al cloro y tengo molestias en el tobillo izquierdo, todo eso unido a la ropa y a los zapatos mojados, impiden que nade de forma eficiente y que mire para atrás constantemente porque el simio con el "TAP" también ha caído al agua con su moto, aunque no le veo por ningún lado. Si no fuera porque he visto demasiadas películas pensaría que se ha debido quedar enganchado con la moto y se estará ahogando en el fondo de la piscina encadenado a su mortal lastre. Pero me doy cuenta de que pronto voy a saber dónde se encuentra nuestro perseguidor, porque de repente se encienden las luces del pabellón y, si bien no han encendido las de la piscina, la escasa claridad que llega de la luz de los despachos de la dirección y del comedor ha sido suficiente, como me temía, para ver emerger del agua un rostro de una especie humana que yo pensaba desaparecida y que nos amenaza con la pistola cortándonos el paso.

Nos sumergimos los dos y nadamos bajo el agua. Aguantamos la respiración y tengo tanto frío que me castañean los dientes. Empezamos a subir en un extremo de la piscina y, cuando aún no hemos llegado a la superficie, una mano fuerte como el brazo articulado de una pequeña excavadora atrapa a Salvy de la cabeza sacándolo como quien atrapa a un pez con un arpón. Clavo mis ojos en el rocoso hombrecito y me lanzo contra él pegándole puñetazos desde el agua. El culturista, que está fuera del agua agachado, mantiene la cabeza de Salvy agarrada y la sumerge para intentar ahogarle a pesar de la resistencia que éste realiza moviendo las piernas y los brazos frenéticamente. Una resistencia que no altera lo más mínimo la presión colosal que ejerce sobre su cabeza la robusta mano del despiadado hombre. En un momento determinado agacha su cabeza de simio loco y se acerca a mí sin soltar a su presa que cada vez mueve más desesperadamente las piernas y los brazos. Me grita que mi muerte será peor, que me va a sacar los intestinos y otras barbaridades relacionadas con mis vísceras. Me lo dice muy cerca de mí, tan cerca que he dejado de pegarle puñetazos y me he quedado sin saber qué hacer, hasta que le he dado un brutal mordisco en su oreja derecha y aprieto mis dientes con todas mis fuerzas retorciendo mi boca sobre ella. Sé que mi agresividad no es innata, pero en estos momentos vertiginosos me gustaría tener la boca con las hileras de dientes que tiene un tiburón y despedazarlo. El hombre-armario aúlla de dolor insultándome. Suelta a Salvy que sale del agua amoratado y babeando y yo me retiro de mi presa. Siento algo caliente en la boca, algo viscoso y húmedo y lo escupo con repugnancia al descubrir que es la oreja derecha casi entera del culturista. Me siento un feroz caníbal al escuchar sus gritos y al ver la sangre que mana del orificio que ha quedado en lugar de su oreja, como si tuviera un grifo abierto que va soltando al agua un caudal granate. Parece como si realmente yo me hubiera convertido en un tiburón y lo hubiese intentado devorar.

El hombre-simio se arroja al agua y se tira encima de mí gritando como poseído por una enloquecida furia. Me asusto y el miedo, debe ser el miedo, me ha paralizado un instante antes de sobreponerme y comenzar a golpear con mis piernas y con mis puños y con mi cabeza y con todas las partes de mi cuerpo la superficie pétrea del culturista. Hasta hago un amago como para morderle otra vez emitiendo una especie de gruñido. Pero es inútil; es inmune a mis golpes y a mis gruñidos. Pero yo no lo soy a los suyos. Ni a sus gritos, ni a sus golpes. Me da un puñetazo en la nariz por la que comienzo a sangrar. Creo que me ha desviado el tabique nasal. Ahora es mi sangre la que también empieza a manchar la piscina; un reguero avinagrado que se extiende como los tentáculos de un fantástico pulpo rojo que me deja hipnotizado hasta que siento un codazo en los riñones que me saca medio cuerpo del agua y me catapulta contra una de las esquinas de la piscina. Emito un alarido de dolor y tengo auténtico pavor a desmayarme y ahogarme y creo que me voy a morir porque en mi mente aparece la sonrisa de Marta, sus cabellos pelirrojos y sus ojos del color de la tierra y se desplazan fotografías de mis seres queridos fallecidos. Imágenes fijas que nunca se plasmaron y que adquieren movimiento a partir de la pose inicial.

–¡Mono de mierda! –le grita Salvy a mi torturador introduciéndole dos grandes flotadores por la cabeza.

El culturista ya no tiene libertad de movimientos porque los flotadores –que a cualquier persona le hubieran llegado a la cintura y a él no le ha pasado de la cabeza por la anchura de su hercúlea espalda –le impiden ver, pero aún así, me coge la cabeza y me la sumerge en el agua insultándome con una voz de ultratumba enronquecida de tanto gritar. Escucho bajo el agua el sonido sordo de los golpes que Salvy le está dando con algún objeto, pero percibo que ya todo estímulo va desapareciendo de mis sentidos y empiezo a tener lagunas en mi conciencia obnubilada. Tengo el cuerpo entumecido y muevo las piernas golpeando al culturista. Pero no sirve de nada; mi cuerpo está cada vez más rígido y sus músculos, duros como el acero, me aprisionan e impiden que suba a tomar aire. Incluso se ha quitado los flotadores que le oprimían porque los veo encima de la superficie.

Ya no se suceden las fotografías en mi mente, ahora solamente pienso en los postreros instantes de mis seres queridos, en lo que debieron sentir, en lo que debieron sufrir, en lo que debieron pensar antes de cruzar el umbral de lo desconocido. Me siento solidario con todas las personas que han pasado por este trance a lo largo de la historia de la humanidad. Pienso en Otelo y siento un punzada de tristeza por él, por los ojos de mi perro mirándome, con esa expresión de dulzura suplicante mientras agonizaba y parecía decirme que hiciera algo por salvarle la vida para poder seguir compartiéndola conmigo. Me despido de Marta mentalmente y del mundo y me digo que voy hacia mi destino más trascendental e inexplicable, más misterioso y extraño. En ese instante suena un disparo y noto cómo las férreas manos de mi adversario pierden toda la fuerza de pronto y me sueltan y veo cómo el cuerpo de mi verdugo se hunde lentamente hacia el fondo de la piscina con un tiro en el pecho. Salvy me da la mano y salgo tambaleante, pero inmensamente feliz, de la piscina. No logro que me entre todo el aire que quisiera en los pulmones y estoy algo mareado, pero ver a la inspectora con la pistola todavía humeante en la mano ordenando a uno de los policías que se acerca a mí me da seguridad y confianza.

El policía me dice que me tumbe y me hace el boca a boca y una maniobra de reanimación y resucitación apretándome el pecho con fuerza a intervalos perfectamente calculados. Me entra más aire; un oxígeno maravilloso que lleva a la plenitud mis pulmones. Sonrío disfrutando como nunca lo había hecho al comprobar que mis pulmones y mi corazón recuperan su prodigiosa fisiología. Isabel me toca la mano con disimulo y me murmura que tenemos que cenar en el vegetariano. Todo se sucede vertiginosamente: se acercan decenas de policías y sanitarios corriendo precipitadamente con sus equipos; escucho cómo alguien comenta si tendré ahogamiento secundario; otros dicen que puede darme *distress* respiratorio por la inmersión; me llega también una voz de alguien preguntando por mi reanimación cardiopulmonar y por el masaje cardíaco y otra voz haciendo un comentario sobre si he tenido los labios azulados.

—¿Labios azulados? –pregunto muy alterado–. ¿He tenido los labios azulados?

Me palpan manos expertas. Trago saliva, toso, escupo, respiro. Escucho un chapoteo en la piscina. Mis sentidos se alertan. De pronto, el culturista malherido, sale de un salto del agua gritando con un brillo demoníaco en sus ojos, pasa por mi lado como un relámpago y se lanza hacia la inspectora con una especie de placaje de rugby que no llega a completar porque yo me levanto y me abalanzo sobre su costado empujándolo contra unas estanterías rebosante de trofeos de eventos deportivos relacionados con la natación. Se ha quedado atrapado entre las baldas pero inexplicablemente se levanta. Isabel me dice que me aparte corriendo de él. En ese momento irrumpen "Los perros de Pavlov" y se paran en seco al interceptarlos varios agentes que se ponen delante de ellos para que no pasen. "Los perros" se quedan estupefactos al ver a docenas de agentes apuntando al hombre que sangra abundantemente por el pecho y por el orificio donde se hallaba su oreja derecha, pero la inspectora ordena que nadie haga uso de su arma y les hace gestos con las manos a todos los agentes para que se echen hacia atrás, como hacen los toreros cuando saben que el toro se va a desplomar. Y eso ocurre: el hombre rocoso –que ha empezado a sangrar también por la boca y que sigue de pie inclinándose hacia atrás y hacia delante, hacia un lado y hacia el opuesto– se queda quieto unos segundos y cae pesadamente hacia delante quedándose su cuerpo inmóvil entre los trofeos.

—Vaya, ¡has hecho un cursillo intensivo sobre la afresión depredadora y el "TAP"! –me dice Salvy.

—¿Se lo vas a explicar a tus alumnas? –le pregunto abrazándolo.

—Por supuesto. Y a mis hijas. Y a los despistados éstos –dice señalando a sus compañeros.

—Pistolitas como éstas las hay mejores en las tómbolas –dice Isabel sujetando en la mano la pistola con las que nos apuntaba el culturista.

–¡Joder! ¡Mira que lo había pensado! ¡Mira que sabía que la pistola no era de verdad! –exclama Salvy abrazando uno a uno a los moteros con fuertes palmadas en las cazadoras de cuero.

–Os tengo que dejar a todos. Muchas gracias por salvarme la vida, Isabel. Tengo que ir a Carlos Haya. Nacho ha tenido un accidente y no sé como se encuentra.

–Vaya… espero que no sea grave, pero espérate a que te hagan un reconocimiento en la ambulancia.

–No, no. No tengo tiempo. No me pasa nada, ¿tengo los labios morados? –le pregunto acercándome a ella.

–No, no has llegado a tenerlos… ¡Eh!, no me provoques –me dice al oído.

–¿Y la nariz? ¿Cómo tengo la nariz?

–Mmmmmm. Bueno, tienes un poco desviado el tabique nasal. Pero no se nota apenas. Y el arañazo que tienes en el pómulo te favorece. Y el derrame del ojo... ya no se te nota nada. Sigues estando guapo. ¡Venga! ¡Vete a la puerta, que un coche-patrulla te va a llevar al hospital! Ya te conocen; son los mismos que estuvieron en tu casa una noche. No creo que tu amigo te pueda llevar, a no ser que su moto pueda salir sola del agua.

–No. De verdad, te lo agradezco. Si quieres, que me lleven a mi aparcamiento y cojo mi coche.

–¿Tu coche? Tú no estás para conducir.

–Bueno, pues que me acerquen a alguna parada del metro, por aquí cerca hay una.

–¡Cámbiate de ropa! ¡Es una orden! ¡Y límpiate la sangre de la boca que pareces un caníbal! Ya viene el coche-patrulla para acá. A ver, ¡que alguien traiga un chándal de esos que hay por ahí! Ahora sí que tienes algo pendiente conmigo, una gran deuda –me susurra al oído tirándome un pellizco en el glúteo. Por cierto, la pistola es muy mala, pero es de verdad, estaba encasquillada.

***

Camino cojeando por los pasillos del hospital. Se ha levantado viento, algunas ventanas no están bien cerradas y el aire silba por una pequeña abertura. Casualmente, el chándal que me han dejado es negro y de las mismas características que el del padrastro (que seguramente le pasó la pistola al "simio" sin acordarse que estaba atascada) de Nacho. Y me debo parecer algo a él: con las ojeras y los ojos legañosos, desencajados y enrojecidos y el aspecto descuidado y cansado por la noche que he pasado. A medida que me voy acercando a información, los enfermeros y los médicos me miran con preocupación, no sé si por el estado de Nacho o porque piensan que debo tener algún tipo de adicción o de enfermedad crónica, debido a mi aspecto físico y a la imagen que doy con mi chándal y con las babuchas blancas que llevo puestas.

Trato de controlar mi angustia y me digo a mí mismo que aún estoy en ese tiempo del que hablaba Machado en el que no sé nada de lo que ha ocurrido. Doy el nombre y los apellidos de Nacho al llegar al mostrador.

—Está en la UCI. Ha tenido un accidente de moto y se ha dado un fuerte golpe en la cabeza porque no llevaba el casco puesto —me responde una enfermera.

—¿Puedo entrar a verle?

—Lo siento mucho, acaba de terminar la hora de visita.

—He tenido una serie de problemas y no he podido venir antes.

—Le aconsejo que se acerque a la UCI, a ver si tiene suerte. Yo tengo que cumplir la normativa —me dice, compadeciéndose de la expresión de sufrimiento y cansancio que tiene mi semblante descolorido.

Nada más llegar a la UCI veo una pareja llorando. Deduzco, por las palabras de consuelo que le transmiten, que le acaban de comunicar que algún familiar suyo ha muerto en la UCI. Trago saliva y balbuceando, con una voz que no parece la mía, le pregunto a un enfermero por Nacho.

—Ahora mismo no se permiten visitas, lo siento —me dice el enfermero, lamentándose.

—Es que todavía no he visto a mi hijo y la muchacha de información me ha dicho que subiera.

—Yo no puedo hacer nada; eso se lo tiene que decir al médico de guardia. Espérese ahí, se lo voy a preguntar. Haga el favor de quedarse ahí —me dice, volviéndose hacia atrás al percibir que le seguía.

Me siento en uno de los sofás que hay a la entrada de la UCI y a los tres minutos —que a mí me han parecido tres horas— sale el médico de guardia. Pregunta por el padre de Nacho en un andaluz arabizado. Yo le escucho como si estuviera hablando en una lengua desconocida, ese extraño proceso babelístico que me ocurre a veces. Me levanto y salgo corriendo hacia él. Por el apellido que leo en su bata veo que es de origen árabe como Hassan —mi entrañable Boudú— y que es un profesional muy amable.

—Hola, me llamo Bassam —me dice estrechándome la mano e indicándome que le acompañe—. Pero solamente cinco, por favor, solamente cinco minutos –me aclara, señalándome para que me ponga una bata de gasa verdosa, unos guantes y unas babuchas muy parecidas a las que llevo pero de color verde, que se encuentran en la entrada de la UCI.

***

–¿Es grave...? –acierto a preguntarle, con lágrimas en los ojos, contemplando el cuerpo rígido de Nacho y cómo ha desaparecido el color de su cara.

–Es un traumatismo craneoencefálico grave, pero tiene respuestas de apertura ocular y de flexiones. Y además reacciona ante estímulos dolorosos. Quizás tenga los dos hemisferios cerebrales afectados. Pero las tomografías no reflejan un daño cerebral importante, ni tiene una presión intracraneal acentuada. De hecho, no hay necesidad de oxigenoterapia, ni cánulas para la lengua y cardiorespiratoriamente está bien –me dice mirándome las alpargatas y el chándal.

–¿Y cuándo se despertará? –le pregunto intentando mantener la compostura y no desmoronarme llorando al ver las muñecas dobladas y las manos casi cerradas de Nacho y sus pies girados hacia dentro.

El médico se queda pensativo y me mira. Nos apartamos los dos para que pase una camilla con un hombre que parece estar también en coma y me contesta:

–Eso no lo sabemos. Ese joven que va ahí está intubado y tiene un pronóstico mucho más grave. También es un accidente de moto. Y por la analítica que le hemos hecho estaba atiborrado de estupefacientes. ¿Cómo dicen ustedes en España? Ah, sí: "se ha puesto hasta el culo". Bueno, yo quiero ser optimista con usted y relajarle. Verá, mi opinión personal, después de veinte años aquí, es que éste es un coma postraumático breve. Pasando de veinticuatro horas ya se considera prolongado y, le repito, que es mi opinión, su hijo no va a estar ni veinticuatro horas, pero eso no se sabe. Puede despertar en un momento, o despertar mañana o en los próximos meses… –me dice con incredulidad encogiéndose de hombros.

–¿En los próximos meses?

–Escuche, si no despierta en las próximas horas o en los próximos días o incluso semanas, lo más probable es que no despierte nunca –me dice con asombrosa sinceridad.

–Pero me acaba de decir que puede despertar en las próximas veinticuatro horas.

–No. Le he dicho que es una opinión personal. Y creo que es lo que va a suceder. Pero eso es impredecible.

–¿Y se puede despertar en los próximos meses?

–Eso es una posibilidad, una posibilidad en la que no debe pensar. Pero casi nadie despierta de un coma de meses. En ese caso, casi todos se quedan en un estado vegetativo permanente.

–Bueno, pero no hablemos delante de Nacho, es muy sensible y si nos está escuchando...

–No nos está escuchando. No hay evidencia clínica de actividad cognitiva. Todo lo más, una mínima conciencia residual que no le sirve para escucharnos.

–Pero he visto cómo mueve las piernas y los brazos.

–Es una actividad refleja inconsciente. Mire, su nivel de actividad neuronal es tan bajo que está totalmente inconsciente, no hay autoconciencia. Pero le diré otra cosa que ya le dicho antes para tranquilizarle. Se lo diré más científicamente: este coma no creo que sea irreversible ni que derive en una muerte cerebral. Las exploraciones que le hemos hecho me dicen que es reversible. Tenemos una escala de coma internacional, la Escala de Glasgow, y la puntuación obtenida inicialmente nos hace ver que tiene un coma moderado o intermedio. Es lo que le comenté al principio de que reacciona ante algunos estímulos que puntúan alto en esa escala.

–¿Y si le toco y le hablo? ¿Saldrá antes del coma?

–La estimulación táctil siempre puede venir bien. Le puede traer para que huela cosas, darle masajes, que toque diferentes texturas, hacer con él algún tipo de estimulación visual... pero yo creo que... ¡hay que ser optimista hombre! Yo lo soy y quiero que usted lo sea: su hijo se va a despertar antes de que usted le haga ninguna estimulación. El cerebro tiene plasticidad y es recuperable, al menos en el caso de su hijo –me dice, dándome una palmada en el hombro.

En ese momento se le acerca otro médico y escucho cómo le dice que le tienen que poner una cánula orofaríngea para la lengua a uno de los pacientes. El médico de guardia mira su reloj y me dice tocándome el hombro de nuevo:

–Ya han pasado los cinco minutos. Tiene que salir de aquí, es un compromiso para mí, debe comprenderlo. Está fuera del horario habitual de visita.

–*Wa lâ galibun îlâ Allah* –le digo en un arrebato de agradecimiento con la única frase que conozco de su idioma y que seguramente habré pronunciado mal.

–¿Conoce mi idioma?

–No. Solamente eso. Esa frase.

–Aquí está todo ¿verdad? –le digo impulsivamente a Nacho, dándole un beso y tocándole la frente. Pues si me escuchas, ya puedes estar despertando que te tengo que hacer un solomillo y te tienes que presentar a lo de las becas para los pianistas. Es que toca el piano ¿sabe? –le digo orgulloso al médico.

–Sí, sí. Bueno. Tiene que irse. *Sorirart biro'aitak. Wada'an*. Encantado de conocerle. Adiós.

–*Wada'an* y gracias.

***

Me siento en el sofá de una de las salas de espera. Al poco tiempo me levanto y deambulo cojeando por los pasillos. La violencia del viento aumenta fuera del hospital. La noche se hace muy larga a estas horas en el espacio exterior de este edificio y dentro de él es como si se extendiera, eternizándose. Aquí no ocurre como en la calle Alcazabilla, que hay varias noches sucediéndose dentro de la noche. En el hospital me da la sensación de que transcurre una noche única; una noche que parece que se ha reinventado a sí misma y que existe antes de que empezara el mismo tiempo y que continuará después de que éste haya desaparecido. Una noche interminable, como un maleficio que me va envolviendo, atenazándome la garganta y me angustia haciendo que pierda la noción misma de toda temporalidad. Ninguna teoría, ningún modelo, ningún sistema de comprensión, ninguna creencia me ayuda lo suficiente: nada puede mitigar mi dolor. Ante este juego de la desdicha, carezco del más mínimo aprendizaje sobre la mortalidad, a pesar de todo lo que he sufrido y de haber pasado por aquí demasiadas veces y a pesar de que, impulsado por el miedo incontenible que tengo, se me vienen a la cabeza y retengo frases sueltas de algunos textos sagrados y de que murmuro de forma inconexa el Padrenuestro varias veces, esa oración basada en el *Kaddish*, una vieja plegaria judía.

Trato de pensar algo coherente, pero no puedo quitarme de la cabeza la imagen de Nacho metido en el sarcófago de su cuerpo, como los miembros del submarino C-3. Intento controlarlo pero, una y otra vez, veo su imagen dentro del submarino de su cuerpo, agarrado a las escotillas de su cerebro en las posturas más desesperadas mientras el agua entra por todos los lados y él no puede salir de esa cripta. Pienso en la mirada vidriosa de Machado el día que murió. ¿Se movió de la cama? ¿Intentó levantarse y no pudo ni moverse?

¿Se encontraba encarcelado en su propio cuerpo como Nacho y fue consciente de ese martirio? ¿Le pasaría como a Kant, que se quedó aletargado en la cama hasta que tuvo varios estertores y murió?

Me fijo en una palomita inmóvil cerca de una cortina. Incluso aquí, en la atmósfera aséptica del hospital, se encuentran los insectos inmóviles. Se trata de una pequeña mariposa que me recuerda a mi hermana, pero no huelo ni a mantequilla, ni a tostadas, ni a mermelada. Ni detecto otros signos que la delaten. Pero sé que unas plantas más arriba murió ella y eso me desasosiega. Trato de conservar la entereza. Veo a Nacho delante de mí y, si cierro los ojos lo veo más intensamente. Tiene los ojos cerrados y pienso que quizás también me vea él a mí con los ojos cerrados desde su prisión. Quizás permanezca quieto como un insecto durante años porque no exista nada que le pueda despertar, absolutamente nada. O puede que su cerebro esté muerto; electro-encefalograma plano. Y es terrible, pero quizás no pueda nunca despertarle, sacudiéndole, ¡eh, Nacho! ¡Espabila! ¡Que nos vamos del hospital, dormilón! ¡Que te voy a preparar un buen desayuno! ¡Venga, despierta y vamos a escuchar a Mozart!

La música de Mozart es posible que pueda despertarle, la música de Mozart, me digo a mí mismo dándome autoinstrucciones tranquilizadoras, mientras se me acerca una enfermera. Tiene los cabellos y los ojos muy oscuros y pecas en el rostro.

–¿Es usted Javier? –me pregunta muy seria.

–Sí –le contesto tragando antes saliva y reproduciendo en mi cabeza las explicaciones esperanzadoras que me ha dado el médico.

–Por favor, acompáñeme al teléfono que tenemos en la planta, le llama la policía.

–¿La policía? –le pregunto aliviado.

–Sí, la policía –me responde despectivamente, mirándome las alpargatas y el chándal. Sígame –me dice y se fija en mi nariz algo inflamada y en el arañazo que tengo en el pómulo que me debe dar un aire patibulario.

Mantengo cierta distancia al caminar detrás de ella porque sé que está asustada conmigo, no sólo por mi aspecto, sino por mis pasos sigilosos como los de un indio, ya que apenas hago ruido al caminar debido a las babuchas y a la cojera; esa pequeña lesión que me hice al rozarme el tobillo izquierdo con el asfalto cuando iba en la moto. Llegamos a una salita, me señala un teléfono descolgado y me hace el ademán para que lo coja, entonces repara en las heridas de mis manos y se aleja deprisa.

–¿Cómo me has encontrado? –le pregunto a Isabel.

–Todavía no te has enterado de que la policía no es tonta y menos si es una mujer –me responde la inspectora, riéndose.

–Se me olvida, a veces.

–¿Cómo está Nacho? –me pregunta.

Pero no puedo contestarle porque se me saltan las lágrimas y me impiden hablar. Ella lo capta al otro lado del teléfono y me dice que me tranquilice. Me relajo, inspiro profundamente y le digo que me perdone y que Nacho está grave y le cuento lo que me ha explicado Bassam. Ella me dice que está arreglando algunos "asuntos legales" relacionados con Nacho, que mañana nos vemos y que se alegra de escucharme.

–Ya verás como todo sale bien, confía en mí. Todo va a salir bien, Javier –me dice al colgar el teléfono.

Regreso al sofá en el que estaba sentado y me quedo reclinado en él. Un anciano permanece con la mirada ausente sentado no muy lejos de mí. La palomita sigue inmóvil en la cortina dándome una lección de paciencia, de resignación y de tranquilidad inconcebible por mi carácter. Me levanto y comienzo a caminar otra vez, sin rumbo (aquí no tengo "senderos" como en la facultad). Creo que el anciano también se ha levantado tras de mí. No dejo de ver la imagen del cerebro de Nacho por los pasillos por los que camino, tras las ventanas a las que me asomo, por las pequeñas salas y por las habitaciones de los enfermos y enfermas en las que me detengo. Tantas veces he pensado en la semiinconsciencia y la inconsciencia de Antonio Machado postrado en aquella cama de *Collioure*, que ese hecho unido a la intensidad con la que estoy viviendo el accidente de Nacho hace que ahora tenga mi cabeza saturada de imágenes de cerebros y vea por todas partes los pliegues extendidos del encéfalo de Nacho como una tela húmeda que no cabe en estos pasillos.

Trato de recomponer mi ánimo con algunas reflexiones que me llegan con un inusitado optimismo: no importa que su cerebro no responda; la mente de Nacho debe estar ahí, tratando de salir de su prisión cerebral, de su submarino. Si el cerebro ha hecho posible la propia mente, los pensamientos, la conciencia, los sentimientos, los recuerdos, el dolor, la nostalgia y la tristeza, si todas las acciones de las neuronas han creado esos procesos, aunque el cerebro esté temporalmente ausente o desconectado, la conciencia no tiene por qué estarlo. La mente de Nacho es una propiedad de su cerebro pero ha podido evolucionar independientemente. O puede que no, que los pensamientos, que la conciencia de Nacho sean causas directas de su cerebro; en ese caso la oscuridad sería total y no podría salir de la cripta. Camino más deprisa –el anciano sigue caminando tras de mí como si también tuviera sus pasos perdidos y haya decidido seguir otros pasos perdidos y silenciosos– y me refugio en un recuerdo que me trae más optimismo. Algo que me contó un día, con su voz de soprano, la frutera de los pechos exuberantes en uno de nuestros paseos con nuestros perros antes de que el marido se presentara aquella noche y estuviera a punto de agredirme. Una mañana estaba ella en la playa de la Malagueta y sintió que se "apagaba la luz". Hacía un sol abrasador y una claridad brutal, pero ella sintió como si alguien le hubiera dado a un interruptor y se "fundían los plomillos" en su cerebro. Caminó a tientas por la playa, hasta que se cayó y perdió por completo la conciencia, pero luego la recuperó y despertó en el hospital. No podía hablar ni moverse y todo seguía oscuro. Tampoco escuchaba ni sentía dolor físico, pero su "yo" estaba en ella. La personalidad de la frutera seguía existiendo de alguna forma dentro de su cerebro dormido. Eso le angustió enormemente porque no podía hablar ni mover siquiera un dedo –al menos conscientemente– pero, vivía. Sabía que "ella" vivía dentro de "ella". Su conciencia existía en las oscuridades de la parte más material de su cerebro. Las alteraciones, el levísimo derrame cerebral que había sufrido, no le cambió su mente, por lo menos, no la unidad de su conciencia y ella seguía estando "viva" dentro de un cerebro parcialmente muerto. "En la antesala de la muerte total pero luchando por salir" –esas fueron sus palabras exactas aquella noche en el paseo marítimo. En unos días se recuperó totalmente –según ella, debido a la "intercesión" de la Virgen del Carmen– y sin secuelas y siguió vendiendo su fruta maravillosa en el mercado. ¿Por qué a Nacho no iba a ocurrirle como a la frutera? ¿Por qué, en algún lugar de su cerebro, no va a estar su conciencia luchando por salir? ¿Por qué no iban a estar millones de neuronas de Nacho tratando de hacer una acción conjunta que reconstruya de nuevo su "yo"? –me pregunto caminando una y otra vez por los mismos pasillos imaginándome el interior del cerebro de Nacho: sus membranas, sus recovecos y la acuosidad donde se deben producir unos "cortocircuitos" que deben soltar tantas "chispas" como la bola del hotel de *Collioure*, y puede que algunas de esas "chispas" logre "encender" otra vez el cerebro de Nacho y quizás, cuando le baje la inflamación, vuelva a sus funciones normales igual que la frutera. Es posible que la mente y el cerebro puedan ser inseparables y que la conciencia sea una propiedad del cerebro y no pueda existir sin él, pero albergo la esperanza, rara en mi secular pesimismo, de que en el caso de Nacho no sea así y que se logren activar los pliegues de su cerebro.

Sigo caminando –y el anciano también– y me detengo cuando me llegan fragmentos de una conversación de la habitación junto a la que he detenido mis pasos. Una mujer, acaso una psicóloga, está dándole consejos a un enfermo terminal que aún sigue lúcido, pero él sabe –por las frases que escucho– que va a morir en unos días. La mujer –que debe ser muy joven por la voz– también sabe que ya no existe ninguna esperanza, pero intenta que el agonizante tenga muy presente los recuerdos agradables que ha tenido a lo largo de su vida. Incluso los oigo reír tras la puerta y veo la luz mortecina que sale debajo de ella. Sigo caminando y me alejo de la habitación pensando que yo ni siquiera podría hacer eso con Nacho, porque no sé si ha tenido buenos momentos en su corta vida de orfandad, aunque me imagino que ha logrado hacer cierta reconstrucción positiva de sus recuerdos para soportar mejor su infancia.

En mi vagabundeo nocturno por el hospital he llegado al mismo sitio de la ventana que tiene un resquicio por la que entra el aire. Observo la calle desde la ventana: el viento agita las ramas de los árboles de la calle y los toldos de los bares y las persianas de los bloques que se alzan frente al hospital. Decido bajar unas escaleras por cambiar mis rutinarios trayectos y llego a una sala donde hay varios féretros. Por un momento he visto a mi hermana, a mi padre y a Nacho en los ataúdes y soy incapaz de contener las lágrimas y los sollozos y considero la posibilidad de irme, de salir huyendo de este lugar, pero antes miro hacia las escaleras por si me ha visto el anciano llorar porque sé que, aunque lo he perdido de vista, no anda muy lejos.

Me limpio las lágrimas con las mangas del chándal y me torturo con dudas relacionadas con el hecho de si tendría que llevarme a Nacho de aquí para que no muera. Tengo esa estúpida superstición, esa irracional cábala: siempre he pensado que las personas no morirían si no se encontraran justo en el lugar donde se produce su óbito (lo cual es cierto en el caso de los accidentes). Y tengo otras manifestaciones que forman parte de mi folklore mágico para sobrevivir; absurdas fantasías, como pensar que, si se atrasan los relojes que están cercanos a las personas en trance de fallecer, tampoco morirían. O si, en el último momento, se le da a beber a un moribundo una infusión de una planta oculta en alguna selva ignota, o una combinación sobrenatural de plantas ya conocidas, o sustancias procedentes de un coral o de unas algas por descubrir, recobraría la salud.

Puede que Nacho se despierte con las propias medicinas que hay almacenadas a unos metros de donde me encuentro o quizás, el efecto terapéutico más eficaz no esté en esos frascos de medicinas; es posible que la mayor terapia se halle mezclando varios frascos, decenas de cápsulas de varios frascos que configurarían un principio activo que desencadenase algún proceso bioquímico desconocido capaz de despertar a Nacho y a todos los que están como él. Me consuelo pensando que dentro de quinientos años nuestros descendientes se reirán con las medicinas, las terapias y las intervenciones quirúrgicas que ahora utilizamos. Y que para entonces quizás ya no exista la muerte.

Me voy de esta sala musitando *"Strangers in the night"* y visualizando el Puente de los Alemanes. Subo deprisa los escalones. Me siento caminando por escaleras que no conducen a ningún lado, que no empiezan ni terminan y me angustio pensando si será real lo que me está sucediendo, si no habré entrado en un proceso de "zombificación". Pero es real, estoy perdido en unas escaleras infinitas. Y esta planta es tan real como estos pasillos y estas secciones del hospital en las que antes no había estado. Algunas puertas de las habitaciones de esta sección están entreabiertas y, por las rendijas, veo cómo dormitan personas mayores. Algunas cabecean a punto de dormirse por fin vencidos por la muerte. Otras murmuran para sí mismas mientras los familiares lloran. Lo raro es que, con todas las enfermedades que supone la senilidad –y por lo que creo estoy en la planta donde están encamadas las personas mayores– el avance de la medicina logre que muchos no mueran, que su ciclo natural no se agote, como le ocurre a las lámparas de las aulas de la facultad; esas luces que voy apagando cuando tengo el turno de tarde en el patio de el "Palo Borracho" y de la estatua; los fluorescentes que me "castigan" con su zumbido penetrante después de estar apagados, quizás porque intuyen que cuantas más veces los enciendo y los apago menos "vida" les queda. No sé dónde he leído que una de las claves de la inmortalidad se encuentra en el interior de los cromosomas, en una estructura que se llaman telómeros. Quizás por eso los tumores busquen la telomerasa, la enzima que hace que sigan creciendo y que sean inmortales. Me quedo mirando las lámparas del techo de esta planta y permanezco absorto pensando que quizás, al igual que esas bombillas, nuestros telómeros tienen un número reducido de veces que se pueden encender; cada año que gastamos se van acortando sus divisiones y nos va quedando menos vida, como el temporizador de las luces del techo que está programado para un número concreto de encendidos o de horas de iluminación. Todas las personas que están en esta planta deben tener los telómeros ya gastados; se han quedado tan cortos que su biología ha llegado a un deterioro de tal magnitud que se colapsa por completo.

Estoy ensimismado con mis reflexiones cuando, de repente, sale de una de las habitaciones que tengo a mi derecha el anciano que me seguía antes por los pasillos.

–¿Qué voy a hacer yo ahora sin mi mujer? –me pregunta, abrazado a mí, llorando, con los ojos tan abiertos como los de un caballo asustado.

Yo le digo que se relaje y que hay que aceptarlo, que ha sido una suerte que viva tantos años, que ya verá como se acostumbra; frases que creo que ni escucha por el estado en el que se encuentra. Incluso, al decirle eso, se acentúan su llanto desconsolado y sus gemidos.

–No se preocupe usted. Todos nos tenemos que morir y han sido un regalo los años que ha estado junto a ella. Piense usted en sus nietos o en sus bisnietos. Es posible que ellos no mueran nunca –le digo animándole a que piense en el futuro.

–¿Cómo dice? –me pregunta desconcertado.

–La mortalidad será algo opcional en poco tiempo, porque unos científicos han estado experimentando para conseguir que seamos inmortales –le aclaro pensando en el alargamiento de los telómeros que han realizado los investigadores con gusanos y moscas que han llegado a vivir tres veces más de lo que su especie suele vivir.

–Para mi mujer es ya demasiado tarde –me dice llorando.

Tengo que hacer un esfuerzo yo mismo para superar mi propia angustia y no llorar con él; me parecería patético estar abrazado, con mis manos despellejadas, a un señor que no conozco de nada, llorando en esta planta de la muerte donde huelo, casi mastico y por supuesto veo tras las habitaciones, las secreciones, los deshechos y la putrefacción. Algo que me sumerge en unas emociones primordiales que me llevan a un dolor y un abatimiento que se une al que ya experimento por el accidente de Nacho y para el que tengo que elaborar una contención racional o mi sufrimiento no tendrá fin y entraré en un punto de no retorno esta noche en el que perderé mi relativo equilibrio psicológico.

El hombre deja de abrazarme y de llorar, me pide perdón enjugándose las lágrimas, se suena la nariz con un pañuelo y se mete otra vez en la habitación. Me despido de él deseándole suerte y miro hacia atrás caminando con mis pasos inaudibles y cojeando por la rozadura del tobillo izquierdo. Veo al anciano –que ha salido de la habitación– contemplándome desde lejos. ¿Por qué no le dan pastillas de telomerasa a su mujer? –me digo recordando unos estudios que he leído en algún periódico en los que se introdujo esa enzima en la piel de un anciano y el reloj biológico de sus células detuvo su proceso de envejecimiento: ese trozo de piel se convirtió en inmortal y fue capaz de seguir dividiéndose más allá de las repeticiones programadas que van acortando los telómeros.

Entro en una espiral de dudas agobiantes: todas las preguntas que me hago suscitan cuestiones nuevas que tengo que responder. Entonces me surgen otras preguntas y otras respuestas. Y cada respuesta me lleva a otra duda y cada duda a otra duda y cada respuesta a otra pregunta y así hasta perderme en un laberinto de dudas que no puedo resolver. Detengo mis pasos al comprender que todo este proceso de dudas tenía un nombre para Kant: "El Efecto de la Pro-liferación de la Duda". Estoy tan metido en mis reflexiones que, sin querer, he llegado a las Urgencias. Delante de mí se extiende el territorio del sufrimiento humano: la mujer que se ha tragado la lejía harta de recibir malos tratos de su pareja; un joven cuyas piernas sobresalen de la camilla debido a su altura que está en coma pero se mueve mucho y sin embargo he escuchado que los mé-dicos le dan veinticuatro horas de vida porque tiene el cerebro triturado de un golpe también con una moto; una muchacha que se ha quemado todo el cuerpo haciendo una barbacoa –le hacen las curas entre gritos– y que probablemente morirá; otra mujer que grita de dolor porque no soporta las lacerantes cuchilla-das de un cólico nefrítico. He llorado mucho al lado de mis seres queridos y, en estos momentos, mi natural pesimismo y mi sombrío fatalismo, no solamente tienen que luchar contra el sufrimiento que existe en este lugar y contra los presentimientos que me asaltan de que Nacho no se va a despertar jamás, sino también contra los recuerdos de todos los años en los que conviví con familia-res y amigos que pasaron por aquí y murieron. Y sus caras se agitan imparables en el aire de Urgencias. Y, una vez más, me sobrecoge la callada serenidad, la dignidad majestuosa y la solemne, desgarrada actitud que tuvieron todos ante lo inevitable.

Mis limitados métodos de pensamiento son insuficientes para compren-der lo que veo y siento. Salgo de Urgencias tan apresuradamente, que mis ba-buchas parecen unas zapatillas de deporte con alas. Y por primera vez en el hospital ya no cojeo y mis pasos –mis rápidos pasos– hacen ruido. "El Efecto de la Proliferación de la Duda".

***

Después de estar toda la noche paseando sin parar por los pasillos y por las salas de espera, unos minutos después del amanecer, o quizás unos minutos antes, me he sentado apesadumbrado en el sofá negro que hay cerca de la entrada de la UCI y me he amodorrado con las manos en mi postura de *Ramsés II*, sin lograr dormir. Contengo la respiración al ver que es la hora de las visitas y con un pánico que gradualmente me va invadiendo me pongo la bata de gasa verdosa, los guantes y las babuchas verdes encima de mis babu-chas blancas y entro en la UCI esperando tener noticias sobre la evolución de Nacho. Saludo al médico árabe que cambia de turno y se va a descansar y a la enfermera de las pecas que está convencida de que soy un ex-presidiario y me vuelve a mirar con aspereza. Bassán me dice que le encuentra mucho mejor, que sigue en coma, pero que su estado es diferente y que ha empezado a mover los ojos y las piernas. Me mira fijamente y me comenta que yo tengo peor aspecto que Nacho y que debo tomar algo y cuidar la nariz, el arañazo del pómulo y las manos y que cuando salga de la UCI va a venir alguien que él enviará a ponerme unas vendas y echarme "Betadine". Luego empuja la puerta y sale para fuera.

–Por cierto –me dice volviéndose inesperadamente– la policía estuvo haciendo preguntas, porque la moto con la que tuvo el accidente su hijo era robada…

–¿Robada?

–Sí…, pero hace un rato llamaron desde la comisaría, una inspectora que se va a hacer cargo de todo. La mujer parece muy amiga suya.

–Sí, es amiga mía.

–También dijeron…

–¿Qué dijeron?

–Bueno, dijeron que usted no es el padre, que le tiene medio adoptado o algo así. Es usted muy bondadoso. Bien, me tengo que ir…, y ya sabe…, su…, vamos…, Nacho quizás esté a punto de despertarse.

"¿Qué hago yo ahora sin mi hijo?" –me digo al entrar en la UCI recordando al anciano que ha perdido a su mujer, mientras escucho el sonido de los monitores que es idéntico al que hacen los semáforos para las personas invidentes; un vórtice frenético de pitidos desacompasados en unos casos y de desesperante frecuencia regular en otros. Una cronometría precisa de luces parpadeantes, de señales acústicas que muestran la frecuencia cardíaca, la capacidad pulmonar o la cantidad de oxígeno, del aliento vital que sale, con un ronroneo como de gato dormido, del vaho confinado en las mascarillas de oxígeno. Esquivo los cables, los instrumentos electrónicos, las cuñas, la desnudez, el olor de las deyecciones y llego hasta la cama de Nacho. Le doy dos besos en las mejillas y le toco los cabellos y la frente para ver si tiene fiebre. Luego le tomo el pulso a pesar de que lo tengo marcado delante en un pantallita. Una vieja costumbre que adquirí con mis seres queridos que han estado enfermos, para no perderme en la hipervigilancia en la que suelo caer delante de los aparatos de la UCI.

Me acerco a su oído y le silbo algo de Mozart, pero no los *Conciertos para Piano* sino los primeros compases de la *Lacrimosa* del *Réquiem*: la misa de difuntos que Mozart escribió en los meses previos a su muerte. La composición que dejó inacabada porque murió antes de poder terminarla. La música que un Mozart, obsesionado con la muerte, compuso sabiendo que era para su propio funeral y que yo escuchaba en los días en los que mi hermana agonizaba –unas plantas más arriba de donde estoy– hasta el límite humano de la tristeza. Todavía produce en mí al silbarla algo sinestésico. Aunque yo no "veo" el sonido, no "siento" los colores, no "paladeo" las formas. Simplemente, capto la muerte, la cercanía de la muerte, de la que se impregna cada nota. Es la música de la muerte pero le pongo mentalmente la letra de la vida: le silbo a Nacho ese movimiento del *Réquiem* pero con el comienzo de la letra de la *Novena Sinfonía* de Beethoven, del coro final del *Allegro assai* que incluye la oda de Schiller, porque la letra del *Réquiem* nunca me ha parecido una oración hermosa y la letra de Schiller me parece una poesía que, en cierto modo, es una oración, una oración muy bella cuyas palabras me parecen una de las claves para acceder a la entrada del más allá, quizás las palabras que los dioses esperan oír de los mortales. Y si a la música del *Réquiem* de Mozart le uno la letra de la *Novena Sinfonía* de Beethoven creo que eso es estar ya dentro de la Eternidad.

"¿Qué hago yo ahora sin mi hijo?", –me digo otra vez silbándole los compases de la *Lacrimosa* mezclándolo con la letra de la *Novena Sinfonía* hasta que creo que va a abrir los ojos pero, en realidad, lo que hace es moverlos sin abrirlos. Mueve los globos oculares de un lado a otro bajo los párpados que parecen que van a reventar. Debe estar soñando. De eso ya me di cuenta cuando estaba interno y debido a mi insomnio observaba cómo se movían los ojos de los demás cuando dormían y yo me asustaba. Más adelante descubrí que a eso se le llamaba fase REM. Puede que Nacho necesite dormir poco como yo y puede que eso se deba a que quizás tengamos más fases REM de las habituales.

He debido ir subiendo el volumen de mi tosca adaptación silbada de la *Lacrimosa del Réquiem* porque una señora muy gruesa me ha dicho que haga el favor de no cantar, que su sobrino está en coma. A juzgar por la estatura que tiene el muchacho que está en la camilla conectado a un sinfín de tubos y con convulsiones debe ser el mismo que vi en Urgencias. Pero creo que mientras tenga esa espontánea actividad eléctrica su cerebro estará vivo de alguna forma. Le pido perdón a la señora y reanudo mis silbidos al oído de Nacho sin que apenas sean perceptibles. Con tristeza he recordado que en Urgencias dijeron que el muchacho tenía el cerebro triturado y que le quedaban veinticuatro horas de vida. Me quedo mirándole de reojo para no ser indiscreto. Es posible que el joven salga del coma para entrar en muerte cerebral y en la muerte definitiva. Acaso atraviese un túnel en tanto llega a la muerte, esa experiencia que llaman "autoscopia". Quizás tenga alucinaciones y crea que las sábanas son de agua y que todo brilla. Ojalá que sienta cierta felicidad, que su cerebro, como otros cerebros que están a punto de morir, libere ketamina y entre en lo que llaman el agujero "K", donde dicen que se descubre la inmortalidad y ojalá también que su mente se disocie del cuerpo –en el caso de que su muerte sea inevitable– y se vea a sí mismo, feliz, desde arriba. Puede que mi hermana, mi padre y Otelo atravesaran también ese túnel, al principio oscuro y después convertido en un tubo lleno de luz. Puede que lo atravesaran, ya desconectados de la vida, en su camino hacia la muerte y puede que sus propios cerebros, la falta de oxígeno que liberaron sus cerebros en la situación extrema de la muerte, les condujese a ese anestésico disociativo natural. Y quizás tuvieron alguna experiencia sensorial agradable. Quizás vieron extracorpóreamente, al resto de los familiares junto a las camas. A mí junto a ellos y quizás, mis seres queridos, se vieron a sí mismos cuando eran más jóvenes y acaso tuvieron una sensación de bienestar, aunque yo, que estuve muy atento, obsesiva y dramáticamente atento a esas muertes, vi más bien lo contrario: un extraordinario sufrimiento sin ningún tipo de bienestar. ¿Sintieron algo después de atravesar ese túnel si es que lo recorrieron? Llevo toda la vida preguntándome eso. La pregunta definitiva, la más inextricable: ¿qué hace la mente autoconsciente después de la muerte cerebral? ¿Sigue buscando la unidad o desaparece con el cerebro físico? ¿Cómo va a buscar la unidad si el instrumento con el que tendría que hacerlo está dañado o muerto? ¿Y cómo va a desaparecer totalmente la mente si ya tiene una entidad independiente del cerebro? "El Efecto de la Proliferación de la Duda".

Sigo silbando muy bajito los compases de la *Lacrimosa* con palabras de la oda de Schiller que hablan de la alegría y de que debe haber algún dios morando en las estrellas, pero, en un momento determinado, hago una transposición y ahora le silbo el *Réquiem* con la letra de un poema de Antonio Machado que habla de un niño que está durmiendo y que quiere abrir los ojos y se despierta. Nacho sigue en su cautiverio ajeno a mis poesías y silbidos, pero le veo diferente; ya no tiene los pies hacia dentro ni las manos dobladas y en su semblante ha aparecido un color sonrosado.

Descubro una mosca encima del monitor. Intento ahuyentarla con la mano pero no se mueve. Sigo silbando sin dejar de mirar la mosca cuya inmovilidad me libera, me apacigua, me organiza y trae orden a mi conciencia y a mi exasperante monólogo interior. La observo tanto tiempo seguido que se difumina. Nunca lo había hecho con ningún insecto inmóvil pero, sin dejar de silbar, la toco levemente con el dedo –y va adquiriendo de nuevo forma desde la bruma en la que se había convertido al mirarla tan fijamente– y ésta, para mi sorpresa, no sale volando, sino que se mueve torpemente, se balancea, se pone boca abajo, moviendo las patas y se arrastra por el monitor como si estuviera moribunda. La señora gruesa de antes insiste en que deje de silbar ya, que estoy molestando. Le pido perdón otra vez y "bajo el volumen", pero sigo con los compases de la *Lacrimosa* con letra de la poesía de Machado sin dejar de mirar la mosca que ha vuelto a quedarse inmóvil. La vuelvo a tocar pero ya no se mueve. Es imposible que yo la haya matado porque apenas la he tocado; ¿era su inmovilidad una especie de coma? ¿En eso consiste la inmovilidad de los insectos que tanto me fascina? ¿Cuando creen que están cerca de la muerte entran en ese estado letárgico para ir muriendo lentamente? ¿Se convierten en objetos inanimados a causa de su agonía al igual que las personas? ¿Sufren mucho en ese estado?

–¿Qué haces silbando, Papi? –me dice Nacho repentinamente, sacándome de mis dilucidaciones entomológicas.

Yo no digo nada, me quedo reverenciándolo atento a sus ojos abiertos y a su sonrisa y luego le grito enajenado a la enfermera para que venga antes de prorrumpir en gemidos y sonidos guturales.

–¿Por qué te pones así?

– Porque soy gilipollas –le digo secándome la nariz con la manga del chándal.

–¿Cuándo me vas a hacer un "solomillo a lo Nacho" con velitas? –me pregunta.

Pero no puedo responderle porque me quedo petrificado al reconocer al instante a la madre de Nacho que entra empujando la puerta de la UCI. Está muy desmejorada y sin embargo conserva la misma sonrisa congelada por la tristeza en su rostro alargado. La misma sonrisa que tenía en *Collioure* y los mismos cabellos, esos tirabuzones cayendo en espirales onduladas sobre sus pómulos prominentes que resaltan su mirada hermética e impenetrable.

XI

Con la ayuda de Teresa le preparo a Nacho, bajo la luz trémula de los pequeños focos de mi cocina, un desayuno energético y extravagante, antes de irse al conservatorio a practicar con el piano, porque ha tomado la decisión de presentarse a la Selección de las Futuras Promesas del Piano en un par de días; precisamente la misma mañana y a la misma hora que yo tengo que presentar mi estudio sobre la filosofía en Antonio Machado en la Sala de Grados de la facultad.

–Vas a desayunar una infusión de mar –le digo a Nacho, con la voz ligeramente nasal, ya que en el hospital me pusieron una especie de compresa con tiritas en la nariz y otra, más larga, que me recorre toda la extensión del arañazo de la cara.

Nacho mira sonriente y en silencio la vieira gratinada que le he cocinado y los acompañamientos con los que he decorado el plato: unas láminas de champiñones que hice con Jerez, perejil y guindilla; unos trozos de gambas con ajetes y mantequilla; un par de mejillones que he hecho en su jugo y un pequeñísimo hígado de rape que cociné con almendras, ajos y caldo de pescado.

–Un momento, te voy a poner el zumo de naranja –le digo colocando el vaso del zumo, con algún problema de movilidad en las manos, porque en el hospital me las vendaron igual que el tobillo izquierdo.

–Gracias Javier –me dice Nacho muy concentrado y con el semblante taciturno.

–Venga, desayuna que te tienes que ir a ensayar y ya sabes que le tienes que pedir perdón al camarero del bar del conservatorio y que hemos pagado una multa entre tu madre y yo por el diente que le echaste abajo –le digo.

–¿Cuándo te vas a hacer esa pequeña intervención quirúrgica para corregirte la desviación del tabique nasal? –me pregunta Teresa.

–Ya me la haré. En el hospital me dijeron que si no molestaba no sería necesario –le contesto.

–Bueno Nacho, tienes que irte al conservatorio para ensayar –le digo cuando le veo terminar el desayuno.

–¡Voy corriendo! Eh, Javier, hoy es jueves… esta noche me llevarás al *Indiana*, ¿no?

–Tienes que madrugar para ensayar con el piano, hoy no va a poder ser.

–Vale. Ya verás como una de esas becas es para mí. Ya lo verás. Se lo debo a mi padre. Te lo debo a ti. Eh… aquí está todo –nos dice a Teresa y a mí, haciendo un giro con el dedo en la frente–, luego nos da dos besos y sale corriendo hacia la puerta que olvida cerrar, dejándola entreabierta.

Teresa y yo nos quedamos sin hablar, junto a la puerta abierta, como ocurrió en mi habitación del hotel en *Collioure*. "Se lo debo a mi padre" –me digo pensando en lo que ha dicho el adolescente antes de irse. "Se lo debo a mi padre" –me repito y he recordado lo que nos dijo Teresa en el hospital a Nacho y a mí sobre el auténtico padre del adolescente que –según nos confesó al salir de la UCI– era un famoso pianista. Una noche viajaba en su automóvil con él y con la madre biológica de Nacho después de un concierto, entonces, el conductor de un trailer cargado de plátanos que estaba ebrio invadió su carril. El coche se partió por la mitad y el padre y la madre murieron en el acto, pero los bomberos pudieron sacar a Nacho, que tenía tres años, de entre el amasijo de hierros, con apenas unos rasguños, empapado de la colonia y de la sangre de sus padres y con un manojo de plátanos maduros aplastados en su cara. Lo llevaron al hospital y, después, al verificar que no tenía familiares, estuvo en un centro de acogida hasta que Teresa y su marido lo adoptaron.

–Supongo que el cautiverio habrá sido terrible ¿verdad? –le pregunto a Teresa para romper el silencio, pensando que, aunque yo ya sabía lo del accidente de tráfico por la inspectora, los detalles del mismo me han dejado profundamente impresionado.

–¿Te importa que hablemos de otro tema? Quiero olvidar esa pesadilla y hablar de ello no me ayuda ahora mismo... –me replica muy seria, casi de una forma antipática.

–Claro, claro…, eh..., lo siento –me apresuro a decirle con la impresión de haberla molestado. –Por cierto Teresa –añado–, aquí te puedes instalar si te apetece. El apartamento no es muy grande, pero para tres personas...

–Pero, ¿no te lo ha dicho ya Nacho?

–¿El qué? ¿Qué me tiene que decir Nacho?

–Pues que los pocos días que esté aquí voy a quedarme en un hotel hasta que nos vayamos.

–¿Hasta que os vayáis? ¿Hasta que os vayáis a dónde?

–Nos vamos a Granada, los dos…

–¿A Granada? No, no me ha dicho nada... Nacho no me ha dicho nada.

–Mi familia nos deja una vivienda y tengo allí un trabajo para empezar, nada más llegar, de administrativa en una fábrica de muebles. El conservatorio está muy cerca y hay un instituto al lado de la casa. Nacho me ha dicho que él te quiere como debió querer a su padre, pero dice que tú estás acostumbrado a vivir solo y que ya te ha dado bastantes problemas y… que quizás empieces a salir con la inspectora de policía y… en fin, que vamos a ser muchos en el apartamento.

–¿Eso te ha dicho Nacho? ¿Qué voy a salir con la inspectora? No sé, yo… ni siquiera me lo había planteado. A mí me gustaría que Nacho se quedase conmigo o que vivieseis conmigo los dos. Yo me he acostumbrado a él y le quiero como a un hijo. Exactamente igual que a un hijo.

–Ya lo sé. Y sé que has hecho mucho por él. Dice que le has cambiado la vida y que le has ayudado a encontrar su camino como el oftalmólogo te ayudó a ti…

–¿El oftalmólogo? Será cabrón, ¿te lo ha contado? –le pregunto sonriéndome.

–Sí. Me lo ha contado. Anímate, Granada está muy cerca –me dice al verme la cara de tristeza que he puesto– y podemos vernos los fines de semana. Otra razón por la que nos vamos a Granada es el asunto del juez.

–¿Del juez? ¿De qué juez?

–De uno que hay en Granada que quiero que sea el que lleve el caso de Nacho. Se llama Emilio Calatayud.

–Ah, sí… le he visto por la televisión alguna vez.

–En el hospital hablé con una educadora social. Ella me contó que ese juez, que por cierto fue un niño difícil, dicta sentencias muy peculiares y que la delincuencia juvenil en Granada baja cada año gracias a él.

–¿Sentencias peculiares? ¿Cómo cuáles?

–Por ejemplo; a un menor que era un *hacker* le condenó a impartir clases de informática; a otro menor, que iba conduciendo en estado de embriaguez, le condenó a cuidar personas tetrapléjicas en un hospital; para un chico pirómano la condena consistió en repoblar bosques; a otro que provocaba peleas en la puerta de un bar de copas le condenó a ser ayudante del vigilante de la puerta; a uno que se reía e insultaba a unos niños con problemas, la condena fue hacer de payaso en un hospital en la planta de niños gravemente enfermos. No sé, cosas como ésas.

—Entonces a Nacho puede que le condene a ayudar a personas tetrapléjicas.

—Sí, puede ser, o quizás, a que durante cien horas vaya de acompañante de un policía local. Esa fue la sentencia que dictó para un menor por conducción temeraria. La educadora social me contó que este juez intenta conocer la psicología de cada menor; qué causas le llevan a delinquir. Y que no solamente castiga sino que trata de reinsertar. Nacho tendrá que cumplir alguna pena durante varios fines de semana. Tiene varias causas pendientes.

Permanecemos los dos sin decir nada. Teresa me mira tocándose los cabellos, la forma medieval de sus cabellos y, con ese rictus, ligeramente oriental, que ya observé la primera vez que la vi, fija tan profundamente sus pupilas negras en mí que yo desvío la mirada hacia la puerta abierta.

—Oye, ¿qué buscabas en el cementerio de *Collioure*? –le pregunto carraspeando para salir de esta situación que me ruboriza.

Y no es que yo crea que le atraiga físicamente, simplemente me siento ante ella como si yo le ocultara algo y por eso percibo que indaga en mis ojos alguna verdad oculta.

—A mi abuela.

—¿A tu abuela?

—Sí. A mi abuela. Sus cenizas están enterradas allí. Pero no sé dónde. Ahora que tengo más tiempo y sobre todo, toda la libertad del mundo, la buscaré más tranquilamente. Es una larga historia.

—¿Una historia como la de los templarios que me contaste?

—No, no –me dice riéndose–. Te pido perdón por mi desconfianza. Al principio sospeché que eras un detective contratado por mi marido. Lo de mi abuela es una historia real y muy triste.

—¿Relacionada con el maltrato?

—Relacionada con la Guerra Civil. ¿Has terminado lo que me dijiste en *Collioure* que estabas haciendo sobre Antonio Machado? ¿Una tesina era?

—Sí. Solamente me queda completar una pequeña introducción.

—Entonces ya habrás olvidado a la mujer que amabas tanto, aquello que me contaste en *Collioure*, eso de que habías empezado a leer a Machado como terapia.

—No, no la he olvidado, pero estoy mucho mejor.

—Me alegro, deberías patentar esa terapia. Te voy a contar algo que te puede interesar para terminar la introducción de tu tesina sobre Machado.

—¿Está relacionado con lo que me contaste de la maleta que perdió?

—No. Está relacionado con mis abuelos. Después te hablo de la maleta.

—¿Con tus abuelos?

—Sí. Mis abuelos maternos tenían un cortijo en los Montes de Málaga en el que solían pasar algunas vacaciones. Cuando Málaga cayó en manos de las tropas, que se denominaban a sí mismas "nacionales", a principio de febrero de 1937 les sorprendió en el cortijo. Estuvieron a punto de matarles unos soldados republicanos que huían hacia el pantano, porque se interpusieron entre ellos y un par de soldados italianos (que se habían adelantado a los contingentes que iban llegando cuando la "toma" de Málaga) para que no les mataran. Lo que no se esperaban es que, cuando llegó el grueso de las tropas y se acercaron al cortijo un grupo de soldados nacionales, detuvieron a mi abuelo y le hicieron lo mismo que al hijo del alcalde socialista de Ronda.

—¿Qué le hicieron al hijo del alcalde de Ronda?

—Lo torearon, literalmente. Creo que se llamaba Emilio Mares y los verdugos le obligaron a él y a otros simpatizantes republicanos a cavar una fosa. Él les dijo que le mataran ya de una vez, pero que no le torearan. Entonces le banderillearon y le dieron con el estoque final atravesándole el corazón desde los hombros. Hasta le cortaron una oreja. A mi abuelo le hicieron algo parecido sometiéndolo a una tortura inimaginable. El comandante había ordenado que fusilaran a mi abuela y a mi abuelo, pero los soldados desobedecieron: prefirieron torturarlos y eso que ninguno de los dos militaba en ningún partido político. Eran maestros, habían votado al partido socialista pero no eran militantes. Mi abuela, que era una mujer joven y atractiva en aquella época, pensó que le harían lo mismo que a mi abuelo; ella había escuchado que a algunas prisioneras de las tropas "nacionales" ya las habían toreado antes, clavándoles banderillas en los senos y en los glúteos y que algunas habían muerto y otras habían quedado con heridas terribles y con los pezones cortados a modo de trofeo. Pero a ella no la torearon: fue entregada a la tropa.

—¿Y cómo sabes todo eso?

—Por un soldado, un soldado "nacional". En todas las guerras hay auténticos soldados y no solamente asesinos y perturbados.

—¿Y tu abuela murió allí?

—Allí murió su integridad psíquica porque enloqueció. Pero su cuerpo sobrevivió al tormento. No le pasó como a las milicianas que caían en manos de las tropas moras, que no sobrevivían más de unas horas a las violaciones, como en una ocasión declaró el comandante marroquí El Mizzian al periodista norteamericano John Whitaker, que fue testigo de unas violaciones terribles a unas milicianas en la escuela del pueblo de Navalcarnero.

—Y, ¿la dejaron en libertad después?

—¿En libertad? Después de aquello fue encarcelada y el tiempo que estuvo en la cárcel, antes de ser fusilada, fue una pesadilla, la misma que sufrieron, al terminar la guerra, miles de mujeres del Bando Republicano; fueron torturadas siguiendo los métodos de la Gestapo; con corrientes eléctricas en los pezones o con inmersiones en agua hasta la asfixia. Y la parte más "educativa" fue a cargo de las monjas y celadoras y hasta hubo sacerdotes que realizaron exorcismos con las presas. Después de todo, que fusilaran a mi abuela, fue un alivio para ella —me dice restregándose unas lágrimas.

Yo visualizo la imagen de un enorme coliseo, un circo ensangrentado donde se asesina a personas a las que se les llama "fascistas" por un lado y en otra parte del circo se asesina a personas a las que se les llama "rojos". Y después de la guerra, me imagino España como un coto de caza donde una parte de los vencedores van buscando a sus "presas" por todos los rincones y escucho las descargas atronadoras de los fusilamientos en las tapias de los cementerios, en las cunetas o en las afueras de los pueblos.

—¿Y cómo acabaron sus cenizas en *Collioure*?

—El soldado que te he dicho antes se había negado a participar en la violación y tampoco había participado en el horrendo crimen de mi abuelo. Se quedó conmocionado por el sufrimiento de mis abuelos. Más adelante coincidió, de vigilante, en la cárcel donde estaba recluida mi abuela. Y cuando la fusilaron cogió el cadáver, lo incineró en el horno de la cárcel, metió las cenizas en una urna y se las llevó a su hija, mi madre, que con unos familiares se fue camino del exilio a Francia, en la misma comitiva que iba Antonio Machado. Uno de esos familiares, un tío de mi madre, llevó la urna al cementerio de *Collioure*, pero murió de tuberculosis antes de poder decir en qué lugar del cementerio había puesto la urna.

—¿Y qué fue de tu abuelo?

—Se lo llevaron a una fosa común del cementerio de San Rafael. Durante mucho tiempo mi madre venía de Granada a depositar flores en la fosa y yo también le he llevado a veces. Mi madre creció y se casó con mi padre. Y los tres hemos estado yendo al cementerio a llevarle flores a la fosa.

—Está claro que los bandos mataron con saña y cometieron atrocidades. He leído sobre los crímenes terribles que perpetraron personas cercanas a la República y personas afines a los golpistas. Los dos querían exterminar al otro y también sé que en el Bando Republicano los gobernantes intentaron controlar la sangría haciendo llamamientos y condenando, e incluso fusilando, a los que asesinaban pero eso solamente fue efectivo avanzada ya la contienda. Los militantes de los partidos de izquierda tendrían que haber dado ejemplo de los valores democráticos que defendían.

—Sí, eso es cierto, pero, ¿has escuchado hablar de Francisco Partaloa?

—No, no me suena.

—Fue fiscal del Tribunal Supremo de Madrid. Vivió la represión en las dos zonas; primero se enfrentó a milicianos comunistas que estuvieron a punto de matarle. Se exilió en París, luego regresó y se pasó a la Zona Franquista. Fue encarcelado en Sevilla y, gracias a la intervención de su amigo, el general Queipo de Llano, lo liberaron. En un testimonio de finales de los años setenta, declaró que había sido testigo de la represión en ambas zonas y que en las dos se cometieron atrocidades pero afirmó que, en la Zona Nacionalista, la represión fue "planificada, metódica y fría" y que en la Zona del Frente Popular, los crímenes los perpetraron gente exaltada, pero que las autoridades, casi siempre, trataron de impedirlos. Él se ponía de ejemplo cuando estas autoridades republicanas le ayudaron a escapar. Y muchas de las personas que salvaron la vida a gente afín a los sublevados, fueron después fusilados sin piedad por éstos. El bando vencedor dispuso de todo el tiempo y de la "legalidad" para seguir asesinando sistemáticamente al terminar la guerra. ¿Sabes cuántos campos de concentración hubo en España después de la guerra?

—No recuerdo la cifra, pero… —le digo recordando algunas zonas rurales de Málaga donde los campesinos nunca han sembrado nada porque en su día vieron manar la sangre de los fusilados de la tierra.

—Ciento cuatro campos y cientos de fosas comunes. Con la llegada de la democracia aquí no se creó ninguna Comisión por la Verdad y la Reconciliación como en otros países con dictaduras han hecho. Los familiares de los desaparecidos no queremos venganza ni ningún tipo de reclamación, únicamente queremos que los restos de los nuestros sean exhumados e identificados y luego enterrados dignamente, como se ha hecho en otros países. Aquí sólo un bando pudo enterrar a sus muertos.

—Bueno la cosa ha cambiado un poco, ahora existe otra conciencia sobre la Memoria Histórica de las víctimas y…

—Sí, ha cambiado algo. Existe el programa Fénix para la identificación de los desaparecidos y para comprobar el ADN, pero aún existe miedo y muchas reticencias. ¿Tienes algún familiar desaparecido?

–No…, pero estoy de acuerdo con tus planteamientos. En frente de mi casa tengo los restos del submarino C-3 y me gustaría que algún día lo reflotasen y enterrasen a esos soldados republicanos en…

–¿Tu familia estuvo en el Bando de los Vencedores?

–Mi padre combatió en la Batalla del Ebro junto a los perdedores.

–Ah, entonces tú me entiendes, ¿lo fusilaron?

–No. Estuvo un tiempo internado en un campo de trabajo en Francia pero regresó y no tuvo ningún problema. Yo siempre pensé que mi padre había pertenecido al Bando Nacional porque sus creencias debieron evolucionar después de la guerra, quizás influenciado por mi madre. Eso me lo confesó en la cama, poco antes de morir.

–¿Tienes algún familiar entre los que mataron después de la guerra?

–No, ya te he dicho que, afortunadamente…

–No me has entendido bien; te he preguntado si algún familiar tuyo mató después de la guerra.

–No…, tengo algunos familiares que fueron falangistas pero fueron soldados en la guerra, no asesinos. Uno de ellos, mi tío Paco, fue una de las personas más bondadosas e inteligentes que he conocido en mi vida. No tengo ningún familiar directo que…

–¿Ningún familiar directo? ¿Otros sí?

–Tengo entendido que…, bueno, mi madre me confesó con tristeza hace poco que un pariente suyo, ya fallecido hace mucho tiempo, sí parece que cometió algunos atropellos después de la guerra. Mi madre era una niña y vivía entonces en el cortijo de mis abuelos y este pariente solía pasarse por allí de noche a tomarse un anís. Venía embozado en una capa negra y mi madre se quedaba impresionada con su aspecto. Después, este hombre se iba de "caza", como supieron más adelante. Incluso se arrodillaba y rezaba para que Dios le diese "buena caza"–. La noche que me lo contó me quedé horrorizado –le digo. Durante unos segundos pasan por mi mente las descripciones horrendas de sus crímenes y las fotografías de algunos desenterramientos que he visto en las ilustraciones de mis lecturas: restos esqueléticos en posición decúbito supino, con los brazos hacia atrás y trozos de cuerda atados a las manos. Zapatos de mujeres y suelas de goma con tacón. Los fetos en los vientres de las mujeres embarazadas que fueron asesinadas. Y los anillos cerca de donde debió estar el estómago, y que se debieron tragar en homenaje a sus parejas para que no se los robaran. Relojes detenidos a la hora en la que fueron sepultados los cuerpos. Fragmentos de tejidos de un vestido sobre el tronco, cremalleras, monedas. Y las fracturas generalizadas, los daños en las cervicales; los golpes por todos los huesos. Y los impactos de balas, los orificios de salida con la correspondiente pérdida de hueso y las fracturas radiadas.

–Vaya, un asesino en serie en la familia…

–Era un ser abominable… oye, ¿qué paso con la maleta de Antonio Machado? –le pregunto cambiando de tema para no angustiarme al recordar los crímenes que cometió este pariente lejano.

–Eso ya te lo comenté en *Collioure*.

–Sí, pero antes me has dicho que me ibas a hablar de la maleta otra vez.

–Alguien la encontró.

–¿La han encontrado? No he leído nada en la prensa.

–Ha salido en la prensa francesa. Pero es mejor para ti. Así lo incluyes en la introducción de tu tesina sobre Machado, de forma inédita.

–¿Y qué hay en la maleta?

–Yo no sé el contenido exacto, pero sí sé que no es una maleta.

–Ah, después de todo, no existía tal maleta.

–Sí. Sólo que no es una maleta; es un baúl.

–¿Un baúl?

–Sí, un baúl estrecho, desgastado, con una cartulina carcomida pegada.

–¿Tú lo has visto?

–Un minuto. En una foto. El baúl lo cogió uno de los exiliados que iba detrás de la comitiva de Machado. No sabía leer y lo tuvo en París hasta que un nieto suyo lo descubrió en un desván, precisamente mientras nosotros estábamos en *Collioure*. Lo leí en un periódico en el hotel donde nos alojábamos, por eso te comenté lo de la maleta y por eso te pregunté si habías leído algo sobre ese asunto. En la noticia decía también que quizás no lo perdió, sino que abandonó el baúl porque estaba tan enfermo ese 27 de enero de 1939, que ya no podía más y tuvo que soltar todo el lastre llegando a la frontera. Debió ser muy triste para él porque el periódico dice que en el baúl llevaba documentos, proyectos, artículos periodísticos, cartas a Pilar de Valderrama y poesías inéditas –me responde mirando a la puerta de la calle que sigue abierta.

Pienso en Antonio Machado andando con su anciana madre –a la que a veces cogía en brazos camino del exilio– por el fango, aquel día de lluvia entre cientos de miles de refugiados. "¿Falta mucho para llegar a Sevilla?" Caminando por el barro, moralmente muerto por la guerra fratricida que había vivido, deshecho por la angustia y debilitado por la enfermedad. "¿Falta mucho para llegar a Sevilla?" –me parece seguir escuchando decir a la madre enloquecida.

Había trabajado mucho antes de cruzar la frontera en varios lugares de Valencia y luego, ante las embestidas de los ejércitos rebeldes, en Barcelona. Nunca se apagaba de noche la luz de las habitaciones donde trabajó esos meses. Allí debió escribir todos esos artículos y proyectos que guardaría en ese baúl, junto a las cartas, las últimas cartas que escribió a su amada Pilar de Valderrama, a la que Machado llamó siempre Guiomar en homenaje a Guiomar de Meneses, la mujer del poeta Jorge Manrique. Pienso en lo enamorado que estuvo de ella desde que, esta admiradora de su poesía, fue a Segovia expresamente a conocerle y a recuperarse de una depresión y lo invitó a cenar en un restaurante. Pienso en algunas de esas cartas, en las conocidas, escritas durante los siete años que duró su relación con Guiomar y de otras fechadas ya en el exilio. Fragmentos epistolares comprometedores para ella, que estaba casada, y que alguien intentó destruir borrándolas con algún producto químico.

Estoy tan ensimismado pensando en todo eso, que al ir a preguntarle algo más sobre el contenido del baúl, me doy cuenta de que Teresa se encuentra fuera del apartamento y se aleja, sin decirme nada. Tan sólo me hace un frío además con la cabeza para que cierre la puerta, igual que hizo cuando salió de mi habitación en el hotel de *Collioure*.

***

La inspectora está sentada mirando a la puerta del restaurante *Cañadú*, y aún más allá; al obelisco en homenaje al general Torrijos de la plaza de la Merced, terminando su hojaldre relleno de puerros y setas. Con un paraguas rosa colgado de su silla porque, según me ha dicho, va a llover mucho y no le gusta mojarse. Ha estado atenta a toda persona que ha ido entrando en el restaurante y a la llamada que he hecho a la clínica especializada en toxicomanías donde me han dicho que Hassán se encuentra mejor.

No sé si le he preguntado a ella por Teresa o ha sido ella quien me lo ha preguntado a mí; el caso es que, mientras nos bebíamos esas copas y otras hasta terminar la botella de vino ecológico, me ha contado cómo se sustituye la sangre por formol, en la Sala de Donación Altruista de Cuerpos y cómo se le pone una inyección en la carótida a los "finados".

–Al parecer el cadáver tiene que estar cinco años en los depósitos que se encuentran en los sótanos de la facultad y después se estudia durante dos años por los alumnos y las alumnas –me ha dicho con la voz gangosa por el alcohol–. Pasado ese tiempo se incinera. Y por supuesto, la donante o el donante tiene que estar en pleno uso de sus facultades mentales. Ni se le paga ni se le cobra. Lo único que obtiene es un carnet de donante y con ese trámite se cumplimenta el Acta de Donación del Cuerpo. Una vez fallecido el donante, son los familiares los que lo comunican a la facultad y se traslada allí. ¡Ah!, y no se aceptan –me dice girando el dedo índice delante de mi cara– los cadáveres de personas que hayan sido asesinadas o hayan muerto en accidente o por enfermedades infecciosas.

Yo no sé si le he preguntado por el policía de paisano que estaba en mi facultad o ella me lo ha contado sin yo preguntarle nada, el caso es que Isabel me ha dicho que al policía le pegó el gordo de las patillas una paliza en un descuido, pero que se está recuperando favorablemente y también me cuenta que siguieron a un camión frigorífico con productos farmacéuticos y hospitalarios por el campus y que dentro iba la madre de Nacho a la que le habían dado un aerosol con un gas, sevofluorano o desfluorano –creo que me ha dicho– que le había provocado un coma farmacéutico.

Yo no sé si he sido yo quien le ha preguntado por Carmen, o ha sido ella quien ha empezado a contarme que traficaron con los órganos de la pobre Carmen:

–El gordo se hizo amigo de ella en el bar de la facultad. Tomaron unas copas en la casa de Carmen y luego, el gordo se la llevó a su casa, donde le aplastó la cabeza dándole golpes con una botella de cristal muy duro y ancho y la abrió en canal como si fuera un carnicero. El gordo tenía en su garaje de todo: un gran congelador, las neveritas para los órganos y un instrumental para las "operaciones", que es una mezcla de las herramientas de un carnicero y las de un carpintero. El tráfico de órganos lo han hecho, al menos, dos veces más y lo que quedó de los cuerpos lo ocultaron haciendo un rebaje en una parte del suelo del garaje y colocando un parquet encima. Pero los hemos encontrado al levantar la moqueta y ver las señales inequívocas de una obra reciente. En el garaje de ese tipo también encontramos partículas de metales extraños que se encontraron en el cadáver de Carmen y en la carta falsa que enviaron; metales típicos de los sopletes, como el que tenía el gordo en su garaje para hacer bricolaje y de la pintura verde "carruaje". Son tan torpes el marido de Teresa y los dos cómplices, que al limpiar la casa de Carmen y habiendo analizado con un espectrómetro varias muestras, coinciden las partículas de la casa de Carmen con las del garaje del gordo. Y este individuo es tan tonto que, habiendo limpiado a conciencia la casa, no se dio cuenta de que, al tirar de la cisterna, una colilla de *Winston* no se coló; las mismas colillas con el mismo ADN de las que está llena el garaje. Incluso hemos encontrado la botella de vidrio con la que mató a Carmen, lavada muy bien con detergente, pero, como tú sabes que la policía no es tonta y menos si es una mujer, ordené que utilizaran el luminol que detecta el componente de hierro de la sangre y hemos demostrado que no sólo la botella tiene restos de sangre sino que, en esa parte de la casa, hay un auténtico reguero de sangre, prácticamente toda la que contienen tres cuerpos humanos. Lo que queda de dos de ellos estaban bajo el suelo del garaje. Pero ya no había sitio para Carmen, para lo que quedó de esa desgraciada mujer, por eso arrojaron su cuerpo, con el lastre, a la laguna. Pero no contaban con las tortugas.

—Y, ¿por qué querían llevar a Teresa a la Sala de Donación Altruista de Cuerpos?

—Querían hacer que pareciese que ella había donado su cuerpo al fallecer y querían simular algún fallo cardíaco. Podían hacerla desaparecer de mil maneras pero creyeron que esa era la forma más segura para que no los descubriesen. Así que la encerraron cerca de la Facultad de Medicina y, cuando tuvieron todos los impresos cumplimentados, la obligaron a inhalar un gas anestésico para simular su muerte. Pero no contaban con que íbamos a aparecer nosotros. El marido de Teresa ya la había amenazado varias veces con que la haría desaparecer así, ¿por qué crees que ella te dibujó el símbolo de la Sala de Donación Altruista de Cuerpos en *Collioure*?

—¿Cómo lo sabes?

—Ejem… ¿te lo tengo que decir una vez más?

—No, no. Ya sé la respuesta. Oye, ¿por qué te sientas frente a la puerta y miras a todo el que entra? ¿Estás haciendo un "seguimiento"?

— No. Es una vieja costumbre. Una especie de fobia que adquirí cuando estuve destinada en el País Vasco. Allí siempre me ponía cerca de las puertas de los restaurantes y de todos los comercios.

—Ah, lo siento. ¿Te dispararon alguna vez? —le pregunto apurando la copa de vino ecológico, parapetado detrás de la ventana que da a la plaza, bajo las tres bolas blancas que cuelgan del techo sujetadas con hilos invisibles, como una reproducción de algún ignoto sistema planetario que flota en el comedor del *Cañadú*, igual que parecen flotar los camareros y camareras y el dueño del restaurante en la original exposición de fotografías —con un fondo de un cielo azul con nubes— que cuelga de las paredes.

—A mí no —me dice echando un sorbo de su vino y acariciando el borde de la copa—. Pero he visto morir a tres compañeros, dos de ellos de la misma manera: comiendo en un restaurante sin estar atentos a los que entraban por la puerta. Sin advertir que entraba un terrorista. Yo he tenido mucha suerte. He vuelto a nacer al menos tres veces. Íbamos sin el uniforme y de mí pensarían que sería la novia de uno de ellos que comía a su lado. Lo debieron pensar las dos veces. En las dos ocasiones vi los sesos de mis compañeros desparramados sobre el plato de comida.

–Tiene que ser muy duro –le digo asintiendo con la cabeza impresionado y sin ganas de terminar mis aromáticos tomates rellenos de arroz con un delicado salmorejo a modo de salsa y acompañada de brócoli, guisantes y espárragos.

–¿Duro? Todavía tengo pesadillas y escucho los disparos reventándoles las cabezas.

–¿Y cómo murió el tercer compañero?

–¿El tercer compañero? Uf… éste murió por una bomba en Madrid. Lo destrozó por completo. Oye, sigue comiendo, termínate los tomates.

–No me apetece… ya he comido bastante –le digo viendo las paredes con las "sinapsis" del *Cañadú*.

–¿Sabes que estás muy atractivo con ese parche en la nariz? Esa tirita en el pómulo…, te da un aire…, no sé, de tipo duro –me dice tocándome con dulzura la punta de la nariz–. ¿Un tiramisú...?

–¿Un tiramisú para los dos? –le pregunto yo al mismo tiempo que ella me lo empezaba a preguntar a mí y nos reímos los dos por la ocurrencia.

–¿Hoy me llevarás al *Indiana*, verdad? –me pregunta, tocándome los glúteos por debajo de la mesa.

–Sí, hoy es jueves y quiero ir al *Indiana* –le he dicho levantándome de la mesa, dudando si pedir una ración de cuscús en un recipiente de aluminio para llevárselo a Hassán-Boudú a la clínica.

***

Comienza a llover cuando llegamos a la puerta del *Indiana*. Desde el fondo de la calle una mujer de avanzada edad camina mojándose. Tiene la espalda tan deformada que está completamente encorvada. Me mira desde abajo con una expresión de tristeza en sus ojos celestes y me pide dinero. Las ropas andrajosas que lleva me causan tanta pena que me siento hasta culpable. Le doy todas las monedas que llevo en mi cartera y le pido a Isabel el paraguas rosa; le digo que si no le importa regalárselo que yo le compraré otro, que se va a mojar la pobrecilla. La inspectora me aclara que no se puede dar limosnas, que para eso están otros agentes sociales, que esto es mendicidad. Pero accede y me pega un empujón hacia la puerta del *Indiana* para que no me entretenga más con la anciana.

Isabel se coloca en el interior del pub de forma que, desde su ángulo de visión, controla a todas las personas que entran o salen. Me pido una cerveza y ella un ron con un refresco. Han quitado la fotografía enmarcada de Jim Brown y han puesto una de U-2, pero curiosamente, en la nueva, el cantante del grupo, Bono, también parece acercarse y alejarse, pero no a un micrófono, sino a los mismos límites de la fotografía.

La inspectora me habla de las tortugas de la Laguna de la Barrera. Me cuenta que los biólogos creen que su hábitat está alterado por la contaminación eléctrica, por algún tipo de algas o por desechos. Me dice que ha ocurrido otras veces con otros animales y se han alterado sus comportamientos y su morfología, como les pasó a los tiburones Toro de Recife, en Brasil, que atacaban salvajemente a las personas en la misma orilla —me aclara dándome unos mordisquitos en el brazo que hace que me sobresalte–. Yo le pregunto que cuál era la causa y ella echa un trago de su ron, hace un gesto con la boca para saborearlo y me dice que se descubrió que la locura de esos animales se debía a un matadero situado a once kilómetros de la playa, que echaba las vísceras y la sangre a un río que desembocaba en el mar. Eso unido a la contaminación de una fábrica de azúcar cercana. Yo asiento con la cabeza e iba a decirle algo, pero me quedo sin habla cuando creo ver a Marta tras los ventanales del bar, en la calle. Marta. Los ojos, el color de la tierra en los ojos de Marta pegados tras las cristaleras empañadas del *Indiana* con las manos puestas sobre la frente a modo de visera como si le molestase la luz del sol. Con sus cabellos del color del cobre. Marta. El espejismo de Marta.

—Bueno, ¿qué te parece lo de las tortugas? —me pregunta tocándome la nariz y dándome un mordisquito en el cuello.

—Pues que no me pienso bañar ni en esa laguna ni en Recife. Y por supuesto que la policía no es tonta —le matizo— y menos si es una mujer.

Miro hacia las cristaleras del *Indiana* de donde ha desaparecido el fantasma de Marta. En esos momentos cae una lluvia fuerte sobre la calle Nosquera y yo imagino que se resquebrajan los cristales del pub por la intensidad del agua. Un camión de la basura que pasa me tapa la ventana y me impide seguir mirando. Tengo la tentación de acercarme a las cristaleras; alguna vez me he aproximado tanto para ver si venía Marta que me he pegado un cabezazo contra el doble acristalamiento.

—¡Vaya por Dios! —me grita Isabel.

—¿Sabes cuando escuché por primera vez esa expresión?

–No, ni idea… ¿algún familiar?

–No. La primera vez la escuché de ti.

–Ah, claro. Me lo imaginaba.

–En una ocasión fui a tu comisaría para denunciar que me habían robado la colada de un tendedero y…

–¿Tú?

–¿Yo? ¿Yo qué?

–¿Tú fuiste el que vino a denunciar que le habían robado la ropa del tendedero?

–Eh... –me detengo un segundo antes de contestar para pensar qué voy a decir–. Sí... fui yo –digo al fin pensando con tristeza que se va a mojar la última ropa de Nacho que colgué y que tendré que recoger todas sus pertenencias para su viaje a Granada.

–Ya decía yo que me sonaba tu cara al verte cuando viniste a la comisaría a denunciar el secuestro. Sé que atendí a alguien por eso pero no me acordaba. Te tengo que confesar que nos estuvimos riendo durante toda la mañana en la comisaría. Anda, dile al camarero que me ponga otro ron –me ordena entre carcajadas.

–Vale –le digo riéndome yo también hasta que huelo en el aire a vainilla y a cacao. El perfume de Marta es tan real que parece que está a mi lado.

Me acerco a la barra sonriendo y le pido al camarero otra cerveza y otro ron. El olor a vainilla y a cacao se acrecienta a mi alrededor.

–¡El chico del cactus! ¡Qué casualidad! ¡Tú, un jueves por aquí! ¿Cuántos años hace que no te veía? –me dice una voz que me recuerda a Marta. Una voz que no puede ser otra que la de Marta-Friné.

Cuando alzo la vista, sin volverme, la sonrisa se me hiela en mis labios y un escalofrío me recorre el cuerpo. Mi piel se pone pálida y aunque mi mirada se torna, por un momento, recelosa y huraña por la insólita aparición, tengo que hacer un enorme esfuerzo por aparentar serenidad. Intento mostrarme imperturbable, disimulando la inmensa felicidad que ha inundado mi corazón, después del primer atisbo de rencor acumulado. Me vuelvo completamente y, en un instante de éxtasis, contemplo la visión celestial de Marta detrás de mí con Elena, a la que no recordaba tan alta, ni sus ojos tan verdes. Ni esa sonrisa suya permanente, ni la pequeña mochila en su espalda. Y tampoco recordaba lo desalentador que era y que es para mí verla al lado de Marta.

Intento contestarle pero titubeo. Titubeo sin hablar y creo que paladeo su nombre pronunciándolo varias veces en mi diálogo interno. Siento cómo me examinan sus ojos pardos del color de la tierra. Sus ojos que resucitan una parte de mi memoria, los mejores recuerdos que tengo disueltos inexorablemente en la química de mi memoria. Las imágenes, las sensaciones del pasado que consagran en mi alma un renacimiento vital que va restituyendo cada molécula de tristeza y de nostalgia de mi ser por una curación espontánea; una reparación de los estragos que ha producido en mí todos estos años de ausencia, una absolución al tiempo "asesino" que he estado sin verla.

Intento contestarle pero no puedo. No puedo dejar de mirarla; Marta viene vestida de negro con unas deportivas rojas y trae un escote por donde asoman la mitad de sus pechos; exactamente la mitad. Tiene el ombligo al aire y sus cabellos pelirrojos más largos. "Cobriza, no soy pelirroja, soy cobriza" –me digo recordando sus palabras. Intento contestarle pero de nuevo titubeo al ver a Elena dispuesta a hacer todo lo que haga Marta, como si fuera su imagen ante un espejo o como una esclava esperando que su ama le dé alguna orden con un gesto, mirada o palabra. Pero su lenguaje es más sofisticado, mucho más estudiado y no necesariamente verbal; observo entre ellas complicidades, señas apresuradas: una comunicación invisible sin presencia vocal que está a punto de aflorar y hacerse visible por algún lado. Por eso no me sorprende que se den la mano y que se besen bajo los cuadriláteros de luz. Me pongo muy tenso, hasta el aire se pone tenso por un momento y luego, de pronto, me relajo. Me digo que no me importa, que no es como antes, que tanto tiempo esperando y que ahora creo que no la amo. Que ya no la amo, que su "sendero" termina aquí, en el mismo lugar donde se inició. Busco con la mirada a Isabel para calmar mi ansiedad. Está más cerca de lo que estaba antes porque ha debido ir detrás de mí cuando yo me fui a pedir las bebidas. La inspectora repara en mi nerviosismo, en la mirada escrutadora de Marta, en sus caricias con Elena y se aleja hacia la puerta indignada pero prudentemente, mirando hacia atrás de reojo.

Yo sigo sin poder componer una frase, sin poder articular una palabra. Sólo se me ocurre decirle que la odio, que ya no la amo, que la amo, que se quede, que yo me voy, que me quedaré con ella siempre; sólo se me ocurre transmitirle pensamientos contradictorios y estúpidos. Pero mi repentina afasia me convierte en un animal no hablador, en un ser con un habla mecánica interior. Me digo que nunca dejará de asombrarme esta mujer, que hasta me ha dejado mudo. Sin embargo, justo al empezar a moverme para alejarme, logro recuperar el habla y no titubeo cuando finalmente logro verbalizar algo y le contesto amargamente, con una voz que apenas me sale del cuerpo, con una voz que no parece la mía:

–Hace que no nos vemos cinco años, tres meses, cuatro horas y seis minutos.

–Joder… ¿has ido contando diariamente todo el tiempo que no estaba a tu lado? Eso me ha impresionado. Ya recuerdo dónde te vi la última vez; tú estabas borracho con una amiguita.

–Sí, y tú con dos tíos y ni siquiera me miraste.

–Bueno, ya hacía un mes que no estábamos juntos y… oye… y, lo de la nariz, ¿qué es? ¿Una moda o algo así?

–No, es que he tenido un pequeño accidente.

–Ya… ¿con tu amiga la que no deja de mirar para acá?

–No. Con mi amiga todavía no he tenido ningún accidente.

–Anda, quítatelo…

–No, no, me lo han puesto en el hospital y…

–Anda, ven, tonto. No te asustes. Si eso no te sirve para nada. Ves… ya está –me dice dando un tirón del esparadrapo–. Así me gustas más. Y ya que andas tan bien de memoria, ¿te acuerdas también cuando te chupé el dedo en el vivero? –me pregunta.

Su expresión traviesa, los hoyuelos que ahuecan sus pómulos al sonreír pícaramente con sus rotundos labios perfilados, la forma de los lóbulos carnosos de sus orejas, su actitud provocadora y su mirada del mismo color de la tierra que ahora se ha vuelto inescrutable, me indican que ya mismo voy a sufrir un demoledor ataque.

–No. Eso nunca he logrado recordarlo. ¿Y tú recuerdas lo que te conté de la escritora Virginia Wolf que solía salir todos los jueves por la noche? –le pregunto.

–Sí. Me acuerdo que me contaste eso, pero nunca recordé la noche que tú me dijiste que me lo contaste. Lo que sí recuerdo es que no podía dejar de mirarte y que te pregunté si querías salir conmigo los jueves –me dice mirándome fijamente a los ojos.

Sin dejar de mirarnos, permanecemos callados. No me atrevo o no quiero preguntarle nada. Ni ella tampoco, como si hubiésemos establecido un mutuo interrogatorio sin palabras, sólo con las miradas.

Estoy tan familiarizado a pensar en ella y a escucharla en mi mente que todavía me parece que no es la real. Que esta Marta no es la real. Incluso pienso que aún es más real la Marta que he visto todos estos años en mi cabeza. Ella forma parte, más que de mi mundo real, del indisoluble mundo de mi memoria. Y no solamente de mi memoria; su esencia también la tengo almacenada en mis manos, en mi olfato, en mis ojos. Pero es con mi memoria con la que recorro mis recuerdos con ella, como quien recorre un trayecto muy lentamente en bicicleta. Y realizo ese viaje varias veces mirándola sin hablar. Y al final del último recorrido, de repente, tengo claro que no quiero estar con ella. Es como si alguien me hubiera quitado una venda que tenía en los ojos y me ha hecho ver que quiero estar fuera de la influencia, de la fuerza de gravedad de su hechizo y de su personalidad. Puede que Platón tuviera razón –me digo– cuando dijo que la verdad y la belleza iban juntas, pero en este caso no es cierto y yo no quiero estar con una persona con esa habilidad para mentir que me hace tanto daño y con esa incapacidad para la monogamia que puede acabar destruyéndome.

–Me lo inventé –me dice rompiendo el silencio–, lo del vivero me lo inventé. Pero el encuentro en uno de los patios de la facultad es verdad, por cierto, el que tú llamabas de la estatua, el del "Palo Borracho", ¿te acuerdas?

–Tú me dijiste que fue en el otro patio…

–Ah…, sí. Es verdad. Fue en el patio de las columnas azules, el que tú llamabas del "Ficus Sediento". Ya sé que tú nunca te acordarás que ibas cerrando un aula y que…, pero es verdad…, fue en ese patio… mmmmm…, estará ya muy grande el limonero que te regalé, el que tú sembraste en la entrada de la facultad… –me dice con nostalgia.

–Sí… está grande. Debajo de ese árbol…, enterré un perro que compré cuando tú me abandonaste. Otelo… mi pequeño Otelo…, murió de un tumor y…

–Qué triste me estás poniendo. No me cuentes nada de eso. Déjalo. Ya me enseñarás alguna foto de Otelo. Hablando de árboles, hueles a árbol, como siempre; hueles a ti. Todos estos años he recordado este olor –me dice aspirando cerca de mi cuello, olfateándome como si fuera un animal y rozando su cuerpo contra mi cuerpo.

–Sí, debo oler a Sauce Llorón. Todos estos años me he parecido a un Sauce Llorón –le replico.

–¿Cómo sigues en la facultad? –me dice para cambiar de tema.

–Bien. Como siempre. Estoy terminando una tesina sobre Machado.

–¿Una tesina sobre Antonio Machado? ¿Y cuando la presentas?

–Dentro de unos días.

–Tendrás que avisarnos porque nosotras vamos a ir a verte.

–No, no es necesario. Habrá mucha gente en la Sala de Grados y no me quiero poner nervioso.

–Una tesina sobre Machado. Qué interesante. Siempre te gustó ese poeta. Y, ¿cómo te ha dado por hacer un estudio sobre Machado?

–Como terapia.

–¿Como terapia? Qué interesante.

—Como terapia para olvidarte.

—¿Como terapia para olvidarme? Vaya…, espero que no haya sido efectiva esa terapia —me dice introduciendo sus manos entre mis cabellos, acariciándolos y peinándome con las yemas de sus dedos—. ¿No te habrás olvidado de mí? —me pregunta rascando con las uñas la etiqueta de mi cerveza y mirando a la inspectora.

—Noooooooooooooooooooo —le digo con la vieja entonación musical con la que antaño me comunicaba con ella.

—¿Qué te ha pasado en las manos? —me pregunta observando las vendas.

—Es una larga historia…

—¿Una larga historia? A ti te voy a dar yo una larga historia… ¿Sigues conservando nuestra alfombrilla del yoga?

—Pues…, ahora mismo la tengo en mi casa. He estado algún tiempo sin ella pero la he recuperado.

—¿La habías prestado? —me pregunta arrugando el ceño sin obtener una respuesta de mí— a ver déjame que te quite esta pestaña —me dice pegando sus pechos contra mí y sacándome un pequeño pelo del ojo. Oye, ¿qué te ha pasado en el ojo derecho? ¿Eso también es una larga historia?

—Me han dado varios derrames. Pero creí que ya no tenía nada…

—¿Derrames? Joder… sí. Es verdad. Apenas tienes nada, pero yo te lo noto. Te noto el ojo triste y un poco de sangre ¡Ay! No te puedo dejar solo —me dice quitándome la cerveza de un tirón.

Se la acerca a sus labios, echa saliva en el borde del botellín y después me la devuelve y me sugiere que beba por la parte que ha llenado de saliva. Casi al instante Elena, sonriente, sensualmente sonriente, me quita la botella y también impregna con su saliva el canto de la cerveza. Luego me la da y me hace un gesto con la mano para que beba. Yo rechazo la invitación, mirando a las dos, negando con la cabeza sin mucho convencimiento y coloco la cerveza en lo alto de la barra.

—Oye, ¡que no tenemos ninguna enfermedad! Bueno. Estábamos hablando de la alfombrilla, Javier.

—De la alfombrilla, sí —le digo pidiendo una cerveza al camarero.

—Tengo ganas de utilizarla contigo —me propone con aplomo.

Repentinamente me da unos mordisquitos en la oreja y me pide con gestos que la bese; arruga la boca y se señala con el dedo sus labios cerrando los ojos. Elena hace lo mismo. Yo no me inmuto y echo un trago de la cerveza.

—¿Vamos al cuarto de baño los tres? ¿No te apetece? ¿Ya no te atraigo? —me pregunta Marta abriendo los ojos enfadada.

–No es eso, yo…

–A saber a quién le tocas por las noches con la guitarra canciones de los años ochenta…

–Ahora toco canciones de Serrat. Las que compuso con letra de las poesías de Machado…

–Ah, claro. Tu terapia para olvidarme –me dice agarrándome por detrás–. ¿Machado no salía los jueves?

–No. Pero quedaba los viernes en un café con Guiomar, su amada.

–Ah…, pues podemos empezar a quedar los viernes, si quieres…

No le respondo y me quedo mirando las vigas de madera del techo del *Indiana* pensando que mi etapa de abstinencia y purificación quizás haya terminado. Elena, que lleva hasta el mismo maquillaje que Marta-Friné, que incluso imita sus sentimientos (que han ido evolucionando desde la distante cortesía hasta la sensualidad descarada), hace lo mismo que ella. Me auscultan las dos cuidadosamente. A tientas. Expertas. Intentan desabotonarme la camisa. La vibración de los sonidos de la música del *Indiana* –ahora suena una canción de los Beatles– llega a una escala que adquiere dimensiones de shock sónico para mí.

Respiro con dificultad viendo los mechones de los cabellos de Marta delante de su cara, sumergido bajo los cuadriláteros luminosos del bar que se convierten en cortinas de luz que se abren ante mí y de las que salen manos que se aferran a mi cuerpo. Marta me mira fijamente a los ojos. Estoy seguro de que escucha mis pensamientos. Estoy seguro de que los oye, de que tiene un poder telepático especial más allá de lo que yo pueda comprender. Más allá de lo que nadie puede entender. Alzo el cuello agobiado mirando la multitud de cabezas que bailan entre las ranuras que dejan las cortinas de luz. Me digo que ésta debe ser una de esas noches de lirismo y de cerveza como Machado las llamó cuando vivió en París. Siempre acompañado de su bastón, de su sombrero y de sus trajes negros arrugados. Siempre liándose un cigarrillo; siempre con las cenizas de sus cigarrillos sobre sus trajes negros arrugados. Siempre con cuartillas sueltas en sus bolsillos con alguna poesía, alguna frase escrita. Y quizás recordara esas noches en su exilio, junto a la época en la que estuvo con Leonor; la etapa más feliz de su vida. Entre las cortinas de luz veo a Leonor, su angelical criatura, muriéndose entre vómitos de sangre y veo a Machado, como en otras ocasiones veo a Machado, intentando por todos lo medios contagiarse de la enfermedad de su mujer.

A Machado le salvó la vida el primer libro de poemas que escribió, pero a mí, ¿qué me puede salvar a mí de Marta ahora que está arrebujándose contra mi cuerpo? Invoco a Machado para la salvación de mi alma. Invoco al poeta que murió en *Collioure*. Al poeta que Madame Quintana, en la habitación de su hotel, le puso su brazo con ternura debajo de la cabeza humedeciéndole los labios con champán. Invoco a Machado para la salvación de mi alma; "Estos días azules, estos días azules". Marta me mira fijamente como para asegurarse de que la voy a grabar en mi mente. Que esta imagen, pase lo que pase, siempre permanecerá grabada en mi memoria. Sabe que esto es para mí como una epifanía, que ella es para mí una manifestación divina. Y que estoy embelesado –y amordazado– y a la deriva por su afán de posesión. Y sabe que ella es para mí como una sustancia gelatinosa que se pega directamente en mi alma. Y sobre todo, conoce perfectamente que ella es la muerte de mi alma. Y la muerte siempre es puntual cuando queda con alguien y, es posible, que la cita sea esta vez conmigo, porque yo soy esta noche un errante náufrago a punto de hundirme en una encrucijada. Un marino al que se le ha arrebatado el cuaderno de bitácora, las cartas de navegación y se ha adentrado en la oscuridad densa y siniestra; en la oscuridad sin rumbo por la que vago obstinadamente disipando la poca energía que tengo para pensar y tomar decisiones urgentes a pesar de mi inquietud incontrolable.

Incorporo en mis pensamientos ideas que no recordaba, sensaciones olvidadas. Sin compasión, Marta cierra sus círculos sobre mí y comienza de nuevo donde terminó y yo ya no tengo voluntad. Me encuentro despojado de toda voluntad y acosado por preocupaciones irracionales. Quiero huir, pero ha pulverizado mi razonamiento y me ha convertido en alguien con una simplicidad pasmosa, un ser extraviado en irresistibles abismos embriagadores, un ser atrapado en la urdimbre de inaprensibles instantes. Me ha convertido en un espectro descarnado, en un habitante espiritual de la misma naturaleza que la de los soldados que creí ver en *Collioure* en posición de firmes rezando ante la tumba de Antonio Machado. Este es un problema que he ido postergando mucho tiempo y que ahora no puedo resolver, esta es mi penalización por no afrontarlo antes. Ni siquiera sé si mi mente tiene esta atribución, esa capacidad, al menos mientras reciba estas caricias, estos halagos ante un ser que parece tener el don del autocontrol y una genética predisposición a la cacería afectiva, a la seducción. A un ser que tiene un poder omnímodo sobre mí.

–Vente con nosotras… los jueves, los viernes, los lunes. Todos los días –me dice bailando durante unos segundos la danza del vientre junto a Elena ante la mirada atónita de los hombres.

–¿Qué es eso? –le pregunto al ver cómo deja de bailar y saca una extraña flor de la mochila de Elena.

—La rosa de Alejandría. Una flor inmortal.

—Entonces todo esto, ¿estaba preparado? ¿Sabías que me ibas a encontrar aquí? —le pregunto mientras acerca sus labios a los míos.

Mis labios hacen la forma de un beso. Pero mi boca solamente dibuja medio beso que no llego a dar.

—Sí. Sabía que un jueves no sería difícil encontrarte aquí, que tarde o temprano algún jueves te encontraría en el *Indiana*. Pero lo de la rosa la traía para…, ¿sabes una cosa? Tenemos un piso alquilado aquí al lado. Creo que también suenan las cañerías cuando llueve de noche, como en aquel piso que teníamos en la Plaza de los Mártires, ¿te acuerdas?

—Sí. Y sigo durmiendo en mi postura de *Ramsés II* con la cara del vecino de mi abuela muerto y cantando *Strangers in the Night*.

—¿Y echando una rosa al mar el veintidós de febrero en el aniversario de la muerte de Machado? ¿Verdad?

—También.

—Ya mismo es veintidós y me gustaría…, bueno, traigo esta rosa para eso. Quiero echarla contigo, este año quiero echarla contigo. A menos que ya no me consideres una chica "pitagórica en noches Heraclitianas".

—¿Cómo?

—¿Pensabas que no te escuchaba cuando me decías eso tan hermoso hace cinco o seis años? ¿Y crees que no me acuerdo del "Rincón Picasso? ¿Crees que no he echado de menos estos años esos "solomillos a la Friné", o uno de esos arroces que me hacías leyendo a Homero como tú decías que hacía Werther pelando guisantes, ¿no te acuerdas? —me pregunta evocando esa época con la mirada perdida en el brillo de sus ojos del color de la tierra.

—Sí, el pobre Werther y ya sabes como acabó y… —le respondo sin lograr terminar la frase, pensando en las laceraciones que me han producido todos estos años ese brillo de sus ojos pardos y los impredecibles principios matemáticos que rigen su conducta.

Me hace un ademán con el dedo, me dice que no siga hablando y me tapa la boca con la mano enredándose contra mi cuerpo que se estremece sin querer separarse, como si estuviera unido a ella por el cordón umbilical de un recién nacido o más bien como si estuviese atrapado en la maraña de varios cordones umbilicales que me enredan en una sustancia líquida que se solidifica más y más a medida que lucho por librarme de ellos. Recostado en la barra, casi encajado y amarrado a ella, en un estado de febril exaltación pasiva, escucho la vieja canción de Joe Cocker que ella siempre decía que bailaba para mí: "*You can leave your hat on*" con esa voz rasgada, forzada, herida, pero tan envolvente y unida tan poderosamente a imágenes sensuales que casi obliga a desnudarse. Sé que si se sube a la barra y se pone a bailar diabólica, sobrenaturalmente, estaré definitivamente perdido. Por eso invoco nuevamente a Machado para la salvación de mi alma. Estoy perdido ante ese escote y a merced de su canibalismo emocional y sexual. Especialmente cuando se arroje desde la barra con los brazos abiertos esperando que yo –o, si me descuido, otra persona que ni la conozca– la coja en el aire antes de que se caiga. Debo irme. Vacilo un instante, después titubeo, guardo silencio, parpadeo, arrugo la nariz, me la rasco, arrugo la frente, sudo. Tengo el cogote empapado. Sé que fuera está lloviendo y para un amante como yo de las atmósferas rembrandtianas y de los días grises, nublados y lluviosos, eso debería relajarme, pero ni siquiera el hecho de que esté lloviendo me tranquiliza. Y pienso en cosas absurdas, irrelevantes ante la situación que estoy viviendo: en las alcachofas. No sé por qué pero pienso en las alcachofas. Y en el río Nilo y en los eslabones de una cadena y en qué habrá en este lugar dentro de doscientos años y en el crecimiento del "Palo Borracho". Y pienso en las buhardillas de mi ciudad y en los ladrillos rojizos de mi facultad, ese icono que supone para mí el imaginario faro de su torre iluminado a diversas horas del día como un organismo vivo. Y en mi querido Puente de los Alemanes, tan bello como el puente colgante de Brooklyn, pero mucho más solitario, porque es peatonal y porque no pasan vehículos sobre él y porque nadie, casi ningún transeúnte, se acuerda o necesita pasar por él; por esa especie de pasarela de embarque metafísico hacia un barco fantasma en el que a mí me gustaría viajar en estos momentos.

El viento y la lluvia parecen empujar a las personas al interior del bar y a los que salen parece que la furia de esos elementos se los traga. Hago un ademán, un amago como para abrazarla pero me arrepiento de ese abrazo porque creo que del resultado de ese abrazo depende el resto de mi vida afectiva. Había ensayado mil veces este encuentro; lo que iba a decirle, lo que iba a hacer, pero no me ha servido para nada. Porque no sé qué hacer y me están consumiendo las dudas, amarrado por los cordones umbilicales en medio de un duelo de dudas, de una confabulación de interrogaciones que se vuelven contra mí mismo. De nuevo siento El Efecto de la Proliferación de la Duda de Kant. Uso mi lenguaje para controlar, para domesticar mi conducta. Voy a abrazarla y a besarla, pero algo detiene mi exhausto entusiasmo inicial y mis manos en el abarrotado bar: es una inocente melodía; en ese momento le suena el móvil a Marta y el corazón me da un vuelco. Ella sonríe mirándome mientras habla, haciéndome un gesto con la mano de que va a estar poco tiempo hablando y que espere. Cuando deja de hablar me abraza pero en ese instante suena otra vez su móvil y me vuelve a decir que espere y esa inocente melodía se convierte en un aviso a navegantes.

Invoco a Machado para la salvación de mi alma y por fin me viene una idea suya sobre la conciencia que se vuelve sobre sí misma, sobre la conciencia que se agota, sobre los impulsos cansados por alcanzar el objeto trascendente y sobre el reconocimiento de las propias limitaciones. Entonces, aliviado, le digo que me voy, que me están esperando y consigo librarme y vencer en mi pugna contra los cordones umbilicales.

—¿Cómo que te están esperando? —me pregunta apartándose el móvil— ¿No te vas a venir con nosotras? —me pregunta abrazándome, anhelante, dándome masajitos por el ombligo y por la nuca.

Cuando veo que me va a lamer la oreja y que va a poner su experta maquinaria de seducción en marcha, le digo negando con la cabeza y apartándola de mí:

—No... ahora tengo una amiga. Fuiste muy cruel conmigo. Me abandonaste y no he sabido nada de ti en todos estos años. Y un buen día apareces como si no hubiera pasado nada. No te puedes imaginar lo mal que lo pasé buscándote. Ni tus padres sabían dónde estabas.

—Tuve que hacerlo. Era lo mejor para los dos. Yo también lo pasé muy mal. Alguna vez te vi en el *Indiana* solo y últimamente con un muchacho, pero nunca entré. Esta noche te he visto con una mujer y he decidido entrar. Sé que te puedo perder definitivamente y eso me ha dado miedo.

—No, lo siento. No puedo volver contigo —le digo algo enajenado pero absuelto de mi condena.

Ahora puedo hablar con ella sin titubear. Ya no llueve fuera; diluvia simplemente. Me siento como si hubiera desalojado de mí una enorme carga, una energía comparable al agua que cae fuera. En realidad no sé si le he dicho lo que creo que le he dicho. Si ha sido una exclamación mental o ha sido real, pero al ver cómo se aleja apartando su rostro de mí ofendida y triste, comprendo que se lo he dicho realmente.

—Acabo de resolver un problema que tenía desde hace mucho tiempo —le digo a Isabel que esperaba indecisa.

—¿Estás seguro? —me dice mirándome con preocupación y viendo cómo Marta se sube a la barra y comienza a bailar girando su ombligo y moviendo sus pechos, y la mitad, exactamente la mitad de sus pechos sobresalen de su negro escote— y cómo se agrupan en torno a ella varios jóvenes que la jalean.

—Claro, lo he meditado largamente. Sin ella me siento como un condenado a muerte, pero no quiero seguir siendo su cobaya –le digo (o eso me digo a mí mismo que le digo a la inspectora) complacido y sin pestañear aunque mi corazón se acelera y pienso que estoy haciendo exactamente lo contrario de lo que me dice mi intuición y mis sentimientos, viéndola bailar en la barra.

Isabel asiente aprobadoramente y me dirige una mirada benevolente y penetrante sin responderme.

—¿Nos vamos? Acabo de cerrar una etapa de mi vida.

—Prepárate, que nos vamos a mojar. Si no le hubieras regalado mi paraguas a esa señora. En fin, en mi casa no hay goteras y "Marquesa" te echa de menos.

—¿Que me echa de menos tu perra?

—Sí. Venga, que ya hemos hablado bastante y tienes una deuda pendiente conmigo.

XII

No sé si fue un mal augurio, pero el viento traía esta mañana partículas de cenizas y de carne quemada del parque cementerio, justo al salir del vehículo en el aparcamiento, donde una pareja de alumnos se besaban y otros repasaban unos apuntes sentados en los bancos de hierro, debajo de las pérgolas de madera, mientras un cielo gris que se iba espesando en estratos de masas de nubes se superponían igual que aquel anochecer que estuve a punto de ahogarme, subiendo por el Camino Nuevo, cuando un torrente de agua bajaba por él y las piedras que el agua arrastraba levantaban mi coche y tenía tanto miedo que no podía acelerar porque me temblaban las piernas, hasta que llegué a la Plaza de los Monos y salí del automóvil agarrándome a las farolas con el agua que me llegaba hasta el pecho.

No sé si en el humo negro de las incineradoras del parque cementerio que he visto esta mañana se encontraba el anuncio de una muerte, pero el caso es que, unos minutos antes de que fuera a entrar en la Sala de Grados para examinarme de la tesina, sonó el móvil que Nacho me ha regalado y me comunicaron que Hassán, que mi entrañable Boudú, ha fallecido. Mercedes Villar, la psiquiatra –que es la que me ha llamado– no solamente me miraba con solidaridad aquel día en la clínica; sabía que Hassán se iba a morir. Yo me quedé mudo junto a la puerta de la Sala de Grados y capté que la psiquiatra se sintió incómoda cuando se vio obligada a contarme que el padre de mi entrañable vagabundo le ha dicho que a Hassán le hubiera gustado que yo le hubiera tocado o besado para despedirme, antes de que lavasen con agua tibia perfumada y con jabón, las partes que se postran ante la oración: la frente, las dos manos, las dos rodillas y los dedos de los pies. Yo le iba a recriminar a la psiquiatra que me habían dicho en la clínica que estaba mejor y que lamentaba no haberme acercado para llevarle cuscús, pero no le he dicho nada porque no quería que la emoción fuera a hacerme llorar.

–¿Y dónde lo han enterrado? –fue lo único que acerté a preguntarle.

–Lo iban a trasladar a Melilla, que hay un cementerio musulmán, pero la familia no tenía dinero y no han podido hacerlo. Así que, en virtud de un acuerdo de cooperación que existe entre el Gobierno Español y la Comisión Islámica de España, que da derecho a los musulmanes a disponer de un espacio reservado en los cementerios municipales y hacerles un funeral según el rito islámico, la familia ha hecho gestiones para que lo entierren en Málaga. Parece ser que ese acuerdo no se suele cumplir, pero, a pesar de todos los problemas que han tenido, el padre de Hassán me ha dicho que le dijera que ha conseguido un lugar en el cementerio de Fuengirola donde ha sido enterrado su hijo, de costado, mirando a la Meca, como ordena el Profeta; sin llevar adornos, sin poner su nombre y sin ataúd. Y que le han cerrado los ojos, le han tapado la cara con un tejido blanco y han recitado fragmentos del Corán. A propósito –me dijo después de un breve silencio al otro lado del móvil–, los familiares de Hassán me han insistido en que recoja un perro negro de la Sociedad Protectora de Animales. Me han dicho que el perro lo llevó allí una compañera de su trabajo, esperando que Hassán lo recogiera, pero como ha muerto, dicen que si puede usted hacerse cargo de él.

***

Y no sé si también fue un presagio o más bien tenía que haber pensado que era un acto de clarividencia sobre la calificación que iba a obtener mi tesina, cuando observé los rostros serios de los miembros del tribunal y escuché las humillantes críticas que me hicieron y que fueron, desde el hecho de no gustarles el "color" de la encuadernación hasta el tamaño "excesivo" de la tesina. Y después de la defenderla, tampoco anunciaban nada favorable, los largos prolegómenos burocráticos posteriores al acto; esa espera eterna en la que la gente me felicitaba –sobre todo Marta y Elena– mientras el tribunal deliberaba la nota. Y al conocerla –una calificación tan baja que equivale a un suspenso– salí de la Sala de Grados con el sabor amargo de la derrota en mi boca y me sentí más cerca de Machado que nunca, pensando que el viento que me daba en la cara al salir al patio era la fuerte tramontana que le sacudía al poeta el rostro el día que cruzaba la frontera; ese día tan frío y lluvioso de enero en el que, enfermo y lleno de barro, arrastraba los pies con su madre en brazos hasta que no pudo más y, al final, fue la anciana madre la que tuvo que sostener a Machado que, a duras penas, cogió un puñado de tierra mojada, antes de pasar la frontera y miró, derrotado, por última vez, la luz de España, sabiendo que éste sería su postrero viaje; el de la nave que nunca ha de retornar.

***

He salido de la Sala de Grados abrazado a Marta hasta que me ha dicho que no me preocupe por la nota de la tesina y que se lleva el "Pulgui" –le ha hecho gracia el nombre con el que bautizó Nacho a mi coche y ha decidido llamarlo así también– con Elena para ir a comprar al hipermercado y que me recogerían después al lado de la verja que se encuentra en un lateral del bar de la facultad.

Entonces me he quedado solo y se me ha acercado Pablo Hermoso –que viene rodeado de alumnas que se han quedado rezagadas, esperándole– y, con su contagiosa simpatía, ha tratado de animarme diciéndome palabras de consuelo para que no me preocupe porque el tribunal era un "tanto especial", que a veces hay tribunales así de sectarios, que valoran más las relaciones sociales que el trabajo en sí. Y que he tenido mala suerte, que él también es independiente y que sus relaciones con los miembros más poderosos del tribunal no son de sumisión y que, en realidad, todo lo que me han criticado no era a mí, sino a él como director. Yo se lo he agradecido sinceramente, abrazándole al despedirnos y, mientras lo veo reencontrarse con las alumnas que lo esperan, he deseado con ansiedad que Nacho me llame al móvil; que le haya ido mejor que a mí y que le hayan dado una de las tres becas en la Selección de las Futuras Promesas de Piano.

Camino –todavía cojeando algo por la torcedura que tengo en el tobillo izquierdo– por el patio del "Palo Borracho" bajo las nubes grises; el color de las formaciones gaseosas que más adoro. El tiempo que más feliz me hace y que sigue encima de la facultad, en lo alto de este patio convertido en un microcosmos meteorológico de la ciudad. Ese recuadro de nubes plomizas, que avanzan por encima del campus y que suponen un refugio a mi derrota. Sí, este tiempo maravillosamente invernal, que presagia lluvia y que tiene esa luz de los cuadros de Rembrandt, es capaz de tener para mí un efecto terapéutico.

No llevo el manojo de llaves pero escucho su sonido de cascabeles o de campanillas fúnebres que me recuerdan a los que ya no están en este patio ni en estas aulas. Y reverbera, alrededor de las columnas, el eco de los fragmentos de las voces de Constancio, de Antonio, de María José y de Pablo. Y escucho el sonido de las tizas, de los ordenadores y fantaseo con los senderos aún no surcados al llegarme el olor a cabra, a oveja o a lana de alguna pantalla de proyección extendida y al oír el zumbido de un fluorescente que se apaga y se enciende intermitentemente, haciendo un sonido como el de una gota de agua cayendo lentamente. Y me parece ver alguna sombra fugaz, alguna sombra negra fugaz; puede que sea el fraile o puede que sea la visita de las personas que ya no están aquí, los queridos ausentes de la facultad.

Llego por el "Sendero de Marta-Friné" al patio de las columnas azules, el del "Ficus Sediento", cerca de la puerta del aula donde me dijo Marta que yo había tropezado con ella. Sí, he vuelto con Marta porque estoy irrevocablemente unido a ella, aunque tenga que compartirla con Elena en el piso en el que vivimos cerca del que teníamos en la Plaza de los Mártires. En realidad, la misma noche que me la encontré en el *Indiana* volví con Marta cuando se cansó de bailar y se bajó de la barra diciéndome que si me había gustado el baile que había realizado para mí. Creía que no sentía ya nada por ella, que no era como antes, pero *era como antes*. Entonces, Marta y Elena salieron del bar a la calle y yo tuve una súbita hiperconsciencia de la brevedad de la vida y, en un incontrolable arrebato, me despedí de la inspectora dándole un beso en la frente y salí corriendo tras ellas hasta alcanzarlas. Y las dos hundieron sus cabezas en mi pecho y nos abrazamos los tres mientras el cielo se iluminaba con los relámpagos y caía un diluvio sobre Málaga.

Espero nervioso la llamada de Nacho, a ver si le han dado una de las tres becas, observando cómo hace tanto viento que una ráfaga ha volcado los grandes macetones del patio de la estatua y ha levantado bolsas de plástico que suben hasta las últimas ramas del "Palo Borracho". Saludo a unos hombres vestidos con monos grises, que enceran el suelo con unas máquinas que parecen extraños crustáceos, y a una mujer de la limpieza a la que le veo un color verdoso en la cara. Le digo que no tiene buen aspecto y que por qué ha venido hoy a trabajar y me dice que está enferma pero que si no viene no cobra y que se ha quedado viuda. Miro hacia las nubes grises pensando que tengo mucha suerte y que lo de la tesina es algo intrascendente y que tengo que aprovechar la oportunidad que me brinda el destino, la que no tuvo Machado: la época más feliz en la vida del poeta fueron los años que pasó en Soria con Leonor pero Machado no pudo volver a empezar porque la muerte se la arrebató y de nuevo la distancia, la guerra, el exilio y su propia muerte le privó de la segunda oportunidad de otra época de felicidad con Guiomar. ¿Por qué no iba yo a volver a intentarlo en el mismo sitio y con la misma mujer con la que pasé la época más feliz de mi vida, aunque tenga que compartirla con otra mujer?

***

Salgo hacia el aparcamiento en busca de Marta (y de Elena) mirando hacia el *hall* antes de salir. El esqueleto del conserje preside el enorme vestíbulo colocado en una vitrina con su nombre y sus apellidos –aunque todos le siguen llamando "el anémico"– y con un letrerito debajo cuyo contenido ha sido idea del decano: "Al abnegado conserje muerto en acto de servicio". Justo en el instante en el que estoy pensando en el esqueleto de la amante del conserje –que ha sido requerido por sus descendientes y se lo han llevado para enterrarlo en un panteón familiar– me llama Nacho al móvil:

–¿Te ha ido bien? –le pregunto impulsivamente.

–¡Me han dado una de las tres becas! Se lo debía a mi padre y a ti. Claro que lo mismo me tengo que ir a perfeccionar a Madrid y a Santiago de Compostela y quizás al extranjero, pero estoy contento y... oye, Javier ¿no estarás llorando? Te noto triste...

–¿Llorando? No, qué va –le digo, dando un salto de alegría y enjugándome las lágrimas.

–¿Y a ti cómo te ha ido con tu examen?

–He sacado una buena nota, Nacho. Estoy contento.

–Había pensado que, cuando vengas a visitarme a Granada el fin de semana que viene, te podrías traer a Boudú, bueno y, a tus amigas, claro.

–¿A Boudú?

–Sí, me cayó bien, ¿no le habrá pasado nada?

–Qué va, sigue en la clínica. Ya..., ya lo llevaré cuando se ponga bien. ¿Estás seguro de que nos vamos a despedir por el móvil?

–Sí. No podría irme si me despido de ti y estoy a tu lado. Y lloraría.

–Oye, Nacho, te noto raro; ¿tú no estarás llorando? Me dices que no te quieres despedir de mí para no llorar, ¿y te pones a llorar ahora por el móvil?

–¿Yo? Qué va..., que va..., ¿sabes una cosa? He decidido dejarme el pelo largo y no teñírmelo, creo que así ligaré más.

–Vas a ligar de todas formas...

–Oye Javier...

–Sí...

—Echaré de menos tus desayunos. Y cuando huela a atún me pasará como al escritor ése que me contaste, el de la magdalena: siempre me recordará a ti –me dice entre hipidos mal disimulados–. Esta ha sido hasta ahora la mejor época de mi vida y nunca la olvidaré.

—Y yo nunca olvidaré la suerte que ha sido compartir mi vida junto a un tío tan hiperactivo como tú.

—Eh… no nos pongamos tristes, papi, que algunos fines de semana nos veremos, recuerda: aquí está todo –me dice y me lo imagino girando un dedo en su frente como si apretase una tuerca.

—No me digas nada más, capullo, que voy a llorar. Vas a ser un gran pianista y ese juez ya verás como no te condena más que a Servicios a la Comunidad –le digo acariciando la cartera donde tengo guardada la tira de fotos que Nacho quiso que nos hiciéramos al despedirnos cuando llegamos a Málaga desde *Collioure* .

—Mi madre dice que te diga que te dé un beso y que no te preocupes por mi medicación, que se la ha olvidado en tu casa, pero ya me ha comprado otra en la farmacia.

—Vale. Dale otro beso de mi parte y dile que ya iré a Granada a veros.

—Adiós, Papi. Nunca te olvidaré…

Me quedo unos segundos inmovilizado, con los ojos empapados de lágrimas, mirando a lo lejos la vitrina con el esqueleto del conserje. Decido tener un nuevo sendero. Como el de Marta, éste también será de una persona viva: el "Sendero de Nacho". Comenzará en este lugar, llegará hasta la vitrina del conserje y terminará delante de la conserjería, bajo la inmensa claraboya, en el lugar del vestíbulo donde apareció Nacho una mañana con el pelo teñido y con el aro en la oreja y donde le pregunté si se había tenido que aliar con la imperfección; en el mismo lugar donde me abrazó y me estrechó cariñosamente con sus brazos.

Salgo del aparcamiento y llego hasta la verja negra. Al fondo de la calle veo acercarse los faros encendidos del "Pulgui". Marta me da un beso y me regala un limón que ha cogido del limonero. Lo araño suavemente y aspiro su perfume mientras me alejo del edificio de la facultad que, con su torre rojiza rodeada de nubes grises, me parece, una vez más, un faro que flota batido por las olas que van llegando incesantemente a un acantilado.

***

—¿No irás a tener celos del tipo ése que me ha pedido fuego?

–Nooooooooooooo… –le digo a Marta después de que se le haya acercado un hombre a pedirle fuego, de que le haya dicho que no fuma y de que se haya puesto a reír primero ella sola y después con él.

–Nooooooooooo –le he respondido de nuevo con mi vieja entonación musical, cuando ya estamos asomados a mi particular puente colgante de Brooklyn, apoyados en las barandillas verdes del puente, del solitario Puente de los Alemanes sobre el río Guadalmedina, que para mí siempre será un gran río, un caudaloso río de hermosas aguas salvajes que casi me salpica en la cara.

Un puente que no parece un puente sobre un río, sino una nave con unas farolas que antes nos alumbraba con sus luces amarillentas y que hace unos días han cambiado por unos proyectores que nos envuelve con luces de tonalidades violetas cambiantes. Una nave que se balancea surcando una pequeña bahía por la que siempre sopla el viento y desde cuya cubierta se ve el dédalo de calles, cada vez más despobladas a estas horas de la noche, que existen antes de llegar al puente, que nunca es muy frecuentado y que ahora de noche está solitario. Un puente desde el que no veo la quinta planta del hospital Carlos Haya, aunque esta noche tenga más presente otra planta; su subsuelo, porque, en la misma cama que estuvo Nacho, en el corazón de las tinieblas de ese hospital –su UCI–, ha llevado una ambulancia a mi madre con un infarto.

Suena mi móvil. Es un mensaje de Isabel en el que me pregunta que cómo me va, que a ver si nos vemos para comer en el *Cañadú*, que tengo pendiente con ella una deuda por haberme salvado la vida que le puedo pagar "a plazos" y que está muy nerviosa y toma nueces a todas horas.

Asomado a las barandillas verdes del puente con Marta, con Elena –que está desacostumbradamente pensativa– y con el famélico y barbudo perro negro de Hassán (que recogimos de la Sociedad Protectora de Animales), me siento extraño. Como en el interior de una burbuja del tiempo desde la que acerco mi nariz a la piel de Marta y la huelo –como ella hace conmigo– con la misma intensidad de un animal y aspiro su aroma a cacao y a vainilla tarareando *Strangers in the Night*, como otras veces en las que he estado igual de triste que esta noche en este puente; como cuando me asomé la noche que murió mi hermana y la noche que murió mi padre. O como ahora, recordando a mi madre, a Nacho y a Hassan, mi elegante y entrañable vagabundo sacado de la película de Renoir, pero sin poder salvarlo a tiempo, sin poder rescatarlo de las aguas. Como sé que tampoco podré rescatar de las aguas a mi hermano, de una fortaleza física y mental increíble, aunque solamente es un superviviente que no resistirá las enfermedades que arrastra por su personalidad adictiva y ya no quiere que lo lleve más a la clínica, como tampoco quiere que lo haga uno de mis mejores amigos. Los dos se abandonan ya al tramo final, al suicidio lento de su hedonismo absoluto. Siempre he deseado que muriese antes mi madre que mi hermano para que ella no sufra por la muerte de otro hijo, pero aunque mi madre se debata con la muerte, y no sé si a su edad saldrá viva de la UCI, no estoy seguro de que mi hermano vaya a durar más que ella, por lo que soy consciente de que pronto me quedaré solo, sin los últimos miembros de mi familia, sin mis vínculos más cercanos. Sin las personas que vinieron al mundo junto a mí. Solo, asomado a este puente.

Aquí está todo –me digo retorciendo un dedo sobre la frente, viendo un insecto nocturno inmóvil sobre un remache del puente.

–Venga, tiramos la rosa y nos vamos a esa fiesta de inauguración, ya verás como te gusta la gente que va. Ya es casi la hora –me dice Marta.

–Sí, ya nos vamos –le digo obedeciendo sumiso ante el despliegue de su irresistible taumaturgia y pensando en la inmovilidad de lo mutable.

Arrojamos la rosa, en homenaje a Antonio Machado –aunque no sean las tres y media de la tarde– al cauce del Guadalmedina y yo musito, ante las miradas de Marta y de Elena, las últimas palabras que escribió el poeta: *"Estos días azules y este sol de mi infancia…"*

–Estoy pensando que podíamos poner un centro de masajes en el piso.

–Sí, claro, lo que tú digas, amor –le digo eufórico, sobresaltado, absurdo y luego vacío, triste, extraño, intoxicado por un amor que sé que contiene ciertas dosis de veneno para mí. Pero puede que entre de nuevo en la época más feliz de mi vida junto a Marta y a Elena. Aunque yo sólo ame a Marta, a la Friné de Praxíteles, la mujer a la que más he amado y amo y la mujer que más me ha amado, a su manera. Una mujer inaprensible, inestable y alambicada. Una mujer que tiene esa aureola de poder irresistible sobre mí, que nunca parece desvanecerse, que vulnera toda cordura y que va en contra de toda racionalidad y de todo instinto de supervivencia. Pero la evolución no me ha dotado con la capacidad de superar a Marta y, pese a que no hay ningún "Rincón Picasso" en el nuevo piso, puede que descubra otras áreas mágicas de la casa, debajo de otros umbrales de las puertas y puede que también suenen las cañerías cuando arrecie la lluvia.

Sí, puede que acceda otra vez, atravesando algún túnel del tiempo, a la época más feliz de mi vida, aunque me sienta raro, un extraño en el Puente de los Alemanes y vaya adueñándose de mí una soledad metafísica –la misma que sufren los autistas– en mi obsesión por volver a buscar la felicidad pasada.

Tengo que adaptarme, todo este tiempo la he estado amando sin estar con ella y esto es completamente diferente; ahora tengo que acostumbrarme a amarla "estando" con ella. Y cuando me readapte a la nueva situación y la vuelva a acariciar en los días de lluvia y a meter la mano debajo de su pijama con las pisaditas, con las zarpitas de gatos, volveré a sentirme igual de feliz que antes.

–Bueno, vámonos a la inauguración de ese bar nuevo –me ordena Marta.

–Sí, lo que tú digas cariño, claro que sí –le digo sumido en un estado irreal, onírico–, nos vamos a la inauguración esa, nos vamos a donde tú digas, a dónde digáis, quiero decir.

–Anda, ven aquí tonto, ven aquí, que te voy a dar un beso –me dice y me da un beso tan lento como sólo ella sabe darlo: apartando la cabeza de mi cara para contemplarme con una mirada que no termina nunca y que no me importaría que no terminara nunca–. Anda, ven aquí, tonto –me dice de nuevo y esta vez me besa ferozmente, tocándome los pectorales; estrujándome con una fuerza tan descomunal que no parece proceder de ella.

Un beso, "ven aquí tonto que te voy a dar un beso". Un beso, una actitud, una expresión, un beso que Elena imita sin su destreza magistral y que yo intento evitar sin que se note la sensación de repulsión que me da y que trato de disimular con la misma alegría que un condenado a muerte al que se le ha conmutado la pena. Un beso que hace que me sienta aún más extraño en el Puente de los Alemanes, más triste y envuelto en una bruma de sensaciones aéreas y marítimas.

Si esta ciudad es mi universo y el universo necesita un punto de apoyo para empezar a moverse, su centro es este puente con Marta en lo alto sonriente –me digo mientras cae una llovizna, unas finas gotas que humedecen el puente y que lo hacen más misterioso, silencioso y solitario. Un puente cada vez más desolado del que rezuma un olor a hierro mojado. Un armazón despoblado que la niebla disipa, atenuándolo como la pantalla de un ordenador que lleva mucho tiempo encendida y que hace que yo parezca que estoy asomado a unas barandillas invisibles, como un funámbulo que intenta no caerse por el vértigo, bajo ese manso fulgor de las farolas del puente, parpadeantes como las estrellas –la movilidad de lo inmutable–, como las luces de las embarcaciones fondeadas que se ven en el mar, como las bombillas, las miles de bombillas de Málaga que se ven desde aquí; de un color más blanco a un lado del puente, más amarillas en lo alto y más pálidas al otro lado, donde el agua que rodea al surtidor parece turquesa por el reflejo de la luz del letrero de un hotel cercano.

Escucho mis pasos al caminar, sintiendo por todo mi cuerpo el aire que baja o que sube hacia este puente solitario sumergido en un extraño silencio de soledad de montaña, de paisaje desértico; un silencio profundo, como si estuviera perdido en la inmensidad del mar, que me hace tener la triste percepción de una despedida o del inicio de un viaje que no quiero iniciar o del final de algo que no quiero terminar. Que me hace tener la sensación de que, aunque esta noche me parece que vivo en la soledad extrema y terrorífica de un planeta deshabitado, el Puente de los Alemanes es mi punto de apoyo, mi centro de gravedad; lo único predecible que existe en el universo junto a los insectos inmóviles, quizás agonizantes, del limonero que sembré en los jardines de la facultad.

ÍNDICE